DAS BUCH

Basierend auf realen Fällen zeigt »Kill« im fesselnden, halb dokumentarischen Stil den (fiktiven) Serienmörder Thomas Bishop in seiner Entstehung, in seinen Taten, aber auch in seinem Alltagsleben, und beleuchtet die Auswirkungen, die seine grausamen Morde auf die Gesellschaft und ihre Moral haben.

»Kill« von Shane Stevens gilt als der erste Roman, der einen Serienmörder in den Mittelpunkt stellt und ist damit das Vorbild für Thomas Harris und seine Hannibal Lecter-Romane.

DER AUTOR

Shane Stevens (1941–2007) galt mit seinen Thrillern in Amerika lange als Geheimtipp. Als Stephen King seinen Roman »Stark« Shane Stevens widmete, wurde ein größeres Publikum auf Stevens aufmerksam. »Kill« gilt als erster Serienkiller-Roman, der zugleich die True-Crime-Literatur vorwegnahm, und wird heute von der Literaturkritik als Klassiker gewürdigt.

SHANE STEVENS

KILL

THRILLER

AUS DEM AMERIKANISCHEN
VON ALFRED DUNKEL

KOMPLETT ÜBERARBEITET UND
ERGÄNZT VON HEIKO ARNTZ

WILHELM HEYNE VERLAG
MÜNCHEN

Die Ausgabe BY REASON OF INSANITY erschien 2007
bei Chicago Review Press, Incorporated, reprinted by arrangement
with Simon & Schuster (Original Edition)

Das Buch erschien in Deutschland im Moewig Verlag
unter dem Titel DER KILLER

FSC www.fsc.org MIX Papier aus verantwortungsvollen Quellen FSC® C014496

Verlagsgruppe Randomhouse FSC® N001967

Vollständige deutsche Ausgabe 02/2019

Redaktion: Heiko Arntz
Printed in Germany
Umschlaggestaltung: DAS ILLUSTRAT, München
Satz: Leingärtner, Nabburg
Druck und Bindung: GGP Media GmbH, Pößneck
ISBN: 978-3-453-43911-5

www.heyne.de

Für Dr. Cornelia Wilbur und für alle Sybils dieser Welt –
und für all jene Kinder, die sich gewehrt haben,
die zurückgeschlagen und verloren haben

Die Menschheitsgeschichte ist die Geschichte
von Verbrechen.

VOLTAIRE

Du fragst mich, warum du in eine Stadt der Ungeheuer
und Mörder hineingeboren wurdest …
Ich will es dir sagen: Es ist deswegen, weil deine
geliebten Vorfahren unaussprechliche Verbrechen
im Geheimen und Stillen begangen haben, und jetzt
musst du den schrecklichen Preis dafür bezahlen!

HERMANN HESSE

PROLOG

Die Flammen fraßen am Körper, rissen lodernd an Fleisch und Muskeln. Die Haut löste sich sehr schnell auf. Zuerst in Flocken, dann immer dunkler und schwärzer werdend und schließlich verkohlend. Bald würden Arme, Beine und Leib von den Flammen bis auf die weißen Knochen abgenagt sein, und der Kopf wäre, seiner Gesichtszüge beraubt, nur noch ein Totenschädel.

Der Junge sah stumm zu. Nur noch ab und zu drang ein kehliger Singsang wie ein Gurgeln aus seiner Kehle. Die Augen funkelten im Wahnsinn und starrten in die rote Glut des Feuers, während er beobachtete, wie der Körper brannte und immer weiter brannte.

BUCH
EINS

THOMAS BISHOP

1

Im Frühjahr wälzt sich der Nebel wie stummer Donner über die Bucht und scheint San Francisco in Quecksilber zu baden. Er durchdringt alles, verhüllt, was er berührt, verwandelt das Natürliche in etwas Mystisches, wenn auch nur zeitweilig und vorübergehend. Nirgendwo ist das offensichtlicher als nördlich der Stadt, wo sich die Finger der Küste in die Bucht von San Francisco erstrecken. Hier, wo der Nebel seinen schimmernden Schleier über Ortschaften, Felder und Bachläufe legt, wirkt der Zauber am stärksten. Unzählige Volkssagen sind hier beheimatet. Und gleichsam wie im Zentrum dieser verwunschenen Welt befindet sich das Zuchthaus San Quentin. Aus dunklen Steinen erbaut und Furcht einflößend anzusehen, so ragt der Gefängnisbau wie eine gequälte Felslandschaft aus dem Nebel empor. In der frühen Dunkelheit wirkt San Quentin nicht selten wie ein Leuchtturm am Ende der Welt.

Es war an einem solchen Tag, exakt am 2. Mai 1960, als ein zum Tode verurteilter Mann in die Gaskammer von San Quentin geführt wurde. Er wurde von vier Wärtern begleitet. Zwei von ihnen schnallten ihn rasch auf den rechten von zwei Metallstühlen in dem kleinen Raum. Das Stethoskop wurde angebracht. Der Oberwärter wünschte dem Mann viel Glück. Das Gesicht des zum Tode Verurteilten verriet keinerlei Emotion, als die Wärter hinausgingen und die Metalltür von draußen verschlossen. Er starrte weiter auf die sechzig Zeugen, die sich außerhalb der achteckigen Zelle versammelt hatten und ihn durch fünf dicke

Glasfenster beobachteten. Die letzten Gebete waren gesprochen, die letzten Instruktionen erteilt worden. Zwölf Jahre lang hatte Caryl Chessman vor den Gerichten von Kalifornien und vor dem Obersten Gerichtshof der Vereinigten Staaten gekämpft. Jetzt war der Kampf vorbei. Er hatte verloren, und im Alter von achtunddreißig Jahren erwartete ihn die Todesstrafe.

In einem größeren Raum hinter der Gaskammer im ersten Stock des Hinrichtungsgebäudes öffnete eine Hand auf ein Signal des Direktors hin ein Ventil. Es war 10.03 Uhr. Augenblicklich fielen Zyanidkügelchen aus einem Behälter unter dem Todesstuhl in eine Schüssel mit Schwefelsäure. Innerhalb von Sekunden erreichten die tödlichen Dämpfe den verurteilten Mann und füllten sehr rasch den Raum mit dem Geruch nach Bittermandeln und Pfirsichblüten. Der Körper zuckte. Der Mann riss an den Riemen, warf den Kopf zurück. Dann glitt er in Bewusstlosigkeit und Tod, weil dem Gehirn der Sauerstoff verweigert wurde. Die amtliche Meldung erfolgte um 10.12 Uhr. Sie war reine Routine und löste nur die notwendigen Arbeitsabläufe für die Reinigung aus. Im übrigen St. Quentin – über der Gaskammer, die wegen ihrer grünen Wände als »Green Room« bekannt war – nahm das Leben seinen gewohnten Gang.

Mit dem Tod von Caryl Chessman, dem berühmt-berüchtigten »Rotlicht-Banditen«, der gegen Ende der Vierzigerjahre eine Reihe von Raubüberfällen und Vergewaltigungen verübt hatte, war für viele Menschen das Ende einer Ära der Gewalt in Amerika gekommen, die sich von der Bandenkriminalität der zwanziger über die heftigen Arbeitskämpfe der dreißiger Jahre bis zum Blutvergießen des Zweiten Weltkriegs und des Korea-Kriegs bis zu den kaltblütigen Massenmorden eines Perry Smith oder Charles Starkweather Ende der fünfziger Jahre erstreckt hatte. Die konservative Eisenhower-Zeit war vorbei, bald würde Kennedy seine Amtsperiode antreten. Die ersten Proteste gegen die

Todesstrafe wurden laut. Das Land trat ein in einen wissenschaftlich-technischen Wettlauf mit der Sowjetunion. Dies sollte Arbeitsplätze schaffen und die Wirtschaft ankurbeln. Überall eröffneten sich neue Möglichkeiten. Die Stimmung im Land war gut. Mit Amerika ging es wieder voran.

Doch der Tod von Caryl Chessman markierte nicht nur ein Ende, sondern zugleich einen Anfang – den Anfang einer neuen Zeit des Blutvergießens, die noch nicht vorüber ist. Durch eine merkwürdige Laune des Schicksals waren Chessmans Leben und Sterben Auslöser für eine bizarre und grausame Serie von Morden, die – mehr als ein Jahrzehnt später – Gesetzeshüter im ganzen Land in Atem halten sollte. Selbst höchste Regierungskreise waren involviert. Um die Hintergründe zu verstehen, müssen wir in die frühen Nachkriegsjahre von Los Angeles zurückgehen. Uniformen waren jetzt, wo der Krieg vorbei war, seltener auf den Straßen zu sehen. Im Valley wurden neue Reihenhäuser zu Tausenden gebaut. Es gab auch wieder mehr Lebensmittel. Henry J. Kaiser gründete seine Firmen, die vom Toaster bis zum Auto praktisch alles herstellten. In Washington versuchte die Truman-Administration, Europa vor dem wirtschaftlichen Zusammenbruch zu retten. Aber wie üblich tat niemand etwas gegen das Wetter. Es war heiß und feucht an jenem 3. September 1947. Die Leute waren heilfroh, als an diesem Tag endlich die Sonne unterging. Irgendwann am Abend entschied ein Mann mit dunklem Haar und buschigen Augenbrauen, dass dies eine gute Nacht wäre für Raub und Vergewaltigung.

Die meisten Leute in der Stadt amüsierten sich, spielten Karten, tranken Bier, sahen sich einen Kinofilm an. Andere – unverheiratete Pärchen – waren im Auto unterwegs und fuhren mit ausgeschalteten Scheinwerfern zu Plätzchen an abgelegenen Straßen, wo sie ungestört knutschen konnten. Diese einsamen Orte waren beliebt, und so sah man hier Fords, Chevies und gelegentlich sogar Cadillacs parken – in respektvollem Abstand, sodass niemand gestört wurde.

Im Innern der Wagen wurde heftig gefummelt, und wenn das Mädchen dem Jungen im letzten Moment Einhalt gebot, pflegte er ein Päckchen Zigaretten herauszuholen und leise das Radio einzuschalten. Man rauchte und lauschte der Musik. Zwischendurch unterhielt man sich im Flüsterton. Bei denjenigen, denen es ernst war, wurde die harmlose Plauderei bald durch leidenschaftliche Schwüre von ewiger Liebe abgelöst.

In weniger zugänglichen Gegenden parkten die Autos so weit voneinander entfernt, dass die jungen Pärchen wirklich das Gefühl haben konnten, allein auf der Welt zu sein. Zu einem solchen Ort für Verliebte kam der Mann, um nach Opfern Ausschau zu halten. Seine Suche wurde bald belohnt.

Der Wagen, der abseits in dem Waldstück stand, war ein blauer Plymouth Sedan. Das Fenster auf der Fahrerseite war heruntergekurbelt. Im Innern waren leise Stimmen zu vernehmen. Draußen auf dem Boden lag ein Haufen Zigarettenstummel aus einem ausgeleerten Aschenbecher. Andere Autos waren nicht zu sehen, als der Mann lautlos näherschlich. Er hielt eine Schusswaffe in der rechten Hand und eine Rotlichtlampe in der linken. Beim Plymouth angekommen, verharrte er und leuchtete dann mit der Lampe in den Wagen.

Erschrocken zuckte der Fahrer hinter dem Lenkrad zusammen. Er wandte sich nach der Lichtquelle um, konnte aber, derart geblendet, niemanden erkennen. Eine Stimme fragte ihn, was er hier mache. Bevor er antworten konnte, wurde ihm befohlen, die Tür aufzumachen. Verängstigt kam er der Aufforderung nach. Dann wurde ihm befohlen, mit den Wagenschlüsseln auszusteigen und seine Taschen zu entleeren. Als er die Waffe sah, kam er auch dieser Anweisung schleunigst nach. Dann musste er nach hinten gehen und wurde aufgefordert, sich in den Kofferraum zu legen. »Du kommst bald wieder raus«, sagte die Stimme zu ihm. »Keine Sorge!« Der Fahrer gehorchte. Dann wurde der Kofferraum geschlossen.

Im nächsten Moment war der Mann neben dem Mädchen und leuchtete ihr mit der Lampe ins Gesicht. Sie war keine große Schönheit, aber recht hübsch, vielleicht ein bisschen mollig, aber mit weichen, weiblichen Rundungen. Das hellbraune Haar war kurz. Nach der Mode der Zeit rahmten Löckchen das Gesicht ein. Sie trug ein gelbes Kleid und eine grüne Strickjacke. Diese Sachen musste sie im Fond des Wagens ausziehen, nachdem der Mann ihr nach hinten gefolgt war. Er war höflich und sagte ihr, dass ihr nichts geschehen werde, wenn sie keinen Widerstand leistete. Er fragte sie zweimal, ob sie ihn verstanden habe.

Sara Bishop, einundzwanzig Jahre alt, verstand nur zu gut. Mit dreizehn war sie zum ersten Mal von ihrem Onkel missbraucht worden, dem Bruder ihrer toten Mutter, der sie aus der Kleinstadt geholt und mit nach Oklahoma City zu seiner Familie genommen hatte. Wenn seine Frau nicht zu Hause gewesen war und seine alte, verschrobene Schwiegermutter im oberen Stockwerk schlief, musste Sara sich zu ihm auf den Schoß setzen. Sie hatte seine Hände überall an ihrem Körper gespürt, bis es eines Tages nicht nur seine Hände gewesen waren. Drei Jahre lang hatte Sara nichts gesagt und sich seine Zudringlichkeiten stumm gefallen lassen. Sie hätte ja nirgendwo sonst hingehen können.

Mit sechzehn heiratete Sara Bishop einen Arbeiter von den Ölfeldern. Er verließ sie nach drei Monaten.

Mit siebzehn wurde Sara hinter dem Imbisslokal, wo sie arbeitete, von drei Oberstufenschülern überfallen.

Mit achtzehn verließ sie Oklahoma City und ging nach Phoenix. Ein Mann verschaffte ihr einen Job als Animiermädchen in einer Bar, nahm ihr schließlich alles Geld ab, bevor er sie eines

Nachts verließ, nachdem er ihr ein blaues Auge verpasst und ein paar Zähne locker geschlagen hatte.

Als Sara Bishop zwanzig war, empfand sie für Männer nur noch Hass. Aber sie war intelligent genug, um zu wissen, dass Männer manchmal auch ganz nützlich sein können. Aus Sex machte sie sich nicht viel, aber sie setzte ihn mitunter ein, um ihre Ziele durchzusetzen. Sie konnte nur darüber staunen, dass sie während all dieser Jahre nicht schwanger geworden war – ein Mysterium. Im folgenden Jahr klärte sich die Sache dann auf. Sie war nach Los Angeles gezogen, und während einer Operation hatte ein Arzt nebenbei auch einen Eileiterverschluss behoben. Dafür verfluchte Sara ihn lautstark. Als die Rechnung eintraf, schrieb sie nur zwei Worte darauf und schickte sie zurück. Sie hörte nie wieder von dem Arzt. Für Sara war es ein weiterer Beleg dafür, dass ihr Hass auf die Männer nur allzu gerechtfertigt war.

Jetzt lag Sara Bishop auf dem Rücksitz des blauen Plymouth und betete. Sie wollte nicht sterben, und sie wollte auch nicht schwanger werden. Und doch lag sie nackt hier, die Beine gespreizt, und dieser Fremde auf ihr hatte seinen Spaß. Und das alles nur, weil er ein Mann war und eine Waffe hatte. Zum Teufel mit den Männern!

Sara versuchte, an etwas anderes zu denken. Sie dachte, an den jungen Mann im Kofferraum. Seit einem Monat trafen sie sich, und Sara hoffte, dass er ihr einen Heiratsantrag machen würde. Sie war pleite, und sie war einsam. In der Hauptsache aber war sie einfach erschöpft. Mit einem Mann würde vielleicht doch alles leichter sein, auch wenn es sich in diesem Fall um einen dreiundzwanzigjährigen Herumtreiber handelte. Aber er hat schon viele Jobs gehabt, dachte sie. Also könnte er vielleicht auch eine richtige Arbeit aufnehmen, um uns zu ernähren. Bisher war sie mit ihm nicht intim geworden, weil sie auf diese Weise sein Interesse an ihr wachhalten wollte, bis …

Der Mann stieg von ihr herunter. Es war vorbei. Sie wusste nicht, ob er in ihr gekommen war oder nicht. Wahrscheinlich schon, dachte sie niedergeschlagen. Aber er hatte nur ihren Körper bekommen, gewiss nicht ihr Gefühl. Sie hatte nur starr dagelegen, hatte nicht geächzt oder gestöhnt, hatte nicht gefleht oder gebettelt. Sie war kalt geblieben wie ein toter Fisch, sagte sie zu sich selbst. Hoffentlich mochte er toten Fisch. Sie korrigierte sich: Nein, hoffentlich mochte er toten Fisch *nicht!*

Er warf ihr die Wagenschlüssel zu. »Lass ihn raus, wenn ich weg bin«, sagte er leise. Dann bedankte er sich bei ihr. Einfach so. »Danke.« Und weg war er.

Sie lag ganz ruhig im Dunkeln da und hielt die Tränen zurück. Sie kam sich schmutzig vor und kraftlos. Was hatte es für einen Sinn, sich zu wehren? Zu kämpfen? Männer bekamen ja doch immer, was sie haben wollten. Verdammte Bastarde! Sie machten Versprechungen oder gaben ein paar Dollar oder wendeten Gewalt an. Es lief immer aufs Gleiche hinaus. Sie bekamen ihren Spaß, und dann waren sie wieder fort. Wenn es nach ihr ginge, dann würde sie alle Männer bis auf den allerletzten umbringen! Diese miesen Schweine! Sie öffnete schon den Mund, um es laut hinauszuschreien. Aber kein Laut kam ihr über die Lippen. Angenommen, der Kerl war noch in der Nähe. Sie versuchte sich zu erinnern, was sie von ihm gesehen hatte. Er hatte eine Waffe bei sich gehabt. Und so eine komische Lampe. Er hatte dunkles Haar gehabt und buschige Augenbrauen. Und eine große Nase. Der Rest von ihm war klein, dachte sie mit grimmiger Zufriedenheit.

Lautes Pochen ließ sie zusammenfahren. Hastig streifte sie ihr Kleid über. Büstenhalter, Höschen und Unterrock schob sie unter das Sitzpolster. Sie beugte sich über den Vordersitz, sah in den Spiegel und richtete notdürftig ihr Haar etwas her. Erschöpft oder nicht, verängstigt oder nicht, sie wusste, was sie zu tun hatte. Nur so für alle Fälle.

Sie fummelte mit dem Schlüssel herum und bekam den Kofferraum schließlich auf.

Der junge Mann war außer sich. Er wollte mit einem schweren Schraubenschlüssel hinter dem Mann her, er rannte herum, aber niemand war zu sehen. Sein Stolz und seine Männlichkeit waren schwer getroffen, und er verfluchte seinen Feind lautstark, während das Mädchen ihn langsam zum Wagen zurückführte. In seiner maßlosen Wut merkte er nicht einmal, dass Sara ihn auf den Rücksitz gezogen hatte.

Jetzt schmiegte sie sich eng an ihn, sprach leise und besänftigend auf ihn ein, streichelte seine Wange. So beruhigte er sich allmählich, sein Zorn flaute ab. Nach einer Weile nahm sie seine Hand und legte sie auf ihre üppige Brust. Sie sah ihn leidenschaftlich mit großen, unschuldigen Augen an. Doch innerlich verwünschte sie ihn. Er war auch bloß ein Mann, der so mit sich selbst beschäftigt war, dass er keinen Gedanken daran verschwendete, was sie soeben durchgemacht hatte. Kein Wort des Mitleids, keine Geste des Bedauerns. Für ihn zählten nur sein dummer Stolz und seine eigenen verletzten Gefühle. »Du Mistkerl!«, hätte sie ihn am liebsten angeschrien.

Aber ihr Gesicht verriet nichts von ihren Empfindungen. Sie glitt auf dem Sitz weiter nach unten und zog den jungen Mann auf sich. Ihr heiseres Flüstern wurde intensiver. Sie atmete schneller und schwerer. Sie spürte seine Hände unter ihrem Kleid, das sie geschickt höher schob. Ihr offener Mund fand seine Zunge und saugte sich an ihr fest. Als Sara hörte, wie er seinen Reißverschluss aufzog, schwor sie sich, in dieser Nacht auf dieser einsamen, abgelegenen Straße eine preisverdächtige Vorstellung hinzulegen. Sie würde diesem Typen hier den tollsten Sex bescheren, den er jemals gehabt hatte. Sie würde es tun, weil sie es tun musste. Sie brauchte ihn.

Zwei Monate später heirateten sie in Las Vegas. Die Trauung

kostete 20 Dollar. Die anderen achtzig verloren sie am Spieltisch. Mit den Rückfahrkarten in der Hand bestiegen sie den letzten Bus zurück nach Los Angeles. Sara sagte ihrem Mann nicht, dass sie schwanger war.

Sie hatte ihm damals im Auto jeden Wunsch von den Lippen abgelesen. Ihre Vorstellung war so perfekt, dass er hinterher davon überzeugt war, ohne sie nicht mehr leben zu können. Er hatte nicht geahnt, dass Frauen so leidenschaftlich sein konnten und so willig.

Nach der Heirat setzte Sara ihre Schauspielerei fort, wenn auch etwas weniger leidenschaftlich, wie es sich für eine anständige Ehefrau geziemte. Sie selbst hatte kein großes Bedürfnis nach Sex. Ein Mann hatte ihr jedenfalls noch nie zu einem Höhepunkt verholfen. Aber das Gefühl der Sicherheit, dass das Zusammenleben mit sich brachte, war die kleine Verstellung durchaus wert. Und das Geld half natürlich auch. Sein Lohn bei der Tankstelle war viel mehr, als sie jemals in der Bäckerei hätte verdienen können. Mit zwei Lohntüten konnten sie sogar etwas ansparen.

Einen Monat später sagte sie ihrem Mann, dass er Vater werden würde. Es war eine Lüge, denn im Grunde ihres Herzens wusste sie, wie es eben nur eine Frau wissen konnte, dass der wahre Vater ein Vergewaltiger mit dunklem Haar und großer Nase sowie mit einer komischen Rotlichtlampe war. Er war nicht hier. Aber der Ehemann war es. Also war *er* der Vater. Klarer Fall. Ausgleichende Gerechtigkeit, sagte sich Sara. Hier hatte sie wenigstens ein einziges Mal Gelegenheit, es diesen Bastarden heimzuzahlen.

Ihr Ehemann war begeistert. Dumm, wie es nur ein dreiundzwanzigjähriger Einfaltspinsel sein konnte, sagte er sich, dass das Vaterdasein ihn noch mehr zu einem Mann machen würde. Und als Sara ihm versprach, dass das Baby nichts an ihrem Sex ändern würde, machte er auf der Stelle die Probe aufs Exempel.

Anschließend ging er raus, um in einer Kneipe ein paar Bier zu trinken.

Am 24. Januar 1948 las Sara Bishop, die jetzt Sara Owens hieß, in den Zeitungen von Los Angeles von der Ergreifung eines Vergewaltigers, der sich für gewöhnlich Liebespärchen in Autos an abgelegenen Straßen als Opfer gesucht hatte. Sie sah sich das veröffentlichte Bild an. Das war er! Dann sah sie noch einmal genauer hin. Jetzt war sie sich nicht mehr so sicher. Immerhin hatte sie diesen Mann nur einmal gesehen, als er wenige Minuten auf ihr gelegen hatte. Und doch war es der Vater ihres Kindes! Sie las den Namen des Verbrechers: Caryl Chessman.

Als ihr Mann nach Hause kam, zeigte sie ihm die Zeitung.

Der Kerl hatte ihm damals 30 Dollar abgenommen. Eine verdammte Sauerei!

»Hoffentlich kommt er auf den elektrischen Stuhl, der Hundesohn!«, sagte er. Das war alles.

Tagelang überlegte Sara, ob sie zur Polizei gehen sollte. Aber was hätte das jetzt noch genützt? Sie hatten es damals nicht gemeldet, weil beide nichts mit der Polizei zu tun haben wollten. Und Sara hatte ihrem zukünftigen Ehemann gesagt, dass der Fremde impotent gewesen sei und nur ein bisschen an ihr herumgespielt habe, bevor er wieder verschwunden sei. Ob Owens ihr das geglaubt hatte, wusste sie nicht, aber es kümmerte sie auch nicht sonderlich. Jedenfalls hatte sie ihm diese Geschichte aufgetischt. Und jetzt, wo das Baby unterwegs war, war es vielleicht keine gute Idee, alles noch einmal aufzuwühlen. So entschied Sara schließlich, in dieser Sache nichts zu unternehmen. Aber sie verfolgte den Fall in den Zeitungen, und als man begann, Chessman als den »Rotlicht-Banditen« zu bezeichnen, weil er die Insassen der Autos mit einer roten Lampe geblendet hatte, war Sara beinahe davon überzeugt, dass dieser Mann ihr Vergewaltiger war.

Am 30. April 1948 brachte Sara Owens einen Sohn zur Welt – Thomas William Owens. Er hatte dunkelbraune Augen und schwarzes Haar. Sara und ihr Mann hatten hellbraunes Haar. Das Baby sah seinem Vater in keiner Weise ähnlich, aber eine Krankenschwester wies freundlich darauf hin, dass typische Merkmale oft eine Generation überspringen. Der Vater nickte ernst.

Am 18. Mai 1948 wurde Caryl Chessman in siebzehn von achtzehn Anklagepunkten wegen bewaffneten Raubüberfalls, Freiheitsberaubung und Vergewaltigung zum Tode verurteilt. Die Hinrichtung sollte im Juli stattfinden. In Handschellen und unter Hochsicherheitsvorkehrungen wurde er nach San Quentin gebracht. Doch seine Hinrichtung verzögerte sich. Jede Menge Berufungs- und Revisionsanträge wurden gestellt. Ende des Sommers verlor die Presse vorerst das Interesse an dem Fall.

Im Haushalt der Owens hatte der Familienzuwachs unterdessen für einige Veränderungen gesorgt. Die Geburt des Kindes hatte Sara zu schaffen gemacht, körperlich wie seelisch. Sie schwor sich, nie wieder ein Baby zu bekommen, ganz gleich, was geschehen würde. Eher wollte sie sterben. Sie konnte auch ihre Enttäuschung darüber, dass es kein Mädchen geworden war, auf die Dauer nicht verbergen. Sie begann sich über den Jungen zu ärgern, anfangs, ohne es selbst recht zu merken. Auch ihr Mann erregte ihren Unmut. Nachdem er seinen Job bei der Tankstelle verloren hatte, hatte er eine ganze Reihe anderer Beschäftigungen angenommen, aber das Geld, das er nach Hause brachte, reichte vorne und hinten nicht. Offenbar nahm er seine Verantwortung der Familie gegenüber überhaupt nicht mehr ernst. Sara ärgerte sich darüber, dass er immer mehr Zeit außerhalb des Hauses mit Freunden verbrachte, die sie für Nichtsnutze und Strolche hielt. Sie fürchtete zudem, dass er andere Frauen haben könnte. Kurzum, sie fühlte sich einmal mehr von den Männern betrogen.

Doch Harry Owens kam sich ebenfalls betrogen vor. Seine Frau war nicht mehr die willige Sexpuppe, die er geheiratet hatte. Am Anfang hatte sie ihm das Gefühl vermittelt, wirklich lebendig zu sein, doch das war längst vorbei. Jetzt nörgelte sie ständig an ihm herum. Sie verlangte von ihm, Tag und Nacht zu arbeiten, aber sie selbst dachte überhaupt nicht daran, Geld zu verdienen. Gewiss, er verstand etwas von Autos und verdiente auch ganz gern Geld, aber er sah keinen Sinn darin, sich zu Tode zu schuften, nur um seine Frau und den Bengel zu ernähren. Er hätte nie heiraten sollen. Er war dafür nicht geschaffen. Er hatte das Gefühl, in eine Falle getappt zu sein. Er würde versuchen müssen, genügend Geld zusammenzubekommen, um Sara verlassen zu können.

Im dritten Jahr war ihre Ehe nur noch ein Trümmerfeld. Sara hatte angefangen, Wein zu trinken. Harry war strikter Biertrinker und vertrat die Ansicht, dass Frauen überhaupt nicht trinken sollten, vor allem verheiratete Frauen und ganz entschieden nicht seine eigene Ehefrau. Als Harry seine Frau zum ersten Mal betrunken antraf, als er nach Hause kam, schlug er sie. Danach bekam Sara häufiger Prügel von ihrem Mann.

Am 24. Juni 1951 kam Caryl Chessman mit einer seiner vielen Gerichtsverhandlungen erneut in die Zeitungen von Los Angeles.

Sara las mit großem Interesse den Artikel. Chessman war wieder einmal in aller Munde. Jeder schien etwas über ihn zu wissen. Sogar die Magazine hatten über ihn berichtet. Chessman war für Sara nicht mehr länger nur ein Triebtäter, der sie vergewaltigt hatte, sondern er hatte Gesicht und Namen, er war eine Berühmtheit, und er kam ihr dadurch seltsam vertraut vor. Natürlich war er immer noch ein Verbrecher, den sie verachtete. Aber immerhin war dieser Mann hinter Schloss und Riegel und konnte sie nicht mehr quälen, wie ihr Ehemann dies jeden Tag tat.

Als Harry nach Hause kam, hatte Sara schon allerhand getrunken. Dann begann das übliche Geschrei und Gezänk. Auf dem Höhepunkt ihres Streits drehte Sara sich plötzlich nach ihm um und warf ihm an den Kopf, dass er nicht der Vater des Jungen war. Harry lachte. Sara ärgerte sich maßlos darüber und platzte damit heraus, dass sie ihn damals belogen habe.

»Der Mann in jener Nacht im Auto war Caryl Chessman, du dämlicher Kerl!«, schrie sie ihm ins Gesicht. »Und er war alles andere als impotent! Er ist mehr Mann, als du jemals sein wirst!« Jetzt war Sara an der Reihe zu lachen. »Du hältst dich für so toll! Aber als ich dir erlaubt habe, mich endlich zu besitzen, da hatte ich seinen Samen schon in mir drin! Na, was sagst du jetzt?«

In ihrem Eifer merkte sie nicht, wie Harrys Augen immer schmaler wurden.

»Du glaubst mir wohl nicht, was?«, rief Sara und stürmte ins Nebenzimmer. Einen Moment später kam sie zurück und zerrte den Jungen hinter sich her. Er hatte geschlafen, und er torkelte schlaftrunken. »Da, sieh dir sein Haar an!«, schrie sie ihrem Mann ins Gesicht. »Es ist schwarz. Und sieh dir seinen Mund an, seine Augen! Keinerlei Ähnlichkeit mit dir. Er hat nicht mal die gleiche Hautfarbe.« Sie schnappte sich die Zeitung vom Tisch. »Möchtest du wissen, wessen Junge das ist, he? Möchtest du das nicht wissen?« Sie schleuderte ihrem Mann die Zeitung entgegen. »Da ist ein Bild von seinem Vater. Gleich auf dieser Seite. Sieh es dir gut an!«

Harry stand einen Moment wie erstarrt da, dann nahm er die Zeitung und betrachtete das Bild. Schließlich sah er den Jungen an, der verängstigt schniefte. Wieder betrachtete Harry das Bild, diesmal sehr lange und eingehend. Dann starrte er erneut den Jungen an. Ohne ein Wort zu sagen, legte Harry die Zeitung behutsam auf den Tisch, ging zu seiner Frau hinüber und rammte ihr mit voller Kraft die Faust ins Gesicht.

Sara taumelte zurück.

Harry schlug sofort noch einmal zu.

Sara stürzte zu Boden und lag regungslos da.

Der Junge riss entsetzt die Augen auf. Harry trat auf den Jungen zu, schlug auch ihm die Faust ins Gesicht.

Der Junge verlor das Bewusstsein.

Harry kam erst drei Tage später wieder nach Hause. Er war unrasiert und stank nach Schnaps und süßlichem Parfüm. Mit keinem Wort erwähnte er den Zwischenfall.

Auch Sara sagte nichts. Sie hatte ein blaues Auge und eine geschwollene Wange. Der Junge lag krank von dem brutalen Faustschlag im Bett.

Sara wusste, dass ihr Mann sie bald für immer verlassen würde. Aber es kümmerte sie nicht. Sie überlegte nur, warum er sich überhaupt noch einmal die Mühe gemacht hatte, nach Hause zu kommen.

In dieser Nacht träumte Sara von Caryl Chessman. Er verfolgte sie, und in dem Traum war sie nicht in der Lage, ihm zu entrinnen. Er war überall um sie herum. Es gab auch noch andere Leute in ihrem Traum. Scharen von Männern. Aber am nächsten Morgen konnte sich Sara nicht mehr genau daran erinnern, was diese Männer getan hatten.

An diesem Nachmittag gabelte Sara in einer Bar einen Mann auf und hatte zum ersten Mal seit ihrer Heirat außerehelichen Geschlechtsverkehr. Das Erlebnis war unbefriedigend. Sara kam müde und niedergeschlagen nach Hause. Sie legte sich aufs Bett, weinte bitterlich und flehte Gott an, er möge alle Männer ausnahmslos ins Verderben stürzen. Sie sollten sterben, augenblicklich, und auch alle Kinder männlichen Geschlechts.

Sechs Wochen später wurde ihr Junge mit Verbrennungen zweiten Grades am linken Arm und an der linken Seite ins Krankenhaus eingeliefert. Ein Unfall, sagte Sara dem Arzt. Sie hatte

Kaffeewasser aufgesetzt, und der Junge war während des Spielens gegen den Herd geprallt. Als sie darauf hingewiesen wurde, dass für Verbrennungen solchen Ausmaßes aber sehr viel kochendes Wasser erforderlich gewesen wäre, antwortete sie, dass sie an diesem Morgen Kaffee für eine halbe Kompanie gekocht hatte. »So spart man später viel Zeit«, säuselte sie mit einem Augenaufschlag.

Am Nachmittag traf sich der ärztliche Direktor des Krankenhauses mit dem Assistenzarzt, der den Jungen mit den schrecklichen Verbrennungen aufgenommen hatte.

»Wo ist er?«

»Ich habe ihn in 412 untergebracht.«

»Wie schlimm ist es?«

»Verbrennungen vom Hals bis zur Hüfte. Gleiche Verletzung am linken Arm fast bis zum Handgelenk. Blasenbildung und hyperämischer, feuchter Wundgrund. Aber es könnte schlimmer sein, denke ich.«

»Sie sind ein Optimist.«

»In solchen Fällen muss ich das sein, sonst würde ich wohl irgendwann verrückt werden.«

»Das würden wir wohl alle.«

»Ist die Mutter im Krankenhaus?«

»Zu Hause. Oder sonst wo. Ich glaube, sie hat's mit der Angst zu tun bekommen.«

»Was ist das für eine Mutter!«

Eine Krankenschwester betrat den Raum.

»Joanne, sorgen Sie dafür, dass nachts jemand bei ihm bleibt. Für alle Fälle.«

»Ja, Doktor.«

»Himmel, was für ein schmächtiger Kerl.«

»Wie alt ist er?«

»Drei Jahre.«

»Du liebe Zeit!«, sagte der Direktor.

»Und was wird mit ihm geschehen, wenn er hier entlassen wird?«

»Zurück nach Hause, nehme ich an.«

»Also zurück dahin, wo man ihm das angetan hat?«

Sie standen am Fußende des Betts und beobachteten den Jungen, der schlief. Der ganze Körper war, so weit man sehen konnte, bandagiert.

»Kann er nicht irgendwohin gebracht werden?«, fragte die Schwester mit brüchiger Stimme. »Ich meine, kann nicht irgendjemand …« Sie brach ab, und ihre Augen schwammen in Tränen.

Der Direktor schüttelte den Kopf.

»Fälle wie diesen hier gibt's überall in der Stadt«, sagte er ruhig. »Tausende. Eltern, die ihre Kinder verbrühen, verprügeln, hungern lassen. Manchmal bringen sie sie um. Und wenn es schiefgeht, bekommen sie Angst und rennen ins Krankenhaus. Dann ist es natürlich ein Unfall gewesen.« Er nahm die Brille ab und rieb sich die Augen. »Das Schlimme an der Sache ist doch, dass man es in der Regel nicht beweisen kann. Der Junge könnte sich ja tatsächlich selbst verbrüht haben!«

»Sehr unwahrscheinlich«, sagte der Assistenzarzt.

»Ja, sehr«, stimmte der Direktor zu. Müde fuhr er fort: »Aber ohne eindeutige Beweise kann sich das Krankenhaus nicht an die Behörden wenden. Das kann niemand.«

Der Assistenzarzt schüttelte den Kopf. »Und so wird sie es eben ein zweites und drittes Mal mit dem Jungen versuchen.«

»Ja … wenn er Pech hat, den zweiten Versuch zu überleben«, flüsterte der Direktor und ging zur Tür. »Aber man kann nie vorhersehen, wie solche Dinge ausgehen. Wir dürfen nicht schwarzmalen.«

»Vielleicht«, sagte der Assistenzarzt heftig, als sie wieder auf den Korridor hinausgegangen waren. »Aber in diesem Fall bin ich mir verdammt sicher.« Seine Stimme zitterte vor mühsam unterdrücktem Zorn. »Der Junge da hat keine Chance. Ganz gleich, was geschieht. Das Schicksal hat es nicht gut gemeint mit diesem Jungen!«

Aber ob das Schicksal es nun gut mit ihm meinte oder nicht, der Junge wurde jedenfalls tagtäglich von seiner Mutter besucht. Sie schien vor Kummer und Sorge außer sich zu sein. Als sie ihn schließlich nach Hause brachte, kaufte sie ihm einen Riesenbecher Schokoladeneis, die Sorte, die er am liebsten aß.

Am nächsten Tag schlug sie den Kopf des Jungen heftig auf den Rand der Badewanne, weil er seine Mutter zufällig mit Wasser bespritzt hatte. Der Kleine schrie gellend auf und verlor das Bewusstsein.

Sara beschloss, das Trinken im Haus lieber aufzugeben. Sie war nun doch ehrlich erschrocken und verängstigt, denn sie hegte immer noch Gefühle für das Kind, auch wenn er ein Junge war, also ein Vertreter des verhassten männlichen Geschlechts. Sie suchte Hilfe bei einem selbst ernannten Priester der Astrological Church of the Planets – einer der vielen religiösen Sekten, die im südlichen Kalifornien zu der Zeit wie Pilze aus dem Boden schossen.

Der Mann hörte sich aufmerksam ihr Problem an, dann sagte er ihr, dass er ihr Horoskop studieren würde, für eine Spende von 50 Dollar für die Kirche. Zwei Tage später informierte er sie traurig, dass ihr Leben momentan unter einem Unstern stehe, einem doppelten kosmischen Kreuz. »Wahrscheinlich das schicksalschwerste Himmelszeichen überhaupt«, wie er sagte. Doch dann hellte sich seine Miene auf. Doch die Konstellation ihrer Planeten deutete darauf hin, dass sie schon bald eine friedvolle Phase erreichen werde. Große Veränderungen warteten auf sie, und sie werde reich belohnt werden. Wie bald? Das konnte er nicht sagen. Dafür müsste er ein ausführlicheres Horoskop erstellen. Das wiederum würde natürlich eine weitere Spende erfordern. Sara bedankte sich, verließ den Priester und ging in die nächste Bar.

Nach dem dritten Glas Wein fühlte sie sich schon besser. Sie dachte an die friedvolle Phase, die ihr bald beschert sein sollte. Sie verdiente weiß Gott ein wenig Frieden!

Als kurz darauf ein Mann hereinkam und sich neben ihr hinsetzte, lächelte sie ihn an.

Als Sara später im Motelzimmer den Fremden betrachtete, der schlafend neben ihr lag, wusste sie, dass die neue Phase bereits begonnen hatte.

Ende September erfuhr sie, dass sie wieder schwanger war. Es war ein Schock. Sie hatte mehr Angst denn je zuvor in ihrem Leben. Eine wahnsinnige Wut befiel sie – auf die Götter, aber vor allem natürlich auf die Männer, die sich alle gegen sie verschworen hatten, die ihr das Leben zur Hölle machen wollten. Doch Sara Owens' Entschluss stand fest: Sie würde kein Baby mehr bekommen. Nein! Niemals! Was immer mit ihr geschehen sollte, würde sie hinnehmen, aber das nicht. Nie wieder!

Nachdem ihre erste Angst etwas nachgelassen hatte, versuchte sie herauszufinden, wie es dazu hatte kommen können. All die Jahre in ihrer Ehe war nichts mehr passiert. Und jetzt, nachdem sie nach fast vier Jahren einen kleinen Seitensprung gemacht hatte, war sie sofort wieder schwanger! Es war eine Strafe des Himmels. Ein Zufall war es jedenfalls nicht. Und plötzlich hatte sie die Antwort. Natürlich! Ihr Mann war unfruchtbar! Das musste es sein. Trotz all seiner verrückten Sexgelüste konnte er kein Kind zeugen, selbst wenn er es versuchte. Dieser Gedanke war so köstlich, dass Sara beinahe laut aufgelacht hätte. Er ist also ein halber Mann, der elende Mistkerl! Und wenn Harry unfruchtbar war, dann musste ihr Junge tatsächlich Chessmans Sohn sein. Oder eben der Sohn jenes Vergewaltigers, wer immer er auch gewesen sein mochte.

Sara schüttelte den Kopf. Nein, nein, es war Chessman. Sie musste das ganz einfach glauben, denn es war leichter, mit einem Namen zu leben als mit einem Niemand ohne Gesicht. Deshalb hatte sich Sara ja im Lauf der Jahre immer stärker eingeredet, dass Chessman sie damals vergewaltigt hatte.

Sara wusste, was als Nächstes zu tun war. Sie musste das Kind abtreiben. Aber dafür musste sie zuerst einmal Geld haben. Danach würde sie sich nie wieder auf Sex mit einem Mann einlassen, auch nicht mit dem Ehemann. Zur Hölle mit ihm und mit allen Männern! Sara brauchte sie nicht. Eigentlich hatte sie nie etwas anderes gewollt, als in Ruhe gelassen zu werden.

Von da an zog Sara jeden Nachmittag ihr schönstes Kleid an, dazu die besten Strümpfe und die elegantesten, hochhackigen Schuhe. Sie schminkte sich aufwendig und suchte dann in den besten Stadtteilen noble Bars auf. Während sie Männer, die nach Geld aussahen, aufreizend anlächelte, hatte sie Mordgedanken im Herzen. Aber sie konnte immer noch sehr gut schauspielern, und wenn sie für ihre jetzigen Vorstellungen zwar kaum noch einen Oscar bekommen würde, so war sie immer noch besser als viele Hausfrauen, die zu Hause geduldig auf ihren Ehemann warteten.

Nach drei Wochen hatte Sara 900 Dollar beisammen. Für 50 Dollar erfuhr sie den Namen eines Arztes, der bereit sein würde, sich mit ihrem Problem zu befassen. 800 Dollar verlangte der Doktor. Sie musste über Nacht in einer eleganten Wohnung am Mulholland Drive bleiben, dann war sie wieder frei und konnte gehen, wohin sie wollte.

Frei!

Sara fand sogar die Luft in diesem Stadtteil besser als anderswo. Sie ließ das Taxi bei einer Bar anhalten, ging hinein und bestellte ein Glas Wein von der teuersten Sorte. Dann noch eins. Obwohl es noch recht früh am Nachmittag war, saßen mehrere gut gekleidete Männer an der Bar. Sara erwiderte das Lächeln der Männer, und als einer von ihnen zu ihr herüberkam, verwickelte sie ihn in eine angeregte Unterhaltung. Sara war charmant, lebhaft und verführerisch, kurzum alles, was ein Mann sich von einer Frau nur wünschen konnte. Aber als er ihr schließlich ein unzweideutiges Angebot machte, sah sie ihn aus großen, unschuldigen Augen und mit süßem Lächeln an, während sie ihm in genauso unzweideutiger Weise und in recht deftiger Sprache sagte, was er mit seiner Männlichkeit tun könne. Dann legte sie geziert ihren Fünfzigdollarschein auf den Tisch, um den Wein zu bezahlen, und ging hoch erhobenen Hauptes hinaus.

Zu Hause gab sie dem Jungen zu essen, denn er hatte seit gestern nichts mehr bekommen. Anschließend schlief sie fünfzehn Stunden. Sie hatte nicht die Absicht, ihrem Ehemann irgendetwas zu erzählen. Er war ohnehin kaum noch zu Hause, und Sara wünschte sich nichts sehnlicher, als dass er nie mehr zurückkommen würde.

Aber Harry war offensichtlich noch nicht bereit für einen endgültigen Bruch. Er hatte das Gefühl, er müsse noch irgendeinen Treffer landen, irgendwo dick abkassieren, und dann – lebe wohl für immer! Seit Sara ihm von dieser Geschichte mit Chessman erzählt hatte, gab es für Harry zu Hause nichts mehr, was ihn hielt. Die Sache mit dem wahren Vater des Kleinen hatte Harry ganz und gar nicht gefallen. Er war sich reichlich dumm vorgekommen. Immer wieder hatte er sich seitdem gesagt, dass er einfach seine Sachen packen und abhauen sollte. Würde ihr ganz recht geschehen. Allen beiden. Ihr und diesem gottverdammten Balg.

Seit Monaten hatte Harry über diesen Chessman und jene Nacht vor Jahren in dem kleinen Wäldchen nachgedacht. Er zweifelte, ob es wirklich Chessman gewesen war. Harry konnte sich nämlich an kein rotes Blinklicht oder etwas in der Art erinnern.

Aber Sara war sich so verdammt sicher. Wahrscheinlich hatte es ihr sogar Spaß gemacht, dieser Schlampe! Und wie hinterhältig sie ihn dann belogen hatte! Er hätte sie damals verprügeln und einfach davonfahren sollen. Aber sie hatte ihm leidgetan. Harry war davon überzeugt, dass seine Frau schrecklich leiden würde, wenn er sie verließ. Das freute ihn.

Vier Monate später ergab sich für Harry Owens die große Chance, auf die er so sehnsüchtig wartete – ein ganz großes Ding, das ganz große Geld! Die Summe, die er brauchen würde, um endlich fortzukommen. Er war jetzt achtundzwanzig Jahre alt und hatte in seinem Leben eigentlich nie viel gehabt. Als Teenager hatte er sich herumgetrieben. In den Slums von West-Texas hatte er jeden Job angenommen, den er bekommen konnte. Mit einundzwanzig Jahren war er nach Los Angeles gekommen. Hier war er einige Zeit geblieben. Dann hatte er Sara Bishop kennengelernt und sich von ihr den Kopf verdrehen lassen. Jetzt war die Gelegenheit gekommen, seine Freiheit wiederzugewinnen – wahrscheinlich die einzige, die er jemals bekommen würde.

Harry verstand was von Autos, er konnte Motoren reparieren und einen defekten Wagen wieder flottmachen. Das war einer Gruppe von Männern in seiner Stammkneipe nicht verborgen geblieben. Es waren Männer wie er. Keiner von ihnen hatte eine Ausbildung und Aussicht auf einen anständigen Arbeitsplatz. Sie waren jedoch keine Kriminelle im üblichen Sinn. Sie lebten in den Tag hinein, hielten sich mit Gelegenheitsjobs über Wasser und lauerten auf ihre große Chance, irgendwann, irgendwie das große Geld zu machen. Sie waren Träumer, aber doch realistisch genug, um zu wissen, dass ein solcher Coup große Risiken in sich barg. Vier der fünf Männer waren Kriegsveteranen. Sie hatten Gewalt erlebt und dem Tod ins Auge gesehen, und sie waren bereit, für das große Geld alles auf eine Karte zu setzen.

Harry schloss sich dieser Gruppe als sechstes Mitglied an.

Man diskutierte und spekulierte und wartete, bis man endlich an der Reihe sein würde, den großen Coup zu landen.

Sie brauchten nicht lange zu warten.

Am 26. Februar 1952 überfielen sechs Männer einen Panzerwagen der Overland Pacific, einer der größten Geldtransportfirmen des Landes, und erbeuteten 1 000 000 Dollar.

Fünf Mitglieder der Bande konnten mit der Beute entkommen. Nur einer von ihnen fiel der Polizei in die Hände. Es war Harry Owens, der das Fluchtauto gefahren hatte, aber offensichtlich bei einem Streit mit seinen Komplizen von diesen niedergeschossen worden war. Eine Kugel war in seine rechte Seite eingedrungen, die andere hatte den rechten Oberarm durchschlagen. Der Schwerverletzte wurde ins nahe gelegene städtische Krankenhaus gebracht, wo er drei Tage später starb, ohne das Bewusstsein wiedererlangt zu haben.

Für die Polizei war es eine bittere Enttäuschung, denn man hatte gehofft, über ihn an seine flüchtigen Mittäter heranzukommen. Die sofort eingeleitete Fahndung verlief zunächst erfolglos.

Aber am 26. März fiel der Polizei einer der anderen Täter in die Hände. Der Mann hatte sich in Glendale einen neuen Wagen gekauft und ihn mit 3000 Dollar bar bezahlt. Der Verkäufer hatte sich zwar über dieses Geschäft gefreut, war aber doch seiner Pflicht nachgekommen, die Sache der Polizei zu melden. So wurde es routinemäßig bei allen größeren Bargeld-Transaktionen gemacht. Der Mann hatte dem Verkäufer die Fahrerlaubnis mit Namen und Adresse gezeigt. Nachforschungen ergaben, dass es sich bei dem Mann um einen gewissen Hank Green handelte. Er konnte kein geregeltes Einkommen nachweisen, geschweige denn erklären, woher er die 3000 Dollar für den Kauf eines neuen Autos gehabt hatte. Natürlich bestritt er energisch seine Beteiligung an dem Überfall auf den Geldtransporter, legte aber dann doch ein Geständnis ab, als er zweifelsfrei als einer der Täter identifiziert wurde. Innerhalb von zwei Wochen konnten drei weitere Mitglieder der Bande erwischt werden.

Nur ein einziger Mann entkam: Carl Hansun, 36, Kriegsveteran. Er war und blieb mit einem Beuteanteil von 100 000 Dollar verschwunden. Die Akte über den Overland-Raub in Highland Park, Kalifornien, im Februar 1952 wurde amtlicherseits niemals abgeschlossen.

Es folgten lange Monate der Untersuchung. Im Juni kamen die vier Männer vor Gericht. Für Sara Owens war das Leben eine Hölle. Natürlich gab sie Harry an allem die Schuld. Er hatte sie geheiratet, als sie gar nicht heiraten wollte. Seinetwegen hatte sie den Jungen bekommen, obwohl sie niemals Kinder haben wollte. Und wenn er auch nicht der leibliche Vater war, so war er doch dafür verantwortlich, dass sie schwanger geworden war, denn wäre sie in jener Nacht nicht mit ihm im Auto auf diesem Waldweg gewesen, hätte Caryl Chessman sie auch nicht vergewaltigen können. Und was hatte sie jetzt, nach vier, beinahe fünf Jahren? Nichts als Kummer und Elend und keinen Cent in der Tasche. Ihr Ehemann hatte sich mit Gangstern eingelassen und war dabei getötet worden. Die Tatsache als solche kümmerte Sara herzlich wenig, aber die Schande, die es bedeutete, immer wieder seinen Namen in der Zeitung zu lesen, war unerträglich. Die Nachbarn wussten es. Die Polizei wusste es. Jedermann wusste, wer sie war. Die Ehefrau eines Gangsters, der so blöd gewesen war, dass er von seinen eigenen Gangsterfreunden umgebracht worden war! Für Sara war dies der letzte Tropfen, der das Fass ihres unglücklichen Lebens zum Überlaufen brachte. Offensichtlich hatten die Götter sie für immer verlassen. Jetzt war sie allein, ohne jede Hoffnung. Daher beschloss sie, Los Angeles zu verlassen und nie mehr hierher zurückzukehren.

Am 1. August 1952 verließ Sara Bishop, wie sie sich jetzt

wieder nannte, die Stadt. Es war mitten in einer der schlimmsten Trockenperioden des Jahrhunderts. Sara bestieg mit ihrem vierjährigen Jungen einen Bus und reiste nach San Francisco. Hier fand sie eine kleine Wohnung und einen Job als Kellnerin. Abends erzählte sie ihrem Jungen von seinen beiden Vätern, von denen einer ein Vergewaltiger, der andere ein Bankräuber gewesen war. Sie verspottete und verhöhnte den Kleinen und ließ all ihren Hass und ihre Wut an dem Jungen aus. Eines Tages brachte sie einen braunen Lederriemen mit nach Hause …

Im folgenden Jahr zog Sara in eine kleine Landgemeinde, ungefähr zweihundert Meilen nördlich von San Francisco. Sie lebte in einem alten Holzhaus am Rande der Stadt und führte ein isoliertes Dasein. Doch sie war nicht unglücklich. Tagsüber arbeitete sie als Kellnerin in einem kleinen Speiselokal. Um ihren Job zu behalten, schlief sie wöchentlich einmal mit dem Boss, einem dicken, alten Kerl mit fettigem Haar. Wenn er sie bestieg, pflegte sie einfach die Augen zuzumachen.

Abends erzählt sie ihrem Jungen Schauermärchen, grässliche Geschichten von blutrünstigen Monstern, die entsetzliche Dinge mit den Menschen anstellten. Natürlich waren alle Monster Männer und ihre Opfer Frauen. Und irgendwie hießen diese Monster stets Caryl Chessman oder Harry Owens. Im Laufe der Jahre verschmolzen die beiden Monster zu einem einzigen, das weiterhin auf den Namen Caryl Chessman hörte, denn Harry Owens spielt im Leben von Sara keine Rolle mehr, über Chessman hingegen las sie immer mal wieder Berichte in den Zeitungen. Diese las sie dann ihrem Jungen vor und schmückte sie auf ihre eigene Weise mit schrecklichen Details aus. Immer ging es dabei um Frauen, die furchtbar leiden mussten, weil Männer ihnen schreckliche Dinge antaten. Nach solchen Geschichten schlug Sara den Jungen stets mit diesem braunen Lederriemen.

Im Jahre 1956 zog Sara noch ein Stück weiter aus der Stadt

hinaus, in ein kleines Bauernhaus, das etwa drei Meilen entfernt war. Das Haus hatte keinen Strom, aber es gab fließendes Wasser und einen großen Küchenherd, der mit Holz geheizt wurde. Ihre nächsten Nachbarn lebten eine Viertelmeile entfernt. Um zu ihrer Arbeitsstelle in der Stadt zu gelangen, kaufte sie einen Gebrauchtwagen für 100 Dollar, die sie angespart hatte. Gegen Ende dieses Jahres kaufte sie auch einen weiteren Lederriemen. Er war breiter und schwerer als der erste.

Ihren Job als Kellnerin hatte Sara schon vor einigen Jahren aufgegeben, nachdem sie eines Nachts die Geschlechtsteile des alten Fettsacks, der neben ihr schlief, mit dem glühenden Ende einer Zigarette verbrannt hatte.

Anschließend arbeitete sie für den Zimmermann der Stadt, beantwortete Telefonanrufe und kümmerte sich um den kleinen Laden nebst Werkstatt. Als der Mann eines Nachts in stark betrunkenem Zustand zudringlich wurde, schlug Sara ihm mit einem Handbeil beinahe den linken Arm ab.

Weitere ähnliche Vorfälle brachten Sara den Ruf ein, geistig nicht ganz normal zu sein. So wurde sie immerhin nicht mehr von Männern belästigt, was ihr nur recht war. Sie fand aber auch keine Jobs mehr, denn sie war wirklich sonderbar geworden. Sie war zänkisch und verschlossen, misstrauisch gegen jedermann, hatte keine Freunde und lud niemanden zu sich nach Hause ein. Ihren Lebensunterhalt bestritt sie durch Näharbeiten. Gelegentlich verbrachte sie auch ein Wochenende in San Francisco. Dann ließ sie den Jungen einfach allein zurück. So schaffte sie es mit Mühe, sich über Wasser zu halten. Aber, so dachte Sara, wenigstens wurde sie von niemandem mehr belästigt. Wenn sie einmal von ihrem Jungen absah.

Dass dieser Junge größer und größer wurde, quälte Sara über alle Maßen. Vier, sechs, acht Jahre alt – er wurde schnell zu einem verhassten Mann. Sara glaubte, ihn auf ihre Weise durchaus zu lieben, wenngleich sie es nur selten zeigte. Zugleich hasste sie aber auch, was er war, und dies zeigte sie ihm nur zu deutlich. Der Junge fehlte oft in der Schule. Oft hatte er blaue Flecken, Beulen, Striemen. Er war nicht dumm, aber sehr verschlossen. Manchmal bekam er merkwürdige Anfälle. Die Leute machten sich Sorgen um den Jungen. Aber es war eine Zeit, da Eltern noch die absolute Verfügungsgewalt über ihre Kinder hatten. Außerdem mischten sich in jener Gegend Nachbarn niemals in die Familienangelegenheiten anderer ein. Der Junge gehörte zu seiner Mutter, und die Leute meinten, es läge eben alles in Gottes Hand.

Im Herbst 1957 berichteten die Zeitungen wieder einmal über Caryl Chessman. Er hatte erneut ein Buch veröffentlicht, es war bereits sein drittes. Anscheinend hatte er das Manuskript heimlich aus dem Gefängnis geschmuggelt, nachdem man ihm weitere Publikationen untersagt hatte. Bei ihrem nächsten Trip nach San Francisco kaufte sich Sara dieses Buch. Sie hatte auch seine beiden früheren Bücher gelesen: *Cell 2455 Death Row* und *Trial by Ordeal*. Sara war keine große Leserin, aber Chessmans Bücher gefielen ihr, denn sie dachte daran, dass er wie ein Tier in einem Käfig eingesperrt war und nur noch darauf wartete zu sterben. Sie stellte sich im Geiste oft vor, wie die Männer in San Quentin rastlos in ihren kleinen Käfigen herumstrichen, allein und hilflos. Sara wünschte sich, dass alle von ihnen sterben sollten.

Sara war aber auch davon beeindruckt, wie werbewirksam Chessman sich in Szene setzte. Er war jetzt wirklich eine Berühmtheit, und berühmte Leute in aller Welt sprachen über ihn. Aber eins konnte sie nicht verstehen: Wieso wurde ein Vergewaltiger berühmt, während niemand ein Wort über seine Opfer verlor?

Als Sara an diesem Abend aus San Francisco nach Hause kam, las sie in dem Buch, das sie sich gekauft hatte. Es trug den Titel *The Face of Justice*, und auf der Rückseite des Schutzumschlages war ein großes Porträt von Chessman abgebildet. Er lächelte.

Sara betrachtete das Gesicht sehr lange, das schwarze Haar, die dunklen Augen, die große Nase. Dann holte sie sich ein paar Blätter Papier und begann, über sich selbst zu schreiben – von der Vergewaltigung vor zehn Jahren, von ihrer Ehe mit Harry Owens, von ihrem früheren Leben und ihren jugendlichen Träumen, von ihrem späteren Leben, von ihrer Angst und von ihrem Hass auf Männer. Stundenlang schrieb sie Seite um Seite voll, während sie am Küchentisch saß und diesen schmerzlichen Erinnerungen unter Tränen nachhing. Als sie fertig war, faltete sie die Blätter in der Mitte zusammen und steckte sie in Chessmans Buch, ohne noch einmal gelesen zu haben, was sie da alles aufgeschrieben hatte. Dann legte sie das Buch zu anderen Sachen in einen Pappkarton im Schrank.

Anschließend schlug sie den Jungen sehr lange mit dem schweren Lederriemen. Sie schlug ihn und weinte dabei und schlug ihn wieder, während sie ihm grausige Geschichten über Männer erzählte, und dann schlug sie ihn noch einmal. In der nächsten Woche ging der Junge nicht zur Schule. Seine Mutter gab an, dass er mit einer starken Erkältung im Bett liege.

Am 27. Mai 1958 wurde Caryl Chessman unter hohen Sicherheitsvorkehrungen von San Quentin nach Sacramento gebracht. Es ging um seine Berufung, die vor dem höchsten Gericht des Staates verhandelt werden sollte. Es war sein siebenunddreißigster Geburtstag.

Sara hörte am Abend zuvor etwas darüber im Radio. Da beschloss sie hinzugehen, um ihn zu sehen. Sie traf am Vormittag in Sacramento ein und fuhr direkt zum Gericht. Viele Leute hatten sich hier versammelt, um gegen die Todesstrafe zu demonstrieren und Chessmans Freilassung zu verlangen. Verwirrt von dem Trubel saß Sara in ihrem Wagen und wusste zunächst nicht, was sie nun tun sollte. Schließlich raffte sie allen Mut zusammen und ging die Stufen zum Eingang hinauf. Hier wurde sie von einem Gerichtsdiener höflich darauf aufmerksam gemacht, dass an diesem Tag keine Zuschauer bei Gericht zugelassen waren. Sie versuchte ihm zu erklären, dass sie keine Zuschauerin war, sondern dass sie Chessman kannte – am liebsten hätte sie das Wort »*intim*« laut hinausgeschrien. Sie behauptete, ihn unbedingt sehen zu müssen. Aber der Gerichtsdiener ließ sich nicht erweichen. Er hatte seine Anweisungen und bat Sara höflich, aber entschieden, sich wieder zu entfernen.

Niedergeschlagen setzte sich Sara auf den Rasen. Chessman war in diesem Gebäude, und sie konnte nicht zu ihm. Während der letzten Jahre war ihr Hass immer stärker geworden. Sara hatte Visionen, wie sie Chessman tötete, wie sie mit einem Revolver auf ihn schoss, wie sie ein Messer nahm und ihm die Geschlechtsteile abschnitt, wie sie sicherheitshalber noch einmal auf ihn schoss, um dafür zu sorgen, dass er auch wirklich tot war. Harry war tot. Warum war Chessman nicht tot? Es war ungerecht. Man sollte Frauen Schusswaffen geben und sie im Schießen unterrichten. Dann könnten sich alle Frauen zusammentun und alle Männer töten. Danach würden Frauen glücklich leben können. So wie es jetzt war, war es einfach ungerecht.

Jetzt ging eine Bewegung durch die Menge. Sara zuckte zusammen. Chessman! Man brachte ihn offensichtlich heraus. Sie rannte zum Eingang, während mehrere Männer aus dem Gebäude gestürmt kamen. Und da war er! Das musste er sein! Sara starrte in sein Gesicht. Nach elf Jahren sah sie ihn zum ersten Mal wieder, denn dass er es war, den sie in jener Nacht gesehen hatte, stand für sie seit Langem fest. Sie starrte ihn weiter an, dann begann sie zu schreien, ohne zu wissen, was sie da so laut hinausschrie. Einen Moment später war er fort. Das Gesicht war weg. Sara war wieder allein.

Während der Heimfahrt fühlte sie sich elend. Sie kam sich innerlich ausgebrannt vor und war schrecklich müde. Immer wieder sagte sie sich, dass sie ihn irgendwie hätte töten müssen. Sie war ja in gewisser Hinsicht auch tot, und dann sollte er eben auch tot sein.

In den folgenden Monaten erzählte Sara ihrem Jungen immer scheußlichere Horrorgeschichten. Die ganze Welt war bevölkert mit Monstern, grässlichen, unerbittlichen Monstern in Gestalt von Männern, die nur ein Ziel kannten – Frauen zu vernichten. Sie schilderte ihrem Jungen jedes noch so grausame Detail. Das Blut floss im Überfluss. Schmerz war normal. Tod war Befreiung und Erlösung. Sara packte den Jungen bei den schmalen Schultern, rüttelte ihn, umklammerte mit beiden Händen seinen Kopf, zerrte an seinen Haaren, knuffte ihn, stieß ihn herum und schlug ihn. Ihre Augen waren vor Grauen weit aufgerissen. Schaum trat ihr aus dem Mund. Sie schrie den Jungen an, prügelte ihn, warnte ihn. Monster! Ungeheuer! Im Haus. Überall. Zu spät! Schattenhafte, seelenlose Dinge drangen durch die Wände. Blutrünstige Dämonen waren auf der Suche nach Beute. Rissen Fleisch von Knochen. Klauen zerfetzten Muskeln. Riesige Mäuler verschlangen Eingeweide, Herz, Leber, Nieren. Klatschende Schläge mit dem wuchtigen Lederriemen. Und dann schrien beide, Mutter und Sohn, in namenlosem Entsetzen, blicklos stierten die Augen, von Lustschmerz gepeitschte Körper sanken langsam und leise in stummen Schlaf.

Im September kaufte Sara eine Peitsche. Sie sagte dem Verkäufer, dass sie sich ein Pferd anschaffen wollte. Er sagte ihr, dass sie sich zuerst das Pferd anschaffen sollte. Aber Sara kaufte nur die Peitsche.

Der Winter setzte in diesem Jahr schon früh ein. Sara und der Junge blieben die meiste Zeit im Haus. Das Feuer in dem großen Herd brannte prasselnd und hell. Saras Geist begann sich immer mehr zu verwirren. Manchmal erkannte sie den Jungen nicht mehr. Mitunter rief sie ihn bei anderen Namen. Sie sprang immer übellauniger mit dem Jungen um, schrie ihn ständig an und fand an allem, was er tat, irgendetwas auszusetzen. Sie begann ihn zu verfluchen und machte bald aus ihm das Monster in ihren Horrorgeschichten anstelle von Caryl Chessman. Immer öfter bekam der Junge die Peitsche zu spüren.

Eines Nachts Ende Dezember verlor der Junge endgültig den Verstand. Als seine Mutter vor dem großen Holzofen hockte, stieß er sie mit Wucht in die Flammen und beobachtete, wie der Körper zu brennen begann, wie das Fleisch geröstet und bis auf die bleichen Knochen verbrannt wurde.

Drei Tage später kam eine Frau ins Haus, um Stoff für eine Näharbeit zu bringen. Sie fand den Jungen auf dem Fußboden vor dem erloschenen Feuer sitzend. Er warf seinen Oberkörper vor und zurück, vor und zurück, wobei er einen merkwürdigen, kehligen Singsang von sich gab. In einer Hand hielt er ein verkohltes Stück Fleisch, von dem er gegessen hatte. Sein Oberkörper wies schwärende Wunden auf und war von verkrustetem Blut überzogen.

Die Polizei kam und brachte den Jungen fort.

Über Sara Bishops Tod wurde in keiner überregionalen Zeitung berichtet. In der lokalen Presse wurde lediglich berichtet, dass die Frau tot in ihrer Wohnung aufgefunden worden war. Aber jedermann in dem kleinen Ort wusste, was geschehen war.

Der Junge wurde kurzerhand für geisteskrank erklärt und in eine nahe gelegene staatliche Nervenheilanstalt eingewiesen.

Der Junge war einer der Ersten, der in einem neuen Flügel der Anstalt untergebracht wurde. Er war für psychisch gestörte Kinder bestimmt, die – wie Thomas William – getötet hatten. Am Anfang wurde er streng isoliert gehalten. Er verbrachte seine Zeit damit, laut zu schreien und sich auf den Boden zu werfen. Mitunter saß er aber auch ganz ruhig da und erzählte sich selbst mit leiser Stimme Geschichten von Ungeheuern und Dämonen. Wenn sich jemand näherte, hörte er sofort damit auf. Manchmal saß er einfach auf dem kalten Betonfußboden, warf den Oberkörper vor und zurück und jammerte und winselte stundenlang vor sich hin.

Der Junge musste regelmäßig fixiert werden, denn er pflegte andere Kinder und auch Erwachsene anzugreifen, plötzlich und ohne jeden ersichtlichen Grund. Immer häufiger verbrachte er die Zeit in der Isolationszelle, denn er galt als gewalttätig und gemeingefährlich.

Die Jahre gingen dahin, und Thomas William Owens war einsamer als je zuvor.

Am 19. Februar 1960 gewährte Edmund Brown, Gouverneur von Kalifornien, Caryl Chessman einen Aufschub von sechzig Tagen. Manche Leute unterstellten dem Gouverneur politische Motive, weil der Präsident der Vereinigten Staaten eine Tournee durch Südamerika unternahm, und die Regierung war nicht erpicht auf antiamerikanische Demonstrationen, solange Eisenhower dort war. Doch der Aufschub nützte Chessman nicht viel. Das Parlament von Kalifornien lehnte eine Umwandlung der Todesstrafe in lebenslange Haft ab. Daraufhin richtete Chessman, der nach wie vor beteuerte, nicht der »Rotlicht-Bandit« zu sein, eine Petition an den Obersten Gerichtshof. Am 2. Mai um acht Uhr früh trat der Oberste Gerichtshof von Kalifornien zu einer außergewöhnlichen Sitzung zusammen. Um 9.15 Uhr wurde das Urteil verkündet. Mit vier gegen drei Stimmen war Chessmans letzte Petition abgelehnt worden. Jetzt gab es keine Zeit mehr für weitere rechtliche Schritte. Chessman hatte zwölf Jahre in der Todeszelle von San Quentin verbracht. Er hatte zweiundvierzig Anträge gestellt, zum Teil an den Obersten Gerichtshof der Vereinigten Staaten. Seit 1952 hatte er achtmal einen Hinrichtungsaufschub erwirkt. Jetzt wurde Caryl Chessman innerhalb einer Stunde nach Bekanntgabe der gerichtlichen Entscheidung hingerichtet. Sein Leichnam wurde am folgenden Tag auf dem Mount-Tamalpais-Friedhof im nahe gelegenen San Rafael eingeäschert. Soweit bekannt war, hatte Caryl Chessman keine lebenden Verwandten.

Am Tag von Chessmans Hinrichtung kam es in verschiedenen Teilen der Welt zu Demonstrationen. Resolutionen wurden an Regierungen weitergeleitet.

Unterdessen befand sich in einer staatlichen Nervenheilanstalt etwa zweihundert Meilen nördlich von San Quentin noch immer ein Junge, dessen Mutter ihn für Caryl Chessmans Sohn gehalten hatte. Er war jetzt knapp zwölf Jahre alt. Von der Hinrichtung wusste er nichts, aber in seinem verwirrten Geist, der bevölkert war von nebulösen Gestalten und düsteren Schatten, war ein Gedanke fest umrissen wie eine deutliche Erinnerung: Er hatte einen Vater, und sein Name war Caryl Chessman. In seiner Welt voller Ungeheuer und Dämonen, voller grässlicher Schmerzen und Strafen, voller Frauen, die von Männern gepeinigt wurden, war ihm der Name seines Vaters stets gegenwärtig und bewusst. Und er wollte genauso werden wie er.

Während der folgenden Jahre sammelte der Junge alles, was er über seinen Vater in Zeitungen und Magazinen finden konnte. Viel war es nicht, denn in der Anstalt gab es nur wenig Gedrucktes für die Insassen. Aber was der Junge finden konnte, hütete er wie einen kostbaren Schatz. Er faltete alles zu winzig kleinen Quadraten zusammen und verstaute sie in der Brieftasche, die er einmal geschenkt bekommen hatte und die er seitdem ständig bei sich trug. Oft holte er spät in der Nacht diese Schriftstücke heraus, faltete sie auseinander und las sie aufmerksam durch, faltete sie wieder zusammen und tat sie zurück in die Brieftasche.

Während des nächsten Jahrzehnts, als der Junge schließlich zu einem Mann heranwuchs, der lernte, mit seiner Umwelt zurechtzukommen, indem er sich die notwendigen Verhaltensweisen aneignete, um von den Menschen zu bekommen, was er haben wollte, vergilbten diese Papierschnitzel allmählich immer stärker und zerfielen schließlich zu nichts.

Außerhalb der Anstaltsmauern hatte sich die Welt verändert. Politische Attentate waren zu einer Waffe geworden. Der Vietnamkrieg hatte eine Regierung gestürzt und eine soziale Revolution ausgelöst. Moral und Sitten hatten sich radikal verändert. Die schwarze Bevölkerungsminderheit hatte im ganzen Land ein neues Bewusstsein geschaffen. Das Leben war schneller und hektischer geworden. In dieser so turbulenten Zeit war der Name Caryl Chessman kein Begriff mehr. Die Todesstrafe hatte während dieses Jahrzehnts immer mehr an Boden verloren. In vielerlei Hinsicht waren die sechziger Jahre eine unselige Zeit für die USA gewesen. Man hoffte, dass die Siebziger besser werden würden oder doch wenigstens friedvoller.

Am 5. Mai 1973 sendete die Rundfunkstation KPFA – der Hauptsender von Pacifica Radio in San Francisco – ein Zweistundenprogramm über die Todesstrafe. Einer der Teilnehmer sprach mit einfühlsamen Worten von Caryl Chessman, von seinem verlorenen Kampf gegen die Hinrichtung. Andere Sender übernahmen dieses Programm, sodass es auch in verschiedenen anderen Gegenden von Kalifornien empfangen werden konnte.

Empfangen wurde es auch auf der Station einer Nervenheilanstalt im nördlichen Teil des Staates. Es war diese Rundfunksendung, die den Beginn einer grauenvollen Herrschaft des Schreckens markierte, einer Zeit des Horrors, die an den Nerven einer ganzen Nation zerren sollte.

Auf dieser Station, wo an diesem verhängnisvollen Maiabend das Radio lief, lebte ein Mann namens Thomas William Bishop, geborener Owens. Er war fünfundzwanzig Jahre alt.

2

Thomas Bishop schaltete das Radio neben seinem Bett ab, klopfte das Kopfkissen zurecht und rutschte etwas höher hinauf. Sein Blick wanderte über die anderen Betten in seiner Nähe und musterte die stummen Gestalten, die im Schlaf zusammengekauert unter den Laken und blauen Decken lagen. Dann machte er die Augen zu, um seiner Umgebung für eine Weile zu entfliehen.

»Chessman.« Er wiederholte das Wort und sprach es ein drittes Mal aus. Wieder und immer wieder flüsterte er dieses eine Wort, allmählich immer lauter, bis es beinahe explosiv über seine Lippen kam. Er machte ein Auge auf, sah sich misstrauisch um, machte das Auge wieder zu. Dann öffnete er den Mund. Mit der Zunge befeuchtete er die trockenen Lippen, bevor er sie fest zusammenpresste. Plötzlich riss er beide Hände hoch und drückte sie auf die Ohren. Mit gesenktem Kopf formte er eine Art Litanei aus diesem einen Wort, und während er es nun stumm in rhythmischer Monotonie wiederholte, raste sein Geist merkwürdige verschlungene Abwege hinab.

Bishop hatte blondes Haar. Es war im Lauf der Jahre immer heller geworden. Er war von mittlerer Größe und durchschnittlichem Gewicht. Man konnte ihn gut aussehend nennen. Er hatte ein gewinnendes Lächeln, freundliches Benehmen, eine angenehme Lache, und wenn ihm danach zumute war, dies alles einzusetzen, wirkte er wie ein leicht verwöhnter junger Mann, wie ihn moderne Mütter für ihre Töchter suchten – und Werbefachleute für ihre Produkte. Dass er auch gemein, eiskalt berechnend und bedrohlich sein konnte, das ahnten die Menschen nicht.

Während des jahrelangen Anstaltsaufenthaltes war er zu ständiger Selbstbeobachtung gezwungen gewesen. Durch unablässiges Experimentieren hatte er schließlich herausgefunden, welche Haltungen und Posen er einnehmen, welche Miene und welchen Tonfall er einsetzen musste, um bei den Menschen eine bestimmte Wirkung zu erzielen. Seine Intelligenz und schnelle Auffassungsgabe kamen ihm bei diesen Experimenten zugute. Schließlich war der Zeitpunkt erreicht, wo er glaubte, alles gelernt zu haben, was er zum Überleben brauchte. Aber er übte ständig weiter und hielt stets wachsam Ausschau nach irgendwelchen neuen Regeln, die er noch nicht verstand und die ihm womöglich Bestrafungen einbringen würden. Alles, was ihm Vorteile brachte, eignete er sich an, was ihm Nachteile einbrachte, ließ er sofort wieder fallen. Er lernte auf diese Weise die Gesten der Freundlichkeit, der Unschuld, der Aufrichtigkeit, wie er sie bei seinen Wärtern und bei anderen Patienten beobachtet hatte, vor allem aber im Fernsehen. Fernsehen war seine große Leidenschaft, ja fast eine Obsession.

Doch jede Sonnenseite hatte auch eine Schattenseite. Er besaß keine Spontaneität, er hatte kein Gespür für Stimmungen. Seine Gefühlsäußerungen waren rein äußerlich. Er konnte lächeln, während er innerlich vor Wut schäumte. Er konnte lachen, obwohl er starke Schmerzen hatte. Er musste ständig vor anderen auf der Flucht sein. Kurzum, er war ein menschlicher Roboter, der auf die Emotionen anderer Leute reagierte wie ein Automat, aber niemals aus seinen eigenen Empfindungen heraus handeln konnte. Die Wahrheit war – er hatte überhaupt keine Gefühle und empfand nichts. Mit Ausnahme von Hass. Sein Hass kannte keine Grenzen, er schloss alles und jeden ein. Am meisten aber hasste er die Anstalt.

Während der ersten vier Jahre hatte Bishop kaum Anzeichen von Intelligenz erkennen lassen. Als Zehnjähriger hatte er sich verhalten wie ein Kleinkind, er hatte nicht gesprochen, nur geschrien und grundlos geweint. Vier Jahre später hatte dann eine subtile Veränderung eingesetzt. Bishop nahm seine Umgebung wahr, wurde empfänglich für Anregungen von außen. Nach einem weiteren Jahr war Bishop genauso normal wie irgendein anderer Fünfzehnjähriger, wenn es darum ging, Befehle auszuführen und für sich selbst zu sorgen.

Ärzte und Therapeuten reagierten begeistert. Der junge Mann hatte die geistige Umnachtung seiner Jugend überwunden, war offensichtlich heilbar, wenn nicht gar schon geheilt. Jetzt widmete man ihm ganz besondere Aufmerksamkeit. Er lernte sehr schnell, sog alles in sich auf, was Orte und Begebenheiten außerhalb der Anstalt betraf. Er bekam Kenntnis von Geschichte, Kultur, Regierung und Gesetz. Es war eine aufregende Zeit, und er war ein guter Schüler. Aber am Ende erwies sich doch alles als nutzlos und diente nur dazu, ihn fast über Gebühr zu frustrieren. Er hatte gelernt, Emotionen zu imitieren, Gefühle zu zeigen, die er nicht empfand. Aber er hatte noch nicht gelernt, wie er verbergen konnte, was in seinem verwirrten Geist wirklich vorging. Dann setzten die Zuckungen ein. Sein Körper wurde von heftiger, unkontrollierbarer Wut geschüttelt. Die Menschen, die so große Hoffnung in ihn gesetzt hatten, gingen auf Abstand zu ihm.

Er wurde aus dem Flügel für geistesgestörte Kinder auf eine Erwachsenenstation verlegt. Man unterzog ihn mehreren Schocktherapien und gab ihm Unmengen von Psychopharmaka. Medikamente stellten ihn ruhig, änderten aber nichts an dem Problem. Zwei Jahre lang wurde sein Körper von diesen Anfällen heimgesucht. Doch dann fand er plötzlich, wie schon zuvor, wieder inneren Halt. Die Wutanfälle ließen nach, die Zuckungen hörten auf. Wieder lächelte er, wenn es von ihm verlangt wurde, wieder lachte er, wenn man es von ihm erwartete. Er war wieder der »gute Junge«, der es allen recht machte. Er war zu diesem Zeitpunkt zwanzig.

In einem Alter, wo junge Leute nach Möglichkeiten suchen, um ihr Innerstes zum Ausdruck zu bringen, suchte Bishop nach Möglichkeiten, wie man dies am besten verbarg. Es fiel ihm schwerer, als Emotionen vorzutäuschen. Er hatte keinerlei Anhaltspunkte dafür, ob er etwas richtig machte oder nicht. Mit Lügen war es nicht getan. Lügen waren leicht durchschaubar, und er verstand sich auch nicht aufs Lügen. Er konnte niemals ganz sicher sein, was die Leute gerade von ihm hören wollten. Irgendeine goldene Regel musste her, eine Formel, die es ihm erlaubte, die richtigen Worte zu wählen. Bis er diese Formel schließlich fand, wäre er beinahe verzweifelt.

Wie die meisten Menschen mit schwerwiegenden psychischen Störungen teilte auch Bishop seine Welt in Extreme ein, und nach ihnen lebte er. Für ihn gab es nur Weiß oder Schwarz, heiß oder kalt, ja oder nein, bleib oder geh – entweder, oder. Doch dann entdeckte Bishop plötzlich, dass die meisten Menschen zwischen diesen Extremen, in einer Art Sowohl-als-auch-Bereich lebten. Extremen Gegensätzen begegneten sie hingegen mit Argwohn und Misstrauen. Diese Erkenntnis traf Bishop so unvermittelt, dass es einer Offenbarung gleichkam. Sein messerscharfer Verstand bekam neue Nahrung.

Er hatte die Formel gefunden. Mäßigung, Ausgleich, die Fähigkeit, die andere Seite zu sehen, Kompromissbereitschaft. Alles war plötzlich klar. Zwölf Jahre lang hatte er sich vergeblich abgemüht, er hatte im Dunkeln getappt und den Ausgang aus dem Labyrinth nicht gefunden. Warum hatte ihm das niemand gesagt? Offenbar wollte man nicht, dass er es wusste. Solange er nicht im Besitz der Formel war, war er in ihrer Gewalt. Aber jetzt hatte er sie! Er würde nicht länger hilflos sein. Er brauchte sich nicht länger von ihnen auslachen oder verspotten zu lassen. Der simple Trick war, man musste sich in der Mitte der Straße halten!

Das würde nicht leicht sein, das war ihm klar. Die anderen wussten immer noch viel mehr als er, sie hatten so viel mehr Erfahrung. Aber er würde in Zukunft aufmerksam zuhören und sehr schnell lernen. Nimm ein Thema, irgendein Thema. Das Essen? Nicht schlecht, aber es war schon mal besser. Football? Recht gewaltsam, aber doch nicht ohne ästhetischen Reiz. Vietnamkrieg? Man darf die Interessen der Bevölkerung nicht aus den Augen verlieren, meinen Sie nicht auch?

Das ist es. Das Spiel mitspielen. Sich nicht zu eindeutigen Aussagen hinreißen lassen. Nicht dogmatisch sein. Und nie, niemals aussprechen, was man gerade denkt. Was einem wirklich im Kopf herumspukt.

Natürlich blieb er davon überzeugt, dass seine eigene Sichtweise die richtige war. Verrückt waren die anderen, die Wärter, die Ärzte, die anderen Patienten. Er lebte inmitten des Wahnsinns, war von ihm umgeben, drohte von ihm verschlungen zu werden. Um von hier fortzukommen, musste er werden wie die anderen. Er musste verrückt werden! Er hatte bereits gelernt, sich wie die anderen zu benehmen und so wie sie zu handeln. Jetzt musste er damit beginnen, auch so zu reden wie sie.

Er wusste, dass das Essen schlecht war, manchmal sogar ungenießbar. Er wusste, dass Fußball widerwärtig war. Er verabscheute jeden körperlichen Kontakt. Und die Menschen in Vietnam waren ihm herzlich egal. Er hörte täglich die Zahlen der Gefallenen, und seinetwegen hätten es gern noch viel mehr sein können. Aber er lebte in einem Tollhaus, und deshalb durfte er die Wahrheit nicht ungeschminkt aussprechen, weil man ihn dafür bestrafen würde.

Es dauerte nur ein halbes Jahr, bis seine neue Strategie Wirkung zeigte. Man unterzog ihn neuen psychologischen Tests, die er alle durchschaute und manipulierte. Er machte ihnen weis, dass er im Grunde nur von durchschnittlicher Intelligenz war, dass er keine großen Erwartungen an die Zukunft knüpfte, sich aber auch keine Illusionen machte, weil er dazu viel zu wenig Fantasie besaß. Man unterzog ihn anschließend einer Reihe von Eignungstests, die alle bewiesen, dass er eine ziemlich phlegmatische Person war, deren Neigungen und Fähigkeiten alle im Bereich des Normalen lagen. Er war jemand, der weder hoch steigen noch tief fallen oder große Risiken eingehen würde.

Danach lag er monatelang im Bett und ließ im Geist noch einmal all die köstlichen Details vorüberziehen, mit denen er alle genarrt hatte, wie er seine Überlegenheit bewiesen hatte, indem er die anderen bei ihrem eigenen Spiel geschlagen hatte. Mit Verstand und Fantasie hatte er es geschafft, ihnen vorzugaukeln, dass er weder über Verstand noch über Fantasie verfügte. Dieser Gedanke wärmte ihn, und mit einem Gefühl von großer Freiheit schlief er dann meistens zufrieden ein. Wenn sie Pech hatten, so sagte er sich, dann würde er vielleicht eines Tages hierher zurückkommen und alle töten.

Im dreizehnten Jahr seines Anstaltsaufenthaltes wurde ihm eine Anhörung vor einer Ärztegruppe gewährt. Man sagte ihm, dass diese Anhörung nur formlos war und keine amtliche Bedeutung hatte, aber er wusste, dass die Einschätzung und schließliche Empfehlung erforderlich sein würden, um ihm die letzte Tür zu öffnen – das große Eingangstor, das in die Freiheit führte. Er war nicht beunruhigt. Der jahrelange tägliche Kontakt mit Wärtern und sonstigem Personal hatte ihn mit bitterem Hass erfüllt, doch dieser verblasste vor dem verzehrenden Hass, den er gegen Ärzte hegte. Sie waren Dämonen, die Hilflose quälten. Sie konnten unermessliche Schmerzen zufügen. Sie hatten Macht über Leben und Tod. Aber wie alle Monster waren sie dumm und konnten zum Narren gehalten werden.

Um die Ärzte zu narren, war überlegene Intelligenz erforderlich, und die besaß er, davon war Bishop überzeugt. Er würde den Ärzten ein Schnippchen schlagen, so wie er es ja schon bei den vielen Tests getan hatte.

Die Anhörung fand im Januar 1972 statt. Drei Ärzte hörten freundlich und geduldig zu. Fast eine Stunde lang sprach Bishop über sich selbst, beantwortete Fragen, lächelte herzlich und lachte charmant. Er saß in dem braunen Ledersessel und kam sich vor wie einer von ihnen, angesehen, respektiert, erfolgreich. Als die Anhörung vorbei war, bedankte er sich höflich bei ihnen und verließ den Raum. Auf dem Rückweg zur Station vollführte er ein paar übermütige Tanzschritte und klatschte in die Hände. Der Wärter lächelte amüsiert, aber er hielt ihn ja auch ganz einfach für verrückt.

Doch Bishop hatte sich zu früh gefreut. Die Ärzte hatten sich nicht zum Narren halten lassen. Sie hatten sein Täuschungsmanöver sehr schnell durchschaut und ärgerten sich darüber, dass sie den Patient überhaupt so weit hatten kommen lassen. Unter der einstudierten äußeren Pose erkannten sie das Trauma, das noch längst nicht verarbeitet war. Die Gefahr drohender Gewalttätigkeit war noch nicht gebannt. Sie erkannten die vorgetäuschten Emotionen und betrachteten gerade sie als das große Problem. Ein Mann ohne Gefühl für seine Mitmenschen, ohne moralische Standards, ein Mann, in dessen Innerem lebenslang unterdrückter Zorn tobte, der psychisch schwer geschädigt war durch jahrelanges, schreckliches Leiden während der entscheidenden Phase der sozialen Prägung, ein solcher Mann, verzweifelt und unberechenbar, konnte unmöglich in die Gesellschaft entlassen werden, und es erschien höchst zweifelhaft, dass sich daran je etwas ändern werden würde. Die Ärzte waren sich in ihrer Einschätzung einig: Der Patient ist potenziell gemeingefährlich.

Bishop dagegen war von der Vorstellung, die er den Ärzten geliefert hatte, derartig überzeugt, dass er sich die nächsten beiden Tage bemühen musste, nicht ständig zu grinsen. Er hatte es geschafft und wieder einmal seine Gerissenheit unter Beweis gestellt. Ruhig und leidenschaftslos hatte er von seiner Kindheit erzählt, so als könnte er sich kaum noch an Einzelheiten erinnern. Er hatte große, unschuldige Augen gemacht, als er behauptet hatte, keinerlei Zorn mehr zu verspüren. Leben und leben lassen, sei seine Devise. Töten war falsch, wenngleich es natürlich Ausnahmen gab. Was wären das für Ausnahmen, wurde er gefragt. Nun, wenn der Staat es verlangt, selbstverständlich. Für die Jahre, die er in der Anstalt verbracht hatte, hatte er nur Lob übrig. Er hatte hier so viel gelernt, und dafür würde er immer dankbar sein. Was er gelernt hatte? Dass Leute sich lieben sollen. Er liebte jedermann, wenngleich es natürlich einige gab, die leichter oder schwerer zu lieben waren als andere. Er lächelte, und sein Gesicht verriet seine Ehrlichkeit und Offenheit. Ja, er liebte jedermann.

Als ihm drei Tage später mitgeteilt wurde, dass die Ärzte die Fortsetzung seiner Einkerkerung befohlen hatten, hielt er dies zunächst für einen Irrtum. Jemand musste die Namen durcheinandergebracht haben. Er erkundigte sich bei einem der Ärzte. Nein, kein Irrtum. Er konnte es nicht glauben. War er denn nicht überzeugend gewesen? Hatte er nicht bewiesen, dass er einer von ihnen war? Die Ärzte mussten doch wissen, dass er geistig genauso gesund war wie sie. Davon war er felsenfest überzeugt. Es war alles nur ein dummes Missverständnis. Musste es sein.

In dieser Nacht träumte er von Ungeheuern, die sich von Fleisch ernährten. Laut schreiend erwachte er. Die Monster blieben immer noch bei ihm, als er hysterisch brüllend durch die Station rannte. Er wurde schnell mit einem Beruhigungsmittel sediert.

Als Bishop schließlich begriff, dass es sich nicht um einen Irrtum handelte, kannte seine Wut keine Grenzen. Er dachte nur noch ans Töten. Die Ärzte würden zuerst an die Reihe kommen, diese Teufel, die ihn so hatten leiden lassen. Töte sie! Dann die Wärter und das andere Personal. Töte sie! Die anderen Patienten, die Anstalt, jeden Einzelnen, der mit ihr in Verbindung stand. Alle töten!

Er schwelgte in Vernichtungsfantasien. Vor seinem geistigen Auge sah er sie sterben, unter Schmerzen und grässlichen Qualen. Während er die Bilder Revue passieren ließ, lachte er laut auf. Er saß auf einem Thron hinter einem großen Schreibtisch und brauchte nur auf Knöpfe zu drücken, um den Kreaturen, die zu seinen Füßen kauerten, schreckliche Schmerzen zuzufügen. Er trampelte auf ihren Köpfen herum. Sie zerbarsten wie Eierschalen. Wenn die Szene ihn zu langweilen begann, dachte er sich einfach eine neue aus. Es lief immer auf dasselbe hinaus: Er hatte jetzt die Macht und konnte nach Belieben töten! Alle!

Zwei Tage später legt er auf der Station Feuer. Er hatte mehrere Betten zusammengeschoben, in der Mitte Wäsche aufgeschichtet und ein Zündholz daran gehalten. Als der erste Wärter entsetzt angerannt kam, prasselten die Flammen bereits meterhoch.

Bishop griff den Wärter mit bloßen Fäusten an und warf ihn zu Boden. Immer wieder schlug er den Kopf des Mannes auf die Dielen, bevor andere herbeigestürzt kamen und ihn gewaltsam von ihm trennten.

Es verging ein halbes Jahr, bis er wieder auf die Station zurückverlegt wurde. Bis dahin hatte er in Isolationshaft zugebracht. Er verriet keinerlei Reaktion, als ihm mitgeteilt wurde, dass der Wärter einen schweren Schädelbruch erlitten hatte. Nichts schien ihn mehr zu interessieren. Wieder wurde sein Körper von diesen Anfällen heimgesucht und von heftigen Zuckungen geschüttelt. Er verzerrte das Gesicht und heulte wie ein verwundetes Tier. In diesen Phasen pflegte er jeden anzugreifen, der ihm in die Quere kam. Er musste die meiste Zeit eine Zwangsjacke tragen. Man gab ihm weitere Schockbehandlungen, verabreichte ihm Psychopharmaka. Nach mehreren Monaten ließen die mit den Zuckungen verbundenen Anfälle nach und verschwanden schließlich ganz. Von da an trat die Tobsucht nicht mehr auf.

Die neue Station lag auf der anderen Seite des Hauptgebäudes und in einem höheren Stockwerk. Es war ein Hochsicherheitstrakt, wo die gemeingefährlichen Patienten untergebracht waren. Die schweren Metalltüren waren ständig geschlossen. Die Fenster hatten Stahlrahmen und waren vergittert. Wärter mit Schlagstöcken und Lederriemen waren omnipräsent.

Acht Monate lang war Bishop in diesem Gefängnis, aß sein Essen und wischte die Fußböden. Er glaubte, schon bei Lebzeiten in der Hölle zu sein. Acht Monate lang lebte er neben Geisteskranken, die wie Tiere dahinvegetierten. Jeden Morgen war er von Neuem überrascht, dass er noch am Leben war. Als er schließlich im Februar 1973 auf eine andere Station verlegt wurde, schwor er sich, nie mehr hierher zurückzukehren. Lieber würde er sterben.

Die Anstaltsbeamten, denen sein gutes Benehmen seit jenem Tobsuchtsanfall vor einem Jahr nicht entgangen war, verlegten ihn auf eine Station in einem neuen, zweistöckigen Gebäude, in dem mit neuen Therapieformen experimentiert wurde. Hier gab es unter jedem Bett einen Kastenschrank und daneben einen Nachttisch. Zwei Meter hohe Plastiktrennwände zwischen den Betten sollten den Patienten zu etwas Privatsphäre verhelfen.

Hier lag nun Bishop jede Nacht und dachte unaufhörlich über den Fehler nach, den er begangen hatte. Er hatte sich darauf verlassen, dass die Leute ihn freiließen, schließlich hatte er ihnen bewiesen, dass er einer von ihnen war. Er hatte gelernt zu reden wie sie. Er hatte gelernt, ihre Spielchen zu spielen. Aber nichts war für ihn dabei herausgekommen. Man hatte Angst vor ihm. Er war zu klug, zu gerissen, sodass man es nicht riskieren durfte, ihn freizulassen.

Er wusste jetzt, dass er niemals hier rauskommen würde. Man würde ihn bis zu seinem Tod einsperren. Es gab keine Hoffnung für ihn. In dieser Situation begann er, an Flucht zu denken.

Bishop hatte zumindest in einer Hinsicht Glück gehabt. In dem Jahr in der Isolation war sein Kampfgeist erlahmt. Weil er sich nun so gefügig und unterwürfig verhielt, glaubten die Wärter und Ärzte an einen permanenten Zustand. Doch Bishop wusste es besser. Er hatte die Antwort auf sein Problem gefunden. Er durfte nicht versuchen zu sein wie die anderen, sondern er musste sich unterwürfig verhalten. Dann würde man vor ihm keine Angst mehr haben und ihm nicht mehr feindselig gegenüberstehen. Das war die Lektion, die er gelernt hatte.

Nach seiner Entlassung aus der Isolation wurde er noch gefügiger und benahm sich dem Aufsichtspersonal gegenüber noch respektvoller. Auf der Station im Hochsicherheitstrakt führte er alle Anweisungen und Befehle der Wärter prompt und dienstbeflissen aus. Wenn andere Ärger machten, entfernte er sich rasch. Er schauspielerte wieder einmal, aber diesmal klappte es, weil seine neue Rolle den Erwartungen der anderen entsprach.

Bishop wurde sehr bald zu einem Gruppenführer und war verantwortlich für die täglichen Verrichtungen anderer Patienten. Dieser Job gefiel ihm, und er bewies auch ein gewisses Organisationstalent. Außerdem konnte er sich freier auf dem Anstaltsgelände bewegen.

Eines Abends Anfang Mai saß Bishop in seinem Bett und bewegte wie gewöhnlich die Lippen und formte den Namen »Chessman«. Noch immer war er zu keiner Lösung gekommen in der Frage, wie er aus der Anstalt fliehen könnte. Wie zur Beruhigung legte er eine Hand auf das noch warme Radio. Alle Sendungen kamen von draußen. Sogar Chessman war draußen – er war tot. Bishop würde auch draußen sein, aber er würde nicht tot sein. Ganz gleich, wie unmöglich es ihm im Moment vorkam, er würde fliehen. Mit seinem überlegenen Verstand würde er es schaffen. Irgendwie würde er einen Weg finden, um an Wärtern, Gittern und Toren vorbeizukommen. Er würde alles sehr sorgfältig planen, den geeigneten Moment abwarten und dann verschwinden.

Er schloss die Augen, um sich besser konzentrieren zu können. Es waren vor allem drei Probleme, die es zu lösen galt. Erstens müsste er bei Nacht aus dem verschlossenen Gebäude kommen. Zweitens galt es, etwa hundert Meter Rasen bis zum Tor zu überqueren. Und drittens musste er irgendwie durch dieses Tor gelangen, das stets verschlossen war und bewacht wurde. Bishop war überzeugt, alle drei Probleme irgendwann lösen zu können. Aber sofort ergäbe sich ein neues Problem: Wie sollte er nach geglücktem Ausbruch draußen in der Welt unentdeckt bleiben?

Während seines fünfzehnjährigen Anstaltsaufenthaltes hatte sich die Welt draußen dramatisch verändert. Das wusste er aus dem Fernsehen. Das Nachrichtennetz der Polizei war derartig ausgebaut worden, dass es das ganze Land umspannte. Die Leute waren misstrauischer geworden. Jedermann trug Ausweise bei sich. Sogar Kautionen und Geldstrafen wurden jetzt mit Kreditkarten bezahlt.

Welche Chance würde er also draußen haben? Sein Bild würde in allen Zeitungen und im Fernsehen veröffentlicht werden. In jeder Polizeistation würden Steckbriefe hängen. Leute würden ihn sehen und erkennen. Er würde keinen Job annehmen oder eine Wohnung mieten können. Ohne Geld und Papiere würde er auch nicht weit reisen können.

Vielleicht könnte er allein in irgendeinem Wald oder in den Bergen leben, wo es keine Menschen gab, aber er verstand nichts vom Jagen oder vom Kochen. Er wusste ja nicht einmal, wo es Wälder oder Berge gab.

Wenn er sich das Haar färbte und einen Bart wachsen ließ, würde er vielleicht für eine Weile einer Entdeckung entgehen können, aber es gab viele weitere Merkmale, an denen er nichts ändern konnte. Wenn er in eine Passkontrolle geriet, würde er sich nicht ausweisen können. Man würde ihn hetzen wie ein Tier.

Bishop hielt die Augen immer noch geschlossen und machte ein grimmiges Gesicht. Er würde draußen keine Chance haben, selbst wenn ihm der Ausbruch gelingen sollte. Doch je länger er darüber nachgrübelte, desto stärker drängte sich ihm eine Idee auf, die er zunächst nicht recht in Worte fassen konnte. Als Thomas Bishop würde er draußen in der Welt nicht weit kommen. Als Thomas Bishop …

Plötzlich riss er die Augen auf. Ein Lächeln umspielte seine Mundwinkel.

Aber was, wenn die Polizei gar nicht nach ihm – Thomas Bishop – suchen würde?

Wenn er tot war, würde niemand nach ihm suchen. Angenommen, er war tot. Er blinzelte nervös. Wenn er tot war … Er rieb die Hände im Dunkeln aneinander und dachte angestrengt nach. Er hatte es. Das war die Lösung.

Bis spät in die Nacht ging er seinen Plan durch. Immer wieder suchte er nach Fehlern, aber er fand keine. Der Plan war perfekt, sagte er sich immer wieder. Perfekt!

Am nächsten Morgen brachte Bishop seine beiden Anstaltsanzüge, die er zum Wechseln hatte, in die Schneiderwerkstatt im Keller des Hauptgebäudes, um seinen Namen auf alle Kleidungsstücke nähen zu lassen. Nach dem Grund gefragt, antwortete er, dass jedermann wissen solle, wer er war. Der Schneider nickte und sagte ihm, dass er erst tot sein müsste, denn der Name konnte nur auf die Innenseiten eingenäht werden. Bishop lachte und erwiderte nichts darauf.

Anschließend sprach er mit dem Wärter, der Uhren und Ringe an Patienten verkaufte. Für 5 Dollar kaufte sich Bishop einen auffälligen Ring mit einem Tierkreisstein, der wie Onyx aussah, aber nur ein Imitat war. Er steckte sich diesen protzigen Ring mit einiger Mühe an den rechten Zeigefinger und sagte, dass er ihn nie wieder abnehmen würde. »Man müsste mich schon vorher töten!«, verkündete er ernst und ließ den Wärter sehen, wie eng der Ring am Finger saß.

Am nächsten Tag tauschte er sein Radio gegen eine Mundharmonika und einen Kamm ein. Die Mundharmonika war ziemlich auffällig, rot und silber, jede Seitenschale war mit einem Kreuz verziert. Bishop spielte fortan ständig auf dieser Mundharmonika einfache Liedchen. Sie wurde bald sein Markenzeichen. Auch der Taschenkamm war ungewöhnlich, denn er wies die Form eines Alligators auf, dessen Zähne als Zinken fungierten. Bishop nahm ihn oft heraus, um sich damit zu kämmen.

Während der folgenden Wochen vermisste Bishop sein Radio sehr, vor allem nachts, wenn er schlaflos im Bett lag. Doch es war nicht anders möglich gewesen. Jetzt musste er nur noch eine Sache finden. Nur noch eine einzige Sache, und dann würde er frei sein. Sollten die anderen jetzt ruhig über ihn lachen. Sein Tag würde bald kommen.

Es war während dieser Zeit, dass ein Mann mittleren Alters seinen Urlaub nahm, den er schon so lange geplant hatte, und vier Wochen später, an einem schönen Tag im Juni, kehrte er mit dem Eilzug von Chicago nach San Francisco wieder nach Kalifornien zurück. Sein Gesicht war voller Falten, aber sonnengebräunt. Sein Körper war durchtrainiert und so schlank wie schon lange nicht mehr. Als er zu Fuß durch die Straßen zur Busstation ging, sagte er sich, dass es ein Fehler gewesen war, schon so früh zurückzukommen. Er hätte noch einen Monat in Colorado bleiben sollen, und besser noch zwei. Am besten für immer. Bei diesem Gedanken lächelte der Mann …

Ebenfalls einen Monat hatte es gedauert, bis der letzte Puzzlestein in Bishops Fluchtplan an seinen Platz fiel. Er war begeistert und bemühte sich, seine Freude zu verbergen.

Der Anstaltsinsasse war von gleicher Größe und etwa genauso schwer wie Bishop. Er hatte auch annähernd die gleiche Statur und Haarfarbe. Ansonsten hatten sie keine Ähnlichkeiten. Im Gegensatz zu Bishops jungenhaft glatten Gesichtszügen war das Gesicht des anderen von tiefen Falten durchfurcht. Er hatte buschige Augenbrauen, unter denen die kleinen, blinzelnden Augen fast verschwanden. Die Nase war groß, der Mund sehr breit. Die von Pockennarben verunstaltete Haut war von dunkler Tönung. Wenn er lächelte, bleckte er die Zähne wie ein Debiler. Kurzum, er war hässlich wie die Sünde.

Aber Bishop war begeistert.

Der Name des anderen Insassen lautete Vincent Mungo, und er war vierundzwanzig Jahre alt.

Mungo war auf einer Station im zweiten Stockwerk von Bishops Gebäude untergebracht. Er war erst kürzlich von einer anderen staatlichen Heilanstalt hierher auf die therapeutische Versuchsstation verlegt worden.

Bishop suchte den Mann sofort auf und bot ihm Rat und Freundschaft an. Mungo wirkte auf Bishop aggressiv, geistig sehr beschränkt und alles in allem unangenehm. Er erkannte aber auch sofort, dass Mungo sich verzweifelt wünschte, von hier fortzukommen. Mungo war seit seiner frühen Kindheit und Jugend in verschiedenen Heilanstalten untergebracht gewesen. Mit neunzehn Jahren hatten ihn überforderte Verwandte endgültig in staatliche Obhut gegeben, weil sie mit ihm nicht mehr fertigwurden und sich nicht mehr um ihn kümmern konnten. Seitdem waren fünf Jahre vergangen, und Mungo hatte drei weitere Heilanstalten kennengelernt. Jetzt war er fest davon überzeugt, nie mehr entlassen zu werden. Sein Hass auf die Behörden war riesengroß. Aber an Flucht hatte er nie gedacht. Nicht, bis er Thomas Bishop kennenlernte.

Bishop sprach fast von Anfang an praktisch von nichts anderem. Zunächst nur wie im Spaß, doch schon bald mit immer größerer Dringlichkeit und Beharrlichkeit. Er gaukelte Mungo Visionen von einem neuen Leben vor. Er hütete sich davor, Einzelheiten zu erwähnen. Stattdessen betonte er, dass niemand etwas von diesem Fluchtplan erfahren durfte. Nur sie beide würden ausbrechen. Nur sie beide würden frei sein.

»Aber wie denn?«, fragte Mungo immer wieder. »Wie wollen wir das anstellen?« Und wenn er darauf keine Antwort bekam, pflegte er zu fragen: »Wann?« Dann lächelte Bishop stets und sagte: »Bald.«

Während die beiden Männer warteten, der eine auf den richtigen Moment, der andere auf den Marschbefehl, wartete in einem prächtigen Büro hoch oben in einem Gebäude in Los Angeles ein Mann auf das Eintreffen von zwei Mitgliedern seines Personals: Derek Lavery, Herausgeber und Chefredakteur der *Newstime*, einer der größeren Wochenzeitungen. Er war in den Vierzigern, von großer Statur, durchtrainiert, das Haar silbergrau. In seinem Beruf zählten nur Fakten und Tempo. Von seinen Mitarbeitern erwartete er, dass sie Storys lieferten, möglichst im Stundentakt. Oft brachte er Artikel über topaktuelle Themen früher als alle anderen heraus.

Im Moment war die Todesstrafe im Gespräch. Lavery war entschlossen, das Thema auszuschlachten, und was er dafür brauchte, war eine packende Story. Jetzt glaubte er, einen Ansatzpunkt gefunden zu haben.

Adam Kenton traf als Erster zu der für zehn Uhr angesetzten Konferenz ein. Er bezahlte den Taxifahrer und eilte ins sechsstöckige Gebäude.

»Ist er schon drin?«, fragte er den Fahrstuhlführer und zeigte mit dem Daumen nach oben.

»Um zehn Uhr?«, fragte der Mann zurück. »Soll das ein Scherz sein? Er ist doch schon da, bevor ich komme.«

Oben angekommen wandte Kenton sich nach links, ging bis zum Ende des Korridors und öffnete die massive Mahagonitür.

»Sie kommen reichlich spät«, sagte die Frau hinter dem Schreibtisch. Aber das Gesicht lächelte freundlich genug. Sie langte nach dem Telefonhörer. »Adam Kenton ist da«, sagte sie nach einem Moment. Sie legte den Hörer wieder auf und deutete nach rechts auf eine Tür. »Er hat's nicht gern, wenn man ihn warten lässt.«

In Laverys Büro blieb Kenton abrupt stehen. Die Sonne schien ihm direkt in die Augen. Der Raum war riesig, er erstreckte sich fast über die ganze Ostseite des obersten Stockwerks. An einem Ende gab es so etwas wie ein Wohn- und Speisezimmer. Der Boden war mit dicken Teppichen ausgelegt. Das Mobiliar bestand aus teuren Sofas, Sesseln und Tischen. In einer seitlichen Nische war eine kleine Küche installiert. Am anderen Ende führten mehrere Stufen in den Arbeitsbereich. Hier gab es zwei lange Tische, Zeichenbretter und an der hinteren Wand eine Reihe von Aktenschränken. Schräg gestellte Fenster erstreckten sich über die ganze Länge des Büros und auch noch um eine Seite des Wohnbereichs. Mitten im Raum stand ein Schreibtisch aus massiver Eiche, und dahinter saß Derek Lavery. Er forderte Kenton mit einer Geste auf, Platz zu nehmen.

»Was wissen Sie über die Todesstrafe?«, fragte Lavery unvermittelt und sah den jüngeren Mann eindringlich an.

Kenton setzte sich, schlug die Beine übereinander. »Nur was jedermann weiß«, stellte er fest. »Entweder man glaubt dran oder nicht. Entweder ist es Gerechtigkeit oder bloß Rache.«

»Genau«, erwiderte Lavery. »Aber niemand ist sich ganz sicher, und deshalb erhitzen sich die Gemüter an dieser Frage.« Er zeigte auf die Papiere auf seinem Schreibtisch. »Ich habe allerhand darüber gelesen, und soweit ich sehen kann, ist dies erst der Anfang. Das Thema wird noch viel heißer werden.« Er senkte die Stimme. »Und deshalb sollten wir uns auch damit befassen.«

»Haben Sie schon Ansatzpunkte?«

»Möglich. Aber warten wir auf Ding. Dass der Kerl nie pünktlich sein kann!« Er nahm eine Zigarre aus dem Behälter auf dem Schreibtisch und zündete sie sich an.

Kenton saß nachdenklich da. Das war ein gutes Thema, wenn man es richtig anpackte. Bislang hatten die Menschen die Sache einfach so hingenommen, doch damit war es vorbei. Jetzt begannen die Leute, ernsthaft über die Todesstrafe nachzudenken und zu diskutieren. Einzelne Staaten hatten sie schon abgeschafft. Sogar der Oberste Gerichtshof nannte sie »grausam und unmenschlich«. Die Öffentlichkeit war in zwei Lager geteilt, die sich einen erbitterten Kampf lieferten.

Das Telefon läutete, und Lavery hob den Hörer ab. Nach einem Moment wurde die Tür geöffnet, und eine dröhnende Stimme sagte: »Entschuldigen Sie, Derek, dass ich zu spät komme.«

Lascelles Dingbar kam rasch durch den großen Raum auf sie zu. Er zwängte sich in einen der Sessel, der unter dem Gewicht des Mannes kläglich quietschte. Er nickte Kenton zu, zog gleichzeitig ein enormes Taschentuch heraus und wischte sich damit die Stirn ab. »Dieses Wetter!«

»Schön, dass du es überhaupt geschafft hast«, murmelte Lavery mit einem spöttischen Grinsen. Die beiden Männer waren gute Freunde und arbeiteten seit fast zwanzig Jahren zusammen.

Ding ignorierte die Bemerkung und quetschte sich noch etwas tiefer in den Sessel. Er war etwa so alt wie Lavery, durchschnittlich groß und neigte entschieden zu Übergewicht. Sein Haar war blond und rahmte ein ovales Gesicht ein, das für gewöhnlich gerötet war. Seine Hände waren weich und schwammig, die Beine dünn wie Pfeifenstiele. Er litt unter allen möglichen Befindlichkeitsstörungen, denen er jedoch keinerlei Beachtung schenkte. Wenn es sein musste, konnte er sich sehr schnell bewegen, und er besaß das große Talent, auf andere Leute beruhigend zu wirken. Das war in seinem Beruf eine wertvolle und nützliche Eigenschaft. Er war auch ein sehr guter Zuhörer.

»Wir sprachen gerade über die Todesstrafe.« Derek Lavery legte seine Zigarre sorgfältig auf den herzförmigen Aschenbecher und sah die beiden Männer an, die schweigend warteten, dass er fortfuhr. Rasch und präzise umriss er die gegensätzlichen Standpunkte zu diesem Thema in den fünfziger und sechziger Jahren. Angefangen von den Auswirkungen der Rosenberg-Affäre über Barbara Graham bis zur Bürgerrechtsbewegung und der unverhältnismäßig hohen Anzahl von Hinrichtungen Schwarzer. Er unterbrach seine Ausführungen nur, wenn er an der Zigarre paffte.

»Seit zwanzig Jahren stirbt die Todesstrafe ihren eigenen Tod, weil sie missbraucht wird. Aber das ging langsam vor sich und löste weder Schlagzeilen noch große Leidenschaft aus …« Paff, paff. »Und ohne Leidenschaft haben wir keine Story.« Er lächelte flüchtig. »1952 gab es in diesem Land dreiundachtzig Hinrichtungen. 1965 gab es sieben. Aber während der letzten sechs Jahre nicht eine. Nicht eine einzige. Vor zwei Jahren schafften fünfzehn Staaten die Todesstrafe ab. Jetzt hat der Oberste Gerichtshof ein Machtwort gesprochen.« Er klemmte die Zigarre zwischen die Zähne. »Aber die Botschaft ist noch nicht richtig angekommen.«

Kenton rutschte in seinem Sessel herum und knöpfte sein Jackett auf.

»Will sagen, die Unsicherheit ist größer denn je«, fuhr Lavery fort. »Bislang wurde im Grunde nur die Kampflinie festgelegt. Die Schlammschlacht geht erst noch richtig los.«

»Ich sehe das nicht so«, sagte Ding und wischte sich erneut die Stirn ab. »Der Gerichtshof hat sich im letzten Jahr mit fünf gegen vier Stimmen dagegen entschieden. Was gibt es da zu deuteln?«

Lavery schüttelte den Kopf. »Viele Staaten werden dafür stimmen, die Todesstrafe wieder einzuführen. Einige werden nach Verfassungsänderungen rufen. Aber all das interessiert mich nicht. Ich rede von der öffentlichen Reaktion, denn von dort müssen wir unsere Storys suchen.« Er legte seine Zigarre ab. »Seht es mal so. Die Humanitätsapostel und Weltverbesserer glauben jetzt, dass sie gewonnen haben. Die Vertreter des harten Kurses aber warten nur darauf, dass irgendetwas schiefgeht. Im Moment sitzen vielleicht tausend Männer in den Gefängnissen, denen nicht wenige im Land den Tod an den Hals wünschen. Inzwischen geht das Töten draußen munter weiter wie eh und je. Die Leute haben Angst, nachts ihre Häuser zu verlassen und auf die Straße zu gehen. Sie kaufen Hunde und schaffen sich doppelt und dreifach gesicherte Türen und Fenster an. Und sie kaufen sich Schusswaffen. Jedes Mal, wenn jemand getötet oder vergewaltigt wird, schreit man lautstark nach der Todesstrafe.« Er klopfte auf den Schreibtisch. »Sollte irgendein Kerl wieder mal ein halbes Dutzend Menschen umbringen, wird es ein höllisches Geschrei geben. Dort finden nämlich Taten – oder besser gesagt, Untaten – statt, nicht vor irgendeinem Gericht. Und dort sollten wir deshalb eingreifen und nachhaken.«

Kenton und Ding wechselten einen Blick. Beide wussten, dass Lavery bereits etwas Bestimmtes im Sinn hatte.

»Und wenn meine Einschätzung richtig ist, dann sollten wir

Storys zu diesem Thema bringen«, fuhr Lavery fort. »Jetzt ist der richtige Zeitpunkt. Es wird zu leidenschaftlichen Auseinandersetzungen kommen.« Er putzte sich mit einem großen Taschentuch die Nase und steckte es dann fein säuberlich in die Brusttasche zurück. »Für den Anfang möchte ich einen einleitenden und ausführlichen Artikel über den Mann haben, der in den sechziger Jahren zur Ikone geworden ist.«

»Und wer soll das sein?«, fragte Ding.

Lavery ignorierte diese Frage und sagte: »Wäre er nicht gewesen, hätten wir jetzt immer noch die Todesstrafe. Er hat all diese Humanitätsapostel und Weltverbesserer auf den Plan gerufen und die Sache mit der ›grausamen und unmenschlichen Strafe‹ in Bewegung gesetzt. Vor ihm gab es nur eine routinemäßige Revision und ein Gnadengesuch an den Gouverneur. Er hat die Technik der Berufung und Revision perfektioniert und auf die Spitze getrieben. Ihm wurde öfter ein Aufschub gewährt als je einem Todeskandidaten zuvor, und er hat länger in der Todeszelle gelebt als irgendein anderer Mann vor ihm.«

Eine ganze Weile sagte niemand etwas. Schließlich konnte Kenton seine Neugier nicht länger zügeln. Er platzte heraus: »Und was ist mit ihm passiert?«

»Er wurde hingerichtet.«

Ding seufzte und sah Lavery an. »Chessman?«

»Caryl Chessman«, bestätigte Lavery.

Im Raum wurde es vorübergehend dunkler, weil Wolken die Sonne verdeckten. Nach einer Weile seufzte Ding erneut. Es hörte sich wie ein resigniertes Stöhnen an. »Das ist lange her«, murmelte er.

»Dreizehn Jahre«, erwiderte Lavery. »Und er war insgesamt zwölf Jahre in der Todeszelle. Aber ich will nicht, dass alte Geschichten aufgewärmt werden. Ich möchte eine frische Ansicht über das Verbrechen und diese zwölf Jahre. Dreh- und Angelpunkt ist die Todesstrafe. Ihr wisst, was ich meine«, sagte er und sah dabei Ding an. »›War Caryl Chessman ein Opfer der Todesstrafe?‹ Oder so etwas in der Art.«

»Ich erinnere mich jetzt auch an den Namen«, sagte Kent. »Wen hatte er denn umgebracht?«

Lavery drehte sich nach ihm um. »Das ist es ja gerade. Er hat überhaupt niemanden umgebracht. Deshalb ist es eine gute Anfangsstory. Sein Tod hat viele Leute aufgeregt und auf die Barrikaden gebracht. Er hat den Weg für die Abschaffung der Todesstrafe geebnet. An diesem Punkt müssen wir einhaken. Er starb für nichts, aber sein Tod verhalf anderen zum Weiterleben.«

»Das verstehe ich nicht, ich meine, wenn er niemanden getötet hat …«, sagte Kenton.

»Er wurde verurteilt«, unterbrach ihn Ding. »Raubüberfall, Vergewaltigung und Freiheitsberaubung, alles mit der Absicht, seinen Opfern körperlichen Schaden zuzufügen. Nach der Lindbergh-Affäre hielt man bei solchen Verbrechen die Todesstrafe für angebracht. Aber was die Fälle von Freiheitsberaubung betraf …« Er wandte sich an Lavery, »er hatte doch die Frau nur irgendwohin verschleppt, um sie zu vergewaltigen, oder?«

»Das stimmt«, sagte Lavery und klopfte erneut mit dem Zeigefinger auf die Schreibtischplatte. »Er hat niemanden getötet. Für seine Verbrechen war die Todesstrafe nicht erforderlich. Und außerdem musste er zwölf Jahre lang auf den Tod warten.«

Wieder herrschte Schweigen im Raum. Schließlich ergriff Lavery erneut das Wort. »Und noch etwas dürfen wir nicht vergessen. Chessman hat bis zum Schluss behauptet, unschuldig zu sein. Nun, es kümmert mich einen verdammten Dreck, ob er schuldig war oder nicht, aber …« Er machte eine kurze Pause, um den nachfolgenden Worten mehr Nachdruck zu verleihen. »… wenn wir Zweifel an seiner Schuld schüren könnten, irgendwelche Zweifel, dann könnten wir nicht nur andeuten, dass er die

Todesstrafe nicht verdient hatte, sondern wir könnten darauf hinweisen, dass er die ihm zur Last gelegten Verbrechen gar nicht begangen hatte.« Er fügte ruhig hinzu: »Vergesst das nicht, wenn ihr darüber schreibt.«

»Und wie viel Zeit haben wir dafür?«, wollte Kenton wissen.

»Überhaupt keine!«, erwiderte Lavery schroff. »Ich will die Serie in vier Wochen laufen lassen. Ihr habt also höchstens eine Woche Zeit.«

Kenton zog scharf die Luft ein und sah zu Ding hinüber, der nur stumm nickte.

»Die Idee ist mir schon vorigen Monat gekommen«, sagte Lavery. »Als ich diese Rundfunksendung über die Todesstrafe gehört habe. Da wurde auch Chessman erwähnt. Seitdem habe ich versucht, den richtigen Aufhänger für eine Artikelreihe zu finden. Gestern ist mir dann der entscheidende Einfall gekommen. Chessman ist perfekt.« Er schob einen Schnellhefter zu Kenton hinüber. »Hier drin sind Unterlagen über das Gerichtsverfahren, aber wie Ding ganz richtig gesagt hat … Es ist schon eine Weile her.«

»Und das ist alles, was wir haben?«

»Das ist alles, was wir im Moment haben«, korrigierte ihn Lavery. »Denn ihr werdet ja mehr beschaffen.« Er lehnte sich in seinem Sessel zurück und hielt die Zigarre in der Hand. »Ding, du wirst einige der Leute aufspüren, die mit dem Verbrechen und mit dem Gerichtsverfahren zu tun hatten. Sprich mit ihnen und verschaff dir direkte Aussagen. Na, du kennst ja das Spiel. Adam, Sie beschäftigen sich mit den zwölf Jahren in der Todeszelle und mit der Hinrichtung.«

»Und was ist mit unserer anderen Arbeit?«

»Bringt zu Ende, was ihr heute noch erledigen könnt. Den Rest stellt ihr für eine Woche zurück. Ich werde mit Daniels von der Auftragsabteilung darüber sprechen. Sonst noch Fragen?«

Ding lehnte sich schnaufend in seinem Sessel vor. »Nur noch eine«, sagte er leise.

Lavery, der ihn gut kannte, wartete gespannt.

»Diese Chessman-Story wird ein schwerer Schlag gegen die Todesstrafe sein. Er hat nicht getötet. Er hat auch niemanden entführt, wie wir heute wissen. Und er hat eine beachtliche Lebensspanne damit verbracht, jeden Tag ein bisschen zu sterben.«

»Ja, und?«

»Was tun wir für die andere Seite?«

Lavery gestattete sich ein breites Grinsen. »Das ist doch ganz einfach«, sagte er rasch. »Wenn der nächste echte Verrückte daherkommt, schreien wir Zeter und Mordio nach einer schnellen Exekution. Die Öffentlichkeit muss schließlich vor solchen Irren geschützt werden.« Er stand auf. »Sonst noch etwas?«

Etwa zur gleichen Zeit wie diese Besprechung in Los Angeles fand auch in einer anderen kalifornischen Stadt, etwa sechshundert Meilen nördlich der Filmmetropole, eine Konferenz statt, die sich mit Leben und Tod befasste.

Hillside war seit dem Zweiten Weltkrieg rasch gewachsen und hatte sich aus einer verschlafenen Ortschaft zu einer ansehnlichen Kleinstadt mit 35 000 Einwohnern entwickelt. Doch der Wirtschaftsboom war lange vorüber. Die Stadt kämpfte mit Arbeitslosigkeit und zunehmender Kleinkriminalitität.

Die Stadtväter bemühten sich seit Jahren um die Lösung ihrer Probleme, und dass es Probleme gab, da waren sich alle einig. Wenig Einigkeit herrschte bei den Lösungsvorschlägen.

An einem freundlichen Junimorgen besprach Lieutenant John Spanner vom Hillside Police Department mit seinen Männern die aktuelle Lage. In Hillside gab es die üblichen Spannungen – zwischen Alteingesessenen und Neuhinzugezogenen, zwischen Hillside-Nord und Hillside-Süd, zwischen den anständigen Bürgern und den Herumtreibern, und natürlich, wie überall, zwischen Jung und Alt.

Spanner war gerade erst von einem Angelurlaub zurückgekommen, den er dringend nötig gehabt hatte, aber er war immer noch mit Leib und Seele Kleinstadtpolizist. Er war bei Kriegsende nach der Entlassung aus der Army in seine Heimatstadt zurückgekehrt und hatte sich hier der Polizei angeschlossen, die damals noch aus fünf Mann bestanden hatte. Mit einigem Bangen und einer gewissen Skepsis hatte er beobachtet, wie die Ortschaft immer mehr gewachsen war. Jetzt war er die Nummer zwei bei der Polizei, fuhr in Streifenwagen mit Blinklicht und Funk umher, schickte routinemäßig Fingerabdrücke nach Washington und Blutproben in Laboratorien.

Aber er glaubte immer noch an den persönlichen Einsatz der Polizei, an den menschlichen Faktor, an freundliches Verhalten und ernste Ermahnung, an das langsame, aber stete Sammeln von Beweisen aus vielen Quellen, bis eine Annahme oder Vermutung zur absoluten Gewissheit wurde. Jetzt war er fünfundfünfzig. Aus zu vielen Dienstjahren und lebenslanger Beobachtung von Leuten wusste er, dass Straftäter oft genug aus Motiven handelten, die ihnen selbst nicht einmal richtig zu Bewusstsein kamen. Für gute Polizeiarbeit waren Geduld und ein gehöriges Maß an Fantasie erforderlich, wenn man aus scheinbar nebensächlichen Fakten sichere Schlussfolgerungen ziehen wollte.

An diesem Morgen wies er seine Männer darauf hin, dass die Schießerei in der Redwood Road die Folge eines Dreiecksverhältnisses sein könnte, weil der Ehemann oft geschäftlich unterwegs war; dass die Serie stümperhafter Einbrüche in die Häuser auf der Südseite das Werk eines Rauschgiftsüchtigen sein könnte, der verzweifelt nach Geld für Drogen suchte; und dass die Schlägereien, die sich in letzter Zeit häuften, höchstwahrscheinlich von einer ganz bestimmten jugendlichen Bande provoziert worden waren. Das alles musste mit viel Geduld und Laufarbeit überprüft werden. Zwei der jüngeren Polizisten, die zwar durchaus wussten, wie erfolgreich Spanners Methoden in der Vergangenheit gewesen waren, sahen sich in spöttischer Belustigung, aber auch unwillig an, denn sie hielten immer noch mehr vom Gebrauch der Schusswaffen und von hartem Durchgreifen.

Sieben Meilen südlich von Hillside, aber immer noch im Zuständigkeitsbereich der Stadt, gingen zwei junge Männer in einer Nervenheilanstalt, die von den Stadtbewohnern nur »das Willows« genannt wurde, ihrer routinemäßigen Beschäftigung nach. Der eine von ihnen begnügte sich allerdings nicht mit der üblichen Routine. Er ging zu den Büschen auf dem östlichen Rasen hinter dem Hauptgebäude. Dort scharrten seine Hände im weichen Boden und brachten bald ein verrostetes Werkzeug zum Vorschein. Vor zwei Monaten hatte er es fast an derselben Stelle gefunden. Ein vergesslicher Gärtner musste es liegen gelassen haben. Zufrieden schob der junge Mann das Werkzeug in den Kittel, den er trug. Dann kehrte er auf seine Station zurück, wo er das Ding im Kasten unter dem Bett verstaute. Danach begann für ihn wieder das Warten.

Drei Tage später war das Warten für ihn vorbei.

Der Regen hatte am 3. Juli um 16.55 Uhr eingesetzt. Am Abend hatten Regenfluten das Land überschwemmt und das Gelände um die Gebäude in Morast verwandelt. Als Thomas Bishop in diese scheußliche Nacht hinausblickte, wusste er, dass der richtige Moment gekommen war.

Er hatte Vincent Mungo bereits früher informiert, dass man heute Nacht ausbrechen würde. Auf Bishops Drängen hin hatten die beiden jungen Männer eine Anzuggarnitur miteinander ausgetauscht. Diese Sachen würden sie bei der Flucht anziehen. Mungo erfuhr nur, dass man auf diese Weise die Verfolger besser verwirren und täuschen könnte. Ferner wurde ihm mitgeteilt, wo er zur verabredeten Zeit erwartet wurde.

Mitternacht kam und ging vorbei. Bishop lag auf seinem Bett und bereitete sich in Gedanken auf die lange Reise vor. Er empfand kein Gefühl der Aufregung. Sein Verstand wusste, was zu tun war. Alle paar Minuten sah er auf die Uhr. Um 0.15 Uhr langte er unters Bett und zog den Kasten hervor. Er enthielt ein Jackett, ein paar Bücher, seine Extra-Kleidung, ein Paar Schuhe und ein paar weitere unbedeutende Habseligkeiten. Er holte die Jacke heraus. Sie würde bei diesem Regen etwas Schutz bieten. Dann nahm er die Axt in die Hand. Sie war verrostet, aber immer noch scharf. Er behielt sie einen Moment in der Hand, bevor er sie im Rücken unter den Gürtel schob. Schließlich überprüfte er noch seine Taschen. Er trug Mungos Anstaltskluft und hatte alles, was er brauchte. Er war bereit.

Um 0.30 verließ Bishop zum letzten Mal sein altes Heim. Er ging an schlafenden Männern vorbei, die unmögliche Träume träumten. Verstohlen öffnete er die Tür zur Station. Er war so leise, dass der Nachtwärter im Stationsbüro nichts hörte. Behutsam schlich Bishop zur Tür, hinter der sich die Treppe befand. Wieder bewegte er sich absolut geräuschlos.

Schnell stieg er die Stufen ins zweite Stockwerk hinauf.

Mungo wartete bereits auf ihn.

Schweigend hasteten sie die letzte Treppe zum Dach empor. Oben zeigte Mungo auf die schwere Metalltür, die ihnen den Weg versperrte. Flüsternd sagte ihm Bishop, dass die Tür nicht von innen verschlossen war, sie würde sich ohne Weiteres öffnen lassen. Man musste nur am Alarmsystem vorbeikommen.

Bishop holte eine Sprühdose aus einer Tasche und bespritzte den Alarmkasten am Türpfosten mit einer dicken, klebrigen Schaumschicht. Mungo beobachtete ihn mit kindlicher Faszination. Bishop sprühte, bis die Dose leer war.

Einen Moment später war die Tür offen und drehte sich geräuschlos in den Angeln. Dann waren die beiden jungen Männer auf dem Dach und standen im Regen.

Bishop schloss die schwere Metalltür vorsichtig und lauschte auf das Einschnappen des Schlosses. Die Tür konnte von außen nicht geöffnet werden. Jetzt gab es kein Zurück mehr. Dann ging Bishop über das Flachdach bis zum Rand und spähte hinab. Er sah genau das, was er erwartet hatte. Dort unten war ein Schlammsee, dreckig und glitschig, aber auch weich genug, um den Sprung in die Tiefe abzufedern. Er winkte seinem Partner zu. Mungo sollte zuerst springen.

»Ich kann nicht!«, rief Mungo laut, um sich beim Rauschen des Regens verständlich zu machen. »Es ist zu hoch. Ich hab Angst.«

Bishop funkelte ihn an.

»Es ist zu hoch!«, jammerte Mungo erneut.

Bishop nickte grimmig. Es musste *jetzt* geschehen. Er packte Mungo am Arm und zerrte ihn an den Rand des Daches heran. Beruhigend sprach er auf ihn ein. Ist doch gar nicht so hoch, und der Boden da unten ist sehr weich. Deshalb haben wir doch auf diesen starken Regen gewartet, verstehst du? Du brauchst dich nur an die Dachkante zu hängen und dann fallen zu lassen. Ist doch nichts weiter dabei. Du möchtest doch endlich frei sein, nicht wahr? Na, das ist deine Chance! Häng dich ans Dach. Lass dich fallen. Ist ein Kinderspiel. Willst du frei sein, oder nicht?

Das alles brauchte seine Zeit, und Bishop hatte keine Zeit zu verschwenden. Mühsam brachte er Mungo dazu, sich über die Brüstung des Daches zu schieben. Erst ein Bein, dann das andere. Gut so. Mungo blickte nach unten. Der Boden schien immer noch schrecklich weit entfernt zu sein. Er hing mit den Armen von der Kante herab, war vollkommen durchnässt und hatte grässliche Angst. Mit schreckgeweiteten Augen blickte Vincent

Mungo nach oben und sah seinen Freund an, als erhoffte er sich von ihm Beistand.

Im nächsten Moment erstarrte er vor Entsetzen. Hoch über seinem Kopf wurde eine Axt geschwungen und zischte wie ein rachsüchtiger Dämon nach unten. Die scharfe Schneide spaltete den Schädel fast bis zum Kinn. Gehirn und Blut spritzten nach allen Seiten. Mungos Augen starben einen Sekundenbruchteil früher als der Rest von ihm. Es gab nicht einmal einen Schrei, als der leblose Körper auf den nassen, weichen Boden hinabfiel.

Bishop sprang sofort nach, landete neben Mungo und machte sich daran, seine grausliche Arbeit zu Ende zu bringen. Mit wahnwitziger Wut schwang er die Axt. Wieder und immer wieder hackte er auf den Kopf ein, bis nichts Menschliches mehr an ihm zu erkennen war.

Dann erst gab sich Bishop zufrieden. Keuchend rang er nach Atem. Er ruhte sich einen Moment aus, bevor er die Taschen des Toten durchsuchte. Er fand nichts darin. Er steckte seine Mundharmonika in die rechte Gesäßtasche, den Kamm in die Brusttasche des Hemds. Dann richtete er sich auf und betrachtete sein Werk. Der Tote hatte kein Gesicht mehr. Aber Größe und Gewicht des Körpers entsprachen Bishops Maßen. Der Tote trug Bishops Kleidung mit dem eingenähten Namen. Die beiden auffälligsten Gegenstände – Mundharmonika und Kamm – hatte der Tote jetzt bei sich.

Bishop machte eine Pause. Jetzt gab es nur noch zwei Dinge zu tun.

Behutsam holte er die alte, abgenutzte Brieftasche heraus. Er schützte sie, so gut es ging, vor dem Regen. Sie enthielt ein Bild seiner Mutter, das er fünfzehn Jahre lang bei sich getragen hatte. Alle Wärter hatten dieses Bild mehrere Male gesehen. Bishop beugte sich über die Leiche und steckte die Brieftasche in die linke Gesäßtasche.

Dann griff er noch einmal zur Axt und hackte dem Leichnam den rechten Zeigefinger ab. Er ließ das Blut einen Moment abtropfen, dann legte er den Finger in eine leere Zigarettenpackung, die er zu diesem Zweck mitgenommen hatte, und steckte sie in seine Jackentasche. Schließlich rannte er über den südlichen Rasen durch den dichten Regenschleier auf die hohe graue Mauer zu, die etwa hundert Meter entfernt war, weg vom Haupteingang, dessen große eiserne Torflügel rund um die Uhr von Posten bewacht wurden.

Die Anstalt war auf einem Hügel errichtet worden. Das Gelände vor den Mauern fiel daher sanft ab. Um Überschwemmungen zu vermeiden, hatte man vor langer Zeit im südlichen Rasen einen Graben gezogen, um überschüssiges Wasser in einen Bach in der Nähe abzuleiten. Bishop hatte vor Jahren zufällig die Stelle entdeckt, wo dieser Graben unter der Südmauer hindurchführte. Er hatte sie sich sorgfältig eingeprägt.

Als er die Stelle erreicht hatte, arbeitete er sich durch das dichte Gebüsch. Auf Händen und Knien rutschte er eine Böschung hinab und folgte dem Lauf des Grabens, der hier wie ein Sturzbach dahinströmte, bis er an die Mauer kam. Er traute seinen Augen nicht: Unter der Mauer war ein Maschendrahtzaun angebracht worden. Bishop hätte vor Wut und Enttäuschung am liebsten laut aufgeschrien. Was jetzt? Was jetzt? Hilflos blickte er sich um – eine einsame Gestalt in einem feuchten Grab. Nein, er würde nicht zurückgehen! Er konnte nicht schwimmen, war nie in seinem Leben in tiefem Wasser gewesen, aber er würde nicht zurückgehen. Nachdem er diese Entscheidung gefällt hatte, sprang er ins rauschende Wasser und versank sofort vollständig darin.

Im Wasser machte er die Augen auf. Sie brannten heftig. Voraus konnte er vage den Zaun erkennen. Der untere Rand befand sich etwa dreißig Zentimeter über dem Grund des Abflussgrabens. Panik befiehl ihn. Hektisch zwängte er seinen Körper unter den Zaun. Der Zwischenraum war nicht hoch genug! So klappte es nicht! Mit letzter Kraft drehte er sich auf den Rücken. So musste es gehen. Er zog sich mit letzter Kraft unter dem Zaun hindurch. Dann stieß er sich mit den Füßen ab und schnellte nach oben. Seine Lunge drohte zu bersten. Im nächsten Moment tauchte sein Kopf auf der anderen Seite der Mauer über der Wasseroberfläche auf. Er war frei!

Keuchend arbeitete er sich ans Ufer und warf sich auf den Abhang. Erst nach einer ganzen Weile rappelte er sich wieder auf und setzte seinen Weg fort. Er war endlich frei. Und er würde auch frei bleiben! Daran zweifelte er keine Sekunde. Die Flucht würde erst am Morgen entdeckt werden. Bis dahin würde er schon weit fort sein. Jetzt brauchte er nur noch möglichst schnell andere Kleidung und etwas Geld. Daran heranzukommen dürfte nicht so schwer sein – am Nationalfeiertag, wenn Leute Besuche machten und ihre Häuser unbeaufsichtigt ließen. Schließlich war heute der 4. Juli.

Zuerst würde er die Axt irgendwo im Wald verstecken, wo sie niemand finden würde. Er würde seine Uhr und seinen Ring vergraben. Sobald er andere Sachen hatte, würde er die Anstaltskluft verbrennen. In neuer Kleidung würde er dann ein anderer Mann sein. Frei! Dann konnte er gehen, wohin er wollte! Man würde nach einem ausgebrochenen Wahnsinnigen namens Vincent Mungo suchen, der wahrscheinlich einen auffälligen Ring mit einem Tierkreisstein trug und eine silberne Uhr bei sich hatte. Bishop trug weder einen Ring noch eine Uhr. Und er sah überhaupt nicht aus wie Vincent Mungo.

Thomas William Bishop wurde von wilder Freude ergriffen und machte sich auf den Weg in ein neues Leben.

Die Hinterlassenschaft von Bishops altem Leben wurde an diesem Morgen um genau 6.14 Uhr entdeckt. Um 6.29 Uhr war Dr. Henry Baylor, Direktor des Willows State Hospital, von seiner Frau geweckt worden, die von einem dringenden Telefonanruf sprach. Jetzt, um 8.30 Uhr – am Morgen des Nationalfeiertags! –, saß Dr. Baylor in seinem geräumigen Büro im Verwaltungsgebäude und dachte über mögliche legale Komplikationen nach. Der brutale Mord war entsetzlich, doch was ihn als Verwalter viel stärker beunruhigte, war die Flucht aus der Anstalt. Das bedeutete stets ein Eingreifen der Behörden von außerhalb, und das wiederum führte unweigerlich zu einer gewissen Unruhe, die in einer Anstalt, wie er sie zu leiten hatte, leicht zum Chaos führen konnte. Der Gedanke ließ ihn unwillkürlich zusammenschaudern. Er hasste jede Form von Unordnung.

Vor dem Schreibtisch saß der Personalchef und sah nervös auf die Uhr. Neun, fast zehn Jahre war er nun schon im Willows, drei davon als Personalchef. Es waren durchweg gute Jahre gewesen, und er hatte auch gute Arbeit geleistet. Und jetzt dies. Und ausgerechnet am 4. Juli. Er überlegte, warum gerade das für ihn von solcher Bedeutung zu sein schien.

Als der Wärter ihn in seinem Schlafzimmer im Personalflügel angerufen hatte, hatte er zunächst nicht verstanden, wovon der Mann eigentlich sprach. Von einer Mutter, von der Mutter irgendeiner Person ... Er hatte den Wärter bitten müssen, die Nachricht zu wiederholen. Doch das ganze Ausmaß der ganzen Angelegenheit war ihm erst zu Bewusstsein gekommen, als er aufgelegt hatte.

Er hatte sich hastig angezogen und war über das nasse Gelände gerannt. Als er die Leiche sah, wurde ihm schlagartig übel. Er war seit fünfundzwanzig Jahren Arzt, aber so etwas hatte er noch nicht gesehen. Er hatte den Wärter bei der Leiche zurückgelassen und war in sein Zimmer zurückgekehrt, um den Direktor telefonisch zu verständigen. Jetzt sah er zu Baylor auf und überlegte, was der Direktor dachte.

Dr. Baylor hatte inzwischen versucht, sich ein Bild zu machen.

Er musste den Behörden schließlich Rede und Antwort stehen. Er hatte den Wärter befragt, der den Toten gefunden hatte. Er hatte den Posten am Eingangstor vernommen, ebenso alle anderen Wärter im Gebäude.

Der Tote war Thomas Bishop, der im Alter von zehn Jahren seine Mutter ermordet hatte und noch immer für gemeingefährlich gehalten wurde. Der entkommene Anstaltsinsasse war Vincent Mungo, der erst kürzlich hierher verlegt worden war und bereits gewalttätige Neigungen verraten hatte. Baylor dachte: Wir wissen so viel über die menschliche Psyche, und doch können wir das Verhalten der Menschen nicht vorhersagen. Dieser Gedanke deprimierte ihn in diesem Moment mehr als alles andere.

In diesem Moment öffnete die Sekretärin die Tür und kündigte Besuch an. »Lieutenant Spanner, Herr Doktor.«

Dr. Baylor erhob sich, um den Polizisten zu begrüßen.

»Guten Morgen, Lieutenant.«

»Doktor Baylor?«

Die beiden Männer schüttelten sich die Hände. Dabei fielen dem Besucher einige Gegenstände auf dem Schreibtisch auf, die offenbar nicht dorthin gehörten. Er wünschte sich wieder einmal, dass die Leute endlich begreifen würden, dass man an einem Tatort nichts verändern darf.

Fünfzehn Meilen entfernt brauste ein Polizeiwagen über den Highway Richtung Willows. Auf dem Beifahrersitz saß James T. Oates vom California Sheriff's Office in Forest City. Er war groß und blond, hatte ständig einen Kaugummi im Mund und paffte Zigarre. Er war ein Polizist mit Ehrgeiz, und hinter seiner oft ruppigen Art verbarg sich ein scharfer Verstand. Im Moment war er unterwegs, um einen Ausbruch aus der staatlichen Nervenheilanstalt zu untersuchen, und die Sache duldete keine Sekunde Aufschub. Entsprechend ungeduldig reagierte er auf den Verkehr.

»Himmelherrgott, Earl, jetzt überholen Sie schon!«

Earl drehte sich zu ihm um. »Aber das ist ein Schulbus, auf der falschen Spur.«

»Und was wollen Sie machen, ihn anhalten und ihm ein Ticket verpassen? Nun scheren Sie schon aus!«

Resigniert zuckte Earl mit den Schultern und trat aufs Gaspedal.

Als der Wagen nach zwanzig Minuten in das Eingangstor der Anstalt einbog, schaltete Earl die Sirene ab. Beim Verwaltungsgebäude sprang Oates aus dem Wagen und eilte die Stufen hinauf. Drinnen wandte er sich an die Schwester hinter dem Tresen.

»Ich will zu Baylor«, sagte er schroff, die Zigarre zwischen die Zähne geklemmt.

»Doktor Baylors Büro ist am Ende des Korridors auf der rechten Seite«, erwiderte die Schwester in eisigem Tonfall. Aber sie hatte noch nicht ganz ausgesprochen, da war Oates bereits verschwunden.

Am Ende des Korridors blieb Oates verblüfft stehen. Hier gab es gar keine Tür. Rasch ging er ein paar Schritte zurück, riss die nächstbeste Tür auf und marschierte hinein.

»Ist das das Büro von Baylor?«

Die Frau blickte ungerührt zu ihm auf.

»Er hat im Moment eine Besprechung«, antwortete sie freundlich.

»Wer ist bei ihm?«

»Ein Lieutenant Spanner, glaube ich.«

Der Sheriff knurrte laut. »John Spanner aus Hillside?«

»Ich glaube, ja.«

»Bin gleich wieder da«, sagte er und war bereits aus der Tür. »Sagen Sie ihnen inzwischen, dass ich hier bin.«

Er rannte aus dem Gebäude.

Earl saß hinter dem Lenkrad und warf die angerauchte Zigarette aus dem Fenster, als er den Sheriff kommen sah.

Oates lehnte sich in den Wagen. »John Spanner ist bereits da, verdammt noch mal!«

Earl runzelte die Stirn. »Was macht der denn hier?«

»Die Mordsache gehört in seinen Zuständigkeitsbereich. Sehen Sie sich schon mal die Leiche an, Earl. Reden Sie mit jedem, den Sie finden können. Versuchen Sie herauszubekommen, was zum Teufel hier passiert ist. Ich muss alles wissen, was Spanner schon weiß.«

»Gleich jetzt?«

»Auf der Stelle!«, donnerte der Sheriff und rannte bereits wieder die Stufen hinauf.

Baylor erwartete ihn im Vorzimmer, stellte sich vor und begleitete ihn ins Büro. Zwei Stühle waren besetzt. Oates schüttelte Spanner die Hand und wurde Dr. Walter Lang vorgestellt, dem Personalchef der Anstalt. Oates nahm nicht auf dem offenbar für ihn vorgesehenen freien Stuhl Platz, sondern setzte sich etwas abseits auf eine Couch. Er betrachtete John Spanner. Es wurmte ihn, dass er hier war, wenn er auch zugeben musste, dass Spanner ein guter Polizist war.

»Gentlemen«, sagte Baylor zur Begrüßung, »wir alle wissen, warum wir hier sind.« Er sah vor sich auf den Schreibtisch. »Ein höchst unangenehmer Zwischenfall.«

Dr. Lang blinzelte überrascht bei diesen Worten. Als »Zwischenfall« hätte er diese Sache ganz gewiss nicht bezeichnet.

Dr. Baylor fuhr fort: »Während der Nacht sind offensichtlich zwei Anstaltsinsassen über das Dach des Gebäudes entwichen. Es hat nur zwei Stockwerke und ...«

»Wie sind sie aufs Dach gelangt?«

Der Doktor ärgerte sich über diese Unterbrechung und sah Oates mürrisch an. »Verzeihung?«

»Wie sie aufs Dach gelangt sind, habe ich gefragt.«

Spanner beobachtete, wie Baylors Augen einen harten Ausdruck annahmen.

»In dem Gebäude werden die Türen nicht verschlossen. Natürlich mit Ausnahme des Haupteingangs. Die beiden müssen unbemerkt an den Nachtdienstwärtern auf den Stationen vorbeigeschlichen und dann über die Treppe aufs Dach gelangt sein.«

»Ziemlich nachlässig, was?«

»Nachlässig?«

»Warum waren die Türen zu den Stationen, zu den Treppen, zum Dach nicht verschlossen?«, fragte Oates. »Oder nennen Sie das etwa nicht nachlässig?«

»Ganz entschieden nicht!«, erwiderte Baylor schroff. »Der spezielle Therapieplan, nach dem in diesem Gebäude vorgegangen wird, wurde von der State Medical Society ausdrücklich gebilligt. Das Ganze ist schließlich eine Versuchsstation. Wenn ich also fortfahren dürfte ...«

»Okay«, sagte Oates. »Okay.«

Das besänftigte Baylor. Er fuhr fort: »Was sich dann unten auf dem Grundstück abgespielt hat, kann im Moment nur vermutet werden. Wir wissen bisher lediglich, dass einer den anderen brutal überfallen hat.«

»Mit was für einer Waffe?«

Jetzt blickte Baylor unbehaglich drein.

John Spanner kam ihm zu Hilfe: »Ich habe die Leiche gesehen, Jim«, sagte der Lieutenant ruhig. »Es muss sich um eine Axt oder um ein Fleischerbeil gehandelt haben.«

»So schlimm?«

Spanner nickte, und sein Gesichtsausdruck verriet, dass der Anblick der Leiche ihm immer noch zu schaffen machte. Es war der brutalste Mord mit einem Beil, den er je gesehen hatte.

Baylor fuhr fort: »Nach dem Überfall auf Thomas Bishop – das ist der Name des Toten – war der andere Mann offenbar imstande, das Anstaltsgelände zu verlassen. Wie er entkommen ist, wissen wir noch nicht genau.«

Oates streckte die langen Beine aus und lehnte sich auf der Couch zurück. »Besteht die Möglichkeit, dass er sich noch auf dem Gelände aufhält?«

Baylor drehte sich nach links um. »Dr. Lang?«

»Nein«, sagte Lang zögernd. Er räusperte sich und fuhr fort: »Ganz bestimmt nicht. Alle Gebäude und das gesamte Anstaltsgelände wurden gründlich abgesucht. Mungo ist nicht mehr hier.«

Oates wandte sich an Baylor und fragte: »Hätten Sie eine Akte für mich über diesen … äh … wie heißt er schon wieder?«

»Vincent Mungo.« Baylor händigte ihm ein Aktenstück aus. »Hier drin finden Sie alles, was wir über ihn haben. Viel ist es nicht. Er wurde ja erst vor Kurzem hierher verlegt.«

»Von wo?«, fragte Spanner.

»Lakeland.«

Oates blickte überrascht auf. »Lakeland gehört doch nicht zu …«

»Er hatte sich in letzter Zeit als gewalttätig erwiesen«, erklärte Baylor hastig. »Disziplinprobleme. Vielleicht hat man geglaubt, dass wir ihm hier helfen könnten.«

»Man? Wer ist ›man‹?«

Lang räusperte sich. »Ich hatte ursprünglich mehreren anderen staatlichen Institutionen vorgeschlagen …«

»Irrenanstalten, meinen Sie?«, unterbrach ihn Oates.

»Staatlichen Nervenheilanstalten«, betonte Lang.

»Und was hatten Sie vorgeschlagen?«

»Dass man uns Patienten überweisen sollte, denen wir vielleicht mit unserem neuen Versuchsprogramm helfen könnten. Es ist ja immerhin das erste im Staat Kalifornien«, sagte er stolz. Dann fügte er hinzu: »Mungo war einer dieser Patienten, die ich vorgeschlagen hatte.«

Oates sah ihn an. »Dann ist das alles also Ihr Werk?«

Lang wollte protestieren, aber Baylor kam ihm zu Hilfe. »Dr. Lang ist eine Koryphäe auf seinem Gebiet. Wir alle haben das größte Vertrauen in seine Arbeit.«

Der Sheriff lachte. Er kannte solche Leute, die wie Pech und Schwefel zusammenhielten. »War nicht böse gemeint, Doktor«, entschuldigte sich der Sheriff. »Nichts für ungut.« Er las die wenigen Unterlagen über Mungo und legte dann den Schnellhefter zurück.

»Darf ich?«, fragte Spanner und griff nach dem Aktenstück.

»Die beiden gelangten also unbemerkt an den Wärtern vorbei und durch unverschlossene Türen …« Oates dachte gar nicht daran, so etwas ohne Weiteres durchgehen zu lassen. »… hinaus aufs Dach und …« Hier brach er ab. »Moment mal! War denn die Tür zum Dach auch nicht abgeschlossen, um Himmels willen?«

Baylor sah ihn einen Moment an, dann sagte er in trügerisch ruhigem Tonfall: »Wie Sie ja sicher wissen, Sheriff, sehen die staatlichen Brandschutzgesetze ausdrücklich vor, dass solche Türen von *innen* nicht abgeschlossen sein dürfen.« Er hatte das Wort »innen« ausdrücklich betont. »Und natürlich müssen auch wir hier im Willows die Gesetze befolgen.« Er lächelte jetzt triumphierend.

»Gewiss«, sagte der Sheriff verlegen. »Ich meinte eigentlich die Alarmvorrichtung«, fügte er rasch hinzu. »Was ist mit der Alarmanlage? Warum ist sie nicht losgegangen?«

Spanner schaute kurz von seiner Lektüre auf und sagte lakonisch: »Schlagsahne aus einer Sprühdose.«

Jetzt musste der Sheriff lachen. »Vielleicht sind diese Leute doch nicht so verrückt.«

»Darf ich Sie daran erinnern, dass einer von ihnen getötet wurde?«

»Dann war's eben der Dumme von den beiden.« Oates hatte absolut nichts übrig für verrückte Leute. sie waren unberechenbar.

»Schauderhaft«, sagte Lang unvermittelt. »Grässlich. Das ganze Gesicht … weg!«

Oates sah Dr. Baylor an. »Was heißt das, *weg*?«

Baylor zögerte und befeuchtete mit der Zunge die trockenen Lippen. »Bishops Gesicht ist bis zur Unkenntlichkeit zertrümmert«, sagte er schließlich. »Es war nichts mehr davon übrig.«

»Woher wissen Sie dann, dass es Bishop ist?«

»Die Kleidung, die Sachen in den Taschen, die Brieftasche, alles hat Bishop gehört. Auch der Körper lässt keinen Zweifel daran. Nicht wahr, Doktor?«, fragte er Lang. »Sie kannten den Mann doch ziemlich gut …«

Lang nickte. »Es handelt sich ganz einwandfrei um Bishop.«

»Und was ist mit den Fingerabdrücken?«, fragte Oates. »Um ganz sicher zu sein?«

Lang schüttelte den Kopf. »Bishop kam hierher, als er zehn Jahre alt war. Ich fürchte, dass ihm niemals Fingerabdrücke abgenommen wurden.«

Oates starrte ihn ungläubig an. »Als er … zehn Jahre alt war?«

Baylor sagte: »Das Willows war damals die einzige Anstalt mit einer Kinderstation.« Er lächelte. »Damals war das sehr progressiv. Heutzutage ist das natürlich überall üblich.«

»Was hat der zehnjährige Junge denn angestellt?«, fragte der Sheriff.

Baylor und Lang wechselten einen Blick, bevor Lang antwortete: »Er hat seine Mutter getötet.« Seine Stimme verriet keine Emotion.

Oates stöhnte auf. Er empfand plötzlich das dringende Verlangen, so weit wie irgend möglich von diesen Verrückten entfernt zu sein – einschließlich der Verrückten, die sich um sie kümmerten. Er schüttelte traurig den Kopf.

Spanner war mit seiner Lektüre des Aktenstücks fertig und legte es auf den Schreibtisch zurück.

»Okay«, sagte der Sheriff energisch. »Wir suchen also nach einem Geistesgestörten, der verrückt genug ist, aus reiner Wut und ohne ersichtlichen Grund zu töten, aber genügend Verstand besitzt, um aus einem Gefängnis ausbrechen zu können und …«

»Dies hier ist eine Heilanstalt«, verbesserte Baylor.

»… aus einem Gefängniskrankenhaus zu entkommen, ohne dass wir auch nur wüssten, wie er das angestellt hat.«

»Noch nicht«, warf Lang ein.

»Noch nicht«, schnaubte Oates, der mit seiner Geduld am Ende war. »Das ändert wohl kaum etwas an der Tatsache, oder?«

Dr. Baylor seufzte und sagte bedächtig: »Da ist noch eine Sache, Gentlemen.« Er sah alle Anwesenden der Reihe nach an. »Tja, sehen Sie, der Leiche wurde nämlich auch noch ein Finger abgehackt.« Er rieb sich einen Moment den Nasenrücken. »Und ich fürchte, dass dieser Finger verschwunden ist.«

Niemand sagte ein Wort.

Der Sheriff schloss die Augen und fluchte innerlich. Das war heute eindeutig nicht sein Tag. Er war hier in einer Irrenanstalt und suchte nach einem Wahnsinnigen, der offenbar etwas gegen Gesichter hatte. Und zu allem Überfluss hatte er dem Toten auch noch einen Finger abgehackt. Das hörte sich allmählich nach einem verdammten Ritualmord an. Der Sheriff überlegte, was sonst noch so in Willows vor sich gehen mochte. Er nahm sich im Geiste vor, das Personal einschließlich Dr. Baylor etwas genauer zu überprüfen. Er überlegte aber auch, ob er nicht lieber umgehend seinen Urlaub nehmen sollte.

John Spanner räusperte sich. »Könnte nicht einer der Wärter diesen Finger an sich genommen haben, Dr. Baylor? Vielleicht als Beweisstück?«

»Die Wärter sind bereits überprüft worden«, sagte Lang hastig. »Der Finger ist einfach fort.«

»Hm, vielleicht war er … wertvoll?«, überlegte Spanner laut.

Lang starrte ihn entgeistert an.

»Vielleicht war ein Ring an diesem Finger«, fuhr Spanner fort. »Ein Ring, den der Mörder nicht vom Finger abziehen konnte.«

»Ja«, sagte Lang nachdenklich. »Bishop hat in letzter Zeit einen Ring getragen, mit einem Tierkreisstein, glaube ich. Aber viel wert konnte das Ding eigentlich nicht gewesen sein.«

»Das hat der Mörder vielleicht nicht gewusst. Hat man den Ring bei der Leiche gefunden?«

Lang dachte einen Moment nach. »Nein, und auch nicht Bishops Uhr«, rief er plötzlich aufgeregt. »Bishop hat immer eine Armbanduhr getragen. Sie ist auch verschwunden.«

Für Oates bekam der Fall allmählich einen Sinn. Ein Motiv. Man musste immer nach einem Motiv Ausschau halten. Sogar in einer Klapsmühle. Braver Junge, John!, dachte er. Laut bat er um eine Beschreibung von Ring und Uhr.

Lang versprach ihm, alles zu besorgen.

»Wir haben also ein Motiv«, sagte der Sheriff. »Mungo hat diesen Bishop dazu überredet, mit ihm zusammen auszubrechen …«

»Woher wollen Sie wissen, dass es Mungos Idee war?«, unterbrach Spanner ihn. »Er war doch erst eine kurze Weile hier. Woher sollte er also wissen, wie man hier ausbrechen könnte? Bishop dagegen … wie lange war er hier?«

»Fünfzehn Jahre.«

»Das ist eine lange Zeit. Vielleicht kannte Bishop einen Fluchtweg und wartete nur auf eine passende Gelegenheit?«

»Was denn für eine Gelegenheit?«

»Das weiß ich nicht«, gab Spanner zu. »Aber Sie wissen auch nicht, ob es Mungos Idee war.«

»Nehmen wir also an, dass die Fluchtidee von Bishop stammte. Na, und? Was macht das schon für einen Unterschied? Jedenfalls hatten die beiden das Gebäude über das Dach verlassen. Plötzlich fiel Mungo ohne jede Warnung über den anderen Kerl her, tötete ihn und nahm ihm die Uhr ab. Weil er den Ring nicht vom Finger herunterbekam, hackte er ihn einfach ab und nahm ihn ebenfalls mit.«

»Ihre Theorie hat nur einen Fehler«, sagte Spanner leise.

»Und der wäre?«

»Nehmen wir einmal an, dass es Bishops Idee war. Haben Sie schon mal gehört, dass ein Gefangener seinen Ausbruch plant und anderen sagt, wann und wo das geschehen wird?«

»Sie waren keine Gefangenen«, warf Oates ein. »Nur Verrückte.«

»Warum hätte Mungo den anderen töten sollen, bevor er wusste, wie er von hier fortkommen konnte?«

Der Sheriff wurde immer wütender. »Erstens: Sie stellen nur Vermutungen an. Sie wissen nicht, ob es Bishops Plan war. Ich halte es für vernünftiger, dass die Idee von Mungo stammte. Wenn ein Mann wusste, wie er von hier ausbrechen konnte, warum hätte er dann so lange damit warten sollen? Aber Mungo kommt her, sieht sofort seine Chance und nutzt sie aus. Das erscheint mir logischer.«

»Vielleicht haben Sie recht«, sagte Spanner lächelnd. »Und was ist mit zweitens, Jim?«

»Zweitens: Ich glaube nicht, dass es nur eine Theorie ist. Ich glaube, dass sich alles genau so abgespielt hat. Wenn wir Mungo schnappen, werden wir die Bestätigung erhalten.«

Spanner wandte sich an Dr. Baylor. »Ich nehme an, dass man auch von Mungo keine Fingerabdrücke abgenommen hat?«

Baylor runzelte die Stirn. »Nein, ich glaube nicht, dass es dazu je einen Grund gegeben hat.«

»Ich verstehe«, sagte Spanner. Er zeigte auf mehrere Gegenstände auf dem Schreibtisch. »Sind das die Habseligkeiten der Leiche? Ich würde gern alles mitnehmen.«

Oates war zufrieden. »Wenn wir hier fertig sind, möchte ich

Fotos und eine genaue Beschreibung von Mungo haben«, sagte er. »Ich werde bis zum Abend eine Fahndung im ganzen Staat einleiten.«

»Dr. Lang wird Ihnen das alles gern besorgen«, sagte Dr. Baylor freundlich. Er erhob sich. »Falls ich sonst noch irgendwie behilflich sein kann …« Er ließ den Satz unvollendet.

Spanner blieb sitzen. »Da sind noch zwei Punkte, die mir zu schaffen machen, Doktor. Falls Sie also noch einen Moment Zeit haben?«

»Selbstverständlich«, sagte Baylor und setzte sich wieder hin. Aber es war ihm anzusehen, dass er verärgert war.

»Zum Beispiel diese Brieftasche«, sagte Spanner. Er beugte sich vor und nahm sie vom Schreibtisch. »Mungo hat den anderen getötet und ihm die Uhr und den Ring abgenommen. Dann durchsucht er hastig den Toten. Die Mundharmonika hat keinen Wert, also nimmt er sie nicht an sich. Das gilt auch für den Kamm. Aber warum hat er die Brieftasche nicht mitgenommen?«

»Weil nichts darin war, Lieutenant.«

»Das wissen wir doch nicht. Aber er hat sie doch bestimmt herausgenommen, um nachzusehen. Warum hat er sie dann im strömenden Regen dem Toten wieder in die Tasche gesteckt? Es sei denn…«

»Ja?«

»Es sei denn, der Mörder hat es darauf angelegt, dass wir die Brieftasche finden«, sagte Spanner. Er klappte die Brieftasche auf. »Wessen Bild ist das?«

»Ich glaube, das ist ein Bild von Bishops Mutter«, sagte Dr. Lang.

»Hm, er tötet seine Mutter, und dann schleppt er ihr Bild fünfzehn Jahre lang mit sich herum? Finden Sie das nicht merkwürdig?«

»Die meisten Leute hier sind merkwürdig, Lieutenant«, sagte Baylor lächelnd und schaute auf seine Uhr.

»Eine andere Sache ist die Mordwaffe. Woher könnte er eine Axt oder ein Fleischerbeil bekommen haben?«

»Wir überprüfen natürlich das gesamte Personal, aber ich muss gestehen, dass ich ebenfalls ziemlich verwundert bin.«

»Und warum hat er die Mordwaffe mitgenommen? Warum hat er sie nicht einfach am Tatort zurückgelassen?«

»Vielleicht brauchte er sie noch, für später«, meinte Oates sarkastisch.

Spanner ignorierte ihn. »Aber was mir am meisten zu schaffen macht, ist der Überfall selbst, diese wahnwitzige Wut und dieser unbedingte Wille, ein Gesicht zu zerstören. Warum?«

Baylor lächelte nachsichtig. »Ich glaube, Sie haben Ihre Frage bereits selbst beantwortet, Lieutenant. Sie haben das Wort ›wahnwitzig‹ gebraucht. Wenn diese armen Teufel in Wut geraten, kann man nie voraussehen, wozu sie fähig sind. Oft gilt ihre Wut gerade dem Gesicht.«

»Na schön«, sagte Spanner, aber es klang wenig überzeugt.

Oates stand auf. »Ich habe noch eine Frage an Sie.« Er sah dabei Baylor an. »Was ist mit diesem Mungo? Wird er erneut töten, bevor wir ihn schnappen können?«

Der Direktor erhob sich ebenfalls und runzelte die Stirn.

»Ich wünschte, ich könnte diese Frage beantworten«, sagte er ruhig. »Geistesgestörte sind wie Kinder, nämlich unberechenbar. Ich will nur sagen, dass ein Tier, wenn es erst mal Blut geleckt hat …« Er spreizte die Hände in einer hilflosen Geste.

»Könnten Sie uns irgendeinen Hinweis geben, wo wir ihn suchen sollten? Wo wir ihn vielleicht finden könnten?«

Dr. Baylor dachte einen Moment nach. »Nicht direkt. Ich würde nur vermuten, dass er jetzt versucht, so weit wie möglich von hier fortzukommen.«

»Wenn sein Gesicht erst mal auf allen Steckbriefen zu sehen ist, wird er nicht weit kommen.«

Spanner war da nicht so sicher. »Ich habe das Gefühl, dass wir wieder von ihm hören werden.«

Baylor nickte. »Triebtäter sind oft sehr clevere Leute. Das würde ich an Ihrer Stelle lieber nicht vergessen.«

Er öffnete die Tür. Die Polizisten erhoben sich und gingen an ihm vorbei in das Vorzimmer, wo die Sekretärin von ihrer Schreibmaschine aufsah.

»Nach allem, was wir wissen, hat Bishop keine lebenden Verwandten«, sagte Baylor und sah von einem zum andern. »Wir werden ihn also hier beerdigen, wenn Sie einverstanden sind. *Nach* der Autopsie, versteht sich. Ist das in Ihrem Sinne, Lieutenant? Gut, dann will ich Sie nicht länger aufhalten. Gentlemen!«

Als die Polizisten draußen auf dem Korridor waren, standen sie sich einen Moment unsicher gegenüber. Vom Typ her hätten die beiden Männer nicht unterschiedlicher sein können. Was sie einte, war die Aufgabe, einen geistesgestörten Mörder zu finden, der aus einer Nervenheilanstalt ausgebrochen war. Lieutenant Spanner war zuständig, weil der brutale Mord in seinem Zuständigkeitsbereich begangen worden war, und Sheriff Oates war verantwortlich, weil der Ausbruch aus einer staatlichen Institution erfolgt war. Das Einzige, was beide mit Bestimmtheit wussten, war die Tatsache, dass es sich um ein und denselben Mann handelte. Und dass der Name dieses Mannes Vincent Mungo lautete.

3

Im Monat Juli 1973 wurde Kalifornien mit Bildern eines entwichenen Triebtäters namens Vincent Mungo überschwemmt. Sein Foto erschien in den Tageszeitungen von einem Ende des Staates bis zum anderen. Sein Gesicht wurde in den Abendnachrichten gezeigt. Sein Steckbrief mit Bild und Beschreibung hing auf allen kalifornischen Polizeirevieren. Im kleinen San Ysidro an der mexikanischen Grenze wurden die Posten verständigt. Damit sollte verhindert werden, dass Mungo über die Brücke nach Tijuana entkommen konnte. An der gesamten Küste, an allen Brücken- und Tunnel-Kontrollpunkten, auf allen Straßen in benachbarten Staaten hielt die Polizei Ausschau nach dem Gesuchten.

Am Ende der ersten Woche hatten Millionen Kalifornier von dem entsprungenen Psychopathen gehört, und wenn die meisten von ihnen sich auch kaum an sein Gesicht oder an seinen Namen erinnern konnten, so war man Fremden gegenüber doch sehr misstrauisch und vorsichtig, jedenfalls im Moment.

Hier und da wurden Personen, die sich irgendwie verdächtig machten, vorübergehend festgenommen und eingesperrt, bis sich die Sache als blinder Alarm herausstellte.

Der Fall trieb aber auch sonst skurrile Blüten. Ein Spielzeugfabrikant in Los Angeles kündigte zum Beispiel an, dass man eine Aufziehpuppe namens »Mungo-Monster« auf den Markt bringen wolle.

Unter dem Druck der öffentlichen Meinung wurde die Versuchsstation im Willows geschlossen. Die Patienten wurden auf andere, herkömmliche Stationen verlegt.

Dr. Lang wurde auf Empfehlung des Direktors, Dr. Henry Baylor, an eine andere Institution versetzt.

Bis Mitte Juli hatten sich ein paar Dutzend Männer im dichten Polizeinetz verfangen, auf die Mungos Beschreibung passte. Aber alle hatten eins gemeinsam – sie waren nicht Mungo.

Es hatte mehrere groteske Zwischenfälle gegeben. Einige Leute hatten sich freiwillig bei der Polizei gemeldet und behauptet, Mungo zu sein. Aber der Schwindel war sehr schnell aufgeflogen.

Bald wurde den Behörden von Kalifornien klar, dass ihnen der verrückte Killer zunächst entkommen war. Vincent Mungo war nirgendwo zu finden. Nicht in den Großstädten, nicht in den Kleinstädten, nicht in den Wäldern, nicht in den Bergen. Er war auch nicht in einen anderen Staat gereist. Er war einfach von der Bildfläche verschwunden oder hielt sich so gut versteckt, dass es aufs Gleiche hinauskam. Obwohl er offenbar weder Geld noch Freunde hatte, dafür aber ein Gesicht, das sofort überall von der Polizei erkannt worden wäre, war es ihm gelungen, sich einer Ergreifung zu entziehen. Dass er dies die ersten drei Tage geschafft hatte, grenzte fast an ein Wunder. Dass er aber sogar mehrere Wochen lang auf freiem Fuß bleiben konnte, erschien einfach unverständlich. Und doch musste er irgendwo im Staat Kalifornien sein – es war gar nicht anders möglich. Mungo hatte Verwandte in Stockton. Sie wurden praktisch rund um die Uhr observiert, aber auch hier tauchte Mungo nicht auf.

Am 18. Juli wurde die Leiche einer etwa fünfzigjährigen Frau in einem Straßengraben zwischen Yuba City und Sacramento gefunden. Sie war seit etwa zehn Tagen tot. Der Leichnam war schon stark verwest. Als Todesursache wurden Schädel- und Knochenbrüche wie bei einem Verkehrsunfall mit Fahrerflucht festgestellt. Eine Autopsie ergab, dass die Frau eine schwere Trinkerin und Raucherin gewesen war, außerdem hatte sie an Arthritis gelitten. Die Ortspolizei ging davon aus, dass sie an den Folgen des Verkehrsunfalls gestorben war, und schickte eine Routinemeldung an die Polizeiwache in Sacramento. In der Vermisstenabteilung wurde überprüft, ob eine etwa fünfzigjährige Frau vermisst wurde, was nicht der Fall war. Weil im ursprünglichen Bericht von einem Verkehrsunfall mit Todesfolge die Rede war, schenkte man der schrecklichen Bedeutung des Datums erst viel später Beachtung.

Das Undenkbare – zumindest für die Behörden – ereignete sich am 19. Juli, einem trüben, regnerischen Tag im nördlichen Kalifornien. An diesem Nachmittag wurde eine ältere Frau überfallen und in ihrer Wohnung buchstäblich in Stücke gehackt. Als die Polizei eintraf, fand man überall in der Wohnung Blut und eine Axt neben der Leiche. Als die Polizisten die Leiche näher untersuchten, machten sie eine sonderbare Entdeckung. Der Zeigefinger an der rechten Hand der Frau war abgeschnitten worden und nirgendwo zu finden. Man riegelte sofort die ganze Gegend ab. Bei Anbruch der Dunkelheit wurde das Haus von Scheinwerfern angestrahlt wie für die Dreharbeiten zu einem Film. Zu den vielen Polizeibeamten, die am Tatort eintrafen, zählten auch Sheriff James Oates und Lieutenant John Spanner aus Hillside. Das Haus der Frau befand sich weniger als dreißig Meilen vom Willows State Hospital entfernt.

Sheriff Oates schnappte sich Lieutenant Spanner hinten im Haus, wo sie für einen Moment allein sein konnten.

»Mungo«, knirschte Oates. »Ich wusste ja, dass es so kommen würde. Dass er wieder töten würde.« Er sah Spanners überraschten Gesichtsausdruck. »Allein die Tatsache, dass wir ihn nicht gleich in den ersten Tagen erwischen konnten«, fügte er an. »Der Bastard ist verrückt aufs Töten. Keine Frage.«

Spanner war sich da keineswegs so sicher. »Überprüfen wir doch erst mal, ob die Axt überhaupt vom Willows-Krankenhaus stammen könnte.« Er blickte nachdenklich vor sich hin, irgendwas missfiel ihm an der Sache.

Oates, der seinen Gesichtsausdruck bemerkte, fragte ihn, woran er denke.

»Es ist der Finger«, sagte Spanner. »Ich verstehe das nicht. Durch den fehlenden Finger weiß doch sofort jeder, dass er der Täter sein muss. Das ist doch fast so gut wie seine persönliche Unterschrift.«

»Diese Psychos sind doch Egomanen, oder nicht?«, fragte Oates verdrossen.

»Ich glaube nicht, dass Mungo so ist«, sagte Spanner. »Er scheint genau zu wissen, was er tut. Und er ist gerissen genug, um uns bisher an der Nase herumzuführen.«

Oates runzelte die Stirn. Er brauchte an diese Tatsache nicht eigens erinnert zu werden.

Spanner fuhr fort: »Ich glaube, dass er unbedingt anonym bleiben möchte, um in der Menge unterzutauchen. Das ist doch seine einzige Chance.«

Oates zuckte mit den Schultern. »Und wie erklären Sie dann das hier?«, fragte er.

»Das kann ich nicht. Das ist es ja gerade, es passt nicht!«

»Wenn er verrückt ist, braucht es auch nicht zu passen.«

Spanner lächelte müde. »Verrückt und mordgierig mag er ja sein, aber diese Leute haben ihre eigene Logik. Sie planen Dinge genauso wie wir, manchmal sogar viel besser.« Er schüttelte den Kopf. »Ich fürchte, wir werden nicht weit kommen, wenn wir sagen, dass er immer irrational handelt, nur weil er verrückt ist. Nach allem, was er bisher geleistet hat, würde ich eher das Gegenteil behaupten.« Er sah Oates direkt an. »Also, warum nimmt er den Finger mit? Wenn er keine Publicity will.«

»Das ist doch ganz einfach. Er wollte den Ring haben, genau wie beim letzten Mal.«

»Was für einen Ring?«

»Na, den Ring, den die Frau ... Ich meine ...« Er brach abrupt ab und blickte verwundert drein, als wäre ihm ein neuer unerwarteter Gedanke gekommen.

»Genau«, sagte Spanner und nickte. »Frauen tragen keine Ringe am rechten Zeigefinger. Das tun vielleicht junge Mädchen hier und da, aber nicht eine Frau wie diese hier. Sie tragen Ringe an der linken Hand, und *wenn* an der rechten, dann am Ringfinger, aber bestimmt nicht am Zeigefinger.«

Der Sheriff fluchte. »Aber wozu dann den Finger abhacken?«, fragte er schließlich.

»Ich weiß es nicht«, sagte Spanner ruhig. Dann fügte er drängender hinzu: »Überprüfen Sie die Axt. Und ich an Ihrer Stelle würde auch mit den Nachbarn und Verwandten reden. Hier könnte es mehr zu finden geben, als wir bislang ahnen.«

»Und was ist mit Ihnen?«

»Mit mir?« Spanner lachte. »Ich werde nach Hause gehen. Es sei denn, dass die Axt aus dem Willows-Krankenhaus stammt. Diese Gegend hier gehört nicht zu meinem Zuständigkeitsbereich.« Er hörte sich wirklich erleichtert an. »Ist ausschließlich Ihr Fall, Jim!«

Der Sheriff stöhnte und knurrte etwas Obszönes. Gar nicht so leicht, beides gleichzeitig zu tun.

In der zweiten Juliwoche fand in einer kleinen, ländlichen Gemeinde, etwa vierzig Meilen vom Willows State Hospital entfernt, eine private Versteigerung statt. In dieser Ortschaft hatte Sara Bishop bis zu ihrem Tod gelebt. Auf dem Rasen vor einem großen, zweistöckigen Holzhaus bot der Neffe einer vor Kurzem verstorbenen alten Frau, die zeitlebens ledig geblieben war, die wenigen Habseligkeiten seiner Tante öffentlich meistbietend zum Verkauf an. Die Frau war einmal mit Sara Bishop befreundet gewesen und hatte nach deren Tod die bescheidene Habe übernommen und recht anständig dafür bezahlt. Das Geld hatte sie an die Anstalt geschickt, wo es für den Jungen aufbewahrt werden sollte. Mehrere Kartons hatte die alte Frau jahrelang unbeachtet in einem dunklen Raum abgestellt, aber schließlich hatte sie dann doch darin herumzukramen begonnen. So war sie auch auf einen Karton mit Büchern gestoßen. In einem Buch, geschrieben von einem gewissen Caryl Chessman, hatte sie ein Bündel sauber in der Mitte gefalteter Blätter gefunden. Sie hatte ihre Brille aufgesetzt und begonnen, die Lebensgeschichte von Sara Bishop zu lesen. Rasch waren ihr die Tränen gekommen. Während der nächsten zwölf Jahre hatte sie das alles noch sehr oft gelesen, niemals ohne Tränen zu vergießen. Jedes Mal hatte sie die Blätter in das Buch zurückgelegt, wo sie sie zuerst gefunden hatte. Und jetzt, an diesem schwülen Sommertag, wanderten die beiden Kartons, die keinen Käufer gefunden hatten, in den Schuppen hinter dem Haus und waren bald vergessen.

Etwa zur gleichen Zeit überwachten zwei Männer in Fresno die Installation eines Neonschildes über ihrem neuen Speiselokal. Es waren Brüder, einfache Männer, die – nicht ohne Erfolg – versuchten, auf diese Weise ihren Lebensunterhalt zu verdienen. Von Sara Bishop oder ihrem Jungen wussten sie nichts, auch nichts von dem Ort, in dem Sara gestorben war. Sie wussten nicht einmal etwas vom Willows State Hospital. Sie hatten jedoch von Harry Owens gehört. Einer der beiden hatte ihn sogar getötet.

Don Solis war 1968 aus San Quentin entlassen worden, nachdem er sechzehn Jahre wegen Mordes und bewaffneten Raubüberfalls verbüßt hatte. Jetzt, im Alter von fünfundfünfzig Jahren, wollte er nur noch in Ruhe gelassen werden und möglichst viel Geld verdienen, diesmal aber auf legale Weise. Mit seinem Bruder Lester als Partner ging es ihm auch recht gut.

Als Lester 1962 nach Verbüßung von zehn Jahren aus dem Gefängnis gekommen war, war er nach Fresno zurückgekehrt. Er hatte sich in mehreren Jobs versucht, bis Don herausgekommen war. Sie hatten weder Geld noch Pläne. Johnny Messick, der sich damals auch an dem Überfall auf den Geldtransporter der Overland Pacific beteiligt hatte, war nach seiner Entlassung im Jahre 1960 verschwunden. Hank Green war 1954 von einem Mithäftling getötet worden. Carl Hansun, der die Idee zu dem Überfall hatte, war ebenfalls nicht wieder aufgetaucht. Und Harry Owens war natürlich tot. Don hatte kein Mitleid mit dem Mann, doch er wünschte, er hätte ihn damals nicht getötet, dann wären ihm die bitteren Jahre im Gefängnis erspart geblieben.

Zwei Wochen nach seiner Rückkehr setzte sich ein örtlicher Anwalt mit Don Solis in Verbindung, um ihm einen Scheck über 10 000 Dollar auszuhändigen. Das war kein Scherz. Der Scheck gehörte Don Solis, und er konnte damit machen, was er wollte. Nein, woher das Geld kam, konnte ihm der Anwalt nicht sagen. Er wurde nur dafür bezahlt, den Scheck auszuhändigen, der mit der Post eingetroffen war.

Kurz darauf kauften die Brüder Solis von dem Geld ein Speiselokal in Fresno. Das Geschäft lief erstaunlich gut. Fünf Jahre später kauften sie ein größeres Lokal und brachten ein größeres Schild an. Im Juli 1973 dachte Don Solis gar nicht mehr an die ursprünglichen 10 000 Dollar. Die Zukunft sah die für ihn rosig aus.

Am 22. Juli, drei Tage nach dem grausamen Axt-Mord, wurde erneut eine ältere Frau auf die gleiche brutale Weise getötet, diesmal mit einem großen Schlachtermesser. Wieder fehlte der Zeigefinger, diesmal aber von der linken Hand. Das Haus dieser Frau lag zehn Meilen vom ersten Tatort entfernt, beide befanden sich in einem Umkreis von dreißig Meilen vom Willows-Krankenhaus. In der Gegend brach sofort Panik aus. Die Leute gingen nachts nicht mehr auf die Straße und ließen keine Fremden in die Wohnungen. Fenster wurden verschlossen, Türen abgesperrt und Waffen geladen. Frauen weigerten sich, bei Tage allein zu Hause zu bleiben. Viele taten sich zum Schutz mit Freunden zusammen oder besuchten entfernte Verwandte. In anderen Haushalten weigerten sich Männer, zur Arbeit zu gehen und ihre Familien schutzlos zurückzulassen.

Immerhin tappte die Polizei nicht mehr gänzlich im Dunkeln. Die Axt, die man am ersten Tatort gefunden hatte, war ganz bestimmt nicht die Mordwaffe aus dem Willows-Fall. Sie stammte aus dem Holzschuppen des Mordopfers. Nachbarn erkannten sie an den Initialen, die der frühere Besitzer in den Stiel geritzt hatte. Der Killer hatte sich offenbar im unverschlossenen Holzschuppen nach einer handlichen Waffe umgesehen. Vielleicht wusste er sogar, dass sich die Axt dort befunden hatte. Verwandte bestätigten, dass die Frau des Öfteren Männer zur Aushilfe beschäftigt hatte, üblicherweise Ortsbewohner, die keiner geregelten Arbeit nachgingen, Alkoholiker, zwielichtige Gesellen. Im letzten Jahr hatte man fünf, sechs Männer auf dem Grundstück der Frau gesehen. Die Polizei machte sie ausfindig und nahm sie ins Verhör. Aber man glaubte immer noch, dass der Mord das Werk des entsprungenen Wahnsinnigen war, der die Axt zufällig im Holzschuppen entdeckt hatte.

Am Abend des 23. Juli erfuhr die Polizei, dass auch das zweite Mordopfer einen Gelegenheitsarbeiter beschäftigt hatte. Nachbarn erinnerten sich daran, dass er sich mit der Frau wegen der Bezahlung gestritten hatte. Seinen Namen kannte man nicht, aber seine Beschreibung passte auf einen der Männer, die vom ersten Mordopfer gelegentlich beschäftigt worden waren. Man holte ihn sofort zur Vernehmung. Diesmal ging die Polizei energischer vor, der Mann wurde nicht mit Samthandschuhen angefasst. Innerhalb einer Stunde gestand der Verdächtige beide Morde.

Es handelte sich um einen fünfundvierzigjährigen, ungelernten Arbeiter und starken Trinker. Er hatte ein langes Vorstrafenregister und war häufig wegen verschiedener Ordnungswidrigkeiten eingesperrt worden. Der Mann hatte gegen beide Frauen einen tiefen Groll gehegt. Als er erfuhr, dass der entsprungene Wahnsinnige noch immer nicht ergriffen worden war, beschloss er, die beiden Frauen zu töten und durch das Abschneiden der Finger den Verdacht auf Vincent Mungo zu lenken. Beim zweiten Mord hatte er die Hände verwechselt. Beide Male war er betrunken gewesen.

Warum er die Frauen getötet hatte? »Weil sie mich übers Ohr gehauen haben! Ich habe für sie geschuftet, aber sie haben mir nicht den vollen Lohn ausgezahlt. Sie waren zu geizig. Zu geizig zum Leben!«

Sheriff Oates jubilierte, denn er schrieb sich das Hauptverdienst an der Ergreifung des Doppelmörders zu. Er posierte für die Kamera und scherzte mit den Reportern. Als schließlich jemand nach Vincent Mungo fragte und wie es um die Nachforschungen in seinem Fall stand, entschuldigte sich der Sheriff plötzlich mit dringenden polizeilichen Angelegenheiten und stand für weitere Fragen nicht zur Verfügung.

Während Sheriff Oates sehr mit den erzielten Resultaten zufrieden war, war es Derek Lavery im fernen Los Angeles weniger. Er saß in seinem Bürosessel und funkelte die beiden Männer auf der anderen Seite des Schreibtisches düster an. Jetzt legte er die Zigarre hin und sagte: »Ihr hattet eine Woche und sogar noch einen zusätzlichen Tag Zeit für diese Story. Und nun wollt ihr noch eine Woche haben?« Er blickte gequält drein.

»Nicht ganz eine Woche«, sagte Adam Kenton. »Nur fünf Tage.«

»Das ist eine Woche!«, erwiderte Lavery gereizt.

Kenton holte tief Luft. »Ich habe noch ein paar Spuren, denen ich folgen möchte.«

»Zum Beispiel?«

»Zwei Ex-Sträflinge, die mit Chessman zusammen im Todestrakt waren.«

»Sind sie jetzt wieder draußen?«

Kenton nickte zustimmend.

»Wo?«

»Einer von ihnen in Long Beach. Er hat Chessman sterben sehen. Der andere ist hier in der Stadt.«

»Und die beiden wollen über ihn reden?«

»Sie werden reden.«

Lavery zuckte mit den Schultern. »Das ist einen Tag wert. Und was noch?«

»Da ist eine Frau, die zurzeit der Gerichtsverhandlung im Büro des Anklägers gearbeitet hatte. Sie erinnert sich noch an viele Dinge, die damals nicht in die Presse gekommen sind. Aber ...« Er ließ das Wort in der Luft hängen.

»Sie will Geld«, sagte Lavery.

»Sie will Geld«, wiederholte Kent.

Lavery seufzte. »Sie wissen doch, dass wir niemals für Informationen zahlen. Das ist unethisch ...« Er brach ab, weil Ding laut hustete. »Wie viel will sie haben?«

»Hundert.«

Noch ein Seufzer. »Nehmt es von den Reisespesen. Ist sie in der Stadt? Ach, sie zieht gerade nach Vegas! Was haben wir noch?«

»Nur noch Chessmans letztes Geständnis.«

»Sein *was*?«

»Sein letztes Geständnis.«

Lavery sah erst Ding, dann wieder Kenton an. »Was wollen Sie mir da auftischen? Chessman hat bis zum Schluss seine Unschuld beteuert! Er hat nur ein einziges Geständnis abgelegt, und das sollen die Polizisten angeblich aus ihm herausgeprügelt haben.« Er legte die Zigarre in den herzförmigen Aschenbecher. »Von einem letzten Geständnis habe ich nie etwas gehört.«

»Auch niemand sonst«, sagte Ding leise.

Kenton kratzte sich am Kinn. »Zu Chessmans Zeit gab es in San Quentin einen Psychiater. Sein Name war Schmidt.«

»Na, und?«

»Ich habe einen Verbindungsmann in San Rafael, in der Nähe des Gefängnisses. Er kennt einen der dortigen Wärter und beschwört, von ihm erfahren zu haben, dass Chessman vor seinem Tod dem Psychiater gegenüber ein Geständnis abgelegt hatte. Darin soll er zugegeben haben, dass er im Jahr '48, als man ihn erwischte, tatsächlich Raubüberfälle und Vergewaltigungen begangen hat.«

Lavery sah abermals zu Ding hinüber, der leicht den Kopf schüttelte.

»Das glaube ich nicht«, murmelte Lavery und nahm die Zigarre wieder in den Mund. »Das ergibt doch keinen Sinn.«

»Der Wärter soll aber behauptet haben, an Chessmans Zelle vorbeigekommen zu sein und das Geständnis gehört zu haben«, fuhr Kenton fort. Dann machte er eine kleine Pause. »Ich persönlich glaube es ja auch nicht, denn der Wärter hatte doch keinen Grund, sich dort aufzuhalten. Ich glaube, dass eher Folgendes passiert ist: Der Wärter hat Chessman mit einem Mann namens Bud Abbot verwechselt, der zwei Jahre früher hingerichtet wurde.«

»Wer ist Abbot?«

»Bud Abbot wurde verurteilt, weil er angeblich ein Mädchen in San Francisco getötet hatte. Aber genau wie Chessman hatte er nie ein Geständnis abgelegt, sondern bis zum Schluss behauptet, unschuldig zu sein. Aber unmittelbar vor seinem Tod hatte er offenbar diesem Schmidt im Vertrauen mitgeteilt, dass er die ihm zur Last gelegten Delikte tatsächlich begangen hat. Ich habe seine Worte hier …« Kenton blätterte in seinen Notizen. »Hier. Abbot soll zu Schmidt gesagt haben: ›Ich kann's nicht zugeben, Doc. Stellen Sie sich doch nur vor, was es für meine Mutter bedeuten würde. Sie könnte es nicht ertragen‹.« Kenton klappte sein Notizbuch wieder zu und blickte auf. »Nach seiner Hinrichtung stellten die Behörden diese Aussage als Geständnis hin, aber richtig glücklich war damit niemand.« Er holte tief Luft. »Ich glaube, der Wärter …«

»Falls es einen solchen Wärter gab«, unterbrach Ding.

»Falls es einen Wärter gab, dann hat er vermutlich die beiden Todeskandidaten miteinander verwechselt«, sagte Kenton. »Aber eine Überprüfung ist es wert.«

»Und wenn es keinen Wärter gab, sind sie eben auf die Lüge eines Kontaktmannes hereingefallen«, sagte Ding.

»Überprüft das!«, sagte Lavery schroff. »Aber es wird nichts dabei herauskommen.« Er paffte an seiner Zigarre. »Ich wette mit euch um ein Jahresgehalt.«

»Dann bekomme ich also die Woche?«, fragte Kent hoffnungsvoll.

»Ihr bekommt genau drei Tage«, grollte Lavery. »Und keine Minute länger.« Er drehte sich um und warf einen Blick auf den großen Terminkalender an der Wand. »Sagen wir also … bis zum einunddreißigsten statt bis zum vierundzwanzigsten.« Er drehte sich wieder um. »Sonst noch was?«

Ding hatte noch eine letzte Idee. »Mindestens zwei Frauen hatten Chessman als Angreifer identifiziert. Es gab aber auch noch einen Haufen andere Frauen, die damals vergewaltigt wurden. Vergessen wir nicht, das war lange vor der Antibabypille und vor der Möglichkeit einer legalen Abtreibung. Es dürfte also damit zu rechnen sein, dass die eine oder andere Frau schwanger wurde. Angenommen, wir könnten ein paar dieser Kinder ausfindig machen, die von den vergewaltigten Frauen geboren wurden … Könnte einen guten Bildbericht ergeben. Von wegen: ›Der Sohn des Vergewaltigers!‹ Oder: ›Caryl Chessman hingerichtet, weil er diesen Jungen zeugte!‹ Oder: ›Tochter einer vergewaltigten Mutter!‹ Was meinen Sie?«

Lavery und Kenton saßen eine Weile verblüfft und schweigend da, bevor Lavery schließlich sagte: »Das ist eine absolut widerwärtige und unethische Idee.« Er klemmte sich die Zigarre zwischen die Zähne und nahm sie wieder heraus. »Der abscheulichste Vorschlag, den ich je in meiner Laufbahn gehört habe.« Er paffte wieder, bevor er fortfuhr. »Aber abgesehen davon: Eine super Idee!«, fügte er an. »Wir würden fünfzigtausend Exemplare mehr verkaufen!«

»Mindestens.«

»Vielleicht siebzig.«

Nach einem Moment schüttelte Lavery betrübt den Kopf. »Nur bedauerlich, dass wir so ein Material nicht benutzen können«, sagte er traurig.

»Warum nicht?«, fragte Ding.

»Dafür gibt es eine Million Gründe«, antwortete Lavery. »Aber ich will nur einen nennen. So ein Bengel wäre jetzt etwa fünfundzwanzig Jahre alt. Der Hundesohn würde euch finden und kaltmachen. Oder die Mutter geht euch an die Gurgel. Und dann würde sie über mich herfallen.« Er machte die Augen zu. »Als hätte ich nicht schon genug Ärger.« Er riss die Augen wieder auf und wurde geschäftlich-sachlich. »Und was bekomme ich jetzt für das Wochengehalt, das ich euch beiden gezahlt habe?«

Während der nächsten fünfzehn Minuten umriss Adam Kenton für seinen Herausgeber, was er über Caryl Chessmans zwölfjährigen Aufenthalt in der Todeszelle und über seine Hinrichtung in Erfahrung gebracht hatte.

Während der ersten warmen Juliwoche, am Tag nach dem brutalen Mord an einem Anstaltsinsassen und der mysteriösen Flucht des mutmaßlichen Mörders aus dem Willows State Hospital, verbrachte John Spanner mehrere Morgenstunden damit, sich auf dem Gelände umzusehen. Die Sonne schien, und es war sehr warm. Das durchnässte Erdreich war sehr schnell wieder getrocknet. Der flüchtige Mörder hatte keinerlei verwertbare Spuren hinterlassen. Die Leiche seines Opfers war inzwischen entfernt worden. Man hatte die Alarmvorrichtung an der Tür zum Dach gesäubert und wieder in Betrieb gesetzt. Das große Eisentor am Haupteingang war immer noch fest verschlossen, und die hohen Umfassungsmauern machten nach wie vor einen unüberwindbaren Eindruck. Und doch war Vincent Mungo einfach hinausspaziert, wusste Spanner. Oder hinausgeflogen.

Er sprach mit den Wärtern beim Eingang. Die breiten Torflügel wurden ständig geschlossen gehalten und nur für Fahrzeuge geöffnet. Jedes Gefährt nach draußen wurde gründlich kontrolliert. Der Fußgängerausgang hatte ein eigenes kleines Tor, das ebenfalls abgeschlossen war. Es war auch unmöglich, die Tore zu überklettern, weil sie mit dem oberen Rand bis an die hohe Übermauerung heranreichten. Spanner war zufrieden.

Auf der Rückseite des Anstaltsgeländes hinter dem Hauptgebäudekomplex gab es ein kleineres Tor, das nur für Lieferanten und für das Personal geöffnet wurde. Von einem kleinen Büro in der Mauer beobachtete ein Wärter dieses Tor. Es reichte oben ebenfalls bis an die Übermauerung heran. Zwischen 21.30 Uhr und 5.30 Uhr war dieses Tor ständig verschlossen. Das Personal wurde aufgefordert, den Haupteingang zu benutzen.

Als Nächstes sah sich Spanner die Mauer an. Er fand keine einzige Stelle, an der ein Übersteigen ohne Leiter möglich gewesen wäre. Er konnte sich auch nicht vorstellen, wie Vincent Mungo hätte an eine Leiter herankommen sollen. Außerdem hätte man sie ja dann auch irgendwo finden müssen.

Am Nachmittag erschien Sheriff Oates mit einem Deputy in Taucherausrüstung. Er hatte von dem Abflussgraben unter der Mauer erfahren.

Spanner war als leidenschaftlicher Angler sofort lebhaft interessiert. Wenn Mungo nicht gegangen oder geflogen war, dann war er vielleicht geschwommen. Beim Graben fand man den Maschendrahtzaun, der über den Abfluss unter der Mauer gespannt worden war. Er reichte bis ins Wasser, das jetzt nur anderthalb Meter tief war.

Der Deputy watete hinein und tauchte unter. Kurz darauf kam er zurück. Der Zaun reichte bis knapp dreißig Zentimeter über dem Boden. Ein sehr schlanker Mann könnte sich also durchaus darunter hinwegzwängen.

»Jetzt wissen wir also, wie er rausgekommen ist«, sagte Oates. Er strahlte, weil er wieder seinen scharfen Verstand unter Beweis stellen konnte. »Was ich allerdings nicht verstehe – wieso wusste er davon? Ich möchte wetten, dass es hier keine zehn Leute gibt, denen dieser Ausgang bekannt ist.« Er stieß mit der Fußspitze an einen Stein. »Verdammt, er war doch erst zwei Monate hier.«

Spanner trat an den Rand des Grabens heran. »Vielleicht hatte er es gar nicht gewusst«, sagte er ruhig.

»Hm?«

»Vielleicht hatte Mungo nie etwas davon gewusst. Vielleicht ist er tot.«

Oates folgte ihm bis zum Rand der Böschung. Der Sheriff wollte lachen, brachte aber keinen Laut heraus. Er machte die Augen zu und riss sie wieder auf. »Woran denken Sie, John?«, fragte er leise.

»Vielleicht handelt es sich bei dem Toten, der gefunden wurde, um Vincent Mungo. Er hatte lediglich Bishops Kleidung an und dessen Sachen in den Taschen. Aber er hatte nicht seine Uhr und seinen Ring. Deshalb haben wir angenommen, dass er diese beiden Sachen mitgenommen hatte. Aber das Ganze könnte auch eine einzige große Inszenierung sein.«

»Das ist doch verrückt!«

»Ach, wirklich?«

Oates dachte nach. »Also schön, erzählen Sie mehr«, sagte er schließlich grimmig.

»Das Gesicht ist weg. Vielleicht das Werk eines Verrückten, wie Baylor sagte. Aber vielleicht sollten wir die Leiche auch bloß nicht identifizieren können. Fingerabdrücke sind nutzlos, da keinem der beiden jemals welche abgenommen wurden.«

»Und was ist mit dem abgetrennten Finger?«

»Könnte ebenfalls eine Inszenierung sein.«

»Und die Brieftasche?«

»Gleichfalls.«

Der Sheriff dachte: Er muss übergeschnappt sein! Okay. Gehen wir mal darauf ein. Soll er sich ruhig lächerlich machen. Geschieht ihm ganz recht, dem Bastard. »Irgendwelche Vorschläge?«

»Sehen wir uns noch mal seine Akte an.«

Fünf Minuten später waren sie im Archiv der Anstalt und ließen sich die Akte über Bishop aushändigen. Spanner klappte den Schnellhefter auf. Oates stand dicht neben ihm.

Thomas William Bishop, geboren am 30. April 1948.

Spanner fuhr rasch mit dem Finger über das Blatt nach unten und hielt bei der Personenbeschreibung an. Keine Erwähnung irgendwelcher Narben, Tätowierungen oder sonstiger Kennzeichen. Aber die unterste Zeile war offenbar erst vor Kurzem hinzugefügt worden. Beide Männer lasen: »Kleine, V-förmige Narbe an der rechten Schulter unterhalb des Schulterblattes.« Spanner und Oates sahen sich an.

Kurz darauf sprachen sie mit einem der Wärter von der Versuchsstation. Ja, er erinnerte sich noch daran, wie Bishop zu dieser Narbe gekommen war. Im Jahr zuvor war der Patient komplett ausgerastet, er hatte erst die Station in Brand gesteckt und dann versucht, einen Wärter zu töten. Einer der Patienten hatte ihn stoppen wollen und ein paarmal mit einer Schere in Bishops Schulter gestochen. »Aber nicht mal das hat ihn stoppen können«, schloss der Wärter seinen Bericht. »Vier von uns waren erforderlich, um ihn zu überwältigen.«

Zwölf Minuten später stiegen Oates und Spanner vor Hillsides kleinem Krankenhaus aus dem Polizeiwagen. »In wenigen Sekunden werden wir es wissen«, sagte Spanner ruhig. Kurz darauf befanden sie sich in der Leichenhalle. Behutsam drehten sie den Leichnam von Thomas Bishop um. An der rechten Schulter direkt unterhalb des Schulterblattes war eine kleine, V-förmige Narbe.

Die beiden Männer gingen wieder hinaus, Spanner machte eine mürrische Miene.

»Man kann nicht immer gewinnen«, meinte der Sheriff lächelnd. »Sie hatten eine verrückte Idee. Hat aber nicht geklappt. Niemand ist vollkommen.« Er rieb sich die Hände.

»So ist es wohl«, murmelte Spanner niedergeschlagen.

»Wir werden ihn schon erwischen«, sagte Oates heiter. »Mungo, meine ich.« Er lachte. »Bis morgen sollten wir ihn haben. Kein Problem.«

»Hoffentlich behalten Sie recht«, sagte Spanner düster.

»Niemand ist vollkommen«, wiederholte der Sheriff. »Vergessen Sie das nicht.«

Dies war am 5. Juli. Zwei Wochen später war Vincent Mungo immer noch auf freiem Fuß. Sheriff James T. Oates lachte nun nicht mehr. Ganz im Gegenteil. An diesem Tage wurde die Leiche der Frau entdeckt, die buchstäblich zu Tode gehackt worden war. Der rechte Zeigefinger fehlte. Drei Tage später wurde die zweite Leiche gefunden. Wenngleich der Mörder rasch ergriffen wurde, so diente diese Episode doch dazu, die Öffentlichkeit noch mehr darauf aufmerksam zu machen, dass von dem Willows-Wahnsinnigen noch immer jede Spur fehlte.

Ein Mann jedoch las mit ganz besonderem Interesse von der Ergreifung des Doppelmörders am 24. Juli in der Tagespresse. Er überflog den Artikel in seiner Zeitung und las ihn dann gleich noch einmal. Er war fest davon überzeugt gewesen, dass die beiden älteren Frauen von dem entsprungenen Wahnsinnigen getötet worden waren. Alle Anzeichen hatten darauf hingewiesen. Jetzt ärgerte er sich natürlich wie die meisten darüber, dass sich diese beiden Mordfälle als das Werk eines Gelegenheitsarbeiters herausgestellt hatten. Und der Mann war noch dazu betrunken gewesen. Wie ordinär, dachte der Mann bei sich. Na, schön – *à la chandelle la chèvre semble demoiselle.* Bei diesem Gedanken hellte sich sein Gesicht wieder auf, und er schmierte sich noch eine weitere Scheibe Toast. Während er mechanisch darauf herumkaute, dachte er über seine Fehleinschätzung nach.

Amos Finch war Professor der Kriminologie an der University of California in Berkeley. Ein jugendlich aussehender Vierziger, immer noch schlank und sportlich, ein Pferdenarr und Frauenschwarm. Aber die wahre Leidenschaft seines Lebens galt dem Studium psychisch kranker Gewaltverbrecher, insbesondere Mörder, Menschen also, die in der Öffentlichkeit als »Psychopathen« bezeichnet wurden und gar als »Schlächter« oder »Ungeheuer«. Finch verglich sie oft mit Aufziehfiguren. In seinen Vorlesungen pflegte er zu erklären: »Man muss sie nur aufziehen, dann rennen sie los und töten. Doch dann läuft das Uhrwerk ab, und man muss sie von Neuem aufziehen.« Das Entscheidende ist: Wer oder was zieht sie auf und warum? Diesen Fragen widmete sich Finch mit größter Hingabe.

Sein enzyklopädisches Wissen auf diesem Gebiet hatte sich bisher in drei Büchern niedergeschlagen, die alle als Standardwerke galten. *The Complete Bruno Lüdke,* 1963 veröffentlicht, erzählt die Horrorgeschichte des deutschen Massenmörders, der sechsundachtzig Leute getötet hatte. Vier Jahre später erschien *The Complete Edward Gein,* die Geschichte des Wisconsin-Massenmörders, Leichenschänders und Kannibalen, in dessen Haus die Polizei außer Armbändern und Geldbörsen auch Westen, Hosen, Stuhlsitze und Trommeln aus Menschenhaut gefunden hatte. Außerdem hatte man zehn Menschenköpfe, alle in zwei Hälften zersägt, sowie einen menschlichen Kopf, der in eine Suppenschüssel verwandelt worden war, gefunden. Ein Gefrierschrank war mit menschlichen Organen gefüllt gewesen.

Finchs drittes Buch war *The Complete Mass Murderer's Manual,* 1971 publiziert. Es war eine Sammlung von Porträts mehrerer historischer Fälle, von der berüchtigten John-Gregg-Familie im England des frühen 18. Jahrhunderts bis hin zu dem Amerikaner Albert Fish zu Anfang des 20. Jahrhunderts.

Amos Finch betrachtete diese Bücher als seine Kinder, da er unverheiratet war, und er war auf sie genauso stolz wie ein liebender Vater. Sein viertes Buch sollte eigentlich von Jack the Ripper handeln, aber er musste erfahren, dass der geschätzte Kollege Donald Rumbelow in London bereits an einem solchen Buch arbeitete. Er überlegte, ob er endlich sein Hauptwerk schreiben sollte, das er schon so lange geplant hatte: eine erschöpfende Darstellung der Vampir-Gräfin Elisabeth Báthory aus Ungarn, die Hunderte junger Mädchen getötet hatte, um ihnen das Blut abzuzapfen und anschließend darin zu baden, wovon sie sich ewige Jugend versprach. Doch Finch wusste, wie viel Arbeit mit einem solchen Werk verknüpft sein würde. Er würde zwei Sprachen erlernen und sich längere Zeit, vielleicht Jahre, in Europa aufhalten müssen. Er hatte daher erneut Abstand von der Idee genommen. Er musste auf einen günstigeren Zeitpunkt in seinem Leben warten.

Aber nun wurde Finch allmählich wieder unruhig. Dann hatte der Fall Vincent Mungo sein Interesse geweckt, möglicherweise wegen der außerordentlichen Brutalität des Mordes vom Willows-Krankenhaus. Fraglos das Werk eines »Psychopathen«, sagte sich Finch. Insgeheim hoffte er, dass man Mungo nicht so bald ergreifen würde, jedenfalls nicht früher, als bis er zu einem echten Massenmörder geworden war und damit zu einem geeigneten Gegenstand für eine Studie und vielleicht sogar für ein Buch. Aber diese Hoffnung äußerte Finch natürlich niemals laut.

Jetzt saß er in seinem Arbeitszimmer und schrieb einen Brief nach Sacramento. Er bat um Sondervollmachten bei der Untersuchung und gab als Zweck wissenschaftliche Forschung an. Er wies auch darauf hin, dass er als anerkannter Kriminologe der Polizei wertvolle Dienste leisten könne …

Doch der Monat Juli neigte sich dem Ende, ohne dass etwas Neues über Vincent Mungo zu erfahren war. Schließlich am 30. Juli landete auf Sheriff Oates' Schreibtisch eine Meldung, die den ersten positiven Hinweis auf das Verschwinden des Killers lieferte. Ein Junge hatte im Wald in der Nähe des elterlichen Hauses ein Hemd und eine Hose gefunden. Die beiden Kleidungsstücke waren durch Feuer fast vernichtet, hätten aber aus dem Willows stammen können. Der Junge lebte neun Meilen südlich des Krankenhauses.

Innerhalb einer Stunde war Oates an Ort und Stelle. Seine Männer schwärmten aus, um in allen Haushaltungen Nachforschungen anzustellen. Drei Stunden später landete man einen Treffer. Eine Frau erinnerte sich: Ihr Mann hatte sich Anfang des Monats über das Verschwinden einiger Kleidungsstücke beklagt. Er vermisste eine Hose, ein Hemd und ein Paar Schuhe. Braune Schuhe, wie ihr Mann gesagt hatte. Sonst noch etwas? Nein, außer … Ja? Nun, sie ließ üblicherweise einen Zwanzigdollarschein in einer alten Geldbörse im Schrank, nur für den Fall, dass sie ganz schnell einmal etwas Geld brauchen sollte. Als sie vor einer Woche nachgesehen hatte, war kein Geld vorhanden gewesen. Hinweise auf einen Einbruch? Die Frau schüttelte den Kopf. Zu dieser Jahreszeit standen die Fenster ja immer offen, es wäre also leicht gewesen, ins Haus zu gelangen. Wachhund? Die Frau lachte. Man hatte nur vier Katzen, die man frei herumlaufen ließ. Noch eine letzte Frage: Konnte sie sich daran erinnern, an welchem Tag genau ihr Mann diese Sachen vermisst hatte? Ja, das war damals gewesen, als man von einem Verwandtenbesuch drüben in Flint zurückgekommen war. Man hatte den ganzen Tag dort verbracht, und die Frau war todmüde gewesen. Das Datum? Na, am Nationalfeiertag, am 4. Juli …

Für Sheriff Oates war das ein schwerer Schlag. Vincent Mungo hatte sich sofort am Anfang neue Kleidung und etwas Geld beschafft. Wenn er sich von den Hauptverkehrsstraßen ferngehalten hatte, wenn es ihm gelungen war, auf Nebenstraßen ein paarmal als Anhalter mitgenommen zu werden, dann könnte er es geschafft haben, schon an diesem ersten Tag die Gegend zu verlassen, vielleicht hatte er sogar die Staatsgrenze überschritten. Er könnte also inzwischen längst in der Anonymität einer Großstadt untergetaucht sein. Mit jedem Tag, den er noch länger auf freiem Fuß blieb, würde es schwieriger werden, ihn zu finden.

Zwei Dinge wusste Oates jetzt mit Bestimmtheit. Erstens: Mungo hatte einen Vorsprung von fast einem Monat. Das war verdammt viel Zeit. Zweitens: Mungo war gerissener als aus seiner Akte hervorging.

Im Grunde seines Herzens hoffte Sheriff Oates, dass Mungo – wenn es ihm gelungen war, den Staat zu verlassen – einfach weitermarschieren würde. Einmal quer durchs Land.

Am Morgen des 31. Juli 1973 kam ein junger, gut gekleideter, glatt rasierter Mann in Downtown Los Angeles an einem Zeitungsstand vorbei. Sein Blick fiel auf die fettgedruckte Schlagzeile einer Wochenzeitung. Er blieb stehen, um sie zu lesen. Dann suchte er rasch in seiner Tasche nach etwas Kleingeld.

Erst viel später würde die Bedeutung dieser Schlagzeile dem übrigen Land zum Bewusstsein kommen.

4

Thomas Bishop saß wie erstarrt in dem Pensionszimmer. An der hinteren Wand flimmerte und plärrte ein alter Fernseher. Eine halb aufgegessene Banane lag auf einer Kommode. Draußen heulte eine Sirene und verlor sich rasch im Morgendunst. Mit großer Anstrengung richtete Bishop den Blick auf die Schlagzeile der *Newstime*, die er soeben gekauft hatte.

Caryl Chessman – Opfer einer unmenschlichen Justiz?

Bishop las diese Überschrift wohl zum hundertsten Mal. Das Bild darunter zeigte eine Bikini-Schönheit an einem fernen Strand. Bishop blätterte bis zur richtigen Seite. Oben war ein Foto. Das erste, das er jemals von Chessman sah. Er starrte es lange an, bis das Gesicht vor seinen Augen zu verschwimmen begann. Dann vermeinte er zu hören, wie sein Vater mit ihm redete. Zuerst ganz schwach, dann mit brutaler Klarheit. Er lauschte auf die Geräusche von Dämonen, die Kinder zerstörten, schlugen, verbrannten, sah in allen grausamen Einzelheiten, wie sie die kleine Körper peitschten und quälten. Alle Dämonen waren Frauen in Badeanzügen. Die kugelförmigen Brüste und Schmetterlingskörper wogten wild in schrecklicher Versuchung und fingen kleine Gesichter ein, deren Mund zu schrecklichen Schreien geöffnet waren. Scheußliche Laute drangen aus verborgenen Winkeln, und mit der Zeit verrotteten all die dämonischen Gestalten in lepröser Widerwärtigkeit, bis nur noch das Schreien des Jungen übrig blieb.

Erst viel später, den Blick immer noch auf diese Seite gerichtet, las Bishop vom Leben und Sterben des Mannes namens Caryl Chessman. Er las den Artikel viele Male und grübelte über jede Einzelheit der Verbrechen und der Strafe seines Vaters nach. Er erfuhr von den Vergewaltigungen, die vor Gericht zur Sprache gekommen waren, von den Jahren qualvoller Haft, wie auch Bishop sie erlitten hatte. Er sah die Gaskammer mit den grünen Wänden, die beiden Stühle mit den Lederriemen. Er hörte den langsamen, gurgelnden Laut des Todes, bis alles Leben aus dem Körper gewichen war, der nun wie eine leere Hülle auf dem Stuhl hing. Schließlich gelangte Bishop zu der Überzeugung, dass sein Vater nicht nur ein Opfer der Justiz war – was Bishop herzlich wenig kümmerte –, sondern vor allem ein Opfer der Frauen.

Immer wieder suchte Bishop in den Worten nach versteckten Bedeutungen. Er spürte, dass sich Chessman irgendwie hinter diesen Worten verbarg und verzweifelt versuchte, ihn zu erreichen. Mühsam versuchte er, das Puzzle zusammenzusetzen: Frauen lebten in beständiger Qual. Vielleicht litten sie unter einem Fluch, der sie von Gott ereilt hatte. Unter Schmerzen brachten sie Leben zur Welt, obwohl sie von vornherein wussten, dass dieses neue Leben auch nur zum Tode verurteilt sein würde. Dieses Wissen musste ihnen unerträglich sein, und in ihrer unbeschreiblichen Qual fielen sie über die Männer her. Sie rächten sich an denen, die ihnen den Samen des Lebens und damit zugleich den Tod gebracht hatten. In einem titanischen Überlebenskampf in einer Welt des lodernden Wahnsinns wandten sie jede nur erdenkliche List an, um Männer anzulocken, zu versklaven und schließlich zu vernichten – instinktiv und erbarmungslos. Aber sie konnten natürlich nicht gewinnen. Sie waren dem Untergang geweiht, weil es ohne Tod kein Leben gab. Während sie in ihrem unermesslichen Leid zu töten versuchten, was Leben brachte, akzeptierten sie in ihren grotesken Körpern den Samen, der den Tod brachte. Und so war dieser entsetzliche Kreislauf nicht zu durchbrechen. Es war ein Mahlstrom, der in seinem blutigen Kielwasser nur Opfer zurückließ.

Schließlich begriff Bishop, dass die Dämonen seiner Träume nicht nur Frauen-Monster waren, die vernichtet werden mussten, weil sie schlecht und böse waren, sondern Frauen, die den Wunsch hatten, ihre unermessliche Qual durch den letzten Endes willkommenen Tod zu beenden, um so endlich davon befreit zu werden.

Nachdem Bishop den Bericht zum hundersten Mal gelesen hatte, trennte er die Seiten sorgfältig aus dem Heft heraus und faltete sie zweimal zusammen, bis sie in eine Tasche passten. Dann begann er, einen Brief an den Verleger zu schreiben. Da er es nicht gewohnt war zu schreiben, musste er sich mit jedem Wort abmühen …

Am ersten Abend dieses verhängnisvollen und schicksalsträchtigen Monats hatte Bishop an einem Fenster in Willows gesessen und auf Regen gewartet, der jedoch nicht gekommen war. Bishops Plan stand fest. Er wusste, was er zu tun hatte, um aus der Anstalt herauszukommen. Er wusste auch schon ungefähr, was er danach zu tun haben würde. Seine Kleidung war präpariert. Mundharmonika, Kamm, Brieftasche, Ring, Uhr und Axt – alles war bereit. Sogar die Sprühdose mit Schlagsahne, die er von einem Mitarbeiter der Küche gekauft hatte. Den Trick, auf diese Weise eine Alarmanlage lahmzulegen, hatte er vor Jahren aus einem französischen Film im Fernsehen gelernt. Alles war vorbereitet, und Bishop wartete nur noch auf die einzige Sache, auf die er keinen Einfluss hatte. Aber er hoffte, dass der Regen bald kommen würde.

Während er so am Fenster saß und wartete, ging er im Geist immer wieder seinen Plan durch. Nach dem Sprung vom Dach auf den durchweichten Boden würde er Mungo mit der Axt töten, dann zum Abflussgraben eilen, um unter der Mauer hindurchzuschlüpfen. Mungos Leichnam ohne Gesicht würde Bishops Kleidung tragen und seine, Bishops, Sachen bei sich haben. Uhr und Ring würden fehlen. Identifizierung der Leiche durch Fingerabdrücke war nicht zu befürchten, da Mungo niemals verhaftet worden war. Das galt auch für Bishop. Der Plan war narrensicher, und Bishop glaubte, damit wieder einmal die Brillanz und Überlegenheit seines Geistes unter Beweis gestellt zu haben.

Um ganz auf Nummer sicher zu gehen, hatte er noch eine Vorsichtsmaßnahme eingebaut, obwohl er nicht damit rechnete, dass sie je zum Zuge kommen würde. Kurz nach Mungos Einweisung ins Willows hatte sich Bishop mit ihm angefreundet. Bald duschten sie Seite an Seite, lachten und scherzten miteinander. Bei solchen Gelegenheiten hatte Bishop verstohlen nach irgendwelchen Narben oder Tätowierungen am Körper des neuen Freundes gesucht. Zu seiner Erleichterung gab es nichts dergleichen. Dagegen hatte sich Bishop vor Kurzem eine Narbe zugezogen, an der rechten Schulter. Deshalb schlug er Mungo vor, sich ebenfalls eine solche Narbe zuzulegen, um gewissermaßen Blutsbrüder zu werden. Mungo hatte endlich einen Freund gefunden, und da er nicht sonderlich helle war, hatte er bereitwillig zugestimmt. Als die beiden an diesem Nachmittag allein gewesen waren, hatte Bishop dem anderen an der gleichen Stelle einen V-förmigen Schnitt beigebracht. Jeden Tag hatte er die Wunde frisch verarztet. Bald hatte sich eine Narbe gebildet. Zum Zeitpunkt der Flucht hatten beide identische Narben an der rechten Schulter.

Am 3. Juli war der Regen gekommen, und Bishop hatte den Schritt in eine Welt angetreten, von der er bislang nur aus dem Fernsehen wusste. Stundenlang war er im strömenden Regen dahinmarschiert und hatte dabei – so gut wie eben möglich – die Richtung nach Süden eingehalten, um auf ziemlich geradem Weg vom Willows fortzukommen. Irgendwo unterwegs versteckte er die Axt im dichten Wald, wo sie niemals gefunden werden würde. An einer anderen Stelle vergrub er Uhr und Ring. Den abgehackten Finger warf er den Insekten zum Fraß vor.

Die Nacht war dunkel und bot ihm guten Schutz. Niemand hielt sich ohne zwingenden Grund im Freien auf. Auch Fahrzeuge waren nicht zu sehen. Bishop fühlte sich allein im Universum, und das gefiel ihm. Alles, was er berührte, erfüllte ihn mit Entzücken, sogar der strömende Regen schien freundlich zu sein.

Gegen Morgen hörte der Regen auf. Jetzt hatte Bishop nur noch ein paar Stunden, bis man den Leichnam finden würde. Er setzte seinen Weg unverdrossen fort. Manchmal rannte er sogar über Felder oder am Straßenrand entlang. Ständig lauschte er auf irgendwelche Geräusche, die für ihn Gefahr bedeuten könnten.

Bei Tagesanbruch erreichte er eine kleine Gemeinde am Waldrand. Hier machte er Pause, um sich etwas auszuruhen. Er versteckte sich in einem Schuppen, der etwa hundert Meter von der Häuseransammlung entfernt war. Zwar war er sehr müde, aber ihm war trotzdem nicht nach Schlaf zumute. Die Aufregung hielt ihn wach. Er überlegte, wie weit er in der Nacht gekommen sein mochte. Acht Meilen? Zehn? Weit genug, um vorerst in Sicherheit zu sein.

»Aber längst nicht weit genug«, murmelte er vor sich hin. Er musste unbedingt versuchen, so schnell wie möglich an andere Kleidung kommen. Also musste er an diesem Morgen des 4. Juli in irgendein Haus eindringen. Sonst würde man ihn bestimmt sehr bald schnappen.

Eine Stunde später bemerkte er Aktivitäten in einem der Häuser. Leute kamen heraus. Er beobachtete, wie ein junger Mann und eine Frau in ein Auto stiegen und davonfuhren. Vorsichtshalber wartete Bishop noch eine Stunde, dann drang er in das Haus ein. Es war das letzte in der Reihe. Sollte jemand im Haus sein, würde er einfach nach dem Weg fragen. Er klopfte an die Tür und wartete. Dann klopfte er noch einmal. Keine Antwort. Er betätigte den Türdrücker. Abgeschlossen. Rasch ging er auf die Rückseite und stieg durch ein Fenster ein. Er befand sich im Speisezimmer. Sekunden später hatte er das Schlafzimmer gefunden. Aus einem Schrank schnappte er sich eine braune Hose und ein gelbes Hemd. Er wechselte die Kleidung. Die schwarzen, verdreckten Anstaltsschuhe vertauschte er mit einem Paar aus dem Schrank. Die Schuhe passten beinahe perfekt. Der andere Schrank enthielt Frauenkleidung. Er kramte in mehreren Handtaschen herum. In einer Geldbörse fand er einen Zwanzigdollarschein. Das Glück war ihm noch immer hold.

Minuten später ging er mit seinen alten Sachen in die Küche. Etwas bewegte sich vor ihm. Er erstarrte. Jetzt bewegte sich noch etwas. Er blickte nach unten. Katzen. Er fluchte leise. Mehrere Katzen liefen in der Küche herum. Unter dem Spülbecken fand er, was er brauchte. Petroleum. Er nahm die Kanne mit.

Im Speisezimmer blieb er bei einem kleinen Schreibtisch am Fenster stehen. Er sah sich die Papiere an, die hier herumlagen. Nichts dabei, was er brauchen konnte. In einer Schublade fand er mehrere Kontrollabschnitte von Zahlschecks. Alle enthielten eine Sozialversicherungsnummer. Sie waren auf einen Daniel Long ausgestellt. Bishop steckte zwei davon in seine Hemdentasche. Auch einen alten an Daniel Long adressierten Briefumschlag steckte er ein.

Auf einer Waldlichtung, etwa eine halbe Meile von der Ortschaft entfernt, übergoss Bishop seine alten Sachen mit dem Petroleum und steckte sie in Brand. Die Schuhe vergrub er ein Stück weiter. Dann ging er zur nächsten Stadt, wo er sich einen billigen Koffer und Rasierzeug kaufte. Nach dem Frühstück wartete er zusammen mit mehreren anderen auf den Bus nach Süden. In seiner neuen Kleidung und mit dem Koffer in der Hand sah er recht manierlich aus, wie ein junger Mann auf Geschäftsreise, jedenfalls nicht wie jemand, vor dem man Angst zu haben brauchte.

An diesem Abend besuchte er in Yuba City eine Bar. Er hatte noch nie Alkohol getrunken. Er bestellte ein Bier. Es schmeckte ihm. Deshalb bestellte er noch eins.

»Das ist sehr gut«, sagte er auf seine gewinnendste Art zum Barkeeper.

Die Frau neben ihm sagte, dass sie nur selten Bier trank, hauptsächlich an heißen Tagen. »Ich schwitz davon immer.« Sie sah ihn an und lächelte. »Es ist gut, wenn man ein bisschen schwitzt.«

Er erwiderte das Lächeln.

Als die Frau einen Martini bestellte, sah Bishop das Banknotenbündel in ihrer Handtasche.

Bald waren beide in eine angeregte Unterhaltung vertieft. Die Frau stammte aus Los Angeles, wo ihr ein Schönheitssalon gehörte. Sie hatte sich einen Monat Urlaub genommen. Eigentlich war sie aus Milwaukee. Sie war vierundfünfzig Jahre alt. Mit zwanzig hatte sie geheiratet. Ihr Mann hatte sie acht Jahre später verlassen. Keine Kinder. Sie hatte sich in verschiedenen Jobs versucht und schließlich eine Handelsschule absolviert, um Kosmetik und Schönheitspflege zu lernen. Nach sechs Jahren in Milwaukee war sie nach Los Angeles gezogen. Ihre Eltern waren tot, ihre Schwestern verheiratet und weit im Lande verstreut. Sie hatte zunächst in einem Dutzend verschiedener Salons gearbeitet und die nächsten zehn Jahre sogar einige geleitet. Als sie genügend Geld gespart hatte, hatte sie einen eigenen Salon eröffnet. Sie verstand etwas von ihrem Geschäft und war eine gute Buchhalterin. Ihr Laden florierte.

»Ich bin jetzt seit zwanzig Jahren hier«, sagte sie zu Bishop. »Und ich will nie wieder nach Hause zurück.« Sie bestellte sich noch einen Martini. »Es ist zu kalt in Milwaukee.« Sie schüttelte den Kopf und kicherte. »Ich hab's nicht gern kalt«, fuhr sie fort und blinzelte Bishop an. »Mir ist es viel lieber, wenn ich mich irgendwo warm einkuscheln kann.« Sie drückte dem jungen Mann, der ihr ausnehmend gut gefiel, herzlich die Hand. Sie streichelte seinen Zeigefinger, der lang und schlank war. Das bedeutete für sie, dass er auch ein langes, schlankes Glied hatte. Sie schauerte vor Erwartung zusammen.

Sie bestellte nun Drinks für beide und bezahlte sie. Irgendwann im Lauf des Abends verlas ein Nachrichtensprecher im Fernsehen die Meldung, dass ein geisteskranker Mörder aus einer Anstalt irgendwo oben im Norden entsprungen war. Sein Bild wurde gezeigt. Niemand schenkte dieser Meldung Beachtung. Der Barkeeper, ein erfahrener Mann, drehte die Lautstärke etwas zurück. Solche Berichte über frei herumlaufende Irre waren schlecht fürs Geschäft. Er betrachtete seine Gäste. Die einzige verrückte Person schien diese Blondine zu sein, die so eifrig versuchte, sich den nett aussehenden jungen Burschen zu angeln. Der Barkeeper schüttelte traurig den Kopf. Sie werden es wohl nie lernen!, dachte er zum tausendsten Mal in seinem Barkeeper-Leben.

Sie musste etwa sieben Drinks intus haben, als sie mit dem jungen Mann schließlich die Bar verließ. Nicht zu viel für jemanden, der Alkohol vertrug. Als sie bei ihrem Wagen ankamen, war Bishop ihr beim Einsteigen behilflich. Das gefiel ihr sehr. Muss eine gute Mutter gehabt haben. Sie selbst war ja niemals Mutter gewesen. Sie mochte Kinder nicht einmal. Sie fühlte sich in der kühlen Nachtluft ein wenig schwindlig und leichtsinnig, aber ansonsten ging es ihr bestens.

Als sie den Motor startete, berührte sie Bishops Hand, um sich im Stillen Glück zu wünschen.

Er saß ganz ruhig da und lächelte, wenn die Frau sich ihm zuwandte.

Ein paar Minuten später waren sie im Motel. Sie fuhr den Wagen nach hinten und parkte vor ihrem Zimmer. Im gedämpften Verandalicht sah der junge Mann schrecklich gut aus. Wirklich zum Vernaschen!, dachte sie. Er war noch jung, fünfundzwanzig, hatte er gesagt. Einen so jungen Mann hatte sie noch nie gehabt. Fast noch ein Kind! Sie würde sich diese Chance jedenfalls nicht entgehen lassen. Wenn es sein müsste, würde sie sogar dafür bezahlen.

In ihrem Zimmer knipste sie eine kleine Lampe an. Sie war nicht romantisch veranlagt, ganz im Gegenteil. Sie wusste nur zu gut, dass es für sie besser sein dürfte, wenn der andere sie nicht in zu hellem Licht sah. Leicht beschwipst und unter schulmädchenhaftem Kichern setzte sie sich auf das kleine Sofa am Fenster, dessen Vorhänge zugezogen waren. Sie zog Bishop an ihre Seite, hielt seine Hand fest und legte sie bald auf ihre Brust. Sie streichelte seinen Oberschenkel. Der junge Mann war sehr scheu. Das gefiel ihr. Sie gurrte leise und brachte ihr Gesicht dicht an seins heran, bis sie sich küssen konnten, zunächst zaghaft und unbeholfen. Als er sich zurückziehen wollte, legte sie ihm rasch eine Hand auf den Hinterkopf. Wieder verschmolzen die beiden Lippenpaare. Nach einigen Sekunden gab sie ihn frei und heuchelte, über sein wildes, leidenschaftliches Benehmen schockiert zu sein.

Auf dem Weg zum Badezimmer sagte sie ihm immer wieder, dass sie ja keine Ahnung gehabt habe, was für ein Draufgänger er doch war! Es hatte ihr den Atem verschlagen und ließ sie alles vergessen. Sie vergaß jedoch nicht, ihre Handtasche mitzunehmen. Ein paar Minuten später kam sie in ihrem Nachthemd zurück, nachdem er auf ihre Bitte hin das Licht ausgeschaltet und die Vorhänge zurückgezogen hatte. Im romantischen Schimmer der Verandalampe sah die Frau den nackten Körper des jungen Mannes – schlank und knabenhaft.

Der Körper der Frau wurde von sinnlichen Gefühlen durchströmt. Ihre Brustwarzen verhärteten sich. Rasch glitt sie unter die Bettdecke und hielt sie geöffnet, während sie ihn einladend anlächelte.

Bald führten ihre Hände seine schlanken Finger nach unten zu ihrer Vagina. Jetzt bewegte sie seine Hand in der langsamen, rhythmischen Bewegung, die sie brauchte. Sie spürte seine Unerfahrenheit, und das wirkte als zusätzlicher Anreiz. Sie schob ihre rechte Hand unter seine Taille und wälzte ihn auf sich. Mit immer schnellerer Bewegung begann sie ihren eigenen rhythmischen Tanz, und während sie in sinnliche Ekstase entschwebte, murmelte sie ständig seinen Namen – leise, schwach und wie eine endlose Litanei der Liebe. Danny … Danny … Danny …

Bishop wollte schreien. Er wollte die Frau sechsmal töten. Ihm war übel. Er war angewidert von dem, was sie tat … und was sie ihn tun ließ … wozu sie ihn verleitete. Sie war alt, und sie war fett, und sie hatte ihre widerliche Zunge in seinen Mund gesteckt … und jetzt auch noch seinen Penis in ihren widerwärtigen Körper. Sie war grässlich, ein grässliches Monster, das versuchte, ihn zu erdrücken, ihn zu verschlingen. Aber er würde sie täuschen, weil er viel klüger war als sie. Er würde lernen, was er wissen musste. Und er würde sich nehmen, was er zum Überleben brauchte. Dann würde er sie töten.

Er war noch nie mit einer Frau zusammen gewesen. Er hatte noch nie eine Frau nackt gesehen, außer auf Bildern, die in der Anstalt kursierten. Aber er wollte alles über Sex herausbekommen, was es für ein Gefühl war, mit einer Frau zusammen zu sein. Er hasste körperlichen Kontakt. Er verabscheute es, jemanden zu berühren. Aber er musste es sehen und erleben, musste wissen, ob Sex anders war. Jetzt begriff er, dass Sex nur ein Trick war, den Frauen anwandten, um Männer einzufangen, um sie nach und nach zu töten, statt sie sofort umzubringen. Vielleicht würde es gut sein, wenn sie tot waren. Oder wenn sie schliefen. Oder wenn sie sich in seiner Gewalt befanden und vor ihm Angst hatten, bereit, alles zu tun, um sich zu retten. Vielleicht würde es dann angenehm sein, ihre Körper zu berühren.

Die Frau unter ihm begann zu stöhnen und den Kopf hin und her zu werfen. Er glaubte, ihr wehzutun. Das erregte ihn. Er wollte ihr noch mehr wehtun, aber er wusste nicht, wie.

Ihr Stöhnen wurde immer lauter, sie warf sich immer heftiger herum. Dann begann sie zu schreien und sehr schnell guttural zu keuchen. Er hörte abrupt auf, sich zu bewegen. Stattdessen starrte er die Frau an. Doch sie schüttelte seinen Körper auf ihrem Leib ungestüm auf und ab, um ihn zu veranlassen, sich weiter zu bewegen. Sekunden später bäumte sie sich unter grässlichem Keuchen zu ihm auf. Ihr Gesicht war wild verzerrt.

Einen Moment lang bekam er es mit der Angst zu tun, weil er glaubte, dass der Dämon in dieser Frau ihn angreifen wollte. Dann ließ sie sich aufs Bett zurückfallen. Ihre Stimme verstummte. Ihr Körper erschlaffte. Bald ließen auch die keuchenden Atemzüge nach. Sie lag mit geschlossenen Augen da … wie eine kaputte Stoffpuppe.

Er hoffte, dass sie tot war. Langsam und vorsichtig stieg er von ihr herunter. Er zog seine Hose an und ging ins Badezimmer. Dort blieb er sehr lange. Als er zurückkam, lag die Frau zusammengekuschelt auf ihrer Seite des Bettes. Das schwammige Gesicht war im Schlaf erschlafft und entspannt. Sie schnarchte.

Das Banknotenbündel war nicht in ihrer Handtasche. Er wusste, dass er es irgendwo in ihren Sachen versteckt finden würde, aber er sah dort nicht nach. Er brauchte noch etwas von ihr, etwas, das für ihn sehr wichtig war.

Er legte sich ebenfalls ins Bett und war sehr mit sich zufrieden. Er war an einem einzigen Tag schon sehr weit gekommen. Die Behörden suchten nach Mungo. Bishop in seiner neuen

Kleidung war frei. Er reiste mit einer angesehenen Geschäftsfrau. Morgen, so sagte er sich, würde es sogar noch besser sein.

Am Morgen bat er die Frau, ihm beizubringen, wie man Auto fuhr. Sie fühlte sich natürlich geschmeichelt, aber vor allem sah sie darin die Möglichkeit, ihn noch ein paar Tage an sich zu binden. Sie fand den jungen Mann ungemein aufregend – seine Unerfahrenheit und Unbeholfenheit erregten sie. Er konnte sie im Bett befriedigen, sie musste ihn nur anleiten, gleichzeitig schien er nichts Sexuelles als Gegenleistung zu erwarten. Er hatte ihr kein Geld gestohlen, wie es schon viele andere vor ihm getan hatten. Er verlangte auch keine Geschenke am nächsten Morgen. Er wollte nur Autofahren lernen. Verdammt, sie würde es ihm beibringen! Und er sollte ihr dafür zu sexueller Lust verhelfen, solange es eben ging. Junge Burschen wie ihn bekam man schließlich nicht alle Tage.

Bishop war bereit, sich mit ihrem widerwärtigen Körper und ihrer grässlichen Berührung abzufinden, wenn er bekam, was er brauchte. Er verstand es meisterhaft, Emotionen zu verschleiern, und jedes Mal, wenn sie zusammen im Bett waren, lächelte er und tat, was von ihm erwartet wurde.

Drei Tage hielten sie sich am Stadtrand von Yuba City auf.

Bishop war ein guter Schüler, und bereits am dritten Tage hatte er den Bogen raus.

Für die Frau waren diese drei Tage die reinste Ekstase gewesen. Zum ersten Mal seit vielen Jahren wurde sie sexuell befriedigt. Es machte ihr überhaupt nichts aus, dass sie das Essen für den jungen Mann bezahlen musste, weil er kein Geld hatte. Sie wollte ihm beim Abschied sogar 100 Dollar schenken. Nur schade, dachte sie wehmütig, dass sie ihn nicht für immer behalten konnte.

Als sie am dritten Abend zusammen im Bett waren, drehte die Frau plötzlich ihren Körper herum und kniete sich zwischen die gespreizten Beine des jungen Mannes. Sie nahm seinen Penis in den Mund und brachte ihn langsam und geschickt zum Höhepunkt.

Anschließend lag Bishop im Bett und überlegte, wie etwas ein so gutes Gefühl auslösen konnte. Bald gelangte er zu der Schlussfolgerung: Was diese dicke Frau soeben mit ihm gemacht hatte, war der echte Sex, der einzig richtige Sex. Es war sauber, und er hatte die Frau nicht zu berühren brauchen. Sie hatte ihn ebenfalls nicht berühren müssen, außer mit dem Mund um seinen Penis. Da entschied er sehr rasch, dass der einzige Sex, den er jemals wieder mit einer Frau haben würde, nur von ihrem Mund ausgeübt werden durfte.

Am folgenden Tag – es war der 8. Juli – fuhren sie nach Süden. Die Frau wollte auf dem Heimweg in Sacramento und San Francisco haltmachen. Bishop sagte ihr, dass er bis nach San Francisco mitkommen würde. Bei Anbruch der Abenddämmerung hielten sie bei einem Feld an. Hier, an einem so einsamen, verlassenen Ort, hatte die Frau das Gefühl, mit ihrem Begleiter ganz allein auf der Welt zu sein. Sie wollte, dass der junge Mann hier auf dem Feld mit ihr Liebe machen sollte, wie es schon einmal geschehen war, als sie siebzehn und in Wisconsin gewesen war.

Er lächelte sein gewinnendstes Lächeln, und als die Frau aus dem Wagen stieg, fühlte sie sich wunderbar glücklich und kam sich im Moment wieder wie das hübsche junge Mädchen vor, das sie einmal gewesen war.

Bishop schlug von hinten mit einem schweren Schraubenschlüssel zu. Es war ein heftiger Schlag mit beiden Händen. Der Schädel der Frau barst knirschend. Als sie stürzte, schlug er noch einmal zu. Dann fuhr er sorgfältig mit dem Wagen über den leblosen Körper und achtete besonders darauf, dass die linken Reifen die Brust zerquetschten. Anschließend zerrte er den Leichnam in den Straßengraben und bedeckte ihn mit Laub und verrottetem Holz.

Am späten Abend hielt er bei einem Motel in der Nähe von Sacramento. Im Zimmer durchsuchte er gründlich die Handtasche der Frau. Er fand darin 800 Dollar in Banknoten und 500 Dollar in Reiseschecks, die nicht unterschrieben waren. Er steckte alles in seine Tasche. Aus der Brieftasche der Frau zog er den Führerschein. Er dachte einen Moment nach, dann steckte er ihn zurück. Zu gefährlich. Er betrachtete die Fotos, die in Sichtfenstern steckten, Männer, Frauen, Kinder, Körper, Gesichter, Augen ... alle starrten ihn in stummem Vorwurf an. Dann stieß er auf ein Bild der Frau. Darauf war sie jung und schlank, sie hockte an einem Badestrand, und zwar in sehr verführerischer Haltung. Der knappe Badeanzug enthüllte mehr, als dass er verbarg. Dieses Foto steckte er in eine andere Tasche. Ansonsten enthielt die Handtasche nur noch unnützen Plunder. Er legte die Handtasche in den Kofferraum zu den Kleidern.

Am nächsten Morgen fuhr er nach San Francisco und parkte den Wagen beim Flughafen. Das hatte er auch einmal im Fernsehen gesehen. Den Parkzettel warf er weg. Er wusste, dass der Wagen monatelang nicht auffallen würde. Dann fuhr er mit dem Bus in die Stadt. In einem Geschäft in der Geary Street kaufte er sich einen Anzug und einen leichten Regenmantel. Er kaufte auch eine Reisetasche mit *American-Airlines*-Aufdruck darauf. Darin verstaute er sein Rasierzeug. Seinen billigen Koffer mit der abgelegten Kleidung warf er in eine Mülltonne in der Gegend von North Beach. Er wollte nicht lange in San Francisco bleiben, denn hier würde man bestimmt besonders intensiv nach Vincent Mungo fahnden. Am frühen Nachmittag bestieg er einen Bus nach Los Angeles.

Er kam um dreiundzwanzig Uhr an und ging sofort in ein nahe gelegenes Hotel, wo er sich als Alan Jones aus Chicago eintrug.

Am nächsten Morgen wechselte er in eine Pension in einer netten Seitenstraße. Von hier aus brauchte man zu Fuß zehn Minuten bis in die Innenstadt. Er benutzte den Namen Daniel Long und bezahlte für zwei Wochen die Miete im Voraus.

Sowie er sich etwas eingerichtet hatte, suchte er sofort das Büro der Sozialversicherung auf und beantragte eine neue Karte. Der Sachbearbeiterin sagte er, dass er gerade mit seiner Familie nach Los Angeles umgezogen sei. Dabei seien ein paar Dinge verloren gegangen, unter anderem seine Sozialversicherungskarte. Er wies die Kontrollstreifen der Zahlschecks vor, auf denen sein Name und die Sozialversicherungsnummer vermerkt waren. Die Angestellte nickte ungeduldig. Das alles hatte sie schon zu oft gehört. Sie konnte nicht verstehen, warum die Leute ihre Sozialversicherungskarte nicht ständig bei sich trugen. Innerhalb weniger Minuten hatte sie eine neue Karte für ihn ausgestellt.

Als Nächstes betrat er eine Bank in der Nähe und eröffnete mit 100 Dollar ein Sparkonto. Der Bankbeamte überprüfte die Sozialversicherungskarte, wie es Vorschrift war, und notierte die Nummer auf dem Antrag. Als Adresse gab Bishop die Pension an. Ein paar Minuten später wurde ihm ein Sparbuch ausgehändigt. Mit weiteren 50 Dollar eröffnete er ein Girokonto. Man sagte ihm, dass die Schecks in zehn Tagen fertig sein würden, bis dahin händigte man ihm ein einfaches Scheckbuch aus.

Am Nachmittag besuchte Bishop sechs öffentliche und private Institutionen, angefangen von der öffentlichen Bibliothek bis hin zu den Museen für Kunst- und Naturgeschichte. Gegen eine geringfügige Aufnahmegebühr bekam er überall anstandslos eine Mitgliedskarte ausgestellt, gültig für ein Jahr. Alle Karten trugen seinen neuen Namen. Anschließend kaufte er eine Brieftasche für seine wachsende Anzahl von Ausweisen.

Am nächsten Morgen, es war der 11. Juli, rief er eine Filiale der Bank of America an und behauptete, Schwierigkeiten bei der Beschaffung einer Kreditkarte zu haben. Ob er mit dem Kreditbüro verbunden werden könne. Man sagte ihm, dass die meisten großen Firmen in Los Angeles eine zentrale Verrechnungsstelle benutzten. Man nannte ihm die Telefonnummer. Er rief in der Kreditabteilung an und nannte Namen und Adresse auf dem Umschlag, den er am Morgen nach seiner Flucht aus jenem Haus mitgenommen hatte. Man verwies ihn an eine andere Verrechnungsstelle in San Francisco, die für das nördliche Kalifornien zuständig war. Er rief in San Francisco an und schilderte sein Problem einem Bankangestellten. Wieder gab er Namen und Adresse von Daniel Long an, als riefe er von dort aus an. Innerhalb weniger Minuten wurde er informiert, dass es für ihn eigentlich keinerlei Schwierigkeiten geben dürfte. In verwundertem Tonfall fragte er: »Sprechen wir über denselben Daniel Long? Geboren am 10. Februar 1945?« Er wartete auf die Antwort, die – wie er wusste – negativ ausfallen musste, denn Geburtsort und -datum hatte er frei erfunden. Seine Angaben wurden noch einmal überprüft, dann bekam er sehr rasch Bescheid. Offenbar war irgendwo ein Fehler unterlaufen. Der hier eingetragene Daniel Long war am 12. November 1943 in San José, Kalifornien, geboren.

»Du lieber Himmel«, rief Bishop aus. »Das ist das Geburtsdatum meines Bruders.« Er versprach dem verblüfften Angestellten, einen Brief mit den richtigen Angaben zu schicken, dann legte er auf.

Er schrieb anschließend einen Brief an das Standesamt in San José und bat um eine Kopie seiner Geburtsurkunde: Daniel Long, geboren am 12. November 1943. Man sollte sie an seine derzeitige Adresse in Los Angeles schicken.

Am frühen Nachmittag suchte er noch einmal die Bank auf. Sehr betrübt informierte er einen anderen Angestellten vom Verlust des frisch ausgestellten Sparbuchs. Er hatte es in die Jackettasche gesteckt, aber als er zu Hause nachgesehen hatte, war es weg gewesen. Es tue ihm wahnsinnig leid! Man sagte ihm, dass es wahrscheinlich von einem Taschendieb gestohlen worden sei. Kurz darauf bekam er ein neues Sparbuch. Jetzt hatte er zwei für ein und dieselben 100 Dollar – ein Trick, den er auch im Fernsehen gelernt hatte.

Am nächsten Tag sah sich Bishop in der Stadt der Engel um, und am Wochenende unternahm er einen Zwei-Tage-Trip nach San Diego. Als er nach Hause zurückkehrte, wartete ein Brief auf ihn. Er enthielt die beglaubigte Kopie der Geburtsurkunde von Daniel Long. Bishop stellte als Nächstes einen Antrag auf einen Führerschein und wies die Geburtsurkunde als Ausweis vor. Er legte auch ein paar Passfotos aus einem Automaten bei. Ein falscher Bart, den er sich in einem Geschäft für Theaterrequisiten gekauft hatte, machte ihn nahezu unkenntlich. Sehr bald hielt er einen vorläufigen Führerschein in Händen. In einer nahe gelegenen Fahrschule bezahlte er 25 Dollar für den erforderlichen Test im Straßenverkehr. Er bestand diese Fahrprüfung ohne Weiteres, und man stellte ihm in Aussicht, dass ihm ein für Kalifornien gültiger Führerschein per Post zugeschickt werde.

Mit dem vorläufigen Führerschein als Ausweis mietete er bei einer anderen Bank ein Schließfach und bezahlte die gesamte Jahresgebühr. Er legte die Geburtsurkunde und das Bild der Frau im Badeanzug hinein. Draußen warf er beide Schlüssel weg und hinterließ ein Geheimnis, das – wie er glaubte – niemals gelöst werden würde.

Anschließend stellte er einen Antrag auf eine bessere Kreditkarte. Als seinen Arbeitgeber nannte er die Firma auf den Kontrollabschnitten der Zahlschecks. Er gab ein Jahresgehalt von 20 000 Dollar an und behauptete, einen siebenjährigen Anstellungsvertrag zu haben. Die Karte sollte ihm an seine Sommeradresse in der Pension geschickt werden.

Am 20. Juli holte er bei der ersten Bank seine Schecks ab. Sie waren korrekt mit Namen bedruckt. Die unbenutzten Schecks ohne Namen gab er zurück. Dann ging er zu einem Kassenschalter und hob 95 Dollar von seinem Sparkonto ab. Er benutzte dafür das zweite Sparbuch. Auf dem Heimweg vernichtete er dieses Buch. Jetzt hatte er praktisch all sein Geld zurück und besaß doch ein gültig gestempeltes Sparbuch, das er überall als Beweis für seine Zahlungsfähigkeit vorzeigen konnte. Er hatte Ausweise und Geld. Man würde ihn niemals wegen Landstreicherei verhaften können. Er war ein angesehenes Mitglied der Gesellschaft.

Am 24. Juli bezahlte er noch für eine weitere Woche Miete. Seine Vorbereitungen waren fast beendet. Er wusste, dass er Los Angeles und den Staat Kalifornien bald verlassen würde.

Sechs Tage später trafen zwei kleine Postsachen für ihn ein. Der Führerschein für Kalifornien und eine Kreditkarte.

Am folgenden Morgen ging er wieder zu seiner Bank und hob mit einem Scheck fünfundvierzig von seinen 50 Dollar auf dem Girokonto ab. Wieder hatte er praktisch umsonst gültige Bankschecks, die er notfalls in bare Münze verwandeln konnte. Außerdem konnte er sie als zusätzlichen Ausweis benutzen.

Während Bishop an diesem letzten Juliabend aus dem Fenster schaute, dachte er nach. Der anonyme Brief war abgeschickt. Den Chessman-Artikel hatte er in der Tasche. Er dachte daran, was man ihm in seinem Heimatstaat angetan hatte. Man hatte seinen Vater ermordet und seine Mutter zugrunde gerichtet. Man hatte ihn als Kind fortgebracht und fast sein ganzes Leben lang eingesperrt. Man hatte ihn belogen, ihn lächerlich gemacht und ihn auf tausenderlei Art gequält, bis er manchmal selbst nicht mehr gewusst hatte, ob er verrückt oder normal war. Und wäre er nicht aus der Anstalt geflohen, hätte man ihn dort für den Rest seines Lebens verwahrt. Aber er war klüger als sie alle. Sonst wäre er längst tot. Man hatte vorgehabt, ihn zu töten – so wie man auch seinen Vater getötet hatte.

Bei all diesen Gedanken verhärtete sich sein Gesicht mehr und mehr. Seine Hände krallten sich um das Fensterbrett. Die Menschen von Kalifornien sollten ihn kennenlernen! Er würde dafür sorgen, dass sie ihn nicht zu schnell vergessen würden! Sie würden es zwar nicht verstehen, wie sie ihn ja noch nie verstanden hatten, aber sie würden sich daran erinnern.

Gegen einundzwanzig Uhr packte er sein Rasierzeug in die Reisetasche und schaltete den Fernseher ab. Er sah sich noch einmal im Zimmer um. Alles war billig und schäbig und roch nach Abschied. Er ließ die Schlüssel neben der matschigen Banane auf der Kommode zurück. Dann machte er die ramponierte Tür hinter sich zu und sagte allem für immer Lebewohl.

Er marschierte stramm eine Meile, bis er ein Hotel erreichte, wo er sich als Bernard Parks aus Cleveland eintrug. Im Zimmer legte er sich aufs Bett und schlief sehr bald ein. Um 23.50 Uhr wurde er wach und verließ das Hotel. Er ging in die Nacht von Los Angeles hinaus und suchte nach seiner Beute.

An diesem letzten Julimorgen war zumindest noch eine weitere Person lebhaft an dem Chessman-Artikel interessiert. Besser gesagt, sein Zorn entzündete sich daran. Senator Jonathan Stoner las die Geschichte in Sacramento auf dem Weg ins Büro. Als er dort ankam, schnaubte er immer noch vor Wut. Er stürmte zu seinem Schreibtisch und tätigte sofort mehrere Telefonanrufe – darunter einen an seinen Pressereferenten, der noch nicht eingetroffen war.

»Er soll mich sofort anrufen, wenn er kommt!«, tobte Stoner und knallte den Hörer auf die Gabel.

Es war kurz nach zehn Uhr, und seiner Meinung nach sollte er eigentlich als Letzter im Büro eintreffen, da sich schließlich alles um ihn drehte.

Jonathan Stoner war ein glühender Verfechter der Todesstrafe. Er war der Überzeugung, dass frei herumlaufende Gewaltverbrecher das Land in den Abgrund stürzten, sie verwandelten die Straßen in Dschungel und Wohnungen in Gefängnisse. Stoner glaubte leidenschaftlich daran, dass Gewaltverbrecher auf Lebenszeit eingesperrt und die Zellenschlüssel weggeworfen werden sollten. Oder noch besser: Einfach alle hinrichten! Charles Manson hätte eine Kugel verpasst werden müssen. Richard Speck desgleichen. Oder Charles Schmid oder Sirhan Sirhan. Sie alle hätten hingerichtet werden müssen. Sie hatten es nicht besser verdient als Harvey Glatmans und William Cooks vor ein paar Jahren. Oder wie dieser Caryl Chessman. Er hatte nur bekommen, was er verdient hatte – den Tod.

Stoner sah erneut auf die Schlagzeile. Er nahm das Magazin, hielt es einen Moment in der Hand und warf es dann angewidert wieder hin. Dann wies er seine Sekretärin an, ihm Kaffee zu bringen. Als sie mit dem Kaffee hereinkam, händigte er ihr die Ausgabe der *Newstime* aus und gab ihr Anweisung, sofort den Chefredakteur ans Telefon zu holen. »Erfragen Sie die Nummer bei der Auskunft«, grollte er. »Aber sagen Sie den Leuten, dass ich ihn persönlich sprechen will. Nur ihn und niemanden sonst.« Dann setzte er sich hin und versuchte, sich zu beruhigen.

Der Senator war ein Selfmademan. Groß und vierschrötig und mit einer eisernen Konstitution ausgestattet, hatte er sich verbissen auf der politischen Leiter nach oben gekämpft – die letzten achtzehn Jahre. Und er war immer noch jung – neununddreißig Jahre jung, wie er es gern auszudrücken pflegte. Sein Ehrgeiz kannte keine Grenzen, er reichte jedenfalls über den Staat hinaus. Das aber behielt er klugerweise für sich und vertraute es nur den engsten Freunden an.

Bei Chessmans Verurteilung war Stoner vierzehn, bei der Hinrichtung sechsundzwanzig gewesen. An das Gerichtsverfahren konnte er sich nicht erinnern, dafür aber umso besser an Chessmans Tod. Am Fall Chessman hatte Stoner ein persönliches Interesse. Ende der vierziger Jahre war eine Cousine von ihm, damals noch ein Teenager, brutal vergewaltigt worden. Das hysterische Mädchen war jedoch nicht imstande gewesen, den Angreifer zu beschreiben. Danach war sie nie mehr so wie früher gewesen. Sie hatte nicht geheiratet und ging nicht einmal mit Männern aus. Zwar hatte es keinerlei Beweise dafür gegeben, dass es sich bei dem Vergewaltiger um Caryl Chessman gehandelt haben könnte, aber für Stoner, der erst Jahre später von der Tat erfahren hatte, lief alles aufs Gleiche hinaus. Seine arme Cousine war zur gleichen Zeit vergewaltigt worden, als Chessman sein Unwesen als Frauenschänder getrieben hatte, in derselben Stadt und auch ungefähr in dieser Gegend. Das war Beweis genug für Stoner.

Der Senator war sich sicher, dass die Mehrzahl der Bewohner seines Staates die Todesstrafe wünschten. Im nächsten Jahr waren Neuwahlen. Vielleicht könnte Stoner die öffentliche Diskussion um die Wiedereinführung der Todesstrafe zu seinem Vorteil nutzen und ihm sogar Anerkennung außerhalb des Staates einbringen. In dieser Stimmung war er heute früh gerade wieder einmal gewesen, als ihm dieser Artikel über Chessman in die Finger gefallen war. Jetzt begann sich langsam eine Idee in seinem Kopf zu formen.

Seine Sekretärin meldete über die Gegensprechanlage, dass ein Derek Lavery am Telefon war. Während Stoner nach dem Hörer langte, kam seine Sekretärin hereingestürmt und legte die *Newstime* auf den Schreibtisch.

Während der nächsten zehn Minuten sprach der Senator

betont ruhig und sachlich mit dem Herausgeber und Chefredakteur. Er gab sich höflich, denn er kannte die Macht der Presse nur allzu gut. Im Jahr vor der Wahl wollte er den Journalisten keinen Anlass bieten, sich auf ihn einzuschießen. Mit wohlbegründeten Worten brachte er seine Bedenken und Einwände gegen den Chessman-Artikel vor. Hier wurden doch wohl Tatsachen entstellt und dazu benutzt, Mitleid zu erregen, wo keines am Platz war. Chessman war ganz offensichtlich schuldig gewesen. Er war wegen eines Kapitalverbrechens verurteilt und dafür hingerichtet worden. Er war kein Opfer der Justiz. Er war ein Gewaltverbrecher, der Frauen entführt und vergewaltigt hatte. Der Staat hatte nur einen einzigen Fehler begangen: Er hätte Chessman nicht auf Kosten der Steuerzahler zwölf Jahre lang am Leben erhalten sollen. Chessman war kein Opfer der Umstände, sondern einzig und allein das Opfer seiner Taten. Alles andere war unwichtig. Wie bitte? Ja, einschließlich der Tatsache, dass er sich als sein eigener Anwalt betätigt hatte. Nein, er hat nicht unter einer »grausamen und unmenschlichen Bestrafung« gelitten. Aber das konnte man bestimmt von seinen Opfern sagen. Und was die anderen Vergewaltigungen in jenem Zeitraum betraf, so dürfte Chessman sie auch begangen haben. Wie meinen? Chessmans Wiedereingliederung? Für solche Verbrecher gab es keine Wiedereingliederung! Ja, ganz recht. Keine Wiedereingliederung. Wer das gesagt hat? Ich habe das gesagt! Ein Tier ist und bleibt ein Tier. Wohin sollte ein Tier wiedereingliedert werden? Wie meinen? Menschenzoo? Was reden Sie da? Nein, ich kann keinen Humor darin sehen! Ja. Auf Wiederhören.

»Menschenzoo«, murmelte der Senator wütend vor sich hin und schüttelte den Kopf, während er auflegte.

Ein paar Minuten später kam der Pressereferent des Senators herein. Jung, ehrgeizig und sehr forsch. Er war schon seit zwei Jahren bei Stoner. Davor hatte er ein Jahr lang politischen Journalismus gelehrt, nachdem er in Stanford seinen Doktor gemacht hatte. Damals hatte er eine Kolumne für eine hiesige Zeitung geschrieben. Der Senator war darauf aufmerksam geworden und hatte ihm einen Posten angeboten. Der junge Mann hatte Pläne, und dazu gehörte nicht, für immer und ewig Pressereferent zu bleiben.

Stoner nahm das Magazin und hielt es ihm hin. »Haben Sie das hier gesehen?«

Der Pressereferent warf einen Blick darauf. »Nicht meine bevorzugte Lektüre.«

»Die Story über Chessman«, sagte Stoner. »Lesen Sie den Artikel!«

»Muss ich?«

»Lesen Sie, Roger«, sagte Stoner müde.

Roger setzte sich in den Ledersessel auf der anderen Seite des Schreibtisches. Er streckte die Beine aus und begann zu lesen, wobei er leise vor sich hin summte. Nach ein paar Minuten blickte er auf.

»Na, was halten Sie davon?«, fragte der Senator.

»Es ist eine Story über Chessman, der vor dreizehn Jahren hingerichtet wurde.«

»Das weiß ich«, erwiderte Stoner sarkastisch. »Sonst noch etwas?«

»Recht gut geschrieben … für so etwas.«

Stoner lächelte nachsichtig, als hätte er ein Kind vor sich. »Ich bin nicht an dem Stil dieses Geschreibsels interessiert«, sagte er verärgert. »Haben Sie denn gar keine eigene Meinung zu diesem Thema?«

»Doch, doch«, entgegnete Roger. »Wenn mir der Stil gefällt, muss mir nicht automatisch der Inhalt gefallen.«

Der Senator sah den jungen Mann eine Weile nachdenklich an. Dann seufzte er laut und gequält. »Sie werden es in der Politik noch weit bringen, Roger«, sagte er. »Sogar sehr weit.«

Roger lächelte und dachte, dass der Senator es auch viel weiter bringen könnte, wenn er nur etwas mehr Humor hätte.

»Ist Ihnen klar, welche Botschaft der Artikel transportiert?«, sagte Stoner schließlich geduldig.

»Ja, natürlich«, sagte der junge Mann und wurde nun sehr ernst. »Aber hier prügelt man doch ein totes Pferd. Chessman ist seit Langem tot und von der Bildfläche verschwunden.«

»Dann wird man ihn eben wiederbeleben.« Stoner stand auf und ging zum Fenster. »Man bezeichnet die Todesstrafe als den eigentlichen Verbrecher. Chessman ist angeblich nur in die Mühlen einer unbarmherzigen Justiz geraten. Jetzt will man einen Helden aus ihm machen – ein unschuldiges Opfer, das einen von vornherein verlorenen Kampf gegen legalen Mord geführt hat!«

»Ein Kampf gegen Mühlen, sozusagen.«

Der Senator schenkte dem keine Beachtung. »Es ist der perfideste Angriff auf die Todesstrafe, den ich seit Jahren gesehen habe. Man behauptet doch rundheraus, dass wir alle Mörder sind!«

»Und schon nächste Woche wird man wieder auf der anderen Seite stehen«, versicherte ihm Roger. »Diese Magazine arbeiten alle auf die gleiche Weise. Es ist ihnen völlig schnurz, auf welcher Seite sie stehen, solange ein Thema heiß ist.«

»Und, ist das Thema Chessman heiß?«

»Nein, aber die Todesstrafe.«

»Genau.« Der Senator lächelte breit. Er ging zurück zu seinem Schreibtisch und setzte sich wieder. »Es geht um Leben und Tod. Das lässt niemanden kalt. Ich glaube, es wird Zeit, dass ich mich in dieser Sache einmische.« Er sah seinen jungen Pressereferenten eindringlich an. »Wenn man die Sache richtig anpackt, könnte man damit sogar eine Wahl gewinnen.«

»Die Öffentlichkeit kennt doch bereits Ihren Standpunkt in dieser Frage.«

»Ich finde, ich sollte mich persönlich engagieren. Das Thema zu meiner Sache machen. Dieser Chessman-Fall ist bestens dafür geeignet. Ein verurteilter Straftäter, der für seine Verbrechen gestorben ist. Sein Tod hat die Gesellschaft sicherer gemacht und wahrscheinlich Menschenleben gerettet. Aber manche Leute möchten jetzt ein Opfer aus ihm machen.«

»Viele Staaten sind wütend.«

Der Senator nickte. »Ich könnte mich zum Sprecher für alle machen.«

»Aber es würde nicht klappen«, sagte Roger mit ehrlichem Bedauern in der Stimme. »Jedenfalls nicht so.«

Der Senator kniff die Augen zusammen. »Und wieso, wenn ich fragen darf? Wir sind uns darüber einig, dass es ein gutes, emotionsgeladenes Thema ist. Meine Meinung dazu ist allseits bekannt. Wir brauchen nur einen geeigneten Aufhänger. Und den haben wir hier …« Er zeigte auf das Magazin. »Was ist also falsch an der Idee?«

»An der Idee ist gar nichts falsch«, sagte der andere langsam. »Nur Ihr Aufhänger ist nicht gut. Chessman ist tot, seit vielen Jahren. Ein Toter entwickelt keine Dynamik. Man mobilisiert die Leute nicht für Dinge, die passé sind.« Er schwieg einen Moment, dann schnippte er mit den Fingern. »Das ist es!«, rief er. »Man muss ihnen eine aktuelle Biografie liefern, einen Menschen, der am Scheideweg steht, irgendwas in der Art. Die Leute wollen Dramatik, sie wollen …«

Der Senator war perplex, und das verriet seine Miene auch.

»Wir brauchen einen neuen Chessman, Senator!«, sagte der junge Mann mit Verve. »Einen Mann, mit dem sie sich identifizieren können. Unschuldiges Opfer oder wahnwitziger Killer, darauf kommt's nicht an! Hauptsache, dass es um einen lebenden Menschen geht. Niemand identifiziert sich mit Toten.«

»Und wo nehmen wir einen solchen lebenden Menschen her?«

»Wir haben schon einen!«, antwortete der junge Mann, und seine Augen blitzten. »Vincent Mungo!« Roger lächelte siegesgewiss. »Mungo hat schon getötet, und wahrscheinlich wird er wieder töten. Man sollte ihm nicht gestatten, noch länger unter den Lebenden zu weilen. Wenn er ein zweites Mal entkommt, wird er noch mehr töten. Da haben Sie Ihr Drama, Senator! Ein echtes Drama! Leute sind entweder Mörder oder Opfer. Jedermann kann sich mit ihnen identifizieren. Wenn Mungo erwischt wird, sollten Sie darauf pochen, dass er sterben muss!«

»*Wenn* er erwischt wird«, wiederholte Stoner skeptisch.

»Er ist ein Irrer, oder nicht?«, fragte Roger. »Er wird erwischt werden! Hoffen wir, dass er vorher noch ein paar Leute umbringt. Um unserer Sache Nachdruck zu verleihen.« Er lachte. »Nur ein Scherz, Senator.«

Der Senator runzelte die Stirn. Ihm war die Sache nicht ganz geheuer. Tote waren leichter zu handhaben als entflohene Irre.

»Ich glaube immer noch, dass wir Chessman brauchen«, sagte Stoner schließlich. »Sein Name ist weithin bekannt. Aber wer hat schon von Vincent Mungo gehört? Außerhalb von Kalifornien, meine ich.«

»Dann verknüpfen Sie die beiden.«

»Wie meinen Sie das?«

»Ganz einfach«, sagte der junge Mann. »Stellen Sie Mungo als Reinkarnation von Chessman dar. Verstehen Sie? Ein unberechenbarer Irrer, der durchs Land zieht und Grauen verbreitet. Ein Monster, das nach Blut dürstet. Machen Sie denen deutlich, dass er es auf wehrlose Frauen abgesehen hat. Psychos haben es ja meistens auf Frauen abgesehen. Chessman musste sterben, damit die Frauen leben konnten. Deshalb muss jetzt auch diese Wiedergeburt von Chessman sterben, diese Kreatur der Hölle! Die Leute müssen geschützt werden, und Sie, Senator Stoner, werden den Leuten diesen Schutz bieten.« Der Pressereferent war inzwischen aufgesprungen. »So können Sie beide für sich nutzen«, sagte er aufgeregt. »Und falls Mungo nur noch eine einzige Frau tötet, werden die Menschen Ihnen in Scharen zulaufen.« Er schwieg einen Moment. Dann: »Natürlich hoffe ich, dass *keine* Frau umgebracht wird.«

Während der nächsten halben Stunde beschlossen die beiden Männer, in zwei Tagen, also am 2. August, eine Pressekonferenz abzuhalten. Senator Stoner würde eine Kampagne für die Wiedereinführung der Todesstrafe in Kalifornien ankündigen. Er würde auch seine Kampagne gegen gemeingefährliche Irre, Frauenschänder und Mörder beginnen. Roger war angewiesen, sofort eine Vortragsreise für ihn zu organisieren.

Genau in dieser letzten Nacht des Monats Juli näherte sich »die Reinkarnation von Chessman« der South Figueroa Street in Downtown Los Angeles. Es war bereits nach Mitternacht, und er hatte auf der Suche nach Beute bereits einen langen Weg zurückgelegt. Die Gegend, in die er jetzt kam, war recht heruntergekommen. Betrunkene lagen in Hauseingängen oder stritten sich um halbleere Weinflaschen. Rauschgiftsüchtige lungerten herum. Bishop betrachtete die stark geschminkten Frauen, die ihm begehrliche Blicke zuwarfen. Sie waren alt, ihre Gesichter wirkten verlebt. Bishop musste an Geier denken, die nur darauf warteten, sich auf ihn stürzen zu können, um ihre Schnäbel in sein Fleisch zu schlagen. Er schauderte und lief unwillkürlich schneller.

Mehrere Blocks weiter sah er sie aus einem schäbigen, vierstöckigen Haus kommen. Sie atmete gierig die kühle Nachtluft ein, dann bog sie nach rechts ab. Das Haar fiel ihr weit bis über den Rücken, ihre Bluse war ärmellos. Sie blond und jung. Sie hatte schlanke Beine. Er überquerte die Straße und beschleunigte seinen Gang. Als sie an der Ecke wartete, um mehrere Autos vorbeizulassen, holte er sie ein. Sie trug kaum Make-up, nur etwas Lidschatten. Der Mund war klein und schien ständig zu schmollen.

Bishop setzte sein schönstes Lächeln auf. Sein Gesicht strahlte vor Freundlichkeit, seine Augen blickten unschuldig drein. Er trug seinen neuen, teuren Anzug und bot das Bild eines ehrbaren jungen Mannes, der über Geld und Macht verfügte.

»Ich denke, dieser Fünfzigdollarschein könnte Ihnen gehören«, sagte er zu ihr. Sein Lächeln blieb unverändert, während er neben ihr wartete und die Banknote in der Hand hielt.

Das Mädchen verstand sofort. Sie war keine Prostituierte, war keine von denen, die sofort mit jedem Mann mitgingen, aber sie verstand genau, was er meinte. Sie empfand seinen Vorschlag durchaus nicht als Beleidigung, denn er sah wie ein netter Kerl aus. Das erkannte sie auf den ersten Blick. Und wenn er mit Fünfzigdollarscheinen so um sich werfen konnte, war er offenbar auch ziemlich reich.

50 Dollar, das war ein Haufen Geld für sie. Davon könnte sie die Miete bezahlen. Himmel!, dachte sie plötzlich. Die Miete! Was für einen Tag haben wir heute? Der 1. August! Du meine Güte, und sie hatte wieder einmal nicht die Miete beisammen.

Sie drehte sich halb um und lächelte ihn an. Warum nicht?, fragte sie sich. Sie musterte ihn. Wer weiß? Vielleicht war er einer von dieser reichen Schnöseln, die sich um Mädchen kümmerten und sie freihielten? Oder vielleicht war er vom Film und konnte ihr zu einer Rolle verhelfen?

Ihr Name war Kit. Diesen Namen hatte sie sich zugelegt, seit sie nach Los Angeles gekommen war. Nicht Kitty oder Kitten. Einfach Kit. Sie war seit fast zwei Jahren in der Stadt und hatte das Haus ihrer Eltern in Kansas verlassen, um zum Film zu gehen. Sie war nicht besonders sexy, aber doch recht hübsch. Und sie hatte einen schönen Körper und war gewillt, diesen Körper einzusetzen, wenn es darum ging, ihren Traum zu verwirklichen. Aber bis jetzt hatte sie damit keinen Erfolg gehabt. Ab und zu trieb sie es für Geld mit Männern. Sie sagte sich, dass es eigentlich ein Austausch von Geschenken war. Zuletzt hatte sie zweimal mit ihrem Vermieter Geschenke ausgetauscht. Sie war einundzwanzig Jahre alt.

Sie gingen nebeneinander, schweigend. Er behielt sein Lächeln bei, und sie lächelte ebenfalls. Niemand begegnete ihnen. Sechs Blocks später war sie zu Hause, und er war bei ihr.

Sie goss Pulverkaffee auf und trank eine Tasse. Er lächelte und trank ein Glas Wasser. Er sagte ihr, dass er aus San Francisco stamme. Sie sagte, dass sie San Francisco möge. Sie fütterte ihre Katze. Er lächelte und beobachtete sie. Nach einer Weile legte er den Fünfzigdollarschein auf den Tisch. Sie ließ ihn dort liegen und rührte ihn nicht an. Nachdem sie noch eine zweite Tasse Kaffee getrunken hatte, ging sie in das kleine Schlafzimmer und zog sich aus. Sie rief ihn zu sich. Er setzte sich aufs Bett und betrachtete ihren schönen, jungen Körper, der so ganz anders war als der Körper der Frau, die ihm das Autofahren beigebracht hatte. Aber er war hauptsächlich an ihrem Mund interessiert.

Er lächelte und sagte ihr, was er von ihr wollte. Sie schüttelte den Kopf. In dieser Hinsicht war sie altmodisch, so etwas machte sie nicht. Nein. Sie würde die Beine für ihn breit machen, aber das nicht. Sie hatte es einmal versucht, und sie fand es schrecklich. Sie würde es nie wieder tun.

Das Fensterrollo war heruntergezogen. Der Raum war dunkel.

Sie forderte ihn auf, sich auszuziehen und ins Bett zu kommen. Sie versprach ihm, es würde ihm gefallen. Sie sei gut im Bett.

Er wandte sich einen Moment ab, nahm das Messer aus der Jackett-Innentasche und stach zu. Immer wieder.

Vor seinem geistigen Auge sah er die Frau, die riesengroß vor dem Jungen stand und ihn pausenlos peitschte.

Als sich der Kehle des sterbenden Mädchens ein Schrei entringen wollte, stopfte er ihr das Laken in den Mund. Ihr Körper war wie gepfählt und konnte sich nicht bewegen, aber er zitterte grässlich. Dem jungen Mann kam es wie Stunden vor, bis das Mädchen ganz still dalag.

Er öffnete die Rollos, um mehr Licht zu haben. Die Katze kam herein, und er schnappte sie und trug sie in die Küche. Zurück im Schlafzimmer schloss er die Tür und zog sich vollständig aus. Er kniete sich aufs Bett, zog das Laken aus dem Mund des Mädchens und steckte seinen Penis hinein. Der Mund war warm und feucht, da das Mädchen gewürgt und viel Speichel produziert hatte. Mit seinen Händen hielt er ihren Kopf wie einen Basketball, bewegte ihn auf und ab. Die Lippen glitten an seinem Penis entlang, bis er schließlich kam.

Dann stand er auf und zog langsam das Messer aus dem Körper. Die dünne Klinge war zwanzig Zentimeter lang. Er hatte es heute Nachmittag gekauft, als er den Leserbrief zur Post gebracht hatte. Der Mann in dem Laden für Jagdbedarf hatte es ein Obduktionsmesser genannt, ihm dann aber verraten, dass es eigentlich beim Militär fürs stille Töten im Nahkampf verwendet wurde.

Der junge Mann warf einen Blick auf die Leiche, dann machte er sich an die Arbeit. Er schnitt beide Brüste ab und brachte sie, eine nach der andern, in die Küche, wo er sie behutsam auf dem Tisch ablegte – neben der leeren Kaffeetasse auf der einen und seinem Glas Wasser auf der anderen Seite. Im Schlafzimmer machte er sich daran, den Körper der jungen Frau zu öffnen. Er entnahm mit größter Konzentration die Organe, wiegte sie in seinen Armen, liebkoste sie. Er musste sie spüren, musste sie besitzen. Anders war es nicht möglich. Und er schloss die Augen, bis all die grauenvollen Bilder verschwunden waren und die Frau mit der Peitsche nicht länger den kleinen nackten Jungen bedrohte.

Schließlich öffnete er zufrieden die Augen. Er sah sich um. Der Raum war über und über mit Blut besudelt. Bishop säuberte das große Messer in der Küche im Spülbecken, dann wusch er sich selbst gründlich und zog sich an. Er steckte das Messer zurück in die Innentasche seines Jacketts und langte nach dem Fünfzigdollarschein auf dem Tisch. Im Kühlschrank fand er etwas Wurst und einen halben Laib Brot. Er machte sich ein Sandwich, setzte sich an den Tisch und aß langsam. Er hatte es nicht eilig. Er nahm einen Filzschreiber aus seiner Innentasche und malte sorgfältig seine Initialen auf die Brüste auf dem Küchentisch. Bevor er schließlich ging, füllte er die Schale für die Katze bis zum Rand mit Wasser und schüttete genügend getrocknete Katzennahrung auf eine Untertasse, damit das Tier für einige Tage versorgt war.

Am nächsten Morgen, am 1. August 1973, verließ Thomas Bishop alias Daniel Long das Hotel, in dem er nur eine Nacht gewohnt hatte, und nahm den Bus nach Las Vegas. Er sah gut aus und fühlte sich noch besser – ein junger Mann mit Charisma und Geld.

Der große rote Überlandbus fuhr über die Autobahn nach Nevada und folgte der Route, die Bishops Eltern vor nahezu sechsundzwanzig Jahren genommen hatten – doch davon wusste der junge Mann nichts. Er saß da, starrte vor sich hin und lächelte die ganze Zeit. Er schaute nicht ein einziges Mal zurück.

5

Am Nachmittag des 2. August hielt Senator Jonathan Stoner die vorgesehene Pressekonferenz ab und plädierte dabei heftig und leidenschaftlich für die Wiedereinführung der Todesstrafe. Unter Bezugnahme auf den Fall Chessman wies er darauf hin, dass gerade jetzt wieder ein geistesgestörter Gewaltverbrecher das Leben von unschuldigen, wehrlosen Menschen bedrohte. Er schloss seine Ausführungen mit den Worten: »Wer kann diesen Irrsin bekämpfen? Wie können wir uns davor schützen? Ich habe nicht für alle Probleme eine Patentlösung, aber ich kenne zumindest einen Weg, der uns zu einem gewissen Gefühl der Sicherheit verhelfen kann ...« Stoner hob die Stimme. »Wir müssen diese gemeingefährlichen Tiere ein für alle Mal aus der Gesellschaft entfernen!« Seine Stimme wurde noch lauter. »Caryl Chessman war ein solches Tier – und Vincent Mungo ist ebenfalls ein solches Tier. Er muss *jetzt* gestoppt werden, bevor es zu spät ist. Er muss ergriffen und *hingerichtet* werden. Er muss das Gesetz in seiner ganzen Härte spüren. Er muss getötet werden! So wie auch ein tollwütiger Hund getötet wird. Und wenn nicht ...« Der Senator machte eine wirkungsvolle Pause. Er senkte die Stimme beinahe zum Flüsterton. »... dann, so fürchte ich, werden auch weiterhin unschuldige Opfer brutal abgeschlachtet werden. Wenn es Vincent Mungo gestattet wird, ein bequemes Leben in einer Nervenheilanstalt zu führen, wo er seinen nächsten Ausbruch und seine nächsten Morde planen kann, dann ... dann werden wir nie ein friedliches Leben führen können! Dann werden wir uns an ein

Leben mit Bestien gewöhnen müssen, an ein Leben im Dschungel, der uns alle zu verschlingen droht.«

Nach der Pressekonferenz traf sich Senator Stoner in seinem Büro mit Roger. Stoner war zufrieden. Die Pressekonferenz war gut verlaufen. Roger stimmte zu.

»Sollte gute Resonanz in den Zeitungen finden«, sagte Stoner und rieb sich die Hände. »Vielleicht berichtet man schon in den Abendblättern darüber.«

Roger war da nicht so sicher. »Wir können von Glück sagen, wenn die Gratis-Zeitungen was bringen«, sagte er düster. »Der Zeitpunkt hätte ungünstiger nicht sein können.«

Der Senator hörte auf, sich die Hände zu reiben. Er sah Roger misstrauisch an. »Wie meinen Sie das?«

»Haben Sie das noch nicht gehört?«

»Was denn?«, fragte der Senator.

»Man hat ein Memo gefunden, das Nixon Interessenkonflikte mit einigen Kartellgesetzen nachweist«, antwortete Roger. »Alle Zeitungen sind voll davon.«

Da begann Senator Stoner laut und herzhaft zu fluchen.

Am nächsten Morgen, dem 3. August, hatte die *Newstime*-Redaktion in Los Angeles zahlreiche Leserbriefe als Reaktion auf den Chessman-Artikel bekommen, Sie waren an den Herausgeber adressiert, doch sie wurden routinemäßig von zwei Frauen gelesen, die diese Zuschriften für gewöhnlich bearbeiteten. Nur zwei Briefe waren aussortiert und schließlich nach oben geschickt worden, wo sie auf Adam Kentons Schreibtisch landeten. Er zeigte sie Ding. Einer stammte von einer Bibliothekarin in Los Angeles. Sie schrieb, dass sie Ende Dezember 1947 genau in der Gegend überfallen worden war, wo Caryl Chessman angeblich sein schändliches Unwesen getrieben hatte. Aber ihr Angreifer war ganz entschieden nicht Caryl Chessman gewesen. Selbst jetzt nach fünfundzwanzig Jahren konnte sie sich noch ungemein lebhaft an sein Gesicht erinnern. Es war nicht Chessman gewesen. Sie war froh, dass er nachträglich wenigstens teilweise gerechtfertigt wurde. Sie hatte seine Bücher gelesen und glaubte, dass er viel zu sensibel gewesen war, um auch nur auf die Idee gekommen zu sein, Frauen sexuell zu missbrauchen.

Der andere Brief war anonym. Er war mit krakeliger Handschrift auf billigem Papier geschrieben. Kenton und Ding lasen gleichzeitig:

Sehr geehrter Herr,
ich bin der Sohn von Caryl Chessman. Sie schreiben gut über meinen Vater ich danke Ihnen dafür aber Frauen nicht die Todesstrafe ist schlecht Mein Vater wusste wie ich ihn vermisse und ich habe ihn nicht gesehen bis jetzt Schreiben Sie noch mehr über ihn.

Der anonyme Brief war unterschrieben: *Aus der Hölle.*

»Was halten Sie davon?«, fragte Kenton. »Ein Spinner?«

»Hört sich ganz so an.« Ding rieb sich am Ohr. »Wäre es möglich, dass Chessman legale Kinder hatte?«

»Keine Ahnung. Sie haben doch dazu Nachforschungen angestellt. Was meinen Sie?«

Ding schüttelte den Kopf. »Keine Chance.« Er zupfte an seinem Ohrläppchen. »Es sei denn, hm, von seinen … Nummern.«

»Was für Nummern?«, fragte Kenton. »Er war impotent, schon vergessen?«

Ding schüttelte den Kopf. »Ich weiß, und das glaube ich auch immer noch.« Er steckte die Fingerspitze ins Ohr. »Aber wer weiß, vielleicht bekommt Lavery doch noch seine Story. ›Der Sohn des Vergewaltigers‹ …«

Beide Männer lachten und vergaßen sehr rasch diese beiden Briefe wieder, die routinemäßig in die Registratur wanderten.

Kenton hatte eine Story zu schreiben, und Ding musste unbedingt mit ein paar Leuten sprechen.

Der Fall Chessman war so ziemlich das Letzte, was sie im Moment beschäftigte.

Während der Mann die Treppe hinaufstieg, dachte er nur an die Miete. Zweimal hatte er sich bisher mit der Hälfte begnügt. Aber damit war jetzt Schluss. Ein bisschen bumsen ab und zu war gut und schön, das gefiel ihm genauso wie irgendeinem anderen Mann. Aber Geld war Geld. Ach, und warum trug er da jetzt seinen neuen Anzug, der ihn zehn Jahre jünger aussehen ließ? Er lachte leise vor sich hin. Okay, für 20 Dollar würde er es tun. Was sind schon 20 Dollar? Aber nicht mehr! Die anderen 100 Dollar für die Miete musste sie herausrücken, andernfalls ausziehen. Sie war ein nettes Mädchen mit großen Titten, aber keine war mehr als 20 Dollar wert.

Er stieg ins dritte Stockwerk hinauf. Dem neunundfünfzigjährigen, beleibten Mann gehörten drei Mietshäuser in dieser Gegend. Die Mieteinnahmen sicherten ihm den Lebensunterhalt. Das schwerste Stück Arbeit bestand darin, allmonatlich die vielen Treppen hochzusteigen, um die Mieten zu kassieren. Er hatte ein schwaches Herz, und sein Arzt hatte ihm dringend angeraten, vorsichtig zu sein. Keine Anstrengung, keine unnötige Aufregung. Aber er konnte den Mietern nicht trauen, dass sie ihm pünktlich am Monatsersten einen Scheck in sein kleines Büro schickten. Er wünschte sich oft, mehr zuverlässige Dauermieter zu haben.

Oben bog er nach links ab und ging bis zum Ende des kleinen Korridors. Um diese Tageszeit war das Mädchen eigentlich immer zu Hause. Er klopfte an. Wartete. Klopfte wieder. Lauter. Dann zog er den großen Schlüsselbund hervor. Die einzige Bedingung in seinen Häusern war, dass er zu jeder Wohnung einen

Schlüssel hatte. Nur für alle Fälle. Er fand rasch den richtigen Schlüssel und öffnete leise die Tür.

In der Küche brannte Licht. Seine Augen brauchten ein paar Sekunden, um sich nach dem dunklen Korridor an die plötzliche Helligkeit zu gewöhnen. Er sah den Kühlschrank neben der Tür, den Herd, das Spülbecken. Er blickte in den Raum. Da lag etwas auf dem Tisch. Er trat näher …

Der Mieter in der Wohnung darunter hörte ein lautes, dumpfes Geräusch. Er schaute zur Zimmerdecke hinauf. Das Geräusch kam ihm verdächtig vor. Er arbeitete die zweite Schicht im Los Angeles County General Hospital und hatte schon viele Male gehört, wie Körper zu Boden fielen. Vorsichtig stieg er die Treppe hinauf und näherte sich der offenen Tür. Er sah den Mann auf dem Fußboden liegen. Es war der Hausbesitzer. Der Mieter kniete sich neben ihm hin, prüfte seine Pupillen, fühlte den Puls. Dann stand er auf und schaute sich um – und erstarrte. Auf dem Tisch lag etwas, das dort nicht hingehörte. Sein Gehirn setzte aus. Adrenalin jagte durch seinen Körper. Erschrocken taumelte er zurück zur Tür und lief die Treppe hinunter. In seiner Wohnung hob er den Telefonhörer ab, ließ ihn wieder sinken, hob ihn erneut.

Der erste Polizist, der eintraf, war dreiundzwanzig Jahre alt und lebte noch bei seinen Eltern. Er hatte noch nicht viel erlebt, aber selbst wenn er hundert Jahre alt gewesen wäre, so hätte er so etwas gewiss noch nicht gesehen. Ein Mann in den Fünfzigern lag tot auf dem Fußboden, offenbar einem Herzschlag erlegen. Auf dem Küchentisch befanden sich zwei weibliche Brüste, auf die jemand mit Filzschreiber ein V und ein M aufgemalt hatte. Die Wohnungstür stand offen. Das Licht war eingeschaltet. Eine schwarz-weiße Katze hockte auf einem Schrank.

Der Geruch war Übelkeit erregend. Der junge Mann spürte, wie es ihm hochkam. Er begann zu würgen und trat ans Spülbecken. Schließlich wandte er sich wieder um. Er verließ die Küche und betrat das Schlafzimmer. Er sah, was vor Kurzem noch ein hübsches Mädchen gewesen war …

Die Sanitäter brachten die Leiche des Mannes fort. Als sie wiederkamen, waren inzwischen leitende Polizeibeamte eingetroffen. Die Sanitäter wurden fortgeschickt. Zunächst sollte alles – einschließlich der Leiche des Mädchens – so bleiben, wie es war. Man wollte kein Risiko eingehen. Der Gerichtsmediziner war bereits verständigt worden. Schließlich rief man die Polizeiwache an.

Die bestialische Ermordung der jungen Frau sorgte in höchsten gesellschaftlichen Kreisen für große Unruhe. Denn die Tat war offensichtlich von Vincent Mungo begangen worden. Er war ein Psychopath, der einer Anstalt entsprungen war und seine Opfer in grenzenloser Wut umbrachte. Er war nun seit fast einem Monat auf freiem Fuß, hatte sich wahrscheinlich gefälschte Ausweise und auch Geld beschaffen können und fühlte sich daher jetzt offenbar sicher genug, um erneut zuzuschlagen. Und er würde weiter töten, bis er erwischt wurde. Daran gab es keinen Zweifel.

Sheriff Oates flog am Nachmittag aus Sacramento ein. Er sah die Leiche in der Gerichtsmedizin. Die Wohnung war versiegelt worden. Man hatte die Katze fortgebracht. Ein Polizist stand am Hauseingang Wache, um Neugierige abzuhalten. Am Tatort waren Fingerabdrücke genommen worden, aber der Sheriff wusste schon jetzt, dass sie zu nichts führen würden. Es war Mungos Werk. Zwar hätte auch irgendein anderer die Initialen hinterlassen können, aber die übrigen Tatumstände waren eindeutig nicht das Werk eines Trittbrettfahrers. Der Sheriff dachte kurz daran, John Spanner in Hillside anzurufen, entschied sich aber dagegen. Der Lieutenant hatte zwar bei dem Mord an den beiden älteren Frauen recht behalten, aber dies hier war doch etwas ganz anderes. So viel also zu Spanners Behauptung, dass Mungo anonym bleiben und in der Großstadtmenge untertauchen wollte! Davon konnte jetzt keine Rede mehr sein. Er hatte brutal zugeschlagen. Jetzt musste die Polizei mit groß angelegten Maßnahmen für die schnelle Ergreifung dieses Irren sorgen. Spanner sollte ruhig an seinem See bleiben und angeln.

Der Sheriff beschloss, sich für eine Weile in Los Angeles niederzulassen. Mungo war irgendwo hier, also musste er, Oates, ebenfalls hier sein.

Im Norden des Staates war die Aufregung über Mungos Verbrechen ungeheuerlich. In Willows wimmelte es von Reportern. Interviews mit Sheriff Oates konnten warten. Aber hier im Willows State Hospital war der Mann, der Mungo am besten kannte. Er würde ihnen alles sagen können, was sie wissen mussten.

Dr. Baylor erwartete die Presseleute bereits. Er wusste, was man von ihm wissen wollte, aufregende Details für die nächste Zeitungsausgabe, Fakten und Hintergründe für die TV-Abendnachrichten. Aber Baylor hatte bereits von höchster Stelle in Los Angeles, San Francisco und Sacramento seine Anweisungen bekommen. So beschränkte er sich bei der angesetzten Pressekonferenz auf möglichst unverbindliche Antworten. Schon nach kurzer Zeit zogen die Reporter höchst unzufrieden wieder ab. Baylor hatte ihnen keine wichtige Information vorenthalten und auch keine falschen Informationen gegeben. Aber er wusste ja eigentlich selbst nicht so recht, warum Vincent Mungo plötzlich damit begonnen hatte, zu töten und sein Opfer derartig zu verstümmeln. Nichts hatte auf diese Wut hingedeutet, die zu einer solchen Tat nötig war. Es schien auch so gar nicht zu seiner Persönlichkeit zu passen, und Dr. Baylor überlegte, ob der Patient womöglich einen Anfall von Lykanthropie erlitten habe, der ihn wahnhaft glauben ließ, dass er sich in ein Tier, in eine reißende Bestie, verwandelt habe.

Am 3. August brachten die Spätausgaben der Zeitungen die ersten Meldungen und Berichte von dem brutalen Mord. Fette Schlagzeilen schrien Vincent Mungos Namen in alle Welt hinaus. Auch im Fernsehen wurde ausführlich über dieses neue abscheuliche Gewaltverbrechen berichtet. Überall im Staat hörten die Leute abermals den Namen Vincent Mungo. Wieder bekam man sein Gesicht zu sehen ... hässlich, gemein, verschlagen. Ein Reporter hatte es »das Antlitz aus der Hölle« genannt.

Senator Stoner war an diesem Abend begeistert, wenngleich er sich bemühte, es sich nicht anmerken zu lassen. Roger hatte recht behalten. Gott sei Dank! Berichte über die am 2. August abgehaltene Pressekonferenz waren von den meisten größeren Zeitungen erst am nächsten Tag veröffentlicht worden – am Tag dieser grausigen Entdeckung. Das Timing hätte nicht perfekter sein können. Von jetzt an würde man seinen Worten und Taten allergrößte Aufmerksamkeit schenken. Von jetzt an würde die Presse ausführlich über seine Kampagne für die Wiedereinführung der Todesstrafe berichten.

Senator Stoner konnte sich nun seiner Publicity sicher sein. Er hoffte, dass man Vincent Mungo nicht sofort ergreifen würde, oder erst dann, wenn seine Kampagne gehörig Fahrt aufgenommen hatte. Das war alles, was er jetzt noch brauchte. Ein bisschen Zeit. Nicht ein einziges Mal zog er die Möglichkeit in Betracht, dass die Zeit auch für andere arbeiten könnte.

6

Seit vier Tagen war Bishop jetzt in Las Vegas. Er hatte die Absicht, ein paar Wochen zu bleiben und dann zum nächsten Ort weiterzuziehen, wo immer das auch sein mochte. Aber eins war ihm schon jetzt klar. Er brauchte dringend Geld. Im Moment besaß er nur noch knapp 900 Dollar. Aber von Arbeit verstand er nichts, denn er hatte ja noch keinen Tag in seinem Leben in einem richtigen Job gearbeitet. Als Hilfs- oder Gelegenheitsarbeiter war er sich jedoch zu schade. Nein, er würde sich das Geld auf andere Weise beschaffen müssen. Er wollte so weit wie irgend möglich von Kalifornien fortkommen, immer unter dem Deckmantel absoluter Anonymität. Niemand durfte ihn kennen. Niemand durfte jemals etwas von seiner Existenz wissen, wenn er sein Lebenswerk verrichten wollte.

Während der nächsten Wochen fuhr er in Las Vegas oder in der näheren Umgebung herum und hielt Ausschau nach Beute.

Am 15. August besuchte Bishop eine Versammlung der Anonymen Alkoholiker. In einem Fernsehfilm hatte er einmal drei einsame junge Männer gesehen, die auf der Suche nach Frauen gewesen waren, bis sie bei einer AA-Versammlung die wahre Liebe gefunden hatten. Bishops Barschaft war inzwischen auf 700 Dollar zusammengeschmolzen.

Die Versammlung fand in einem Gemeindesaal in der Nähe der Fremont Street statt. Hier lernte Bishop eine Frau namens Margot Rule kennen. Am Schluss der Versammlung bat er sie um Erlaubnis, sie nach Hause begleiten zu dürfen. Sie stimmte freundlich zu.

Unterwegs sprachen sie über dies und das. Er gab sich als erfolgreicher Geschäftsmann mit einem Laden in Florida aus – Import-Export, vor allem mit Mittelamerika. Jahrelang war er ein schwerer Trinker gewesen. Die Anonymen Alkoholiker hatten ihm das Leben gerettet. Er hatte sich zwei Monate Urlaub genommen, um sich im Land umzusehen. Aber Las Vegas gefiel ihm so gut, dass er gar nicht mehr wegwollte.

Sie erzählte ihm, dass sie aus Los Angeles stamme, aber jetzt schon lange hier lebe. Ihr Mann und ihre Kinder waren tot, bei einem Unfall ums Leben gekommen. Damals hatte sie sich dem Trunk ergeben, aber seit zwei Jahren hatte sie keinen Tropfen mehr getrunken. Auch ihr hatte die Gruppe das Leben gerettet. Sie wohnte allein und hatte keine nahen Verwandten. Sie arbeitete als Immobilienmaklerin.

Als sie bei ihrem recht vornehm wirkenden Wohnblock angekommen waren, bat er sie um ein Wiedersehen. Er war fremd in der Stadt und kannte hier niemanden. Natürlich wollte er mit dem Nachtleben – wo der Alkohol schließlich in Strömen floss – nichts zu tun haben. Jedenfalls nicht allein. Immerhin war es ja noch gar nicht so lange her, seit er … Er ließ den Satz unvollendet.

Sie lächelte schüchtern, wenigstens hoffte sie, dass es so wirkte. Aber sie klimperte mit den Wimpern, dass Bishop den Eindruck hatte, es mit einer Fledermaus zu tun zu haben, die sich zum Fliegen anschickte. Doch er behielt ebenfalls den unschuldigen Gesichtsausdruck bei und blickte weiter hoffnungs- und erwartungsvoll drein. Sie sah ihn direkt an, sah sein jugendliches Gesicht, seinen klaren, offenherzigen Blick. Ja, sie nickte scheu. Ja. Vielleicht morgen Abend zum Essen?, fragte er atemlos. Wieder sagten ihre Augen ja.

Bishop ging nach Hause und glaubte, sein Problem gelöst zu haben. Die Frau lebte gut und arbeitete im Immobiliengeschäft. Also musste sie Geld haben. Sie lebte allein und hatte keine Bindungen. Also für ihn eine sichere Sache.

Am nächsten Abend speisten sie im Sahara am Strip. Bishop war ein guter Gesellschafter, und Margot Rule hatte ihre Freude. Wenn sie den jungen Mann, der ihr gegenübersaß, ansah, kam sie sich wieder vor wie ein junges Mädchen.

Danach gingen sie jeden Abend zusammen essen. Er bedrängte sie nicht, und sie zierte sich nicht. Am vierten Abend lud sie ihn auf eine Tasse Kaffee in ihre Wohnung ein. Am fünften Abend spielte sie sanfte Musik vor dem Kaffee. Dann setzte sie sich neben ihn aufs Sofa. Sie unterhielten sich. Die Frau hielt seine Hand. Bald küsste er sie lange und zärtlich auf den Mund. Margot verging fast vor Wonne. Als er aufstand und gehen wollte, war sie beinahe enttäuscht, aber sie wollte bei ihm nicht den Eindruck erwecken, ihn verführen zu wollen.

Am folgenden Abend zeigte sie ihm die Aussicht von ihrem Schlafzimmerfenster. Von hier aus konnte man auf den Strip sehen. Neonlichter erhellten den Himmel und ließen die Dunkelheit der Wüste vergessen. Er sagte, dass der Anblick wunderschön sei, beinahe so wunderschön wie sie. Da sie dicht neben ihm stand, legte sie ihm einen Arm um die Hüfte. Bishop wandte sich ihr zu und küsste sie wieder und immer wieder. Als er eine Hand auf ihre flache Brust legte, murmelte sie: ja, und als er sie behutsam zum Bett führte, sagten ihre Augen, ihr Körper, ihre Lippen ja, ja. Ja.

Am nächsten Morgen rief sie in ihrem Büro an und sagte, dass sie sich einen Tag freinehmen wolle. Sie packte einen Korb mit Essen und Getränken. Sie wollten draußen in der Wüste picknicken. Nachdem sie geduscht hatten, fuhren sie mit Margots Wagen los.

Margot Rule war achtunddreißig Jahre alt und hatte niemals die Liebe kennengelernt – jedenfalls nicht die wahre Liebe, wie sie sie im Moment empfand. Immer wieder warf sie ihrem jungen, hübschen Begleiter verstohlene Blicke zu. Sie liebte ihn – mehr, als sie ihren Mann geliebt hatte.

Bishop saß ganz ruhig im Wagen und wusste, dass er seine Rolle bisher sehr gut gespielt hatte. Die Frau an seiner Seite hungerte nach Liebe – und nach Sex mit einem liebenden Partner. Seine Entscheidung war richtig gewesen, das Timing perfekt. Er war zu keiner Prostituierten gegangen und hatte seit einer Woche nicht einmal masturbiert. So hatte er ihr eine lange Nacht seine Liebe schenken können – verbal und körperlich –, an die sie sich bestimmt für immer und ewig erinnern würde. Bei diesem Gedanken lächelte er vor sich hin.

Während der nächsten Woche sahen sie sich so oft, wie es ihre Arbeit erlaubte. Er ging nicht mehr in ihre Wohnung, um – wie er sagte – ihren guten Ruf nicht zu gefährden. Aus dem angeblich gleichen Grund wollte er auch nicht, dass sie zu ihm ins Hotel kam, das er allwöchentlich wechselte, damit sich niemand an ihn erinnerte. Sie hielt das für sehr liebenswert und rücksichtsvoll von ihm. Sie beendeten jeden Abend in irgendeinem Motel außerhalb der Stadt, wo beide kaum zu befürchten brauchten, von irgendwem erkannt zu werden.

Die Nächte waren für die Frau der reinste Himmel. So etwas hatte sie sich nicht einmal in ihren kühnsten Träumen vorstellen können.

Als sie in der dritten Nacht zusammen waren, bat er sie, seinen Penis in den Mund zu nehmen.

Das hatte sie noch nie zuvor getan, nicht einmal bei ihrem Ehemann, aber für ihren jungen Geliebten tat sie es liebend gern, ohne lange nachzudenken, ohne jede Zurückhaltung. Er kniete sich über sie und sagte ihr, was sie zu tun habe. Als sein Sperma in ihren Mund floss, schmeckte sie es mit der Zunge und schluckte es langsam hinunter. Sie fand Gefallen daran, und immer, wenn sie seinen Penis in den nächsten Tagen auf diese Weise liebkoste, glaubte sie ihm ganz besonders nahe zu sein.

Am Ende der Woche hatte Bishop in Erfahrung gebracht, dass Margot Rule 26 000 Dollar besaß, die sie auf einem Konto in der Nevada State Bank liegen hatte. Davon, so dachte er zufrieden, würde er jahrelang leben können.

Am letzten Tag im August sagte Bishop seiner Geliebten, dass er sie am liebsten heiraten würde, um den Rest seines Lebens mit ihr zusammen sein zu können. Doch zu seinem großen Kummer war das leider nicht möglich, weil er ein gejagter Mann war. Auftragsmörder waren hinter ihm her. Er schulde den falschen Leuten in Florida 22 000 Dollar. Deshalb reise er so unstet im Lande umher, deshalb wechsle er jede Woche das Hotel und auch seinen Namen. Sein richtiger Name laute David Rogers. Er erzähle ihr dies alles nur, weil er sie über alles liebe. Wenn sie ihn auch liebe, wenn sie für immer bei ihm bleiben wolle, dann könne sie sein Leben retten, indem sie ihm das Geld leihe, um seine Spielschulden bezahlen zu können. Sie wüsste ja sicher, wie diese Leute seien. Eines Tages, und zwar sehr bald, würde man ihn doch finden, und dann würde er tot sein. Sein Geschäft in Florida hätten sie bereits. Jetzt wollten sie auch noch sein Leben. Er bat sie, mit ihm nach Florida zu gehen. Sie würden das Geld bezahlen, heiraten und dann irgendwo Flitterwochen machen. Anschließend könnten sie nach Las Vegas zurückkehren und sich lieben bis in alle Ewigkeit. Wenn nicht … Er zuckte vielsagend mit den Schultern. Dann würde er wohl sehr bald tot sein.

Das wollte Margot natürlich nicht. Er durfte nicht sterben. Sie liebte ihn über alles und brauchte ihn. Ein Leben ohne ihn musste ihr völlig sinnlos erscheinen. Sie dachte an das Geld. Sie hatte schon dreimal so viel beim Spiel verloren oder für Alkohol verschwendet. Wenn sie Davids Schulden bezahlte, bekam sie wenigstens ihn dafür. Außerdem würde sie das Geld schnell wieder verdienen können, weil ihr Geschäft im Moment sehr florierte.

Am nächsten Tag hob sie 22 000 Dollar von ihrem Geschäftskonto und 2000 Dollar von ihrem persönlichen Spesenkonto ab. Das Geld – zweihundertvierzig Hundertdollarscheine – erhielt sie in einer großen Geldtasche. Da sie von Natur aus ordentlich und gewissenhaft war, legte sie einen Zettel in ihr Schließfach, auf dem sie notiert hatte, dass sie 24 000 Dollar für Ausgaben entnommen habe und dass sie David Rogers aus Florida heiraten werde. Sie bestand auf dem Plan, in Las Vegas zu heiraten und dann nach Miami zu fliegen, dort ein paar Tage zu bleiben und anschließend hierher zurückzukehren. Sie brauchte keine große Hochzeitsreise, da sie ja nun für immer zusammenbleiben würden. Der Abreisetermin wurde auf den 4. September festgesetzt. Das war in drei Tagen.

Bishop war mit allem einverstanden. Er bat sie nur, mit der Reservierung des Flugs bis zum letzten Tag zu warten, damit niemand etwas davon erfuhr.

Margot wusste, dass David sie liebte. Er war dreißig, wenngleich er viel jünger aussah. Der Altersunterschied von acht Jahren bereitete ihr keine Sorgen. Sie würde schon dafür sorgen, dass David immer so glücklich und zufrieden bleiben würde, wie er jetzt war.

Am 3. September 1973 fuhr das verliebte Paar zum letzten Mal in die Wüste hinaus, die beide so liebten. Bishop schlug Margot vor, dass man das viele Geld lieber nicht im Haus zurücklassen sollte. Es könnte während ihrer Abwesenheit gestohlen werden.

Margot, die vor Liebe blind war, ging bedenkenlos auf seinen Vorschlag ein und nahm das Geld mit. Es befand sich in der kleinen schwarzen Tasche mit Reißverschluss, die Margot von der Bank bekommen hatte.

In Bishops Mietwagen fuhren sie die Route 95 in nördlicher Richtung bis nach Lathrop Wells. Dort bogen sie nach links in Richtung Death Valley Junction ab. Als sie die Grenze zu Kalifornien ein paar Meilen hinter sich gelassen hatten, fuhr Bishop von der Straße herunter bis zu einer Stelle, die von der Straße nicht eingesehen werden konnte.

Margot war noch niemals in diesem Teil der Wüste gewesen. Es war eine einsame, trostlose Gegend. Seit der Abzweigung vor zwölf Meilen waren sie keinem anderen Fahrzeug begegnet. Nirgendwo war ein Lebenszeichen zu sehen. Sie war glücklich, weil sie mit David zusammen war, aber die verlassene Gegend machte ihr auch ein bisschen Angst.

David beruhigte sie und holte eine Decke aus dem Wagen, die er in einiger Entfernung vom Auto auf dem Boden ausbreitete. Margot holte das Essen. Während sie aßen, sprachen sie über ihre gemeinsame Zukunft und all die Freuden, die sie fortan miteinander teilen würden. Dann kam er auf die Idee. Sie sollten sich hier lieben, direkt unter freiem Himmel, nackt, wie Gott sie geschaffen hatte.

Lachend akzeptierte sie den Vorschlag, gab aber zu bedenken, dass vielleicht jemand vorbeikommen könnte. Doch nein, das war einfach lächerlich. Meilenweit war hier niemand zu sehen. Und sie war doch eine erwachsene Frau! Und was war mit der Sonne? Sie würde bestimmt einen schrecklichen Sonnenbrand bekommen!

Er ging noch einmal zum Wagen und kehrte mit einer Zeltplane und zwei Holzstäben zurück. Innerhalb weniger Minuten hatte er einen kleinen Unterstand errichtet. Sie schalt ihn, weil er solche Dinge im Wagen hatte. Sie fragte ihn, wie viele junge Frauen er schon in diese Wüste gelockt hätte. Beide fanden diese Idee so amüsant, dass sie fröhlich und ausgelassen darüber lachten.

Margot freute sich über seinen Vorschlag. So etwas hatte sie noch nie getan. Es vertrug sich zwar nicht mit ihrer Vorstellung von Sitte und Anstand, aber gerade das machte die Sache umso aufregender.

Sie zogen sich ungeniert voreinander aus. Dann legten sie sich nebeneinander auf die Decke. Die frische Luft fühlte sich gut an auf der Haut. Im Schatten war es gut auszuhalten. Er schob sich mit dieser geschickten Bewegung, die sie nun schon so gut bei ihm kannte, auf sie. Langsam und erfahren brachte er sie auf ihre rhythmische Reise, und während ihr Tanz immer wilder wurde, spürte sie, dass es diesmal irgendwie anders war als sonst. Der freie Himmel, die frische Luft, das Gefühl, ganz allein im Universum zu sein, das alles steigerte ihr Bewusstsein. Bald spürte sie, wie alle Empfindungen in ihr zusammenströmten. Sie konnte kaum glauben, was mit ihr passierte. Jeder Nerv ihres Körpers zuckte im Einklang mit allen anderen. Ein wohliger Schauer nach dem anderen durchpulste ihren Körper. Sie hatte das Gefühl, der Himmel selbst müsste erzittern, und sie wusste, dass – was immer das Schicksal noch für sie bereithielt – nichts mit diesem unglaublichen Erlebnis würde mithalten können.

Nach einer halben Unendlichkeit nahm sie wie stets Davids Penis in den Mund und brachte ihn zärtlich zum Höhepunkt, und als er sich in ihr ergoss, schlossen sich Bishops Hände um den Hals der Frau und erdrosselten sie.

Es ging ganz schnell. Eben war sie noch am Leben, hatte das Leben in vollen Zügen genossen, hatte am Leben gehangen, und jetzt war alles Leben aus ihr gewichen. In der Sphäre jenseits der Sterne, in der sie sich nun aufhielt, würde die Sonne für sie fortan im Westen aufgehen und im Osten untergehen, und sie mit ihr.

Bishop verlor keine Zeit. Er zog sich an. Dann entfernte er die Armbanduhr und zwei Ringe von dem toten Körper. Er brachte die Zeltplane und die Stäbe wieder in den Wagen. Die Kleider der Frau legte er auf den Vordersitz, um sie irgendwo auf dem Heimweg wegzuwerfen, ebenso den Picknickkorb und die Handtasche, natürlich ohne die Ausweispapiere.

Dann nahm er aus dem Kofferraum eine Schaufel und einen Benzinkanister, den er am Vormittag gefüllt hatte. Er goss Benzin über die Leiche und riss ein Zündholz an. Flammen schossen jäh in die Höhe. Er beobachtete, wie das Feuer allmählich den Körper verkohlte und zu Asche verbrannte. Mehrmals schüttete er frisches Benzin auf die rötlichen Flammen.

Etwa fünfzig Meter entfernt grub er ein tiefes Loch in den losen Sandboden und schaufelte anschließend die menschlichen Überreste hinein. Dann schüttete er das Loch wieder zu und strich den Sand glatt. Schaufel und Benzinkanister verstaute er im Kofferraum. Dann fuhr er zur Straße zurück. Hier hielt er an, stieg aus und verwischte mit einem großen Zweig sorgfältig alle Reifenspuren.

Während der Fahrt zurück nach Las Vegas hielt er mehrmals an und warf alle Dinge, die er nicht länger brauchte, weit fort, einschließlich Schaufel und Benzinkanister.

Die Tasche mit dem Geld behielt er ständig dicht an sich.

In seinem Hotelzimmer zählte er die zweihundertvierzig Hundertdollarscheine. Zehn davon faltete er zusammen und steckte sie in seine Hosentasche. Den Rest brachte er wieder in der schwarzen Tasche mit dem Reißverschluss unter. Er versteckte sie im Spülkasten der Toilette, nachdem er das Wasser entleert und den Zufluss abgedreht hatte. Auch diesen Trick hatte er aus dem Fernsehen. Dann verbrannte er im Waschbecken des Badezimmers alle Papiere, die sich in der Handtasche befunden hatten. Alle anderen Gegenstände wie Schlüssel, Kamm, Spiegel,

Puderdose hatte er zusammen mit der Uhr und den Ringen bereits unterwegs weggeworfen. Er behielt nur ein Bild von der Frau. Auf diesem Foto trug sie ein schlichtes Kleid, das sie ziemlich matronenhaft aussehen ließ.

In dieser Nacht wechselte er die großen Geldscheine in seiner Tasche in Zehndollarnoten um. Das erledigte er in einem Spielkasino am Strip. Er ging sofort wieder aus dem Laden hinaus. Er empfand plötzlich grenzenlose Verachtung für die Menschen um ihn herum. Er spielte nicht. Er trank nicht. Er rauchte nicht. Er war eben in jeder Hinsicht ein sehr moralischer junger Mann.

In seinem Hotelzimmer legte er die meisten eingewechselten Geldscheine zu den anderen und packte seine wenigen Habseligkeiten in die Reisetasche. Er war bereit, Las Vegas zu verlassen.

Am nächsten Morgen brachte er das Mietauto zum Wagenverleih zurück. Seine Rechnung bezahlte er mit Zehndollarscheinen. Er trug wieder den falschen Bart und die dunkle Sonnenbrille, die er sich in Los Angeles gekauft hatte. Auf diese Weise würde es unmöglich sein, eine genaue Beschreibung von ihm zu geben. Er konnte genauso gut Vincent Mungo sein wie Thomas Bishop oder Daniel Long oder sonst jemand.

Bishop hängte sich die Reisetasche über die linke Schulter. In der Rechten trug er die Geldtasche. So bestieg er den Mittagsbus nach Phoenix.

Er verließ Las Vegas an seinem geplanten Hochzeitstag und ließ seine Braut zurück.

Auch sie würde vermisst werden.

7

Derek Lavery saß mit finsterem Gesicht an seinem Schreibtisch. Er zündete sich die zweite Zigarre an diesem Morgen an. Erneut warf er einen Blick auf seine Uhr. 15. August, 8.50 Uhr. Er war allein im Büro und hing seinen Gedanken nach. Als er das nächste Mal auf die Uhr sah, war es 9.05. Sie verspäteten sich mal wieder. Er schaffte es, um Punkt acht Uhr in New York anzurufen, aber dort schaffte man es grundsätzlich nie vor neun.

New York! Er dachte an die Geldgeber des Magazins. Alle wichtigen Leute saßen in New York. Er mochte keinen von ihnen. Und wegen ihrer Reaktion auf den Chessman-Artikel konnte er sie noch weniger leiden. Nicht wegen der Story an sich, sondern wegen des schlechten Timings in Bezug auf Vincent Mungo und Senator Stoner. Seit dem neuen Mungo-Mord wurde Stoners Stimme überall im Land gehört. Seine Kampagne für die Wiedereinführung der Todesstrafe bekam immer mehr Zuspruch, und wo auch immer er sprach, machte er die Chessman-Story lächerlich. Er brachte Mungo und Chessman in einen direkten Zusammenhang, nannte ihn Chessmans »Sohn im Geiste«. Das ging nun schon zwei Wochen lang so, und all das schien nur der Anfang zu sein. In gewisser Hinsicht bewunderte Lavery den Senator. Seine Kampagne war perfekt organisiert.

Vor einer Stunde hatte Lavery nun nach New York gemeldet, dass er eine Story über Mungo bringen wolle, die den Befürwortern der Todesstrafe bestimmt gefallen werde. In New York war man sichtlich erleichtert gewesen. Die New Yorker Zeitungen hatten bereits Berichte über Stoners Kampagne abgedruckt und dabei auch den Chessman-Artikel in *Newstime* erwähnt.

Was Lavery gemeldet hatte, war nur zum Teil wahr. Zwar beabsichtigte er wirklich, eine Story über Mungo zu bringen, die dessen Tod verlangen würde. Das Problem war nur der Aufhänger, er hatte nämlich noch keinen. Mungo war seit sechs Wochen auf freiem Fuß und hatte zwei Menschen getötet. Das waren Tatsachen, aber keine Aufhänger für eine gute Story.

Laverys Gedanken wurden unterbrochen, als Ding hereinkam und sich mit seiner Leibesfülle in einen Sessel quetschte, der für ihn mindestens zwei Nummern zu klein war.

Lavery nahm die Zigarre aus dem Mund. »Wie schön, dass Sie auch schon da sind«, grollte er. »Wir haben ein Problem.«

James T. Oates erwachte aus einem Albtraum und sah sich verwirrt in der Dunkelheit des Schlafzimmers um. Sein Blick fiel auf den elektrischen Wecker: 4.10 Uhr. Oates schloss wieder die Augen.

Er hatte in seinem Traum dem wahnsinnigen Killer Vincent Mungo gegenübergestanden und eine Unzahl von Schüssen in ihn hineingefeuert, ohne die geringste Wirkung zu erzielen. Der Kerl war ein Teufel. Zugegeben, höchstwahrscheinlich nur ein Teufel in Verkleidung, aber diese Verkleidung hatte es in sich. In fast dreißigjähriger Polizeiarbeit hatte Oates noch nie jemanden kennengelernt, der so viele Leute so mühelos, wie es schien, zum Narren gehalten hatte. Wenn es nach Oates ginge, würde Mungo eine Medaille für seine Glanzleistung bekommen, bevor man den Hundesohn erschoss. Oder aufknüpfte. Oder vergaste. Dass er getötet werden würde, das stand für Oates außer Frage. Es war nur noch eine Frage der Zeit.

Er erinnerte sich an einen Artikel, den er über die Todesstrafe gelesen hatte, und er überlegte, wie ein angesehenes Magazin wie

Newstime einen solchen Unsinn hatte bringen können. Sie hatten wirklich einen großen Fehler gemacht. Das Einzige, was daran gestimmt hatte, waren Chessmans Name und Alter gewesen.

Oates wusste einiges über diesen Fall, wenngleich er persönlich nichts damit zu tun gehabt hatte. So wusste er zum Beispiel, dass Chessman nicht nur von zwei Frauen identifiziert worden war, wie im Artikel behauptet, sondern von einem halben Dutzend Leute, die ihn als Täter wiedererkannt hatten. Er wusste, dass Chessman ein mieser Autodieb war und schon als Teenager nichts als Ärger gemacht hatte. Von Freunden, Wärtern in San Quentin und Folsom, wusste er, dass Chessman auch während seiner frühen Gefängnisjahre und sogar später in der Todeszelle ein niederträchtiger Dreckskerl geblieben war. Vor allem aber wusste er, dass Chessman schuldig gewesen war. Er hatte alle ihm zur Last gelegten Verbrechen begangen, die ihn schließlich in die Gaskammer gebracht hatten. Er war mit einem gestohlenen Wagen, auf dem er ein blinkendes Rotlicht montiert hatte, erwischt worden. Zeugen hatten den Wagen identifiziert. Chessman selbst wurde von Zeugen identifiziert. Und nicht nur in ein, zwei Fällen. Für Oates war die Sache damit klar. Alles, was danach folgte, waren nur juristische Spielchen gewesen, die mit den eigentlichen Verbrechen nichts zu tun hatten.

Oates wusste aber noch etwas, das nicht in dem Artikel erwähnt worden war. Chessman war im Alter von neunzehn Jahren mit einem reizenden Mädchen verheiratet gewesen. Oates, damals noch ein junger Bursche in Glendale, war selbst einmal in dieses Mädchen mit dem seidenweichen Haar und dem netten Lächeln verknallt gewesen.

Wieder warf Oates einen Blick auf den Wecker. Es war inzwischen fünf Uhr. Um elf Uhr hatte er eine Besprechung mit Polizei- und Sicherheitskräften in Sacramento. Oder etwa nicht? Doch! Heute war der 10. August. Für elf Uhr war die Besprechung angesetzt. Nur noch sechs Stunden. Der Wecker war auf 7.30 Uhr eingestellt.

Oates drehte sich auf die Seite und überlegte, ob er Vincent Mungo überhaupt jemals zu sehen bekommen würde.

Bereits am 8. August war ein schwarzer Lincoln Continental vor einem Speiselokal in Fresno vorgefahren. Der Chauffeur hatte ein paar Worte mit dem Fahrgast im Fond gewechselt, dann war er ausgestiegen und ins Lokal gegangen. Drinnen redete er mit der Kassiererin. Er sprach höflich, aber es war klar, dass er keinen Widerspruch duldete. Einen Moment später kam Don Solis nach vorn. Der Chauffeur sagte ihm, dass ihn draußen ein Mann sprechen wolle.

Solis musterte den Mann. Er erkannte seine Augen, kalt und durchdringend. Diesen Augen entging nichts. Dieser Mann war gefährlich. Man sollte ihm lieber nicht in die Quere kommen. Also folgte Don Solis dem Chauffeur nach draußen.

Das Geschäft war um diese Zeit recht flau; so standen nur wenige Fahrzeuge auf dem Parkplatz.

Sie gingen auf die Limousine zu, wo der Chauffeur für Solis den hinteren Wagenschlag öffnete.

Da Solis nicht wusste, was ihn erwartete, straffte er sich unwillkürlich. Doch als er sich bückte, um in den Fond des Wagens zu spähen, riss er erstaunt Augen und Mund weit auf …

George D. Little lebte für seine Familie und fürs Geschäft – in dieser Reihenfolge. Er hatte nur wenige Passionen und widmete sich seiner lebhaften Frau und drei reizenden Töchtern. Er hatte für sie ein großes Haus im besten Stadtviertel gekauft, außerdem eine Ranch mit edlen Reitpferden, nicht zu vergessen die Autos, die Garderobe und die vielen Reisen. Um seiner Familie dieses Leben zu garantieren, handelte er mit dem Tod. Um genau zu sein mit Beerdigungen. Ihm gehörte eins der größten Bestattungsinstitute von Kalifornien.

Seine Frau hielt ihn im Grunde ihres Herzens für ein bisschen langweilig, für zu nüchtern, aber sie liebte ihn wegen seiner Freundlichkeit und Großzügigkeit. Sie gab ihm alles, was er brauchte oder zumindest verdiente, sei es als Mutter seiner Kinder oder als seine Geliebte im Schlafzimmer. Aus der Ehe waren keine Söhne hervorgegangen. Natürlich hatte George D. Little sich einen Sohn als Nachfolger für das Geschäft gewünscht, aber schon bald liebte er es, nur von Frauen im Haus umgeben zu sein. Sie waren das Licht seines Lebens, und als die kleinen Mädchen zu jungen Frauen herangereift waren, vergötterte er sie geradezu.

Nicht alle Töchter dankten es ihm. Zwei von ihnen machten alles richtig, zumindest in den Augen des Vaters. Sie akzeptierten den Lebensstil der Eltern und die Position in der hiesigen Gesellschaft. Sie schwelgten im reichlich vorhandenen Geld und benahmen sich wie wohlerzogene Mädchen, die heiter und unbeschwert in den Tat hineinlebten. Die älteste Tochter hingegen war anders. Sie wirkte oft unzufrieden und launisch. Mit dreizehn wollte sie Rodeo-Reiterin werden, mit sechzehn die erste Astronautin im Weltall. Vor ihrem achtzehnten Geburtstag wurde ihr das wahre Ziel im Leben klar. Sie wollte Filmschauspielerin werden. Sie war hübsch, und sie war intelligent, und sie würde beim Film ganz groß herauskommen. Als ihre Schwestern sie auslachten, knirschte sie nur mit den Zähnen und ging davon. Als ihre Eltern sich weigerten, ihr zuzuhören, verstummte sie einfach. Eines Tages würde es allen noch leidtun, sagte sie sich. Sie würden schon sehen! Aber dann würde es zu spät sein.

Mary Wells Little hasste den Ort, an dem sie lebte. Sie hasste Pferde. Vor allem aber hasste sie das Geschäft ihres Vaters. Bestattungen! Puh! Was sie wollte und brauchte, das war Glamour, Scheinwerfer, Stars, Showbiz … das war etwas für sie. Sie würde nach Hollywood gehen und Filmstar werden. Dann würde sie in der Johnny-Carson-Show auftreten, und sie würde neben seinem Schreibtisch sitzen und über alle möglichen interessanten Dinge sprechen. In der Hauptsache natürlich über sich selbst. Anschließend würde man zum Dinner und zum Tanzen ausgehen. Er würde sie in seinen Armen halten, und sie würden stundenlang nicht von der Tanzfläche herunterkommen. Bei Tagesanbruch würde er sie in sein Strandhaus bringen, draußen am Meer, und dort würden sie sich wild und leidenschaftlich lieben. Sie war fast achtzehn und noch immer Jungfrau. Johnny Carson sollte ihr erster Liebhaber werden. Lieber Gott, bitte, bitte, lass es wahr werden! Bitte! Bitte!

Im nächsten Jahr war Mary Wells neunzehn und keine Jungfrau mehr, aber sie wollte immer noch Filmstar werden und in der Johnny-Carson-Show auftreten. Nachts lag sie auf ihrem Bett und sah ihm im Fernsehen zu. Nach einer Weile begann sie, die langen Beine zu spreizen und ihn zu spüren … in ihrem Körper, auf ihr, überall. Er war das Symbol für alles, wonach sie verlangte. Er war das Ende des Regenbogens. Und sie würde schon an ihn herankommen, wenn es ihr nur gelänge, von zu Hause zu entrinnen. Nun, irgendwie würde sie es schaffen! Sie musste. »Johnny …«, pflegte sie zu flüstern, wenn sie ihn auf dem Bildschirm sah und tief in ihrem Körper zu spüren glaubte. »Hilf mir! Bitte, hilf mir! Bitte, Johnny, bitte!«

Im folgenden Jahr sagte sie ihren Eltern Lebewohl. Sie hatte ein Jahr College absolviert, und das reichte ihr. Jetzt war sie fast zwanzig und wollte endlich nach Hollywood. Die Eltern schimpften, sie flehten und weinten, aber die Tochter ließ sich nicht erweichen. Man konnte sie nicht davon abbringen. An der Tür zeterte der überforderte Vater und schrie der Tochter nach, sie solle ja nicht wieder zurückkommen. Das meinte er natürlich nicht so, aber Mary Wells hielt sich daran. Sie schwor sich im Stillen, nie mehr nach Hause oder in diese Stadt zurückzukehren.

Eine Woche später fand sie eine kleine Wohnung in Los Angeles. Sie wechselte ihren Namen und nannte sich fortan Kit. Dann begann sie, die üblichen Runden zu machen. Jugendlich und voller Energie schickte sie sich an, die Welt zu erobern.

Doch innerhalb eines Jahres war die Welt für sie zusammengebrochen. Sie hatte wirklich ihr Bestes gegeben, aber das Glück war ihr nicht hold gewesen. Langsam schlug ihr Enthusiasmus in Resignation um. Sie verkaufte ihren Körper gegen Jobs. Sie nahm Teilzeitbeschäftigungen an, meistens bei Nacht, um bei Tag frei zu haben und weiter nach Angeboten beim Film zu suchen. Allmählich suchte sie immer seltener danach und gab es schließlich völlig auf.

Weil sie Geld brauchte, nahm sie einen Job in einem Tanzlokal an. Es war harte Arbeit, und sie hasste sie. Und so verließ sie eines Nachts das vierstöckige Gebäude, in dem das Tanzlokal untergebracht war, und hatte nur noch einen Wunsch – nach Hause zu gehen. Einen Moment stand sie da, um frische Luft zu schöpfen, dann machte sie sich auf den Weg. Ein junger Mann auf der gegenüberliegenden Straßenseite sah sie und kam herüber zu ihr. An der nächsten Ecke holte er sie ein …

Am 5. August wurde die Leiche von der Gerichtsmedizin freigegeben und dem Vater überlassen. Man hatte versucht, den grässlich verstümmelten Körper wieder einigermaßen herzurichten, aber der Vater war vom Fach und konnte daher nicht getäuscht werden. So erlaubte man ihm schließlich sogar, den Bericht des Gerichtsmediziners zu lesen. Im Gegensatz zum Laien verstand er nur zu genau, was dort stand, und während er den Bericht las, sah er in lebhaften Details vor sich, was seiner Tochter angetan worden war. Tränen stiegen ihm in die Augen, und seine Kehle war wie zugeschnürt. Wer dies getan hatte, musste ein wahrer Teufel in Menschengestalt sein – kein normaler Mensch konnte derartige Dinge tun, ohne den Verstand zu verlieren. Nein, Vincent Mungo war gewiss kein normaler Mensch.

George D. Little überführte seine älteste Tochter nach Hause nach Kansas, um sie dort zu begraben. Seiner Frau und den beiden anderen Töchtern sagte er nicht, was mit Mary geschehen war.

Am 7. August kehrte der leidgeprüfte Vater nach Los Angeles zurück. Er rechnete nicht damit, dass die Polizei den Mörder seines kleinen Mädchens fangen würde. Vincent Mungo war ein Teufel in Menschengestalt und deshalb dem Zugriff des Gesetzes entzogen. Seit einem Monat war er auf freiem Fuß, und das würde er auch bleiben, wenn nicht besondere Maßnahmen ergriffen wurden.

In Los Angeles stellte der Vater diskrete Nachforschungen an. Er erhielt auf Umwegen die Informationen, die er brauchte. Schließlich kannte er viele sehr einflussreiche Geschäftsleute. Am Abend seiner Rückkehr nach Los Angeles saß er in einer Bar am Sunset Boulevard und wartete auf einen Mann, der vielleicht imstande sein würde, Vincent Mungo aufzuspüren. Aufzuspüren und zu töten. Nein, nicht nur zu töten … zu vernichten.

George Little war kein gewalttätiger Mensch. Er neigte nicht einmal zu Wutausbrüchen. Aber er wusste, dass er nicht imstande sein würde, seine geistige Gesundheit zu bewahren, wenn er nicht alles unternahm, was in seiner Macht stand, um das große Unrecht wiedergutzumachen, das ihm und seiner Familie zugefügt worden war. Er war fest entschlossen, bis zum Letzten zu gehen. Nur dann würde er womöglich wieder Frieden finden.

Senator Stoner wurde in seinem Nickerchen vom Läuten des Telefons unterbrochen. Während der letzten drei Tage, seit der Entdeckung von Vincent Mungos letztem Opfer, hatte der Senator nur sehr wenig geschlafen. Journalisten aus allen Teilen des Staates wollten Interviews. Er war bereits im Fernsehen und Rundfunk aufgetreten. Ein halbes Dutzend weiterer Auftritte war für die folgenden Tage geplant. Plötzlich wollten ihn alle haben. Er war der Gute, Mungo der Böse. So einfach war das.

Noch immer läutete das Telefon. Stoner schüttelte den Kopf, um richtig wach zu werden. Wenn er nicht bald einmal richtig schlafen konnte, würde er irgendwann umkippen. Er streckte eine Hand nach dem Hörer aus. »Stoner«, meldete er sich.

Rogers Stimme schien von weither zu kommen. »Gute Nachrichten«, sagte er laut. »Fünf College-Auftritte. TV-Spots in Denver und Houston – bis jetzt, aber es kommen bestimmt noch weitere dazu.«

»Wo sind Sie?«

»In Houston.«

Stoner kaute nachdenklich an der Unterlippe. »Hören Sie gut zu, Roger. Ich habe heute früh einen Anruf von Danziger in Kansas bekommen. Seine Leute sind daran interessiert, was hier vorgeht. Treffen Sie eine Abmachung. Wie es den Leuten dort passt.« Er machte eine kurze Pause. »Das ist eine ganz große Sache, Roger. Wenn wir diese Leute für uns gewinnen, bedeutet das Zugang zum ganzen Mittelwesten! Verstehen Sie? Arbeiten Sie also sofort etwas aus. Nächste Woche wäre gut für mich, aber je früher, desto besser.«

»Okay. Und was ist mit den anderen Schulen auf der Liste? Dürfte sich immer noch um ein gutes Dutzend handeln. Hören Sie, ich werde nach Kansas City gehen, und auf dem Rückweg werde ich versuchen, so viele TV-Spots wie nur irgend möglich zu bekommen. Okay?«

Stoner dachte rasch nach. »Okay«, seufzte er. »Aber kommen Sie so schnell wie möglich hierher zurück. Ich ersticke in Post und allen möglichen Anfragen.«

Anschließend rief er seine Frau an und teilte ihr mit, dass er auch heute wieder bis spät in die Nacht arbeiten müsse. Dann rief er seine Geliebte an und teilte ihr mit, dass er sofort zu ihr kommen werde. Was er jetzt dringend brauchte, war etwas Entspannung und anschließend ein langer und gesunder Schlaf, um wieder fit zu werden.

Lieutenant John Spanner wollte es zunächst nicht glauben, als er die Nachricht im Radio hörte. Mungo war seit einem Monat auf freiem Fuß und konnte sich vor einer Entdeckung so gut wie sicher wähnen. Offenbar hatte er eine ausgezeichnete Tarnung gewählt, die es ihm erlaubte, unerkannt quer durchs Land zu reisen. Warum das alles in einem derartigen Akt der Raserei zunichtemachen? Nein, das gab einfach keinen Sinn, und alles, was Mungo bisher getan hatte, war überaus vernünftig gewesen. So vernünftig, dass zu befürchten stand, dass man ihn nie schnappen würde, es sei denn, er machte einen Fehler.

Am 5. August rief Spanner daher Dr. Walter Lang an, der etwa vierhundert Meilen weiter im Süden seinen neuen Posten angetreten hatte. Es war Sonntag, zwei Tage nach dem Auffinden der Leiche von Mary Wells Little. Lang war mit Mungos Vorleben bestens vertraut, und was noch wichtiger war, er hatte Mungo untersucht und mit ihm geredet. Vielleicht würde Lang imstande sein, Spanner ein paar Fragen zu beantworten, die ihm auf den Nägeln brannten.

Von Langs Sekretärin erhielt er die Auskunft, dass der Doktor erst gegen 18.30 Uhr im Krankenhaus erwartet wurde. Dann würde er beim Lieutenant zurückrufen.

Frank Chills konnte das Bild nicht aus dem Kopf bekommen. Er sah immer wieder diese Frau vor sich. Er war zwei Jahre im Medical Corps gewesen, hatte neun Jahre als Pfleger in einem Krankenhaus gearbeitet, aber so etwas hatte er noch nicht zu Gesicht bekommen.

Dieses perverse Schwein!, dachte er angewidert. Er wünschte

sich, diesen Kerl zwischen die Finger zu bekommen. Er würde ihn bei lebendigem Leibe in Stücke reißen. O ja.

Der Schnaps tat gut. Am besten genehmigte er sich gleich noch einen. Es war erst neun Uhr, und obwohl es Freitagabend war, war er praktisch noch stocknüchtern. Oder jedenfalls nicht mal betrunken genug, um diese grässliche Erinnerung an heute Vormittag loszuwerden. Er hatte bereits im County General Hospital angerufen und sich für seine Schicht von sechzehn Uhr bis Mitternacht krankgemeldet. Jetzt wollte er nur noch den Anblick dieser brutal ermordeten Frau vergessen. Er bestellte noch einen Drink.

Die Nachtausgaben lagen bereits an den Zeitungsständen aus. Die Schlagzeilen schrien *Mord!* Auf einer Rückseite stand eine kurze Meldung vom Freitag, 3. August: Eine vierundfünfzigjährige Frau wurde seit einigen Wochen vermisst. Sie hatte sich Urlaub genommen und war mit dem Auto im Land herumgefahren. Ihr Name lautete Velma Adams, und sie war die Besitzerin eines gut gehenden Schönheitssalons im westlichen Los Angeles.

Gegen Mitternacht war Frank Chills so betrunken, dass man ihm aus der Tür helfen musste. Er hatte jedermann in der Bar erzählt, dass er es war, der das ermordete Mädchen aufgefunden hatte. Aber niemand hatte ihm zuhören wollen.

Während Frank nach Hause torkelte, wünschte er sich, dass der Killer ihm zufällig über den Weg lief. Er würde ihn fertigmachen! Er würde ihn zu Brei schlagen. Er würde ihn töten … Dann übergab sich Frank Chills in den Rinnstein.

Dr. Lang rief Lieutenant John Spanner in Hillside am Sonntag um 19.30 Uhr zurück. Er entschuldigte sich für den späten Rückruf, und Spanner bat ebenfalls um Entschuldigung, weil er

Dr. Lang belästigte. Er hatte nur ein paar Überlegungen angestellt und würde sich darüber sehr gern einmal mit einem Fachmann unterhalten. Glaubte er, Lang, dass Vincent Mungo zu einer solchen Gewalttat, wie der an dem Mädchen in Los Angeles, fähig sei?

»Aber ja, sicher, ganz entschieden.«

Und woher stammte solche Wut?

»Beserkerwut, würde ich es nennen. Wahrscheinlich jahrelang im Unterbewusstsein begraben und schließlich an die Oberfläche gedrungen. Solche Personen können eines Tages völlig unvermittelt explodieren.«

Könnte Mungo seine Wutanfälle beherrschen?

»Kaum, wenn sie heftig genug werden.«

Selbst wenn mit einem solchen seine Entdeckung verbunden wäre? Oder gar sein Tod?

»Selbst dann.« Der Arzt machte eine Pause. »Aber üblicherweise werden solche Wutanfälle von einem Gefühl der Unbesiegbarkeit begleitet, sodass die betreffende Person kaum an Ergreifung denkt. Er ist ganz einfach allen überlegen und hält eine Entdeckung für vollkommen unmöglich und ausgeschlossen. Er denkt nicht einmal daran, jedenfalls nicht ernsthaft.«

Verliefen solche Wutanfälle nach einem bestimmten Muster?

»So etwas ist denkbar. Aber diese Muster darf man sich nicht schematisch denken. Mungo selbst mag das Muster klar vor Augen haben, aber für Außenstehende ist die Logik seines Verhaltens durchaus nicht ohne Weiteres ersichtlich. Vor allem nicht nach nur ein, zwei Fällen.«

»Sie meinen, es bräuchte weitere Morde, um womöglich das Muster erkennen zu können?«

»Ich fürchte, ja«, sagte Lang nach kurzem Zögern.

»Warum diese grässliche Verstümmelung?«

»Nun, das ist offensichtlich sexuell motiviert. Aber welche

Bedeutung sie für Mungo hat, lässt sich so aus der Ferne unmöglich sagen.«

»Glauben Sie, dass sein jetziges Verhalten irgendwie mit Ereignissen in seiner Vergangenheit in Verbindung steht?«

»Alles ist irgendwie mit der Vergangenheit verbunden.«

»Sie haben ihn untersucht, Doktor. Was hielten Sie von ihm?«

»Ich habe ihn als leicht aggressiv erlebt. Vielleicht ein bisschen langsam in seiner Denkweise. Die unterdrückte Gewalttätigkeit war auf jeden Fall zu spüren.«

»Dann überrascht Sie also nicht, was er jetzt tut?«

»Dass er derartig explodieren würde, hätte ich nicht gedacht. Aber das kann man natürlich nie mit Bestimmtheit voraussagen.«

»Aber Sie sind sicher, dass es sich um Mungo handelt?«

Eine lange Pause.

»Doktor Lang?«

»Eine sonderbare Frage, die Sie da stellen.«

»Ich habe nur überlegt, ob das Verhalten wirklich zu der Denkweise von Mungo passt.«

»Solange wir keine neuen Erkenntnisse haben, würde ich sagen, dass nichts dagegen spricht.«

»Nur noch eine Frage, Doktor. Ist Mungo Ihrer Ansicht nach ein Sadist?«

»Ja, ich würde sagen, dass er eine starke sadistische Neigung hat. Das ist bei solchen Typen oft der Fall.«

»Könnte er solchen Instinkten … entwachsen?«

»Das ist eher unwahrscheinlich.«

Nach dem Telefonat saß Lieutenant John Spanner noch sehr lange auf den Verandastufen. Er rauchte seine Pfeife und hing seinen Gedanken nach. Er konnte sich nach wie vor keinen Reim auf die Sache machen.

Der Mann war stämmig und muskulös. Seine breite Brust sprengte fast das Jackett seines dunklen Anzugs. »George Little?«

Der Bestattungsunternehmer blickte vom Tisch auf und nickte. Er presste die Lippen fest zusammen.

»Gehen wir.«

Sie verließen das Lokal durch den rückwärtigen Ausgang. In der Gasse stand eine große schwarze Limousine. Der Mann öffnete eine Tür. »Rein!«, befahl er. George Little stieg ein und sah sich einem Mann auf dem anderen Sitz gegenüber. »Sie wollten mit mir über einen Auftrag sprechen. Es geht um Vincent Mungo?«

Das war am Abend des 7. August.

Zwölf Stunden später stieg in Fresno, gut zweihundertfünfzig Meilen entfernt, ein anderer Mann ebenfalls in einen Wagen. Ungläubig starrte er auf die Gestalt im Fond.

»Carl?«

Der Mann lächelte. »Schön, dich wiederzusehen, Don.« Er gab dem Chauffeur ein Zeichen, dann wandte er sich sofort wieder Solis zu. »Ziemlich lange her.«

»Und ich dachte, du wärst …«

»Tot?« Er lächelte noch immer. »Alle haben das gedacht. Deswegen bin ich noch am Leben.«

»Verdammt, ich kann es kaum glauben!« Solis schüttelte den Kopf. »Zum Teufel, wo hast du denn gesteckt?«

Die große Limousine glitt geräuschlos vom Parkplatz. Im gepolsterten Inneren des Wagens war der Motor nur ein entferntes Summen.

»Wir werden eine kleine Fahrt unternehmen«, meinte Carl Hansun lässig. »Kann das Lokal eine halbe Stunde ohne dich auskommen?«

»Sicher, kein Problem.« Solis konnte es noch immer nicht glauben. »Wie lange ist das jetzt her?«

»Einundzwanzig Jahre«, erwiderte Hansun. »Und fünf Monate.«

»So lange?« Damals im Gefängnis wäre es Solis wie lebenslänglich vorgekommen, aber jetzt, als er neben seinem alten Kumpel saß, schien es ihm, als sei das alles erst gestern passiert. »Du liebe Zeit, wir sind alt geworden!«

Hansun verzog das Gesicht. »Ich bin zwei Jahre älter als du. Reib's mir lieber nicht unter die Nase.«

»Ich hab nie wieder was von dir gehört, deswegen dachte ich natürlich … na, du weißt schon.«

»Ich habe alles in den Zeitungen gelesen. War verdammtes Pech.«

»Hätte schlimmer kommen können«, sagte Solis ruhig. »Ich war schon im Todestrakt!«

»Ja, auch das hab ich gehört.«

»Aber ich bin wieder rausgekommen. Hab meine Zeit abgesessen.«

»Guter Mann«, sagte Hansun anerkennend. »Und jetzt bist du also ein erfolgreicher Geschäftsmann.«

Solis zuckte mit den Schultern. »Läuft ganz gut für mich und Les. He, du hast ja meinen Bruder noch nicht gesehen! Mann, wir werden heute Abend 'ne kleine Party schmeißen … so wie in alten Zeiten!«

»Ein andermal«, sagte Hansun rasch. »Hab im Moment wenig Zeit.« Er lehnte sich zurück. »Wie geht's dem alten Les?«

»Les? Oh, prima. Du kennst ja Les. Er redet nicht viel.« Er überlegte, warum Carl angeblich keine Zeit für ein paar Drinks hatte. Vielleicht war er krank. »Und du, bist du okay? Ich meine … dein Kopf und alles?«

Hansun tippte sich an den Schädel. »Hab mich nie besser gefühlt. Hab mir 'ne neue Stahlplatte einbauen lassen. Die soll für den Rest meines Lebens halten.« Er zündete sich eine Zigarette an und inhalierte. »Hab nur noch einen Lungenflügel«, sagte er zwischen Hustenanfällen. »Darf eigentlich nicht rauchen, aber ab und zu gönne ich mir eine. Na, du weißt ja, wie das ist.«

Solis musterte ihn. »Siehst gut aus, Carl. Und das ganze Drumherum. Wie ein großes Tier. Du hast Kohle, oder?« Er grinste. »Hast du?«

»Ich hab genug.«

»Tja … wann hat man schon genug?«

Hansun seufzte. »Das ist immer das Problem.«

»Bist du wieder in der Branche?«

Ein Lächeln. »Nicht direkt. Ich habe einen Haufen Bauten oben im Norden. Nach L. A. hat's mich dahin verschlagen. Hab jeden Cent ins Geschäft investiert und im großen Stil gebaut.« Seine Stimme wurde leise. »Jetzt gehört mir alles … und noch ein paar andere Dinge dazu.«

»Muss nett sein … ich meine, die ganze Kohle und so.«

»Ich kann mich nicht beklagen. Ich und meine Frau, wir leben ganz gut.«

»Immer noch verheiratet?«

»Und immer noch mit derselben Frau. Jetzt fast dreißig Jahre.« Er knurrte. »Muss wohl Liebe sein.«

Sie fuhren ein paar Minuten lang schweigend dahin. Don Solis überlegte, was Carl von ihm wollen könnte, nachdem er einundzwanzig Jahre lang nichts von sich hatte hören lassen. Eins stand jedenfalls fest: Carl machte bestimmt nicht nur einen Freundschaftsbesuch. Solis brauchte auch gar nicht erst zu fragen, wie Carl ihn gefunden hatte. Carl sah aus wie jemand, der seine Informanten hatte.

»Liest du viel Zeitung?«, fragte Hansun schließlich.

»Eher weniger.«

»Die Sache mit der Todesstrafe wird allmählich ernst.«

»Ach, ist doch alles nur Gerede.«

Hansun sah Solis an. »Das ist der Grund meines Kommens, und ich komme bestimmt nicht nur aufgrund von Gerede.«

Solis sah sein Gegenüber überrascht an.

Hansun fuhr fort. »Als Unternehmer macht man nur dann richtig Kohle, wenn die richtige Politik gemacht wird. Und die richtige Politik wird nur dann gemacht, wenn man dafür was springen lässt. Eine Hand wäscht die andere, wie man so sagt.« Pause. »Wir haben ein paar Leute in Idaho und zwei hier in Kalifornien, von denen wir gern hätten, dass sie gewählt werden. Sie kennen sich im Geschäft aus und wissen, wie der Hase läuft. Wenn wir ihnen jetzt helfen, dann werden sie später uns helfen. So verdient jeder. Ganz einfach, oder?«

»Wer sind ›wir‹?«

»Geschäftsfreunde.«

»Und was hat das mit der Todesstrafe zu tun?«

Hansun verzog das Gesicht. »Ist plötzlich ein heißes Thema im Land. Ich weiß nicht, warum, aber es ist nun mal so. Wird viele Wählerstimmen einbringen.«

»Und auch viele kosten.«

»Auf jeden Fall kannst du uns helfen, jedenfalls in diesem Staat hier.«

Solis ahnte was kommen würde.

»Du kanntest doch einen Burschen namens Caryl Chessman, oder?«, fragte Hansun.

»Sicher, im Knast. Aber das ist schon so lange her.« Er rieb sich die Nase. »Außerdem ist er tot.«

»Aber er hatte sich hier einen großen Namen gemacht. Die Leute erinnern sich an ihn, vor allem wegen der Todesstrafe.«

»Und?«

»Ein paar Leute benutzen Chessman«, erklärte Hansun geduldig. »Als Aufhänger für das heiße Thema. Die richtigen Leute, verstehst du, was ich meine?«

»Ich bin mir nicht sicher.«

»Das Ganze wird eine enorme Kettenreaktion auslösen. Wir glauben, dass das Thema ein wichtiger Faktor in der Politik werden wird, zumindest für einige Jahre.«

»Man will Chessman noch mal töten, was?«

»Besser, als ihn laufen zu lassen.«

»Himmel, der Mann ist tot!«

»Aber wir sind's nicht.«

Erneutes Schweigen.

»Und was habe ich damit zu tun?«, fragte Solis schließlich.

»Du hast Chessman gekannt, hast zwei Jahre lang tagtäglich mit ihm gesprochen.«

»Das haben viele andere auch.«

»Aber er hat es nur dir anvertraut.«

»Anvertraut?«

»Na, dass er schuldig war. Was sonst?«

Solis machte ein ratloses Gesicht. »Aber er hat nie etwas Derartiges zu mir gesagt.«

Hansun lächelte. »Du hast es nach so vielen Jahren einfach vergessen. Hast nie mehr daran gedacht. Aber jetzt steht's in allen Zeitungen, und da ist es dir eben wieder eingefallen. Er hat dir damals erzählt, dass er diese Raubüberfälle und Vergewaltigungen, die ihm zur Last gelegt wurden, tatsächlich begangen hatte … und dass er noch viel mehr begehen würde, falls er freikäme.«

»Das verstehe ich nicht.«

»Es gibt da einen Senator, der auf die Wiedereinführung der Todesstrafe drängt. Bald werden auch ein paar Kongressmänner damit anfangen. Wir möchten ihnen helfen, so gut wir eben können.« Er befeuchtete die Lippen. »Man benutzt Chessman, um zu zeigen, wie die Todesstrafe friedliche Bürger vor gemeingefährlichen Verbrechern schützt. Aber manche glauben nicht, dass Chessman schuldig war, sie sind deshalb der Meinung, dass er nicht hätte sterben dürfen. Und da tauchst du auf und behauptest, dass er schuldig war und den Tod verdient hat. Du kanntest Chessman im Gefängnis, wo Männer nichts lieber tun, als über die Vergangenheit zu reden. Die Leute werden dir sehr aufmerksam zuhören.«

»Wissen die Politiker etwas von dieser Sache?«

Hansun schüttelte den Kopf. »Für sie bist du eine seriöse Quelle. Sie werden es erst erfahren, wenn wir den Zeitpunkt für gekommen halten.«

»Das klappt nie. Die Zeitungen werden sich auf mich stürzen und mich genau unter die Lupe nehmen.«

»Gerade das hoffen wir ja. Du warst wirklich mit Chessman zusammen. Jetzt bist du ein Ex-Sträfling, der als mittelständiger Unternehmer ehrlich seinen Lebensunterhalt verdient. Du hast nichts zu gewinnen, aber alles zu verlieren. Doch du musstest ganz einfach das Richtige tun. Du bist perfekt für die Rolle. Du erfüllst alle Voraussetzungen, und niemand könnte jemals das Gegenteil beweisen.«

»Jeder andere, der damals im Knast saß, könnte das doch auch für dich tun.«

»Sicher, aber auf dich treffen ein paar Dinge zu, die andere nicht haben. Du bist jetzt ein ehrbarer Geschäftsmann … und du verstehst, den Mund zu halten.« Hansun sah seinen Freund eindringlich an. »Und noch eins, Don …«

»Was denn noch?«

»Du schuldest mir einen Gefallen«, sagte Hansun sehr leise. »Und den möchte ich jetzt einlösen.«

»Ach ja?«

»Ja. Das Geschäft, das dir jetzt gehört, hast du mit einem Scheck über zehn Riesen bezahlt, oder?«

»Du?«

Hansun nickte.

Das gefiel Solis ganz und gar nicht. Er wollte jetzt nur noch Geld verdienen und sich aus allem Ärger heraushalten. Doch nun steckte er erneut drin. Selbst wenn niemand beweisen konnte, dass seine Geschichte nicht stimmte, so fürchtete er doch die Publicity, denn zweifellos würde er mit Vergeltungsmaßnahmen der Chessman-Sympathisanten zu rechnen haben. Wahrscheinlich würde er sein Geschäft aufgeben müssen, und falls man herausfand, dass er gelogen hatte, wäre er endgültig erledigt. Er würde bestimmt wieder hinter Gitter wandern.

Aber nein sagen konnte er schließlich auch nicht. Carl und seine Hintermänner spielten um hohe Einsätze, und eine Ablehnung des Vorschlags konnte für Solis nur eins bedeuten: Eines Tages würde jemand an seine Tür klopfen. Oder vielleicht würde er nicht mal klopfen. Aber danach wäre er auf alle Fälle tot.

»Und was ist für mich drin?«, fragte er schließlich. Aber sein Tonfall ließ erkennen, dass er nicht ernsthaft eine Antwort erwartete.

Amos Finch stand auf und warf rasch noch einen Blick aufs Bett. Die rotblonde Studentin schlief noch, während er duschte und sich anzog. Dann holte er die Post aus dem Briefkasten. Heute war der Brief dabei, den Finch erwartete. Es war aber nicht die Antwort, die er erwartet hatte. Sacramento lehnte sein Angebot dankend ab. Man hielt es nicht für ratsam, zum jetzigen Zeitpunkt Zivilisten im Fall Vincent Mungo einzuschalten. Finch verstand nur allzu gut, was man wirklich meinte. Man wollte nicht, dass neugierige Professoren in den Akten herumschnüffelten.

Heute war der 14. August. Man hatte volle drei Wochen gebraucht, um nein zu sagen. Eine echte Enttäuschung.

Er schüttelte den Kopf angesichts der Engstirnigkeit der Behörden. Selbst ohne Zugang zu internen Informationen hätte er ihnen bereits jetzt einige interessante Dinge sagen können. Er könnte ihnen zum Beispiel sagen, dass Vincent Mungo nicht die junge Frau in Los Angeles umgebracht hatte.

Beim Willows-Mord war nur das Gesicht zerstört worden, angeblich von Mungo. In Los Angeles dagegen war der ganze Körper grässlich verstümmelt worden, mit Ausnahme des Gesichts, das unberührt geblieben war. Falls es kein logisches Motiv hinter den beiden Verstümmelungen gab, und das dürfte so gut wie sicher sein, dann konnte es nur eine einzige unausweichliche Schlussfolgerung geben: Die beiden Taten war von zwei verschiedenen Personen ausgeführt worden. Selbst geistesgestörte Täter handelten – wie jedermann – nach einem bestimmten Muster, nur fiel es geistesgestörten Tätern noch viel schwerer, aus diesem Muster auszubrechen.

Amos Finch war sich durchaus bewusst, welch ungeheure und schreckliche Bedeutung seine Schlussfolgerung hatte. Irgendwo in Kalifornien gab es noch einen zweiten Irren, der noch viel gefährlicher war als Vincent Mungo. Namenlos, unbekannt, ohne Gesicht und ganz offensichtlich vollkommen unverdächtig wurde diese Person von einer derartigen Wut getrieben, dass der Täter sich nicht nur damit begnügte, das Gesicht seiner Opfer zu zerstören, sondern dass er sich dazu hinreißen ließ, den ganzen Körper abscheulich zu verstümmeln. In der Verkleidung von Vincent Mungo konnte er überall hingehen und einfach alles tun.

8

Am Morgen des Tages, der für seine Hochzeit vorgesehen war, kaufte Bishop eine Fahrkarte nach Phoenix, wo er am Abend ankam. Nachdem er sich etwa eine halbe Stunde in der Stadt umgesehen hatte, flüchtete er vor der glühenden Hitze in ein Restaurant mit Klimaanlage und nahm sich anschließend ein Zimmer in einem ruhigen Hotel an der Van Buren. Er schlief tief und fest. Am nächsten Morgen mietete er sich einen Wagen und benutzte erneut Verkleidung und Ausweis von Daniel Long. Dem Angestellten sagte er, dass er die Absicht hatte, nur ein paar Tage geschäftlich in der Stadt zu bleiben. In Wirklichkeit aber fand er an Phoenix nicht viel, was ihn länger hätte hier halten können. Er wollte nur so lange hierbleiben, bis er sich sicher sein konnte, dass die Leute sich an ihn erinnern würden.

Drei Wochen vorher, am Morgen des 15. August, hatten einige Leute verzweifelt versucht, sich an ihn zu erinnern, wenngleich sie ihm niemals begegnet waren und ihn nur unter einem seiner vielen Decknamen kannten.

Derek Lavery begann die Sitzung offiziell um 9.25 Uhr, als Adam Kenton endlich eingetroffen war.

Sie brauchten eine Story über Vincent Mungo, und zwar schnellstens. Eine Story, die ein Fanal für die Todesstrafe sein würde. Der Haken bei der Sache war nur, dass die Sache nicht an den Haaren herbeigezogen sein durfte. Sie brauchten einen Anlass, und den hatten sie nicht. Der Chessman-Artikel war in dieser Hinsicht unproblematisch gewesen. Chessman war tot. Hingerichtet. Es genügte, in dem Artikel darauf hinzuweisen, dass er den Tod nicht verdient hatte. Bei Vincent Mungo war das schwieriger. Es war offensichtlich, dass alle ihm den Tod wünschten, aber genau das war zu offensichtlich …

Nach einer hitzigen Diskussion hellte sich das Gesicht des Chefredakteurs plötzlich auf. Er hatte einen Ansatzpunkt gefunden. Eine Bemerkung, die Adam Kenton gemacht hatte – »Genie und Wahnsinn liegen dicht beeinander« –, erschien Lavery als geeignet: Jedermann nahm an, dass Mungo wahnsinnig sei. Aber angenommen, dass er ungefähr so wahnsinnig war wie ein genialer Mathematiker.

Genie und Wahnsinn …

Da hatte man den richtigen Aufhänger. Vielleicht war Vincent Mungo überhaupt nicht richtig verrückt. Vielleicht wusste er genau, was er tat. Und deshalb verdiente er die Todesstrafe.

Er hatte den anderen Anstaltsinsassen ermordet, weil jener zu viel über ihn gewusst hatte. Der Mord an dem Mädchen war womöglich ein Sexverbrechen. Dann hatte er beide Leichen verstümmelt, um den Eindruck eines Wahnsinnigen zu erwecken.

Wer war Vincent Mungo überhaupt? Ein junger Mann in einer feindseligen Welt. Zornig. Verärgert. Seine Mutter war erdrosselt worden, sein Vater hatte Selbstmord begangen. Der Junge war von Frauen großgezogen worden. Man hatte ihn für seltsam gehalten. Er hatte Probleme. Er bekam Anfälle. Das traf auf viele Leute zu. Aber nicht alle töteten und massakrierten.

»Das ist es!«, sagte Lavery. »Das ist unser Aufhänger. Finden wir also heraus, ob er wirklich verrückt ist oder nicht.«

Kenton sollte entsprechende Erkundigungen in Willows einziehen.

»Er war ein paar Monate dort. Ich möchte alles wissen, was er dort angestellt hat. Mit wem er gesprochen hat. Was er gegessen hat. Wo er geschlafen hat. Wer seine Freunde waren. Oder seine Feinde. Was die Wärter von ihm hielten. Eben alles, was ihr nur irgend in Erfahrung bringen könnt.«

»Und was ist mit den anderen Anstalten, in denen er war? Mit seinem Elternhaus? Mit seinen Verwandten?«

»Nein.« Lavery winkte ab. »Was immer mit ihm geschehen sein mag, muss in Willows passiert sein.« Er wandte sich an Ding. »Und du überprüfst andere Killer, die wegen angeblicher Geistesgestörtheit nicht wegen Mordes bestraft wurden. Stell fest, was aus ihnen wurde. Ob sie freigelassen wurden. Was sie anschließend getan haben. Vor allem, ob sie später noch einmal getötet haben.« Er warf einen Blick auf den Kalender auf seinem Schreibtisch. »Ich will diesen Artikel für die Ausgabe vom 4. September haben. Ihr habt also fünf Tage Zeit.«

»Nicht viel«, sagte Kenton.

»Wir brauchen ihn so schnell wie möglich. Mungo ist schon einen Monat auf freiem Fuß.«

»Genau genommen schon sechs Wochen«, korrigierte Ding, der immer das letzte Wort haben musste.

»Das ist nur ein längerer Monat«, sagte Lavery, der sich nicht so schnell geschlagen gab.

Don Solis hatte eine Woche gebraucht, um sich eine Geschichte zurechtzulegen, die er Senator Stoner erzählen würde. Als er mit dem Resultat zufrieden war, hob er in seinem Büro den Telefonhörer ab und rief Stoner in Sacramento an. Er nannte seinen Namen und sagte, dass er mit dem Senator über Caryl Chessman sprechen wolle. Er bekam die Auskunft, dass Stoner nicht in der Stadt sei, aber am 17. August zurückkommen werde. Könnte er dann bitte zurückrufen? Solis hinterließ seine Telefonnummer und sagte, dass er in zwei Tagen wieder anrufen werde.

Als er den Hörer auflegte, war seine Handfläche schweißfeucht.

Zweitausend Meilen entfernt sonnte Jonathan Stoner sich im Erfolg. Seit zwei Tagen wurde er von den wichtigsten Politikern in Kansas City geradezu hofiert. Er hatte die einflussreichsten Männer kennengelernt. Sie hatten ihn fürstlich bewirtet. Man hatte ausführlich miteinander gesprochen. All das war ein klares Zeichen, dass man daran dachte, ihn auf nationaler Ebene zu unterstützen.

Stoner war sehr mit sich zufrieden. Er fühlte sich jung und dynamisch und in Topform. Trotzdem nahm er sich vor, seinem Äußeren ab sofort noch mehr Aufmerksamkeit zu widmen. Er musste moderner, aber auch ein bisschen strenger wirken, gleichzeitig etwas »westlicher«. Wenn er zu nationaler Bedeutung gelangte, war seinem Aufstieg eigentlich keine Grenze gesetzt. Gouverneur, Senator … und dann?

Bei diesen Gedanken lächelte er vor sich hin, aber nach einer Weile gab er die Tagträumerei auf. In zwei Tagen würde er wieder zu Hause sein, wo viel Arbeit auf ihn wartete. Er hatte Auftritte in mehr als einem Dutzend Fernsehsendungen, und er war für jede Menge Vorträge gebucht. Für Ende des Monats war sogar eine Vortragsreise geplant. Roger leistete gute Arbeit, verdammt gute Arbeit. Jetzt lag es an Stoner, seinen Job genauso gut zu machen. Ein Mann wuchs mit den Aufgaben. … Stoner dachte wieder an Vincent Mungo. Gott segne ihn! Hoffentlich würde Mungo noch eine Weile durchhalten.

Zunächst aber hatte Stoner etwas anderes zu erledigen. Er rief seine Geliebte an und teilte ihr mit, dass er in zwei Tagen zurück sein werde. Dann rief er seine Frau an und teilte ihr mit, dass er in zwei, vielleicht drei Tagen zurück sein werde.

Anschließend zauberte er sich ein gewinnendes Grinsen ins Gesicht und machte sich auf den Weg zu seiner weiteren Sitzung.

Während Senator Stoner in Kansas City von Erfolg zu Erfolg eilte, identifizierte eine Frau traurig eine Tote in der Leichenhalle von Sacramento. Todesursache waren schwere Verletzungen wie nach einem Autounfall. Die Frau erkannte in der Toten ganz zweifelsfrei Velma Adams, die einen Schönheitssalon in Los Angeles besaß. Sie war vierundfünfzig Jahre alt und hatte sich Urlaub genommen, um allein im Land herumzufahren.

Identifiziert wurde die Tote von einer leitenden Angestellten des Schönheitssalons. Die gebürtige Kalifornierin kannte die Verstorbene seit sieben Jahren. Sie hatte ihre Chefin am 2. August als vermisst gemeldet, weil diese bereits eine Woche überfällig gewesen war. Zwölf Tage später wurde die Angestellte verständigt, dass eine Frau, auf die die Beschreibung passte, als Opfer eines Verkehrsunfalls mit Fahrerflucht aufgefunden worden war. Man hatte der Angestellten ein Foto der Toten gezeigt und sie gebeten, zwecks Identifizierung nach Sacramento zu kommen.

Nachdem sie ihre traurige Pflicht erfüllt hatte, sprach sie mit den Deputys des Sheriffs. Der Wagen der Toten wurde vermisst, ebenso ihr Geld und ihre Kleidung. Das Fehlen dieser Sachen veranlasste die Polizei, den Fall Velma Adams von Verkehrsunfall in Verdacht auf Mord zu ändern. Eine Beschreibung des Wagens, eines braunen Buick mit einem *Save the Whales*-Aufkleber an der Stoßstange, wurde sofort herausgegeben. Da in diesem Staat tagtäglich an die sechshundert Autos gestohlen wurden, würden die Nachforschungen allerdings einige Zeit beanspruchen. Das verstand die Angestellte durchaus. Man versprach ihr, sie über die weitere Entwicklung zu informieren.

Auf dem Heimweg dachte sie über Velma nach. Sie waren gute Freundinnen gewesen, aber sie wusste, dass die Freundin kein Testament hinterlassen hatte. Also würde die Angestellte gar nichts bekommen und wahrscheinlich sogar ihren Job verlieren. Sie kannte jedoch in Los Angeles einen Mann, der sich sehr gut auf Handschriften verstand. Besonders auf Nachahmungen von Handschriften. Sie würde ihn sofort nach ihrer Rückkehr anrufen.

An diesem Abend kam einem Mann in San Francisco während des Fernsehens plötzlich ein Gedanke. Warum hatte dieser Kerl da neulich nicht seine Geburtsurkunde eingeschickt, um seine Kreditakte korrigieren zu lassen? Wie hatte er doch gleich geheißen? Long … Daniel Long. Ja, so lautete sein Name. Das war jetzt etwa einen Monat her. Nun, die übliche Frist betrug sechzig Tage. Wir werden also noch einen Monat warten, dachte der Kreditbüro-Angestellte, der ein sehr gewissenhafter Mann war, was seinen Job betraf.

Am nächsten Morgen rief Don Solis erneut in Stoners Büro an, bekam aber nur die Auskunft, dass der Senator erst später am Tag zurückerwartet wurde. Wenn der Anrufer vielleicht eine Nachricht hinterlassen wolle? Solis erwiderte, dass er eine sehr wichtige Information betreffend Caryl Chessman habe. Nein, er werde darüber nur mit Stoner persönlich sprechen. Man sagte ihm, dass der Senator am nächsten Tag im Büro sein werde, auch wenn Samstag war. Solis versprach, noch einmal anzurufen.

George Little war besorgt. Es war nun schon zehn Tage her, seit er dem Mann in Los Angeles 25 000 Dollar gegeben hatte, um Vincent Mungo zu töten. Zu töten und seine Leiche in Stücke zu schneiden. Diese Stücke wollte Little sehen, bevor er die restlichen 25 000 Dollar bezahlen würde. Vor allem wollte er das Gesicht sehen, um ganz sicher sein zu können, dass es sich um Mungo handelte. Er wollte höchstpersönlich in die Augen des Teufels sehen.

Während er in seinem Haus in Kansas neben seiner Frau saß, überlegte er, ob er die Nummer anrufen sollte, die ihm in Los Angeles genannt worden war.

Gegen Mitternacht fühlte sich Senator Jonathan Stoner ausgeruht und entspannt genug, um seiner Geliebten von seinem Triumph in Kansas City zu erzählen. So gern er ihr gegenüber prahlte, so ließ er doch ein interessantes Detail aus. Er war auch einigen sehr schönen Frauen vorgestellt worden, die offenbar nur auf Männer mit politischer Macht standen. Für Stoner waren sie etwas ganz Neues, und sie erregten ihn. Er sah bereits den Tag kommen, wo er sich seiner jetzigen Geliebten würde entledigen müssen. Es war eben in jeder Hinsicht ein Aufstieg.

Seine Geliebte dagegen hoffte, dass er die Abhörvorrichtung, die sie vor einigen Monaten hatte installieren lassen, nicht entdecken würde. Sie kannte sich in der Welt und vor allem mit Männern aus, und sie dachte gar nicht daran, sich eines Tages einfach beiseiteschieben zu lassen, jedenfalls nicht ohne entsprechende Entschädigung und Abfindung.

Ihr Bett war mit einem Mikrofon ausgestattet und dieses mit einem Tonbandgerät in einem Schrank verbunden. Der Mechanismus wurde automatisch durch Stimmen aktiviert. Sehr simpel, sehr wirksam und sehr, sehr teuer. Die Ausrüstung hatte über 1000 Dollar gekostet. Die Geliebte rechnete jedoch damit, diese Investition eines Tages mit Zins und Zinseszins zurückzubekommen. Bis dahin aber lauschte sie weiter gespannt auf alles, was ihr Geliebter sagte.

Henry Baylor glaubte nicht an Vorahnungen. Er war Arzt und Psychologe. Vorahnungen und innere Stimmen waren Aspekte des Okkulten, das in der Wissenschaft keinen Platz hatte.

Aber an diesem Samstagmorgen hatte er das Gefühl, noch

längst nicht aus dem Schneider zu sein, was Vincent Mungos Flucht aus der Anstalt betraf.

Was Dr. Baylor dabei am meisten ärgerte, war die Tatsache, dass er der ganzen Sache überhaupt Beachtung schenkte.

Der folgende Tag war Sonntag. Senator Stoner hatte eigentlich vorgehabt, ihn zu Hause bei seiner Frau zu verbringen. Aber es war etwas Wichtiges dazwischengekommen. Er wusste, dass sie es verstehen würde, zumal er bestimmt bis zum Abend zurück sein würde.

Auf dem Weg zu seinem Büro dachte er über diesen Anruf nach. Hatte der Anrufer wirklich neue Informationen über Chessman? Nun, das würde Stoner herausbekommen, und zwar sehr schnell. Aber wenn es stimmte, dass Chessman tatsächlich seine Schuld eingestanden hatte, dann würde dies der Kampagne des Senators zur Wiedereinführung der Todesstrafe in der Tat sehr nützlich sein. Hoffentlich konnte der Mann also mit einer hieb- und stichfesten Story aufwarten.

Don Solis war an diesem Morgen von Fresno aus aufgebrochen und traf gerade pünktlich zur verabredeten Besprechung mit Senator Stoner ein. Solis hatte gestern angerufen und dem Senator die Story in groben Zügen umrissen. Jetzt würde er ihm alles sehr ausführlich erzählen müssen. Don Solis war bereit. Er konnte nur hoffen, dass der Senator ihm nicht mit Misstrauen begegnete.

Am Dienstagmorgen hatte Amos Finch mit John Spanner in Hillside telefoniert. Es war der 21. August. Seit Finch vor einer Woche den ablehnenden Bescheid aus Sacramento erhalten hatte, hatte er gründlich nachgedacht. Spanner war der Mann, mit dem er jetzt reden musste. Wie Finch Anfang Juli aus den Zeitungen erfahren hatte, war der Lieutenant von Anfang an am Fall Vincent Mungo beteiligt gewesen. Wahrscheinlich wusste Spanner also mehr über Mungo als alle diese Idioten in Sacramento. Eine Unterredung mit ihm würde zumindest ein guter Anfang sein.

Am 22. August wurde ein Telefonanruf aus Kansas City nach Los Angeles getätigt. Der Mann, der sich am Apparat meldete, sagte, dass Vincent Mungo noch nicht gefunden worden sei. Vielleicht habe der Gesuchte die Stadt verlassen.

Am selben Nachmittag erfolgte ein Anruf von Los Angeles nach New York. Derek Lavery meldete, dass die Story über Vincent Mungo bereit war, veröffentlicht zu werden. New York war erfreut. Lavery berichtete, dass die Story ein Plädoyer für die Todesstrafe sei. In New York war man entzückt.

Nachdem er aufgelegt hatte, las Lavery den Rohentwurf für die Story noch einmal durch. Ding hatte gute Arbeit geleistet. Er hatte mehrere Mörder ausfindig gemacht, die der Todesstrafe entgangen waren, weil sie für geistesgestört erklärt worden waren. Einige von ihnen waren schließlich wieder entlassen worden und hatten sofort erneut getötet. Dazu gehörte auch die Horrorgeschichte von Jed Smith aus Orego. Er hatte in einem Anfall von blinder Wut seine halbe Familie umgebracht und vor Gericht geschworen, auch noch die andere Hälfte zu töten. Fünf Jahre später hatte man ihn aus einer Nervenheilanstalt entlassen. Drei Tage später hatte er dann den Rest der Familie umgebracht.

Ding hatte seinen Bericht mit der Bemerkung beendet, dass Charles Manson gute Aussichten habe, in fünf Jahren, also 1978, auf Bewährung freigelassen zu werden.

Adam Kenton hatte sich in der Hauptsache auf Vincent Mungos kurzen Aufenthalt in Willows beschränkt. Viel war über ihn nicht bekannt. Mungo war offenbar immer gewalttätiger, aber auch immer ängstlicher geworden. Niemand schien sonderlich überrascht zu sein, dass er schließlich getötet hatte. Einer der Ärzte vertrat die Ansicht: Die Verstümmelung des Gesichts könnte bedeuten, dass Mungo seinen Vater gehasst habe. Der Mann hatte Selbstmord begangen, als Mungo sechzehn war. Der Sohn hatte dies eindeutig als Schwäche gewertet. Er selbst wollte daher stark sein, was für ihn bedeutete, Gewalt über andere zu erlangen, Gewalt zu haben über Leben und Tod. Indem er seinen einzigen Freund Thomas Bishop getötet hatte, hatte er gleichzeitig symbolisch den Vater getötet. Daher die grässliche Zerstörung des Gesichts.

Und was war mit der ermordeten Frau in Los Angeles? Wahrscheinlich hatte Mungo auch seine Mutter gehasst. Auch sie hatte ihn durch ihren Tod im Stich gelassen – sie war gestorben, als Mungo noch klein war.

Aber das Gesicht der Frau war unversehrt geblieben. Männer, die Frauen in einem Wutanfall töteten, verletzten nur sehr selten das Gesicht. Sie verstümmelten den Körper. Ganz offensichtlich eine sexuelle Verirrung.

Thomas Bishop war Mungos einziger Freund in Willows gewesen. Zweifellos hatte Mungo von Anfang an geplant, Bishop zu einem geeigneten Zeitpunkt zu töten. Armer Kerl. Vielleicht hatte er äußerlich Ähnlichkeit mit Mungos Vater.

Zwei Punkte in dem Artikel überraschten Lavery. Vincent Mungo hatte einem Arzt in Willows gesagt, dass er, Mungo, und »der Teufel« Blutsbrüder seien und für immer und ewig zusammenbleiben würden. Das war zwei Tage vor dem Ausbruch gewesen. Eine höchst merkwürdige Formulierung.

Das andere war Mungos Geburtsort. Er war nicht in Stockton geboren worden, wo er sein ganzes Leben verbracht hatte, sondern in Los Angeles. Und seine Eltern hatten ein Jahr nach seiner Geburt im Oktober 1948 geheiratet.

Lavery nahm einige Korrekturen vor und schickte dann das Manuskript ins vierte Stockwerk zurück. Er war zufrieden. New York wartete darauf, dass diese Story in der nächsten Ausgabe erscheinen würde.

Senator Stoner gewöhnte sich allmählich an die Fernsehauftritte. Während der letzten drei Wochen hatte er ein halbes Dutzend hinter sich gebracht. Diesmal hatte man in San Francisco eine halbstündige Sondersendung über die Todesstrafe für ihn eingeräumt. Er sprach sehr emotional über das Problem. Er betonte seine Absicht, die ständig zunehmende Kriminalität unter Kontrolle zu bekommen und zu diesem Zweck die Todesstrafe wieder einzuführen. Er stellte Caryl Chessman und Vincent Mungo als Terroristen hin, die sich kaum von den selbst ernannten Revolutionären unterschieden, die die Menschen mit Attentaten in Angst und Schrecken versetzten. Das musste unbedingt gestoppt werden, bevor die Gesellschaft im Chaos versank.

»Es gibt nur zwei Möglichkeiten – entweder die andern überleben oder wir. Und ich werde dafür sorgen, dass wir es sind, bei Gott!«, donnerte er.

Am Ende der Sendung kündigte er an, dass er einen unwiderlegbaren Beweis für Caryl Chessmans Schuld habe – für all diejenigen, die ihn immer noch als Opfer der Justiz betrachteten. *Newstime* erwähnte er nicht, denn er wollte dem Magazin nicht zu noch mehr Publicity verhelfen.

Nach der Sendung berichtete er den Reportern, dass Chessman seine Schuld gegenüber Don Solis gestanden hatte. Stoner wusste, dass alle Medien diese Story bringen würden. Das würde Verwirrung im feindlichen Lager stiften und die Chessman-Fraktion demoralisieren. Vor allem aber würde es das Thema am Leben erhalten und dafür sorgen, dass Stoners Name auch weiterhin in den Schlagzeilen erschien.

Am nächsten Morgen brachten auch prompt alle größeren Zeitungen in großer Aufmachung Stoners Enthüllung über Caryl Chessman heraus. Zeitungsleute sprachen um 10.30 Uhr mit Don Solis in Stoners Büro in Sacramento. Er wirkte unsicher, fast schüchtern, weil er so plötzlich ins grelle Licht der Öffentlichkeit gestellt wurde, aber er erzählte seine Story ungefähr so, wie es geplant war.

Dem Senator und seinem Pressereferenten war klar, dass diese Story noch Tage, vielleicht eine ganze Woche, Tagesgespräch wäre. Jetzt musste Mungo nur noch weitermachen!

Carl Hansun war erfreut. Am 29. August las er in den Zeitungen in Idaho von Stoners neuestem Schritt in seiner Kampagne für die Wiedereinführung der Todesstrafe. An diesem Abend beobachtete Hansun im Fernsehen einige Ausschnitte aus der Pressekonferenz mit Don Solis. Zuvor hatte er mehrere Telefonanrufe geführt. Die Idee war gut gewesen und lohnte die zusätzlichen 10 000 Dollar, die Solis kosten würde. Der Senator war ein Mann so recht nach seinem Herzen – ein echter Geschäftsmann. Das waren auch die anderen. Was man heute ausgab, um im nächsten Jahr wiedergewählt zu werden, würde man mit beachtlichen Zinsen zurückerhalten.

Hansun hoffte nur, dass sein Freund mit seiner Story nicht allzu kess werden würde. Falls etwas schiefging, wäre Solis der Sündenbock. Und Hansun würde sich hüten, einen Hinweis auf Idaho fallen zu lassen.

Am letzten Augusttag wurde ein brauner Buick mit einem *Save the Whales*-Aufkleber auf dem großen Parkplatz des Internationalen Flughafens von San Francisco entdeckt. Das amtliche Kennzeichen wies Velma Adams als Wagenbesitzerin aus. Im Kofferraum fand die Polizei die Kleidung und Handtasche der ermordeten Frau. Blutspuren konnten im Innern des Wagens nicht gefunden werden. Eine Überprüfung auf Fingerabdrücke erbrachte ebenfalls keinen Hinweis auf den möglichen Täter. Der braune Buick wurde abgeschleppt. Die Polizei von Los Angeles wurde verständigt.

Der 1. September war ein Samstag. Amos Finch fuhr von San Francisco nach Hillside zu John Spanner. Wegen des dichten Verkehrs traf Finch zu seiner Verärgerung eine Stunde zu spät ein. Spanner erwartete ihn zu Hause. Der Lieutenant war sehr freundlich und zuvorkommend. Finch mochte ihn sofort. Umso mehr, da er erfuhr, dass Spanner sein Buch *The Complete Mass Murderer's Manual* gelesen hatte. Die beiden Männer entdeckten viele Gemeinsamkeiten – zum Beispiel eine Passion für gut zubereiteten Fisch und für abartiges kriminelles Verhalten. Über beide Themen unterhielten sie sich mehrere Stunden lang.

Spanner hatte niemals geheiratet, was er zuweilen bedauerte. Freunden gegenüber behauptete er, einfach noch nicht die Richtige gefunden zu haben. Aber es war natürlich mehr als das. Er liebte das Alleinsein, und Frauen fühlten sich in seiner Gegenwart oft unbehaglich – zumindest diejenigen, die es ernsthaft auf ihn abgesehen hatten. Er war nun kein Mensch, der sich gern unter Leute begab. Seine Arbeit und der Angelsport füllten ihn komplett aus. Falls er doch einmal das Bedürfnis nach einer Frau hatte, so verspürte er anschließend sofort wieder den Wunsch nach Einsamkeit. Mit zunehmendem Alter wurde sein Bedürfnis nach Frauen immer schwächer. Aber mitunter ärgerte es ihn doch, dass sich niemand um ihn kümmerte.

Doch an all das dachte er jetzt nicht. Vielmehr hörte er aufmerksam zu, als Finch ihm seine Theorie eines zweiten Täters darlegte. Der Lieutenant war beeindruckt davon, was Finch über die psychischen Vorgänge bei Gewaltverbrechern zu berichten wusste. Ihm war aber auch klar, dass es dem Herrn Professor fast völlig an praktischer Erfahrung mangelte. Zum Beispiel schien Finch keine Ahnung von Statistik zu haben, denn sonst hätte er wissen müssen, wie ungemein selten ein solcher Zufall vorkam. Zwei Mörder – nein, das war einfach einer zu viel. Außerdem ging Finch davon aus, dass beide Verstümmelungen ohne ersichtlichen Grund begangen worden sein könnten. Gerade dies aber wollte und konnte Spanner einfach nicht glauben. Der Lieutenant hegte immer noch den Verdacht, dass sich in den frühen Morgenstunden des 4. Juli etwas sehr Merkwürdiges in Willows ereignet hatte. Er hatte immer noch das Gefühl, dass Vincent Mungo das Opfer eines teuflischen Plans geworden sein könnte. Spanner wusste nur nicht, von wem und zu welchem Zweck dieser Plan ersonnen worden war. Gleichzeitig war kein Zweifel möglich, dass es sich bei der Leiche um Bishop handelte, wie die Narbe auf der Schulter bewies. Der Lieutenant war der Meinung, alle Möglichkeiten der Nachforschung ausgeschöpft zu haben.

Als Finch am Telefon erwähnt hatte, dass er nicht glaube, dass Mungo das Mädchen in Los Angeles getötet habe, hatte Spanner sofort die Ohren gespitzt. Das tat er auch jetzt noch, aber seine Augen sahen etwas ganz anderes. Er erzählte Finch von Mungos Sadismus. Als junger Bursche hatte Mungo Katzen mit Benzin übergossen und angezündet. In einem Haus, ein paar Meilen von Willows entfernt, hatte Mungo nach seiner Flucht andere Kleidung gefunden. Wahrscheinlich hatte er auch das Petroleum mitgenommen, womit er später seine Anstaltskluft verbrannt hatte. In diesem Haus hatte es vier Katzen gegeben. Obwohl Mungo Petroleum zur Hand hatte, ließ er die Katzen in Ruhe. Vielleicht nur deswegen, weil er es eilig hatte. Aber in Los Angeles hatte er es ganz und gar nicht eilig. Und dort hatte es auch eine Katze gegeben. Er hätte sie genauso abschlachten können wie das Mädchen. Stattdessen aber hatte er die Katze sogar gefüttert.

Und es gab noch eine Merkwürdigkeit: Bishops fehlende Jacke. Angenommen, dass er sie wegen des starken Regens in jener Nacht mitgenommen hatte – wo war sie dann geblieben? Warum sollte er sie Mungo gegeben haben, bevor er getötet wurde? Hätte Mungo sie ihm erst nachträglich abgenommen, wäre sie von Blut besudelt gewesen.

Finch wusste sehr wohl, dass es bei geistesgestörten Tätern zu derlei Unstimmigkeiten kommen konnte, dass viele Dinge oft unerklärlich blieben. Aber seine Theorie von den zwei Mördern würde auch diese Unstimmigkeiten schlagartig ausräumen. Finch blieb also dabei: Es gab zwei Mörder, die womöglich einen ähnlichen Zweck verfolgten. Oder, warf Spanner geheimnisvoll ein, jemand hatte einen mörderischen Plan entworfen, in dem auch Mungo nur eine Schachfigur war.

Nach einer ausgezeichneten Fischmahlzeit versprachen beide Männer, miteinander in Verbindung zu bleiben und sich auszutauschen, falls sich etwas Neues ergab. Und beide waren sich einig, dass sich etwas Neues wohl erst ergeben würde, wenn der Mörder wieder aktiv wurde.

Oder die Mörder.

In der *Newstime*-Ausgabe vom 4. September gab es auf der Titelseite einen echten Knüller: ein Phantombild von Mungo und ein Foto der grässlich verstümmelten Mädchenleiche. Für dieses Foto hatte Derek Lavery einem Angehörigen des gerichtsmedizinischen Instituts eine stattliche Summe gezahlt. Aber die Investition hatte sich gelohnt, wie die Verkaufszahlen bewiesen.

Sheriff Oates las den Bericht übers Wochenende. Er bestätigte seinen wachsenden Verdacht, dass Vincent Mungo viel gerissener war als alle Ärzte, die ihn untersucht hatten, sonst hätte er niemals so lange unentdeckt bleiben können.

Senator Stoner bekam ebenfalls übers Wochenende eine Ausgabe zu Gesicht. Was er las, gefiel ihm gar nicht. Es brauchte Artikel wie den über Chessman, gegen die er wettern und polemisieren konnte. Wenn jetzt auch die *Newstime* die Todesstrafe verlangte, nahm ihm das viel Wind aus den Segeln. Er hoffte, die Leute würden sich daran erinnern, wer der eigentlich Urheber dieser Forderung war. Doch er wusste nur zu gut, wie kurz das Gedächtnis der Öffentlichkeit war. Verdammt kurz.

Am Abend des 6. September fand Bishop, wonach er in Phoenix, Arizona, gesucht hatte. Zwei Tage war er erst in dieser Stadt, es kam ihm viel länger vor. Er hatte sich einen Stadtplan gekauft und war tagsüber zu allen Brennpunkten gefahren. Vergangene Nacht hatte er sich in fragwürdigen Bars im Rotlichtviertel umgesehen, aber nichts hatte ihm gefallen. Deswegen war er bald in sein Hotelzimmer zurückgekehrt. Hier gab es wenigstens eine Klimaanlage, während es in der Stadt immer noch heiß war wie in einem Backofen.

Am heutigen zweiten Tag war er in der Wüste außerhalb der Stadt herumgefahren und erst bei Dunkelheit wieder nach Phoenix zurückgekehrt. Er aß in aller Ruhe zu Abend und nahm dann seine Suche wieder auf.

Es war schon spät, und die Frau eigentlich gerade nicht »im Dienst«, aber er wirkte auf sie wohl wie leichte Beute. Sie war sich sicher, dass sie ihn schnell würde abfertigen können.

In ihrer Wohnung, in die sie ungesehen gelangt waren, sagte er ihr, was er wollte. Direkt hier in ihrem Wohnzimmer. Ohne sich auszuziehen.

Sie hatte so etwas vermutet. Na bitte, eine ganz schnelle Sache!

»Sicher, Honey«, sagte sie so sexy wie möglich. Sie lächelte ihn süß an, und ihre Wimpern klimperten. »Aber erst mal das Geld, ja?«

Er nahm zwei Zwanziger heraus.

»Aber nicht hier drin«, sagte sie, während sie ihm das Geld abnahm. Sie zeigte auf eine geschlossene Tür. »Da drinnen schläft nämlich jemand.«

Er machte ein erschrockenes Gesicht.

»Keine Angst«, flüsterte sie. »Ist nur mein Junge. Ist für zwei Wochen Urlaub bei mir.« Sie zog an seiner Hand. »Er ist erst fünf«, fügte sie hinzu.

Bishop kniff die Augen zusammen, während er der Frau in ein anderes Zimmer folgte. Er war wütend. Eine Frau, die ihren Jungen allein ließ, während sie anschaffen ging! Er konnte nicht glauben, dass jemand so verkommen, so unmenschlich sein konnte. Er dachte an seine eigene Mutter. Sie war eine Heilige gewesen. Und so gut zu ihm. Er hatte seine Mutter heiß und innig geliebt.

Sein Blick folgte der Frau, als sie ein Kissen vom Bett nahm. Sie war schlecht, sagte er sich. Sie war ein böser Dämon, und Bishop war froh, dass er sie getroffen hatte, denn mit bösen Dämonen konnte er umgehen.

Die Frau legte das Kissen auf den Boden und kniete sich vor ihm hin. Während sie den Reißverschluss seiner Hose aufzog, nahm er sein langes Messer aus der Jackentasche. Er schnalzte mit der Zunge, und die Frau hob mit fragendem Blick den Kopf. Ihr Mund war weit geöffnet.

Mit blitzschneller Bewegung schnitt er ihr die Kehle durch und trennte ihr dabei fast den Kopf vom Hals. Er sprang zurück, um nicht von dem Blutschwall getroffen zu werden. Als die Frau zu Boden sank, war ihr Blick bereits gebrochen. Danach riss er ihr die Bluse auf und stach auf den nackten Oberkörper der Frau ein, immer und immer wieder. Er wütete so lange, bis er schließlich erschöpft und nach Luft ringend innehalten musste.

Bevor Bishop das Zimmer verließ, wischte er mit dem Bettzeug das Blut von Schuhen und Messer. Dann ritzte er mit der Spitze der Klinge ein C in jede Brust. Dies hier war für seinen Vater!, sagte er sich mit grimmiger Befriedigung. Er wollte, dass die Leute mehr über seinen Vater erfuhren. Aber er begriff, dass er dabei auf geschickte Art vorgehen musste, um nicht selbst entdeckt zu werden. Er würde einen Brief schreiben, bevor er Phoenix wieder verließ. Er würde die Leute allmählich zu seinem Vater führen und dabei darauf achten, stets weit genug vom Tatort entfernt zu sein und einen zeitlichen und räumlichen Vorsprung zu haben.

Bishop kehrte in sein Hotel zurück und schlief ein paar Stunden. Am frühen Morgen brachte er den gemieteten Wagen zurück und kaufte sich eine Busfahrkarte nach El Paso.

Die Leiche der Frau würde bestimmt am heutigen Tage gefunden werden. Bis die Polizei eintraf. würde er aber schon weit fort sein.

Beim Busbahnhof warf er einen Blick auf den Zeitungsstand.

Vincent Mungo starrte ihn von den Titelseiten der Magazine an. Er kaufte die *Newstime*, setzte sich in eine Ecke und vertiefte sich in den Bericht. Für ihn ergab das alles keinen Sinn. Warum schrieb man nicht die Wahrheit? Es waren die Frauen, die mordeten und quälten, um sich auf diese Weise zu rächen. Frauen waren eine andere Spezies, Wesen von einem anderen Planeten, aus einem bösen Universum, und er war ein Krieger in einem ewigen Kampf zwischen Gut und Böse. Warum sahen die Leute das nicht ein?

Bishop saß sehr lange da und hielt die schwarze Geldtasche auf dem Schoß, die *American Airlines*-Reisetasche an seiner Seite. Vor seinem geistigen Auge sah er Vincent Mungo tot im strömenden Regen liegen. Manchmal wurden Unschuldige zusammen mit den Schuldigen umgebracht. Er hoffte, nicht gezwungen zu sein, zu viele Unschuldige umzubringen. Aber er musste den Feind ohne Rücksicht auf Konsequenzen vernichten. Er war der Dämonenjäger, und er verstand sein Handwerk.

Im Bus beschäftigte er sich wieder mit der Ausgabe der *Newstime*. Er blätterte darin herum, bis er auf einen kurzen Artikel stieß, in dem der Name Chessman erwähnt wurde. Während der Überlandbus am Morgen des 7. September 1973 Richtung Texas fuhr, lehnte sich Thomas Bishop zurück und las, wie sein Vater angeblich einem Ex-Sträfling berichtet hatte, Frauen überfallen und vergewaltigt zu haben. Dieser Mann namens Don Solis wurde offensichtlich von einem Senator namens Stoner zu eigenen Zwecken benutzt, da dieser eine Kampagne für die Wiedereinführung der Todesstrafe anführte.

Janice Hill wurde von ihrem fünfjährigen Sohn entdeckt, der an diesem Morgen um 8.30 Uhr aufwachte und ins Schlafzimmer seiner Mutter ging. Als die Polizisten am Tatort eintrafen, fanden sie eine grausam verstümmelte Leiche vor. Beide Brüste der Frau waren abgetrennt und akkurat zwischen den Füßen platziert worden. Auf jeder Brust fand sich ein auffälliger halbkreisförmiger Schnitt.

Die Polizei von Phoenix telefonierte sofort mit Los Angeles. Von dort aus wurde sofort Sacramento verständigt.

Mungo hatte wieder zugeschlagen, diesmal in Arizona. Sein Aktionsradius vergrößerte sich. Entsprechend größer wurde das Netz der Ermittler.

Bereits am Nachmittag stellte die Polizei von Arizona intensive Nachforschungen an. Das FBI schaltete sich ein. Sheriff Oates wurde nach Phoenix geschickt, um den dortigen Behörden mitzuteilen, was bisher über Vincent Mungo bekannt war. Die Besorgnis vor Ort war groß.

In Kalifornien empfand man hingegen eine gewisse Erleichterung. Mungo war nicht länger ein hiesiges Problem.

Niemand verstand, was es mit den halbkreisförmigen Schnitten in den Brüsten auf sich hatte.

Die Abendnachrichten gaben die Details des neuen scheußlichen Verbrechens bekannt.

In Willows graute es Henry Baylor davor, was diese neuerliche Tat für seine Stellung bedeuten könnte. Er verwünschte die unfähige Polizei sowie seinen Kollegen Dr. Lang. Das Ganze war wirklich mehr als unerfreulich.

In Sacramento war Jonathan Stoner überaus erfreut. Mungo war jetzt landesweit Thema Nummer eins und lieferte dem Senator von Kalifornien neue Munition für seine Kampagne.

In Berkeley rief Amos Finch erneut John Spanner an. Beide waren sich einig, dass der Wahnsinnige es offensichtlich auf Frauen abgesehen hatte. Der brutale Mord in Willows musste also anders motiviert sein. Finch war inzwischen sogar geneigt, Spanners Theorie zuzustimmen, wenngleich er davon am Telefon nichts sagte.

In Los Angeles beglückwünschte sich Derek Lavery für das perfekte Timing. Ein großartiger Coup! Mungo war erneut Tagesgespräch und hatte erneut allgemeine Empörung und Entsetzen ausgelöst. Und sein Bild prangte auf der Titelseite der letzten Ausgabe von *Newstime*.

In San Diego rief ein Mann aus Los Angeles in Phoenix an und erkundigte sich, ob die Jungs dort nicht nach Vincent Mungo Ausschau halten und ihn schnappen könnten. Denn er habe einen Auftrag zu erledigen.

Und in Kansas fühlte George Little großes Mitleid mit den Eltern der toten Frau. Er wusste, was sie jetzt durchmachten.

Am folgenden Morgen – Sheriff Oates hatte den Behörden alle Informationen übermittelt, die er über Vincent Mungo hatte – wurde die Stadt von einem Ende zum anderen durchgekämmt.

Dabei kam nichts heraus. Kein Täter. Keinerlei Spuren oder Hinweise. Jemand sagte, wenn Mungo noch in der Stadt sei, dann müsste er unsichtbar sein. Oates wurde blass. Es war wie beim ersten Mal – die Polizei war machtlos. Langsam hatte er wirklich das Gefühl, sie hätten es mit dem Teufel persönlich aufgenommen.

Vierundzwanzig Stunden lang wurde ganz Arizona von Tausenden von Männern abgesucht. Aber vergeblich. Mungo war verschwunden. Er war wieder einmal durchs Netz geschlüpft. Oder darüber hinweggeflogen. Oder darunter hindurchgeschwommen.

9

Der Leserbrief traf am Montagmorgen, dem 10. September, in Los Angeles ein. Er war am Freitag in Phoenix in die Post gegeben worden. Die Frau, die den Brief im *Newstime*-Gebäude öffnete, hatte andere Dinge im Kopf, als sie sich an ihre Mitarbeiterin wandte und sagte: »Da habe ich zu meinem Sohn also gesagt, dass er sich da gewaltig irrt, und er sollte gefälligst …«

Sie brach jäh ab. Alle Farbe wich aus ihrem Gesicht. Sie riss den Mund auf, und ihre Hände begannen zu zittern.

Ihre Kollegin erhob sich und kam zu der Frau herüber. »Was hast du denn, Thelma?«, fragte sie besorgt. »Du bist ja ganz blass.«

Thelma hörte kein Wort. Ihr Blick war starr auf den Gegenstand gerichtet, den sie soeben aus dem Briefumschlag entnommen hatte.

Es war ein menschlicher Bauchnabel!

Die Frau hatte das Tuch auseinandergewickelt – und da lag er nun. Ein Stück Papier lag darunter.

Vorsichtig löste sie das Papier von dem blutigen Klumpen und faltete es auseinander.

Beide Frauen starrten die zwei Worte an: *Noch einer.*

Am unteren Rand fand sich noch ein Wort. Eine Unterschrift: *Manson.*

Zehn Minuten später lag der Umschlag samt grausigem Inhalt auf dem mächigen Eichenschreibtisch von Derek Lavery.

»Interessant«, sagte Ding nach einer Weile des Schweigens.

Lavery starrte ihn an. Er wusste nicht, ob er lachen oder toben sollte.

»Da liegt ein gottverdammter Bauchnabel auf meinem Schreibtisch, und du hast weiter nichts dazu zu sagen als *interessant.«* Er war rot angelaufen.

»Nicht der Nabel ist das Interessante«, sagte Ding. »Er stammt offensichtlich von dem Opfer in Phoenix.« Ding seufzte. »Der Zettel. Das ist interessant.«

»Und inwiefern?«

»Nun, entweder hat der Mörder schon vorher getötet, und dies hier ist ein neuer Mord, oder aber es war sein erster, und er kündigt einen weiteren an. Wenn er schon vorher getötet hat, könnte es sich um Mungo handeln.«

»Und ist es Mungo?«

»Auf dem Zettel steht Manson.«

Lavery schaute gequält drein. »Charles Manson sitzt hinter Gittern, wohin er auch gehört.«

»Dann eben ein Nachahmer. Er hatte ja schon vorher Nachahmer. Verrückte, die nichts zu verlieren haben. Sonderlinge mit paranoiden Fantasien. Solche Leute könnten leicht auch solche Briefe schreiben.«

»Und, haben sie?«

»Das weiß ich doch nicht«, erwiderte Ding schwach. »Aber es wäre immerhin möglich.«

Lavery schnaubte verdrießlich. »Verdammt, ist das alles, was du dazu zu sagen hast? Ein Journalist ...«

»Reporter.«

»Ein Reporter, der sagt, dass er etwas nicht weiß!« Er schüttelte verächtlich den Kopf. »Du hast doch monatelang über Manson geschrieben. Wie hast du ihn damals genannt? Ein Niemand, der allen beweisen wollte, dass er kein Niemand war. Das hat mir gefallen.« Er funkelte Ding böse an. »Und jetzt kannst du mir nicht mal eine einfache Frage beantworten.« Er schwieg einen Moment. »Na, komm! Einen Versuch hast du noch. Erinnert dich dabei irgendwas an die alte Sache?«

Ding hasste es, unter Druck nachdenken zu müssen. »Nein, ich glaube nicht.«

»Und was ist mit Mansons Namen auf dem Zettel?«

Ding runzelte die Stirn. »Das muss etwas zu bedeuten haben, aber ich weiß nicht, was.«

»Womit wir also wieder bei Mungo angelangt wären.«

»Nicht unbedingt. Könnte auch ein anderer Nachahmer oder so sein.«

Lavery blinzelte überrascht. »Du meinst ... ein zweiter Psychopath?«

»Ist schon vorgekommen.«

Der Chefredakteur dachte an die Verkaufszahlen des Magazins. Verdammt!

Ding zeigte auf die Schreibtischplatte. »Verständige jetzt vor allem erst mal die Polizei«, sagte er leise. »Das Ding da liegt schon lange genug hier herum!«

Bishop blieb eine Woche in El Paso. Die Stadt gefiel ihm. Er nahm sich vor, irgendwann einmal wiederzukommen, aber er wusste, dass die Wahrscheinlichkeit sehr gering war. Er war ein Wanderer, er hatte weder Heimat noch Wurzeln. Alles, was er hatte, war seine Arbeit, und um sein Werk zu vollbringen, musste er ständig in Bewegung sein.

In stillen Momenten fragte er sich, warum gerade er für ein so grausam einsames Leben auserwählt worden war. Aber er kannte die Antwort. Er war seines Vaters Sohn, der einzige Sohn von Caryl Chessman, der ihm befahl, das Werk fortzusetzen. Still und heimlich. Der Feind lauerte überall, und er, Thomas, war so klein und hilflos.

Vielleicht wäre alles anders, wenn seine Mutter noch lebte. Aber sie hatte ihn verlassen. Allein auf der Welt zurückgelassen. Genau wie sein Vater. Beide hatten ihn allein gelassen. Er brauchte sie, und sie hatten ihn allein gelassen.

Er liebte seine Mutter innig. Sie war tot.

Manchmal schaute er sich das Bild seiner Mutter an, das er in seiner neuen Brieftasche bei sich trug. Gelegentlich zeigte er das Bild auch anderen, vielleicht einem Mädchen oder jemandem in einer Bar. Er war sehr stolz auf seine Mutter, und sie sah genauso aus, wie eine Mutter aussehen sollte.

Er war auch stolz auf seinen Vater, und deshalb wünschte er sich, dass alle von ihm wissen sollten. Und auch von seinem Sohn. Aber in dieser Hinsicht musste er sehr vorsichtig sein.

Vor seiner Flucht aus dem Willows-Krankenhaus hatte er die beiden Bilder von sich in der Akte im Verwaltungsgebäude entfernt. Er hatte sich mit dem Angestellten angefreundet und ihm oft etwas Obst gebracht. Eines Tages war der Angestellte auf die Toilette gegangen. Bishop hatte nur eine Minute gebraucht, um seine Akte zu finden. Später hatte er die beiden Fotografien verbrannt.

So war er jetzt nicht nur unbekannt und unverdächtig, sondern es existierte auch kein Bild von ihm, jedenfalls keines, das ihn zeigte, wie er wirklich aussah. Der Mann ohne Gesicht.

Und ohne Fingerabdrücke.

Er war der perfekte Killer.

Jetzt, an seinem letzten Tag in El Paso, schrieb er wieder einen Brief, diesmal an Senator Stoner, den er im Fernsehen gesehen und von dem er in den Zeitungen gelesen hatte. Stoner verkörperte Autorität. Er war stark, er hatte Macht. Er konnte Leute dazu bringen, etwas zu tun. Er konnte befehlen, und die Leute mussten ihm gehorchen.

Der Brief begann mit den Worten: »Mein Herr und Meister …«

An diesem Tag traf im *Newstime*-Gebäude eine weitere Nachricht ein, diesmal mit dem Poststempel Lordsburg, New Mexico. Und diesmal war die Botschaft etwas ausführlicher. Derek Lavery las sie mehrmals hintereinander: *Es kommen noch mehr.*

Der Chefredakteur starrte auf die Unterschrift.

Son of Man.

Adam Kenton an Laverys Seite runzelte die Stirn. Die Unterschrift weckte eine vage Erinnerung im Unterbewusstsein, aber er konnte sie nicht hervorzerren. Jedenfalls noch nicht.

Offensichtlich bedeuteten »Manson« und »Son of Man« ein und dasselbe.

Aber was?

Erst viel später am Tag kam ihm die Erkenntnis, ganz plötzlich.

»Mein Gott!«, rief er laut aus.

Natürlich, das war es!

Manson. Son of Man.

Chessman!

Sohn von Chessman.

Jetzt wusste Adam Kenton, wer der Mörder war – und warum er diese Nachrichten ans Magazin schickte.

Kenton wusste sogar, warum die Frauen so brutal getötet wurden.

Adam Kenton schnappte sich den Telefonhörer und rief Derek Lavery an. Eine Minute später stand er in seinem Büro. Ding war bei ihm.

»Habe ich Sie richtig verstanden? Sie behaupten, dass er diese Nachrichten wegen der Chessman-Story hierhergeschickt hat?«

»Natürlich«, sagte Kenton. »Caryl Chessman ist der Schlüssel zu der ganzen Sache.«

»Warum ausgerechnet Chessman, um Himmels willen? Was hat er damit zu tun?«

»Begreifen Sie denn nicht? Mungo glaubt, dass Chessman sein Vater ist! Daher die Unterschriften! Manson. Son of Man. Sohn von *Chess*man!« Kenton holte Luft. »Nachdem Mungo die Chessman-Story gelesen hatte, schickte er uns einen Brief, in dem er behauptete, Chessmans Sohn zu sein. Wir hielten es nur für einen verrückten Einfall …« Er sah Ding bedauernd an. »Was hätten wir auch sonst denken sollen?« Er sah Lavery wieder an. »Aber jetzt schauen Sie sich den Brief noch mal genau an. Darin steht, dass Frauen schlecht sind. Nicht die Todesstrafe ist schlecht. Die Frauen sind es! Und es steht weiter darin, dass Chessman das wusste.«

Lavery studierte das Papier in seiner Hand. Er wünschte, es schon früher gesehen zu haben. Vielleicht hätte er dann die Zusammenhänge sofort begriffen.

»Sie glauben also, dass es Mungo ist?«

»Er hatte bei seinem Ausbruch aus dem Willows getötet. Danach fing das Töten erst richtig an.« Kenton nickte heftig. »Es ist bestimmt Mungo. Darauf können Sie sich verlassen.«

»Und was haben wir damit?«

»Eine Wahnsinns-Story! Das haben wir damit! Mungo ist irgendwie Chessmans Sohn. Zumindest glaubt er das. Er tötet Frauen, weil sie seiner Meinung nach schlecht sind.«

Lavery warf erneut einen Blick auf den Brief. »Warum schreibt er am Ende: ›Aus der Hölle‹? Was hat das zu bedeuten?«

»Vielleicht war das Leben für ihn eine Hölle, weil er Chessmans Kind war«, platzte Ding heraus.

»Er *ist* aber nicht Chessmans Kind!«

»Aber er bildet es sich ein.«

Eine Weile sprach niemand ein Wort. Schließlich sagte Kenton: »Vielleicht ist er ja doch Chessmans Sohn.«

Lavery sah Kenton an, als wäre dieser jetzt komplett übergeschnappt.

»Was wissen wir über Mungo?«, sagte Kenton. »Mutter tot. Vater tot. Ein Dutzend Mal in Anstalten gewesen. Eine Großmutter und ein paar Tanten in Stockton. Nur Frauen! Aber als wir damals für die Story recherchiert haben, haben wir herausgefunden, dass er in Los Angeles geboren wurde. Seine Eltern haben erst ein Jahr später geheiratet. Warum?«

»Interessant«, meinte Ding, dessen Reporterinstinkte zu arbeiten begannen. »Niemand hat diese Sache überprüft. Wer weiß, was vor fünfundzwanzig Jahren geschehen ist? Vielleicht …« Er brach abrupt ab.

Kenton hatte den Mund aufgerissen, als sähe er plötzlich ein Gespenst.

»Was ist denn?«, fragte Ding.

»Du hast gesagt, vor fünfundzwanzig Jahren.«

»Na, und? Was ist damit?«

Kentons Stimme klang dumpf, als käme sie aus einem Grab. »Vor fünfundzwanzig Jahren wurde Caryl Chessman in Los Angeles …«

»Herr im Himmel!«

Die drei Männer sahen sich schweigend an. Die Spannung, die im Raum herrschte, war mit Händen greifbar.

»Herr im Himmel!«, wiederholte Lavery und befeuchtete die trockenen Lippen.

Bishop erwachte im Dunkeln. Er wachte oft nachts auf – schweißgebadet. Er hielt die Augen geschlossen und sah die Frau, die vor dem verängstigten Jungen stand. Die große Peitsche in ihrer Hand wurde immer wieder auf und ab geschwungen und drang immer tiefer in den zerbrechlichen Körper des Jungen. Jetzt wurde ihm gesagt, dass seine Zeit gekommen war. Er hatte eine angenehme Woche in der Stadt verbracht und gesehen, was er sehen musste. Jetzt war die Zeit gekommen zu tun, was er tun musste.

Langsam zog er sich im Dunkeln an. Nur im Badezimmer wurde kurz das Licht eingeschaltet, um noch einmal das Geldversteck zu überprüfen. Das Jackett wurde zuletzt angezogen und das lange Messer darin verborgen.

Als er schließlich zurückkam, hatte er seiner Liste, die immer länger und länger wurde, zwei weitere Opfer hinzugefügt: eine Mexikanerin aus dem nahen Juarez, die den Grenzposten gut bekannt war, sowie eine junge Frau aus El Paso.

Am nächsten Tag, einem Samstag, fuhr er mit einem frühen Bus nach San Antonio.

Es war der 15. September 1973.

Er ließ zwei Frauenleichen zurück, die buchstäblich in alle Einzelteile zerlegt worden waren. In jeden Mund war eine Seite der Zeitungsstory über Caryl Chessman gestopft.

Die Leichen wurden am Samstag spät in der Nacht entdeckt. So etwas hatte die örtliche Polizei noch nicht gesehen. Anfangs glaubte man an das Werk eines wilden Tieres. Als man die Tat schließlich mit den Mungo-Morden in Verbindung brachte, hatten alle das Gefühl, dass sich ein Ungeheuer in ihrer Mitte aufgehalten hatte. In den Annalen der Polizei von Texas wurde es später das »Massaker von El Paso« genannt.

An diesem Samstag, an dem Bishop nach San Antonio fuhr, stattete die Polizei noch einmal Vincent Mungos Großmutter mütterlicherseits einen Besuch in Stockton, Kalifornien, ab. Die Deputys erfuhren, dass Mungo in Los Angeles geboren worden war, weil seine Mutter zu dieser Zeit dort gelebt hatte. Wie lange? Etwa zwei Jahre.

Während dieser Zeit hatte sie den Vater des Jungen kennengelernt und schließlich geheiratet. Sie hatten nicht sofort geheiratet, weil der Vater darauf bestanden hatte, erst genügend Geld zu sparen. Obwohl die Frau schwanger war? Ja. Sie heirateten schließlich ein Jahr nach der Geburt des Kindes. Wann hatten sie sich denn zuerst kennengelernt? Ungefähr ein Jahr vor der Geburt. Dann kannten sie sich also insgesamt zwei Jahre? Ja.

»Hm, das wäre dann also Mitte 1947 gewesen?«

»Vincent wurde im Oktober 1948 geboren. Das müsste also ungefähr stimmen.«

»Sie kannte den Vater ihres Jungen seit 1947, heiratete ihn aber erst 1949?«

»Ja.«

»Warum?«

»Das habe ich Ihnen doch schon gesagt. Er wollte erst Geld ansparen.«

»Wofür?«

»Na, um heiraten zu können.«

Bis Samstagmittag hatte die Polizei die nahen Verwandten des Vaters im Osten überprüft. Er war offenbar erst im April 1949 nach Kalifornien gegangen. Vorher war er niemals westlich von Chicago gewesen. Kurz nach seiner Ankunft in Los Angeles hatte er Mungos Mutter kennengelernt und geheiratet. Das war im August jenes Jahres gewesen. Sie hatte ihm erzählt, dass sie Witwe gewesen sei, ihr Mann sei im Krieg gefallen.

Sofort war die Polizei wieder in dem Haus in Stockton, diesmal unter Leitung von Sheriff James T. Oates. Man hatte ihm erneut diesen Fall übertragen.

Oates war nicht in der Stimmung für grauhaarige alte Damen. Oder für Lügen. Er sagte den Frauen rundheraus ins Gesicht, dass sie gelogen hatten. Er verlangte, die Wahrheit zu erfahren. Mungos Mutter hatte ihren Ehemann erst 1949 kennengelernt und ihn ein paar Monate später geheiratet. Da war der Junge fast ein Jahr alt gewesen. Wenn ihr Mann nicht der Vater gewesen war, wer dann?

Die Großmutter begann zu weinen.

»Wer war der Vater?«

Die alte Frau weinte noch lauter.

Oates verlor die Geduld und schrie: »Wer war der Vater?«

Eine der Tanten sagte schließlich leise: »Das haben wir nicht gewusst.«

Die Großmutter sah sie hilflos an.

»Vincents Mutter wurde etwa sechs Monate nach ihrer Ankunft in Los Angeles überfallen. Im Januar 1948. Sie wurde schwanger. Das Baby wurde im Oktober geboren.«

»Hat man den Täter damals erwischt?«

»Nein.«

»Oder jemals herausgefunden, wer er war?«

»Nein.«

Oates dachte sehr schnell nach. Die Daten passten. Chessman war fast den ganzen Januar 1948 frei gewesen und hatte seine Vergewaltigungen und Raubüberfälle verübt. Man hatte ihn erst in der letzten Woche erwischt.

»Hat man ihrem Jungen jemals etwas davon gesagt?«

Die Tante starrte ihn an, als hielte sie ihn für verrückt. »Natürlich nicht!«

»Hätte er es trotzdem irgendwie erfahren haben können? Vielleicht von einem neugierigen Nachbarn?«

»Niemand hat etwas davon gewusst. Nur wir drei. Natürlich haben wir es keinem Menschen erzählt.«

»Und was ist mit der Mutter?«

»Sie wäre bestimmt die Allerletzte gewesen, die jemals etwas gesagt hätte.«

»Sie hat es also bestimmt niemandem erzählt?«

»Keiner Menschenseele!«

»Nicht einmal ihrem späteren Ehemann?«

Das Gesicht der Tante wurde aschfahl.

Oates setzte unerbittlich nach: »Sie hat es ihm erzählt?«

Die Großmutter schrie leidgequält.

Ihre Tochter nickte. »Jahre später«, flüsterte sie. »Eines Nachts wurde sie wütend auf ihn, und da hat sie ihm gesagt, dass sie niemals verheiratet gewesen war.«

»Und warum hat sie ihm nicht gleich die Wahrheit gesagt?«

»Weil sie sich geschämt hatte.« Die Tante lächelte grimmig. »Sie wissen doch, wie Männer über so was denken. Sie glauben stets, dass eine vergewaltigte Frau es irgendwie selbst verschuldet hat.«

Oates ließ es dabei bewenden. Er glaubte es ja selbst, jedenfalls meistens. Jetzt hatte er nur noch eine Frage.

»Könnte der Mann es irgendwann einmal dem Jungen gegenüber erwähnt haben?«

Die andere altjüngferliche Frau rümpfte die Nase und verlieh damit ihrer Verachtung für den toten Mann deutlichen Ausdruck. Die Großmutter starrte ins Leere.

»Er könnte es getan haben«, sagte die Tante schließlich. »Ja, das könnte er, denn … denn er hat sich später sehr verändert.«

Oates bedankte sich bei ihnen. An der Haustür drehte er sich noch einmal um, lächelte die Frauen an und sagte entwaffnend: »Übrigens – hat die Mutter jemals daran gedacht, dass der Täter Caryl Chessman hätte sein können?«

Davon wusste keine der Frauen etwas. Die beiden Tanten erinnerten sich zwar daran, vor vielen Jahren etwas über Chessman gelesen zu haben, aber sie hatten seinen Namen niemals mit der Schwester in Verbindung gebracht.

Draußen grinste Oates zufrieden vor sich hin. Endlich passten die Puzzlestücke zusammen. Wahrscheinlich hatte der Stiefvater aus Erbitterung über die Mutter dem Jungen erzählt, dass er sein Dasein einer Vergewaltigung zu verdanken hatte. Vincent Mungo hatte keinen richtigen Vater gehabt. Irgendwie und irgendwann musste Mungo dann alles über Chessman herausgefunden haben. Die zeitlichen und räumlichen Daten passten zusammen. Es musste so sein. Caryl Chessman war Vincent Mungos Vater. Da hatte der Junge beschlossen, den Tod seines Vaters zu rächen. Er hasste die Frauen, von denen er zu Hause ständig umgeben war. Aber Mädchen seines Alters konnten ihn nicht leiden. Warum hatte er die Frauen im Haus nicht getötet? Dieser Typ von Verrückten brachte eben keine Verwandten, sondern nur Fremde um. Dann hatten die Frauen ihn für immer fortgebracht. Eines Tages war er aus der Anstalt ausgebrochen und hatte den anderen Verrückten, der ihm im Weg war, getötet. Vielleicht war der Mitinsasse es auch gewesen, der ihn über Chessman aufgeklärt hatte. Daher hatte er sterben müssen. Sicher, es passte alles zusammen. Mungo hatte alle diese schaurigen Verbrechen begangen. Er war verrückt. Und er war ein Teufel oder ein Hexer. Jedenfalls war er darauf aus, einen Haufen Frauen zu töten …

Am Samstagnachmittag hatten die Massenmedien die Story. Alle Sonntagsausgaben der großen Blätter brachten Leitartikel über die Mungo-Chessman-Verbindung. Fünfundzwanzig Jahre nach seiner Verurteilung und dreizehn Jahre nach seiner Hinrichtung sorgte Caryl Chessman wieder für Schlagzeilen.

In Sacramento las Senator Jonathan Stoner, der von einer sehr erfolgreichen Vortragsreise nach Hause gekommen war, voller Freude den Artikel, in dem Mungo als Chessmans Sohn bezeichnet wurde. Das hatte Stoner ja schon seit Monaten behauptet, wenn auch nur im übertragenen Sinn, aber es lief doch auf das Gleiche hinaus. Die Leute würden sich daran erinnern, dass er die beiden miteinander in Verbindung gebracht hatte.

Alles, was er anfasste, verwandelte sich in Gold. Er konnte offenbar nichts falsch machen.

Am Sonntagmorgen wusste die Bevölkerung der westlichen US-Staaten, dass der Wahnsinnige erneut zugeschlagen hatte. Nicht nur einmal, sondern gleich zweimal. Und in ein und derselben Stadt. Die Behörden von Texas brachten Tausende von Steckbriefen in Umlauf, die man sich von Kalifornien besorgt hatte. Die Polizei nahm alle Fremden in kleinen Städten scharf unter die Lupe. In Austin wurden 20000 Dollar Belohnung für den Killer ausgesetzt – tot oder lebendig. Die Gesamtsumme aller auf Vincent Mungo ausgesetzten Belohnungen belief sich nun schon auf über 100000 Dollar!

Am Sonntagabend bekam Derek Lavery zu Hause einen Telefonanruf. New York wollte für die nächste Ausgabe eine flotte Story über die Mungo-Chessman-Verbindung haben.

Am Montagmorgen gegen neun Uhr erteilte der Chefredakteur einen entsprechenden Auftrag an Adam Kenton. Kurz und einfach halten. Die Morde aufzählen. Den Brief *Aus der Hölle* erwähnen. Mungos Geburt. Seine Entdeckung, dass er wahrscheinlich das Produkt einer Vergewaltigung war. Die beiden Nachrichten. Seine Vermutung, dass Caryl Chessman sein Vater war. Die Möglichkeit, dass es stimmen könnte.

Diesmal war Stoner alles andere als erfreut. Es dauerte eine Weile, bis ihm die Wahrheit dämmerte: Der Brief war echt. Vincent Mungo hatte ihn tatsächlich geschrieben und aus El Paso geschickt. Dieser Dreckskerl hatte sich neben seinen Morden auch noch die Zeit genommen, einen verdammten Brief zu schreiben! Du lieber Himmel! Der Senator hatte bereits einen Bericht über die beiden Frauenleichen in El Paso erhalten. Er wusste also, was mit ihnen geschehen war, und es fiel ihm immer noch schwer, es zu glauben. Das traf auch auf den Brief in seiner Hand zu.

Er las ihn noch einmal:

Mein Herr und Meister,
wir handeln nach Deinem Gebot. Auf den Straßen wird das Blut von meinem Messer laufen, aber es ist Deine Stimme, die befiehlt. Die Dämonen sind überall um mich herum, aber ich werde gewinnen. Doch das Volk wird sich gegen Deine Zerstörung erheben und lachen und schreien. Du bist der Teufel. Mein Messer ist scharf und bereit zu töten. Du wirst wieder von mir hören. Man kann mich nicht aufhalten. Ich werde ewig leben.

Stoner warf einen Blick auf die Unterschrift: »V. M.« Aber die Initialen waren durchgestrichen.

Darunter war ein einziges Wort gekritzelt: »Chessman.«

Der Mann war verrückt. Völlig durchgeknallt. Ein psychopathischer Killer schlich durch die Städte und tötete nach Belieben. Niemand war vor ihm sicher. Absolut niemand.

Der Senator überlegte, ob Mungo wohl imstande sein würde, noch einen Monat weiterzumorden. Alles, was Stoner brauchte, war noch ein Monat Zeit. Dann würde er es auf dem Weg nach oben endgültig geschafft haben. Dann konnte Mungo zur Hölle fahren, woher er ja angeblich gekommen war – und wohin er ganz entschieden gehörte.

Der Senator wies seine Sekretärin an, eine Verbindung mit Roger in Chicago herzustellen. Stoner hatte die Absicht, diesen Brief zu seinem Vorteil auszunutzen, bevor er ihn der Polizei aushändigen würde.

Zwei Tage später, am 20. September, wurde Margot Rule von besorgten Freunden bei der Polizei von Las Vegas offiziell als vermisst gemeldet. Es stellte sich bald heraus, dass sie am 1. September 24 000 Dollar von ihrem Bankkonto abgehoben hatte. Ihr Wagen wurde in der Garage gefunden. Von ihrer Kleidung in der Wohnung schien nichts zu fehlen.

Niemand wusste etwas von ihrer kurzen Affäre mit einem David Rogers aus Florida, ebenso wenig von ihrer Absicht, ihn zu heiraten. Das alles hatte sie keinem Menschen erzählt.

Am 25. September wurde Dr. Henry Baylor als Direktor vom Willows State Hospital abgelöst und auf einen anderen Posten versetzt. Offiziell wurde es als reine Routine bezeichnet, man bestritt energisch, dass es irgendetwas mit dem Fall Mungo zu tun habe, der zurzeit durch die Presse ging. Die Personalie wurde im *Daily Observer* von Hillside veröffentlicht. Mehrere Zeitungen der Hauptstadt griffen die Meldung auf.

Am folgenden Freitag, dem 28. September, rief ein Angestellter eines Kreditbüros in San Francisco bei Daniel Long im nördlichen Kalifornien in der Nähe von Willows an. Long wusste nichts von irgendwelchen Problemen mit seiner Kreditkarte, und er war tatsächlich am 12. November 1943 geboren. Nein, er hatte niemals wegen seines Kredits angerufen. Er hatte noch nie mit dem Angestellten gesprochen. Da musste irgendein Irrtum vorliegen. Der Angestellte bedankte sich bei ihm und meldete den Zwischenfall seinem Vorgesetzten, der ihn aufforderte, die Sache in Daniel Longs Akte zu notieren.

Long sprach mit seiner Frau über diesen merkwürdigen Telefonanruf. Beide stimmten darin überein, dass es etwas mit jener Zeit zu tun haben könnte, als ein Dieb in ihre Wohnung eingedrungen war. Die Polizei hatte damals den berüchtigten Vincent Mungo verdächtigt.

Fünf Tage lang wollte Daniel Long nichts mit der Polizei und mit wahnsinnigen Killern zu tun haben, aber dann rief er doch bei der Polizeiwache im nahe gelegenen Forest City an. Besser war besser.

Am Abend des 1. Oktober wurde Lester Solis in Fresno erschossen, als er in seinen Wagen steigen wollte. Sein Bruder wusste, dass die Kugeln für ihn bestimmt gewesen waren. Am nächsten Morgen erfuhr er den Grund. Die Polizei verhaftete einen achtunddreißigjährigen religiösen Fanatiker aus Los Angeles. Der Mann glaubte, dass Caryl Chessman der Sohn Gottes war. Als Mitglied einer radikalen Wüstensekte, die alle Insassen in staatlichen Gefängnissen für Heilige hielt, hasste er Solis, weil dieser angeblich falsch Zeugnis wider Chessman, den Sohn Gottes, abgelegt hatte, der auf die Erde hinabgestiegen war, um alle Gefangenen zu befreien. Aber er war von seinem eigenen Volk verraten worden. Der religiöse Fanatiker glaubte, dass alle wahren Gläubigen Brüder seien. Sie mussten sich erheben und alle töten, die in der Sünde lebten. Unglücklicherweise hatte er den falschen Bruder getötet.

Am 2. Oktober kam die *Newstime*-Ausgabe mit der Mungo-Chessman-Story heraus. Die Leute hatten Angst und waren wütend. Sie verlangten, dass Unmenschen wie dieser Mungo mit aller Härte bestraft würden. Sie begriffen nicht, was es mit psychischen Krankheiten auf sich hatte. Sie begriffen nicht, wie jemand verrückt sein konnte und doch so gerissen, dass er mit seinen Morden einfach durchkam. Sie wollten es auch gar nicht verstehen. Sie wollten nur seinen Tod.

Am 3. Oktober wurde auf gerichtliche Anordnung Margot Rules Schließfach in einer Bank in Las Vegas geöffnet. Man fand darin eine Nachricht, dass sie Geld abgehoben habe und plane, David Rogers aus Florida zu heiraten. Die dortige Polizei wurde verständigt.

Während der beiden letzten Septemberwochen und ersten Oktobertage 1973 war David Rogers alias Daniel Long alias Vincent

Mungo alias Thomas Bishop sehr aktiv. Seine grauenvolle Aktivität löste eine Welle des Schreckens aus, wie man sie in den Vereinigten Staaten noch nicht gekannt hatte. In San Antonio ließ er eine schrecklich verstümmelte ausgeweidete Frauenleiche zurück. In Houston zwei weitere. In New Orleans brachte er drei Frauen um. Der Polizeipathologe protokollierte die schlimmsten Verletzungen, die er in fünfunddreißig Dienstjahren gesehen hatte. In manche Leichen waren sonderbare Wunden geschnitten worden, die die Ermittler bald als Buchstaben deuteten, als »V« oder »C« …

Von New Orleans aus wandte sich der Killer dann plötzlich nach Norden, bis nach Memphis und anschließend nach St. Louis. Danach fand man drei weitere Opfer.

Während dieser schrecklichen Wochen erfolgten von Los Angeles aus Telefonanrufe in allen Städten, die Bishop heimgesucht hatte. Aber die Jungs hatte nicht mehr Glück als die Polizei. Eisenbahn- und Busbahnhöfe wurden beobachtet, aber Mungos Gesicht wurde nirgendwo gesichtet. Abgesehen von dem Auftrag, der zu erfüllen war, hatten die Jungs auch noch inoffizielle Hilferufe von verschiedenen Polizeibehörden empfangen. Einen Verrückten wie diesen? Aber gern, mit dem größten Vergnügen! Man hätte ihn wirklich liebend gern zur Strecke gebracht, wenn … ja, wenn er bloß gefunden werden könnte!

Am 4. Oktober traf Bishop in Chicago ein. Er fand ein billiges Hotel und machte sich dann sofort daran, die Stadt zu erkunden. Er mietete diesmal keinen Wagen. Im Gegensatz zum Westen und Südwesten waren hier die öffentlichen Verkehrsmittel vollkommen ausreichend. Außerdem wollte er Daniel Longs Identität nur noch in den dringendsten Notfällen benutzen.

Man könnte ja inzwischen herausgefunden haben, was es mit der Kreditkarte auf sich hatte. Er brauchte also eine neue Identität, und dies möglichst schnell.

An diesem Tag beantwortete in Kalifornien Sheriff Oates den Telefonanruf, den Daniel Long in Forest City tätigte. Oates hörte sich an, was Long ihm berichtete, von dem Anruf des Kreditbüro-Mitarbeiters und über den mysteriösen Fremden, der in seinem Namen Erkundigungen eingezogen hatte. Könnte das etwas zu bedeuten haben? Fünf Minuten später sprach Oates mit dem Mann im Kreditbüro. An welchem Tag hatte sich der Fremde gemeldet? Woher war der Anruf gekommen? Was genau war gesprochen worden?

Oates telefonierte noch einmal mit Long und ließ sich von ihm Geburtsort und -datum geben. Dann rief der Sheriff in San José an. Hatte ein gewisser Daniel Long während der letzten drei Monate um eine Geburtsurkunde gebeten? Ja? Wohin war sie geschickt worden?

Oates konnte es kaum glauben. Der erste konkrete Hinweis auf Vincent Mungos neue Identität? Vielleicht. Oates kam sich vor wie Kolumbus, als er Amerika entdeckte. Dann erinnerte er sich daran, dass Kolumbus eigentlich Indien gesucht hatte.

Sheriff Oates hob noch einmal den Telefonhörer ab, um Los Angeles anzurufen.

10

Die zehn Tage, die Chicago erschütterten, zählten zu den glücklichsten im jungen Leben von Thomas William Bishop. Er war fünfundzwanzigeinhalb Jahre alt und hatte die Freiheit erst vor genau drei Monaten kennengelernt, als er in einer dunklen und gefährlichen Nacht ein verschlossenes Gebäude hinter einer großen Mauer verlassen hatte. Von da an hatte es für ihn keine Umkehr mehr gegeben. Mit dem ersten Schlag seiner Axt hatte sein neues Leben begonnen.

Und nun war er frei und hielt die Entscheidung über Leben und Tod in seinen Händen!

Dieses Gefühl der Macht war absolut, und er genoss es in vollen Zügen. Innerhalb von drei Monaten hatte er zwei Drittel des Landes durchstreift, er hatte an allen Orten zugeschlagen und die abgeschlachteten Leichen des Feindes zurückgelassen. Wie in jedem Krieg, in dem teuflische Mächte im Spiel waren, wurde kein Pardon gegeben und auch nicht erwartet. Seit dem ersten Mord in Willows rollte die Kriegsmaschine unerbittlich nach Osten, ohne Rücksicht auf Staatsgrenzen oder örtliche Amtsbereiche. Bei dem ständig steigenden Tribut, der dem Tod entrichtet wurde, schlugen die Behörden auf Regierungsebene überall Alarm. Ein Bürgermeister in Texas ernannte alle männlichen Einwohner zu Deputys. Der Generalbundesanwalt eines anderen Staates rief die Miliz auf den Plan. Der Gouverneur von Louisiana wurde aufgefordert, die Nationalgarde einzuberufen. Die Polizei in Memphis arbeitete in Doppelschichten. In Städten wurden

Ausgangssperren verhängt. In St. Louis gab es keinen Urlaub für das gesamte Polizeipersonal. In hundert Städten und tausend Ortschaften von der Westküste bis zum Mississippi wurden allein reisende Männer misstrauisch angesehen, vorübergehend festgenommen, verhört und stundenlang festgehalten – in manchen Fällen auch eingesperrt und geschlagen. Es war keine gute Zeit für männliche Reisende, die auch nur im entferntesten aussahen wie Vincent Mungo, für Männer, die sich nicht ausweisen konnten, die sich irgendwie auffällig benahmen.

Die von Sheriff Oates entdeckte Fährte »Daniel Long« wurde soeben von den kalifornischen Behörden ausgewertet. Von der Adresse, an die damals Longs Geburtsurkunde aus San José geschickt worden war, konnte die Polizei von Los Angeles die Spur zu einem Banksafe verfolgen, in dem eine Kopie mit dem Datum vom 12. November 1943 sowie das Bild einer Frau mittleren Alters lagen. Die Identifizierung der Frau als Velma Adams, Besitzerin eines Schönheitssalons, die Mitte Juli an der Straße zwischen Yuba City und Sacramento ermordet aufgefunden worden war, würde Vincent Mungos wachsender Liste seiner Opfer ein weiteres hinzufügen.

Die Polizei sollte wenig später bei einer anderen Bank ein Spar- und Girokonto auf den Namen Daniel Long finden. Weitere Nachforschungen würden ergeben, dass ein gewisser Daniel Long Ende Juli in Los Angeles einen Führerschein beantragt und bekommen hatte. Ein Angestellter einer Autovermietung in Phoenix würde Daniel Long als einen vollbärtigen Mann mit großer, dunkler Sonnenbrille beschreiben. Die Schlussfolgerungen lagen auf der Hand: Vincent Mungo reiste als Daniel Long herum und war mit entsprechenden Papieren und Ausweisen ausgestattet.

Die zuständigen Behörden würden diese neue Identität ein paar Tage lang nicht an die Presse weitergeben. Vielleicht würde man Vincent Mungo irgendwo als Daniel Long fassen können. Falls nicht, sollte die Information in Umlauf gebracht und Mungo auf diese Weise gezwungen werden, auf den Namen Long zu verzichten, sodass er sich dann zunächst nicht mehr ausweisen könnte. Ein vollbärtiger junger Mann ohne Papiere ... Möglicherweise würde er dann bald erwischt werden.

Im Moment jedoch war über den Killer aus Kalifornien nur bekannt, dass er den größten Teil seines jungen Lebens in verschiedenen Nervenheilstätten verbracht hatte und nun wieder frei war. Und dass er Frauen offenbar gnadenlos und unbarmherzig tötete.

Wieder frei!, dachte Bishop, als er am ersten Tag in Chicago an einer Straßenecke stand. Nach einem Leben des Wahnsinns und Schmerzes endlich wieder frei!

Sein Blick wanderte über die riesigen Gebäude und erfasste die von Menschen überfüllten Bürgersteige sowie den unaufhörlichen Verkehrsstrom auf den Straßen. Er hatte sich noch nie so lebendig gefühlt und war noch nie so euphorisch gewesen. Inmitten dieser riesigen Menschenmengen war sein Gefühl der Freiheit total. Plötzlich begriff er, dass er in einer Großstadt viel unauffälliger war, als er es jemals in einsamen Bergen oder Wäldern sein könnte. Chicago war so ganz anders als alles, was er bisher gesehen hatte. Im Vergleich dazu war Los Angeles ein wahres Provinznest. Bishop begriff, dass diese Stadt genauso namenlos und ohne Gesicht war wie er selbst. Endlich glaubte er den Ort gefunden zu haben, in dem er überleben könnte. Eine echte Großstadt. Umgeben von Millionen von Leuten, die nebeneinanderher lebten, ohne dass der eine den anderen kannte. Und mindestens die Hälfte von ihnen war der Feind.

Ein paar Tage lang sah sich Bishop aufmerksam in der Stadt um, bis er schließlich am vierten Tag den herrlichen Strand an der Oak Street fand. Die Luft war angenehm kühl, und es gab nur wenige Spaziergänger.

Die Frau saß allein auf einer Bank.

Bishop setzte sich neben sie und knüpfte bald eine Unterhaltung an. Er war neu in Chicago und aus San Francisco zu Besuch gekommen. Chicago schien eine nette Stadt zu sein, aber ein bisschen kalt für Leute, die allein waren.

Sie lächelte. Auch sie war allein. Aus Milwaukee. Sie war auf einer zweitägigen Geschäftsreise hier.

Er sagte, dass er noch nie in Milwaukee gewesen war.

Sie sagte ihm, dass er da nicht viel versäumt hätte.

»Ist Ihr Hotel in der Nähe?«

Sie nickte zustimmend und zeigte zum Drake-Hotel direkt bei der Promenade. Am Nachmittag hatte sie eine Besprechung, aber danach hätte sie den ganzen Abend frei. Morgen allerdings würde noch einmal die Pflicht rufen, bevor sie am frühen Abend nach Hause zurückfliegen würde.

Bishop sagte, dass er auch ein bisschen freie Zeit habe.

Sie hatte ihm von ihrem Zeitplan erzählt, weil ihr der junge Mann mit dem adretten Aussehen und dem netten Lächeln ausnehmend gut gefiel. Sie hatte nur vor zwei Dingen Angst: Schmutz und Armut. Von beidem hatte sie in ihrem Leben schon mehr als genug gesehen. Als sie den jungen Mann ansah, der jetzt neben ihr saß, entdeckte sie bei ihm keinen Schmutz, und er roch auch nicht nach Armut. Von ihren beiden grundlegenden Ängsten abgesehen war Lilian Brothers eine emanzipierte Frau von neunundzwanzig Jahren. Sie amüsierte sich, so gut sie eben konnte. Sie liebte gutes Essen, teure Garderobe und tatkräftige junge Männer. Sie war solo und lebte bei ihren Eltern, die sie unterstützte. Aber sie blieb auch oft anderswo über Nacht. In ihrem Beruf als erfolgreiche Einkäuferin kam sie gelegentlich auch nach Chicago. Hier hatte sie zwar einige Bekannte, aber sie sehnte sich nach Abwechslung.

Nachdem sie sich ein Weilchen freundlich unterhalten hatten, verabredeten sie sich für den Abend zum Dinner und auf ein paar Drinks.

Am Nachmittag kümmerte sich Bishop um ein paar eigene Geschäfte. Zunächst wechselte er ein halbes Dutzend Hundertdollarscheine in Zehner und Zwanziger, und zwar bei verschiedenen Banken, um keine Aufmerksamkeit zu erregen. Eine echte Gefahr bestand nicht, weil es sich um alte Banknoten handelte, deren Seriennummern gewiss nicht notiert waren.

Anschließend suchte er ein großes Postamt auf, wo es Tische gab, die von Kunden benutzt werden konnten. In den Abfallbehältern fand er drei Briefumschläge. Sie waren an einen Jay Cooper in Chicago adressiert. In einem dieser Umschläge befanden sich eine Verdienstbescheinigung und eine Beitragsquittung für eine Pensionskasse. Das amtlich aussehende Formular trug Coopers Namen und Postfachanschrift, sein Geburtsdatum und seine Sozialversicherungsnummer. Bishop steckte einige zusammengefaltete Prospekte aus dem Abfallbehälter in die beiden anderen leeren Umschläge und schob alle drei in die Tasche.

Dann ging er zur First National Bank von Chicago, wo er auf den Namen Jay Cooper ein Sparkonto mit 50 Dollar eröffnete. Als Beweis für seine Identität zeigte er die drei Briefe vor, und als Beleg für seine Sozialversicherungsnummer benutzte er das Formular der Pensionskasse.

Anschließend suchte er die Stadtverwaltung auf und ließ sich eine neue Karte geben, weil ihm die alte zusammen mit allem anderen in seiner Brieftasche gestohlen worden war. Man stelle sich vor! Am frühen Abend auf einer Straße in Southside Chicago bestohlen! Was sollte aus dieser Stadt noch werden! Der Angestellte wusste es natürlich auch nicht, wenngleich er sein Mitgefühl ausdrückte. Er warf nur einen flüchtigen Blick auf das Bankbuch als Identitätsnachweis.

Im Grant Park wurde Bishop Mitglied verschiedener städtischer und privater Einrichtungen und erhielt überall eine Karte, ausgestellt auf seinen neuen Namen.

Bei Marshall Field kaufte er in der Schreibwarenabteilung für 20 Dollar eine Geschenkurkunde und trug seinen Namen ein, als wäre sie ihm von Freunden ausgestellt worden. Ähnlich machte er es mit einer College-Urkunde, die er in einem Scherzartikelgeschäft kaufte. Schließlich ließ er sich noch im Xerographie-Verfahren Visitenkarten mit dem Namen und einer fiktiven Adresse drucken.

Mit einem Taxi fuhr er zum Verkehrsamt. Unterwegs studierte er das Formular der Pensionskasse. Jay Cooper war 1941 geboren, also zweiunddreißig Jahre alt. Nicht zu alt. Bishop konnte sich ohne Weiteres für Cooper ausgeben. War er eben ein jung gebliebener Zweiunddreißigjähriger.

Beim Verkehrsamt tischte er dem Angestellten ein ähnliches Märchen auf wie bei der Sozialversicherung. Er war vor drei Tagen auf der Southside überfallen und bestohlen worden. Dabei hatte er auch seine Brieftasche mit Geld und sämtlichen Papieren verloren. Er hatte die Nacht in einem Krankenhaus verbracht. Der Diebstahl war natürlich gemeldet worden. Jetzt, nachdem er sich zu Hause ein paar Tage erholt hatte, musste er versuchen, seine Dinge wieder einigermaßen in Ordnung zu bringen. Er zeigte dem Angestellten das Bankbuch und verschiedene Mitgliedskarten, darunter auch die vom Playboy-Club. Er hatte nicht nur seinen Führerschein verloren, sondern auch seine Gewerkschaftskarte, zwei Kreditkarten und eine Menge Papiere. Er begann gerade wieder damit, alles neu zu beantragen, aber der Führerschein war natürlich am wichtigsten. Nein, an die Nummer konnte er sich nicht erinnern. Aber das nächste Mal würde er sie bestimmt zu Hause notieren. Wer denkt schon daran, dass er überfallen werden könnte?

Der Angestellte hatte Verständnis für seine Situation. Seine

Nichte war vor etwa einem Jahr ebenfalls überfallen worden, auch in dieser Gegend. Warum konnte die Polizei nicht endlich etwas gegen dieses Gesindel unternehmen?

Innerhalb weniger Minuten hatte der Computer den richtigen Jay Cooper anhand des Geburtsdatums, das Bishop auf das Antragsformular geschrieben hatte, ermittelt. Der Angestellte notierte die Lizenznummer auf dem Formular und stellte auf Jay Coopers Namen einen vorläufigen Führerschein aus. Der richtige Führerschein würde ihm mit der Post zugeschickt werden. Er müsste dann damit herkommen und ihn abstempeln lassen. Wie lange wird das ungefähr dauern? Drei bis vier Tage, mehr üblicherweise nicht. Bishop bedankte sich, ging hinaus und pfiff leise vor sich hin. Jetzt hatte er neue Ausweise und Papiere. Vielleicht nicht ganz so viele wie auf den Namen Daniel Long, aber vorerst war es ausreichend. Im Grunde war es ein Risiko gewesen, einfach davon auszugehen, das der echte Jay Cooper einen Führerschein hatte, ein Risiko, das aber eher gering war. Die überwiegende Mehrzahl aller Männer zwischen zwanzig und fünfundsechzig besaß einen. Bishop hatte es eben darauf ankommen lassen, und wieder einmal war ihm das Glück hold gewesen.

Im Hotelzimmer verbrannte Bishop alle auf den Namen Daniel Long lautenden Papiere in einem großen, gläsernen Aschenbecher, dann steckte er die neuen Dokumente in die Brieftasche. Anschließend versteckte er die meisten Banknoten in der schwarzen Reißverschlusstasche im leeren Spülkasten der Toilette. Bishop duschte rasch und rasierte sich. Dann war er für den Abend bereit. Auf dem Weg nach draußen überzeugte er sich davon, dass das lange Messer gut verstaut war.

Lilian Brothers musste zugeben, dass sie sich bestens amüsierte. Man hatte in einem der elegantesten Restaurants hoch von Chicago – fast hundert Stockwerke hoch – gespeist. Oysters Rockefeller, riesige Pilze, gefüllt mit Krabbenfleisch, Escargots à la bourguignonne, Mousse au Chocolat, Champagner. Dann eine perfekte Erotik-Show in einem Klub an der Rush Street. In einem anderen Lokal noch ein paar Drinks. Dann Heimfahrt im Taxi. Lilian wollte die Nacht eigentlich nicht beenden. Ihr Begleiter war charmant und aufmerksam gewesen, und war so ganz anders als ihre übrigen Freunde. Worin der Unterschied bestand, hätte sie gar nicht sagen können. Auf jeden Fall hatte er wirklich das allernetteste Lächeln. Im Hotel musste sich Lilian an ihm festhalten, als sie in den leeren Fahrstuhl stiegen.

Im Bett zeigte sie ihm, wie sie es am liebsten hatte. Sie hockte sich vor ihm hin, auf allen vieren, und wollte, dass er sie von hinten nahm. »Hündchen machen« nannte sie es. Bishop fand es widerlich. Als sie zum Höhepunkt gekommen war, rollte sie sich auf dem Bett zusammen und wollte schlafen. Bishop versuchte, ihr den Penis in den Mund zu stecken, aber sie murmelte nur, sie sei zu müde, vielleicht morgen früh. Er versuchte es noch einmal, doch sie stieß ihn fort.

Bishop wurde plötzlich fuchsteufelswild. Mit einem kehligen Grunzen fiel er über sie her, schlug ihr mit der Faust ins Gesicht. Sie war betrunken und müde und komplett wehrlos. Der Schlag traf sie am Kinn, der nächste auf dem Auge, dann ihre Nase, ihren Mund. Bewusstlos lag sie da, während ihr das Blut aus Nase und Mund rann. Sekundenlang betrachtete Bishop sie. Das Blut erregte ihn. Mit seinen Fingern schmierte er es sich auf die Brust, die Arme, das Gesicht. Es war ein animalischer Rausch. Einen wohligen Laut ausstoßend, öffnete er schließlich den Mund der Frau. Fäden blutigen Speichels drangen heraus. Sein wohliges Brummen ging in ein hysterisches Lachen über, als er seinen Penis in ihren blutigen Mund steckte. Das Gefühl war elektrisierend. Sein exaltierter Geist verknüpfte die unendliche Lust mit dem Bewusstsein von dem Blut, das nicht aufhörte zu fließen, während er ihren Kopf rhythmisch bewegte …

Am nächsten Tag, dem fünften von Bishops Chicago-Aufenthalt, las man in den Zeitungen von dem bestialischen Mord. Die Stadt erzitterte. Den zuständigen Behörden war klar, dass man es mit einem wahren Monster zu tun hatte. Man schrieb dieses Verbrechen Vincent Mungo zu, der zuletzt in St. Louis sein Unwesen getrieben hatte. Die Stadt war nicht allzu weit entfernt. Aber es gab keine definitiven Anhaltspunkte. Im Gegensatz zu Mungos anderen Mordtaten gab es diesmal keine Schnittverletzungen, keine entfernten Körperteile und Organe. Mehrere Journalisten äußerten die Vermutung, es handle sich um einen Mungo-Imitator.

Die Polizei in Chicago ging von der Annahme aus, dass Mungo in der Stadt weilte. Man bildete sofort Sonderdezernate und verfolgte Mungos Weg bis zurück nach Kalifornien. Man erfuhr sehr rasch, dass Mungo unter dem Namen Daniel Long reiste und sich inzwischen einen Bart hatte wachsen lassen. Er hatte Autos mithilfe einer auf Long ausgestellten Kreditkarte gemietet. In seinem Besitz befand sich ein Scheckbuch mit dem aufgedruckten Namen Long. Die Polizei nahm sich alle Hotels der Stadt vor, fragte nach kürzlich eingetroffenen Gästen, auf die Mungos Beschreibung hätte passen können. Man überprüfte jeden Mann mit Bart. Vergeblich.

Andere Abteilungen überprüften Autovermietungen, Fluglinien und Eisenbahnen nach dem Namen Long. Ermittelt wurde in Warenhäusern, Herrenbekleidungsgeschäften und Juwelierläden. Alle Banken wurden verständigt – man sollte Ausschau halten nach Schecks aus Kalifornien. In den Zeitungen wurden zwei Bilder von Mungo nebeneinander veröffentlicht: Ein Bild zeigte ihn glatt rasiert, das andere bärtig. Rundfunk und Fernsehen brachten ausführliche Personenbeschreibungen. Alle Busbahnhöfe wurden rund um die Uhr beobachtet.

Die Polizei versuchte, Lilian Brothers' letzten Tag und Abend zu rekonstruieren. Sie hatte das Hotel offenbar vor 11.30 Uhr verlassen, denn sie war nicht mehr da, als das Zimmermädchen um diese Zeit das Zimmer gereinigt hatte. In diesem Zimmer hatte in der vergangenen Nacht nur eine Person geschlafen. Da war sich das Zimmermädchen sicher. Um 10.30 Uhr hatte Lilian Brothers noch einen Telefonanruf beantwortet. Man nahm also an, dass sie ihr Zimmer um elf Uhr verlassen hatte. Sie hatte mit zwei Freundinnen zu Mittag gegessen und war anschließend zu einer Modenschau gegangen. Danach hatte sie an der üblichen Cocktailparty teilgenommen und war von einem ihrer Geschäftsfreunde zum Hotel zurückgefahren worden. Das war um 17.30 Uhr. Sie hatte Kopfschmerzen gehabt und ihrem Bekannten gesagt, dass man sich am nächsten Morgen bei der geplanten Konferenz wiedersehen würde. Um 19.15 Uhr hatte sie bei der Rezeption einen Zwanzigdollarschein gewechselt. Offenbar hatte sie ausgehen wollen. Bei dieser Gelegenheit war sie zum letzten Mal lebend gesehen worden. Die Polizei musste versuchen, in Erfahrung zu bringen, was die Frau nach 19.15 Uhr getan hatte. Unklar war auch, was an jenem Vormittag zwischen 11 Uhr und Mittag geschehen sein mochte.

Am sechsten Tag meldete ein Taxifahrer, dass er glaube, die Frau nach Hause gefahren zu haben. Ganz sicher war er sich nicht. Jedenfalls nicht zum Drake-Hotel, sondern einen Block weiter, auf der anderen Seite vom Lake Shore Drive, gegenüber dem Strand an der Oak Street. Dort waren sie ausgestiegen.

Sie?

Ja, die Frau und der junge Bursche. Hat jedenfalls jung ausgesehen. Ist aber schwer zu sagen. Haben sich im Dunkeln gehalten, wenn Sie verstehen, was ich meine.

Beschreibung?

Groß. Gut gebaut. Trug ein helles Jackett. Ziemlich viel Haare im Gesicht. Na, Sie wissen, wie das bei den jungen Männern heute ist. Ich halte nichts davon. Ist zu unordentlich, verstehen Sie?

Man zeigte dem Taxifahrer, der nur eins sechzig groß war, ein Foto des bärtigen Vincent Mungo.

Hm, ja. Könnte der Mann gewesen sein, aber wer kann das bei so einem Bart schon mit Bestimmtheit sagen?

Während der ersten Tage wurden zig Spuren verfolgt, aber keine erwies sich als heiß. Ein Kellner behauptete allerdings, diese Frau an dem bestimmten Abend bedient zu haben. Sie war in Begleitung eines jungen Mannes mit Sonnenbrille gewesen. Nein, kein Bart. Etwa dreißig Jahre alt. Mittelgroß. Schlank. Keine besonderen Merkmale. Aber der Kellner erinnerte sich an die Frau, weil sie Ähnlichkeit mit seiner früheren Ehefrau gehabt habe – der gleiche durchtriebene Blick.

Wer hat die Rechnung bezahlt?

Er.

Kreditkarte?

Bar.

Aber sonst konnte niemand die Anwesenheit der Frau an diesem Abend im Restaurant bestätigen.

Wenn die Aussagen von dem Kellner und dem Taxifahrer zutrafen, hatte Lilian Brothers mit jemandem zu Abend gegessen, der offenbar unerkannt bleiben wollte, vielleicht ein verheirateter Mann. Dann hatte sie irgendwie Vincent Mungo getroffen, der sich als Daniel Long aus Kalifornien ausgegeben hatte, und war mit ihm davongefahren. Die so unterschiedlichen Beschreibungen ließen darauf schließen, dass zwei Männer beteiligt gewesen waren. Aber wer war der glatt rasierte Mann? Und wohin war er gegangen? Die Polizei war einigermaßen skeptisch, da es für beide Versionen keine weitere Bestätigung gab.

Man wusste also nicht mit Bestimmtheit, was Lilian Brothers

in der Nacht ihres Todes getan hatte. Oder während der einen Stunde am Vormittag, für die es bisher ebenfalls keinerlei Hinweis gab.

In seinem Hotelzimmer verfolgte Bishop die Nachrichten über den sensationellen Mord. Seine Vermutung hatte sich als richtig erwiesen: Die Sache mit Daniel Long war entdeckt worden. Gerade noch rechtzeitig hatte er sich eine neue Identität verschafft. Und diesmal würde man seine Tarnung nicht so schnell lüften.

Als er sich wieder frei bewegen konnte, besuchte er die N. Wells Street in Old Town. Hier war alles voller junger Leute, sie hatten hier ihre Läden, Kneipen, Restaurants. Hier gab es auch spezielle Single-Bars, in die man ging, um andere kennenzulernen. Beim zweiten Besuch einer solchen Bar erzählte er einer jungen Frau, dass er für ein paar Wochen in der Stadt bleibe. Er sagte, er arbeite in einem Casino in Las Vegas als Croupier und mache hier Urlaub.

Die junge Frau stammte aus Harrisburg in Pennsylvania. Sie hasste die Stadt. Nichts als korrupte Politiker und Vetternwirtschaft. Bäh! Sie war daher nach New York gezogen, aber auch dort hatte es ihr nicht gefallen. So war sie schließlich in Chicago gelandet. Hier gefiel es ihr. Die Leute waren freundlich, und obwohl die Stadt so riesig war, herrschte hier nicht diese paranoide Atmosphäre wie in New York. Jedenfalls spürte sie hier nichts davon. Sie war seit drei Jahren in der Stadt und dreiundzwanzig Jahre alt.

Er fragte sie, womit sie ihren Lebensunterhalt verdiente.

»Ich stehe Modell für Maler.« Sie lachte. »Allerdings gibt's im Moment nicht viel Arbeit für mich.«

»Und was verdienen Sie, wenn es Arbeit gibt?«

Sie zuckte mit den Schultern und schüttelte den blonden Schopf.

»Kommt drauf an, für wen ich arbeite. Von 10 Dollar pro Stunde aufwärts.« Sie sah ihn forschend an. »Warum fragen Sie?«

Er lächelte sie herzlich an – ein jungenhaftes Grinsen, das allerbeste Absichten verriet. »Ich kenne hier niemanden. Mir würde es so viel wert sein.« Er machte eine kleine Pause und fügte sehr leise hinzu: »Würden Sie mir Modell stehen?«

»Was sind Sie, Maler, Bildhauer …?«

»Weder noch«, antwortete er lakonisch. »Ich verstehe überhaupt nichts von Kunst.«

Sie lachte und war sichtlich überrascht. »Sie sind ja einer.« Ihr Lachen hörte sich melodiös an.

Er zuckte mit den Schultern. »Ich kann's mir leisten«, sagte er. »Ich hab einen Haufen Geld.«

In einem kleinen Laden kauften sie zwei dicke Steaks und für 20 Dollar weitere Lebensmittel ein. Das Mädchen wollte für Bishop kochen. Ihre Zweizimmerwohnung war klein und unglaublich unordentlich, aber das tat sie mit heiterem Lachen ab. Sie war bester Stimmung. Warum auch nicht? Ihr Geld war gerade zur Neige gegangen. Jetzt hatte sie Verpflegung für eine Woche und konnte mit weiterem Bargeld rechnen. Wie viel? 50 Dollar? Vielleicht sogar hundert! Sie hatte sich bereits dafür entschieden, Bishop über Nacht hierzubehalten. Sie würde ihm eine köstliche Mahlzeit zubereiten und sich dann entkleiden, um für ihn Modell zu stehen. Bei diesem Gedanken musste sie lächeln. Er verstand nichts von Kunst. Also würde ihr Modellstehen höchstwahrscheinlich weiter nichts sein, als in verschiedenen Stellungen zu posieren, während die Ausbeulung vorn an der Hose ihres großzügigen Gastes immer stärker anschwoll.

Das Essen geriet wirklich ausgezeichnet. Bishop sagte ihr, dass er seit Langem nicht mehr so gut gegessen hätte. Sie aßen langsam und tranken Rotwein dazu, aber Bishop nippte nur an seinem Pappbecher. Sie drehte zwei Joints und gab ihm einen davon. Er lehnte dankend ab und sagte ihr, dass er keine Drogen nähme. Er sagte ihr aber nicht, dass er ein sehr moralischer Mensch war, der von dem Schlechten und Bösen entsetzt war, das ihn überall umgab. Er saß da und beobachtete grimmig, wie sie allmählich high wurde. Aber sein Gesicht zeigte ein freundliches Lächeln.

Anschließend forderte sie ihn auf, sich auf einen Hocker zu setzen, während sie sich für ihn auszog.

Er beobachtete sie sehr aufmerksam und genau. Inzwischen hatte er genügend nackte Frauen gesehen, um einen strammen, jugendlichen Körper anerkennend mustern zu können. Plötzlich verspürte er heftige innere Erregung und hasste die junge Frau deswegen. Als sie endlich splitternackt vor ihm stand, sah er, dass sie naturblond war. In seinem desorientierten Geist begann sich allmählich und ganz langsam eine Idee zu formen, die immer festere Umrisse und Gestalt annahm.

Am achten Tag von Bishops Aufenthalt in Chicago verkündeten fette Schlagzeilen zum zweiten Mal einen Mord. Eine junge Frau war in Old Town auf brutale, ja, bestialische Weise getötet worden. Die Zeitungen schrieben wieder vom »Killer aus Kalifornien«, obwohl sich nirgendwo am Tatort seine Initialen fanden. Über den Zustand der Leiche erfuhr man wenig. Die Details waren so schrecklich, dass die Zeitungen sie nicht zu drucken wagten, und das wollte etwas heißen.

Am neunten Tag ging Bishop erneut zu dem Postamt und fragte nach dem Inhalt seines Postfachs. Dem beschäftigten Angestellten sagte er, dass er den Schlüssel zum Schließfach zu Hause vergessen habe. Als Legitimation legte er den vorläufigen Führerschein vor. Kurz darauf ging er mit vier Postsachen wieder hinaus. In einem Brief befand sich der neue Führerschein für Jay Cooper.

Eine andere Nachricht stammte von einem Freund, der in Europa Urlaub machte. Die beiden restlichen Briefe waren Reklamesendungen, die er sofort wegwarf.

Beim Verkehrsamt bezahlte er die Gebühr und ließ die Karte abstempeln.

Natürlich war es nicht ganz ungefährlich gewesen, nach Coopers Post zu fragen. Aber das war nicht zu verhindern gewesen. Hätte der Angestellte Cooper persönlich gekannt, hätte Bishop sich als ein Freund ausgegeben, der von Cooper gebeten worden sei, die Post abzuholen, solange Cooper nicht in der Stadt war. Notfalls hätte er immer noch sagen können, er würde mit dem Schlüssel wiederkommen. Aber er hatte darauf spekuliert, dass Leute mit Postschließfächern nur selten den Angestellten bekannt waren. Diese Leute wollten anonym bleiben, und deshalb mieteten sie lieber ein Schließfach, als sich die Post nach Hause liefern zu lassen.

Am zehnten Tag verließ Bishop Chicago. Er stand sehr früh auf und machte nach dem Frühstück einen letzten Spaziergang am Strand vom Lake Shore Drive. Er bedauerte es, Chicago verlassen zu müssen, und er nahm sich vor, eines Tages wieder hierher zurückzukommen. Chicago war eine Stadt nach seinem Herzen. Aber für ihn wurde es Zeit für einen Ortswechsel.

Gegen Mittag checkte er aus dem Hotel aus und ging dann zur Union Station zu Fuß. Er hatte sich dafür entschieden, mit dem Zug nach New York zu fahren, weil die Busbahnhöfe bestimmt beobachtet wurden. Zwar drohte ihm eigentlich keine Gefahr, aber unter keinen Umständen durfte er deswegen sorglos werden. Er hatte sich bereits gestern eine Fahrkarte nach New York besorgt. Der Zug verließ Chicago um 14.30 Uhr.

Die ersten paar Stunden im Zug verbrachte er mit der Lektüre von Zeitungen und Zeitschriften, die er auf dem Bahnhof gekauft hatte. Gegen zwanzig Uhr ging Bishop in den Speisewagen und setzte sich an einen Tisch, den ein älteres Ehepaar soeben verließ.

Ein paar Minuten später setzte sich eine junge Frau ihm gegenüber an den Tisch. Sie war schlank und hatte helle Haut sowie schlichtes braunes Haar. Sie wirkte schüchtern. Er lächelte sie an und machte ein paar unverbindliche Bemerkungen. Bald unterhielten sie sich, wie Leute sich bei Tisch eben unterhalten. Sie war Bibliothekarin in Omaha, Nebraska, und reiste während ihres dreiwöchigen Urlaubs ein bisschen umher. Sie war noch nie in New York gewesen. Von dort aus wollte sie nach Florida und anschließend wieder nach Hause fliegen.

Er hatte sie nicht gesehen, als er durch die Waggons gegangen war. Sie sagte ihm, dass sie ein Schlafwagenabteil habe, weil sie in den normalen Sitzen nicht schlafen könne. Er nickte verständnisvoll und antwortete, dass es ihm genauso ginge. Am Schluss der Mahlzeit lud er die junge Frau auf einen Drink in die Bar ein. Vielleicht später, sagte sie. Falls sie bis dahin noch nicht eingeschlafen sei. Er sagte ihr, dass er bis gegen dreiundzwanzig Uhr in der Bar bleiben werde, falls sie sich ihm dort doch noch anschließen wolle.

Gegen 23.30 Uhr trank er gerade seine zweite Dose Bier, als die junge Frau hereinkam. Sie schaute sich zaghaft um, sah ihn und eilte rasch auf ihn zu, wie es schüchterne Leute zu tun pflegen. Er machte Platz für sie, und sie genehmigten sich einige Drinks. Gegen Mitternacht spendierte er ihr noch einen Schlummertrunk, Whisky mit Soda, und bestellte für sich noch ein Bier. Dann schlug er ihr vor, mit den Drinks in ihr Schlafwagenabteil zu gehen, weil die Bar gleich schließen würde. Die junge Frau zögerte, stimmte aber schließlich doch zu.

Er sagte ihr, dass er nur noch rasch etwas von seinem Platz im Abteil holen müsste, aber er würde in fünf Minuten bei ihr sein.

Sie nannte ihm die Nummer ihres Abteils, das sich zwei Wagen weiter vorn befand.

Während Bishop in sein Abteil zurückkehrte, dachte er blitzschnell nach. Er hatte die junge Frau nicht in ihr Abteil begleiten wollen, um nicht mit ihr zusammen gesehen zu werden. Jetzt musste er nur noch darauf achten, ungesehen in ihr Abteil zu gelangen.

Er betrat die Toilette am Ende des ersten Waggons. Alle Lichter waren aus. Die Leute schliefen. Rasch verwandelte sich Bishop in einen vollbärtigen Mann. Er wartete noch ein paar Minuten, bevor er durch den nun fast leeren Bar-Waggon und den Speisewagen ging. Unter dem Jackett steckte die Reißverschlusstasche, die er überall bei sich trug. Die Reisetasche hatte er unter dem Sitz in seinem Abteil gelassen.

Im nächsten Waggon huschte er lautlos über den mit Teppich ausgelegten Gang. An der Tür des Schlafwagenabteils der jungen Frau riss sich Bishop den falschen Bart ab, steckte ihn in die Tasche und setzte ein jungenhaft unschuldiges Gesicht auf.

Er klopfte leise an die Tür und brauchte nicht lange zu warten, bis sie langsam für ihn geöffnet wurde …

Martin Dunlop, New Yorker Chefredakteur der *Newstime,* klappte den Schnellhefter mit dem ärztlichen Gutachten zu, legte ihn auf die Schreibtischplatte zurück und saß regungslos da, während sich hinter seiner Stirn die Gedanken jagten. Er wurde aus seinen Überlegungen gerissen, als sich der weißhaarige Mann räusperte und von der Couch erhob.

»Und, halten Sie es für stichhaltig?«, fragte Dunlop.

John Perrone war einer der geachtetsten, aber auch gefürchtetsten Redakteure im amerikanischen Journalismus. Diesen Ruf verdankte er seiner rücksichtslosen, aber strikt professionellen Methode, sich eines weltweiten Netzes von Reportern und Experten zu bedienen, die ständig danach strebten, allwöchentlich Millionen von Lesern mit Nachrichten und Neuigkeiten zu versorgen. Seine Macht war immens, seine Verantwortung wog schwer. Mit seinem untrüglichen Gespür für die ganz große Story, für die brisantesten Sensationen von morgen, stand er ziemlich einzigartig da. Kritiker warfen ihm vor, dass er für die ganz große Story die Nachrichten durchaus auch in seinem Sinne manipuliere – zum Nutzen des Verlags-Imperiums, dem er so vorbildlich diente. Deshalb behielt er auch seinen Job und seine Macht.

»Ich denke schon«, antwortete Perrone nach einem Moment. »Deshalb habe ich es Ihnen gebracht. Es gibt im Hinblick auf psychologisches Profil nichts Definitives, das wissen wir, aber diese Sache hier scheint bisher doch recht gut zu Mungo zu passen. Sollte es zutreffen, dann wird es wohl noch zu einem Blutbad kommen, das selbst einen Charles Manson und Richard Speck wie harmlose Landprediger erscheinen lassen würde. Die Institutsärzte vertreten die Ansicht, dass Mungo sich in einen Zustand des Größenwahns hineingesteigert haben könnte. Er hält sich für unbezwingbar, und er ist offenbar darauf aus, für seinen Vater Rache an der gesamten weiblichen Bevölkerung zu nehmen.«

»Es steht doch noch gar nicht fest, ob Caryl Chessman überhaupt Mungos Vater war.«

»Darauf kommt's jetzt nicht mehr an. Mungo hat seine Entscheidung getroffen, und er ist schon zu weit gegangen, um nun wieder aufhören zu können. Wo immer er jetzt auch sein mag, er sieht überall nur verstümmelte Leichen. Aber jetzt müssen auch wir eine Entscheidung treffen. Sollen wir uns an seine Fersen heften? Wir haben überall im Land Kontaktleute und Verbindungen, über die nicht einmal die Polizei verfügt. Wenn wir ihn zuerst schnappen könnten ...« Seine Stimme nahm einen schwelgerischen Tonfall an. »... dann bekämen wir die Story des Jahres!«

Dunlop sagte lächelnd: »Es gab mal eine Zeit, da haben wir die Ereignisse erst abgewartet, bis wir über sie berichtet haben.«

»Die Zeiten ändern sich eben«, grollte Perrone. »Außerdem will ich ja gar nicht vorschlagen, der Polizei ins Handwerk zu pfuschen. Ich meine doch nur, dass wir parallele Nachforschungen anstellen könnten – auf unsere Art und Weise. Von Presseleuten erwartet man doch die Aufdeckung von Fakten. Was wir in diesem Fall brauchen, ist so etwas wie eine konzertierte Aktion – eine ständige Arbeitsgruppe, die von New York aus agiert und nur an uns Meldung erstattet. Sie würde nichts anderes zu tun haben, bis man ihn erwischt hat – so oder so.«

Martin Dunlop dachte über Perrones Idee nach. Der riesige Verlagskonzern hatte möglicherweise die nötigen Kontakte, um diesen Mungo aufzuspüren. Aber sie würden sich in polizeiliche Ermittlungen einmischen und wären womöglich gezwungen, Informationen zurückzuhalten. Es könnte sich sogar als gefährlich erweisen und ganz sicher dazu führen, der Manipulation beschuldigt zu werden. Aber wenn man Erfolg hatte, könnte es ein fantastischer Verlagscoup werden! Dunlop gab sich gewiss keinen Illusionen hin, was den heftigen Konkurrenzkampf zwischen Nachrichtenmagazinen betraf, vor allem im Jahr 1973, wo das Geld enorm knapp war.

»Okay«, seufzte er schließlich. »Ich gehe damit nach oben.«

John Perrone sagte nichts. Sein Boss war ein guter Verleger und brillanter Geschäftsmann im Nachrichtenwesen. Perrone hatte kaum etwas anderes von Dunlop erwartet.

Am selben Vormittag löste Amos Finch in Berkeley, Kalifornien, ein Problem, das ihm wochenlang zu schaffen gemacht hatte. Er glaubte endlich einen Weg gefunden zu haben, wie man mit Sicherheit feststellen könnte, ob der am Morgen des 4. Juli in Willows ermordete Mann tatsächlich Thomas Bishop gewesen war.

Um 10.40 Uhr fuhr Martin Dunlop mit dem Fahrstuhl ins fünfundzwanzigste Stockwerk hinauf, um mit dem Aufsichtsratsvorsitzenden von Newstime Inc. zu sprechen. Er rechnete damit, dass es nur eine kurze Besprechung werden würde.

Als er den großen Konferenzraum betrat, blickte die Frau am Schreibtisch an der hinteren Wand auf.

»Schön, Sie zu sehen, Mr. Dunlop!«

»Mrs. March!« Er warf einen Blick auf die geschlossene Tür zu seiner Rechten. »Ich komme wohl ein, zwei Minuten zu früh?«

»Er erwartet Sie.« Sie drückte auf eine Taste der Sprechanlage, meldete Dunlops Ankunft, wartete einen Moment und nickte dem Chefredakteur lächelnd zu.

Martin Dunlop ging an ihrem Schreibtisch vorbei in James Mackenzies Privatbüro.

»Gut, dass Sie gekommen sind, Martin.« Mackenzie deutete auf einen Stuhl, und Dunlop setzte sich. Er wurde nach dem Magazin im Allgemeinen und nach der gerade in Vorbereitung befindlichen Ausgabe im Besonderen gefragt. Sie plauderten eine Weile über finanzielle Dinge, bis Mackenzie unvermittelt das Thema wechselte.

»Doch nun zur Sache«, sagte er. »Was hat es mit diesem Vincent Mungo auf sich?«

Martin Dunlop nickte. Er berichtete Mackenzie, dass *Newstime* eine Studie des Rockefeller-Instituts über den Killer finanziert habe. Er erwähnte John Perrones Vorschlag und unterstützte ihn mit wirkungsvollen Argumenten und legte schließlich das Aktenstück auf den Schreibtisch.

Mackenzie nahm den grünen Schnellhefter und begann zu

lesen. Er presste mehrmals wie in heftigem Widerwillen die Lippen zusammen. Als er fertig war, klappte er den Hefter wieder zu, schob ihn über die Schreibtischplatte zurück und seufzte sehr laut.

»Und was spricht gegen ein solches Vorgehen?«, fragte Mackenzie schließlich.

Dunlop zählte die Fakten auf. Mehrmals benutzte er die Formulierungen »Einmischung in polizeiliche Ermittlungen« und das »Zurückhalten von Informationen«. Er beobachtete, wie Mackenzie immer heftiger die Stirn runzelte. Als Dunlop schließlich auch noch von einer »Manipulation der Ereignisse« sprach, schüttelte Mackenzie den Kopf.

»Im Moment politisch absolut unvertretbar. Das ist Ihnen hoffentlich klar, Martin. Für Nixons Regierung wären wir ein gefundenes Fressen.«

Sie redeten noch ein paar Minuten über die allgemeine Lage, dann war das Gespräch beendet. Eine ständige Arbeitsgruppe kam nicht infrage. Die Geschäftsführung würde nichts dergleichen finanzieren. Man wünschte keinerlei Publicity in dieser Hinsicht, allein die Erwähnung eines solchen Projekts sei unerwünscht. Einmischung in polizeiliche Angelegenheiten, das Zurückhalten von Informationen – all das waren rote Tücher. Hände weg davon. Gott bewahre!

Als der Chefredakteur wieder in seinem Büro war, ließ er seinen Verwaltungsfachmann kommen.

Patrick Henderson, ein junger Mann aus gutem Haus mit sehr diskretem Auftreten, wurde von seinem Arbeitgeber oft als Resonanzboden benutzt. Henderson betrachtete Loyalität als eine Kunst, in der man sich ständige üben musste. Mitarbeiter, die es an dem nötigen Diensteifer fehlen ließen, hatten einen schweren Stand bei ihm. Manche hielten ihn für Dunlops Handlanger, und so wurde er gleichermaßen bewundert und gefürchtet. Als er von James Mackenzies Ablehnung hörte, schüttelte er den Kopf.

»Es ist ein Fehler. Ein großer Fehler. Der Prestigegewinn für das Magazin wäre enorm. Man würde jahrelang davon reden. Allein der Gedanke, eine solche Person zur Strecke zu bringen! Unglaublich! Das muss doch auch James Mackenzie sehen.«

Der Chefredakteur zuckte mit den Schultern. »Mac weiß genau, was er will und was nicht. Und im Moment will er nichts, was in Washington gegen uns benutzt werden könnte. Er wird bestimmt jeden feuern, der auch nur etwas davon erwähnt.« Er sah Henderson eindringlich an: »Es darf kein offizielles Projekt und keine diesbezüglichen Pläne geben.« Dunlop schwieg einen Moment und fügte dann hinzu: »Also keine offiziellen Pläne.«

»Aber das Ganze hat doch nur einen Zweck«, wandte Henderson ein, »wenn das Unternehmen seine sämtlichen Ressourcen zur Verfügung stellt. Nötig wäre eine groß angelegte Kampagne unter zentraler Leitung. Es müsste überall Beobachter geben, die für einen ständigen Informationsfluss sorgen, der ...«

»... schon eine halbe Stunde später der Öffentlichkeit bekannt sein wird«, unterbrach ihn Dunlop. »Die Anweisungen sind klar und deutlich. Keine Publicity!«

»Dann können wir gar nichts tun.«

»Wir dürfen nur nichts tun, was Aufmerksamkeit wecken könnte«, korrigierte Dunlop. »Und das ist nicht gleichbedeutend mit gar nichts tun.«

Bishop war die ganze Nacht bei der Leiche geblieben. Er hatte nicht geschlafen, sondern am Fenster gesessen und die vorbeifliegende Landschaft betrachtet. Das Gefühl grenzenloser Macht erfüllte ihn. Schlaf war Tod, und die Stille der Städte war erfüllt von den Toten. Nur er war am Leben, um die totale Trostlosigkeit zu bezeugen. Nur er hatte die Macht.

Am Morgen brachte er die Leiche in den kleinen Waschraum. Die junge Frau war erdrosselt worden, es gab also keine Blutspuren. Als der Schaffner an die Tür klopfte und sich erkundigte, ob er das Bett herrichten solle, huschte Bishop in den Waschraum und sperrte die Tür ab. Mit überzeugender mädchenhafter Stimme rief er »Ja!« durch die beiden verschlossenen Türen. Als er hörte, wie der Schaffner eintrat, drehte Bishop den Wasserhahn auf, um den Mann wissen zu lassen, dass der Waschraum benutzt wurde. Als der Schaffner schließlich wieder ging, bedankte sich Bishop erneut mit der mädchenhaften Stimme. Anschließend schloss er die Abteiltür ab und legte den Leichnam des Mädchens über den rot geblümten Sitz. Er legte weiße Handtücher unter die Leiche und zog das Rollo herab. Dann holte er sein Messer heraus.

John Perrone und Senior-Redakteur Fred Grimes, seines Zeichens Spezialist für Kriminalfälle, trafen sich gegen Mittag mit Martin Dunlop. Eine ständige Arbeitsgruppe kam wegen der absoluten Geheimhaltungspflicht nicht in Betracht. Aus dem gleichen Grund schieden auch Privatdetektive aus. Was man brauchte, war ein Mann aus den eigenen Reihen. Er musste die Instinkte eines Detektivs und die Fähigkeiten eines guten Reporters haben. Ein Mann, der die Unternehmensstruktur genau kannte und sie dazu benutzen konnte, intensive Nachforschungen anzustellen und Vincent Mungo aufzuspüren.

Ein einzelner Mann.

Martin Dunlop rieb sich nachdenklich mit einem Finger über den Nasenrücken, sah John Perrone an und fragte leise: »Wer ist der beste Investigativreporter unseres Magazins?«

John Perrone sah Fred Grimes an. Die beiden Männer schienen sich einig zu sein, ohne ein Wort zu wechseln.

»Da kommt überhaupt nur ein Mann infrage«, verkündete Perrone pompös. »Adam Kenton!«

»Und ihm gehört die Story ja sowieso schon«, sagte Grimes.

»Wo ist er jetzt?«

»In der Redaktion in Los Angeles.«

»Dann lassen Sie ihn herkommen«, sagte Dunlop. »Ich will ihn morgen früh in meinem Büro sehen.«

Der Zug lief um 13.30 Uhr mit einer Stunde Verspätung in die Grand Central Station ein.

Bishop warf die blutigen Handtücher in die Toilette und brachte den Leichnam auf dem Sitz unter. Mit Blut schrieb er »C. C.« an den Spiegel.

Er öffnete die Abteiltür einen Spalt und lauschte einen Moment. Niemand hielt sich im Gang auf.

Bishop huschte rasch hinaus.

Während die Reisenden den Zug verließen, herrschte großes Durcheinander.

Bishop gelangte zu seinem Platz im Abteil, zog die Reisetasche unter dem Sitz hervor und hängte sie sich über eine Schulter. Er holte die Reißverschlusstasche mit dem Geld unter dem Jackett hervor und behielt sie fest in der rechten Hand, während er durch den Waggon ging und den Zug verließ.

Auf dem langen Weg über den Bahnsteig bis zur Sperre lächelte Bishop glücklich vor sich hin. Er hatte ein Geschenk für New York vorbereitet, um seine Ankunft in dieser Stadt anzukündigen. Der »König von Kalifornien« war in Neuengland eingetroffen.

Bishop hatte das Gefühl, dass hier der Ort seiner Bestimmung war.

Am Ende des Bahnsteigs suchte er seinen Weg durch einen marmornen Irrgarten und befand sich plötzlich vor dem Haupteingang des Bahnhofs. Er kam sich vor, als sei er in einer Science-Fiction-Stadt. Bishop wurde von einem Gefühl der Ehrfurcht befallen. Dies hier war ja noch viel, viel schöner als alles, was er sich jemals vorgestellt hatte.

Er musste sich zwingen loszumarschieren, doch schon bald wurde er von dem unendlichen Mahlstrom der Menschen aufgenommen.

In einiger Entfernung befand sich die größte Uhr, die er jemals zu Gesicht bekommen hatte.

Das Datum: 15. Oktober 1973.

Ein denkwürdiger Tag.

Er sollte als »Blutiger Montag« in die Annalen der New Yorker Polizei eingehen.

BUCH ZWEI

ADAM KENTON

11

Er war ein Einzelgänger, der die Frau liebte, wenn er sie brauchte, aber ansonsten dachte er kaum an sie. Was er früher einmal an zärtlichen Gefühlen, soweit es Frauen im Allgemeinen betraf, gehabt haben mochte, war in den Wirren einer katastrophalen Frühehe in die Brüche gegangen. Aber Adam Kenton hatte deswegen nicht das Gefühl, irgendetwas zu vermissen. Er lebte aus Koffern und kannte Hotelpagen und Barkeeper in Hunderten von Kleinstädten quer durch das ganze Land beim Vornamen. Seine Arbeit machte es erforderlich, dass er fast ständig unterwegs war. Für ihn war eine Stadt wie die andere. Macht faszinierte ihn, und da es für gewöhnlich Männer waren, die die Macht in Händen hielten, besuchte er in der Regel Männer. Er war von Haus aus argwöhnisch und traute niemandem. Jeder Mensch stellte eine potenzielle Gefahr dar, jeder konnte jederzeit über seine Mitmenschen herfallen, wenn diese ihnen eine Blöße boten. Politiker, Banker, Geschäftsleute, Revolutionäre und Angehörige des öffentlichen Dienstes – alle nahmen sich gierig, was sie nur irgend konnten. Ob Politik oder Wirtschaft, das machte keinen Unterschied.

Adam Kentons Job war es, diesen Leuten auf die Schliche zu kommen. In dunklen Korridoren oder in überfüllten Räumen, auf leeren Straßen oder verkehrsreichen Boulevards suchte er nach ihnen. Bei seinen Nachforschungen arbeitete er sich durch Berge von Papier. Er suchte, forschte, fragte, verlangte, drohte oder bahnte sich sonst wie seinen Weg zu Fakten, Zahlen oder Personen, die ihm dabei helfen könnten, seine Beute zu stellen.

Das alles hatte im Lauf der Jahre seine Spuren bei Adam Kenton hinterlassen. Er hatte keine Freunde. Für ihn roch alles und jeder nach Korruption. Zwar hatte er mit seinen Anstrengungen ein paar schöne Erfolge erringen können, aber er begriff doch sehr bald, dass seine Suche nach Unverdorbenheit und Unbestechlichkeit nutzlos und vielleicht sogar in sich korrupt war. Aber er hielt durch, auch wenn sein persönliches Leben leer, sein menschliches Dasein bedeutungslos war.

Kenton war von mittlerer Größe und drahtiger Statur. Er machte stets einen entschlossenen, fast erbitterten und grimmigen Eindruck. Nicht selten genügte schon ein Blick in sein Gesicht, um andere zu veranlassen, ihm zu erzählen, was er wissen wollte.

In letzter Zeit hatte er fast ausschließlich von Los Angeles aus gearbeitet, aber nun war er plötzlich nach New York abberufen worden. Die Telex-Nachricht hatte keinen Grund genannt, sondern nur eine kategorische Aufforderung enthalten. Was ihm jedoch am meisten zu schaffen machte, war der Name von Martin Dunlop auf dem Fernschreiben. Er hatte den gestrengen Chefredakteur niemals kennengelernt. Nur sein Boss John Perrone sprach mit Dunlop. Und Dunlop sprach nur mit Gott, der in diesem Fall James Mackenzie hieß. Kenton überlegte stirnrunzelnd, was es zu bedeuten haben könnte, dass er auf Dunlops direkte Anweisung hin nach New York zitiert wurde. Er lehnte sich mit geschlossenen Augen im Taxi zurück, das ihn vom TWA-Terminal nach Manhattan brachte.

Auf dem Vordersitz neben dem Fahrer lag eine Frühausgabe der *Daily News.* Eine fett gedruckte Schlagzeile schrie: *Mord in Grand Central Station!* Die Leiche einer jungen Frau, ausgeweidet wie ein Tierkadaver, war am Montagnachmittag um 16.40 Uhr in einem Zug gefunden worden, der um 13.30 Uhr aus Chicago eingetroffen war. Man glaubte, dass es sich bei diesem brutalen Mord um das Werk des kalifornischen Psychopathen Vincent Mungo handelte.

Kenton hatte schon mehrere Artikel über Mungo geschrieben, darunter die Story, die erst kürzlich ein solcher Erfolg gewesen war. Aber was er zu diesem Zeitpunkt nicht wissen konnte, war die Tatsache, dass Mungo bereits erneut zugeschlagen hatte. Kenton konnte auch noch nicht ahnen, dass man ihn auffordern, ja, ihm *befehlen* würde, für die Story des Jahres zu sorgen. Viel später würde man ihn mehr als einmal sagen hören: Hätte ich damals gewusst, was da auf mich zukommt, dann …

Am Dienstagmorgen gegen elf Uhr wusste Adam Kenton, warum man ihn nach New York zitiert hatte und was man von ihm erwartete. Man hatte ihm die Akte des Rockefeller-Instituts zu lesen gegeben. Anschließend hatte er das Projekt ausführlich mit Martin Dunlop und John Perrone diskutiert. Seine Augen hatten sich immer mehr verengt, sein düsterer Blick war nur noch düsterer geworden. Adam Kenton sollte Vincent Mungo zu Ruhm und Nutzen des Magazins und der Gesellschaft aufspüren. Praktisch er ganz allein. Sein Hauptquartier würde ein unauffälliges Büro im siebten Stockwerk sein, um ihn keinen neugierigen Blicken auszusetzen. Er würde alles bekommen, was er brauchte. Alle Hilfsquellen des mächtigen Medienkonzerns standen ihm zur Verfügung. Niemand würde seine Autorität infrage stellen. In finanzieller Hinsicht würde es für ihn keinerlei Beschränkung geben. Nur die Zeit würde knapp sein. Wenn die Polizei Mungo früher ausfindig machen würde, wäre das Projekt gescheitert. Man würde es als totalen Fehlschlag abschreiben müssen, und das wollte natürlich niemand.

Und die Sache hatte noch einen kleinen Haken.

Die gesamte Operation musste unter strengster Geheimhaltung durchgeführt werden. Niemand außerhalb des Unternehmens würde etwas davon wissen. Dies war ein direkter Befehl von James Llewellyn Mackenzie höchstpersönlich. Selbst innerhalb der *Newstime*-Organisation würden nur ein paar Top-Leute etwas von der Existenz des Projekts wissen. Es würde keinerlei schriftliche Aufzeichnungen oder Akten geben. Nichts durfte zu Papier gebracht werden. Alle eingegangenen Meldungen und Berichte mussten an jedem Abend vernichtet werden. Auf Fragen würde man nur antworten, dass Adam Kenton Material für eine weitere Story über Vincent Mungo sammelte. Das war alles. Nur eine einfache, heimliche Operation, für die aber Dutzende, vielleicht sogar Hunderte von Leuten eingesetzt werden mussten, denen absolut nichts gesagt werden durfte. Die Suche nach einem Mann, der allen Anstrengungen der Bundesbehörden und der Polizei in einem Dutzend Staaten zum Trotz noch immer auf freiem Fuß war.

Während Adam Kenton sich all diese Fakten bewusst machte, überlegte er, ob die drei Männer im Zimmer wohl begriffen, was sie da von ihm verlangten. Sie mussten doch einsehen, dass es – abgesehen von einem Wunder – keine Chance für einen Erfolg gab. Und zu den wenigen Dingen, an die Kenton überhaupt noch glaubte, gehörten Wunder ganz entschieden nicht.

Mehrmals während der kurzen Besprechung wollte er fragen, welcher Idiot auf die Idee gekommen war, das Magazin insgeheim nach einem Massenmörder suchen zu lassen. Das hörte sich nicht nur verrückt an, sondern auch ausgesprochen illegal! Aber seine Reporterinstinkte warnten ihn. Die Antwort auf seine Frage dürfte höchstwahrscheinlich in diesem Raum zu finden sein.

Plötzlich fiel seinem allezeit misstrauischen Geist etwas ein. Senator Jonathan Stoner aus Kalifornien war auf dem besten Weg zu nationaler Prominenz. Er brauchte Vincent Mungo nicht länger. Mungo war jetzt bestenfalls lästig, schlimmstenfalls eine politische Verpflichtung. Je früher Mungo also getötet wurde, desto besser für den Senator. Was der Senator jetzt überhaupt nicht brauchen konnte, war gegnerische Publicity.

Kenton schwor sich im Stillen, alles, was nur irgend möglich war, über Stoners Aktivitäten herauszubekommen, sowohl in der Gegenwart als auch in der Vergangenheit, nur für den Fall, dass dies vielleicht einer der Gründe dafür war, dass Kenton jetzt in New York weilte.

»... und Sie werden sofort damit anfangen. Stoßen Sie die Dinge so schnell wie möglich an. Sie werden alles bekommen, was Sie brauchen.«

Das hatte Martin Dunlop gesagt, und Kenton nickte zustimmend, wenn auch nur widerwillig.

»Es wird alles über Grimes laufen. Er ist Ihr Verbindungsmann hier im Unternehmen.« Der Chefredakteur drehte sich nach der Ledercouch um. »Sie kennen sich ja in solchen Dingen bestens aus, Fred. Sorgen Sie also dafür, dass alles glatt läuft.« Er sah sich zu den anderen um. »Sonst noch etwas?«

»Nur noch eins«, sagte John Perrone. »Wenn wir all das geheim halten wollen, schlage ich vor, dass wir einen Codenamen verwenden, der nur uns bekannt ist.«

Fred Grimes runzelte nachdenklich die Stirn. »Angefangen hat alles mit der Untersuchung des Rockefeller-Instituts über Mungo.«

»Mungo sollte lieber nicht erwähnt werden.«

»Aber wir könnten den Bericht verwenden. Adam soll ja angeblich eine Story über Mungo machen.«

»Fred hat recht«, sagte Perrone. »Es ist die perfekte Tarnung.«

»Also?«

»Das Rockefeller-Institut-Projekt: RIP.«

»RIP. Ripper!«, rief Grimes aus. »Der Ripper.«

»Das Ripper-Projekt«, sagte Perrone ruhig.

Dunlop verzog zwar zunächst den Mund, doch dann nickte er. »Gut, einverstanden.« Er sah sich abermals im Raum um. »Das wär's ja wohl dann.«

Martin Dunlop griff nach einigen Papieren auf seinem Schreibtisch. Die Besprechung war zu Ende.

Als das Trio die Tür erreicht hatte, rief Martin Dunlop: »Mr. Kenton? Ich möchte Ihnen schon jetzt danken. Ich weiß, dass ich für Mr. Mackenzie spreche, wenn ich jetzt sage, dass Newstime Incorporated in Sie die größten Hoffnungen setzt und voller Zuversicht ist, dass Sie sie nicht enttäuschen.«

Auf dem Weg nach draußen wechselten John Perrone und Fred Grimes einen raschen Blick miteinander.

Der gerissene Hurensohn!, dachte Kenton wütend bei sich. Damit ist wohl klar, dass ich einfach nicht versagen darf … oder ich bin erledigt. Und wenn ich das Unmögliche irgendwie doch fertigbringe, wird allein er den Ruhm ernten. Das ist so sicher wie das Amen in der Kirche. Ich verliere also auf alle Fälle. Dieser Hurensohn!

Aber während Kenton dies dachte, suchte sein messerscharfer Verstand bereits nach geeigneten Gegenmaßnahmen. Er dachte gar nicht daran, sich von einem noch so gerissenen Chefredakteur um die verdiente Anerkennung bringen zu lassen!

In Perrones Büro wurde Kenton gefragt, was er brauche.

»Einen Fluchtwagen«, erwiderte Kenton grimmig.

Niemand lachte.

Kenton verlangte eine ständige Telefonfernverbindung für das ganze Land. Außerdem eine komplette Liste aller *Newstime*-Reporter in allen Städten. Außerdem wollte er sämtliche Berichte über Mungo haben, angefangen vom kleinsten Provinzblatt bis hinauf zur *New York Times.* Desgleichen Kopien aller wichtigen Dokumente, angefangen bei Mungos Geburtsurkunde. Perrone versprach, sofort zwei Mann dafür abzustellen, die Kenton auch für die Dauer der Operation zur Verfügung stehen würden.

Sonst noch etwas?

Im Moment, nein. Das heißt – und jetzt lächelte Kenton: er brauche eine komplette Liste aller vertraulichen Informationsquellen von *Newstime* – Perrones berühmte Informationsspitzel. Ohne diese Liste, so betonte Kenton, würde er unnötig Kraft und Zeit verschwenden, und da die Zeit bekanntlich dränge …

Man machte ihn darauf aufmerksam, dass nur drei oder vier Top-Leute beim Magazin Zugang zu dieser Liste hatten. Wie sollte sie vertraulich bleiben, wenn man sie in Umlauf brachte? Kenton erwiderte, dass nur er diese Liste sehen würde, er allein würde dafür verantwortlich sein, dass sie vertraulich blieb und schließlich zurückgegeben werde. Nach einem kurzen Telefongespräch wurde auch diese Forderung bewilligt.

Wenig später saß Adam Kenton in seinem neuen Büro im siebten Stockwerk, schaute aus dem Fenster und dachte an Kalifornien. Vor vierundzwanzig Stunden war er noch dort im warmen Sonnenschein gewesen, jetzt hockte er an einem trüben Tag hier in New York in einem kahlen Raum.

Als es klopfte und die Tür sich öffnete, drehte Kenton sich um. Ein alter Mann kam ins Büro. Militärische Haltung, eisengraues, kurz geschnittenes Haar, dunkle Frettchen-Augen. Kenton hatte den Namen schon früher gehört. Otto Klemp, Sicherheitschef bei Newstime Incorporated.

Klemp stellte sich vor. Dabei gestattete er sich die Andeutung von einem Lächeln, das aber sogleich wieder verschwand.

Er sprach mit unverkennbar deutschem Akzent. Seine Botschaft war kurz und präzise.

»Solange Sie mit diesem Auftrag beschäftigt sind, wohnen Sie im St. Moritz. In Zimmern, die ständig für unser Unternehmen reserviert sind. Sie werden mit niemandem über Ihre Arbeit sprechen. *Mit niemandem.* Weder innerhalb noch außerhalb des Unternehmens. Sollte Ihre Tarnung aus irgendeinem Grund platzen, sollte die absolute Geheimhaltung in irgendeiner Weise gefährdet sein, ist Ihr Auftrag automatisch beendet.« Wieder dieser geisterhafte Anflug eines Lächelns. »Wir werden Ihre Fortschritte aufmerksam beobachten, sehr aufmerksam. Wie Sie sicher bereits wissen, ist Ihr Objekt gestern in New York eingetroffen. Ich glaube, am selben Tag wie Sie. Interessant, nicht wahr?« Seine Hand lag auf dem Türknauf. »In Österreich gibt es eine Geschichte von einem Fuchs, der sich als Hund verkleidet. Als die Jagd beginnt, rennt er einfach mit der Meute mit. Alles geht gut – bis der Wind umschlägt.«

Klemp schien die Hacken zusammenzuschlagen, bevor er sich umdrehte und durch den Türspalt nach draußen schlüpfte.

Kenton beobachtete, wie sich die Tür schloss. Kenton verengte die Augen zu schmalen Schlitzen. Er dachte angestrengt nach. Zwei Dinge schienen klar. Es gab hier ein paar Leute, die ihm wirklich zutrauten, Vincent Mungo aus dem Nichts hervorzuzaubern und den Unternehmenschefs zu präsentieren, um ihnen damit zur Story des Jahres zu verhelfen. Aber es gab auch einige, die sein Versagen wünschten.

Während er so über den unsichtbaren Killer nachdachte, der vielen Leuten einen Haufen Geld wert zu sein schien, kam John Perrone herein und setzte sich hin. Er sah besorgt aus.

»Klemp ist also bereits hier gewesen? Ich hatte schon überlegt, wie lange er wohl brauchen würde. Ich habe oben mit ihm gesprochen. Er hat mir gesagt, er wolle dafür sorgen, dass Sie alles haben, was Sie brauchen. Er hat das Wort ›alles‹ besonders betont. Ich glaube, der Mann mag Sie.« Er zögerte. »Oder er hat Angst vor Ihnen. Weiß er vielleicht etwas, was ich nicht weiß?«

Kenton sah seinen Boss an. »Vielleicht ist er in Wirklichkeit

Vincent Mungo und weiß, dass ich es herausbekommen werde.« Er grinste bei dieser Vorstellung.

»Keine Scherze, bitte«, grollte Perrone.

»Ich scherze fast nie.«

»Unterschätzen Sie ihn lieber nicht. Klemp ist ein zäher Bursche und kennt kaum etwas anderes als den Job.«

»Wessen Job?«

Perrone runzelte die Stirn. Er fühlte sich immer unwohl, wenn er über Klemp sprach.

»Mackenzies«, sagte er schließlich. »Und natürlich auch seinen eigenen. Aber sein wirklicher Job besteht darin, alles unter Verschluss und jeden in Schach zu halten. Ist versessen auf Sicherheit. Na, Sie kennen ja diesen Typ Mensch.«

»Ich habe ein paar von ihnen kennengelernt.«

»Seine Aufgabe ist es, geheime Dinge geheim zu halten.«

»Und tote Dinge tot?«

Perrone sah sich im leeren Büro um.

»Das auch«, antwortete er ruhig.

Irgendwo schlug eine Uhr die Stunde. Zwölf Uhr Mittag. In Kalifornien erst neun Uhr. Kenton runzelte die Stirn. In Los Angeles könnte er jetzt noch im Bett liegen. Stattdessen saß er nun in einem versiegelten Glaskäfig, war von Feinden umgeben und konnte ihnen nur entrinnen, wenn er einen Wahnsinnigen zur Strecke brachte. Wenn er Vincent Mungo nicht erwischte, würde er nicht nur seinen Ruf, sondern auch seinen Job verlieren. Sicher, er würde Angebote bekommen, aber er hing an seiner Arbeit, hing an *Newstime*. Er seufzte. Es gab keinen Ausweg. Er saß in der Falle und würde gezwungen sein zu tun, was man von ihm verlangte – zumindest diesmal. Aber er würde weiß Gott die Augen offen halten! Und sollte er irgendetwas nicht in Ordnung finden, würde er zuschlagen wie der Hund der Baskervilles!

Adam Kenton schüttelte den Kopf. Es war alles abgemacht.

Seine Gedanken wandten sich der bevorstehenden Jagd zu. Er dachte an den Fuchs. Was würde er tun?

»Sie müssen sich etwas einfallen lassen, Adam. Und zwar schnell. Ich muss in dieser Sache den Kopf hinhalten. Geben Sie aus, was nötig ist. Ich werde dafür sorgen, dass Sie in dieser Hinsicht alles bekommen.«

Kenton schreckte aus seinen Überlegungen auf.

»Es geht nicht um Geld. Hinter diesem Wahnsinnigen waren schon ganze Staaten her, mit schier unerschöpflichen Mitteln.« Er schnaubte verächtlich. »Nein, ich fürchte, dass es darauf nicht ankommt. Wenn es so einfach wäre, müsste er längst tot sein.«

»Was dann?«

»Informationen. Wir brauchen Informationen. So viel wie möglich. Wir müssen alles über ihn wissen, ganz egal, woher wir es bekommen, dann…«

»Dann?«

Kenton lächelte. »Nur dann können wir ihn *vielleicht* überlisten.«

Perrone nickte. »Für diese Recherchearbeiten habe ich Ihnen zwei gute Männer zugeteilt. Natürlich dürfen sie nichts wissen.«

»Das wird schwierig sein.«

»Versuchen Sie es.«

»Und was ist mit Grimes? Wie passt er ins Bild?«

»Er ist unser Kriminalexperte. Technisch ist er Ihr Vorgesetzter, aber in diesem Fall wird er alles tun, was Sie sagen. Das wurde ihm bereits mitgeteilt. Macht Ihnen das zu schaffen?«

»Nein, solange er ehrlich mitspielt.«

»Fred ist ein guter Mann. Er kann Ihnen viel helfen.«

»Wie lautet die Befehlskette?«

»Sie berichten mir direkt. Niemandem sonst.«

»Ist das ein offizieller Befehl?«

Perrone sah ihn ernst an. »Wenn Sie so wollen, ja.«

»Und was ist mit Dunlop?«

»Mit ihm werde ich schon fertig.«

»Und Klemp?«

»Mit ihm auch.«

»Wie viele Leute wissen von mir?«

»Sechs vom Magazin wissen, dass wir hinter Mungo her sind. Dunlop und sein Stellvertreter Patrick Henderson, mein leitender Redakteur Christian Porter, der Leiter der Abteilung Faktenrecherche Mel Brown, außerdem Fred und ich. Von der Geschäftsleitung natürlich Mackenzie und Otto Klemp. Sowie die jeweiligen Vizepräsidenten der Magazine und Zeitungen. Das wären im Moment alle.«

»Hm, zehn kleine Negerlein«, meinte Kenton nachdenklich.

»Einige sind ziemlich groß.«

»Zehn große Negerlein«, sagte Kenton und verzog das Gesicht. »Ich möchte eine Liste von allen mit ihren vollständigen Titeln und Zuständigkeiten. Wenn ich spielen muss, möchte ich wissen, wer mit mir am Tisch sitzt.«

»Bis zum Nachmittag werden Sie alles haben.«

»Und halten Sie mir diese Leute vom Leib, ja? Ich werde auch so noch mehr als genug zu tun haben.«

Perrone nickte zustimmend. »Nur noch eins«, sagte er leise. »Martin hat erklärt, warum dieses Projekt streng geheim bleiben muss. Aber er hat nicht erklärt, was das für Sie bedeutet. Sollte man Sie dabei erwischen, wie Sie sich in polizeiliche Angelegenheiten einmischen oder dass Sie Informationen zurückhalten, dann … dann können wir Sie nicht länger decken.«

»Das hatte ich mir schon gedacht«, sagte Kenton.

»Soweit es *Newstime* betrifft, arbeiten Sie an einer Story über Vincent Mungo, das ist alles. In der Praxis wird das Magazin sich natürlich für Ihre Freilassung einsetzen und Ihnen vor Gericht jeden juristischen Beistand gewähren. Sollte man Ihnen jedoch strafbare Handlungen nachweisen können …«

»Ich habe verstanden«, sagte Kenton. »Wenn ich erwischt werde, bin ich auf mich allein gestellt.«

»In diesem besonderen Fall läuft es leider darauf hinaus. Sollte es so weit kommen, wird es selbstverständlich eine finanzielle Vereinbarung geben. Und natürlich auch einen Job, wenn Sie zurückkommen. Ich möchte nur, dass Sie sich darüber im Klaren sind.«

»Ich glaube, das bin ich«, murmelte Kenton.

Perrone stand auf und war offensichtlich erleichtert. Er ging zur Tür. »Geben Sie alles, Adam. Wenn Sie Mungo aufspüren, bevor es die Polizei tut, ist er für uns alle sein Gewicht in Gold wert.«

»Mich würde jetzt nur noch eins interessieren«, rief Kenton von seinem Schreibtisch aus. »Wer hat mich für diesen unmöglichen Job eigentlich ausgewählt?«

»Ich«, sagte Perrone. »Ich und Fred Grimes. Wir waren der Meinung, dass es ein Job für einen Superman ist.«

Als die Tür hinter Perrone ins Schloss gefallen war, herrschte Stille im Raum. Erst nach einer ganzen Weile erwachte Kenton aus seinen Gedanken. Er erhob sich und verließ das Büro. Er ging ins P. J. Clarke's, um etwas zu essen. Zum Essen genehmigte er sich ein Bier. Er sah niemanden, den er kannte. Obwohl er in dem überfüllten Restaurant von vielen Leuten umgeben war, die zum großen Teil wie er für die Presse tätig waren, fühlte er sich einsamer als je zuvor in seinem Leben, und er überlegte, ob es Vincent Mungo, wo immer er sich auch aufhalten mochte, in diesem Moment vielleicht genauso ergehen könnte.

Wäre Kenton wirklich ein Superman gewesen, hätte er mit seinem Röntgenblick vielleicht sehen können, dass »Mungo« sich tatsächlich in der Stadt aufhielt, nur etwas mehr als eine Meile entfernt. Aber Kenton war nun mal kein Superman, und so würde er von der neuesten Schandtat des Killers erst in den Abendnachrichten erfahren. Jetzt verzehrte er zunächst einmal schweigend seinen Lunch und fuhr dann mit einem Taxi zu seinem Büro zurück.

Auf seinem Schreibtisch fand er einen Stapel von Zeitungsausschnitten über den »Killer von Kalifornien«. Methodisch machte sich Kenton an die Durchsicht.

Er war schon ziemlich lange damit beschäftigt, als das Telefon läutete.

Melvin Baker Brown hatte ihm die beiden besten Leute seiner Abteilung zugeteilt. Beide waren bereits intensiv bei der Arbeit, um alle Dinge zusammenzutragen, die er brauchte. Sollte er etwas ganz Spezielles benötigen oder bei der Beschaffung von Informationen irgendwelche Schwierigkeiten haben, brauchte er nur anzurufen. Wie meinen? Ja, sollte nicht allzu schwierig zu beschaffen sein. Vielleicht ein bisschen merkwürdig, aber – zum Teufel! – bei dieser Sache war doch alles merkwürdig. Sicher, bis morgen früh würde er es haben. Hoffentlich. Wann? Nein, das ist unmöglich. Die ganze Sache muss erst durch den Computer laufen. Das ist richtig. Okay. Wird genügen. Und viel Glück!

Kenton legte den Hörer auf und kehrte zu seiner Lektüre zurück. Hin und wieder machte er sich eine Notiz auf einem Blatt Papier, bis es schließlich gefüllt war. Dies nahm er zum Anlass für eine Zigarettenpause. Als er gerade fertig geraucht hatte, wurde die Tür geöffnet. Fred Grimes kam herein. Er setzte sich vor den Schreibtisch und fragte: »Na, wie geht's?«

»Ich taste mich voran.«

»Klingt nach Im-Dunkeln-Tappen.«

»Es gibt ein paar Lichtblicke.«

»Verstehe.« Grimes wurde ernst. »Ich weiß, dass die Chefs es für möglich halten, vor allem John und Martin Dunlop, aber was halten Sie von der Sache?«

»Die gleiche Frage wollte ich Ihnen gerade stellen.«

Grimes sah ihn einen Moment lang an. »Wollen Sie meine ehrliche Meinung hören?«

Kenton nickte.

»Ich glaube, Sie haben keine Chance.«

»Warum nicht?«

»Der Kerl tötet nicht aus einem erkennbaren Motiv, es geht hier nicht um Rache oder Liebe oder um Bereicherung. Er sucht sich willkürlich Fremde aus. Also kann er überall zuschlagen. Sein Handeln ist zufallgesteuert. Ohne Motiv können Sie auch nicht nach Gelegenheiten Ausschau halten. Mit anderen Worten – Sie haben nichts in der Hand. Wenn er keinen Fehler begeht, kann er auf immer und ewig so weitermachen. Oder sich zurückziehen wie Jack the Ripper. Und wenn er einen gravierenden Fehler macht, schnappt ihn die Polizei. Welche Chance haben Sie dann noch?«

»Ich weiß es nicht«, sagte Kenton.

»Sie können jederzeit hinschmeißen.«

»Hat keinen Zweck.«

»Aber ich bin froh, dass Sie es wenigstens versuchen wollen.«

»Auch wenn ich keine Chance habe?«

»Selbst dann.« Grimes schlug die Beine übereinander. »Sie sind der beste Mann, den wir haben.« Er lächelte ein wenig verlegen. »Wo beginnen wir also?«

»Am Anfang.« Kenton deutete auf die Papiere auf seinem Schreibtisch. »Ich habe heute Nachmittag schon allerhand erfahren. Der Rockefeller-Bericht deutet an, dass Mungo eher aus Hass auf seine Mutter als aus Liebe für seinen Vater tötet. Nur Frauen. Das macht er natürlich unbewusst. Seine Briefe und Hinweise am Tatort lassen darauf schließen, dass er Chessman nacheifern will. Aber wenn es um Gewalttätigkeit geht, ist Hass meistens die stärkere Triebfeder als Liebe. Ich glaube, in diesem Punkt haben die Ärzte recht. Daran habe ich bislang nicht gedacht, und vielleicht ist das auch allen anderen, die so intensiv nach ihm suchen, bisher entgangen.«

»Das ist immerhin ein Anfang.«

»Da ist noch mehr. Ich habe das Alter der Opfer überprüft. Alle waren zwischen etwa achtzehn und vierzig – also ungefähr in dem Alter, in dem Frauen Kinder zur Welt bringen. Keine kleinen Mädchen, keine alten Frauen. Nur Frauen, die hätten Kinder bekommen können.«

»Er hasst also Frauen und Kinder.«

»Das ist nicht alles. Von meiner früheren Arbeit über Mungo weiß ich von den Verstümmelungen, die in den Zeitungen niemals im Detail erwähnt wurden. In der Hauptsache waren die Geschlechtsorgane und Brüste davon betroffen. Förmlich in Stücke gerissen. Unglaublich brutal.« Er machte eine Pause. »Verstehen Sie, worauf ich hinauswill?«

Grimes dachte nach. »Mungo ermordet und verstümmelt Frauen, die Kinder bekommen können, weil er unbewusst seine Mutter hasst. Er hasst sie, weil sie ihm irgendetwas angetan hat, als er selbst noch ein Kind war.« Er sah Kenton an. »Habe ich recht?«

»Ich glaube, ja.«

»Was weiter?«

Kenton antwortete bedächtig: »Er tötet jetzt, weil er das Entsetzen über das, was ihm seine Mutter angetan hat, als er ein Kind war, nacherlebt. Vielleicht sollte ich sagen, dass er immer noch in diesem Entsetzen lebt. Er sieht sich immer noch als das Kind, das sich gegen einen Angriff nicht wehren und schützen kann.«

Grimes nickte. »Aber er ist doch ein Mann und kann sich

schützen. Daher tötet er Frauen, die Mütter sein könnten wie seine eigene Mutter. Richtig?«

»Nein.« Kenton lächelte. »Er ist kein Mann. Jedenfalls nicht in seiner eigenen Vorstellung. Er ist immer noch das Kind, das grauenvolle Dinge erlebt, und deshalb tut er, was ihm das Tier in seinem Innern vorschreibt, um überleben zu können.« Er lächelte wieder. »Wenn wir ums Überleben kämpfen müssen, werden wir alle wieder zu Tieren.«

»Aber das ist doch ein Widerspruch«, protestierte Grimes. »Ich meine, leben wie ein Kind und töten wie ein Mann. Beides gleichzeitig können Sie nicht haben. Entweder ist er immer noch in der Phase seiner Kindheit gefangen und durchlebt sie wieder und wieder, oder eben nicht. Wenn er noch darin gefangen ist, dann muss er auch genauso leben wie damals. Er könnte also nicht durch die Gegend ziehen und Frauen töten, es sei denn ...« Er brach abrupt ab. Er riss die Augen auf.

Kenton nickte. »Genau«, sagte er leise.

Grimes saß ziemlich lange ganz still da. »Das ist doch nicht Ihr Ernst«, sagte er schließlich.

»Mein voller Ernst.« Kenton zündete sich eine Zigarette an. »Er hat als Kind irgendwie seine Mutter getötet, und jetzt tötet er sie immer wieder. Er kann nicht anders. Er ist in dieser Periode seines Lebens eingeschlossen. Für ihn ist seine Kindheit *jetzt* – in der Gegenwart. Er wird weiter dieses Entsetzen empfinden und deshalb auch weiter töten. Bis er daran gehindert wird. Nur eins macht die Sache für ihn jetzt noch viel komplizierter: Sex. Er verspürt den sexuellen Instinkt des Mannes, und das gibt ihm zusätzlichen Antrieb.«

Kenton steckte sich eine neue Zigarette an, nahm einen tiefen Zug.

»Jetzt ist er natürlich viel gefährlicher«, fuhr er fort. »Physisch ist er ein Mann mit der Kraft und der Intelligenz eines Mannes.

Das beweisen die Morde. Wo immer er auch seit seiner Kindheit gewesen sein mag, wie viele Jahre seitdem auch vergangen sein mögen, er hat eine Gerissenheit entwickelt, die schon fast an Genie grenzt. Er ist offenbar von Natur aus sehr intelligent. Er ist geschickt genug, tötend durchs Land zu ziehen und über die Polizei zu lachen. Stellen Sie sich das vor. Er hinterlässt Hinweise, er schreibt Briefe, er kündigt seine Absichten an. Und man hat ihn noch immer nicht erwischt.« Er senkte die Stimme. »Ich glaube, er hat Folgendes getan: Er will die restliche Welt in seinen verzweifelten Kampf ums Überleben hineinziehen. Und damit kommen wir zu Chessman. Mungo mag aufrichtig glauben, dass Chessman sein Vater ist. Ich will das nicht bestreiten. Aber unbewusst hat er das zu seiner eigenen Tarnung benutzt. Nach allem, was ich bisher über Chessman weiß, hat Mungo diesen Mann ganz richtig eingeschätzt. Die selbstherrliche Arroganz. Der Hunger nach Publicity. Der Drang, anerkannt zu werden. Und Mungo versucht so wie Chessman zu sein und genau das zu tun, was Chessman auch tun würde, wenn er noch leben würde. Damit macht Mungo natürlich klar, dass er glaubt, dass Chessman vor fünfundzwanzig Jahren schuldig war.« Kenton zog an seiner Zigarette, bevor er fortfuhr. »Nun ergänzen sich die beiden Dinge gegenseitig. Mungo überlebt, indem er Frauen tötet, die er für seine Mutter hält. Er tötet Frauen aber auch seinem Vater zu Ehren. Dabei hat er sich in ein wahres Monster verwandelt, das in der Geschichte des Verbrechens einmalig ist, zumindest in Amerika.« Er drückte die Zigarette im Aschenbecher aus und blies Rauch durch die Nase. »Sehen Sie, womit wir es hier zu tun haben? Mit einem unglaublich intelligenten Psychopathen mit den Emotionen eines verstörten Kindes und dem unbändigen animalischen Trieb zu überleben.« Er schüttelte wie staunend den Kopf. »Nach außen hin normal und angepasst, innerlich aber auf Massenmord programmiert.« Er sah

Grimes an. »Wissen Sie, hundert wie er könnten ein ganzes Land vernichten!«

Fred Grimes rieb nervös die Hände aneinander. Als er sprach, klang seine Stimme heiser. »Vincent Mungos Mutter starb, als er fünfzehn war. Sie ist beim Essen an irgendetwas erstickt. Von wem auch immer Sie da eben gesprochen haben, Adam – es ist nicht Vincent Mungo.« Er holte tief Luft. »Wer dann?«

»Ich weiß es nicht.« Kenton wirkte niedergeschlagen. »Es könnte irgendwer sein.«

»Deshalb kommt er auch so leicht überall herum. Man weiß ja nicht einmal, wie er aussieht.« Es war keine Frage.

Kenton nickte. »Es könnte jemand sein, an den sich Mungo nach seiner Flucht gewandt hatte. Jemand, der seine Identität übernommen hat. Mungo könnte sich jetzt versteckt halten und irgendwo ein ruhiges Leben führen. Oder er ist tot – höchstwahrscheinlich von seinem Nachahmer umgebracht.«

Grimes betrachtete die Papiere. »Und das alles haben Sie herausbekommen, indem Sie diese Sachen über ihn gelesen haben?«

»Ich habe wochenlang an ihn gedacht und mich gefragt, woher ein so irrsinniger Hass kommen könnte. Die Antwort habe ich in diesem Bericht gefunden. Seine Mutter. Sie muss ihm irgendetwas Schreckliches angetan haben. Aber damals muss er noch sehr jung gewesen sein. Während dieses Lebensabschnitts sind wir alle am verwundbarsten. Wenn wir älter werden und heranwachsen, finden wir Mittel und Wege, um uns zu wehren und zurückzuschlagen. Hass in dieser gesteigerten Form muss in der Kindheit ihren Ursprung haben. Wenn er mit allem, was er jetzt tut, jene Zeit wieder zum Leben erwecken will, dann gibt es dafür nur eine einzige Erklärung. Er hat seine Mutter getötet. Oder versucht, sie zu töten. Nur kann er sich das nicht eingestehen. Niemand könnte so etwas. Ich bin sicher, dass er die Erinnerung daran verdrängt hat. Im Moment glaubt er wahrscheinlich, seine Mutter sehr geliebt zu haben.« Er schwieg einen Moment, bevor er fortfuhr. »Was er glaubt, was mit seiner Mutter geschehen ist, das weiß wohl nur Gott allein. Oder was er jetzt als Ersatz benutzt.«

»Aber Sie können nichts von alledem beweisen.«

»Nein«, sagte Kenton. »Aber auch wenn ich es nicht kann, werde ich mich darauf konzentrieren. Ich brauche irgendeinen Anhaltspunkt, wenn ich damit anfangen will, so zu denken wie er. Wenn meine Vermutung richtig ist, besteht vielleicht eine minimale Chance, dass ich irgendwie an ihn herankomme.«

»Was ist Ihr nächster Schritt?«

»Mel Brown hat vorhin angerufen. Ich habe ihn gebeten, per Computer alle Muttermorde herauszusuchen, die sich während der letzten fünfundzwanzig Jahre in Kalifornien ereignet haben. Das könnte uns weiterbringen.«

»Warum Kalifornien?«

»Es ist ein Anfang.« Kenton zupfte an seinem Ohrläppchen. »Da die Tötungen dort begonnen haben, gehe ich mal davon aus, dass unser Mann dort geboren wurde oder zumindest als Kind dort gelebt hat. Anhand einer solchen Liste können wir feststellen, wie viele dieser Täter inzwischen tot oder in Anstalten untergebracht sind. So wird sich der Kreis vielleicht etwas einengen lassen.«

»Kann ich irgendetwas tun?«

»Sogar sehr viel. Richten Sie schnellstens für mich die Fernverbindungsleitung ein. Ich möchte ab morgen am Telefon sein. Außerdem brauchen wir noch einen zweiten Schreibtisch für die Rechercheure oder für Sie selbst, wenn Sie hier unten sind. Sie könnten mir auch eine Liste der leitenden Polizeibeamten zusammenstellen. Ebenso der führenden Mitarbeiter der Stadtverwaltung. Mit den Telefonnummern. Ich werde ein

Diktafon und ein Mitschneidegerät von Telefonanrufen brauchen. Man soll das Gerät so anschließen, dass es sich einschaltet, sobald ich den Hörer abhebe. Außerdem werde ich einen kleinen Safe brauchen, am besten mit doppeltem Kombinationsschloss. Und ich erwarte auch noch ein paar wichtige Listen von John Perrone.«

Grimes notierte sich einige Dinge auf der Rückseite eines Umschlags. »Ich werde tun, was ich kann«, sagte er und lächelte zuversichtlich. Er erhob sich, wollte gehen, doch er wandte sich noch einmal um. »Ihre Theorie ist sehr interessant, sie weist nur einen kleinen Fehler auf.«

»Nur einen?«, fragte Kenton lächelnd.

»Einen wichtigen.«

»Nur zu.«

»Sie sagen, er hat seine Mutter getötet, als er noch ein Kind war. Und jetzt ist er ein Mann. Was ist mit ihm in den Jahren dazwischen gewesen? Warum hat er nicht schon längst getötet, wenn er – wie Sie behaupten – noch immer in seiner Kindheit gefangen ist?« Er schüttelte den Kopf. »Da stimmt irgendetwas nicht. Wo war er all diese Jahre? Und was hat er getan?«

Adam Kenton stand ebenfalls auf. Er trat ans Fenster. Draußen hatten sich Gewitterwolken zusammengebraut. Erste Regentropfen fielen.

»Ich weiß es nicht«, sagte er leise, während er beobachtete, wie der Regen auf die Scheibe traf. »Noch nicht.«

Er betrachtete sein Spiegelbild, das sich deutlich gegen den dunklen Hintergrund abhob.

»Sie kennen die Stelle im Neuen Testament, wo Jesus als Knabe im Tempel predigt, nachdem er drei Tage von zu Hause verschwunden war. Ich glaube, er war zu dieser Zeit zwölf. Als man den Jungen fragte, was er sich dabei gedacht hat, einfach wegzulaufen, antwortete er: ›Wusstet ihr nicht, dass ich im Haus meines Vaters sein muss?‹ Oder so ähnlich …« Er drehte sich um. Seine Miene war ernst. »Und wissen Sie, was ich daran so merkwürdig finde? Man hat von ihm nichts wieder gehört, bis er ein Mann war.«

12

Amos Finch hatte ein schlechtes Gewissen, und dieses Gefühl gefiel ihm kein bisschen. Seit drei Tagen wusste er nun, wie man feststellen könnte, ob Vincent Mungo noch lebte oder ob er bereits tot war. Oder wenigstens, ob Mungo tatsächlich vor dreieinhalb Monaten aus dem Willows State Hospital geflohen war. Und doch hatte Finch seit drei Tagen niemandem etwas davon gesagt. Zwar hatte er mehrmals nach dem Telefonhörer gegriffen, um John Spanner in Hillside anzurufen, aber er hatte es dann doch nicht getan.

Schon vor einigen Wochen war Finch davon überzeugt gewesen, dass Vincent Mungo nicht der gesuchte Killer war. Es war immer mehr über Mungo ans Licht gekommen, sodass inzwischen die meisten Fakten seines Lebens bekannt waren. Wenn man diese Fakten mit den Morden verglich, dann stand für Finch absolut fest, dass es sich um zwei grundverschiedene Männer handelte. Soweit Finch es beurteilen konnte, besaß Mungo keine der Qualifikationen, die nötig waren, um solche Taten zu vollbringen. Weder den Drang noch das Geschick, geschweige denn die Intelligenz oder Fantasie. Mungo war ein unbeholfener Trampel, der einfach in den Tag hineinlebte. Ihn mit dem Genius zu vergleichen, der gerade eine ganze Nation in Angst und Schrecken versetzte, war wahrlich absurd.

Blieben also nur zwei Möglichkeiten. Entweder war der Killer bei der Flucht aus dem Willows Mungos Partner gewesen – oder es handelte sich um einen gänzlich Unbekannten, der seine mörderische Karriere erst nach der Flucht begonnen und Mungos Namen als Tarnung angenommen hatte. Dann aber fehlte Vincent Mungo. Sollte man dagegen seine Leiche mit dem bis zur Unkenntlichkeit verstümmelten Gesicht auf dem schlammigen Boden des Willows gefunden haben, dann war der fragliche Killer mit an Sicherheit grenzender Wahrscheinlichkeit der andere Mann – Thomas Bishop.

Finch wusste, wie man das feststellen könnte.

Vielleicht.

Es hing alles von einem einzigen anatomischen Merkmal ab.

Wenn er beweisen könnte, dass der Irre nicht Vincent Mungo, sondern wahrscheinlich Thomas Bishop war, würde die Polizei sofort überall im Land steckbrieflich nach ihm fahnden, also mit Bild und Beschreibung. Danach wäre es nur noch eine Frage der Zeit, bis er gefasst oder getötet wurde. Der einzige Grund, warum man bisher damit keinen Erfolg gehabt hatte, bestand in der Tatsache, dass man nach dem falschen Mann suchte.

Der Gelehrte in Finch sträubte sich gegen einen schnellen Erfolg der Polizei. Der Mensch in ihm stritt sich mit dem Forscher, der anomales menschliches Verhalten studierte. Die Angelegenheit verwirrte ihn. Sie nahm ihn so mit, dass er gar nicht merkte, wie anomal er sich selbst verhielt, weil er nicht sofort die Behörden verständigte.

Am letzten Montag war ihm eine mögliche Lösung für das Problem eingefallen. Aber Finch war nicht zum Telefon gegangen. Er brauchte Zeit zum Nachdenken. Am Abend dann hatte er aus den Nachrichten von der jungen Frau erfahren, die man ermordet im Zug in New York gefunden hatte.

Bei dieser Gelegenheit hatte er zum ersten Mal dieses ärgerliche Gefühl empfunden.

Am Dienstag hatte er ständig zwischen Telefonieren und Arbeit geschwankt. Am Abend hatte er von der zweiten Frau erfahren, die in New York getötet worden war – offenbar wiederum von seinem persönlich Jack the Ripper. Ärger und Gereiztheit steigerten sich.

Am Mittwoch hatte er damit begonnen, sich selbst und sein Verhalten laut zu verteidigen. Amos Finch sprach normalerweise nicht laut mit sich selber. Aber jede Form von Unentschlossenheit war ihm ein Gräuel. Er neigte in dieser Hinsicht zu Idealisierungen. Dinge ergaben sich, Entscheidungen wurden gefällt, das Leben ging weiter. Unentschlossenheit und Schwanken waren Produkte eines unterentwickelten Geistes. Dass er jetzt solchen Emotionen unterworfen war, ärgerte ihn nur noch mehr.

An diesem Abend ging er mit einer jungen Freundin zum Dinner aus. Er hielt es für angebrachter, mit einer Frau als mit sich selber zu reden. Er erklärte ihr sein Problem, natürlich nur in abstrakter Form. Sie fühlte sich geschmeichelt, weil er sie ins Vertrauen zog. Sie hatte ihn noch nie von etwas anderem als von Sex und Pferderennen reden hören. Und sie verstand vollkommen. Als er mit seinem langen Monolog über einen überlegenen Mann, der zwischen widersprüchlichen Wünschen zerrieben wurde, fertig war, lächelte die junge Frau ihn allerliebst an und sagte ihm, dass die Lösung doch wirklich sehr einfach war. Er musste einfach »sein Ding durchziehen«.

Sie war zwanzig Jahre alt.

Er starrte sie an und sagte nichts mehr.

Als er später im Bett »sein Ding durchgezogen« hatte, fasste er einen Entschluss. Er würde nie wieder versuchen, mit einer jungen Frau über ein intellektuelles Problem sprechen.

Am Donnerstagmorgen hatte er Schwierigkeiten, sich auf seine Vorlesung zu konzentrieren.

Bei der Nachmittagsvorlesung erwähnte jemand in abfälliger, geringschätziger Weise den Namen Vincent Mungo. Darüber ärgerte sich Amos Finch. Er war geradezu sehr empört. Vincent Mungo war ein großer Mann, der Größte, ein Genius!

Das heißt: Es stimmte nicht ganz. Mungo war nicht der Größte, jedenfalls noch nicht. Und er war nicht Vincent Mungo.

Zu Hause beschäftigte sich Finch mit dem Zahlenrätsel in der Tageszeitung, um sich abzulenken. Aber er wusste, was er tun musste. Die Entscheidung war gefallen.

Bon Dieu!

Was er an Schuldgefühlen am meisten hasste, war der Umstand, dass man sich dabei so verdammt ... *schuldig* fühlte.

Finch rief endlich bei der Polizei in Hillside an und erwischte John Spanner gerade noch, als dieser gerade gehen wollte.

Spanner hörte mit wachsender Unruhe zu, als Finch ihm erklärte, was getan werden sollte, um die Identität der Leiche vom Willows festzustellen. Obwohl der Lieutenant nicht mehr an der Verfolgungsjagd beteiligt war, hatte er ein großes Interesse an dem Fall. Im Stillen betrachtete er ihn als einen seiner größten Fehlschläge. Aber irgendwo in seinem Unterbewusstsein lauerte immer noch der Verdacht, dass er der Wahrheit sehr nahe gewesen war. Jetzt könnte er die Chance bekommen, es auf die eine oder andere Art zu beweisen. Wenn er Glück hatte, sehr viel Glück.

Er versprach Amos Finch, sich sofort darum zu kümmern.

Fünf Minuten später brachte John Spanner seinen Wagen mit kreischenden Reifen vor dem städtischen Krankenhaus von Hillside zum Stehen. Eine Minute später war er im Archiv der Leichenhalle und überprüfte die Akte von Thomas Bishop, tot eingeliefert am 4. Juli 1973.

Spanners Finger zitterten, als er die Bilder der Leiche aus dem Schnellhefter nahm.

Da war es! Unmöglich zu übersehen. Die Leiche des angeblichen Thomas Bishop. Wer auch immer der Tote gewesen sein mochte, er war – beschnitten!

Vom kleinen Büro der Leichenhalle aus rief John Spanner in Forest City an und bat Sheriff Oates, sich mit Vincent Mungos Familie in Stockton in Verbindung zu setzen und festzustellen, ob Mungo beschnitten war. Ja, ganz recht, beschnitten. Nein, kein Scherz. Versuchen Sie, diese Information so schnell wie möglich zu bekommen. Wo Sie mich erreichen können? Auf dem Polizeirevier. Oder später zu Hause. Richtig. Ja, darum geht es.

Er sagte dem Sheriff nicht, warum er das wissen wollte, und Oates fragte auch nicht danach.

Anschließend rief Spanner im Willows State Hospital an und sprach mit dem neuen Direktor, einem Dr. Mason. Er stellte sich als der Polizeibeamte vor, der vor einigen Monaten den Mordfall in der Anstalt untersucht hatte. Dann bat er den Direktor um die Freundlichkeit, doch einmal jemanden zu beauftragen, aus Thomas Bishops Akte eine Beschreibung der körperlichen Merkmale herauszusuchen. Besonders interessiere ihn, ob Bishop beschnitten gewesen war. Diese Information sei für die weiteren Ermittlungen dringend notwendig. Spanner begriff zwar durchaus, dass solche Dinge normalerweise nicht in Akten vermerkt wurden, aber Bishop hatte ja fast sein ganzes junges Leben in der Anstalt verbracht, da dürften so allerhand Vermerke zusammengekommen sein.

Dr. Mason versprach, sich sofort darum zu kümmern und dann zurückzurufen. Wo? Bei der Polizeiwache? Ja, natürlich.

Spanner fuhr zu seiner Dienststelle zurück. Ihm graute.

Gewiss würde irgendwas ihnen einen Strich durch die Rechnung machen. Aber was sollte das sein? Sollte Bishops Akte im Willows State Hospital keinen entsprechenden Vermerk enthalten, würde Spanner versuchen, die Information im Krankenhaus zu bekommen, in dem Bishop geboren worden war. Sollte auch das nicht klappen, würde der Lieutenant eben einen anderen Weg finden müssen. Wärter oder Anstaltsinsassen hatten Bishop schließlich unter der Dusche beobachtet. Vielleicht war es sogar zu homosexuellen Handlungen gekommen. Oder vielleicht würde sich jemand von seinen Verwandten erinnern. Verdammt, es musste doch irgendeinen Weg geben!

Zwanzig Minuten später meldete sich Dr. Mason wieder am Telefon und berichtete, dass sich in den Unterlagen kein Hinweis auf eine Beschneidung fand. Aber der Arzt fügte hinzu, dass dies natürlich nicht bewies, dass Bishop *nicht* beschnitten gewesen sei. Es gab lediglich keinen Hinweis darauf.

Spanner verstand durchaus.

»Aber etwas Merkwürdiges gibt es in Bishops Personalakte doch«, fügte Dr. Mason hinzu.

»So?«

»Besser gesagt, es ist nicht mehr in der Akte, und gerade das ist seltsam.«

»Worum handelt es sich?«

»Nun, in jeder Akte der Insassen gibt es zwei Fotos. Eins, das bei Einlieferung gemacht wird, und ein aktuelles, das nicht älter als zwei Jahre sein sollte.« Eine Pause. »Und das Merkwürdige ist ...«

»Ja?«

»Nun, beide Bilder fehlen.«

Spanners Herz schlug schneller.

»Offenbar gibt es hier überhaupt keine Bilder mehr von Bishop«, fügte Dr. Mason hinzu.

Das war es!

Keine Bilder von ihm in der Akte. Er war schon als Junge eingeliefert worden. Also gab es von ihm als Mann nirgendwo ein Bild! Das war ein zu großer Zufall. Der Polizist in Spanner rebellierte gegen einen solchen Gedanken.

Er holte seine eigene Akte über Bishop hervor, die er sich für seine Ermittlungen angelegt hatte. Er schlug die erste Seite auf, las: Geboren am 30. April 1948 im County General Hospital von Los Angeles. Mutter: Sara Bishop-Owens, verstorben. Vater: Harry Owens, verstorben. Die Mutter war von ihrem zehnjährigen Sohn getötet worden. Aber wie war der Vater gestorben?

Spanner nahm sich vor, das umgehend herauszufinden. Er griff zum Telefon, erbat Hilfe von der Polizei in Los Angeles. Vor allem brauchte er jede Information, die bei Bishops Geburt im Krankenhaus registriert worden war. Außerdem benötigte er alle Informationen über den Tod des Vaters Harry Owens.

Spanner hoffte, bis morgen früh Antwort zu haben. Nachdem er noch eine halbe Stunde lang versucht hatte, sich mit anderen Dingen zu beschäftigen, gab er es schließlich auf und ging nach Hause.

Gegen zwanzig Uhr wurde er durch das Läuten des Telefons geweckt. Er war vor dem Fernseher eingenickt.

Es war Oates. Er hatte mit Vincent Mungos Verwandten in Stockton gesprochen. Der Junge war im Krankenhaus, in dem er geboren worden war, beschnitten worden. Vielleicht hatte jemand gedacht, dass sich der Name Mungo irgendwie jüdisch anhörte. Vielleicht hatte man es aber auch nur aus reiner Routine getan.

»Kein Irrtum möglich?«, fragte Spanner.

»Nein. Warum?«

Spanner sagte Oates, dass die Leiche in Willows ebenfalls beschnitten gewesen war.

Woher wusste er das, wenn es doch gar keine Leiche mehr gab?

Die Bilder, die in der Leichenhalle gemacht worden waren, zeigten eindeutig einen beschnittenen Penis. Das war eine Sache, an die man bisher nie gedacht hatte.

Bis jetzt.

Nein, es war ein Zivilist, der darauf gekommen war.

Spanner berichtete von Amos Finch und dessen Ideen über den Mörder. Oder über die Mörder. Und wie Finch die Lösung gefunden hatte, wie man den toten Mann identifizieren könnte.

Nur hatte er das Problem eigentlich noch nicht gelöst, wie Oates einwarf. Bis jetzt wusste man nur, dass es Mungo gewesen sein *könnte*. Falls Thomas Bishop ebenfalls beschnitten war, wäre man genauso weit wie vorher.

Die Polizei von Los Angeles stellte bereits entsprechende Nachforschungen an. Es würde also nur noch eine Frage der Zeit sein. Man konnte weiter nichts tun als abwarten.

Als John Spanner schließlich in einen unruhigen Schlaf versank, hatte er einen furchtbaren Traum. Er stand wie angewurzelt da. Er war nicht imstande, sich zu bewegen, während aus großer Ferne langsam eine Gestalt auf ihn zukam. Als sie nahe genug herangekommen war, sah er, dass sie von durchschnittlicher Größe war und Männerkleidung trug. Näher und immer näher kam diese Gestalt, bis Spanner das Gesicht sah. Es hatte keine Züge. Nichts. Nur ein dunkles Loch, dort, wo eigentlich der Mund hätte sein müssen, und aus dieser Öffnung erklang wahnwitziges, teuflisches Gelächter. Als die Gestalt ganz herangekommen war, öffnete sie eine Hand und ließ ein langes, spitzes, rasierklingenscharfes Messer erkennen.

In wachsendem Entsetzen beobachtete Spanner, wie die Gestalt die Hand hob, höher und immer höher, bis alles Licht davon ausgelöscht wurde. Er stand im Dunkeln und schrie gegen das irrsinnige Lachen an, während das Messer nach unten zuckte und sich durch die Augen in weiches Gewebe bohrte, bis sich die Augenhöhlen in blutige Ströme verwandelten.

13

Als Bishop am Dienstag früh aufstand, war er voller Tatendrang. Für seinen ersten richtigen Tag in New York hatte er sich viel vorgenommen. Er verließ das schäbige Hotel um 8.30 Uhr. Er ging bis zum Broadway und von dort Richtung Downtown. Die Luft war kühl und frisch, einer dieser sonnigen Oktobertage, für die New York berühmt ist. Bishop schauerte in der Kälte zusammen. Sein Jackett kam ihm für diese Witterung höchst ungeeignet vor. Er würde sich sobald wie möglich etwas Wärmeres kaufen müssen. Ein Blick auf seine arg ramponierten Schuhe verriet ihm, dass sie ebenfalls ersetzt werden mussten.

An der Ecke Broadway und 73rd Street trieb ihn die Kälte in einen Imbiss. Er bestellte sich Schinken und Eier sowie Kaffee.

Anschließend schlenderte er ein paar Stunden im Lincoln Center herum und kehrte gegen Mittag zum Broadway zurück.

Auf der Eighth Avenue zwischen 46th und 47th Street fand er endlich, was er suchte. Sie war jung und mollig. Außerdem war sie allein und wartete auf Kundschaft. Er sagte ihr, dass sie mit ihm nur ins Geschäft kommen könne, wenn sie ihn mit in ihre Wohnung nähme. Er wollte kein Hotel. Das Geld, das ein Hotelzimmer kosten würde, wollte er ihr zusätzlich geben.

Sie brauchte Geld, und er brauchte Abgeschiedenheit. Er wirkte in seinem Anzug seriös. Wie ein reicher Geschäftsmann, der die Mittagspause für ein flüchtiges Sex-Abenteuer nutzen wollte. Sie akzeptierte das Angebot.

In ihrer nahe gelegenen Anderthalbzimmerwohnung erdrosselte er das Mädchen rasch und legte die Leiche in die Badewanne, wo er ihr die Kehle aufschlitzte und zusah, wie das Blut aus ihr herauslief. Mit all seinen Sinnen wollte er ihr Blut in sich aufnehmen.

Als er mit ihr fertig war, ließ er warmes Wasser in die Wanne laufen und wusch sich gründlich.

Er war der Wolf, der das Lamm geschlagen hatte.

Er war der Wanderer, der ein Opfer dargebracht hatte für eine sichere Reise.

Er war der Dämonenjäger, der die Arbeit verrichtet hatte, für die er bestimmt war.

Auf einem Spiegel, Objekt der Eitelkeit, hinterließ der Wolf das Zeichen seiner Pfote in Blut. Darunter kritzelte der Dämonenjäger ein einziges blutiges Wort …

Gegen achtzehn Uhr hatte der Wanderer eine Herberge gefunden. Er hatte den Nachmittag in Lower Manhattan verbracht, nachdem er schon früher beschlossen hatte, dass die Lower East Side und der Soho-Distrikt am ehesten seinen Bedürfnissen entsprachen. Er war dicht bevölkert, und es gab jede Menge junge Leute mit wenig Geld. Nachdem er sich mehrere Angebote zwischen der Houston Street und der Canal Street angesehen hatte, entschied er sich schließlich für ein großes Loft in Soho.

Das dreistöckige Gebäude in der Green Street war ein altes ehemaliges Lagerhaus. Eine Verladerampe wurde von mehreren hiesigen Lieferfirmen benutzt, die den Lagerraum quadratmeterweise mieteten. Zum zweiten und dritten Stockwerk gab es einen separaten Eingang. Bishop würde die zweite Etage bewohnen. Das dritte Stockwerk war noch nicht fertig ausgebaut. Das untere Ende der schmalen Treppe war mit Brettern vernagelt. So würde Bishop den einzigen Hausschlüssel besitzen und das Gebäude für den größten Teil des Tages sowie für die Nächte und Wochenenden ganz für sich allein haben. Und doch war er von

Tausenden von jungen Leuten umgeben, die in ähnlichen Unterkünften wohnten.

Das Obergeschoss war ideal für Bishops Zwecke, und deshalb griff er rasch zu, obwohl er eigentlich nicht die Absicht gehabt hatte, so viel Geld auszugeben. Die Monatsmiete betrug immerhin 195 Dollar. Außerdem musste er beim Hausbesitzer eine Monatsmiete als Kaution hinterlegen.

Offiziell war das Obergeschoss des Lagerhauses nur Bishops Arbeitsstudio, denn nach den städtischen Vorschriften wurde hier keine Wohngenehmigung erteilt. Die Praxis sah natürlich ganz anders aus. Tausende von Mietern wohnten in ähnlichen Unterkünften, also in Gewerberäumen, in denen niemand einem Gewerbe nachging. Das aber kümmerte niemanden in dieser Gegend, am allerwenigsten Bishop.

Sein Loft hatte einen gasbeheizten Durchlauferhitzer, eine Doppelspüle und eine kleine Toilette mit Badewanne. Der Besitzer bot ihm die Benutzung eines Herds und Kühlschranks an, die bereits installiert waren. Er verlangte dafür eine einmalige Abstandszahlung von 75 Dollar. Bishop akzeptierte auch das. Ein Klappbett und ein paar Möbelstücke, die von früheren Mietern zurückgelassen worden waren, bekam er kostenlos dazu. In der Canal Street kaufte Bishop Bettzeug und Handtücher, eine Lampe, mehrere Glühbirnen und zwei Verlängerungsschnüre, außerdem einen Wasserkessel, eine Bratpfanne und ein Transistorradio.

Als Thomas Bishop an diesem Abend in seinem neuen Zuhause im Bett lag, eingehüllt in warme Decken und auf frischem Bettzeug, während das Radio leise Musik spielte, dachte er mit größter Genugtuung daran, wie weit er es gebracht hatte. Die Zukunft lag vor ihm wie eine einzige Verheißung. Er würde in New York bleiben, zumindest über den Winter, vielleicht länger, wer weiß, womöglich sogar für immer. Diese Stadt passte zu ihm. Sie war so groß, sie konnte ihm alles bieten, was er brauchte. Das hatte er instinktiv von Anfang an gewusst. Doch was er am meisten an New York liebte, war die Leichtgläubigkeit der New Yorker. Wenn man über das nötige Kleingeld verfügte, nahmen sie einem unbesehen jede Geschichte ab. Dem Wohnungsbesitzer hatte er gesagt, er sei aus Ohio, habe das Elternhaus verlassen, um zum ersten Mal alleine zu leben. Er sei Maler, habe ein bisschen Geld gespart und wolle hier in New York seinen Traum verwirklichen. Sein Name war Jay Cooper, und er war dreiundzwanzig Jahre alt …

Am Mittwochmorgen las er in einem kleinen Café in der Zeitung, was über den neuesten Frauenmord berichtet wurde. Sie war eine dreiundzwanzig Jahre alte Prostituierte gewesen. Man hatte sie tot in ihrer Wohnung aufgefunden, verblutet und grässlich verstümmelt. Niemand war beim Betreten oder Verlassen der heruntergekommenen kleinen Wohnung in der West 49th Street gesehen worden. Um einen Raubmord schien es sich nicht gehandelt zu haben. Es gab auch keinen anderen plausiblen Grund. Der Täter musste ein Psychopath gewesen sein, und an dieser Stelle kam der Name Vincent Mungo ins Spiel.

In dem Artikel wurde viel Aufhebens von dem einen Wort gemacht, das mit Blut an den Spiegel geschmiert worden war: *Chess*. Das sollte zweifellos »Chessman« bedeuten und wies darauf hin, dass Vincent Mungo, der angebliche Sohn von Caryl Chessman, dieses scheußliche Verbrechen verübt hatte. Es wurde erwähnt, dass Caryl Chessman zu Lebzeiten »Chess« genannt worden war. So war er von fast jedermann genannt worden, und diesen Namen hatte er auch selbst benutzt.

Ein gewitzter Redakteur hatte den Artikel mit der Schlagzeile versehen: »Chess-Man schlägt wieder zu!« Als sei der Mörder ein Superheld.

Die Bezeichnung sollte haften bleiben.

Bishop, der den Bericht an diesem Morgen las, war von dem

reißerischen Namen in der Schlagzeile sehr angetan. Das band ihn noch enger an seinen Vater. Ein wenig beunruhigt war er, weil er befürchtete, dass man zu nahe an die Wahrheit herankommen könnte. Er beschloss daher, sich einen Bart wachsen zu lassen. Hoffentlich würde das nicht zu lange dauern. Bis dahin würde er den falschen Bart tragen müssen, wie er es ja auch schon beim Abschluss des Mietvertrags mit dem Hausbesitzer getan hatte.

Nach dem Frühstück suchte er eine Bank auf und eröffnete unter dem Namen Jay Cooper mit einer Einlage von 2000 Dollar ein Sparkonto. Das würde niemand auffällig finden. Im Laufe der nächsten Wochen würde er nach und nach weitere 6000 Dollar in kleinen Beträgen einzahlen. Als Postanschrift nannte er der Bank einen Laden in der Lafayette Street. Dort übernahm man gegen eine monatliche Gebühr, die im Voraus zu entrichten war, die Postübermittlung. Auch das hatte Bishop im Fernsehen gelernt. Er hatte die Gebühr für drei Monate bezahlt, bevor er zur Bank gegangen war. Als Adresse, die der Ladenbesitzer gemäß gesetzlicher Vorschrift verlangt hatte, hatte Bishop die Chicagoer Adresse in Jay Coopers Führerschein genannt. Alles absolut legal.

Bishop plante, weitere 8000 Dollar nach und nach bei einer anderen Bank zu deponieren. Für diesen Zweck musste er sich aber erst eine neue Identität und entsprechende Papiere verschaffen. Diese beiden Konten bei zwei verschiedenen Banken würden im Notfall sofort verfügbar sein. Falls die eine Tarnung auffliegen sollte, würde Bishop auf die andere ausweichen können. An Kreditkarten oder andere Zahlungsweisen war im Moment nicht zu denken.

Das restliche Geld würde Bishop zu Hause verstecken, um davon einerseits seinen Lebensunterhalt zu bestreiten und andererseits in besonders dringenden Notfällen sofort Bargeld zur Verfügung zu haben.

Nach Erledigung der Bankgeschäfte kaufte sich Bishop warme Wintersachen, außerdem eine Taschenlampe mit Ersatzbatterien, einen Dosenöffner, eine Zahnbürste mit Plastiketui und ein paar Werkzeuge.

Am Nachmittag kaufte er einen tragbaren Fernseher, ein Gebrauchtgerät, für das er 40 Dollar bezahlte, wofür er noch eine dreimonatige Garantie bekam. Im selben Laden erstand Bishop für 150 Dollar eine Nikon-Kleinbildkamera, ein Stativ und diverses Fotozubehör, alles aus dritter Hand, aber noch gut in Schuss.

Bei einem Trödler in der Nachbarschaft kaufte er ein Dutzend Foto- und Modemagazine, durchweg ältere Ausgaben. Alle enthielten Bilder weiblicher Modelle.

Bei einer Papierwarengroßhandlung erwarb er zwei große Rollen weißes, meterbreites Packpapier. In einem anderen Laden kaufte er eine Nietpistole und eine Rolle transparentes Klebeband. Die letzten Einkäufe für diesen Tag tätigte er auf einem Markt, wo er all seine Lieblingsspeisen kaufte: Schokoladeneis, ein Steak, das er roh zu verzehren beabsichtigte, Wurst und Brot sowie eine Dose Ananas in Scheiben.

An diesem Abend stopfte er sich mit all diesen Delikatessen voll und schlief vor dem Fernseher ein, sodass er von dem ausführlichen Bericht über eine doppelte Vergewaltigung und andere Verbrechen nicht allzu viel mitbekam.

Am Donnerstagmorgen erwachte Bishop wie üblich sehr früh. Er ging zu einer Holzhandlung in der Bowery und kaufte ein Dutzend zweieinhalb Meter lange Latten, die er nach Hause trug. Er nagelte sie an eine Wand und befestigte daran das entsprechend zurechtgeschnittene Packpapier. So stellte er einen Hintergrund für fotografische Aufnahmen her. Als er diese Arbeit beendet hatte, war es inzwischen später Nachmittag geworden. Bishops Magen begann zu knurren. Die Beine taten ihm weh, weil er ständig auf einen Stuhl hinauf- und wieder heruntersteigen musste, um Latten und Papier an der Wand zu befestigen. Aber die schwerste Arbeit hatte er nun hinter sich.

Er bereitete sich ein Wurstsandwich und machte sich anschließend sofort wieder an die Arbeit. In den alten Magazinen suchte er nach Bildern von weiblichen Modellen. Er trennte ein paar Dutzend heraus, die ihm besonders gefielen. Dann befestigte er sie mit dem Klebeband am oberen und unteren Rand der riesigen Papierleinwand. Die Wirkung war verblüffend. Die Wand schien plötzlich zum Leben zu erwachen.

Vor dem neuen Hintergrund stellte er das Stativ mit der aufgeschraubten Nikon auf. Den Rest seiner fotografischen Ausrüstung arrangierte er auf einer niedrigen Kommode. Dazu gehörten mehrere Objektive und ein Belichtungsmesser. Schließlich war alles bereit. Jetzt brauchte Bishop nur noch ein Modell für seine Arbeit. Allerdings hatte er noch nie zuvor in seinem Leben ein Foto geschossen. Er verstand überhaupt nichts vom Fotografieren.

Aber ihn interessierten ja auch weniger die Fotos als die Modelle. Und mit ihnen würde er sich sehr genau befassen. Mit allen von ihnen.

Am Freitagmorgen warf Bishop das Klappbett hinaus. Als Ersatz kaufte er eine dicke Matratze aus Schaumstoff und eine geblümte Steppdecke. Das würde ihm ab sofort als Bett dienen.

Am nächsten Nachmittag ging er zu Barnes & Noble, wo er fünf Bücher über New York kaufte. Zu Hause machte er eine Dosensuppe heiß und verschlang dazu ein dickes Sandwich. Dann breitete er die Bücher auf seiner neuen Bettstatt aus und begann mit der Lektüre über die Großstadt. Darüber schlief er allerdings schnell ein.

Der Sonntag dämmerte hell und vielversprechend herauf. Ein perfekter Oktobertag. Bishop verbrachte den Vormittag mit Spaziergängen in den verlassenen Straßen. In einem Restaurant in der Broom Street aß er zu Mittag. Als er später wieder zu Hause war, überprüfte er im Spiegel seinen Bart. Nicht schlecht für eine Woche. Viel dichter als er erwartet hatte. Er sah bereits stark verändert aus. Noch eine Woche, dann wäre er nicht wiederzuerkennen. Er hatte schon aufgehört, den falschen Bart zu tragen. Er brauchte ihn nicht mehr.

Als Bishop an diesem Sonntagabend schlafen ging, hatte er das Gefühl, eine gute Woche vor sich zu haben. Er hatte sich in seinem Winterquartier eingerichtet. Jetzt konnte er daran denken, seinen Feldzug zu planen wie ein Feldherr, der seine Truppen in die Schlacht führte.

Wenn er morgen früh erwachte, würde Montag sein, und Montag würde der Anfang einer neuen Woche sein. Und eines neuen Lebens.

14

Am Mittwochmorgen hatte Adam Kenton seine stehende Fernverbindung sowie Diktafon und Mitschneidegerät. Der Safe mit dem doppelten Kombinationsschloss und der zweite Schreibtisch würden später am Tag kommen. Mit grimmiger Zufriedenheit schaute sich Kenton in dem Büro um. Noch immer wirkte es steril. Alles verdammt praktisch, aber mehr auch nicht.

Nachdem Kenton die Funktionstüchtigkeit aller Geräte überprüft hatte, führte er zunächst mehrere interne Telefonate. Er erinnerte John Perrone an die Liste der *Newstime*-Reporter und deren Informanten. Er sollte alles innerhalb der nächsten Stunde erhalten.

Dann erkundigte er sich bei Mel Brown nach der Computerauswertung aller während der letzten fünfundzwanzig Jahre in Kalifornien begangenen Muttermorde. Noch nicht fertig. Brown versprach, alles zu tun, um diese Liste bis spätestens morgen zu liefern.

Kenton schaltete das Diktafon ein, und die nächsten fünfzig Minuten fasste er mündlich zusammen, was er von Vincent Mungo wusste und innerhalb der letzten vierundzwanzig Stunden erfahren hatte.

Es lief etwa auf Folgendes hinaus: Vincent Mungo war aus dem Willows State Hospital entkommen, nachdem er einen anderen Patienten getötet hatte. Dann hatte jemand seinen Namen übernommen, um die eigene Identität zu verschleiern. Aber wieso wusste er, dass Mungo nicht gefasst werden würde? Oder sich womöglich stellen würde? Oder einen Brief schreiben würde, um den Nachahmer zu entlarven? Es gab darauf nur eine Antwort. Der Nachahmer musste wissen, dass Mungo bereits tot war. Woher war er sich so sicher? Er hatte ihn selbst getötet. Also kannte er Mungo. Von wo? Von zu Hause? Oder aus einer der Anstalten?

Nächster Punkt. Warum wollte der Killer seine eigene Identität verbergen? Die logische Schlussfolgerung: Er war den Polizeibehörden bekannt. Vielleicht jemand, der schon Frauen getötet hatte. Vielleicht ... sogar die eigene Mutter?

Nächster Punkt. Warum Mungos Identität annehmen? Die Polizei suchte doch überall fieberhaft nach ihm. Schlussfolgerung: Es musste irgendeine direkte Verbindung zwischen den beiden Männern geben. Wenn Mungo gesucht wurde, blieb der Killer unbehelligt auf freiem Fuß. Aber was waren die spezifischen Umstände dieser Verbindung? Die beiden mussten irgendwann einmal etwas gemeinsam getan haben. Eine Partnerschaft? Eine homosexuelle Beziehung? Man musste also nach einer männlichen Person suchen, der Mungo einmal irgendwie nahegestanden hatte. Wann? Vor allem während der letzten Jahre, denn der Killer musste jemand sein, der irgendwie mit Mungo in Verbindung gestanden hatte und gleichzeitig der Polizei bekannt war. Und Mungo war erst vierundzwanzig Jahre alt.

Nächster Punkt. In dem Brief, den der Killer an die *Newstime*-Redaktion in Los Angeles geschickt hatte, diesem Brief mit der Schlusszeile »Aus der Hölle«, hatte er einen seltsamen Satz geschrieben: »und ich habe ihn nicht gesehen bis jetzt«. Warum? Chessmans Bild war doch damals in allen Zeitungen und Magazinen zu sehen. Er war prominent. Überall auf der Welt wussten Leute über ihn Bescheid. Jedermann konnte sein Bild gesehen haben. Unmöglich könnte es nur für jemanden gewesen sein, der eingesperrt oder sonst wie von der Welt abgesondert gewesen war. Gefängnis? Anstalt?

Nächster Punkt. Die grässlichen Verstümmelungen waren vielleicht Versuche, den Mutterschoß zu zerstören. Also müsste der Killer einen grenzenlosen Hass auf seine eigene Mutter empfinden. Sein Verhalten könnte eine Reaktion auf Kindheitserlebnisse sein. Schlussfolgerung: Er hat seine Mutter getötet. Aber was war mit der Zeit zwischen der Ermordung seiner Mutter und jetzt? Warum hatte er nicht längst wieder getötet? Eine Möglichkeit: Er hatte es nicht tun *können*, weil er eingesperrt war. Falls er tatsächlich seine Mutter getötet hatte, wäre er in einer Nervenheilanstalt untergebracht worden.

Letzter Punkt. Warum ausgerechnet Caryl Chessman? Der Killer schien wirklich zu glauben, dass Chessman sein Vater war. Es musste irgendeinen Zusammenhang geben. Worin bestand die Verbindung zu Chessman?

Resumé: Vincent Mungo war tot. Von jemandem getötet, der ihn in jüngster Vergangenheit gut gekannt haben musste. Jemand, der von der Polizei gesucht oder zumindest sofort verdächtigt werden würde, falls Mungo nicht der Killer war. Jemand mit Vorstrafen. Vielleicht wegen Frauenmordes. Jemand, der kein Bild von Caryl Chessman gesehen haben konnte, weil er wahrscheinlich von der Außenwelt abgeschnitten gewesen war. Jemand, der zu irgendeinem Zeitpunkt eine Beziehung zu Chessman hatte. Jemand, der vielleicht im frühen Alter seine eigene Mutter getötet hatte. Jemand in einer Irrenanstalt und ohne Möglichkeit, an ein Bild von Chessman heranzukommen. Und er müsste der Polizei sofort verdächtig vorkommen. Also jemand aus Vincent Mungos Anstaltsleben.

Weiteres Vorgehen: Nach jemandem suchen, der während der letzten paar Jahre aus einer Anstalt entlassen worden oder ausgebrochen war, in der auch Vincent Mungo untergebracht gewesen war. Nach jemandem suchen, dem Mungo nahegestanden haben musste. Nach jemandem suchen, der seine eigene Mutter getötet hatte, und zwar, als er noch sehr jung gewesen war. Oder er war von dem Gedanken besessen, sie getötet zu haben, und war deshalb in eine Anstalt eingewiesen worden, und jetzt trieb ihn dieser Wahn zu seinen Taten. Nach jemandem suchen, der irgendeine Beziehung zu Caryl Chessman hatte.

Die letzte Überlegung reizte Kenton am meisten. Irgendwie hatte er das Gefühl, dass Chessman der Schlüssel zu allem war.

Kenton war einigermaßen zufrieden, wenn seine Theorie auch noch viele Lücken und Ungereimtheiten aufwies. Ein Patient einer Nervenheilanstalt, der immer wieder seine Mutter tötete und Vincent Mungo irgendwie gekannt hatte. Das passte recht gut zu den bisher bekannten Fakten. Alle weiteren Ableitungen und Schlussfolgerungen basierten auf dieser Prämisse.

Nicht so glücklich war er mit dem Chessman-Part. Welchem Bedürfnis des Killers diente Chessman? Die kürzliche Entdeckung, dass Mungo Chessmans Sohn sein könnte, war irrelevant, wenn Mungo nicht der Killer war. Die Antwort konnte nur vom Killer selbst gegeben werden. Das stand fest. Oder doch nicht?

Kenton wusste aus Erfahrung, dass bei einer Theorie alle Bestandteile zusammenpassen mussten, sonst war sie wertlos. Aber Caryl Chessman war der Stolperstein, der nicht ins Bild passen wollte. Der unbekannte Faktor. Kenton würde es lösen müssen, oder er musste ganz von vorn beginnen. Sein Instinkt sagte ihm, dass er alle bekannten Fakten richtig interpretiert hatte. Die Verbindung zu Chessman, die er suchte, musste also vorhanden sein. Er musste sie nur noch finden.

Seine Assistentin kam herein und brachte weitere Zeitungsausschnitte über Vincent Mungo. Kenton bat sie, alles auszugraben, was sie über Caryl Chessman finden konnte. Erinnerte sie sich noch an Chessman? Sie schüttelte den Kopf. Damals noch zu jung. Aber sie hatte von ihm gehört. Er war in Kalifornien hingerichtet worden. Wegen Mordes, nicht wahr?

Er korrigierte sie. Nicht wegen Mordes. Chessman hatte niemanden getötet. Dann … wegen eines Sittlichkeitsverbrechens?, fragte sie, und dabei stieg ihr das Blut ins Gesicht. Nein, auch das nicht, sagte er ihr. Chessman war das Opfer eines absurden Gesetzes geworden, das für Raubüberfall mit Körperverletzung die Todesstrafe vorsah. Selbst die brutalste Vergewaltigung wurde nicht mit dem Tod bestraft, nicht einmal, wenn das Mädchen misshandelt oder gar getötet wurde. Aber wenn jemand um seine Geldbörse gebracht und dabei geschlagen wurde, das war ein Kapitalverbrechen!

Als emanzipierte Frau reagierte sie empört: Einfach unglaublich! Aber das ist typisch Kalifornien!

Er sagte, dass er einen Spezialauftrag für sie habe. Könnte sie alles Notwendige tun und den Mund halten? Er räusperte und senkte die Stimme. Er meinte, ohne viele Fragen zu stellen? Im Moment habe er überhaupt keine Zeit für Fragen.

Sie lächelte über seine männliche Unsicherheit. Woran dachte er denn?

Natürlich an Recherchen. Er sah sie zum ersten Mal etwas näher an. Sie war jung und hübsch. Attraktiv. Vielleicht ein andermal, wenn er …

»Wenn es um Recherchen geht – selbstverständlich. Ich verstehe meinen Job und weiß, wann ich reden darf und wann nicht.«

Kenton wollte eine Liste aller Anstalten, in denen Vincent Mungo jemals gewesen war. Mit Angaben zu allen Ärzten, die ihn behandelt hatten. Das war dringend. Außerdem eine Liste aller Patienten, die während der letzten fünf Jahre aus diesen Anstalten entlassen worden waren. Auch ein Verzeichnis aller Insassen, die entwichen waren. Hier könnte Mel Brown wahrscheinlich helfen.

Als Kenton am Mittag vom Lunch zurückkam, waren inzwischen der zweite Schreibtisch und ein kleiner Safe im Büro aufgestellt worden. Kenton führte einige Telefongespräche und gab diverse Anweisungen. Außerdem verständigte er John Perrone, dass er 9000 Dollar für Spesen brauche. Perrone verwies ihn an Grimes, der Kenton versprach, ihn eine Weile später persönlich aufzusuchen.

Kurz darauf kam Kentons zweiter Assistent herein, ein älterer Mann, der Chesterfields rauchte und ein amüsiertes Funkeln in den Augen hatte. Er hatte Dokumente über Vincent Mungos Leben zusammengetragen, angefangen mit einer Kopie der Geburtsurkunde aus dem County General Hospital in Los Angeles.

Kenton konnte ihn auf Anhieb gut leiden. Er sagte ihm, dass er den anderen Schreibtisch benutzen könne, wann immer er im Büro arbeiten wolle. Dann wiederholte Kenton in groben Zügen, was er bereits der jungen Frau gesagt hatte. Am Schluss stellte er eine sehr direkte Frage.

»Was halten Sie von Senator Stoner?«

»Er ist ein Opportunist«, erwiderte der ältere Mann prompt und fügte hinzu: »Wie die meisten von denen.«

»Sie mögen ihn nicht?«

Der Mann zuckte mit den Schultern. »Nicht mehr und nicht weniger als andere, nehme ich an.«

Kenton sagte ihm, was er von ihm wollte. Alles über Stoner. Gutes und Schlechtes. Seine Herkunft, seine Familie, seine Freunde, seine geschäftlichen Interessen. *Vor allem* seine geschäftlichen Interessen. Ebenso alles über einen Mann namens Don Solis, der mit seiner Enthüllung über Chessmans angebliches Schuldgeständnis der Kampagne des Senators derartigen Auftrieb gegeben hatte.

»Finden Sie heraus, wer dieser Solis ist und was für ihn bei dieser Sache herausgesprungen ist. Er besitzt ein Speiselokal in

Fresno. Bei den neueren Berichten über Stoner werden Sie auch auf diesen Solis stoßen. Lassen Sie mich wissen, was Sie herausgefunden haben.«

Die nächste Stunde verbrachte Kenton damit, *Newstime*-Reporter und deren Vertrauensleute in Kalifornien anzurufen. Jedem von ihnen erklärte er geduldig, was er suchte. Er wollte alles wissen, was man über einen etwaigen Jungen wusste, der seine eigene Mutter getötet hatte. Vor zwanzig bis fünfundzwanzig Jahren. Vielleicht hatten die großen Zeitungen nichts darüber geschrieben, aber möglicherweise die Lokalblätter. Er musste unbedingt alles darüber wissen, und zwar schnell

Gegen sechzehn Uhr kam Fred Grimes zu ihm herunter. Er gab Kenton die Liste der leitenden Polizeibeamten und städtischen Angestellten. Alle hatten nicht eingetragene Telefonnummern. Das Blatt wurde im Safe eingeschlossen.

»Und nun zu diesen 9000 Dollar. Würden Sie mir sagen, wozu Sie dieses Geld brauchen?«

Kenton runzelte die Stirn. »Lieber nicht«, sagte er leise.

»In bar?«

»Gemischte Scheine. Keine zusammenhängenden Seriennummern. Na, das Übliche halt.«

»Wird erledigt. Genügt morgen?«

»Okay.«

»Falls Sie noch mehr brauchen, lassen Sie es mich wissen. Ich kann es Ihnen über Nacht besorgen.«

Am Donnerstagmorgen um 9.30 Uhr wartete Otto Klemp auf Kenton. Er tat recht konspirativ.

»Ich gebe Ihnen einen guten Tipp. Übertreiben Sie Ihre Autorität nicht«, raunt er Kenton zu. Beide Männer wussten, dass Kenton im Moment so gut wie Blankovollmacht hatte, aber diese Macht war natürlich nur eine Illusion und würde augenblicklich verschwinden, wenn er keine Ergebnisse lieferte.

»Sie bewegen sich auf dünnem Eis. Also entfernen Sie sich nicht zu weit vom Ufer«, sagte Klemp, nicht ohne Sympathie.

Kurz darauf läutete das Telefon, und Kenton hob rasch den Hörer ab.

Mel Brown hatte die Computerauswertung für Kalifornien. Während der letzten fünfundzwanzig Jahre hatte es insgesamt siebenundneunzig bekannte Muttermorde gegeben.

»Von den siebenundneunzig Tätern sind zurzeit achtundsechzig in Gefängnissen oder Heilanstalten. Soweit bekannt sind sechzehn tot. Bleiben noch dreizehn übrig, aber drei von ihnen sind bereits über fünfzig Jahre alt, und zwei von ihnen sind Frauen. Von den restlichen acht können weitere zwei nicht Ihr Mann sein.«

»Und warum nicht?«

»Einer ist erblindet. Die Frau hatte ihm irgendeine Säure ins Gesicht geschüttet, bevor der Sohn sie erdrosseln konnte. Der andere wurde entlassen, nachdem er als Diabetiker beide Beine verloren hatte.«

»Dann sind also noch sechs übrig.«

»Und was jetzt?«

»Finden Sie diese sechs. Bringen Sie alles über sie in Erfahrung. Wo sie sind. Was sie machen. Arbeiten Sie so schnell wie möglich.«

»Wird erledigt.«

»Danke. Und noch etwas, Mel ...«

»Ja?«

»Ich habe Doris auf Caryl Chessman und ein paar andere Dinge angesetzt. Aber ich brauche vor allem diese Liste über alle Personen, die während der letzten fünf Jahre aus kalifornischen Anstalten entlassen wurden oder entwichen sind. Sehen Sie zu, was Sie da tun können, ja?«

»Kein Problem.«

Am Freitagmorgen war Kenton schon vor neun Uhr im Büro. Er hob den Telefonhörer noch vor dem zweiten Läuten ab. Es war Mel.

Zwei der sechs Muttermorde kamen nicht in Betracht. Der eine Mann war zur Tatzeit bereits dreiundvierzig, der andere fünfunddreißig. Von den restlichen vier waren drei unter dreißig und einer unter sechzehn. Die Namen lauteten Morgan, Dufino, Terranova und Rivera. Rivera war derjenige unter sechzehn.

Außerdem hatte er die Namen aller Personen, die während der letzten fünf Jahre aus kalifornischen Anstalten entlassen worden oder geflohen waren. Das war ein ganzer Haufen.

»Gut. Suchen Sie Ihre vier Namen unter ihnen.«

»Bereits geschehen.«

»Und?«

»Zwei von ihnen wurden vor über zehn Jahren entlassen. Rivera war einer von ihnen. Ihre Namen erscheinen natürlich nicht auf der Liste. Kommen die beiden für Sie nicht mehr in Betracht?«

»Können wir streichen.«

»Der dritte wurde vor vier Jahren entlassen. Sein Name steht auf der Liste. Aber er verbüßt zurzeit eine Gefängnisstrafe in Washington.«

»Ist das bestätigt?«

»Ja.«

»Dann scheidet er ebenfalls aus.«

»Der vierte ist im letzten Jahr ausgebrochen. Seitdem hat man nichts mehr von ihm gehört. Ist einfach verschwunden.«

»Sein Name?«

»Sie werden's nicht glauben.«

»Lassen Sie's drauf ankommen.«

»Louis Terranova.«

Der Name sagte Kenton gar nichts. »Na, und?«

»Ach, so Ich vergaß, dass ihr Schreiber ja nicht liest«, sagte Brown mit einem Lachen. »Terranova war der Name des Mannes, den Caryl Chessman vor fünfundzwanzig Jahren als den wahren Rotlicht-Banditen bezeichnet hat.«

»Du lieber Himmel.«

»Hab ich auch als Erstes gesagt. Könnte aber auch Zufall sein. Gibt ja viele Leute mit diesem Namen. Jedenfalls ist er jetzt siebenundvierzig. War zu Chessmans Zeit also zweiundzwanzig. Hat seine Mutter im Jahre 1950 getötet. Damals war er vierundzwanzig. Die letzten zweiundzwanzig Jahre vor seiner Flucht im vergangenen Jahr hat er in Anstalten verbracht.«

»Wo ist er ausgebrochen?«

»Lakeland. Ist unten bei …«

»Kenne ich.«

»Soll ich mich mit seinem Vorleben befassen?«

»Versuchen Sie alles über ihn herauszubekommen, was Sie nur irgend können.« Er seufzte. »Sind Sie ganz sicher, dass Sie alle Namen haben?«

»Soweit sie registriert sind, ja. Es handelt sich um die Leute, die von Gerichten rechtskräftig verurteilt und ins Gefängnis gesteckt wurden, außerdem um all jene Personen, die wegen Unzurechnungsfähigkeit in Anstalten eingewiesen wurden.«

»Und was ist mit den Kindern unter sechzehn?«

»Das ist eine ganz andere Geschichte. Diese Gerichtsakten sind nicht zugänglich. Informationen können also nur aus damaligen Zeitungsberichten beschafft werden. Die Zeitungen haben zwar die Namen der Kinder nicht genannt, aber doch Geschlecht und Alter.«

»Besteht die Möglichkeit, dass ein solcher Fall nicht in die Zeitung gekommen ist?«

Kenton hörte Mel Brown tief Luft holen. »Alles ist möglich. Besonders in Kalifornien.«

Um 10.30 Uhr brachte Doris die Liste der Anstalten, in denen Vincent Mungo zeit seines Lebens gewesen war. Es waren fünf. Atascadero, Willows, Lakeland, Valley River und Tremont. Dazu die psychiatrischen Abteilungen der Allgemeinen Krankenhäuser in Stockton und San Francisco. Die Namen aller Ärzte, die ihn jemals behandelt hatten, waren aufgeführt. Aus Lakeland war Louis Terranova im vergangenen Jahr ausgebrochen. Kenton sah sich die Daten von Mungos Aufenthalt in Lakeland an. 1972 war er dort gewesen.

Vielleicht hatte Kenton Glück.

Die nächste halbe Stunde sprach Kenton ins Diktafon. Er bekam Anrufe von Long Island und Manhattan. Long Island würde um 12.30 Uhr liefern. Das übliche Arrangement. Kenton musste einen Moment nachdenken. Es war mehr als ein Jahr her, seit er den Service benutzt hatte. Manhattan wollte wissen, wohin man ein Päckchen liefern könnte. Kenton nannte das St. Moritz, Suite 1410, heute Abend um einundzwanzig Uhr.

Fred Grimes brachte die 9000 Dollar in bar. Kenton legte das Geld in den Safe.

Vorhin hatte Kenton oben im Korridor John Perrone getroffen und von ihm erfahren, dass es ohne ein Bild von Vincent Mungo praktisch unmöglich war, Erkundigungen darüber einzuziehen, ob Mungo sich an einen der Ausweisfälscher gewandt haben könnte, um sich neue Papiere zu beschaffen. Es gab einfach zu viele Männer, die sich tagtäglich falsche Ausweise in New York beschafften.

Kenton nahm es gelassen hin. Es gab noch andere Möglichkeiten. Zum Beispiel die Postanschrift. Angenommen, dass Mungo eine neue Identität annehmen wollte. Dann würde er einen Ort angeben müssen, wohin man ihm Sachen schicken könnte. Seinen derzeitigen Aufenthalt, höchstwahrscheinlich ein billiges Hotel oder eine Pension, würde er dafür ganz gewiss nicht benutzen.

Das wäre zu auffällig und könnte Misstrauen wecken. Ein Postfach konnte er sich auch nicht mieten, denn dafür würde er eine Heimatanschrift angeben und sich ausweisen müssen. Am günstigsten für ihn dürften Firmen zur Postweiterleitung sein. Das waren zumeist kleine Geschäfte und Läden, die Post für Kunden in Empfang nahmen und sich dafür mit einer monatlichen Gebühr bezahlen ließen. Davon gab es sehr viele in der Stadt.

Kenton sprach mit Grimes über diese Idee.

»Wir brauchen nur die Namen aller Leute, die sich während dieser Woche einen solchen ›Briefkasten‹ zugelegt haben. Das ist alles. Und die Adressen, die sie genannt haben. Dann engagieren wir ein Dutzend Privatdetektive und lassen die betreffenden Leute überprüfen.«

»Und angenommen, dass er sich erst in der nächsten Woche einen solchen Briefkasten zulegt? Oder im nächsten Monat? Vielleicht will er sich erst mal ein bisschen ausruhen.«

»Nein. Seine Arbeitsweise besteht darin, alles so schnell wie möglich zu arrangieren. Er ist einfallsreich und gründlich und sehr praktisch veranlagt. Gerade das hat ihm bisher zu Sicherheit verholfen. Er weiß es. Ich sehe keinen Grund, weshalb er seine Gewohnheiten ändern sollte.«

Kenton warf einen Blick auf das Material auf seinem Schreibtisch. »Ich habe jetzt wochenlang über diesen Mann gesprochen und geschrieben. Allmählich beginne ich zu begreifen, wie er vorgeht.«

»Aber wie sollen wir an die Namen herankommen? Freiwillig wird man sie uns bestimmt nicht geben.«

»Uns nicht, nein. Aber einem städtischen Beamten.« Kenton lächelte ihn an. »Und hier können Sie eingreifen. Bringen Sie jemanden im Rathaus dazu, amtlicherseits die Namen zu ermitteln. Sagen Sie den Leuten, dass wir eine Story über gemietete Briefkästen bringen wollen. Notfalls verweisen Sie sie an

Perrone. Aber mir wär es lieber, wenn er nicht zu sehr involviert wäre.«

Grimes machte eine skeptische Miene. »Glauben Sie wirklich, dass das klappt?«

»Auf diese Weise können wir vielleicht zuerst an ihn herankommen. Ich muss unbedingt herausfinden, wer er wirklich ist.«

Die nächsten paar Minuten verbrachte Kenton damit, John Perrone zu berichten, welche Fortschritte er machte. Dann sprach er eine halbe Stunde mit seinem Assistenten George Homer, der ihm einen Bericht über Jonathan Stoner erstattete. Vieles war Kenton schon bekannt, aber es gab doch ein paar neue und interessante Dinge, zum Beispiel über Stoners Geliebte. Von ihr hatte Kenton bisher nichts gewusst. Er forderte Homer auf, weiter zu forschen.

Gegen Mittag nahm Kenton 2000 Dollar aus dem Safe und tat das Geld in einen Briefumschlag, den er einsteckte, bevor er das Büro verließ, um rasch irgendwo einen Imbiss einzunehmen. Anschließend ging er in die öffentliche Bibliothek in der 42nd Street. Im großen Leseraum setzte er sich ans Ende eines langen Tisches in der allerletzten Reihe auf der linken Seite. Ihm gegenüber saß ein Mann, der in ein Buch vertieft war, das er in Händen hielt. Vor ihm, etwa in der Mitte des Tisches, lag ein Schnellhefter. Kenton nahm den Umschlag mit dem Geld heraus und legte ihn neben den Schnellhefter. Dann schlug er das Lehrbuch auf, das er vorher aus einem Regal genommen hatte. Einen Moment später klappte der andere Mann sein Buch leise zu, nahm den Umschlag und verließ den Raum. Kenton las mehrere Seiten in seinem Buch, dann öffnete er den Schnellhefter und studierte den Inhalt.

Gegen dreizehn Uhr war er wieder in seinem Büro und legte den Schnellhefter in den Safe.

Den restlichen Nachmittag verbrachte er am Telefon. Er

sprach mit den Ärzten, die Vincent Mungo in den verschiedenen Anstalten behandelt hatten. Die Namen entnahm er der Liste, die Doris für ihn vorbereitet hatte. Mehrere Ärzte waren nicht da oder aus einem anderen Grund nicht zu erreichen, aber sie riefen später zurück. Kenton notierte sich die Namen aller Patienten, denen Mungo irgendwie nahegestanden hatte. Zwei in Atascadero, zwei in Lakeland, einer in Willows. Es waren offenbar die einzigen, mit denen Mungo in den letzten fünf Jahren etwas zu tun gehabt hatte. In Valley River oder Tremont war er seit seiner Jugend nicht mehr gewesen.

Besonders aufmerksam erkundigte Kenton sich in Lakeland, aber der dortige Arzt konnte ihm nicht sagen, ob Mungo mit Louis Terranova befreundet gewesen war. Ja, sagte der Arzt, er erinnerte sich an Terranova, der ein paar Jahre in der Anstalt gewesen war. Die beiden Männer hatten sich gekannt, aber befreundet waren sie ganz bestimmt nicht gewesen.

In Atascadero war es nicht viel anders. Man nannte Kenton die Namen von zwei Freunden, mehr nicht.

In Willows sprach Kenton erneut mit Dr. Poole, der Mungo während dessen monatelangen Aufenthalts behandelt hatte. Poole erinnerte Kenton daran, dass Mungos einziger Freund in der Anstalt der Patient Thomas Bishop gewesen war, den er dann in der Nacht des Ausbruchs tötete.

Kenton schrieb den Namen ohne sonderliches Interesse nieder.

Könnte Mungo noch einen anderen Freund gehabt haben? Vielleicht jemanden, den er nur gelegentlich gesehen hatte? Das könne er sich nicht vorstellen. Keine homosexuellen Neigungen? Dafür sei er nicht der Typ. Hat er nie jemanden aus der Anstalt erwähnt, den er gekannt oder bewundert hatte? Er habe niemals über andere Menschen gesprochen.

Bei den psychiatrischen Abteilungen in Stockton und San Francisco sprach Kenton mit zwei Ärzten, die Mungo gekannt hatten.

Nein, keine Freunde. Dafür waren auch kaum Möglichkeiten vorhanden. Die Patienten hielten sich hier nur relativ kurze Zeit auf. Die Fluktuation sei groß. So gab es kaum Chancen für eine engere Freundschaft unter Patienten. An Vincent Mungo konnten sich beide Ärzte nur noch sehr vage erinnern.

Kenton dachte einen Moment darüber nach, was er herausgefunden hatte. Fünf Männer, die Mungo in den verschiedenen Anstalten irgendwie nahegestanden hatten. Kenton sah sich noch einmal die Namen an. James Turnbull. Peter Lambert. Carl Pandel. Jason Decker. Thomas Bishop. Den letzten Namen strich Kenton durch. Es hatte keinen Zweck, nach einem Toten zu suchen.

Er schickte die Namen zu Mel Brown hinauf, um sie mit denen der Männer zu vergleichen, die während der letzten fünf Jahre aus Anstalten entkommen oder entlassen worden waren. Dass keiner der Muttermörder – einschließlich Louis Terranova – in Betracht kam, hatte Kenton bereits gesehen.

Wieder eine Sackgasse.

Mel Brown rief schließlich zurück und teilte Kenton mit, dass der einzige Name auf der Liste Carl Pandel war. Im Mai 1972 aus Lakeland entlassen. Die anderen vier waren entweder noch drinnen oder tot oder sonst wie »nicht mehr im Rennen«.

Kenton bat, alles über Carl Pandel in Erfahrung zu bringen, wenn möglich bis Montag früh.

Es war beinahe zwanzig Uhr, als Kenton das Büro verließ. Zuvor nahm er die 6000 Dollar aus dem Safe, tat das Geld in einen Umschlag und steckte diesen in die Tasche. Auch den Schnellhefter mit den Unterlagen von Long Island und alles andere noch ungelesene Material von seinem Schreibtisch nahm er mit nach Hause.

Gegen einundzwanzig Uhr lieferte ein Mann ein kleines Päckchen in Kentons Zimmer im St. Moritz ab. Kenton händigte dem

Mann den Umschlag mit dem Geld aus. Der Mann zählte das Geld vor Kentons Augen. Anschließend ging Kenton zum Italian Pavilion, wo er im Garten das Dinner einnahm.

Eine halbe Stunde bei einer Prostituierten in einem Hotel in der Lexington Avenue verschaffte ihm nach den aufreibenden letzten Wochen Entspannung. Zu Hause begab er sich sofort ins Bett und schlief tief und fest.

Am Samstag und Sonntag las er die vollständigen Finanzberichte über jene Männer, die den *Newstime*-Konzern leiteten. Die Summen, die er investiert hatte, hatten sich durchaus gelohnt, zumal es ja *Newstime*-Geld gewesen war. Aus den Berichten erfuhr Kenton viele interessante Dinge, von denen ihm einige gewiss behilflich wären, falls man versuchen sollte, ihn auszubooten. Über mindestens einen von ihnen wusste er jetzt etwas, was ihn überraschte und schockierte, und er war weiß Gott kein Mann, der so leicht zu schockieren war.

Als Adam Kenton am Sonntagabend schließlich schlafen ging, sah er der kommenden Woche sehr optimistisch entgegen. Alle Bälle waren in der Luft. Jetzt musste er nur geschickt jonglieren. Die Anzahl der Bälle war für ihn kein Problem. Alles eine Frage der Konzentration und des Timings.

Während ihm die Augen vor Müdigkeit zufielen, bemerkte er gar nicht, wie ihm einer der Bälle entglitt und in einen verborgenen Winkel seines Geistes rollte.

15

John Spanner war deprimiert, am Boden zerstört. Es war das Ende. Während seiner fünfundzwanzigjährigen Polizeiarbeit hatte er gewisse Instinkte entwickelt, die ihn niemals im Stich gelassen hatten. Bis jetzt. Nun musste er einsehen, dass er sich alles nur eingebildet hatte. All seine Anstrengungen waren umsonst gewesen.

An diesem trüben Freitagmorgen hielt er den Bericht in der Hand. Er hatte keine Minute gebraucht, ihn zu lesen. Thomas William Owens, alias Thomas William Bishop, war im Krankenhaus, in dem er am 30. April 1948 geboren wurde, routinemäßig beschnitten worden. Die Mutter war Sara Bishop-Owens, einundzwanzig Jahre alt. Der Vater war Harry Owens, dreiundzwanzig Jahre alt. Religion: protestantisch. Das Baby wog bei der Geburt sieben Pfund und neun Unzen. Keinerlei Komplikationen. Das Kind war von den Eltern pflichtgemäß nach Hause gebracht worden. Ende des Berichts. Eine telefonische Rückfrage bei der Krankenhausverwaltung hatte die Richtigkeit dieser Angaben bestätigt. Die Beschneidung war von einem Dr. Timothy Engles vorgenommen worden. Von ihm lag eine Bescheinigung vor.

Also war es tatsächlich Thomas Bishops Leiche gewesen, die man am Feiertagmorgen des 4. Juli in Willows gefunden hatte. Und es war Vincent Mungo, der aus der Anstalt entkommen war und Frauen tötete.

Spanner verlieh seiner Enttäuschung mit einem letzten langen Seufzer hörbaren Ausdruck und griff nach dem Telefonhörer.

In Kansas saß ein Mann an seinem Schreibtisch und schaute sich wohl zum hundertsten Mal in seinem Arbeitszimmer um. An diesem Freitagmorgen war es dunkel im Raum, denn die Vorhänge waren zugezogen. Nur eine kleine Lampe brannte in der hinteren Ecke.

Der Mann schloss müde die Augen und strich sich mit einer Hand über die Stirn. Er war den größten Teil der Nacht wach gewesen und bereits um fünf Uhr früh aufgestanden. Er hatte in letzter Zeit überhaupt nicht gut geschlafen und auch kaum etwas gegessen. Auch auf seine Arbeit konnte er sich nicht mehr konzentrieren. Das unvorstellbare Leid nach dem grausamen Tod seiner Tochter begann an seiner Gesundheit zu zehren.

Noch stärker als den Verlust empfand er jedoch die immense Ungerechtigkeit, die ihm angetan worden war. Sein Kind war tot, brutal abgeschlachtet von einem Wahnsinnigen. Viel Geld hatte der Mann dafür bezahlt, dass dieser Wahnsinnige zur Strecke gebracht wurde. Aber Vincent Mungo war immer noch am Leben. Nach drei Monaten lebte er immer noch und tötete weiterhin Frauen. Niemand schien imstande zu sein, ihn zu stoppen.

Wie war das möglich? Die Unterwelt konnte doch angeblich jeden aufspüren. Jeder wusste das. Wenn die Unterwelt hinter jemandem her war, dann war er schon so gut wie tot.

Warum also war Mungo nicht längst tot?

Vielleicht hatte er nicht genügend Geld angeboten. Fünfzigtausend. Vielleicht erwartete man mehr. Aber wie viel mehr?

Seit Wochen überlegte der Mann, ob er mehr Geld anbieten sollte. Er hatte einige Ersparnisse, und er besaß ein Stück Land, das er verkaufen könnte. Er musste seinen Seelenfrieden wiederfinden, koste es, was es wolle.

Gegen 9.30 Uhr Ortszeit rief der Mann in Los Angeles an. Die Nummer fand sich auf einem Zettel, den er in einer Schublade des Schreibtisches ständig unter Verschluss hielt.

In Sacramento stand Jonathan Stoner um 10.30 Uhr auf. Er fühlte sich frisch und ausgeruht nach der parteiinternen Feier gestern, die bis spät in die Nacht gegangen war. An diesem Freitag bestand keinerlei Grund zur Eile. Ganz im Gegenteil. Stoner hatte das ganze Wochenende frei. Falls nötig, könnte er sich auch noch Montag und Dienstag freinehmen, denn er würde erst am Mittwoch zur Ostküste fliegen. Bis dahin waren noch fünf Tage Zeit, in denen er auf nichts und niemanden Rücksicht nehmen musste. Nun, beinahe. Den Sonntag würde er mit seiner Frau verbringen müssen. Seit er seine Kampagne führte, hatte seine Frau nur noch sehr wenig von ihm zu sehen bekommen. Aber sie hatte sich kein einziges Mal beklagt. Er liebte sie, weil sie so geduldig und verständnisvoll war. Es würde es nicht ertragen, wenn sie verletzt wäre.

Und dann war da noch seine Geliebte.

Der Senator runzelte nachdenklich die Stirn. Es hatte gute, sehr gute Zeiten zwischen ihnen gegeben. Er hatte sie nicht nur als Gespielin benutzt, wozu sie ungemein fähig war, sondern sie hatte ihm auch als Beraterin gedient. Drei Jahre bestand ihre Beziehung nun schon, und während dieser Zeit hatte er seiner Geliebten sehr viel anvertraut. Informationen, Hoffnungen, seine Ängste, seine Wut.

Aber jetzt würde er sich von ihr trennen müssen. Zwar würde er sie vermissen, aber er würde bei seinem Entschluss bleiben. Es war endgültig.

Er würde es ihr an diesem Wochenende mitteilen. Oder nein, lieber am Montag, oder Dienstag. Kurz bevor er nach New York aufbrach. Auf diese Weise würde er sie noch ein paarmal ins Bett bekommen.

Sheriff Oates kehrte erst um elf Uhr in sein Büro in Forest City zurück. Hier fand er ein Memo aus Hillside vor und rief sofort John Spanner an.

»Gute oder schlechte Nachricht?«, fragte der Sheriff, als er schließlich den Lieutenant am Apparat hatte.

Spanner konnte seine Enttäuschung nicht verbergen. Er hatte gehofft, dem Sheriff endlich sagen zu können, dass man den Killer von Willows kannte. Stattdessen musste der Lieutenant abermals einen Fehlschlag eingestehen.

»Schlechte Nachricht«, antwortete Spanner betrübt.

»Beschnitten.«

»Genau.«

Oates war nicht überrascht. Es wäre einfach zu schön gewesen. Außerdem glaubte er nicht, dass es Bishop war. Aber er glaubte auch nicht, dass es Mungo war. Nur ein verdammt heller Kopf konnte sich so lange halten, und in Mungos Kopf herrschte stockfinstere Nacht. Es gab nur eine einzige mögliche Erklärung für die jetzige Situation. Der wahre Killer war noch nicht gefasst worden, weil man überhaupt nicht nach ihm suchte.

»Irgendwelche Vorschläge?«, fragte Spanner niedergeschlagen. Er war froh, dass der Sheriff ihn nicht auslachte.

»Es könnte immer noch Bishop sein«, sagte Oates sehr freundlich. »Beide waren beschnitten. Genau wie der Tote. Wir sind einfach so schlau wie vorher.«

Spanner seufzte. »Nein, Bishop habe ich aufgegeben. Es muss doch Mungo sein.«

»Das glaube ich nicht«, sagte Oates. »Nicht mehr.«

»Wer dann?«

»Verdammt, wenn ich das wüsste. Aber jedenfalls nicht Mungo. Ihn hätte man längst geschnappt.«

»Aber was ist aus ihm geworden?«

Oates hustete. »Vielleicht wurde er getötet. Oder er hat sich versteckt. Ich weiß es nicht.«

Eine Pause. Dann begann Spanner erneut: »Sie reden jetzt wie Finch.«

»Wer?«

Spanner erinnerte ihn an den Berkeley-Professor, dem die Sache mit der Beschneidung eingefallen war.

»Er hat von Anfang an behauptet, dass es nicht Mungo war.«

»Und wen hat er im Sinn?«

»Keine konkrete Peron. Er sagt nur, dass es kriminelles Genie sein muss.«

»Hilft uns auch nicht weiter. Wenn es weder Mungo noch Bishop ist, dann brauchen wir umgehend einen neuen Verdächtigen. Einen Namen. *Irgendeinen* Namen, Himmelherrgott!«

»Jim … halten Sie es für möglich, dass dieser Jemand vielleicht gar nichts mit dem Mord in Willows zu tun hat?«

»Entweder das …« Oates holte tief Luft. »… oder Mungo ist irgendwo dort draußen und lacht uns alle aus. Ich persönlich hoffe, dass der Mistkerl tot und verscharrt ist. Aber eins steht jetzt schon fest. Wenn er nicht tot ist … und wenn ich ihn zuerst in die Finger bekomme … dann wandert der bestimmt in keine Klapsmühle mehr.«

Carl Hansun stand gegen Mittag auf. Er hatte letzte Nacht sehr lange mit Freunden gepokert. Sein Kopf schmerzte, der Hals tat ihm weh, und seine Hände zitterten. Alles Anzeichen dafür, dass er sich gut amüsiert hatte. Mit seinen siebenundfünfzig Jahren war er als Mann mit nur noch einem Lungenflügel und einer Stahlplatte im Kopf immer noch bei relativ guter Gesundheit. Er war jetzt Millionär, und deshalb wollte er noch sehr lange leben und sein vieles Geld genießen.

Nach dem Frühstück zündete er sich die erste Camel des Tages an. Er war allein in dem riesigen Haus in Idaho, vom Personal natürlich abgesehen. Seine Frau, mit der er nun schon viele Jahre verheiratet war, besuchte ihre kränkelnde Mutter in Washington. Sein jüngerer Sohn war aufs College zurückgekehrt. Der ältere

Junge, Carl Hansun jr., lebte inzwischen in New York – nur vorübergehend, wie sein Vater hoffte. Nach dem Selbstmord der instabilen Ehefrau im kalifornischen Heim hatte Carl jr. fünf Monate in einem Krankenhaus verbracht, um seine Depressionen zu überwinden. Der junge Mann hatte anschließend ein Jahr bei den Eltern gewohnt, bevor er nach New York gegangen war, wo er einige College-Freunde hatte.

Carl Hansun hatte sich in den letzten Jahrzehnten nur wenig verändert. Was sich verändert hatte, waren seine Finanzen. Und natürlich der Name.

Nachdem er Kalifornien verlassen hatte, wo er wegen bewaffneten Raubüberfalls steckbrieflich gesucht wurde, hatte er den Namen Pandel angenommen und ruhig von seinem Beuteanteil gelebt. Schon bald war er von neuen Bekannten umgeben gewesen. In den fünfziger und frühen sechziger Jahren konnte man im Westen das große Geld machen, und so war Carls Vermögen rasch gewachsen. Desgleichen sein Einfluss.

Gegen dreizehn Uhr ließ er sich in einem seiner vier Wagen zur ersten Geschäftstermin des heutigen Tages fahren. Eine Besprechung mit Kunden.

Der Bus von San Diego und Los Angeles traf kurz nach fünfzehn Uhr in Fresno ein. Don Solis stieg als Letzter aus und ging zu Fuß vom Busbahnhof zum Hotel. Hier legte er sich eine halbe Stunde lang nackt aufs Bett und streckte seine müden Glieder. Obwohl er in Fresno zu Hause war, behielt er sein früheres unstetes Leben bei und wohnte in Hotels. Er bezahlte stets für eine Woche im Voraus und ließ niemals etwas von Wert zurück.

Solis war nervös und gereizt. Seit dem Tod seines Bruders kam er sich wie in einer Falle vor. Wenn er ehrlich war, hatte dieses Gefühl schon früher begonnen, nämlich an dem Tag, als er auf Carl Hansuns Vorschlag eingegangen war. Solis hatte seine

Rolle gut gespielt und Senator Stoner zu viel Publicity verholfen. Doch dann war Solis' Bruder getötet worden, und dafür fühlte er sich verantwortlich.

Eine Stunde später verließ Solis sein Hotelzimmer wieder. Er schloss die Tür zweimal ab. Dann ging er zu seinem Dodge auf dem Parkplatz. Nach den vielen langen Stunden im Bus tat es gut, wieder hinter dem Lenkrad zu sitzen. Aber Zeit und Mühe hatten sich gelohnt.

Er hatte Messick mal wieder besucht. Er musste einfach mal raus, weg von zu Hause, um wieder einen klaren Kopf zu bekommen.

Er dachte an Johnny Messick, der jetzt fünfzig Jahre alt war und in San Diego sehr gut zurechtkam. Sie waren seit vielen Jahren befreundet, auch wenn sie sich während dieser Zeit nicht allzu oft gesehen hatten. Die beiden Männer und natürlich auch sein Bruder Lester hatten sich schon sehr nahegestanden, bevor Carl Hansun und Hank Green damals in Los Angeles aufgekreuzt waren. Und auch lange vor Harry Owens. Don Solis und sein Bruder Lester hätten Carl Hansun oder die anderen niemals kennenlernen dürfen. Dann wäre es ihnen besser ergangen. Ihnen wären viele Jahre hinter Gefängnismauern erspart geblieben.

Solis hatte Messick von Hansuns Besuch erzählt, von dem anonymen Geschenk von 10 000 Dollar, mit denen er das Lokal gekauft hatte, von der Story über Caryl Chessman, die er Senator Stoner hatte auftischen müssen und wofür er noch mal 10 000 Dollar erhalten hatte. Und dann die Sache mit seinem Bruder, der getötet worden war. Wahrscheinlich würde es jetzt noch mehr Ärger geben. Eine überregionale Zeitung war an ihn herangetreten. Man wollte eine Story über ihn und Caryl Chessman bringen. Natürlich hatte Solis das abgelehnt.

Messick hatte aufmerksam zugehört und die dünnen Lippen besorgt zusammengepresst. Er selbst hatte zwar nichts mit der

Unterwelt zu tun, aber er stand mit einigen der Jungs auf freundschaftlichem Fuß und wusste daher gut Bescheid. Deshalb riet er Solis dringend, vorsichtig zu sein. Caryl Chessmans Freunde könnten es jetzt auf ihn abgesehen haben. Carl Hansuns Leute würden vielleicht befürchten, dass er reden würde. Oder jemand in der Branche ärgerte sich ganz einfach aus Prinzip über die Tatsache, dass Solis die Story zum Besten gegeben hatte.

Solis war der gleichen Meinung. Alles war möglich. Aber vor allem beunruhigte ihn Carl Hansun. Solis bedauerte es längst, dass er sich auf die Sache eingelassen hatte. Doch nun war es zu spät.

Nein, das war es nicht, widersprach Messick. Jedenfalls nicht, wenn Solis zu Stoner gehen und ihm alles offen darlegen würde.

Aber das konnte Solis nicht tun. Der Senator hatte zu sehr von dieser Story profitiert. Jetzt würde er bestimmt nichts anderes hören wollen. Diese Politiker waren in dieser Hinsicht genauso schlimm wie die Jungs. Außerdem war die Sache ja gelaufen. Stoner schwamm hoch oben auf der Erfolgswelle. Er brauchte jetzt keine weitere Unterstützung mehr.

Was war mit den Zeitungen? Wenn die von dieser Story erfuhren, würde niemand mehr von ihm verlangen können, den Mund zu halten.

Nein, auch davon wollte Solis nichts wissen. Er wollte mit niemandem mehr reden. Er war doch kein Auskunftsbüro. Er wollte nur in Ruhe gelassen werden.

Bevor Solis San Diego wieder verließ, hatte er Messick einen Umschlag ausgehändigt, in dem ein vollständiger Bericht über Solis' Beziehungen zu Carl Hansun enthalten war, von dem bewaffneten Raubüberfall im Jahr 1952 bis in die Gegenwart. Dazu gehörte auch die Adresse von Hansuns Firma in Idaho. Solis hatte sie sich anhand des Nummernschildes an Hansuns Limousine über einen Mittelsmann besorgt.

Für den Fall, dass Solis irgendetwas zustieß, sollte Messick diesen Umschlag der Polizei übergeben. Auf diese Weise würde sich Solis wenigstens noch rächen können.

Johnny Messick hatte versprochen, sich darum zu kümmern und alles wunschgemäß zu erledigen.

Während Solis jetzt zu seinem Speiselokal fuhr, versuchte er sich zu entspannen. Das Geschäft ging immer noch sehr gut, und er verdiente gutes Geld. Die Polizei suchte nicht nach ihm, also brauchte er auch nicht zu befürchten, wieder ins Gefängnis zu kommen. Jetzt musste er Carl nur noch von diesem Umschlag erzählen, ohne jedoch zu erwähnen, in wessen Besitz er sich befand. Das war Solis' Lebensversicherung. Und er würde Hansun zu verstehen geben, dass er für ihn keine Bedrohung sei, solange man ihn in Ruhe ließ.

Als Solis auf dem Parkplatz den Motor abstellte, stand sein Entschluss fest. Am Montag würde er in Idaho anrufen und sich über die Baufirma mit Carl Hansun verbinden lassen. Solis hatte eine halbe Stunde in einer Bibliothek verbracht und sogar Hansuns neuen Namen erfahren. Der Präsident der Baugesellschaft war als Carl Pandel eingetragen.

Mr. Pandel würde einsehen, dass es Solis ernst war.

Amos Finch kam am Freitag erst nach sechzehn Uhr nach Hause und hatte kaum die Tür geöffnet, als das Telefon läutete. Es war John Spanner, der aus Hillside anrief. Er hatte es im Laufe des Tages schon mehrmals versucht.

Die Nachrichten waren wenig erfreulich. Sowohl Mungo als auch Bishop waren als kleine Kinder beschnitten worden.

Finch drückte seine Überraschung und Enttäuschung aus. Er hatte sich auf das Wahrscheinlichkeitsgesetz verlassen und hatte daher gehofft, dass nur einer der beiden beschnitten war. Dann hätte man gewusst, woran man war. So aber war sein Einfall wertlos geworden. Das tat ihm sehr leid.

Der Lieutenant seufzte. Ihm auch. Hatte Finch vielleicht sonst noch irgendwelche Ideen? Irgendetwas?

Im Moment nicht, nein.

Lieutenant John Spanner am anderen Ende der Leitung sah vor sich auf den Schreibtisch. Dort lag der Bericht der Polizei von Los Angeles über den Tod von Harry Owens, der bei einem bewaffneten Raubüberfall auf einen Geldtransporter in Highland Park am 22. Februar 1952 von einem Komplizen namens Don Solis erschossen worden war. Solis und drei andere waren bald darauf geschnappt worden. Ein Mann hatte entkommen können. Owens hatte eine Frau und einen drei Jahre alten Sohn hinterlassen.

Spanner musste an den Jungen denken. Als Dreijähriger den Vater verloren, als Zehnjähriger die Mutter getötet. Den Rest seines jungen Lebens hatte er in einer Heilanstalt verbracht und war schließlich grausam ermordet worden. Viel hatte er also von seinem Leben nicht gehabt. Spanner überlegte, was mit dem Jungen wohl während der sieben Jahre geschehen sein mochte, die er bei seiner Mutter verbracht hatte, bevor …

Der Lieutenant brach seinen Gedankengang abrupt ab.

Der Junge hatte seine Mutter getötet. Eine Frau. Und jetzt tötete der unbekannte Wahnsinnige … Frauen.

Nein, das konnte nicht sein!

Das war auch nur wieder ein verrückter Zufall. Im Leben wimmelte es doch nur so von solchen Zufällen. Er musste wirklich aufhören, ständig nach irgendwelchen Zusammenhängen zu suchen. Viele Männer töteten Frauen. Das war schon immer so, und das würde höchstwahrscheinlich auch immer so bleiben.

Gewiss nur ein Zufall.

Bishop hatte als Zehnjähriger eine Frau getötet und war danach fünfzehn Jahre lang in einer Nervenheilanstalt untergebracht gewesen, wo es keine Frauen gegeben hatte, jedenfalls keine, an die Bishop hätte herankommen können. Kaum war er wieder draußen, wurden erneut Frauen getötet. Aber sie waren auch all die Jahre getötet worden, die er in der Anstalt verbracht hatte. Und außerdem war er tot.

Nur ein Zufall. Nichts weiter.

Doch sosehr er sich auch etwas anderes einzureden versuchte, der Zweifel meldete sich immer wieder und ließ dem Lieutenant keine Ruhe.

Ein paar Hundert Meilen weiter südlich bog Johnny Messick um achtzehn Uhr mit seinem Wagen auf die Auffahrt ein. Es war ein harter Tag gewesen, und dieser Freitagabend versprach keine Erholung zu werden. Die meiste Zeit würde er in San Diego in der Bar verbringen, die ihm und seinem Partner gehörte. Aber zuvor würde er sich wenigstens noch ein paar Stunden ausruhen können. Schließlich war er ja kein Jüngling mehr.

Im Hause schaltete er mehrere Lichter an. Dory war noch nicht zu Hause. Er würde also noch ein bisschen Zeit haben.

Mit einem Federmesser schlitzte er den Umschlag auf, den Don Solis ihm am Vormittag gegeben hatte. Messick nahm die Blätter heraus. Nachdem er sich einen Drink gemixt hatte, setzte er sich hin und begann zu lesen.

Messick fühlte sich in San Diego wohl. Er hatte seine Finger in einem halben Dutzend Sachen, überwiegend ungesetzlich. Er betätigte sich ein bisschen als Hehler, mit Glücksspiel und Prostitution und auch ein wenig mit Schmuggel. Nichts Großes. Nur wenn sich eine Gelegenheit ergab. Er war zu klein, um für die Jungs interessant zu sein, und er war zu gut bekannt, um von der Polizei behelligt zu werden. Er war weder raffgierig noch dumm. Also bezahlte er stets, was notwendig war. Großzügig spendete er Geld für städtische Einrichtungen und wohltätige Zwecke. Er wollte weiter nichts als ein behagliches, ruhiges Leben. Er besaß einen Wagen, ein Boot und ein kleines Haus an einer netten Straße. Seit sechs Monaten lebte er mit einer der Tänzerinnen aus der Bar zusammen. Zuvor hatte es andere gegeben. Er hatte ein bisschen Geld auf der Bank und im fernen Mexiko ein kleines Stück Land, von dem niemand etwas wusste. Es war alles in allem eine ruhige, bescheidene und sichere Existenz. Messick hatte nicht die Absicht, dies aufs Spiel zu setzen.

Als er die Blätter gelesen hatte, faltete er sie wieder zusammen und steckte sie in den Umschlag zurück. Viele Dinge waren ihm jetzt klar. Als er 1960 aus dem Gefängnis entlassen worden war, war er nach San Diego heimgekehrt. Drei Wochen später hatte ihm ein Anwalt einen Scheck über 10 000 Dollar ausgehändigt. Das Geschenk eines anonymen Spenders. Messick hatte das Geld als Startkapital benutzt. Dreizehn Jahre lang hatte er nicht gewusst, wer ihm damals dieses Geld geschickt hatte. Carl Hansun. Der Mann, der nach dem bewaffneten Raubüberfall entkommen war. Der Mann, der es zu etwas gebracht hatte – und zwar ausgerechnet in Idaho. Was, zum Teufel, gab es in Idaho zu holen?

Hansun hatte ihm die zehn Riesen geschickt. Ihm – und auch Don Solis. Dann hatte er sie vergessen. Aber eben doch nicht ganz. Als er etwas gebraucht hatte, hatte er Don Solis an seine Schuld erinnert. Also würde es Johnny Messick kaum anders ergehen. Auch er würde eines Tages bezahlen müssen.

Johnny Messick hielt den Brief immer noch in der Hand. Er könnte ihn Carl Hansun geben und damit die alte Schuld begleichen. Das aber würde für Don Solis eine Kugel in den Kopf bedeuten – und wahrscheinlich auch für Messick. Sie waren die beiden einzigen, die den Zusammenhang zwischen Idaho und dem Raubüberfall in Kalifornien kannten. Messick hatte das Gefühl, dass sein bester Schutz darin bestehen dürfte, sich weiterhin ruhig zu verhalten.

Um genau 19.15 Uhr verließ Roger Tompkins in der Hauptstadt des Staates das Büro von Senator Jonathan Stoner. Tompkins hielt eine dünne Aktentasche unter dem Arm. In der Tasche befanden sich Papiere – zwei Originale, alles andere Kopien. Diese Schriftstücke könnten für gewisse Leute in gewissen Positionen sehr interessant sein.

Roger wollte kein Risiko eingehen, und deshalb hatte er die Absicht, diese Papiere für den Fall zu verstecken, dass sie irgendwann einmal gebraucht würden. Der Senator hatte sich in letzter Zeit reichlich siegessicher und arrogant benommen, als hätte er für einige Leute in seiner Umgebung bald keine Verwendung mehr. Roger aber dachte gar nicht daran, einfach zurückgelassen zu werden. Er war bei allem, was er tat, sehr gut, und er gedachte, Stoner daran zu erinnern, und zwar mit dem notwendigen Nachdruck.

In Wahrheit war er es doch gewesen, der den Senator auf den Weg zum Ruhm gebracht hatte. Vincent Mungo war seine Idee gewesen, und es war auch seine Idee gewesen, Mungo mit Caryl Chessman in Verbindung zu bringen. Roger hatte alles für die Kampagne des Senators ausgearbeitet und arrangiert.

Roger Tompkins war sechsundzwanzig Jahre alt und verfolgte eigene ehrgeizige Pläne. Er würde zu Stoner halten, solange es notwendig war. Inzwischen würde sein Name an der Ostküste und in Washington, D. C., bekannt werden – also in den Zentren der Macht. Wenn der Zeitpunkt der Trennung nahte, dann würde Roger Tompkins derjenige sein, der diese Trennung herbeiführte.

Der Senator war nicht der Einzige, dessen Weg steil nach oben führte.

16

Am Montag, dem 22. Oktober, war »Chess-Man«, auch bekannt als »Killer von Willows«, »California Creeper« oder »Jack the Ripper«, eine ganze Woche in New York, aber noch war er nicht Objekt der größten Menschenjagd in der Geschichte von New York City. Aber das würde sich bald ändern.

Für seine fotografischen Zwecke brauchte Bishop ein Telefon, um sich mit potenziellen Modellen in Verbindung setzen zu können. Aber er wollte keinen Anschluss in seiner Unterkunft.

Er kaufte sich ein Showbiz-Magazin. Darin fand er zwar keine Fotomodelle, die Beschäftigung suchten, aber er entdeckte einen Anrufbeantworter-Service in Jersey City. Perfekt! Er fuhr sofort hin. Er bezahlte für drei Monate im Voraus und bekam eine Handvoll Karten mit Name und Nummer der Agentur. Außerdem bekam er eine Nummer für den eigenen Gebrauch. Er nannte den Namen Jay Cooper und gab den gemieteten Briefkasten als Adresse an.

Schließlich suchte er an diesem Tag auch noch zwei Lokalzeitungen auf, die von vielen jungen New Yorkern gelesen wurden, die sich freiberuflich betätigten. In beiden gab er ein kurzes Inserat auf: Gesucht wurden Fotomodelle für Kriminalmagazine. Es kamen nur weibliche Personen über achtzehn Jahre in Betracht. Am Schluss war die Nummer des Anrufbeantworter-Service angegeben.

Die Idee stammte von einer Dokumentarsendung im Fernsehen über einen kalifornischen Sittlichkeitsverbrecher und

Mörder, der seine Opfer angelockt hatte, indem er hohe Honorare für Aktfotografien versprochen hatte. Bevor man ihn hatte fassen können, waren ein Dutzend Frauen in seinem Atelier gestorben. Bishop hatte vor, das System des Mannes zu verbessern.

Am selben Montag um 10.30 Uhr war Adam Kenton in Martin Dunlops Büro und erklärte, warum er unbedingt eine Liste aller Leute brauchte, die davon wussten, warum er nach New York geholt worden war.

Es war wirklich sehr einfach. Seine Neugier war geweckt worden, warum man ausgerechnet ihn für diesen Auftrag ausgesucht hatte. Der Job war – um es gelinde auszudrücken – außergewöhnlich und erforderte außer Spürsinn auch ein hohes Maß an taktischem Geschick. Dass man sich offenbar auf ihn geeinigt hatte, deutete darauf hin, dass man Vertrauen zu ihm hatte. Jetzt wollte er lediglich wissen, wer solches Vertrauen in ihn setzte. Daraus könne er schließen, wie seine Stellung innerhalb des Unternehmens war.

Dunlop gab sich mit dieser Erklärung zufrieden. Er sagte Kenton, dass John Perrone ihn als den besten Mann für diesen Job vorgeschlagen habe. Er – Dunlop – war damit einverstanden gewesen. Auch die anderen hatten zugestimmt, was aber natürlich nur hieß, dass man keine Einwände hatte. Natürlich würde Kenton mit einem Erfolg seiner Arbeit alle Zweifel zerstreuen können, die verschiedene Leute womöglich gehegt hatten. Und natürlich würde dies auch eine Verbesserung seiner Position bedeuten.

Kenton bedankte sich für Dunlops Vertrauensbeweis und versprach erneut, sein Bestes zu tun. Er verfolge bereits einige Spuren, die recht viel versprechend aussähen.

Dunlop erinnerte ihn nochmals daran, dass für die Erledigung solcher Aufträge nicht viel Zeit war.

Anschließend rief Dunlop seinen Assistenten zu sich und gab ihm Anweisung, Kenton von jemandem außerhalb der Organisation beobachten zu lassen. Am besten durch eine Detektei. Sie sollte Kentons Vergangenheit durchleuchten, um zu sehen, ob man notfalls etwas gegen ihn verwenden könnte. Außerdem sollte seine Telefonleitung angezapft werden.

Zurück in seinem Büro, erhielt Kenton einen Anruf von Mel Brown. Es ging um Louis Terranova. Der Mann kam nicht in Betracht. Er hatte sechs Jahre in Lakeland verbracht und war im Oktober 1972, also vor genau einem Jahr, aus der Anstalt entflohen. Zuvor war er sechzehn Jahre in Atascadero gewesen. Vor dem Mord an seiner Mutter hatte er mit ihr in Bakersfield gelebt. War schon als Kind ein bisschen seltsam gewesen, hatte aber keinen Ärger mit der Polizei gehabt. Hatte Caryl Chessman nicht gekannt. War 1947/48 nicht in Los Angeles gewesen. Kannte auch Vincent Mungo nicht. War niemals in Stockton gewesen. Keinerlei Hinweis, ob er Mungo in Lakeland gekannt hatte. Es war eine ziemlich große Anstalt.

Damit hatte sich die Chessman-Verbindung erledigt. Aber noch nicht Mungo. Die beiden hätten sich gekannt haben können. Vielleicht waren sie sogar gut miteinander befreundet gewesen, ohne dass die Ärzte oder sonst jemand etwas davon bemerkt hatte. Wie gesagt, es war ja eine große Anstalt.

Und … oh, hatte er das noch nicht erwähnt? Terranova war schwarz.

Schwarz?

»Ja, schwarz. Und seine Mutter war Jüdin.«

Ein schwarzer Jude? Der Mann hatte Humor. Nein, das hatte er noch nicht erwähnt. Aber danke.

Am Nachmittag las Kenton das Material, das Doris über Chessman gesammelt hatte. Das meiste davon war Kenton bekannt.

An einer Stelle seiner Lektüre hatte Kenton plötzlich eine Idee. Er suchte nach Chessmans Geburtsdatum.

St. Joseph, Michigan, 1921. Also war er 1947 erst sechsundzwanzig Jahre alt gewesen. Jung genug. Aber jemand in Mungos Alter wäre damals noch gar nicht geboren gewesen. Wie konnte es also eine Verbindung zwischen Chessman und dem Mann geben, den Kenton suchte? Antwort: Es gab keine Verbindung.

Es würde jemand sein müssen, der älter war. Zum Beispiel die Eltern des Mörders.

Verdammt! Man kam eben doch immer wieder auf Vincent Mungo zurück.

Seine Mutter war angeblich von Caryl Chessman vergewaltigt worden. Sein Vater sollte ihm erzählt haben, dass er Chessmans Sohn war. Aber Kenton wollte Mungo nicht akzeptieren. Nein, es war nicht Mungo. Also musste die Verbindung zwischen Chessman und den Eltern einer anderen Person bestehen. Wenn Kenton diese Verbindung fand, dann kannte er auch den Killer.

Es sei denn …

Er rief einen Mann in Los Angeles an, der Kontakte zu den Gerichten hatte. Er bat um die Namen aller Frauen, die behauptet hatten, von Chessman vergewaltigt worden zu sein. Er wollte wissen, ob eine dieser Frauen 1948 ein Kind bekommen hatte, und wenn ja, ob Junge oder Mädchen.

Um 15.40 Uhr meldete Fred Grimes, dass er die Zustimmung hatte, die Namen aller Briefkasten-Mietagenturen in der Stadt zu sammeln. Während der nächsten Tage würden zwei Privatdetektive all diese Agenturen in Manhattan abklappern. Grimes nahm an, dass nur Manhattan von Interesse sei.

Kenton sagte, auch die Bronx, Brooklyn und Queens. Aber zuerst und vor allem Manhattan. Staten Island kam nicht infrage.

Um 16.20 Uhr betrat Kenton in großer Eile die Polizeidirektion in der Centre Street. Er kam reichlich spät zu dem Treffen mit dem Deputy Chief. Sollte die Polizei früher Erfolg haben als er, so wollte er wenigstens als Erster die Story haben. Auf diese Weise würde sein Auftrag kein totaler Fehlschlag für die hohen Herren von *Newstime* sein. Das war Kenton zehntausend wert. Was die Polizisten mit dem Geld machten, war ihre Sache.

In einem geräumigen Büro besprach er seinen Plan mit dem Beamten. Er wolle nur ein bisschen helfen, um später beweisen zu können, dass er keine Informationen zurückgehalten habe. Er arbeite an einer Titelstory, und das würde ihr eine gewisse Authentizität verleihen. Das wiederum würde sich auf die Verkaufszahlen auswirken. Und deshalb sei er gern bereit, zehntausend in bar zu zahlen. Vielleicht für die Pensionskasse …

Der Deputy Chief sagte, dass er darüber nachdenken wolle. Es gebe schon Mittel und Wege, wie ein Reporter, der eigene Nachforschungen anstelle, der Polizei behilflich sein könne, vor allem dann, wenn er wichtige Informationen besäße. Es sei ja seine Pflicht, dies den Behörden zu melden, die dann ihrerseits befürworten würden, dass er bei der Ergreifung zugegen sei.

Genau so habe er sich das vorgestellt, sagte Kenton lächelnd.

Sechs Stunden früher hatten sich im selben Gebäude, aber in einem anderen Stockwerk, die Führungskräfte der Polizei getroffen und über Vincent Mungo gesprochen. Eine Sonderkommission wurde gebildet: dreißig Kriminalbeamte unter Leitung eines Deputy Inspectors. Einsatzzentrale würde das 13. Revier in der East 21st Street sein. Spezialstreifen wurden eingeteilt. Kleinere Hotels und Pensionen der City waren bereits überprüft worden. Man hatte überall Bilder von Mungo mit und ohne Bart herumgezeigt. Andere Männer verteilten Fotos an Restaurants und Supermärkte. Mungo musste ja schlafen und essen. Man würde ihn fassen. Aber wahrscheinlich würde er auch weiter töten. Alle

Bezirke, in denen Prostituierte ihrem Gewerbe nachgingen, sollten stärker überwacht werden.

Die Polizeiführung war zuversichtlich. Man hatte ein Porträtfoto und eine Beschreibung des Killers. Er war fremd in New York. Wahrscheinlich besaß er nur wenig Geld. Er hatte keine Freunde. Wohin konnte er gehen? Wo konnte er sich verstecken? Und außerdem war er ja geistesgestört. Welche Chance hatte er also gegen 27 000 Polizisten?

Am Schluss der Besprechung waren sich alle einig, dass es nur eine Frage der Zeit sein konnte, bis der irre Killer zur Strecke gebracht wurde. Vielleicht nur noch Tage oder gar Stunden.

Bishops Zug traf am Dienstag kurz vor zehn Uhr am Journal Square in Jersey City ein. Er ging die paar Stufen zur Straße hinauf und fand das Redaktionsgebäude der dortigen Zeitung. Dort gab er vor, auf dem College Journalismus zu studieren. Er schreibe an einer Arbeit über das *Jersey Journal* in der Zeit nach dem Zweiten Weltkrieg. Für seine Recherchen würde er sich gern einige Ausgabe aus der damaligen Zeit anschauen. Aus der Zeit so zwischen 1945 und 1950 …

Der Angestellte war sehr hilfsbereit. Alle alten Ausgaben waren jetzt auf Mikrofilm. Jeder Jahrgang auf einer Rolle. Damals hieß die Zeitung auch noch *Jersey Observer*. Gewiss, jeder interessierte Leser könnte sich diese Filme anschauen und von den gewünschten Seiten sogar Vergrößerungen anfertigen lassen. Kein Problem.

Und wo könne er diese Filme bekommen?

In der öffentlichen Bibliothek. Die gesamte Mikrofilmsammlung war in der Hauptbibliothek an der Jersey Avenue zu sehen.

Habe man denn hier nicht ebenfalls alles archiviert?

Ja, das schon, aber nur für internen Gebrauch.

Bishop setzte sein unschuldigstes Gesicht auf.

Könne er sich diese Filme nicht einmal ansehen? Nur eine Stunde? Wirklich nur eine Stunde, nicht länger. Er war aus New York und kannte sich hier nicht aus. Er würde sich auch ganz still verhalten, sodass man seine Anwesenheit nicht einmal bemerken würde. Ihm wäre damit sehr geholfen.

Der Angestellte, ein freundlicher Mann, wusste natürlich, dass er jetzt eigentlich nein sagen sollte. Aber der junge Mann machte einen so netten, so hilflosen Eindruck.

Eine Stunde und vierzig Minuten später fand Bishop, wonach er suchte.

Thomas Wayne Brewster, drei Jahre alt, gestorben im Medical Center am 1. September 1949. Das einzige Kind von Mary Brewster und dem verstorbenen Andrew T. Brewster, der vor zwei Jahren bei einem Autounfall ums Leben gekommen war. Begraben auf dem Holy Name Cemetery, Jersey City, am 4. September.

Es war perfekt. Drei Jahre alt. Einziges Kind. Vater tot. Mutter wahrscheinlich wieder verheiratet. Vielleicht fortgezogen. Niemand, der sich an ihn erinnern könnte. Drei Jahre alt – das bedeutete, dass er sehr wahrscheinlich in der Stadt geboren war. Jetzt wurde nur noch das Geburtsdatum benötigt.

Nach einer halben Stunde stieg Bishop auf der West Side Avenue aus dem Bus. Kurz darauf befand er sich auf dem katholischen Friedhof. Doch er sah sehr rasch ein, dass es zwecklos war, hier ein Grab suchen zu wollen. Es gab Tausende Grabstellen. Er ging ins Büro des Friedhofswärters.

Könnte er Auskunft über das Grab von Thomas Wayne Brewster bekommen? Begraben am 4. September 1949? Er hatte die Familie früher gekannt, war aber noch nie hier auf dem Friedhof gewesen. Jetzt war er gerade in der Gegend und wollte gern einmal das Grab besuchen.

Alte Bücher aus jener Zeit wurden aufgeschlagen. Name und

Datum wurden gefunden und verglichen. Brewster. 1949. 4. September.

Zehn Minuten später stand Bishop vor dem Grab. Der Grabstein wies zwei Kränze und in der Mitte eine Figur der Heiligen Jungfrau auf. Darunter waren zwei Namen in die glatte Oberfläche eingemeißelt. Der Vater, Andrew T. Brewster, geboren 1918, gestorben 1947. Der Sohn, Thomas W. Brewster, geboren 1946, gestorben 1949.

Der Ausflug hierher war umsonst gewesen. Es gab kein Geburtsdatum.

Auf dem Rückweg zum Journal Square überlegte Bishop, wie er das genaue Geburtsdatum erfahren könnte. Das Problem war, er durfte keine Aufmerksamkeit auf sich lenken, er musste unbedingt vermeiden, dass man ihn nach Ausweisen fragte.

Schließlich kam ihm eine Idee. Kinder wurden üblicherweise in einem Krankenhaus geboren. In Krankenhäusern wurde alles registriert. Es galt nur, das richtige Krankenhaus zu finden.

Im Telefonbuch waren acht städtische Krankenhäuser eingetragen. Nur eins davon war eine ausschließliche Entbindungsanstalt.

Von einer geschlossenen Telefonzelle aus rief er bei der Margaret Hague Maternity an und gab sich als Father Foley von der St.-John-Kirche am Boulevard aus. Er erkundigte sich nach dem Geburtsdatum eines seiner Pfarrkinder vor vielen Jahren. Verwandte, die jetzt in einem anderen Bundesstaat lebten, hatten bei ihm eine Heilige Messe bestellt. Die Messe sollte unbedingt noch in dieser Woche gelesen werden. Aber dafür wurde das genaue Geburtsdatum des Verstorbenen benötigt. Ja, das ist richtig. Das wäre ihm eine große Hilfe. Danke.

Er nannte Namen und Jahr, dann wartete er geduldig. Ein paar Minuten später bekam er seine Antwort. Jemand mit dem Namen Brewster war im Jahr 1946 nicht eingetragen. War er ganz sicher, dass es sich um die Margaret Hague Maternity handelte? Nein, nicht ganz. Was war mit dem Taufschein? Müsste daraus das Geburtsdatum nicht ersichtlich sein? Ja, gewiss, aber durch die Neustrukturierung der Verwaltungsbezirke sei alles verlegt oder anderweitig untergebracht worden. Er hatte nur gedacht, dass es auf diese Weise vielleicht schneller gehen könnte. Jedenfalls vielen Dank für die Hilfe.

Bishop schloss einen Moment die Augen. Er musste sehr rasch nachdenken.

Vom Jersey City Medical Center bekam er die gleiche Antwort. Aber beim dritten Anruf hatte er Glück. Im Christ Hospital an der Palisade Avenue fand sich im Jahr 1946 folgender Eintrag: Thomas Wayne Brewster, Mutter Mary, Vater Andrew. Religion: römisch-katholisch. Gewicht des Babys: 3,94 Kilo.

Geburtsdatum: 3. Mai 1946.

Father Foley bedankte sich bei der Frau und legte den Telefonhörer auf.

Im Christ Hospital brachte die Angestellte mittleren Alters die Akte wieder zurück zu der Hängeregistratur. Die Frau war ein bisschen überrascht, dass die Eltern katholisch waren. Heutzutage lockerte sich ja alles, aber diese Sache lag schon fast dreißig Jahre zurück. Die Angestellte glaubte nicht, dass es damals schon viele katholische Schwarze gegeben hatte.

Auf einem nahe gelegenen Postamt tätigte Thomas Wayne Brewster eine Geldanweisung über 5 Dollar. Er schickte sie zusammen mit seiner Bitte um eine Geburtsurkunde an das Einwohnermeldeamt von Jersey City. Er war am 3. Mai 1946 geboren. Die Urkunde sollte man ihm an die Adresse Bergen Avenue Nr. 654 schicken. Das war die Adresse des hiesigen YMCA-Hauses, wo er sich eben ein Zimmer gemietet und für einen Monat im Voraus bezahlt hatte.

Zurück in New York kaufte Bishop sich eine dicke Hornbrille mit Gläsern aus Fensterglas. Wenn er sie trug, sah er komplett verändert aus. Außerdem kaufte er Haarfärbemittel. Er wollte sich an diesem Abend das Haar hell färben. Sein Bart war inzwischen zu einem ansehnlichen Vollbart geworden. Mit Brille, blonden Haaren und Vollbart würde er wirklich nicht mehr wie Thomas Bishop aussehen – nur für den Fall, dass doch jemand entdecken sollte, dass er nicht Vincent Mungo war. Aber darauf würde man niemals kommen. Er war zu gerissen für sie – für sie alle!

Don Solis rief Boise in Idaho ungefähr zu der Zeit an, als Bishop nach New York zurückkehrte. In Kalifornien war immer noch Vormittag. Solis hatte es schon am Tag zuvor versucht, aber Hansun war nicht zu erreichen gewesen. Jetzt fragte Solis erneut nach Carl Pandel. Diesmal nannte er auch seinen Namen, statt wie gestern nur »ein Freund« zu sagen. Bald war ein sehr überraschter Carl Hansun am Apparat. Aufmerksam hörte er zu, wie Solis ihm die Nummer eines Münzfernsprechers in Fresno nannte. Dort sollte Hansun in genau zehn Minuten von einem eigenen sicheren Apparat aus anrufen.

Zehn Minuten später hob Don Solis den Hörer des genannten Münzfernsprechers ab. Solis sagte, was er zu sagen hatte. Es gab einen Brief, der den Behörden übergeben werden würde, falls ihm, Don Solis, etwas zustieße. Der Brief enthielt alle Informationen über Carl Hansun, angefangen von 1952 bis heute, wozu auch der neue Name und die Adresse gehörten. Das war keine Erpressung. Er wollte nur in Ruhe gelassen werden. Er hatte den Job ausgeführt und war dafür bezahlt worden. Jetzt waren sich beide Seiten nichts mehr schuldig. Wenn er nicht belästigt wurde, würde der Brief niemals auftauchen. Sein Bruder war tot. Jetzt wollte Don Solis nur noch ein ruhiges Leben führen.

Nachdem er Hansun abschließend aufgefordert hatte, seine Bluthunde zurückzupfeifen, legte Solis den Hörer auf.

Bevor Senator Stoner an die Ostküste flog, hatte er am Dienstagabend noch einen Haufen Dinge zu erledigen. Und natürlich wollte er an diesem letzten Abend zu Hause bei seiner Familie sein. Das war der Grund, warum er am Nachmittag ein letztes Stelldichein mit seiner Geliebten gehabt hatte.

Es war angenehm gewesen, wie immer. Aber anschließend hatte er ihr mitgeteilt, dass nun Schluss sei. Er hatte andere Pläne, in denen sie keinen Platz mehr hatte. Es tue ihm leid.

Senator Stoner hatte drei Banknoten auf den Tisch neben dem Bett gelegt. 100 Dollar für jedes Jahr.

Daraufhin hatte sie ihn aufgefordert, sich ein paar Tonbänder anzuhören. Danach hatte sie ihm gesagt, was sie wollte.

50 000 Dollar.

Sie hatte ziemlich viele Tonbänder.

Er könne alle kaufen und würde also einen entsprechenden Gegenwert für sein Geld bekommen. Sie würde nicht ein einziges Tonband zurückbehalten. Es gab keine Kopien. Wenn sie erst einmal das Geld hatte, würde er nie wieder etwas von ihr sehen oder hören. Sie war nicht so dumm, ihn unter Druck setzen zu wollen.

Nur 50 000 Dollar – dann würde er sie für immer los sein.

Wenn nicht … nun, dann würde sie diese Tonbänder eben seinen politischen Gegnern und den Zeitungen überlassen. Der *San Francisco Chronicle* würde sich die Aufzeichnungen bestimmt liebend gern einmal anhören, ganz zu schweigen von *New York Times* oder der *Washington Post.* Einige Dinge, die er bisher getan hatte, so manche Geschäfte, die er mit gewissen Leuten abgewickelt hatte, würden in einem ganz anderen Licht erscheinen. Und nicht nur die Behörden wären überrascht, sondern auch die

Öffentlichkeit, wenn sie erführe, wie er wirklich über die einfachen Menschen dachte, die kleinen Geschäftsleute und braven Bürger, denen er sein Amt verdankte. Er hatte wirklich eine redselige Ader.

Sie wollte das Geld haben, bevor er sich auf seine Reise begab.

Bevor der Bezirksleiter der Republikanischen Partei von Los Angeles an diesem Nachmittag sein Büro verließ, schickte er ein Telegramm nach Washington, D. C., an den Abgeordneten seines Bezirks. Ein Freund bei der staatlichen Strafvollzugsbehörde war von einem *Newstime*-Reporter in New York angerufen worden. Der Reporter hatte gesagt, dass er eine Titelstory über Vincent Mungo für das Magazin schreibe. Merkwürdig aber war, dass der Reporter nur an Caryl Chessman interessiert zu sein schien, der hingerichtet worden war zu einer Zeit, als die Republikaner an der Regierung waren. Der Bezirksleiter wunderte sich und überlegte, ob da nicht irgendetwas dahinterstecken könnte, vor allem wenn man bedachte, dass *Newstime,* ein normalerweise republikanisch orientiertes Magazin, der Nixon-Regierung eher kritisch gegenüberstand.

Der Mittwoch versprach ein sehr geschäftiger Tag für Adam Kenton zu werden. Daher ging er sehr früh ins Büro. Gegen neun Uhr bekam er einen Anruf von Mel Brown. Carl Pandel war offenbar ein Weißer, Christ und sechsundzwanzig Jahre alt. Seine Ehefrau hatte vor zwei Jahren Selbstmord begangen. Das hatte ihn für fünf Monate in ein Sanatorium gebracht. Danach hatte er ein Jahr bei den Eltern in Idaho gelebt. Sein Vater war ein erfolgreicher Bauunternehmer und umtriebiger Geschäftsmann.

Jung, weiß, christlich – und geistesgestört. Bisher ganz gut. »Hat er auch seine Mutter getötet?«

»Seine Mutter ist noch höchst lebendig. Tut mir leid.«

Er hatte sie also nicht getötet. Aber sicher hatte er es all die Jahre tun wollen. Dann hatte er seine Frau in den Irrsinn getrieben, bis sie schließlich Selbstmord begangen hatte. Oder vielleicht hatte er sie sogar umgebracht und es nur wie Selbstmord aussehen lassen?

»Und wo ist er jetzt?«, fragte Kenton.

»Genau hier.«

»Wie bitte?«

Brown lachte leise. »Er ist hier in New York. Aber …« Er holte hörbar Luft. »Er ist schon seit Monaten hier.«

Schlecht, aber noch nicht die Katastrophe.

»Wann ist er hierhergekommen?«

»Im Juli.«

»Wann im Juli?«

Das wusste Brown nicht.

»Stellen Sie fest, an welchem Tag er in der Stadt eingetroffen ist. Und wie. Auch wo er lebt und womit er seinen Lebensunterhalt bestreitet. Wenn sein Vater so reich ist, braucht der Bengel vielleicht nicht zu arbeiten.«

»Was ist Ihre Theorie?«

»Er könnte hierhergekommen sein und ist dann per Bus oder Bahn zurückgefahren, um sich langsam wieder nach Osten vorzuarbeiten.«

»Zu kompliziert für einen Verrückten.«

»Wer sagt denn, dass er verrückt ist?«

Nach dem vierten Läuten bekam Kenton endlich Fred Grimes an den Apparat. Eventuell hatte man eine Spur. Er wollte den besten Mann der besten Detektei der Stadt haben. Dieser Mann sollte Carl Pandel überprüfen. Mel Brown würde in Kürze die Adresse haben.

»Wie sieht es aus mit den Miet-Briefkästen?«

»Damit haben wir gestern erst angefangen«, sagte Grimes. »Und es gibt einen ganzen Haufen davon.«

»Wann?«

Grimes dachte einen Moment nach. »Wahrscheinlich Freitag. Bis dahin müsste es klappen.«

»Sagen Sie mir sofort Bescheid.«

Anschließend unterhielt sich Kenton mit George Homer über Senator Stoner und Don Solis. Zwischendurch musste Kenton immer wieder Telefonanrufe beantworten.

Stoner besaß Aktien, alles in allem für etwa 50 000 Dollar. Er hatte zwei Wohnungen, eine in Sacramento und eine in Beaumont, Washington. Ein bisschen Land im nördlichen Kalifornien und in Idaho, vielleicht 40 000 Dollar wert. Dies alles nach außen hin. Was er unter Verschluss hielt, wusste natürlich niemand. Man munkelte von privaten Geschäften, aber bei welchem Politiker wurde nicht gemunkelt. Er war vor allem ein erbarmungsloser Konjunkturritter, aber auch das war kein Vergehen im strafrechtlichen Sinne.

Seine Geliebte war da schon interessanter. Ein Mannequin, fünfundzwanzig Jahre alt, zwei Jahre College. Hatte außer einem perfekten Körper auch noch einen klugen Kopf. Seit drei Jahren mit Stoner zusammen, aber nicht exklusiv, wenn er das vielleicht auch nicht wusste. Offenbar bezahlte er ihre Wohnung. Von weiteren Arrangements war nichts bekannt.

Und was war so interessant an ihr?

Vor einiger Zeit hatte sie über 1000 Dollar für eine Abhörvorrichtung ausgegeben. Wird durch Stimmen in Betrieb gesetzt. Das Aufnahmegerät hatte sie in einem Schrank versteckt.

Und wo befand sich das andere Ende?

Am Bett.

Das bedeutete wahrscheinlich, dass sie Gespräche mit Stoner auf Tonband aufgenommen hatte, wenn er über krumme Geschäfte geredet hatte. Tonbänder, die sie verkaufen wollte – entweder an ihn oder an sonst jemanden.

Kenton musste zugeben, dass sich hier Möglichkeiten boten.

Und jetzt? Was war mit Don Solis?

Solis hatte bei einem bewaffneten Raubüberfall in Los Angeles im Jahre 1952 einen Komplizen getötet, einen Mann namens Harry Owens. Solis kannte Chessman in San Quentin, weil beide im Todestrakt gesessen hatten. Das war die Grundlage für die Story, die er den Zeitungen gegeben hatte ... dass Chessman seine Schuld ihm gegenüber eingestanden hatte.

Nach ein paar Jahren wurde Solis aus dem Todestrakt entlassen. Er bekam lebenslänglich und wurde schließlich auf Bewährung entlassen. Er kehrte nach Fresno zurück und eröffnete mit seinem Bruder, der ebenfalls am Raubüberfall beteiligt gewesen war, ein Speiselokal. Woher das Geld kam, war ein Geheimnis. Solis selbst hatte jedenfalls keins gehabt. Die Beute aus dem Raubüberfall war bis auf den Anteil des Mannes, der entkommen war, sichergestellt worden. Der fehlende Beuteanteil hatte etwa 100 000 Dollar betragen. Jetzt besaß Solis sogar ein noch größeres Speiselokal. Soweit bekannt war, hatte er mit der Unterwelt nichts mehr zu tun.

Kenton überlegte fieberhaft. War das Geld eine Bezahlung für irgendetwas, was Solis getan hatte? Oder war die Chessman-Story eine Bezahlung für das Geld? Dann käme Stoner nicht dafür in Betracht. Die Sache mit dem Geld hatte schon fünf Jahre vorher stattgefunden ...

Schließlich gab Kenton Homer verschiedene Anweisungen. Homer sollte ein Gerücht überprüfen, demzufolge Mungos Vater ein latenter Homosexueller gewesen sein sollte. Angeblich hatte er Selbstmord begangen, als er diesen Trieb nicht mehr hatte zügeln können. Außerdem sollte Homer alle Kriminologen an der University of California in Berkeley anrufen. Es müsse dort einen Professor geben, der glaube, dass Mungo *nicht* der Killer sei. Ferner sollte Homer Stoners Geschäften auf den Zahn fühlen und auch den Landbesitz genauer unter die Lupe nehmen. Schließlich sollte Homer auch noch alles Material über Chessman lesen, für den Fall, dass Kenton etwas übersehen haben sollte.

Um 12.30 Uhr New Yorker Zeit rief einer der Kontaktleute aus Kalifornien bei Adam Kenton an und teilte ihm mit, dass nur eine der Frauen, die angeblich von Caryl Chessman vergewaltigt worden waren, im Jahre 1948 ein Kind geboren hatte. Ein Mädchen.

Also wieder eine Sackgasse.

Der Killer war nun einmal als Junge zur Welt gekommen.

Carl Hansun war beunruhigt. Er zündete sich eine Camel an und zog den Rauch tief in seinen einen noch gesunden Lungenflügel. Prompt bekam er einen Hustenanfall. Wie konnte Don Solis, dieser Dreckskerl, so mit ihm reden? Und woher kannte er seinen neuen Namen? Es gab nur eine Möglichkeit. Das Nummernschild am Wagen, den Hansun damals benutzt hatte. So war Solis auf die Firma gestoßen. Und wem gehörte diese Firma? Carl Pandel. Gleicher Vorname. Gar nicht so dumm.

Jetzt kannte Solis also Hansuns neue Identität und hatte alles schriftlich festgehalten, auch die alte Geschichte von damals. Das könnte tatsächlich reichen, um ihn für eine Weile hinter Gitter zu bringen. Er war siebenundfünfzig Jahre alt, ein reicher Mann. Er durfte kein Risiko mehr eingehen, nicht in seinem Alter. Solis war der Einzige, der über ihn Bescheid wusste. Nein – Johnny Messick auch. Der letzte der alten Bande. Aber Johnny war okay. Er würde nicht reden. Außerdem wusste er ja nichts von Idaho und der neuen Identität.

Solis war der Einzige. Er würde beobachtet werden müssen –

wohin er ging, mit wem er sprach. Irgendwo würde der Brief schon auftauchen.

Hansun drückte die Zigarette aus. Er würde mit seinen Kontaktleuten in Los Angeles reden. Die Jungs sollten sich darum kümmern.

Stoner wollte um vierzehn Uhr nach Kansas City fliegen. Um zehn Uhr nahm er 50 000 Dollar aus dem Wandsafe in der Wohnung und legte das Geld in einen großen, festen Umschlag. Zwanzig Minuten später händigte er den Umschlag seiner Geliebten aus. Sie übergab ihm dafür vierzehn Tonbandspulen in einem Schuhkarton.

Zu Hause in seinem Arbeitszimmer hörte sich Stoner die Bänder an, von jedem nur ein kleines Stück, um sicherzugehen, dass es die richtigen waren. Dann ging er damit in einen nahe gelegenen Wald und verbrannte alle in einem prasselnden, stinkenden Feuer. Er beobachtete, wie 50 000 Dollar in Flammen und Rauch aufgingen.

An diesem Abend machte Bishop einen kleinen Spaziergang durch die Straßen. In einer Bar in Greenwich Village sprach er mit einer jungen Frau, die Weißwein trank. Sie hatte einen anstrengenden Tag hinter sich, und was sie jetzt mehr als alles andere brauchte, war höfliche Behandlung und ein nettes Gespräch. Er hatte ein freundliches Gesicht und ein ansteckendes Lächeln. Seine Stimme war sanft und leise. Er schien gepflegt und kultiviert zu sein. Sie akzeptierte nach kurzem Zögern einen Drink von ihm. Zwei Stunden später akzeptierte sie sein Angebot, sie nach Hause zu begleiten.

Als Kenton schließlich sein Büro verließ, hatte er das Gefühl, keine Stimme mehr zu haben. Am Nachmittag hatte er fast zwei Stunden ununterbrochen ins Diktiergerät gesprochen. Die übrige

Zeit hatte er am Telefon oder mit Besprechungen verbracht. Jetzt war er müde und erschöpft. Er brauchte jetzt vor allem Ruhe.

Im Bull and Bear bestellte er sich ein Steak mit Pilzen und nahm seine Mahlzeit in einer Nische ein, die weit von der lauten Bar entfernt war.

In der Park Avenue gabelte er wenig später ein Mädchen auf, dem er klarmachte, dass er keinen Wert auf Konversation lege. Er zahlte ihr das Doppelte dafür, dass sie für eine zusätzliche Stunde stumm neben ihm liegen blieb. Dann kehrte er ins St. Moritz zurück, setzte sich im Dunkeln in einen Sessel und schloss die Augen.

Hatte er sich das nur eingebildet, oder war ihm tatsächlich jemand gefolgt?

Zwei Tage lang hatte Deputy Chief Gunther Charles über den Vorschlag nachgedacht. Im Grunde schien alles in Ordnung zu sein. Der Mann schrieb eine Reportage für ein großes Magazin. Er wollte sie so authentisch wie möglich halten und für große Publicity sorgen. Wenn er der Polizei behilflich war und sich sogar ein Verdienst an der Ergreifung von Vincent Mungo zuschreiben könnte, würde die Geschichte zweifellos sehr authentisch erscheinen. Der Erfolg wäre garantiert. Das sollte leicht 10 000 Dollar wert sein.

Auf der anderen Seite – woher bekam er so viel Geld? Reporter hatten normalerweise nicht zehn Riesen zu verschenken. Also würde das Magazin bezahlen. Aber warum? Warum so viel Geld für eine Story? Man würde ja nicht einmal Exklusivrechte daran haben, denn jedermann in der Stadt würde über Mungo schreiben.

Irgendwie hörte sich die Sache nicht ganz richtig an.

Am Dienstagmorgen sprach Gunther Charles eine halbe Stunde lang mit Lloyd Geary, seinem Kollegen von der Kriminalpolizei, über das *Newstime*-Angebot.

Deputy Chief Geary leitete die Sonderkommission, die für den Fall Vincent Mungo gegründet worden war. Nachdem Gunther Charles aufgelegt hatte, überdachte Geary noch mal alles, was eben besprochen worden war. Für ihn hörte sich die ganze Sache rundherum illegal an. Nicht dass man einen bestimmten Reporter bevorzugte, denn das geschah ja fast immer, sondern dass man dafür Geld nehmen sollte. Auch wenn dieses Geld für einen guten Zweck bestimmt war. Irgendetwas stimmte bei dieser Sache nicht.

Geary bestellte Deputy Inspector Dimitri vom 13. Revier für sechzehn Uhr zu sich.

Deputy Inspector Alex Dimitri gefiel die Sache ganz und gar nicht. Er hatte sich die Meinung seines Vorgesetzten angehört und ihm zugestimmt, dass es ausgesprochen dumm sei, sich polizeilicherseits auf Geldgeschäfte mit der Presse einzulassen. Auf der anderen Seite konnte ein investigativer Reporter natürlich durchaus an Informationen herankommen, die für die Polizei verschlossen blieben. In dieser Hinsicht könnte eine Zusammenarbeit von Nutzen sein …

Geary hielt es ebenfalls für sinnvoll, mit dem Reporter eine Vereinbarung zum Informationsaustausch zu treffen. Aber nicht mehr. Keine Diskussion über Geld. Nur ein Austausch von Ideen und Informationen. Das würde nichts schaden, konnte aber nutzen.

Dimitri leitete die Sonderkommission. Er war ein erfahrener Kriminalist, der sich sehr schnell hochgearbeitet hatte. Deshalb hatte man ihm wohl auch die aktuelle Aufgabe übertragen. Oder weil er höheren Orts Feinde hatte. Wer wusste das schon so genau?

Als er wieder in der Einsatzzentrale im 13. Revier war, rief er die Nummer an, die ihm gegeben worden war. Er wollte diesem

Adam Kenton sagen, dass man zu einer Zusammenarbeit bereit war, dass sie sich aber nur auf den Austausch von Informationen beschränken würde. Vielleicht hatte Kenton ja wirklich etwas, was sie verwerten konnten. Er hatte schon nach drei Tagen begriffen, dass die Chancen reichlich schlecht standen, diesen Mungo zu finden. Er war die berühmte Nadel im Heuhaufen.

An diesem Abend schrieb Dimitri zu Hause einen Brief an einen Freund in Washington, der wie er einen hohen Posten bei der Kriminalpolizei innehatte. Sie hatten sich vor Jahren bei einem FBI-Kursus kennengelernt und waren seitdem miteinander in Verbindung geblieben. Man schrieb sich regelmäßig und traf sich alle paar Jahre einmal.

Am Schluss des Briefes erwähnte Dimitri, dass er gerade damit befasst sei, den berüchtigten Vincent Mungo zu fangen. Er berichtete auch von dem *Newstime*-Angebot und äußerte den Verdacht, dass man bei diesem Magazin versuche, den Fall Mungo für Publicity auszuschlachten, und deshalb in Erfahrung bringen wolle, was die Polizei wisse. Dimitri traute keinem investigativen Reporter. Verdammte Schnüffler. War das überhaupt ein Job für einen erwachsenen Mann?

Der kalifornische Kongressabgeordnete amüsierte sich bestens auf der Party. Es war seine erste seit mindestens zwei Wochen. Zwar waren Partys auf der politischen Bühne von Washington an der Tagesordnung, und es gab tagtäglich mehrere davon, aber der Abgeordnete hatte sich soeben eine neue Geliebte zugelegt, ein hübsches, kleines Ding vom Büropersonal des Senats, und sie hielt ihn ziemlich auf Trab.

Im Verlauf des Abends sprach er mit jemandem vom Komitee für die Wiederwahl des Präsidenten und erwähnte wie nebenbei die angebliche *Newstime*-Story über Vincent Mungo, die sich aber ausschließlich auf Caryl Chessman zu konzentrieren schien.

Der Abgeordnete hatte ein Telegramm von einem seiner Leute zu Hause bekommen.

»Steckt wahrscheinlich weiter nichts dahinter«, sagte er zu seinem Bekannten. »Wen kümmert es heute noch, was damals mit Chessman passiert ist? Das alles ist so lange her.«

Doch den Mann vom Komitee kümmerte es sogar sehr. Eisenhower war Präsident gewesen, als Chessman getötet worden war. Die Hinrichtung war zwei Monate hinausgeschoben worden, damit Ike in Ruhe Südamerika besuchen konnte, ohne dass es zu Massendemonstrationen kam. Das war immer noch ein wunder Punkt, selbst nach all den Jahren.

Und wer war unter Dwight D. Eisenhower Vizepräsident gewesen? Na?

Der Mann vom Komitee verließ die Party ziemlich früh. Er musste ein Memo schreiben. Vor allem angesichts der Tatsache, dass *Newstime* zurzeit sehr aktiv im feindlichen Lager engagiert war.

Es war keineswegs so, dass sie sich besondere Sorgen um ihre Freundin machte, aber in New York konnte es ein alleinstehendes Mädchen durchaus mit der Angst zu tun bekommen. Deshalb telefonierten die beiden jungen Frauen fast jeden Tag miteinander. Sie besaßen sogar die Schlüssel zur jeweils anderen Wohnung. Nur so für alle Fälle.

Sie hatte der Freundin allerhand zu erzählen, vom neuen Job und auch von dem Jungen, mit dem sie ausgegangen war und der einen unglaublich großen … Sie wünschte sich, dass es einen besseren Ausdruck dafür gäbe.

Sie hatte gestern Abend bereits mehrmals angerufen und es auch heute schon ein paarmal versucht. Keine Antwort. Normalerweise müsste ihre Freundin doch schon längst von der Arbeit zu Hause sein. Wahrscheinlich würde sie bei irgendeinem Kerl über Nacht bleiben, dachte die Freundin, während sie die beiden Treppen hinaufstieg. Na, sie war nun mal hier, und da würde sie eben nachsehen.

Als sie auf ihr Klopfen keine Antwort erhielt, beschloss sie, den Schlüssel zu benutzen. Im Grunde war das natürlich albern. Aber, wer weiß, vielleicht war die Freundin krank? Oder sie war von den vielen Tabletten, die sie ständig einnahm, ohnmächtig geworden.

In der Küche brannte Licht.

Die Freundin betrachtete den großen Kalender an der Wand hinter dem kleinen Frühstückstisch. Das Blatt zeigte das Foto eines nackten Mannes. Er war nicht so groß wie der Junge, den die Freundin letzte Nacht gehabt hatte. Bei der Erinnerung daran schauerte sie vor wollüstigem Entzücken zusammen.

Sie streckte ganz automatisch eine Hand aus, um das Kalenderblatt abzureißen. Heute war doch nicht mehr Mittwoch. Der Donnerstag war ja schon fast vorbei. Morgen war Freitag, der 26. Oktober.

Auch im Wohnzimmer brannte Licht. Auf dem Tisch neben der Couch stand ein Weinglas, das noch halb voll war.

Sie ging am Tisch vorbei auf das Schlafzimmer zu. Die Tür war einen Spaltbreit offen. Im Zimmer war es dunkel.

Mit einer Hand tastete sie an der Wand nach dem Schalter. Sie fand ihn, knipste das Licht an und trat ins Schlafzimmer.

17

»Jesus!«

Der erste Kriminalbeamte der Sonderkommission »Vincent Mungo« machte die Schlafzimmertür leise zu, als befände er sich in einem Bestattungsinstitut. Lautlos ging er zu der kleinen Couch.

Das halb leere Weinglas stand noch auf dem Tisch.

Was der Mann eben gesehen hatte, erfüllte ihn mit wahrem Grauen. Er war dreizehn Jahre bei der Polizei und hatte acht davon bei der Mordkommission absolviert, aber so etwas hatte er noch nicht gesehen. Anfang der Woche hatte er sich noch darüber gewundert, warum man wegen eines entflohenen Irren so viel Aufhebens machte. Jetzt wusste er es.

Er schüttelte den Kopf und versuchte, sich auf die anderen Anwesenden im Wohnzimmer zu konzentrieren: zwei Streifenpolizisten vom 6. Revier, einer davon ein Sergeant, sowie der Hausverwalter. Empfanden sie dasselbe wie er? Spürten auch sie das Böse, das noch immer im Raum lauerte? Es war so real, dass er glaubte, es berühren zu können, wenn er nur eine Hand ausstreckte. Ihm war schlecht. Hoffentlich würde er sich nicht erbrechen müssen.

Sein Mund war wie ausgedörrt, und seine Hände zitterten. Er glaubte nicht an einen leibhaftigen Teufel. Nach seiner Erfahrung hatte sich der Teufel stets als ein Mensch aus Fleisch und Blut herausgestellt, der ein Motiv hatte und eine sadistische Natur. Jetzt war er sich da aber nicht mehr so sicher.

Nach seiner Ankunft hatte der Kriminalbeamte den Deputy Inspector telefonisch verständigt. Ein Blick hatte dem erfahrenen Beamten gesagt, dass man es hier mit Mungo zu tun hatte.

Jetzt betrat Dimitri die Wohnung. Es war fast Mitternacht, und er hatte bereits geschlafen, als ihn die Nachricht erreichte. Er war mit eingeschalteter Sirene gefahren und hatte die Strecke über die Queensboro Bridge bis hierher ins Village in guter Zeit geschafft.

In der Zwischenzeit waren mehrere andere Beamte der Sonderkommission eingetroffen – Männer, die noch Dienst geschoben hatten.

Jetzt waren alle in der kleinen Küche versammelt und vermieden es geflissentlich, einen Blick auf den Wandkalender mit dem männlichen Akt zu werfen, während man in gedämpftem Tonfall über den Mord sprach. Es handelte sich durchweg um erfahrene Polizisten, aber dennoch waren alle zutiefst schockiert.

Dimitri holte sich ein Glas Wasser, trank langsam und starrte in die klare Flüssigkeit. Das, was er gesehen hatte, zerrte an seinen Nerven. Sollten derartige Bilder veröffentlicht werden, könnte dies leicht zu einer Massenhysterie führen.

Also keine Freigabe von Fotos. Das war der erste klare Gedanke, als der polizeilich geschulte Verstand wieder zu funktionieren begann. Außer Polizei und Gerichtsmedizinern durfte niemand Zutritt zur Wohnung haben, vor allem keine Reporter. Niemand. Erst wenn die Leiche – oder was von ihr übrig war – abtransportiert und in die Gerichtsmedizin gebracht worden war, durfte den Presseleuten erlaubt werden, Fotos vom Tatort zu machen. Inzwischen würde er eine Meldung herausgeben.

Nächster Punkt. Morgen Vormittag um zehn Uhr Besprechung des Sonderdezernats. Alle mussten daran teilnehmen. Der Mörder musste gefasst werden, und zwar schnellstens. Man durfte sich nicht mehr nur darauf beschränken, Hotels und Pensionen zu überprüfen. Vielleicht hatte sich der Täter eine billige Wohnung genommen und einen Wagen beschafft. Es gab noch viele andere Möglichkeiten.

Nach diesen Instruktionen ging Dimitri ins Wohnzimmer. Er setzte sich auf die Couch und rief seinen Stellvertreter in dessen Wohnung in North Shore auf Long Island an.

»Eine neue Leiche«, sagte Dimitri, als sich Olson schließlich am Telefon meldete. Er machte sich nicht die Mühe, sich für die nächtliche Störung zu entschuldigen.

»Wo?«, fragte eine müde Stimme.

»Greenwich Village.

»Er kommt ganz schön herum.«

»Es ist noch schlimmer als das«, sagte Dimitri mit belegter Stimme. »Es spricht alles dafür, dass sie keine Prostituierte war.«

Beide Männer wussten, was das zu bedeuten hatte. Wenn Prostituierte umgebracht wurden, neigte die Öffentlichkeit dazu, die Sache nicht so ernst zu nehmen. Aber wenn eine anständige Frau umgebracht wurde, dann war das eine ganz andere Angelegenheit, auch für Polizeikreise, die sich üblicherweise an die öffentliche Moral hielten.

»Das könnte Ärger geben«, sagte Olson. »Gibt es irgendwelche Zeugen?«

»Lässt sich jetzt noch nicht sagen«, grollte Dimitri. »Wir können erst morgen früh richtig loslegen. Jetzt kommen erst mal die Leute vom Labor.«

»Soll ich auch hinkommen?«

»Sie können hier im Moment ohnehin nichts tun«, knurrte Dimitri. »Es sei denn, Sie möchten mal eine echte Horror-Show sehen.« Gleich bereute er seine Bemerkung. Sie führte ihm sofort wieder vor Augen, was sich im Nebenraum befand.

»Nein, danke«, erwiderte Olson. »Kein Bedarf.«

»Kommen Sie morgen ein bisschen früher zum Dienst, wenn

Sie können«, sagte Dimitri. »Wir werden die Medien abwimmeln müssen. An die Reaktion in der Direktion wage ich im Moment noch gar nicht zu denken.«

Dimitri legte den Hörer wieder auf und nahm ihn sofort erneut ab, um den Deputy Chief zu Hause in Bronxville anzurufen, ihn über den grauenvollen Mord zu informieren.

Lloyd Geary, der sich noch einen Film im Nachtprogramm ansah, meldete sich nach dem dritten Läuten.

Dimitri erklärte rasch, was geschehen war. Ob Geary den Polizeipräsidenten verständigen könne? Konnte er. Und er solle sich am Morgen gleich wieder mit Dimitri in Verbindung setzen.

»Was für eine Besprechung?«, fragte Geary. »Oh, verstehe. Gute Idee. Heizen Sie allen gehörig ein! Diese Sache muss unbedingt gestoppt werden, bevor sie außer Kontrolle gerät.«

Washington, D.C., 9.20 Uhr. In einem Büro, weniger als eine halbe Meile vom Weißen Haus entfernt, saß ein junger Mann in dunklem Anzug an seinem Schreibtisch und las zum dritten Mal das Memo. *Newstime* bereitete eine Titelstory über Caryl Chessman vor und benutzte Vincent Mungo als Aufhänger. Reporter des Magazins gruben alles aus, was sie nur irgend konnten. Angesichts der Tatsache, dass der Präsident unter Eisenhower Vizepräsident gewesen war, als Chessman hingerichtet worden war, könnte diese Story als ein Angriff auf die Regierung interpretiert werden. Die offene Feindseligkeit, die *Newstime* der Nixon-Regierung entgegenbrachte, legte dies nahe.

Der Mann legte das Blatt auf die fast leere Schreibtischplatte und strich es sorgfältig glatt. Das Memo stammte von einem Mitglied des Komitees für die Wiederwahl des Präsidenten. Die Sache schien zwar ein bisschen weit hergeholt zu sein, aber jetzt war nicht die Zeit, irgendwelche Risiken einzugehen. Die Presse führte immer heftigere Attacken gegen den Präsidenten. *Newstime* war ein gutes Beispiel. Das Magazin, früher stark republikanisch gesonnen, was bis in die Zeit von Herbert Hoover zurückreichte, übte jetzt allen anderen voran scharfe Kritik nicht nur an Nixon, sondern an der gesamten Regierung. In den vergangenen sechs Monaten hatte *Newstime* vier extrem kritische Artikel veröffentlicht.

Und doch – was konnte eine Reportage über Caryl Chessman schon dem Chef des Mannes am Schreibtisch schaden? Wahrscheinlich sollte er dieses Memo am besten einfach vergessen. Die Meldung enthielt ja nichts Definitives. Vielleicht handelte es sich nur um eine ganz gewöhnliche Zeitungsgeschichte. Aber wenn nicht? Nach gründlichem Überlegen beschloss er, doch lieber auf Nummer sicher zu gehen und das Memo über die *Newstime*-Story nach oben weiterzuleiten. Zum Weißen Haus.

Etwa um die gleiche Zeit an diesem Freitag betrat in New York *Newstime*-Reporter Adam Kenton sein Büro. Er hatte sich die Morgenzeitung besorgt und breitete sie auf dem mit Papieren übersäten Schreibtisch aus und starrte erneut auf die Schlagzeile: *Zweites Opfer von Chess-Man!* Auf Seite drei las er erneut die grausigen Details. Das Läuten des Telefons unterbrach ihn. Fred Grimes hatte Nachrichten über Carl Pandel.

Pandel war am 10. Juli mit dem Zug in New York angekommen. Angeblich hatte er Flugangst. Er arbeitete zwei Tage in der Woche für das Museum of Modern Art. In der Hauptsache wohl, um unter Leuten zu sein, denn viel Geld verdiente er nicht. Angefangen hatte er am 1. August. War mit ein paar alten College-Freunden zusammen. Hatte eine kleine Wohnung an der oberen West Side in der Nähe der Columbia University. Vater schickte ihm allmonatlich 800 Dollar von einer Bank in Idaho ans hiesige Bankkonto. Verbrachte die meiste Zeit zu Hause oder –

wenn er nicht mit Freunden zusammen war – im Kino. Soweit bekannt, keine Beziehungen zu Frauen in New York.

Seit Mittwoch wurde er observiert, vom Verlassen der Wohnung an bis zur Rückkehr. Bisher wurde nichts Ungewöhnliches beobachtet. An beiden Abenden war er gegen zwanzig Uhr nach Hause gekommen. Danach war die Beobachtung über Nacht eingestellt worden. Man konnte also nicht wissen, ob er noch mal ausgegangen war – womöglich nach Greenwich Village, um dort zu töten.

Kenton sagte Grimes, dass Pandel rund um die Uhr observiert werden solle, bis sich irgendetwas ergab. Ab sofort.

Kenton fasste noch einmal zusammen, was sie wussten. Pandel war am 10. Juli in New York eingetroffen. Vincent Mungo war am 4. Juli ausgebrochen. Nur zwei Tage in der Woche Arbeit. Blieben fünf Tage frei. Und er hatte damit so etwas wie ein Alibi. Falls die angebliche Flugangst nur ein Vorwand war, hätte er es tun können – im August und September kreuz und quer im Land herumfliegen und jedes Mal unter falschem Namen bar bezahlen. Zumindest wäre es eine Möglichkeit.

Anschließend rief Kenton auf dem 13. Revier an. Deputy Inspector Dimitri hatte ihm versichert, dass man an einem Informationsaustausch interessiert sei, aber er hatte nichts von Geld erwähnt. Daraus schloss Kenton, dass die Polizei noch keine Spuren hatte und deshalb kein Geld vom Magazin akzeptieren wollte. Also konnte Kenton von dieser Seite keine Hilfe erwarten. Es blieb dabei: Er würde versuchen müssen, Chess-Man als Erster aufzuspüren.

Dimitri hatte in der Tat nichts für ihn, und Kenton erwähnte nichts von Carl Pandel oder von den gemieteten Briefkästen, auf die bereits Privatdetektive angesetzt waren.

Man versprach sich gegenseitig, den Informationsaustausch fortzusetzen.

Kenton legte auf. Als er ein Geräusch hörte, wirbelte er herum und sah sich Otto Klemp gegenüber, der lautlos eingetreten war. Die beiden Männer sahen sich einen Moment stumm an.

»Warum folgt mir jemand?«, fragte Kenton schließlich.

»Ach, folgt Ihnen jemand?«

»Die letzten paar Tage. Wer weiß, vielleicht sogar schon von Anfang an. Sind das Ihre Leute?«

Der Sicherheitschef gestattete sich ein Lächeln. »Haben Sie mich deswegen hergerufen?«

»Ich habe Sie gerufen, um Ihnen zu sagen, sofort damit aufzuhören.« Kenton langte nach einem Zigarettenpäckchen, nahm eine Zigarette heraus und zündete sie an. »Ich glaube nicht, dass Mr. Mackenzie etwas davon weiß oder es erlauben würde. Wenn es sein muss, werde ich es ihm sagen.«

Klemp wandte sich zum Gehen. »Ist das alles?«

»Sorgen Sie dafür, dass das aufhört. Ich habe weiß Gott schon genug Probleme mit der Suche nach Vincent Mungo, ohne mich bei jedem Schritt auch noch umsehen zu müssen.«

Klemp nahm umständlich seine Brille ab und begann sie mit einem kleinen Tuch zu putzen. »Jetzt hören Sie *mir* einmal zu, Mr. Kenton. Jeder kann alles über jeden herausfinden. Das erfordert lediglich ein bisschen Geld. Und wir alle haben etwas zu verbergen. Präsidenten, Könige, Wirtschaftsbosse, das FBI. Jedermann. Auch Sie. Nur ein Beispiel. Sie nennen sich zwar Kenton, stammen aber gar nicht von dieser Familie. Sie wurden als Baby auf eine Türschwelle gelegt. Die Kentons nahmen Sie auf, und da sie keine eigenen Kinder hatten, behielten die Kentons Sie als ihr Kind. Das wussten Sie natürlich. Aber wussten Sie auch etwas über Ihre Mutter? Ihr Mädchenname war Jenson. Auf der Highschool war sie sehr großzügig mit ihren … äh … Gunstbezeigungen den jungen Männern gegenüber. So großzügig, dass niemand mit Bestimmtheit sagen konnte, wer Ihr Vater war. Kurze

Zeit später zog die Familie fort. Interessant, nicht wahr?« Klemp setzte seine Brille wieder auf. »Im Übrigen kann ich nur wiederholen, was ich Ihnen schon einmal riet: Entfernen Sie sich nicht zu weit vom Ufer. Sie könnten einbrechen.« Er nickte höflich, drehte sich um und ging zur Tür.

Kenton, dessen Pflegeeltern tot waren, hatte ihm nichts von einer jungen Frau namens Jenson erzählt. Er hatte auch nie etwas über seine richtigen Eltern hören wollen. Daher ließ ihn diese Information jetzt recht gleichgültig. Alles andere als gleichgültig ließ ihn der Mann, der soeben den Raum verließ.

»Meine Empfehlung an die Western Holding Company!«, platzte Kenton heraus. Das hatte er eigentlich nicht sagen wollen, um nicht zu verraten, wie viel er schon wusste.. Aber er hatte sich zu sehr über Klemps schäbige Bemerkung geärgert.

Die Reaktion folgte auf dem Fuß.

Klemp erstarrte, die Hand am Türknauf. Er wandte sich nicht um, schwieg betreten – ein Zeichen, dass Kentons Hieb gesessen hatte.

»Wie Sie ganz richtig sagten, Klemp«, fuhr er fort, »jeder kann alles über jeden herausfinden.«

Als Klemp die Tür hinter sich zugezogen hatte, saß Kenton da und überlegte, was der Zwischenfall für ihn zu bedeuten hatte. Er würde mit spektakulären Ergebnissen aufwarten müssen, denn Klemp stellte einen mächtigen Gegner innerhalb des Unternehmens dar. Er war Mackenzies Vertrauter …

Kenton war noch immer in Gedanken, als George Homer hereinkam. Er hatte allerhand Informationen. Das Gerücht, dass Vincent Mungos Vater ein Homosexueller gewesen sei, war höchstwahrscheinlich weiter nichts als – eben – ein Gerücht, das jeder realen Grundlage entbehrte. Der Mann war offenbar nur ein sehr sanftmütiger Kerl gewesen, vielleicht nicht gerade charakterschwach, aber doch alles andere als dominant. Die Ursache seines Selbstmords dürfte der Tod seiner Frau gewesen sein. Er war schon vorher nicht sehr aktiv gewesen. Danach war er praktisch wie gelähmt.

Zu Senator Stoner: Sein Haus in Sacramento war vollkommen legal mit einer Hypothek auf zwanzig Jahre gekauft worden, die in neun Jahren zurückgezahlt worden war. Das Haus in Beaumont, eine protzige Kulisse, war ein Geschenk von Stoners Schwiegereltern, die einen Haufen Geld besaßen. Sie lebten in Washington. Stoners Landbesitz im nördlichen Kalifornien und in Idaho war eine andere Geschichte. Beide Grundstücke waren im Lauf der letzten sechs Jahre getrennt von derselben Immobilienfirma, der Rincan Development Corporation, erworben worden. Für zwanzigtausend, offenbar in bar. Jetzt etwa vierzigtausend wert. Interessant daran war, dass beide Besitzungen in der Nähe von wertvollen Mineralvorkommen lagen. Wenn der Staat einen Abbau erlaubte, und das würde schon sehr bald der Fall sein, würde der Wert dieser Ländereien enorm steigen. Ein glücklicher Kauf für den Senator. Zufall? Wer weiß.

Homer hatte inzwischen auch den Berkeley-Professor ausfindig gemacht, der in seinen Vorlesungen behauptet hatte, dass Vincent Mungo nicht der Killer sei. Der Name lautete Amos Finch. Er war ein anerkannter Experte auf dem Gebiet Massenmord. Seine Bücher zum Thema galten als Standardwerke. Er lebte zurückgezogen in einem Haus in der Nähe der Universität. Seine einzigen Laster schienen Frauen und Pferde zu sein.

Außerdem hatte sich Homer inzwischen mit der Lektüre des Chessman-Materials befasst. Was er bisher gelesen hatte, war entweder rührselig oder hetzerisch gewesen, ein Mittelding schien Chessman nicht gekannt zu haben. Sollte Homer weitermachen?

Ja. Und er sollte sich auch einmal mit der Rincan Development Corporation befassen. Das war wichtig. Und wann damit zu rechnen sei, dass Kalifornien und Idaho einem Abbau von Mineralien auf diesen Ländereien zustimmen würden. Und er solle Namen und Telefonnummer der Geliebten besorgen, die Stoner in Sacramento hatte. Vielleicht könnte man mit ihr ins Geschäft kommen.

Otto Klemp hatte erneut Nachforschungen angestellt und dafür nur wenige Stunden gebraucht. Jetzt stand er im Büro von Martin Dunlop und war nicht sehr glücklich.

»Sie überwachen jemanden in der Firma und halten es nicht für notwendig, mich davon zu verständigen? Ohne meine Zustimmung einzuholen?« Seine Stimme klang ungläubig. »Das war nicht klug, Martin. Ich bin für die interne Sicherheit verantwortlich. Oder haben Sie das vergessen?«

Dunlop runzelte die Stirn. »Ich wollte Sie nicht mit dieser Sache belästigen.«

»Dafür werde ich jetzt umso mehr von der Sache belästigt.« Seine Lippen formten ein freudloses Lächeln. »Ihre Rücksichtnahme wird anerkannt, aber wie Sie sehen, hat sie nichts genützt. Kenton ist kein Dummkopf. Er hat bemerkt, dass ihm jemand gefolgt ist. Wie konnten Sie nur solche Amateure engagieren?«

Die Verachtung in seiner Stimme traf Dunlop wie ein Stich. »Diese Leute wurden mir empfohlen«, sagte er kalt.

»Es sind stümperhafte Idioten!«, stieß Klemp aus, doch dann senkte er die Stimme sofort wieder. »Der Vorfall hat alles verkompliziert. Und verteuert!« Er sah Dunlop mit ernster Miene an. »Was haben Sie noch gekauft?«

»Was meinen Sie?«

»Telefonüberwachung?«

Dunlop schaute unbehaglich drein. »Nur das Telefon im Büro. Im St. Moritz ließ es sich angeblich nicht einrichten.«

»Amateure«, wiederholte Klemp verächtlich. »Sonst noch was?« Dunlop schüttelte den Kopf.

»Von nun an überlassen Sie mir alle Sicherheitsfragen«, sagte Klemp und fügte lächelnd hinzu: »Kümmern Sie sich um Ihr Magazin. So kommen wir vielleicht besser voran.«

»Hauptsache, Sie finden heraus, was er vorhat.«

»Ich weiß bereits, was Ihr junger Mann vorhat. Ich wusste es beinahe von Anfang an.«

»Und wann werden Sie uns in Ihr Wissen einweihen?«, fragte Dunlop mit Spott in der Stimme.

Klemp zuckte mit den Schultern. »Es ist ganz einfach. Er ist ein Einzelgänger und ein Rebell, der ständig gegen Windmühlen anrennen muss. Wenn er eine Chance sieht, die Firma unter die Lupe zu nehmen und vielleicht ein paar Drachen zu erschlagen, kann er der Versuchung einfach nicht widerstehen. Er ist ein Idealist, unbestechlich und prinzipientreu. Er kann nicht nachgeben, und so wird ihm eines Tages eine Windmühle den dummen Hals brechen. Bis dahin aber ist er das gefährlichste Lebewesen auf Erden.«

»Aber kann er diesen Vincent Mungo finden?«

»Möglich. Er ist wirklich sehr gut in dem, was er macht.«

»Dann sollte er sich lieber um seinen Auftrag kümmern, statt in der Firma herumzuschnüffeln.«

Klemp ging zur Tür. »Er wird wahrscheinlich beides tun. Übrigens«, fügte der Chef der Sicherheitsabteilung noch hinzu, während er bereits hinausging, »hat er sich nach der Western Holding Company erkundigt.«

In einem Büro des Einwohnermeldeamts auf der anderen Seite des Flusses wurde eine amtliche Kopie der Geburtsurkunde von Thomas Wayne Brewster per Post an seine derzeitige Anschrift – Bergen Avenue Nr. 654 – geschickt.

Beide Gebäude befanden sich in derselben Postzone, sodass der Brief normalerweise am folgenden Tag eintreffen musste.

Captain Barney Holliman war ein guter Polizist und solider Republikaner. Als er den Brief von seinem Freund Alex Dimitri in New York bekam, war er besonders an der Mitteilung über den *Newstime*-Reporter interessiert, der versuchte, Vincent Mungo früher als die Polizei aufzuspüren. Das hörte sich nach einer Einmischung in polizeiliche Ermittlungen an. Jedenfalls wollte es Holliman so scheinen. Eine derartige Einmischung war illegal und könnte zu peinlichen Konsequenzen für das Magazin führen.

Da Holliman kein Leser des Magazins war, kannte er die politische Einstellung von *Newstime* nicht, aber er hielt die meisten Presseerzeugnisse für liberal und daher höchst verdächtig. Deshalb hielt er es für angebracht, diese Sache an einen Freund im internen Sicherheitsstab des Präsidenten weiterzuleiten.

Auf dem College hatte Franklin Bush die Studentenzeitung herausgegeben, und es gab Leute, die konnten sich immer noch an seine bissigen Leitartikel erinnern. Nach Abschluss des Studiums war er in die Politik gegangen. Er hatte für mehrere republikanische Spitzenpolitiker als Assistent gearbeitet, bevor er sich im Frühjahr 1972 dem Stab im Weißen Haus angeschlossen hatte. Jetzt schrieb er keine Leitartikel mehr, sondern beschränkte sich darauf, Berichte und Empfehlungen für Gesetzesentwürfe zu schreiben. Aber er las nach wie vor mit großem Interesse die landesweite Presse und war bei *Christian Science Monitor* genauso zu Hause wie bei *National Review.*

Einer seiner Mitherausgeber bei der College-Zeitung war ein junger Mann gewesen, der den Beruf des Reporters ergriffen hatte und jetzt zum Redaktionsstab der *Washington Post* gehörte. Bush traf sich ab und zu noch mit ihm auf ein paar Biere, auch wenn Pete Allens Zeitung fast täglich gehässige Angriffe auf den Präsidenten brachte. Allen schrieb in der Regel unpolitische

Berichte, und so machte Bush nicht ihn persönlich dafür verantwortlich, was die Ben Bradlees und Carl Bernsteins und Bob Woodwards über die Nixon-Regierung so vom Stapel ließen.

Auf Bushs Einladung hin trafen sich die beiden Männer am Dienstagnachmittag in einer Bar in der Nähe der *Post*.

»Ich brauche ein paar Informationen«, sagte Bush, als man in einer stillen Ecke Platz genommen hatte. »Da dachte ich, dass du mir vielleicht helfen könntest.«

»Worum geht's denn?«, fragte Allen.

Bush berichtete rasch, dass *Newstime* die Absicht hatte, via Caryl Chessman das Kriegsbeil gegen den Präsidenten auszugraben.

»Chessman?« Allen war erschrocken. »Das ist doch schon wer weiß wie lange her!«

»Wir beide waren das zweite Jahr auf dem College, als Chessman hingerichtet wurde. Ich erinnere mich noch gut an deinen Leitartikel. Eine einzige Kriegserklärung an den Staat Kalifornien. Du hast die Hinrichtung damals rundheraus Mord genannt.«

»Ich erinnere mich«, sagte Allen.

»Deshalb bin ich zu dir gekommen. Ich muss unbedingt wissen, ob es zwischen Chessman und Nixon noch irgendeine andere Verbindung gegeben haben könnte außer der Tatsache, dass Nixon damals Vizepräsident war. Du weißt doch alles über Chessman. Kannst du dir irgendeine Verbindung denken, die jetzt gegen den Präsidenten ausgenutzt werden könnte? Irgendetwas?«

»Ist das für eine Veröffentlichung bestimmt?«

»Himmel, nein! Eine rein private Information. Ich bitte dich nur um einen Gefallen, das ist alles. Ich möchte diese Sache nicht nach oben schicken, solange nicht feststeht, dass tatsächlich etwas dahintersteckt. Der Präsident hat auch so schon genug Ärger.«

»Chessman und Nixon …«, sagte Allen langsam. »Interessant.«

»Muss es wohl sein, wenn *Newstime* diesen Adam Kenton aus Kalifornien geholt hat, um an der Sache zu arbeiten. Wie ich hörte, ist er der beste Mann, den man dort hat.«

Allen ließ nicht erkennen, ob er diese Bemerkung überhaupt gehört hatte. Vielleicht war er einfach nur neidisch, überlegte Bush.

»Also, was meinst du?«, fragte er schließlich. »Gibt es irgendwelche Zusammenhänge?«

»Könnte sein«, sagte der andere und nickte. »Beide stammen aus der gleichen Gegend um Los Angeles.«

»Das trifft auch auf Micky Maus und Charles Manson zu.«

»Chessman hieß mit vollem Namen Caryl Whittier Chessman«, sagte Allen, der tief in Gedanken versunken war. »Wurde nach dem Dichter John Greenleaf Whittier benannt. Chessmans Vater war ein direkter Nachfahre von Whittier. In der Nähe von Los Angeles gibt es eine Stadt, die ebenfalls nach dem Dichter benannt wurde, und in der Stadt gibt es ein College, das auch den Namen des Dichters trägt.«

»Whittier College in Kalifornien«, murmelte Bush. »Nixon hat dieses College besucht. Er war Präsident der Studentenvereinigung.«

»Genau.« Allen lächelte. »Natürlich nur ein Zufall. Wenn ich mich recht erinnere, war diese Stadt einmal eine Quäker-Ansiedlung. Das College war eine Quäker-Schule. Und Caryl Chessmans Familie bis zurück zu Whittier und sogar davor waren Quäker. Und Richard Nixons Angehörige waren …«

»… ebenfalls Quäker!«, rief Bush aus.

Für eine Weile schwiegen beide.

»Garantiert nur ein weiterer Zufall«, sagte Bush schließlich. Er schüttelte den Kopf.

»Natürlich. Was sollte sonst sein?«

»Viele Leute haben dieses College besucht. Und es gibt Millionen Quäker.«

»Sicher, aber nicht alle werden Vizepräsident«, sagte Allen und starrte in sein Glas. »Erinnerst du dich noch daran, wie lange Chessman im Todestrakt war?«

»Neun oder zehn Jahre, oder?«

»Zwölf. Während dieser Jahre hat er siebenmal einen Hinrichtungsaufschub durchgemacht. Jahr um Jahr musste Chessman erleben, wie Mörder, die ihre Verbrechen eingestanden hatten, lebenslänglich bekamen oder sogar freigelassen wurden. Nur ihn ließ man schmoren. Der Staat wollte seinen Tod, um jeden Preis, weil er sich entschlossen hatte, bis zum Ende zu kämpfen. Schließlich hatte er aber doch alle Möglichkeiten ausgeschöpft. Die Hinrichtung wurde für Februar 1960 festgesetzt. Genau in diesem Monat sollte Eisenhower eine Goodwill-Tournee durch Südamerika unternehmen, um für ein Verteidigungsabkommen zu werben. Die Vorbereitungen waren bereits getroffen, als aus mehreren südamerikanischen Ländern Meldungen in Washington eingingen, dass es zu antiamerikanischen Demonstrationen kommen würde, falls Chessman getötet würde. Die Nachricht aus Uruguay war besonders beunruhigend. Warum gerade dort und nicht Peru oder Kolumbien, das ist eine ganz andere Geschichte. Aber die Sache war ernst genug, um dem Auswärtigen Amt gehörig einzuheizen. Man wusste nicht so recht, was man nun tun sollte. Jedenfalls gab es plötzlich Verbindungen zwischen Washington und Sacramento. Als Nächstes erfuhr man, dass Pat Brown Chessman einen weiteren Aufschub von sechzig Tagen gewährt hatte. Es war der achte Hinrichtungsaufschub, aber zum ersten Mal hatte Kalifornien etwas für Chessman getan. Eisenhower ging nach Südamerika, und es gab keine Demonstrationen. Alle waren glücklich. Außer Chessman. Als die sechzig Tage um waren, war Eisenhower wieder zurück, und damit war es für Chessman aus.

Er kam in die Gaskammer. Da begriff jedermann, was los gewesen war. Der Aufschub von sechzig Tagen war ein politischer Deal gewesen. Aber an eine Sache erinnere ich mich noch ganz besonders. Damals ging das Gerücht um, dass hinter dieser ganzen stinkenden Abmachung niemand anderer als der Vizepräsident höchstpersönlich gesteckt hatte – Richard Milhous Nixon.«

Die beiden Männer hingen eine ganze Weile ihren Gedanken nach, bis Bush schließlich fragte: »Ist dieses Gerücht je bestätigt worden?«

»Nein. Aber das muss nicht heißen, dass die Sache nicht so gelaufen ist. Ich war damals auf dem College noch jung. Was wusste ich schon groß?«

»Bei der *Washington Post* könnte man etwas darüber haben. Könntest du für mich nicht mal ganz diskret im Archiv nachsehen? Würde bestimmt nicht lange dauern.«

»Ich denke schon«, sagte Allen. »Aber welchen Sinn soll das jetzt noch haben? Es könnte ein bisschen peinlich sein für Nixon. Aber ungesetzlich war das nicht, was damals lief.«

Bush zuckte mit den Schultern. »Ich möchte nur ganz sicher sein, bevor ich diese Meldung nach oben weitergebe. Tust du das für mich?«

»Ich sage dir Bescheid, falls ich was finde.«

»Ruf mich aber zu Hause an, ja? Nicht im Weißen Haus. Dort gibt es zu viele Telefone – und zu viele Ohren.«

Allen sah ihn scharf an. »Willst du damit sagen, dass alle Telefonleitungen im Weißen Haus angezapft sind?«

»Das habe ich nicht gesagt.« Bush war verlegen. »Ruf mich lieber zu Hause an. Okay?«

»Sicher, kein Problem«, sagte Allen. Er war plötzlich sehr nachdenklich.

»Ich weiß das sehr zu schätzen«, sagte Bush. Er stand auf, hielt Ausschau nach dem Kellner. »Hast was bei mir gut.«

»Ich werde darauf zurückkommen, worauf du dich verlassen kannst«, murmelte der Reporter von der *Washington Post,* während er dem Mann aus dem Weißen Haus nach draußen folgte.

Während Bishop eifrig damit beschäftigt war, sein viertes Opfer in New York zu zerstückeln – das dritte war noch nicht entdeckt worden –, führte Adam Kenton ein langes Telefongespräch mit Amos Finch in Berkeley. Nach einem regen Gedankenaustausch vereinbarten die beiden Männer, miteinander in Verbindung zu bleiben.

Nachdem Kenton eine halbe Stunde mit dem Diktiergerät verbracht hatte, rief er Senator Stoners ehemalige Geliebte in Sacramento an. Sie bestritt, Stoner überhaupt zu kennen, und von Tonbändern wollte sie schon gar nichts wissen. Kenton wiederholte seinen Namen und nannte noch einmal die Telefonnummer des Magazins, nur für den Fall, dass die Frau ihre Meinung doch noch ändern würde.

Um 20.30 Uhr an diesem Abend rief Pete Allen zu Hause bei Franklin Bush in Georgetown an. Allen war immer noch in seinem Büro im Zeitungsverlag.

»Ich habe soeben in unserem Archiv den Jahrgang 1960 überprüft. Die ersten fünf Monate bis nach Chessmans Hinrichtung. Es ist genau so, wie ich gesagt habe – Gerüchte, aber nichts Definitives. Das ursprüngliche Kommuniqué an Gouverneur Brown kam vom Auswärtigen Amt. Es gab Telefonate zwischen Washington und Sacramento. Eins soll von Vizepräsident Nixon ausgegangen sein. Aber auch hierfür gibt es keine Bestätigung. Ich bin der Meinung, dass *Newstime* aus irgendeinem anderen Grund an Chessman interessiert ist. Hast du daran auch schon mal gedacht?«

Bush bedankte sich bei Allen für die Hilfe und betonte erneut, dass der Freund einen Gefallen bei ihm guthabe. Er legte den

Hörer auf und traf eine Entscheidung. Er würde die Meldung direkt an Bob Gardner weitergeben. So würde sie wahrscheinlich bis zum Präsidenten gelangen. Sollte man sich doch dort den Kopf darüber zerbrechen.

Im Büro der *Washington Post* tippte Pete Allen eine kurze Zusammenfassung seiner Begegnung mit dem Mann aus dem Weißen Haus. Allen erwähnte auch, dass im Weißen Haus offenbar alle Telefone überwacht wurden. Auf dem Weg nach draußen legte er das Memo auf den Schreibtisch des Chefredakteurs.

Als Allen nach Hause kam und schließlich zu Bett ging, war der Oktober bereits in den November übergegangen.

18

Bishop schlief in dieser Nacht tief und fest. Er träumte ausnahmsweise nicht von abscheulichen Monstern und grässlichen Dämonen, von denen er sonst in der Nacht heimgesucht wurde. Er stand am Donnerstagmorgen erst nach neun Uhr auf, frisch und ausgeruht. Nachdem er Kaffeewasser aufgesetzt hatte, putzte er sich die Zähne und machte seine übliche Morgengymnastik. Sehr sorgfältig richtete er dann sein Bett her, wie er es all die Jahre in der Anstalt gemacht hatte. Anschließend setzte er sich an den Frühstückstisch, hielt die Kaffeetasse in der Hand und starrte auf die verstümmelte Leiche der jungen Frau, die vor ihm ausgestreckt auf dem kalten Betonfußboden lag.

Seit dem Mord in Greenwich Village war eine Woche vergangen. Die meiste Zeit hatte Bishop sein stilles, zurückgezogenes Leben geführt. Am vorangegangenen Donnerstag hatte er weitere 2000 Dollar auf das Sparkonto unter dem Namen Jay Cooper eingezahlt und somit das Gesamtguthaben auf 4000 Dollar erhöht. Seinem Plan zufolge sollten bald noch 4000 Dollar folgen. Weitere 8000 Dollar warteten darauf, bei einer anderen Bank deponiert zu werden, sobald Bishop seine neue Identität hatte. Die restlichen 6000 Dollar von Margot Rules Geld würde er zu Hause verstecken, um davon seinen Lebensunterhalt zu bestreiten und für Notfälle gerüstet zu sein. Am hinteren Ende der langen Mauer hatte er ein paar lose Ziegelsteine entdeckt und ein paar davon herausgehauen, um dahinter Platz für die Banknoten zu schaffen. Es war ein ganz ordentlicher Job für jemanden, der noch nie mit den Händen gearbeitet hatte. Nur wenn man sehr genau hinsah, war zu erkennen, dass der Putz nicht mehr ganz intakt war.

An diesem Nachmittag hatte sich Bishop noch weitere warme Kleidungsstücke gekauft.

Am Freitagmorgen waren die Zeitungen voll mit Berichten über die neueste Gräueltat von Chess-Man. Bishop hatte die Zeitung in einem Café gelesen. Er las sehr gern etwas über seine Abenteuer in den Zeitungen und begann sich allmählich wirklich für einen Superhelden zu halten. Wie Batman im Fernsehen. Niemand wusste, wer Batman war, aber er bekämpfte das Böse und gewann immer. Genau das tat Bishop auch. Er kämpfte gegen die bösen Dämonen, die ihn vernichten wollten. Aber sie würden ihn erwischen.

Während Bishop an diesem Tag im Café alles über seine Taten las, kam er zu einem Entschluss. Bei seiner nächsten Begegnung mit den Mächten der Dunkelheit würde er die Nachricht hinterlassen, dass »Batman« erneut zugeschlagen habe.

Die beiden letzten Tage im Oktober, Samstag und Sonntag, verbrachte Bishop überwiegend mit Meditation. Er stellte den Fernseher auf volle Lautstärke und setzte sich davor, den Blick starr auf den Bildschirm gerichtet. Sein Verstand war abgeschaltet, sein Geist nach innen gerichtet. Langsam und allmählich formten sich vor seinem geistigen Auge Lichtpunkte, die größer und größer wurden, anwuchsen zu mächtigen Sonnen – ein einziges, grelles Strahlen, ein alles verschlingendes Weiß. Entrückt, wie er war, sah Bishop schließlich sonderbare Gestalten, Formen, Farben und Texturen, jenseits allen Begreifens, jenseits dessen, was seine krankhafte Fantasie sich vorzustellen in der Lage war. In solchen Zuständen vergaß er alles um sich herum, er ruhte in sich selbst, er fühlte, sah und erkannte sich selbst von innen.

Als die Intensität der Empfindung nachließ, begann er mit den Formen und Gestalten zu spielen. Er verwandelte sie in gefürchtete Feinde. Dämonische Wesen, die nach ihm schlugen, teuflische Gestalten, die ihn zu verführen versuchten. Wie große Blüten, die sich in der warmen Sonne öffneten, so öffneten sich vor ihm weibliche Formen, umschlangen ihn, seine Arme, seine Beine, zogen ihn immer näher heran, bis ins Innere des Blütenkelchs, wo die Blätter sich über ihm schlossen, um ihn zu zermalmen, das Blut aus ihm herauszupressen, seine Knochen zu zerquetschen. Aber er kämpfte unerschrocken gegen sie an, köpfte eine Blüte nach der anderen, bis alles um ihn herum dem Erdboden gleichgemacht war.

An diesem Wochenende besuchte Bishop außerdem einen Schachklub in der 42nd Street. Mit seinem neuen Aussehen, mit blondem Haar und Hornbrille, fühlte er sich ziemlich sicher. Er spielte mit einem Fernfahrer, der das Schachspielen im Gefängnis gelernt hatte. »Gab ja nichts anderes zu tun«, sagte er zu Bishop. »Rein gar nichts.«

Bishop sagte ihm nicht, dass auch er das Schachspielen in einer Anstalt gelernt hatte. Er erwähnte auch nicht, dass man ihn für einen recht guten Spieler gehalten hatte. Da er keine unnötige Aufmerksamkeit erregen wollte, ließ er den Fernfahrer gewinnen. Als Bishop schließlich wieder ging, versprach er, gelegentlich wiederzukommen.

Auf dem Heimweg kaufte er sich die neuesten Ausgaben von einem halben Dutzend Kriminalmagazinen. In allen fanden sich Fotografien weiblicher Modelle, die Frauen in Momenten höchster Gefahr darstellten. Einige waren an Stühle gefesselt, andere lagen zu Füßen ihrer sadistischen Peiniger. Alle sahen dem Tod ins Auge, der sie in den nächsten Sekunden ereilen würde. In seiner Wohnung legte er diese Bilder zu seiner fotografischen Ausrüstung, wo sie leicht zu sehen sein würden.

Am Montagmorgen suchte Bishop erneut das YMCA-Haus in der Bergen Avenue in Jersey City auf, wo er sich am vergangenen Freitag ein Zimmer gemietet hatte. Das Gebäude befand sich in einer verkehrsreichen Gegend. Bishops Erscheinung weckte kein sonderliches Interesse. Für den Angestellten, der ihm seinen Brief aushändigte, war Bishop nur einer von zahllosen jungen Männern in einer Welt der Reisenden. Auch der Name Thomas Wayne Brewster hatte keinerlei Bedeutung. Mann und Name wurden augenblicklich wieder vergessen.

Für Bishop war es eine perfekte Wahl gewesen. Er brauchte eine Adresse in Jersey City und wollte nicht nur einen gemieteten Briefkasten, sondern eine richtige Anschrift haben. Das YMCA-Haus war billig und anonym. Natürlich hatte Bishop keineswegs die Absicht, dort zu wohnen, aber im Notfall könnte es eine sehr willkommene Zuflucht sein. Er würde einfach jeden Monat im Voraus bezahlen und seine Post abholen, wann immer er Post erwartete.

Nachdem Bishop die Geburtsurkunde überprüft und das Bett zerwühlt hatte, damit es aussah, als hätte er hier geschlafen, ging er zum Gebäude der Sozialversicherungsbehörde am Kennedy Boulevard, wo er ein Formular ausfüllte, um eine Sozialversicherungsnummer zu beantragen. Er trug in Druckbuchstaben seinen vollen Namen Thomas Wayne Brewster ein und gab als Geburtsort Jersey City an. Als Mädchennamen der Mutter benutzte er Mary Smith als Ehefrau seines Vaters Andrew Brewster. Die Postanschrift lautete Bergen Avenue Nr. 654. Geburtsdatum: 3. Mai 1946. Derzeitiges Alter siebenundzwanzig. Geschlecht: männlich; Hautfarbe: weiß. Er kreuzte in der entsprechenden Spalte an, noch niemals einen Antrag bei der US-Rentenkasse und auch nicht bei der Bahn oder einer Steuerbehörde gestellt zu haben. Am Schluss unterschrieb er mit seinem neuen Namen.

Als er in der langen Schlange an die Reihe kam, überreichte er den Antrag und wies als Beweis für seine Identität die neue Geburtsurkunde vor. Das Schriftstück wurde überprüft und Bishop zurückgegeben.

Hinter dem Schreibtisch saß eine Frau mit großer Hornbrille und sagte Bishop, dass ihm die neue Sozialversicherungskarte innerhalb von vier Wochen an die angegebene Adresse per Post zugeschickt werden würde. Er sagte ihr, dass er am nächsten Tag einen Job antreten müsse. Könnte er deshalb die Karte nicht irgendwie sofort bekommen? Oder wenigstens eine vorläufige Karte? Die Frau lehnte dies als unmöglich ab. Die Karten wurden von Baltimore aus verschickt. Aber sie könnte ihm eine Bescheinigung geben, dass er einen Antrag für eine Sozialversicherungskarte gestellt hatte, die ihm in Kürze ausgehändigt werden würde. Bishop lächelte auf seine freundlichste Art und bedankte sich.

Eine halbe Stunde später zahlte er bei einer Handelsbank in der Nähe vom Journal Square 2000 Dollar ein. Dem Bankbeamten zeigte er die Bescheinigung der Sozialversicherungsbehörde vor. Er hatte seit seiner Kindheit in Kanada gelebt und war eben erst in seinen Heimatstaat zurückgekehrt. Seine neue Sozialversicherungsnummer würde er sofort nach Erhalt nachreichen. Bis dahin aber wollte er sein Geld nicht zu Hause herumliegen lassen.

Minuten später verließ Bishop mit einem blauen Sparbuch auf den Namen Thomas Wayne Brewster die Bank.

Sein nächstes Ziel war das hiesige Verkehrsamt, wo er 5 Dollar für einen Führerschein bezahlte. Das reichte für drei Monate. Zusammen mit dem Führerschein wurde ihm ein Merkheft ausgehändigt, das eine Übersicht über alle in New Jersey geltenden Verkehrsvorschriften enthielt. Die schriftliche Prüfung würde auf dem Inhalt dieses Merkhefts basieren, deshalb empfahl man Bishop, die Regeln gut zu lernen.

An diesem Abend verbrachte Bishop mehrere Stunden damit, Verkehrsregeln auswendig zu lernen. Als er glaubte, genug gelernt zu haben, ging er aus und streifte durch die Stadt. Diesmal fand er, was er brauchte, Ecke Third Avenue und 10th Street.

Sie stand unter einer Uhr, die 0.30 zeigte, und wartete auf Kunden. Als der Freier murmelte, dass er gern etwas Action in ihrer Wohnung hätte, wollte ihn die Frau zunächst abwimmeln. Sie betrieb ihr Gewerbe vorzugsweise in Autos. Ihre Spezialität war Fellatio, weil sie sich dazu nicht auszuziehen brauchte. Es ging schnell und leicht. Aber heute Abend war das Geschäft ausgesprochen flau gewesen. Als der Freier ihr sagte, was er wolle, und als er dann noch hinzufügte, dass er den doppelten Preis bezahlen würde, wenn sie ihn mit in ihre Wohnung nähme, nickte sie schließlich, wenn auch nur widerstrebend.

Sie wohnte in der 13th Street zwischen Second und Third Avenue. Ein Zimmer nach hinten hinaus. Ein Bett, eine Kommode und eine Kochplatte auf einem kleinen Tisch. Die beiden Stühle waren fast schon zu viel für den winzigen Raum. Sie hängte ihren Wollmantel über einen der Stühle und zog die Halbstiefel aus. Sie legte sich vollkommen angezogen aufs Bett, und auch er legte sich vollkommen angezogen aufs Bett. Als sie später seinen Penis in den Mund nahm und die Augen zumachte, dachte sie nicht daran, ihn zu fragen, warum er sogar seine Schuhe anbehalten hatte.

Viel später, als Bishop sich anschickte, das Zimmer zu verlassen, tauchte er einen Finger in eine bereits geronnene Blutlache und malte seinen neuesten Namen für die Öffentlichkeit an den Spiegel der Frisierkommode. Dann verschwand er in die düstere Dunkelheit von Gotham City.

Am Dienstagmorgen kehrte Bishop nach Jersey City zurück und ging sofort zum Fahrschul-Center im Roosevelt Stadium. Er legte seine Geburtsurkunde und den Führerschein vor. Rasch brachte er die schriftliche Prüfung und den Sehtest hinter sich. Nachdem er den Stempel für die abgelegte theoretische Prüfung erhalten hatte, vereinbarte er einen Termin für die praktische Prüfung für kommende Woche.

Beim Journal Square hielt er bei einer kleinen Fahrschule an und bezahlte 35 Dollar. Er sollte sich um 7.30 Uhr am Tag der Prüfung bei der Fahrschule einfinden.

Am frühen Nachmittag war Bishop wieder in New York und ging von der U-Bahn-Station zum Haus Nr. 630, Fifth Avenue, gegenüber der St. Patrick's Cathedral. Mit dem Fahrstuhl fuhr er zur Passausgabestelle, füllte einen Antrag für einen Pass aus und bezahlte sofort. Es gab lange Schlangen, besonders bei der Passbildabteilung im Keller des Gebäudes. Es gefiel Bishop zwar ganz und gar nicht, von sich ein Foto machen zu lassen, aber das war nicht zu ändern. Er sagte sich erneut, dass er mit Brille und Bart kaum noch wie Thomas William Bishop aussah.

Gegen sechzehn Uhr war er mit allem fertig. Innerhalb einer Woche sollte er seinen Pass bekommen.

An diesem Abend befand sich Bishop in sehr gehobener Stimmung. Bald würde er alle nötigen Papiere für seine neue Identität besitzen. Dann konnte er sich überall sicher fühlen.

Vor allem aber würde er jetzt seine erste *echte* neue Identität haben. Alle anderen hatten entweder Leuten gehört, die noch lebten, wie Daniel Long oder Jay Cooper, oder sie waren vollkommen frei erfunden, wie Alan Jones und David Rogers. Mit allen war eine gewisse Gefahr verbunden gewesen: Er hätte jederzeit aufgefordert werden können, die Existenz einer Person nachzuweisen, die es überhaupt nicht gab.

Aber Thomas Wayne Brewster existierte, er hatte einmal gelebt, jetzt aber war er nicht mehr am Leben. Die entsprechenden Unterlagen waren vorhanden und konnten von jedermann eingesehen werden. Jetzt waren es *seine* Unterlagen.

Lang lebe Thomas Wayne Brewster!

TWB.

Bishop schrak zusammen.

TWB!

Thomas William Bishop!

Aber er beruhigte sich sogleich: Nein, das Leben des Thomas William Bishop war auch vorbei. Beendet, tot und begraben ... in jener Nacht, als er aus Willows entkommen war. In jener Nacht war er Vincent Mungo geworden. Und während der letzten vier Monate hatte er die Identität von einem Dutzend weiterer Männer angenommen, wozu auch der berüchtigte Chess-Man gehörte.

Chess-Man musste unwillkürlich lächeln. Er war froh gewesen, Thomas William Bishop loszuwerden. Nicht einmal *dieser* Name war sein richtiger gewesen. Er war auch nur für jemanden erfunden worden, der gar nicht lebte, der niemals richtig gelebt hatte.

Niemand war Thomas Bishop gewesen, am allerwenigsten er selbst.

Er war Thomas Chessman.

Das war seine wahre Identität. Er war Caryl Chessmans Sohn, und jetzt wusste es die ganze Welt, weil er es ihr gesagt hatte. Und er würde es ihr auch weiterhin sagen!

Er war auch Thomas Brewster.

Aber das würde niemand erfahren.

In seiner Ekstase über die neue Existenz nahm Chess-Man sich vor, eine Party zu feiern, eine richtige Feier zu Hause – nur sie beide. Er selbst und das erste Fotomodell, das zu ihm kommen würde, um für Kriminalmagazine zu posieren.

Am Mittwoch wurden die Zeitungen mit seinem Inserat an den Kiosken in der Nachbarschaft verkauft. Er rief den Anrufbeantworter-Service an. Eine Bewerberin hatte bereits ihre Nummer hinterlassen. Er rief sofort an. Könnte sie an diesem Nachmittag kommen? Er hatte einen Auftrag, der schon überfällig war. Es würden etwa drei Stunden Arbeit erforderlich sein. Natürlich würde er einen Vorzugspreis bezahlen, und zwar sofort nach Abschluss der Arbeit.

Sie brauchte dringend das Geld. Bisher hatte sie nur ein einziges Mal für einen Kleiderkatalog als Mannequin gearbeitet, und deshalb kannte sie sich mit den Spielregeln noch nicht aus. Am allerwenigsten dachte sie aber an Hinterhältigkeit oder gar Tod. Mit zwanzig kam sie sich selbstverständlich unsterblich vor. Also war sie damit einverstanden, sich mit ihm in einem Restaurant in der Nähe zu treffen. Von dort aus könnten sie dann in sein Studio in Downtown gehen. Damit sie ihn erkannte, würde er ein Exemplar von *True Detective* in der Hand halten.

Gegen fünfzehn Uhr ging er mit dem Modell zu sich nach Hause. Eine Stunde lang machte er Fotos, wobei er das Mädchen abwechselnd an einen Stuhl band, geknebelt und gefesselt auf den Fußboden legte oder sie in kniender Position wie ein Paket verschnürte. Jedenfalls musste sie stets wie »in höchster Gefahr« aussehen. Die Stricke hatte Bishop vorher in einem Supermarkt in der Canal Street gekauft. Sehr zu seiner Überraschung gefiel es ihm, den Strick in den Händen zu spüren, besonders beim Verknoten. Er empfand sogar Lust.

Den Film für die Kamera hatte er in einem nahe gelegenen Fotogeschäft gekauft. Bishop hatte sich dazu entschlossen, wirklich Aufnahmen zu machen, denn er wollte Bilder von seinen gefesselten und geknebelten Modell-Opfern haben. Da er die Filme natürlich nicht einfach in einem Labor entwickeln lassen konnte, dachte er schon jetzt daran, sich eines Tages eine eigene Dunkelkammer anzuschaffen und zu lernen, wie man Abzüge herstellte. Zunächst einmal hatte er sich vom Verkäufer erklären lassen, wie der Film eingelegt und die Kamera bedient wurde. Er hatte sich auch ein Buch über Fotografieren als Hobby gekauft.

Nachdem mehrere Filme voll waren, gönnte Bishop seinem Modell eine kleine Pause. Anschließend band er sie wieder an einen Stuhl, diesmal aber sehr fest. Er stopfte dem Mädchen auch einen Knebel in den Mund. Die ahnungslose junge Frau dachte sich nichts weiter dabei, denn schließlich waren ja solche Fotos vereinbart worden. Sie versuchte, sich sehr professionell zu verhalten. Als er vor ihr stand, dachte sie, dass er lediglich Entfernung und Belichtungszeit einstellen wollte. Er arrangierte ihr Haar etwas anders und öffnete ihre Bluse etwas weiter. Das Mädchen blinzelte. Plötzlich riss er die Bluse vorn auf und fetzte sie dem Modell vom Leib. Das Mädchen trug keinen Büstenhalter. In fieberhafter Hast schlitzte er den Rock des Mädchens auf und zerrte ihn von ihrem Körper. Jetzt erst begann sich das entsetzte Mädchen heftig gegen die Stricke zu wehren. Er machte mehrere Aufnahmen aus verschiedenem Blickwinkel und benahm sich ganz wie ein echter Fotograf und Künstler.

Schließlich hatte er aber doch genug vom Fotografieren. Es wurde ihm zu anstrengend. Verstohlen holte er sein Messer heraus, näherte sich dem Mädchen von hinten und tötete es in aller Ruhe – ein Schnitt durch die Kehle, von links nach rechts. Dann löste er schnell ihre Fesseln. Der leblose Körper sank zu Boden, während sich eine immer größere Blutlache unter ihm ausbreitete. Mit einem wohligen Seufzer zog Bishop dem Mädchen die Unterhose aus und entkleidete sich selbst. Er kniete sich über die Leiche, suhlte sich in dem Blut, nahm es auf mit seinen Händen, gab es dem toten Mädchen zu trinken. Dann, nach einer Weile, steckte er seinen erigierten Penis in ihren blutenden Mund und bewegte sich rhythmisch, bis es ihm kam.

Anschließend duschte er und ging schlafen. Auch heute wurde es wieder ein langer, erholsamer Schlaf, ohne diese Dämonen, die ihn üblicherweise in seinen Träumen heimsuchten und quälten. Zwölf Stunden schlief er den Schlaf der Gerechten – oder

der Rächer? Bishop wusste nur, dass er sich ausgeruht und mit der Welt in Frieden fühlte.

Jetzt, am Donnerstagmorgen, am ersten Tag im November, saß er am Frühstückstisch, hielt die Kaffeetasse in der Hand und betrachtete die sterblichen Überreste des Mädchens. Das Blut war längst auf dem Betonfußboden eingetrocknet, aber es würde sich leicht mit Wasser abwaschen lassen. Die Leiche würde er nach oben bringen und dort ablegen. Das Dachgeschoss war ja leer, und sogar die Treppe war zum größten Teil mit Brettern vernagelt. Ein perfektes Grab. Er würde alle seine Opfer nach oben schaffen. Die Körper von aller Flüssigkeit entleeren, sodass es keinen fauligen Gestank geben würde. Nach oben bringen und dort begraben. Genau wie in dem Film *Arsen und Spitzenhäubchen,* den er so oft im Fernsehen gesehen hatte. Nur oben auf dem Boden war noch viel besser als unten im Keller. Und auch sicherer.

Bishops einziges Bedauern war, dass die Welt nichts von seinen Taten zu Hause erfahren würde, da man die Leichen ja niemals entdecken würde.

Als Bishop an diesem Morgen erneut beim Anrufbeantworter-Service anrief, wurden ihm zwei weitere Namen genannt, aber er beschloss, lieber einen Tag zu warten, bevor er dort anrufen würde. Es hatte keine Eile. Er würde sie schon bekommen. Alle. Früher oder später. Er war der Dämonenjäger, und er würde nicht sterben, solange noch eine einzige Frau am Leben war. Er war wie ein Vampir. Für ihn gab es keinen Tod. Er konnte nicht getötet werden. Sollte er merkwürdigerweise aber doch getötet werden, würde er irgendwie zurückkommen und sein Werk fortsetzen. Davon war er jetzt felsenfest überzeugt.

Robert Arthur Gardner saß in seinem geräumigen Dienstzimmer im Weißen Haus hinter seinem Schreibtisch, einer Spezialanfertigung, auf dem ein zweiseitiger Bericht lag. Er nahm ihn zur Hand und überflog ihn, als der Summer der Gegensprechanlage ertönte.

»Ja?«

»Franklin Bush ist hier.«

»Soll reinkommen.«

Gardner legte das Schriftstück wieder hin und blickte auf, als sich die Tür öffnete.

»Gut, dass Sie gekommen sind, Frank. Setzen Sie sich.« Er deutete auf einen großen Ledersessel. »Zigarre?«

Bush schüttelte den Kopf. »Hab's schon vor Jahren aufgegeben. Trotzdem vielen Dank.«

»Was halten Sie von dieser Chessman-Geschichte?« Er fügte sofort hinzu: »Ich meine, glauben Sie wirklich, dass ein hingerichteter Sträfling dem Präsidenten der Vereinigten Staaten irgendwie schaden könnte?«

Bush hielt das für eine merkwürdige Frage. Warum sonst hätte er diese Sache wohl weitergeleitet? Oder warum war er zu Gardner zitiert worden?

»Was mich am meisten interessiert«, fuhr Gardner fort, »warum haben Sie in einer *privaten* Angelegenheit, wenn ich so sagen darf, einen Reporter hinzugezogen? Und nicht nur irgendeinen Reporter, sondern ausgerechnet einen von der *Washington Post?* Finden Sie das unter den gegebenen Umständen nicht ein bisschen merkwürdig?«

Jetzt verstand Bush plötzlich, warum er nach oben gerufen worden war. Bei seinem Vorgesetzten schien der Eindruck entstanden zu sein, als hätte er, Bush, sich mit dem Feind verbündet und wichtige Informationen preisgegeben!

»Ich bitte Sie, Bob! Ich habe Pete Allen nichts erzählt, was er nicht auch von sich aus hätte herausbekommen können.«

»Ach? Und was haben Sie ihm erzählt? Das möchte ich doch gern ein bisschen genauer wissen.«

»Nur das, was jedermann in Kalifornien und New York ohnehin schon weiß. *Newstime* bereitet irgendeine Story über Chessman vor, die wahrscheinlich als Angriff auf den Präsidenten gedacht ist.«

»Und dank Ihnen wissen sogar wir davon.« Gardners Stimme troff vor Sarkasmus. »Aber was wir noch nicht wissen, ist, warum Sie es für notwendig halten, sich mit einem Reporter der *Washington Post* an einen Tisch zu setzen, um unsere Angelegenheiten zu diskutieren. Gehen Sie oft mit diesen Leuten essen?«

»Wir haben nur ein Bier getrunken.«

»Dann ist der Preis ja schon mächtig gesunken.«

Bush hatte allmählich Mühe, seinen Zorn zu verbergen. Er hatte nichts Unrechtes getan. »Ich habe getan, was ich für das Beste hielt«, sagte er mit gepresster Stimme. »Pete Allen hat mir früher schon geholfen, und ich ihm. Wir sind Freunde.«

Gardner paffte heftig an seiner Zigarre. Er wollte vor einem Untergebenen nicht laut werden, und schon gar nicht in seinem eigenen Büro, wo er die meisten Besprechungen auf Band aufnahm.

»So etwas wie Freundschaft gibt es in den Medien nicht«, sagte Gardner und knirschte mit den Zähnen. »Sie wissen doch, was die *Post* mit uns anstellt. Sie kennen die Lügen, die Tag für Tag von dieser Zeitung verbreitet werden.«

»Ich bin mir durchaus bewusst, dass der weitaus größte Teil der Presse versucht, der Regierung zu schaden, aber ich glaube kaum, dass ein einzelner Mann für uns eine Bedrohung sein dürfte. Außerdem beschäftigt sich Allen nicht mit politischen Nachrichten.«

Gardner schüttelte missmutig den Kopf. Ein einzelner Mann … also, wirklich! Was verstand dieser Neuling schon von der Presse? Und was selbst ein einzelner Mann bewirken konnte? In der Geschichte wimmelte es nur so von Beispielen, wie einzelne

Menschen ganze Regierungen gestürzt hatten. Man denke nur an den Franzosen Émile Zola und diese Dreyfus-Affäre! Von wegen einzelner Mann!

»Hören Sie, Bush, glauben Sie, dass Sie in Zukunft von derlei Alleingängen Abstand nehmen könnten?« Seine Stimme schwoll bedrohlich an. »Damit wir hier im Weißen Haus Ihretwegen unbesorgt sein können? Immerhin wird ein Mann danach beurteilt, in welcher Gesellschaft er sich bewegt. Sie und dieser ... dieser *Reporter!«* Nun war er doch laut geworden. »So etwas können wir nicht dulden! Haben Sie mich verstanden?«

Franklin Bush schoss das Blut ins Gesicht. »Verlangen Sie etwa, dass ich aus Loyalität zum Präsidenten eine fünfzehnjährige Freundschaft aufgebe?«, rief er laut aus.

»Genau das verlange ich!«, brüllte Gardner zurück. »Diese Beziehung ist ... *ungesund!* Beenden Sie sie!«

Die beiden Männer starrten sich aus funkelnden Augen an. Keiner von ihnen sprach lange Zeit ein Wort. Schließlich gab Bush sich einen Ruck.

»Ich glaube nicht, dass Pete so gewissenlos ist wie andere Reporter, die ich kenne«, sagte er leise. »Aber ich verstehe durchaus, was Sie mit *Feind* meinen ... und wie es nach außen hin aussehen muss. Von jetzt an ...« Er seufzte. »... werde ich ihn nicht mehr um Hilfe bitten oder über dienstliche Belange mit ihm sprechen.«

»Und Sie werden sich auch in der Öffentlichkeit nicht mehr mit ihm blicken lassen!«

Bush gab sich geschlagen und versprach auch dies.

»Das wäre dann alles«, sagte Robert Arthur Gardner und nahm erneut den Bericht zur Hand. »Ich werde die Sache mit der Chessman-Story erledigen. Sie brauchen sich nicht mehr darum zu kümmern.«

Bush erhob sich. Er nickte düster und verließ eilig das Büro.

Gardner nahm sich vor, mit dem Präsidenten persönlich über

den Fall zu reden. Er nahm sich den Bericht noch einmal gründlich vor. Stirnrunzelnd starrte er die Blätter in seiner Hand an. Caryl Chessman ... hm, er würde dem Präsidenten nicht schaden können. *Newstime* grub diese alte Geschichte von Chessman aus, um sie als Teil einer Story über Vincent Mungo zu benutzen, aber dies wiederum dürfte auch nur als Tarnung für die wahren Absichten gedacht sein.

Gardner langte nach einem weiteren Bericht auf seinem Schreibtisch. Eine Meldung von einem Mitglied des internen Sicherheitsstabs, und dieser Mann hatte die Information von einem Polizei-Captain in Washington erhalten. Offenbar versuchte *Newstime* auf eigene Faust, Mungo zu fassen. Das könnte zu Anzeigen wegen Behinderung der Polizeiarbeit führen. Und was vielleicht noch wichtiger war, zu einer Anklage wegen Nachrichtenmanipulation! Hm ... und *das* könnte die Regierung ausnutzen! Nixon und Agnew hatten völlig recht, wenn sie sagten: Die Medien manipulierten Nachrichten nach Belieben und zu eigener Vorteilsnahme. Wenn sie das schon bei so unbedeutenden Angelegenheiten wie bei der Suche nach einem Wahnsinnigen taten, dann war wohl klar, wozu diese Leute fähig waren! Es musste endlich etwas getan werden, um sie zu stoppen. Oder wenigstens um ihnen einen gehörigen Dämpfer zu verpassen.

»Aber wir wissen doch längst, dass die Telefone im Weißen Haus abgehört werden«, sagte der Abteilungsleiter zu dem Redakteur der *Washington Post.* »Was könnte Ihrer Meinung nach Pete noch groß herausfinden?«

»Wir wissen, dass *einige* Telefone und Besprechungen abgehört werden, zum Beispiel Nixons. Aber angenommen, dass das Bespitzeln noch viel weiter geht? Das wäre wohl eine Nachricht wert, meinen Sie nicht? Geben Sie Allen Anweisung, von diesem Mann alles herauszuholen, was er von ihm kriegen kann.«

Um 12.20 Uhr führte Don Solis in Fresno, Kalifornien, ein Telefongespräch mit San Diego. Er war in seinem Zimmer in dem altmodischen Hotel, und die Verbindung musste über die Vermittlung hergestellt werden. Nachdem der Mann an der Rezeption die Verbindung hergestellt hatte, notierte er sich die Nummer, denn sie bedeutete für ihn bares Geld. Er wurde dafür bezahlt, alle Telefonanrufe zu notieren, die der Bewohner von Zimmer 412 führte oder empfing.

In Sacramento versuchte eine junge Frau, New York anzurufen, aber alle Leitungen waren besetzt. Sie beschloss, rasch ein paar Einkäufe zu erledigen und es eine Stunde später noch einmal zu versuchen.

Und in Kansas wählte der Inhaber eines Bestattungsinstituts wohl zum hundertsten Mal in den letzten Wochen eine Nummer in Los Angeles. Er kannte diese Nummer schon längst auswendig.

Nach einer kurzen, aber intensiven Besprechung mit dem Präsidenten bekam Gardner grünes Licht. Er wurde aufgefordert, *unverzüglich* alle Schritte einzuleiten, die er für notwendig hielt.

Im *Newstime*-Gebäude in New York wollte Adam Kenton gerade zu einem Geschäftsessen gehen. Es war für ihn ein sehr produktiver Vormittag gewesen, und als er an der Ecke 47th und Sixth Avenue in ein Taxi stieg, wünschte er sich, dass alle Vormittage so erfolgreich wären. Innerhalb von drei Stunden hatte er mehr über die Rincan Development Corporation erfahren, als ihm eigentlich lieb war. Dazu auch noch etwas über einen von Vincent Mungos Kumpels aus der Anstalt, und zwar etwas sehr Merkwürdiges. Er nahm sich vor, der Sache weiter nachzugehen. Außerdem hatte er die ersten zweiundzwanzig Namen von Mietern von Briefkästen erfahren – alles junge weiße Männer. Mehr als ein Dutzend Privatermittler stellten immer noch weitere Nachforschungen in Manhattan an. Kenton hatte die Namen sofort zu Mel Brown geschickt, um sie mit den Listen zu vergleichen.

Kurz vor der Mittagspause hatte Kenton noch einen Anruf von Inspector Dimitri bekommen. Die Polizei hatte das Netz ausgeweitet, aber bisher nichts gefunden. Hatte Kenton schon etwas?

Da es nun nicht mehr darauf ankam, hatte Kenton ihm von Carl Pandel erzählt. Privatdetektive hatten ihn mehr als eine Woche rund um die Uhr observiert, weil Kenton nicht ausschloss, dass es sich um Mungo handeln könnte. Der Verdacht gründete sich auf gewisse Tatsachen, auf die Kenton bei den Recherchen für seine Story gestoßen war. Es hatte jedoch nicht ausgereicht, um die Polizei einzuschalten. Als man die Leiche der Prostituierten aus der Third Avenue am Mittwoch spät in der Nacht gefunden hatte, schied Pandel als Täter aus. Er war nachweislich die ganze Woche nicht in Lower Manhattan gewesen. Jeder Irrtum ausgeschlossen. Pandel kam als Killer nicht in Betracht.

Was waren das für Tatsachen, auf die sich Kentons Verdacht gegen Pandel gestützt hatte?

Das wollte Kenton lieber nicht sagen.

Im Taxi dachte Kenton noch einmal über alles nach, was George Homer über die Rincan Development Corporation in Erfahrung gebracht hatte. Es war eine viele Millionen Dollar schwere Grundbesitz-Investmentgesellschaft, die große Gebiete in Washington, Idaho und Nordkalifornien besaß. Die Firma konzentrierte sich in der Hauptsache auf Land mit Mineralvorkommen und Wald. Die Geschäftsmethoden waren ein bisschen schwer zu durchschauen, aber offenbar legal. Auch die Direktoren machten einen makellosen Eindruck. Man schloss Leasingverträge für wissenschaftliche Erschließungsprojekte und gab

Rückkaufgarantien. Senator Stoner hatte sein Land augenscheinlich zu diesen Bedingungen erworben. Das machte es natürlich doppelt wünschenswert, dass die Forschungsarbeiten möglichst schnell abgeschlossen wurden, damit alle Optionen ausgenutzt werden könnten. Offenbar war man in Kalifornien und Idaho dicht davor, den Abbau freizugeben.

Über eine ganze Reihe von Firmen, die alle irgendwie miteinander verbunden waren, hatte die Investmentgesellschaft diverse Zulieferer an der Hand – Baufirmen, Sägewerke. Alle operierten unter einer Dachorganisation in Boise, Idaho.

Zwei Dinge überraschten Kenton und machten ihm zu schaffen. Die Gesellschaft, die ein halbes Dutzend Firmen ins Leben gerufen hatte, war die Western Holding Company. Und der Mann an der Spitze hieß Carl Pandel.

Kenton hatte Homer aufgetragen, die Nachforschungen in dieser Richtung nicht weiter fortzusetzen. Es hatte keinen Zweck, sich Ärger mit den *Newsweek*-Chefs einzuhandeln. Kenton würde sich selbst darum kümmern.

Nach dem Mittagessen führte Kenton von einer öffentlichen Fernsprechzelle aus ein Telefongespräch. Er war davon überzeugt, dass das Telefon in seinem Büro überwacht wurde. Immerhin hatte man ihn auch beschatten lassen. Im Grunde machte es ihm nicht viel aus. Er tat ja nichts, was den Interessen des Magazins zuwiderlief. Nur ab und zu, so wie jetzt, wollte er auch einmal telefonieren, ohne dass fremde Ohren mithörten.

Er brauchte ausführliche Informationen über einen gewissen Carl Pandel aus Boise in Idaho, Chef der Western Holding Company. Das Doppelte des üblichen Preises? Okay. Ja. Lieferung ins St. Moritz übers Wochenende. Nein, keine Anrufe im Büro. Noch einmal: Um keinen Preis im Büro anrufen. Dann legte er auf.

In seinem Büro warteten zwei Nachrichten auf ihn. John

Perrone und eine Miss Kind aus Sacramento. Er rief zunächst Perrone an.

»John?«

»Alles okay?«

»Sicher, soweit ich weiß. Warum?«

»Ich werde von oben unter Druck gesetzt. Von Otto Klemp und Martin Dunlop. Sollte ich irgendetwas wissen?«

»Nur dass ich beobachtet werde und dass meine Telefone angezapft sind.«

»Wer?«

»Intern.«

Perrone tobte. Als er sich beruhigt hatte, sagte er, er würde bei Kenton zurückrufen.

Kenton rauchte rasch eine Zigarette, dann ging er ins leere Büro nebenan und rief Stoners ehemalige Geliebte in Sacramento an.

Sie hatte soeben doch rein zufällig ein Tonband entdeckt, auf dem der Senator zu hören war ... Sie hatte die Aufnahme ursprünglich nur aus, sozusagen, nostalgischen Gründen gemacht – eine Art Souvenir. Es gab natürlich keine weiteren. Stoner hatte auch einige recht interessante Dinge gesagt. Doch sie würde sich von diesem einzigartigen Erinnerungsstück nur trennen, wenn es für irgendjemanden von ganz besonderem Wert wäre.

»Wie viel?«

»20 000 Dollar.«

Er sagte ihr, dass dies undenkbar wäre. Er könnte höchstens fünf anbieten.

Nein, für weniger als fünfzehn würde sie es nicht hergeben.

Vielleicht könnte er zehn auftreiben – falls es bei der Tonbandaufzeichnung in der Hauptsache um Politik und Geld ging, an Sex war er nicht interessiert. Und natürlich würde er das Tonband erst einmal hören müssen.

Sie ließ ihn ein paar Minuten des Tonbands über Telefon

hören, genug, um ihn zufriedenzustellen. Wenn er alles wissen wollte, und es handelte sich um eine Stunde Spieldauer, dann würde ihn das zehntausend kosten. Bar auf die Hand.

Kenton wusste, dass dieses Tonband ihn in die Lage versetzen würde, eine richtige Story über Stoner zu schreiben. So wie die *Washington Post* die krummen Geschäfte von Nixon aufdeckte, würde er diejenigen des Senators enthüllen können. Aber noch etwas hatte Kenton beim Zuhören begriffen. Dieses Band war ein Zusammenschnitt. Offenbar hatte Stoners Geliebte die wichtigsten Passagen sämtlicher Bänder auf ein einziges Band überspielt. Das wiederum konnte nur bedeuten, dass sie einen Käufer für die anderen Bänder gehabt hatte, und das war zweifellos Senator Stoner persönlich gewesen. Es bedeutete aber auch, dass sie tatsächlich nur noch dieses eine Tonband besaß, wie sie behauptet hatte. Aber ein sehr wertvolles. Kluges Mädchen!

Kenton notierte sich ihre Adresse. Wenn er am nächsten Tag hinfliegen würde, könnte er einen Abstecher nach Los Angeles machen, um Ding und die anderen wiederzusehen. Am Montag würde er dann wieder in seinem Büro in New York sein. Seine Abwesenheit würde gar nicht bemerkt werden.

Abgemacht, sagte er also zu der jungen Frau. Er würde morgen, am Samstag, nach Sacramento kommen. Mit dem Geld.

Anschließend rief er Fred Grimes an und sagte ihm, dass er bis zum Abend unbedingt 10 000 Dollar brauchte. Alles in Hundertern. Grimes versprach, sein Bestes zu tun.

Um sechzehn Uhr übergab Kenton die Bänder seines Diktiergerätes an George Homer. Er sollte sich übers Wochenende alles aufmerksam anhören. Vielleicht fiel ihm etwas auf, was Kenton übersehen hatte.

Mel Brown informierte Kenton, dass die Namen der Miet-Briefkästen nicht mit den Listen übereinstimmten. Mit anderen Worten, jede Person würde separat überprüft werden müssen.

Kenton befürwortete das. Er hatte auch kaum erwartet, dass Chess-Man seinen richtigen Namen in New York benutzen würde.

Wenig später kam John Perrone persönlich herunter, um sich bei Kenton zu entschuldigen. Er hatte erst mit Martin Dunlop und dann mit James Mackenzie gesprochen. Perrone duldete nicht, dass seine Reporter sich von ihrem eigenen Arbeitgeber überwacht und kontrolliert fühlten. Kenton nickte. Er konnte sich lebhaft vorstellen, was für einen Aufstand Perrone oben veranstaltet haben musste. Wenn es um sein Personal ging, kannte er kein Pardon. Die Telefonüberwachung würde ab sofort eingestellt werden, und auch den Beobachter würde man augenblicklich zurückziehen.

Kenton bedankte sich bei Perrone und fügte hinzu: »Übrigens ... haben Sie schon mal was von einer Western Holding Company gehört?«

Perrone schüttelte den Kopf. »Nein, noch nie gehört.«

Um 16.50 Uhr rief Fred Grimes zurück. Nichts zu machen mit dem Geld. Frühestens morgen Vormittag um zehn.

Könne er es ins St. Moritz bringen? Es sei sehr wichtig.

Fred Grimes versprach es.

Bevor Kenton an diesem Tag sein Büro verließ, öffnete er den Safe und nahm die 2700 Dollar heraus, die er erst kürzlich von Grimes erhalten hatte. Er steckte das Geld in die Tasche. Die vielen Papiere, Berichte und Dokumente, die in dem Safe aufbewahrt wurden, würdigte er keines Blickes. Die meisten handelten von Vincent Mungo. Von Caryl Chessman. Von Senator Stoner. Von den Bossen bei *Newstime*. Von New Yorker Polizisten.

Eines der Dokumente – es lag ziemlich weit unten – handelte von einem Mann namens Thomas Bishop. Es war ein Bericht aus der *Los Angeles Times* und schilderte den Hintergrund des geistesgestörten Patienten, der von Vincent Mungo bei dessen Flucht aus dem Willows State Hospital am 4. Juli getötet worden war. In dem kurzen Artikel wurde erwähnt, dass Bishops Vater bei einem Raubüberfall getötet worden war. Der Junge war damals erst drei Jahre alt gewesen. Die Mutter hatte ihren Mädchennamen Bishop wieder angenommen. Diesen Namen hatte sie auch ihrem Jungen schließlich gegeben. Es wurde jedoch nichts davon erwähnt, dass der Junge, als er zehn Jahre alt gewesen war, seine Mutter getötet hatte. Diese Information war vom Gericht nicht freigegeben worden, weil es sich um einen Minderjährigen gehandelt hatte. Von der Mutter wurde lediglich festgestellt, dass sie tot war.

Kenton hatte diesem Blatt kaum sonderliche Beachtung geschenkt, weil es einen Mann betraf, den Kenton für tot hielt …

Auf dem Heimweg führte er erneut ein Ortsgespräch. Die Ware, die er bestellt hatte, sollte am Montagvormittag ins St. Moritz geliefert werden. Nicht übers Wochenende. Erst am Montag um neun Uhr früh.

Am Samstag um 10.30 Uhr steckte Adam Kenton 10 000 Dollar in seine Jackett-Innentasche und fuhr mit einem Taxi zum Kennedy Airport, wo er eine Mittagsmaschine nach San Francisco bestieg. Von seinen Plänen hatte er im Hotel nichts erwähnt und auch keine Nachricht hinterlassen.

Kurz nach sechzehn Uhr kalifornischer Zeit klopfte er an die Tür von Gloria Kinds kleiner Wohnung in Sacramento.

Die folgende Stunde hörte er sich das Tonband an. Es war die Zehntausend wert. Zumindest für Kentons Zweck.

Später flog er nach Los Angeles, führte ein paar Telefongespräche und besuchte einige Leute. In Dings Haus blieb er über Nacht. Am nächsten Tag flog er mit einer Frühmaschine nach New York zurück. Er schlief die meiste Zeit.

In New York kaufte er eine Sonntagsausgabe der *Times* und las sie im Taxi, das ihn nach Hause brachte. Er achtete nicht sonderlich auf das Datum. Es war der 4. November.

Thomas William Bishop befand sich genau seit vier Monaten auf freiem Fuß.

Für die Polizei im Land schienen es eher vier Jahre zu sein.

Für eine Anzahl von Frauen war es für immer.

Und diese Anzahl nahm ständig zu.

19

In seinem Studio-Apartment band Bishop das Mädchen an dem Drehstuhl fest. Sie war blond, sehr hübsch und hatte einen sinnlichen Mund, der sich sehr gut auf den Fotos machen würde. An diesem Sonntagabend hatte Bishop eine Stunde gearbeitet und verschoss soeben seinen zweiten Film. Das Modell vom Samstag war bei Weitem nicht so attraktiv, für sie hatte ein Film genügt. Natürlich mit Ausnahme der Bilder, die er noch gemacht hatte, während das Mädchen sich gewehrt hatte. Er wusste, dass diese Aufnahmen die besten waren, auch wenn er sie nicht sehen konnte.

Jetzt stellte er die Kamera auf das Gesicht des Mädchens ein und forderte sie auf, möglichst verängstigt dreinzuschauen. Ja, sie hatte wirklich einen schönen Mund. Und Bishop würde die Wärme dieses Mundes bald spüren. Sehr bald.

Drei Frauen in vier Tagen, alle jung und gebärfähig. Er hatte endlich den Jungbrunnen gefunden. Für ihn war es die Fotografie. Und er würde ihn für immer jung erhalten.

Während Senator Stoner mit einer jungen, schönen Frau, die er – wie er hoffte – bald zu seiner neuen Geliebten machen würde, an einem kleinen Tisch im Palmenhof des Plaza saß, packte seine ehemalige Geliebte die Koffer für einen ausgedehnten Urlaub auf Hawaii. Schon seit Jahren hatte sie sich gewünscht, dort eine Weile leben zu können. Jetzt hatte sie die ersehnte Gelegenheit dazu. Mit 60 000 Dollar konnte sie sich einfach alles leisten.

Außerdem hielt sie es für eine gute Idee, Sacramento zu verlassen, bevor Senator Stoner zurückkehren würde. Sie hatte vier Tage Zeit.

Adam Kenton saß in seiner Hotelsuite und rauchte eine Zigarette. Er dachte daran, was Mel Brown ihm am Freitagvormittag über Vincent Mungos letzten Anstaltsfreund erzählt hatte. Thomas Bishop war tot, aber es war doch ein bizarrer Zufall.

Bishops Vater war offenbar bei einem bewaffneten Raubüberfall getötet worden, als der Junge erst drei Jahre alt gewesen war, erschossen von einem anderen Mitglied der Bande namens Don Solis. Derselbe Don Solis, der in San Quentin mit Caryl Chessman zusammen im Todestrakt gesessen hatte. Derselbe Don Solis, der Senator Stoner so sehr mit Chessmans angeblichem Schuldgeständnis geholfen hatte. Derselbe Don Solis, der nach seiner Entlassung auf so mysteriöse Weise zu Geld gekommen war. Kürzlich hatte man ihm noch einmal eine stattliche Summe geboten, für eine Aussage, seine Beziehung zu Chessman betreffend. Aber Solis hatte abgelehnt – aus unbekanntem Grund, wie Mel Browns Information besagte.

Bisher hatte sich Kenton nicht sonderlich für Thomas Bishop interessiert. Doch jetzt nahm er sich vor, der Sache ein für alle Mal auf den Grund zu gehen.

Im Moment war Kenton allerdings am meisten daran interessiert, warum Don Solis nicht über Caryl Chessman reden wollte und sogar ein lukratives Angebot ausgeschlagen hatte. Immerhin hatte Don Solis vorher in aller Öffentlichkeit über Chessman gesprochen, und das offenbar sogar umsonst. War auch das nur ein merkwürdiger Zufall? Jetzt, wo klar wurde, dass zwischen Chessman und Vincent Mungo irgendeine Verbindung bestand?

Kenton überlegte sich auch, ob Solis wusste, dass das erste Opfer des Wahnsinnigen der Sohn des Mannes gewesen war, den er, Solis, damals getötet hatte. Oder war auch das nur ein Zufall? Und woher hatte Solis dieses erste Geld bekommen?

Kenton ahnte, dass er sich früher oder später einmal mit Don Solis würde unterhalten müssen.

Er drückte die Zigarette aus, ging ins Schlafzimmer und zog seinen Pyjama an. Bevor er einschlief, dachte er erneut an Thomas Bishop, der ungefähr so alt gewesen war wie Vincent Mungo. Und er war Mungos einziger Freund in der Anstalt gewesen. Vor dem gemeinsamen Ausbruch. Bevor Mungo ihn getötet hatte.

Aber – warum war Bishop überhaupt in dieser Anstalt gewesen? Was hatte er angestellt, dass man ihn dort untergebracht hatte?

Carl Hansun zerknüllte die leere Packung und schleuderte sie wütend fort. Es war erst kurz nach einundzwanzig Uhr, und er hatte schon sein Tagesquantum an Zigaretten aufgeraucht. Noch zwei Stunden bis zum Schlafengehen. Früher hatte er rauchen können, so viel er wollte, aber meistens hatte er nicht genug Geld gehabt, um sich eine Packung zu kaufen. Jetzt könnte er sich Millionen Camels leisten, aber er sollte überhaupt nicht mehr rauchen. Er tat es trotzdem, auch gegen die ausdrückliche Anweisung seines Arztes. Ein Päckchen pro Tag.

Aber er regte sich gar nicht so sehr wegen des Rauchens auf, sondern wegen seines ehemaligen Komplizen und langjährigen Freundes Don Solis. Der Gedanke an ihn brachte Hansuns Blut zum Kochen. Dieser Brief, den der elende Hurensohn geschrieben hatte … Je länger er darüber nachdachte, desto wütender machte ihn die Sache. Sogar Hansuns neue Identität hatte er erwähnt.

Hansun versuchte sich zu beruhigen. Zorn würde ihm nichts einbringen. Nur mit kühlem Verstand ließ sich der nächste Schritt planen. Im Moment wusste Hansun nur, dass er etwas unternehmen musste. Irgendetwas.

Die Nummer in San Diego, die Solis über die Telefonvermittlung des Hotels angerufen hatte, gehörte zu einem Haus in der Valley Road. Das Haus gehörte Johnny Messick, der dort mit seiner neuesten Schlampe hauste. Das alles hatte Hansun inzwischen herausbekommen. Messick hatte also diesen Umschlag. Wem hätte Solis wohl mehr vertraut als Messick?

Nein, der Fall war völlig klar. Die zwei hatten sich gegen ihn verschworen, ihn, Carl Hansun, der sie damals, als es ihnen dreckig gegangen war, großzügig mit Geld versorgt hatte. Er hatte sich als wahrer Freund erwiesen und das Gleiche auch von den anderen erwartet.

Wieder flammte der Zorn in ihm auf. Er wurde so wütend, dass er in die Schublade langte, ein Zigarettenpäckchen herausnahm, es aufriss und sich eine Zigarette anzündete. Er saß da, starrte vor sich hin und rauchte.

Er musste diesen Brief bekommen und vernichten. Es ging ja nicht nur um jenen alten Raubüberfall. Aber Stoner war jetzt ein großer Mann und wurde immer größer. Er könnte der nächste Gouverneur oder sogar Senator werden. Carl Hansun durfte nicht zulassen, dass seine weitverzweigten geschäftlichen Aktivitäten durch diese alten Geschichten in Gefahr gebracht wurden. Er war jetzt Carl Pandel und führte ein halbes Dutzend Firmen. Er war einer der angesehensten Bürger des Staates. Er wurde von einflussreichen und mächtigen Männern bewundert und respektiert. Er war selbst ein mächtiger Mann. Komme, was da wolle – er würde es zu verhindern wissen, dass seine Position in Gefahr gebracht wurde.

Er musste an diesen Brief herankommen.

Was war aber mit Don Solis und Johnny Messick?

Nun, auch in dieser Hinsicht würde Hansun etwas unternehmen müssen. Danach würde nur noch er übrig sein.

Er drückte seine Zigarette aus. Es hatte keinen Zweck, sich

aufzuregen. Als Geschäftsmann gab es immer irgendwo Probleme. Daran war nichts Besonderes. Er würde auch mit dieser Sache fertigwerden. Er war schließlich Profi.

Er ging in die Küche, holte sich ein Glas Grapefruitsaft, setzte sich damit auf die Veranda und wartete auf die Heimkehr seiner Frau, die an diesem Sonntagabend zu einer Versammlung des Krankenhaus-Verwaltungsrats gegangen war. Er vermisste sie, wann immer sie nicht zu Hause war, ganz gleich, ob für längere oder nur für kürzere Zeit.

Kenton erwachte Punkt acht Uhr. Er war ausgeruht und erfrischt. Um halb neun hatte er geduscht und sich rasiert. Er setzte sich zum Frühstück, das er sich aufs Zimmer bringen ließ. Gegen neun Uhr wurde die erwartete Ware geliefert. Kenton gab dem Mann 1000 Dollar und wartete ab, bis er das Geld gezählt hatte. Zweimal.

Während der nächsten zwanzig Minuten las Kenton die Informationen über Carl Pandel senior. Dabei wurden Kenton zwei Dinge klar. Carl Pandel war offenbar nur an seinem eigenen Land und an den Mineralgeschäften im Westen interessiert. Er war weder Direktor noch Aufsichtsratsmitglied in anderen Firmen. Auch mit der Unterwelt schien er nichts zu tun zu haben, jedenfalls nicht persönlich.

Es fiel Kenton auf, dass der Bericht nichts über Pandels Herkunft und frühere Jahre enthielt. Darüber wunderte er sich. Doch da er im Moment nur an der Gegenwart interessiert war, dachte er nicht weiter darüber nach.

Was Kenton über Pandel oder seine geschäftlichen Aktivitäten erfuhr, war nichts Ungewöhnliches, nichts, was Licht auf Chess-Man oder Senator Stoner warf. Offenbar war es nur ein Zufall, dass der Mann, der hinter der Western Holding stand, einen Sohn hatte, der als Verdächtiger bei der Suche nach dem Killer in

Betracht gekommen war. Solche Zufälle gab es, mitunter noch viel merkwürdigere.

Nach dem Frühstück ging Kenton in sein Büro. Er nahm den Bericht mit und legte ihn in den Safe.

Es war der 5. November, 9.50 Uhr.

Um 11.30 Uhr versuchte Adam Kenton erneut Amos Finch zu erreichen, aber es ging niemand ans Telefon.

Er rief stattdessen im Los Angeles County General Hospital an. Dort wurde er mit einem Mr. Hallock verbunden. Kenton stellte sich kurz vor und sagte, was er wollte.

Thomas Bishop? Ja, natürlich. Scheint ja plötzlich sehr populär zu sein! Hm ... ja ... hier geboren, am 30. April '48. Warum ich das weiß? Vor zwei Wochen wurde ich schon mal danach gefragt. Von einem Polizisten. Hatte die Akte direkt vor mir auf dem Schreibtisch liegen. Nur, sein legaler Name lautete gar nicht Bishop. Vater war ein gewisser Harald Owens, Mutter Sara Bishop-Owens. Schätze, dass er daher den Namen hat. Ist natürlich nicht legal. Es sei denn, er hat seinen Namen ändern lassen. Was? Ja, ich bin ganz sicher. Thomas Owens. War eins von vierzig Babys, die an diesem Tag hier geboren wurden. Was sagen Sie? Der Polizist? Ja, ich glaube, sein Name war Spanner. Stimmt. Lieutenant Spanner ... aus einem Städtchen namens Hillside, hat er gesagt, glaube ich. Musste ihn dort anrufen, als ich die Information gefunden hatte ... Nein, tut mir leid, aber die Nummer habe ich mir nicht notiert, jedenfalls nicht aufgehoben. Oh, das geht schon in Ordnung. Freut mich, wenn ich Ihnen helfen konnte ...

Spanner! Das war der Name, den Amos Finch erwähnt hatte. Der Name des Polizisten, der damals geglaubt hatte, dass Thomas Bishop ...

Kenton schnappte sich die neuesten Unterlagen zu Mungo. Den Namen des Polizeibeamten hatte er doch früher schon mal irgendwo gesehen … Da! Lieutenant John Spanner aus Hillside. Willows State Hospital gehörte zu seinem Zuständigkeitsbereich.

Kenton las den Bericht rasch durch. Thomas Bishops Gesicht war vollkommen zerstört worden. Nichts war davon übrig geblieben. Seine Identität war vor allem durch seine Kleidung und die Gegenstände festgestellt worden, die er bei sich hatte. Es war ein ungemein brutaler Mord gewesen. Das Werk eines Wahnsinnigen, wie im Bericht zu lesen war. Vincent Mungo.

Kenton ließ das Blatt sinken.

Oder das Werk von Chess-Man.

Chess-Man.

Chess.

Ein meisterhafter Schachspieler. Jeder Zug durchdacht. Er machte keine Fehler. Er hatte einen Kontinent überquert und eine Nation in Schock versetzt. Er tötete, wann und wo er wollte, und bot seinen Verfolgern nicht den geringsten Ansatzpunkt.

Er mochte vielleicht verrückt sein, aber dumm war gewiss nicht.

Und er war ganz bestimmt nicht Vincent Mungo.

In späteren Jahren erinnerte sich Kenton noch oft an diesen Moment, als es ihm plötzlich wie Schuppen von den Augen fiel und er mit einer Klarheit die wahren Zusammenhänge sah. Stück für Stück fügten sich die Einzelteile zusammen und offenbarten den ganzen perfiden und teuflischen Plan. Er wuchs und nahm immer konkretere Formen an, noch während Adam Kenton die Hand nach dem Telefonhörer ausstreckte.

Pete Allen hatte bereits fünf- oder sechsmal versucht, Franklin Bush telefonisch zu erreichen. Jedes Mal bekam er die gleiche Antwort. Mr. Bush war in einer Konferenz und durfte nicht gestört werden. Aber man würde ihm ausrichten, dass Mr. Allen angerufen hatte.

Pete Allen war ein guter Reporter und begriff sehr bald, was das zu bedeuten hatte. Er nahm es nicht persönlich. Aber er überlegte, wie die Vorgesetzten seines Freundes so schnell von der Begegnung erfahren hatten. Wurde das Personal des Weißen Hauses bespitzelt? Wurden alle beobachtet, ganz gleich, wohin sie gingen? Oder betraf es nur Franklin Bush?

Der Reporter der *Washington Post* suchte seinen Ressortleiter auf.

Robert Arthur Gardner im Weißen Haus seufzte und drückte einen Knopf der Gegensprechanlage. Er teilte seiner Sekretärin mit, dass er mit Ned Robbins vom juristischen Stab sprechen wolle. Auf dem Schreibtisch lag Bushs Bericht, in dem darauf hingewiesen wurde, dass *Newstime* sich möglicherweise mehrerer Vergehen gegen Bundesgesetze schuldig gemacht haben könnte – unter anderem: Nachrichtenmanipulation. Gerüchteweise verlautete, dass das Wochenmagazin einen Leitartikel vorbereitete, in dem der Rücktritt des Präsidenten gefordert werde. Aber Druck, das wusste Gardner nur allzu gut, konnte nach beiden Richtungen ausgeübt werden.

Wenige Minuten später war Gardner mit Robbins verbunden. Der Mann war aalglatt und kannte alle richtigen Leute. Gardner nahm den Bericht in die Hand.

»Ned? Der Präsident hat mich gebeten ...«

Adam Kenton spülte den letzten Bissen von dem Sandwich, das er zu Mittag in seinem Büro verzehrte, mit einem kräftigen Schluck Kaffee nach. Er hatte am Vormittag in Hillside angerufen, aber John Spanner nicht erreichen können. Der Lieutenant würde aber gegen dreizehn Uhr kalifornischer Zeit zurück sein. Kenton warf einen Blick auf seine Armbanduhr. Es war kurz nach zwei Uhr in New York. Also noch zwei Stunden. Inzwischen hatte Kenton bereits mit Dr. Poole in Willows telefoniert. Vincent Mungo verstand absolut nichts vom Schachspiel. Und wie war es mit Thomas Bishop? Ja, Bishop hatte Schach gespielt. Er war sogar ein sehr guter Spieler gewesen. Geradezu exzellent.

Kenton hatte nichts anderes erwartet.

Gegen fünfzehn Uhr erreichte Adam Kenton endlich Amos Finch zu Hause. Wusste Finch, dass Thomas Bishop und Vincent Mungo im selben Krankenhaus in Los Angeles geboren worden waren, nur fünf Monate auseinander? Das wusste Finch nicht. Wusste Finch, dass Bishops Mutter genau wie Mungos Mutter in Los Angeles gelebt hatte, als Caryl Chessman dort sein Unwesen trieb? Das wusste Finch nicht. Wusste Finch, dass Bishops Vater von einem Mann getötet worden war, der jahrelang mit Caryl Chessman im Gefängnis gesessen hatte? Der ihn im Todestrakt gekannt und sehr oft mit ihm gesprochen hatte? Das wusste Finch nicht. Schließlich – wusste Finch, dass Thomas Bishop ein Meister im Schach war? Nein, auch das wusste Finch nicht. So wie Kenton die Dinge sah, war Schach der Schlüssel zu diesem Fall. Eine ausgeklügelte Reihe von Schachzügen, raffiniert geplant und ausgeführt. Er erinnerte Finch daran, dass Vincent Mungo – der von Schach keine Ahnung hatte – den Doktor in Willows gefragt hatte, ob er Schach spielen könne. Warum? Weil Mungo gehört hatte, wie sein einziger Freund in der Anstalt ihm den riskanten Fluchtplan mit Begriffen aus dem Schachspiel erklärt hatte. Mungo war offenbar mächtig davon beeindruckt gewesen.

Und seitdem hatte einfach jedermann angenommen, dass sich der Ausdruck *Chess,* also *Schach,* auf Caryl *Chess*man bezog! Man hatte angenommen, dass Mungo sich beim ersten Auftreten in der Öffentlichkeit mit Chessman identifiziert habe, wenn auch nur symbolisch. Wie ironisch, dass eine so einfache Feststellung so stark zugunsten von Bishop gearbeitet hatte!

Finch war begeistert und entzückt. Sollte sich tatsächlich herausstellen, dass Thomas Bishop der Massenmörder war, würde er – Amos Finch, Experte der Kriminologie und anerkannte Autorität auf dem Gebiet des Massenmords – einen Teil des Verdienstes für sich in Anspruch nehmen können. Wie herrlich!

Schon irgendwelche Beweise?

Kenton arbeitete noch daran. Er würde sich wieder melden.

Fünf Minuten nach sechzehn Uhr New Yorker Zeit rief Kenton nochmals John Spanner in Hillside an. Der Lieutenant hielt sich in seinem Dienstzimmer auf. Kenton stellte sich vor, erwähnte Amos Finch und Mr. Hallock in Los Angeles und erklärte dann, worum es ging. Er erläuterte dem Polizisten seine Theorie, dass der Mörder ein Schachspieler sein müsse. Im Moment aber sei er vor allem an der Leiche interessiert, die man in Willows gefunden hatte. Konnte sich der Lieutenant vielleicht noch daran erinnern, ob er bei dem Toten eine Narbe gesehen hatte, die erst vor Kurzem entstanden sein konnte? Vielleicht von einem Messer oder einem anderen scharfen Gegenstand? Vor allem an Armen oder Schultern?

Oben an der rechten Schulter hatte es eine kleine V-förmige Narbe gegeben, die noch ziemlich frisch ausgesehen hatte. Aber woher wusste Kenton das?

Nur eine Vermutung. Mungo hatte einem Arzt in Willows gesagt, dass er, Mungo, ein Blutsbruder des Teufels geworden sei. Wahrscheinlich hatte er das im übertragenen Sinn gemeint, aber es konnte auch bedeuten, dass es zu einem realen Akt der gegenseitigen Verwundung gekommen war.

Spanner erinnerte sich sehr lebhaft an diese Narbe, denn er hatte ja eigens danach gesucht, als er versucht hatte, zu beweisen, dass es sich bei dem Toten um Vincent Mungo gehandelt habe. Jetzt überlegte er, ob er damals nicht vielleicht etwas voreilig gewesen war. Könnte es möglich sein …? Aber nein. Und das

Ganze war jetzt schon vier Monate her. Er wollte nicht noch einmal mit der Sache anfangen. Beim besten Willen nicht. Für ihn war die Geschichte erledigt. Der Willows-Killer war nicht Vincent Mungo oder Thomas Bishop, sondern irgendein Unbekannter. Das war offensichtlich, und dieser New Yorker Reporter würde das auch früher oder später einsehen …

»Lieutenant Spanner?«

Spanner wurde aus seinen Gedanken gerissen. Er konzentrierte sich wieder auf das Telefonat. »Ja, ich bin noch dran, Mr. Kenton.«

»Wie gesagt, ich würde gern wissen, woher Bishop ursprünglich kam? Ich meine, bevor er nach Willows kam?«

Spanner musste nachdenken. Bishop? Bishop war immer in Willows gewesen. Vorher nirgendwo anders. Nein, das stimmte nicht. Als Junge hatte er mit seiner Mutter zusammengelebt. Aber Spanner konnte sich, wie er sagte, nicht daran erinnern, wo.

Hatte er vielleicht in Los Angeles gelebt?

Nein, nein, nicht gelebt. Es fiel Spanner allmählich wieder ein. Bishop war in Los Angeles geboren, aber nach dem Tod des Vaters war die Mutter nach San Francisco gezogen und schließlich nach … Verdammt! Wie hieß die Stadt schon wieder?

Laut sagte Spanner, dass ihm der Name der Stadt im Moment nicht einfalle, aber sie war ungefähr vierzig Meilen von Hillside entfernt. Eine Kleinstadt auf dem Land. Als Junge hatte Bishop dort mit seiner Mutter gelebt … in Justin! Das war es! Justin in Kalifornien. Etwa vierzig Meilen westlich von Hillside und zweihundert Meilen nördlich von San Francisco.

Spanner wiederholte es für Kenton.

Und nach Justin?

Nach Justin kam Willows.

Kenton verstand nicht. Als Junge war Bishop mit seiner Mutter von Los Angeles nach Justin gezogen …

Von San Francisco.

Erst nach San Francisco und dann nach Justin. Und nach Justin wurde Bishop für immer in Willows untergebracht?

Ja.

Kein anderes Krankenhaus?

Nur Willows.

Kenton verstand noch immer nicht. Wie alt mochte der Junge damals gewesen sein?

Spanner sagte es ihm.

»Zehn Jahre!« Er konnte seine Bestürzung nicht verbergen. »Thomas Bishop wurde in eine Anstalt eingewiesen, als er erst *zehn* war?«

Kenton konnte es kaum glauben. Was hatte der Junge denn angestellt?

»Er hatte seine Mutter getötet«, sagte der Lieutenant leise. »Wussten Sie das nicht?«

In seinem eigenen kleinen Büro im zwölften Stockwerk eines New Yorker Wolkenkratzers kam George Homer, der sich Kentons Diktafonbänder übers Wochenende sehr genau angehört hatte, plötzlich ein merkwürdiger Gedanke. Kenton hatte erwähnt, dass Vincent Mungo im Willows einmal über Schach gesprochen hatte … und dass es sich offenbar auf Caryl Chessman bezogen hatte.

Aber war das wirklich so?

Homer spielte sehr viel Schach, schon seit über vierzig Jahren, und seiner Ansicht nach gab es nichts Besseres, um den Verstand zu schärfen. Sollte vielleicht …?

Nach seinem Telefonat mit Kalifornien saß Adam Kenton noch eine Weile regungslos da und starrte den Apparat an. Thomas Bishop hatte im Alter von zehn Jahren seine Mutter getötet.

Bishop! Kenton hatte es von Anfang an direkt vor der Nase gehabt, aber nicht gesehen. Alle Bedingungen waren erfüllt. Alles, was er schon vor Wochen gesagt hatte. Alles, was er gebraucht hatte, um die Identität von Chess-Man herauszubekommen. Aber er war sich seiner so sicher gewesen, dass er die wichtigste Bedingung von allen aus den Augen verloren hatte. Chess-Man war jemand, der als Junge seine Mutter getötet hatte, jemand, der dieses Erlebnis immer und immer wieder aufs Neue erlebte. Das Einzige, was noch fehlte, war die Verbindung zu Caryl Chessman. Dieses fehlende Bindeglied musste etwas mit der Mutter oder dem Vater zu tun haben. Es war irgendwo, es musste irgendwo sein. Und er würde es finden!

Kenton rief bei Mel Brown an.

Thomas Bishop hatte seine Mutter in Kalifornien getötet und war in eine Nervenheilanstalt eingeliefert worden. Warum stand er nicht auf der Liste mit den siebenundneunzig Muttermorden?

Wie alt war er denn, als es passierte?

Zehn.

Deshalb stand er nicht auf der Liste. Bei Tätern unter sechzehn waren die Gerichtsakten versiegelt.

Aber auf der Liste standen doch die Namen aller minderjährigen Muttermörder, deren Fall in die Zeitungen gekommen war.

Dann war Bishops Fall eben nicht in die Zeitungen gekommen. Man veröffentlichte zwar üblicherweise die Tatsache des Verbrechens, aber nicht den Namen des Jugendlichen. So jedenfalls in den Großstädten. In Kleinstädten wurde als Todesursache einfach irgendetwas anderes angegeben. So musste es auch im Fall Bishop gewesen sein.

Warum war Bishops Muttermord an keiner Stelle in den Geschichten über Vincent Mungo erwähnt worden, die von seinem Mord an einem Mitpatienten handelten?

Weil Zeitungen nichts über einen Muttermord schreiben dürfen, wenn der Täter zurzeit des Verbrechens unter sechzehn war.

Aber sein Name hätte doch wenigstens auf der Liste der entlassenen oder entwichenen Geistesgestörten während der letzten fünf Jahre stehen müssen.

Wieso? Thomas Bishop war ja nicht aus Willows entlassen worden, und er war auch nicht entflohen. Offiziell wurde er als tot geführt.

Tot.

Nach dem Telefonat lief Kenton ein paar Minuten lang ziellos durch die Korridore, um wieder einen klaren Kopf zu bekommen. Irgendetwas tauchte immer wieder schemenhaft in seinem Unterbewusstsein auf, aber er konnte es nicht fassen. Irgendein früherer Gedanke. Verdammt, in welchem Zusammenhang hatte er diesen Gedanken zuerst gehabt? In welchem Zusammenhang ... Es musste gewesen sein, als er mit Amos Finch darüber gesprochen hatte, dass Bishop im selben Krankenhaus wie Mungo geboren wurde. Genau. Und darüber, dass Bishops Mutter damals in Los Angeles gelebt hatte. Und dass sein Vater von jemandem getötet wurde, der später Caryl Chessman kennengelernt hatte ...

Kenton blieb abrupt stehen. Er massierte mit einer Hand seinen Nacken.

Bishops Vater wurde von jemandem getötet, der Caryl Chessman gekannt hatte.

Auch diese Verbindung war die ganze Zeit vorhanden gewesen. Zwar wusste Kenton noch immer nicht genau, wie das alles zusammengewirkt haben mochte, aber dies war die Verbindung, der Zusammenhang, den er suchte. Von Chessman zu Bishop. Über ... Don Solis!

Als Kenton in sein Büro zurückkehrte, erwartete ihn dort

George Homer, der an dem zweiten Schreibtisch saß und in einem Batman-Comic las.

Batman!

Kenton kam es plötzlich sehr kalt im Raum vor. Batman … so hatte sich der Killer bei seinem letzten Opfer genannt. Er hatte *Batman* auf den Spiegel geschrieben. Glaubte er etwa, gegen die Mächte der Dunkelheit zu kämpfen? Oder war er eine Vampir-Fledermaus, die sich von Blut ernährte?

Homer blickte auf und lächelte. »Wollte nur mal sehen, warum er sich diesen Namen ausgesucht hat.« Er klappte das Heft auf dem Schreibtisch zu. »Ist sonst nicht gerade mein Geschmack.«

»Und? Haben Sie was gefunden?«

»Nein, das nicht gerade.« Er drehte sich herum, während Kenton zu seinem eigenen Schreibtisch beim Fenster ging. »Aber etwas anderes.«

»Ich bin ganz Ohr.«

»Muss aber nichts bedeuten.«

»Lassen Sie das ruhig mich entscheiden.«

Homer runzelte nachdenklich die Stirn. »Spielen Sie Schach?«

»Eher nicht. Sie?«

»Ja, ziemlich oft … Aber das Grundprinzip kennen Sie?«

»Sicher. Die Regeln kennt ungefähr jeder, oder nicht?«

»Habe ich auch immer gedacht. Die meisten Leute wissen ungefähr, wie Schach geht, auch wenn sie selbst nicht spielen.«

»Ich kann einfach nicht die nötige Geduld dafür aufbringen. Aber es ist schon merkwürdig, dass Sie gerade jetzt darauf zu sprechen kommen. Ich habe noch nie so oft an Schach gedacht wie in den letzten Tagen.«

»Auf den Diktafonbändern, die Sie mir gegeben haben, erwähnten Sie, dass Vincent Mungo mit einem der Ärzte in Willows über Schach gesprochen hat. Möglicherweise war es als Anspielung auf Caryl Chessman gedacht.«

»Und weiter?«

»Hm … Schach ist ein merkwürdiges Spiel, wissen Sie? Es gibt all diese sonderbaren Figuren, mit ihren verschiedene Formen und Namen. Es gibt Könige, Damen, Türme, Pferde und Bauern. Und dann gibt es noch den Läufer – auch Bischof genannt, mit seiner Bischofsmütze und …«

»Himmel!«, entfuhr es Kenton. Er sprang von seinem Stuhl hoch und wusste nicht, ob er Homer die Hand schütteln und ihn beglückwünschen sollte. Das war es! Die Identität von Chess-Man.

Seit nahezu einem Monat hatte er gewusst, wer es *nicht* war.

Jetzt wusste er plötzlich, wer es war.

»Bishof! *Bishop!«* Es hörte sich an wie ein Triumphschrei.

Es war aber eher ein Schlachtruf. Denn er musste immer noch gefunden werden.

20

Während der acht Tage zwischen dem 7. und 15. November verschwanden vier junge New Yorker Frauen und wurden nie mehr lebend gesehen – freiberufliche Fotomodelle, Studentinnen, eine von ihnen eine Mutter. Alle brauchten Geld. Ihre grässlich verstümmelten Körper würden nicht vor dem Morgen des 16. November gefunden werden, zusammen mit den Leichenteiler dreier weiterer Opfer. Diese grausige Entdeckung sollte eine Menschenjagd auslösen, die in der Geschichte von New York nicht ihresgleichen hatte.

An diesem Morgen des 16. November stieg der Besitzer eines Speiselokals in Fresno, Kalifornien, in seinen Dodge und schaltete das Autoradio ein. Als Musik von Sinatra ertönte, begann sich der Mann bereits wohler zu fühlen.

Etwa um die gleiche Zeit hielt in San Diego eine Limousine vor einem kleinen einstöckigen Haus an der Valley Road. Zwei Männer stiegen aus und gingen Richtung Haustür. Sie schienen es nicht sonderlich eilig zu haben.

In New York trafen sich unterdessen vier Männer in einem Restaurant in Manhattan in der Nähe des Gerichtshofs in der Centre Street, unterhalb Canal Street. Von dort aus setzten sie ihren Weg zu einem weiteren Ziel per Auto fort. Drei der Männer trugen Waffen. Der vierte Mann, der, bis auf die Augen, recht gewöhnlich aussah, saß neben dem Fahrer und war der Anführer der stummen Gruppe. Er hielt die Hände im Schoß verschränkt und befeuchtete in nervöser Erwartung immer wieder die Lippen.

Während Adam Kenton am Abend des 5. November sich selbst beglückwünschte, die Identität von Chess-Man gelüftet zu haben, bereitete sich das Objekt seiner fieberhaften Gedankenarbeit zum Schlafengehen vor. Er musste früh raus und brauchte seine acht Stunden Schlaf.

Der Wecker rasselte pünktlich um sechs Uhr. Bishop stand sofort auf, wusch sich, zog sich an, frühstückte kurz und verließ bereits um 6.30 Uhr das Haus. Um 7.15 saß er in der Fahrschule von Jersey City und wartete auf einen Fahrlehrer, der ihn zur Prüfung brachte. Um acht Uhr befand man sich in der langen Schlange in der Eingangshalle des Roosevelt-Stadions. Als Bishop an der Reihe war, gab er dem Prüfer seinen Führerschein, der ihn daraufhin ein wenig durch die Straßen der Nachbarschaft fahren ließ. Er musste auf der Straße wenden und rückwärts einparken. Bishop bestand die Prüfung und bekam im Fahrschul-Center, einem großen Raum im zweiten Stock des Stadiongebäudes, einen vorläufigen Ausweis, der sechzig Tage gültig war. Man händigte ihm das Antragsformular für den endgültigen Führerschein aus. In einem Postamt am Journal Square füllte er das Formular aus und schickte es zusammen mit einer Geldanweisung über 11 Dollar nach Trenton. Innerhalb von dreißig Tagen würde er seinen Führerschein erhalten, gültig für New Jersey für drei Jahre. Man würde ihn an seine Adresse in Jersey City schicken.

Jetzt hatte Bishop schon zwei der vier grundlegenden Ausweispapiere, nämlich Geburtsurkunde und Führerschein. In wenigen Tagen würde er seinen Pass bekommen, die Sozialversicherungskarte innerhalb eines Monats. Er kam voran.

Bevor er nach New York zurückkehrte, zahlte er weitere 2000 Dollar auf sein neues Bankkonto als Thomas Wayne Brewster ein. Anschließend verbrachte er eine halbe Stunde in seinem Zimmer im YMCA-Haus und zerwühlte, bevor er ging, das Bett.

In New York besuchte er den Schachklub in der 42nd Street

und blieb den ganzen Nachmittag dort. Er gewann drei Partien hintereinander. Bei der letzten Partie sahen viele Leute interessiert zu. Deshalb verlor Bishop dieses Spiel absichtlich.

Kenton verbrachte den größten Teil des Vormittags mit Besprechungen. Um 9.30 Uhr spielte er John Perrone das Stoner-Tonband vor, dann erzählte er ihm, was er über Stoners Aktivitäten wusste. Perrone stimmte zu, dass dieses Material für eine Story ausreichte, um den Kalifornien-Senator von seinem hohen Ross herunterzuholen. Aber Perrone wollte doch lieber erst mit Martin Dunlop darüber sprechen, wahrscheinlich am nächsten Tag. Könnte er das Tonband und Kentons Notizen haben?

Kenton stimmte bereitwillig zu. Warum nicht? Aber da er niemandem traute und sich an die Nixon-Tonbänder erinnerte, hatte er am vergangenen Sonntag in Dings Haus in Los Angeles eine Kopie angefertigt, die jetzt im Safe im St. Moritz lag. Und sollte ein plötzliches Erdbeben seine Notizen vernichten, würde er alles leicht aus dem Gedächtnis rekapitulieren können.

Er sagte Perrone nichts von der Tonbandkopie. Er schlug jedoch vor, dass nur sie beide zunächst etwas von der Aufzeichnung wissen sollten. Und natürlich Dunlop. Einschließlich Patrick Henderson also vier Personen.

»Kann man ihm trauen?«, fragte Kenton.

»Wie einer Kobra um den Hals!«, erwiderte John Perrone.

Während des Nachmittags telefonierte Kenton die meiste Zeit mit Kalifornien. Er sprach mit Kontaktleuten in Red Bluff und schickte sie in die nahe gelegene Kleinstadt Justin, wo sie Leute aufsuchen sollten, die Thomas Bishop und dessen Mutter gekannt hatten. In Justin sprach er mit dem Herausgeber der dortigen Wochenzeitung und bat ihn um Kopien aller Artikel, in denen etwas vom Tod der Mutter im Jahr 1958 erwähnt worden war. Dann telefonierte er mit Dr. Poole im Willows State Hospital und bat ihn, behilflich zu sein, ein Phantombild von Thomas Bishop anzufertigen. Er sprach mit einem Zeichner in San Francisco, der nach Willows fahren sollte, um diese Zeichnung herzustellen.

Gegen sechzehn Uhr hatte Kenton das Gefühl, alles in Kalifornien erledigt zu haben. Er rief Fred Grimes an. Die Privatdetektive sollten sich ein Porträtfoto von jedem der zweiundzwanzig Männer beschaffen, die wegen der Miet-Briefkästen überprüft wurden. Kein Foto sollte älter als sechs Monate sein. Notfalls müssten die Männer erst fotografiert werden.

Fred Grimes sagte ihm, dass es inzwischen siebenundzwanzig geworden seien.

Dann eben von allen siebenundzwanzig. Aber er wollte unbedingt von jedem Mann ein scharfes Foto. Das war ungemein wichtig.

Kenton zählte das Geld im Safe, etwa 1000 Dollar. Er sah noch einmal alle Unterlagen zu Mungo durch. Vielleicht hatte er doch noch etwas übersehen. Schließlich legte er alle geheimen Finanzberichte und Steuerunterlagen, die er sich inzwischen über gewisse Personen beschafft hatte, in einen separaten Umschlag. Mit John Perrones vertraulicher Liste aller Informanten und Spitzel machte er es genauso.

Am Ende des Arbeitstages bekam James Mackenzie einen Anruf aus Washington, D. C., von einem Bekannten, der nicht gerade ein Freund, aber doch ein Mann von gewissem Einfluss war. Sie unterhielten sich zehn Minuten lang.

Anschließend wurde Martin Dunlop ins Büro im fünfundzwanzigsten Stockwerk gerufen.

John Perrone hatte eine schlaflose Nacht. Ihm machte nicht nur der Artikel über Stoner zu schaffen, sondern jetzt sollte auch noch das ganze Ripper-Projekt aufgegeben werden. Martin Dunlop hatte nur angedeutet, dass die falschen Leute in Washington davon Wind bekommen hätten. Perrone wusste sehr gut, was Dunlop damit meinte: Es war Druck ausgeübt worden, um das Magazin zu bewegen, zur regierungsfreundlichen Linie zurückzukehren.

Zwar war Perrone mit der Entscheidung, die privaten Nachforschungen nach Vincent Mungo einzustellen, keineswegs einverstanden, aber er verstand den Grund und die Notwendigkeit für einen solchen Schritt. Was ihn beunruhigte, war der Gedanke an Adam Kentons Reaktion. Kenton war nicht nur der beste investigative Reporter des Magazins, er war auch ein verdammter Idealist. Perrone selbst hatte ja die Mungo-Geschichte befürwortet und Kenton für diesen Job haben wollen, weil er der beste Mann dafür war. Er hatte ihn aber auch aus Kalifornien herausholen und Senator Stoner vom Halse schaffen wollen.

Stoner entsprach Perrones Bild von einem guten Politiker, jedenfalls theoretisch. Seine Meinung über Stoner war auch von persönlichem Interesse beeinflusst. Bei seiner frühen Karriere hatte er viel Hilfe, auch materieller Art, von den Rintelcanes aus Washington erhalten, einer mächtigen Dynastie an der Westküste mit jeder Menge Geld. Alles stramme Republikaner. Eine ihrer Töchter war mit Jonathan Stoner verheiratet – eine liebenswerte Person, der Perrone selbst einmal den Hof gemacht hatte.

Perrone nahm an, dass ihm jetzt nichts anderes übrig bleiben würde, als sein Okay zu dem Artikel über Stoner zu geben. Sein Reporter hatte genügend Material zusammengetragen, um ihn juristisch in Schwierigkeiten zu bringen, und wenn *Newstime* die Sache nicht bringen würde, dann würde Kenton mit seiner Story eben woandershin gehen. Stoner war einfach zu raffgierig und zu dumm. Ein Ermittlungsverfahren würde wahrscheinlich das Ende seiner Karriere bedeuten, zumindest auf nationaler Ebene.

Alles hing jetzt am seidenen Faden des Ripper-Projekts. Wie würde Kenton die Sache aufnehmen?

Um 9.30 Uhr war Adam Kenton in seinem Büro gerade dabei, ein paar Gedanken, die ihm während der Nacht zu Bishop gekommen waren, auf Diktafon zu sprechen, als er einen Anruf von Perrone erhielt. Er möchte bitte sofort zu ihm kommen. Leicht verärgert legte er das Diktafon auf den Schreibtisch und ging nach oben. Sein Chef war allein im Büro und in düsterer Stimmung. Irgendetwas stimmte nicht. Kenton vermutete sehr rasch, dass es einen gewissen kalifornischen Senator betraf, dessen Schwiegereltern gute Freunde des Mannes hinter dem Schreibtisch waren.

»Sie haben Ihre Meinung über Stoner geändert«, sagte Kenton mürrisch. »Sie wollen die Story doch nicht bringen.«

John Perrone seufzte und wünschte sich, dass das Leben so einfach wäre. Er nahm an, dass seine Beziehungen zu Stoners angeheirateter Verwandtschaft dem Reporter nicht unbekannt waren. Perrone überlegte kurz, ob er jetzt beleidigt sein sollte.

»Seien Sie nicht albern«, sagte er schließlich. »Ich hab Ihnen doch gesagt, dass es Material genug für eine Story gibt. Vorausgesetzt, dass Martin damit einverstanden ist.«

»Aber am Ende müssen Sie immer noch für den Abdruck stimmen.«

»Ich stimme immer für den Abdruck, wenn ich an eine Sache glaube«, erwiderte Perrone gereizt. Er ärgerte sich über die versteckte Anspielung.

Kenton lächelte. »War nicht persönlich gemeint, John. Ich weiß doch, dass Sie der Beste in diesem Geschäft sind und schon immer waren.«

Er setzte sich hin und schlug die Beine übereinander. »Also, was ist los?«

Perrone sagte es ihm.

Kenton saß einfach da, lächelte und schwieg. Er hatte von Anfang gewusst, dass er niemandem trauen konnte, dass, wenn es hart auf hart kam, auf niemanden Verlass war. Er rechnete ständig mit Hinterhältigkeit und Verrat, deshalb versuchte er stets, sich auf das Machtspiel anderer so gut wie irgend möglich vorzubereiten. Er lächelte. »Es ist ein Fehler«, sagte er schließlich.

Perrone sah ihn verwundert an. Er hatte einen Wutausbruch erwartet. »Ein Fehler?«, wiederholte er stirnrunzelnd. »Ist das alles, was Sie dazu zu sagen haben?«

»Es ist ein Fehler, der korrigiert werden muss.«

»Wie bitte?«

»Die Entscheidung ist ein Fehler, und Fehler müssen behoben werden«, antwortete Kenton mit tonloser Stimme. Er lächelte noch immer sein geheimnisvolles Lächeln.

»Wie stellen Sie sich das vor?«, fragte Perrone beharrlich. »Mackenzie hat es persönlich angeordnet.«

»Dann wird er die Anordnung persönlich wieder ändern.«

»Das möchte ich sehr stark bezweifeln«, sagte Perrone. »Ich halte es zwar auch für eine falsche Entscheidung, aber ich habe Ihnen ja bereits gesagt, welchem Widerstand er sich gegenübersieht.«

Jetzt hatte Kenton kein Lächeln mehr im Gesicht. Seine Augen blitzten, und er saß sehr aufrecht und angespannt da.

»Ich weiß, wer Chess-Man ist«, platzte er heraus. »Und er ist nicht Vincent Mungo.« Er stand auf. »Und ich weiß auch, wie ich an ihn herankommen kann.«

Perrone sah ihn mit großen Augen an. Kenton sagte, alles Weitere werde er bei einer Besprechung am Nachmittag verkünden, mit James Mackenzie und Martin Dunlop, vorzugsweise in Mackenzies Büro.

Als Kenton hinausging, wusste er, dass es auf ein Kräftemessen hinauslief, aber er musste es darauf ankommen lassen.

Nach dem Lunch ging Bishop zur Fifth Avenue, um seinen Pass abzuholen, der für ihn bereitlag. Ein dünnes grünes Büchlein, sehr amtlich aussehend, mit Namen, Geburtsort und Bild. Sogar mit dem Siegel der Vereinigten Staaten.

Er war jetzt Thomas Wayne Brewster. So stand es im offiziellen Dokument der US-Regierung. Und es war überall in der Welt gültig. Mit Ausnahme von Kuba, Nordkorea und Nordvietnam. Bishop hatte nicht die Absicht, in diese drei Länder zu reisen. Jedenfalls nicht, bevor er sich um alle Frauen überall sonst in der Welt gekümmert hatte.

Zu Hause bereitete sich Bishop für eine Fotosession um achtzehn Uhr vor. Wie immer würde er sich auch heute mit seinem Modell in irgendeinem hiesigen Restaurant treffen und dabei als Erkennungszeichen eine Ausgabe von *True Detective* in der Hand halten.

Die Besprechung in Mackenzies Büro war auf fünfzehn Uhr festgesetzt. Zuvor sprach Kenton mit Otto Klemp privat. Was er ihm zu sagen hatte, bestand nur aus wenigen Sätzen. Sollte Klemp nicht damit einverstanden sein, dass das Ripper-Projekt fortgesetzt wurde, würde Mackenzie informiert werden, dass er, Klemp, heimliches Mitglied der Amerikanischen Nazi-Partei war. Falls Mackenzie an dieser Information nicht interessiert war, würde es die Zeitung sein.

Anschließend wechselte Kenton noch ein paar Worte mit Martin Dunlop und erwähnte die Western Holding Company.

Bei der Besprechung sagte Kenton den anwesenden Herren, dass er jetzt Namen und Geschichte des Psychopathen kenne. Bald würde er auch ein Bild von ihm haben oder wenigstens eine Zeichnung. Außerdem sei er kurz davor, den Killer in New York aufzuspüren.

Mackenzie wollte wissen, was er unter »kurz davor« verstehe.

Eine Woche höchstens, vielleicht nur noch ein paar Tage.

Kenton versicherte, dass niemand außer ihm etwas wüsste. Also konnte auch nicht die Rede davon sein, dass er sich in polizeiliche Ermittlungen einmischte oder Informationen zurückhielt. Oder jedenfalls nicht zu diesem Zeitpunkt. Man hatte immer noch eine gute Chance, die Story des Jahres zu bekommen.

Mackenzie war nicht überzeugt. Der Druck würde massiv werden. Sollte die Polizei Wind von der Sache bekommen, würde es dort wie die Hornissen über sie herfallen. Das Gleiche galt für die Stadtverwaltung. Aber der Zeitungsmann in Mackenzie schrie danach, diese Story zu bringen.

Was meinten die anderen?

John Perrone hatte ja von Anfang daran geglaubt, dass es klappen könnte, also sollte man es auch durchziehen.

Martin Dunlop vertrat die Ansicht, dass man weitermachen sollte. Man ging ein begrenztes Risiko ein, aber das sei es in jedem Fall wert.

Otto Klemp saß lange stumm da und sah Kenton nachdenklich an, der zurückstarrte, ohne mit der Wimper zu zucken. Schließlich zuckte Klemp leicht die Schultern und wandte seine Aufmerksamkeit Mackenzie zu. Wenn Kenton kurz vor dem Durchbruch stand, warum dann jetzt den Rückzug antreten?

Mackenzie runzelte die Stirn, sah Kenton an und traf eine Entscheidung. Das Projekt sollte noch eine Woche, maximal, fortgesetzt werden. Danach würde man die Position neu überdenken müssen.

Damit war die Angelegenheit erledigt.

Kenton kehrte, innerlich jubelnd, in sein Büro zurück und rief als Erstes in Kalifornien an. Der Chefredakteur der Zeitung in Justin las ihm den kurzen Artikel über den Tod von Sara Bishop vor. Von Mord war darin nicht die Rede. Offenbar hatte man Sara Bishop am 25. Dezember 1958 tot in ihrer Wohnung aufgefunden. Ihr damals zehn Jahre alter Sohn Thomas war in staatliche Obhut gekommen. Mutter und Sohn hatten fünf Jahre in Justin gelebt und die meiste Zeit in einem alten Bauernhaus gewohnt, etwa drei Meilen außerhalb des Ortes.

Das war alles.

Kenton bedankte sich für die Mühe und versprach, der Zeitung mal einen Besuch abzustatten, wenn er wieder in Kalifornien sei. Könnte der Redakteur ihm inzwischen eine Kopie des Artikels, der in der Ausgabe vom 31. Dezember 1958 gestanden hatte, nach New York schicken? Das wäre sehr freundlich, danke.

Kenton war ungeduldig. Das Phantombild von Thomas Bishop würde erst am folgenden Tag, am Freitag, eintreffen. Aber Kenton erfuhr wenigstens etwas von seinen Kontaktleuten in Red Bluff. Sie hatten einen ganzen Nachmittag und Abend in Justin verbracht und mit vielen Bewohnern gesprochen. Viele Leute dort erinnerten sich noch recht gut an Sara Bishop. Eine merkwürdige Frau. Nicht sehr ausgeglichen. Vielleicht ein bisschen krank im Kopf. Sehr in sich gekehrt. Beinahe feindselig gegen jedermann. Verängstigt. Besonders Männern gegenüber. Hatte den Jungen oft geschlagen, wahrscheinlich gepeitscht. Hatte ihn auch verbrüht. Das war allgemein bekannt. Der Junge hatte wegen seiner Verletzungen oft wochenlang in der Schule gefehlt. Eines Tages hatte der Junge dann seine Mutter getötet. Hatte sie irgendwie bewusstlos geschlagen und in den großen Holzofen geschoben. Verbrannt, bis nur noch die Knochen übrig gewesen waren. Als die Polizei gekommen war, hatte der Junge vor dem Ofen gehockt. Der Körper war von Schnitten und Platzwunden übersät gewesen. In der Hand hatte er ein Stück verkohltes Fleisch gehabt und davon gegessen …

Was?

Er hat ein Stück verkohltes Fleisch gegessen. Soweit man

hatte feststellen können, musste er schon drei Tage so dagesessen haben. Das Feuer war längst ausgegangen. Die Ortsbehörden hatten nur bekannt gegeben, dass die Mutter gestorben war.

Und was war mit dem Jungen?

Ihn hat man natürlich für verrückt gehalten und ins Willows gebracht, die nächstgelegene Nervenheilanstalt. Dort gab es eine geschlossene Abteilung für Kinder, die getötet hatten.

Und was war aus dem Haus und dem Besitz der Mutter geworden?

Das Haus war verrammelt worden. Niemand hatte darin wohnen wollen. Irgendwann später wurde es an Leute verkauft, die neu zugezogen waren. Einiges vom Besitz der toten Mutter war von deren einziger Freundin im Ort übernommen worden. Sie hatte alles in Schachteln und Kartons aufbewahrt. Nach ihrem Tod war einiges von den anderen Sachen von einem Neffen, der das Haus der Frau geerbt hatte, versteigert worden. Er lebte immer noch dort. Soweit ihm bekannt war, gab es aus jener Zeit nur noch zwei Kartons mit Büchern und Krimskrams. Er hatte sie in einem Schuppen hinter dem Haus aufbewahrt.

Kenton gab Anweisung, diese Kartons genauer unter die Lupe zu nehmen. Man sollte nach Bildern, Briefen oder Papieren jeglicher Art suchen.

John Perrone rief an und gab Kenton grünes Licht für die Stoner-Story. Dunlop war damit einverstanden. Notizen und Tonband waren bereits wieder unterwegs zu Kenton.

Die Schlange am Paketschalter war länger, als es an einem Freitagmorgen sonst üblich war. Der junge, bärtige Mann hielt sein Päckchen fest in Händen, während er langsam mit der Schlange der Wartenden vorrückte. Als er am Schalter an die Reihe kam, sagte er zu dem Postbeamten: »Nichts Zerbrechliches. Nur ein paar weiche Spielsachen.«

Die Phantombildzeichnung traf mit der Morgenpost ein. Kenton verglich sie aufmerksam mit dem offiziellen Polizeifoto von Vincent Mungo.

Die beiden Bilder unterschieden sich wie Tag und Nacht. Keine Spur von Ähnlichkeit. Diese beiden Personen konnten niemals miteinander verwechselt werden. Kenton begriff augenblicklich, wieso Bishop imstande war, unbehelligt im Land herumzureisen.

Er sah aber auch noch etwas anderes. Er betrachtete das Foto von Mungo, die kräftigen Augenbrauen, die große Nase ... Wie sehr Vincent Mungo doch Caryl Chessman glich!

Kenton legte die Bilder in den Safe. Er musste warten, bis am Montag die hiesigen Bilder eintreffen würden.

In der Post fand er auch den Artikel über den Tod von Sara Bishop aus der Zeitung in Justin. Er war kurz und enthielt keine Überraschungen. Kenton legte ihn in den neuen Schnellhefter mit der Aufschrift *Bishop.*

Um 18.30 Uhr kaufte ein bärtiger junger Mann an einem Zeitungsstand in Downtown Manhattan die neueste Ausgabe von *True Detective.* Er klemmte sich das Magazin unter den Arm und betrat wenige Minuten später ein Restaurant in der Spring Street. Es war Hauptgeschäftszeit, und niemand zollte ihm sonderliche Beachtung. Er setzte sich an einen kleinen Tisch im hinteren Teil des Raums. Das Magazin legte er deutlich sichtbar mit der Titelseite nach oben hin.

Während er seinen Kaffee trank, betrat eine junge Frau das Restaurant. Sie wirkte unsicher und ließ den Blick suchend durch den Raum schweifen. Bald darauf war sie an seinem Tisch.

»Sind Sie der Fotograf? Habe ich mit Ihnen telefoniert?«

Bishop sah auf und nickte.

»Ich bin Helena. Hallo.«

Er stand auf und bot ihr höflich den Stuhl auf der anderen Seite des Tisches an.

»Freut mich, Sie kennenzulernen, Helena. Ich bin Jay Cooper«, stellte er sich vor und fügte hinzu: »Und ich habe da einen sehr dringenden Auftrag zu erledigen …«

Sonntagabend hatte Dory Thekendienst. Als ihre Schicht zu Ende war, taten ihr Beine und Füße weh. Sie war sehr müde. Sie bekam zu wenig Schlaf. Und schuld daran war der Mann, mit dem sie zusammenlebte. Der Teufel sollte Johnny Messick holen! Konnte er denn nie genug bekommen? Sie stellte sich vor, wie sie nach Hause ging und ins Bett fiel. Bevor sie sich auch nur umdrehen konnte, würde er schon wieder über sie herfallen. Manchmal glaubte sie, dass er irgendwo in seinem Kopf nicht ganz richtig war. Aber immerhin, sie hatte ein nettes Zuhause und besaß sogar einen eigenen Wagen. Außerdem brauchte sie nur noch an zwei Tagen in der Woche zu arbeiten und nicht mehr wie früher an fünf oder sechs Tagen.

Beim Wagen angekommen, wollte sie gerade die Tür aufschließen, als sie die beiden Männer bemerkte, die hinter ihr aufgetaucht waren. Einer von ihnen hielt eine Waffe in der Hand. Er schob Dory resolut auf den Vordersitz. Dann stiegen beide im Fond ein. Sie solle nicht schreien. Sie solle einfach nur den Mund halten und eine Minute ganz ruhig zuhören. Sie lebte mit Johnny Messick zusammen. Messick hatte einen Brief, den sie haben wollten. Der Brief stammte von einem gewissen Don Solis. Vielleicht stand der Name auf dem Umschlag. Sie musste sich unbedingt den Namen merken. Don Solis. Papiere, auf denen dieser Name auftauchte. Irgendwo. Wenn sie diesen Brief bekommen könnte, würde man ihr dafür 10 000 Dollar bezahlen.

Zehntausend! Für einen Brief! Wahrscheinlich bewahrte ihn Messick irgendwo im Haus auf.

Hatte er zu Hause einen Safe? Vielleicht in einer Wand oder im Schreibtisch. Oder vielleicht in seinem Büro in der Bar. Dory sollte die Augen offen halten. Selbst wenn sie ihnen den Brief nicht aushändigen, sondern ihnen nur sagen würde, wo er zu finden war, würde sie das Geld bekommen. Die volle Summe. Vorausgesetzt natürlich, dass die Männer den Brief bekommen würden. Aber es musste sehr schnell erledigt werden. Wenn sie tat, was man ihr sagte, würde sie nichts zu befürchten haben.

Dory hatte Angst. Als sie nach Hause fuhr, zitterten ihre Hände. Aber sie dachte angestrengt nach. 10 000 Dollar.

Was könnte sie sich mit 10 000 Dollar alles kaufen! Sie könnte fortgehen. Weit, weit fort.

Fred Grimes bekam die Bilder von der Detektei erst am Montagmorgen um 10 Uhr. Insgesamt dreiundzwanzig. Vier weitere mussten noch entwickelt werden, man würde sie später nachliefern.

Um 10.30 Uhr verglich Kenton die Fotos mit dem Phantombild. Am Ende blieben nur drei mögliche Bilder übrig. Alle Abgebildeten trugen Bärte.

Kenton nahm sich die Berichte über diese drei Männer vor. Einer von ihnen wohnte bei seinen Eltern und betrieb von zu Hause aus einen kleinen Versandhandel. Als Geschäftsadresse wurde ein gemieteter Briefkasten benutzt. Ein anderer war ein junger, verheirateter Mann, der offenbar einen Briefwechsel mit Männern in verschiedenen Städten unterhielt. Er hatte etwa ein Dutzend solcher Briefe bekommen, dazu mehrere Magazine.

Keiner dieser beiden Männer konnte Thomas Bishop sein.

Der dritte war da schon wesentlich interessanter. Alter: fünfundzwanzig Jahre. lebte allein in einer Wohnung in Downtown. Behauptete, so etwas wie Künstler zu sein. Ging offensichtlich keiner geregelten Arbeit nach. Seit etwa zwei Monaten in der Stadt. Frühere Adresse: Venice, Florida. Name: Curtis Manning.

Kenton bat Grimes, der Detektei den Auftrag zu erteilen, diesen Manning sofort in Florida zu überprüfen. Warum er von dort fortgegangen war. Ein Bild. Bis morgen früh.

Wann würden die letzten vier Fotos fertig sein?

Am frühen Nachmittag.

Eine Möglichkeit von dreiundzwanzig. Und nur noch vier zur weiteren Auswahl.

Kenton mahnte sich zur Geduld.

Im *Daily News*-Gebäude in der East 42nd Street traf ein Päckchen bei der Poststelle ein und wurde routinemäßig in die Redaktionsbüros im siebten Stockwerk geschickt, da es an den Herausgeber adressiert war. Eine Assistentin öffnete es, weil kein besonderer Name angegeben war. Unter der Verpackung kam eine weiße Kuchenschachtel zum Vorschein. Ein Gummiband hielt den Deckel fest. Die Redaktionsassistentin streifte das Gummiband ab und hob den Deckel an. Sie hatte sekundenlang den Eindruck, dass es sich um merkwürdige, kleine Kuchen handelte.

Während sie die Hand noch mechanisch in die Schachtel steckte, entrang sich ihrer Kehle bereits ein spitzer Schrei …

Um 12.30 Uhr traf die Nachricht aus Red Bluff ein. Die beiden Kontaktleute waren ganz aufgeregt und sprachen beide fast gleichzeitig. Sie hatten den größten Teil des Sonntags in Justin verbracht. Der Erbneffe war sehr entgegenkommend und hilfsbereit gewesen. Er hatte ihnen ohne Weiteres erlaubt, sich in aller Ruhe den Inhalt der Kartons im Schuppen anzusehen.

Außer dem üblichen Krimskrams, der sich wohl ihn jedem Haushalt fand, war man schließlich auf ein Buch gestoßen: *The Face of Justice*, von Caryl Chessman.

Kentons Herzschlag beschleunigte sich.

Und in dem Buch hatten zehn, zwölf zusammengefaltete Blätter gelegen, alle mit einer weiblichen, jugendlichen Handschrift beschrieben. Offenbar hatte dort jemand alles aufgezeichnet, was in seinem Leben schiefgegangen war …

Berichtet die Schreiberin von einer Vergewaltigung?

Nicht nur einer.

Wird der Namen Caryl Chessman erwähnt?

Mehrfach.

Auch ein Mann namens Harry Owens?

Das war der Kerl, den sie schließlich geheiratet hatte.

Da kannte Kenton die Verfasserin, obwohl er ihr niemals begegnet war. Es war Sara Owens, die Mutter von Thomas Bishop.

Er hatte endlich die Verbindung zu Chessman hergestellt. Das letzte Stück vom Puzzle. Sein Verdacht hatte sich bewahrheitet. Es waren die Eltern. Nur hatte er eher mit dem Vater gerechnet. Wegen Don Solis. Aber es war die Mutter gewesen. Sara Bishop-Owens.

Er forderte die Kontaktleute in Red Bluff auf, ihm sofort diese Manuskripte zu schicken. Auch alle anderen Schriftdokumente. Einer von ihnen sollte nach Justin zurückgehen, dem Neffen die Kartons abkaufen und alles nach New York schicken. Niemand durfte etwas von diesem Auftrag erfahren. Absolut niemand.

Inspector Dimitri starrte die Leichenteile in der Schachtel an. Soweit er feststellen konnte, stammten sie von zwei Frauen. Vielleicht auch von mehr. Zum Teufel, wie sollte das jemand sagen können? Er rieb sich die Augen. Er musste die Ruhe bewahren. Aber es fiel ihm nicht leicht. Immerhin hatte er selbst drei Töchter.

Dem Paket war keine Nachricht beigelegt worden. Nur ein Name stand auf dem Schachteldeckel.

Chess-Man.

Zwei Fragen beschäftigten Dimitri im Moment. Stammten diese Teile von Frauen, die man bereits gefunden hatte? Das bezweifelte er. Also neue Opfer? In deren Wohnungen? Bisher nicht entdeckt? Oder …?

Dimitri erschauerte. Wenn Chess-Man einen geheimen Ort hatte, an dem er nicht nur ungestört leben, sondern wohin er auch unbemerkt Frauen bringen konnte, dann war er wirklich unsichtbar. Eine Ratte im Loch. Eine Fledermaus in der Höhle. Er konnte immer so weitermachen und Frauenleichen auf Frauenleichen stapeln. Sie zerstückeln und aus ihnen Pakete machen. Vielleicht als Weihnachtsgeschenke …

Dimitri hatte das Gefühl, nicht mehr klar denken zu können. Seine Leute hatten recht. Dieser Psychopath würde es niemals bis in den Gerichtssaal schaffen. Er war zu gefährlich. Nicht nur wegen seiner Taten. Er berührte den Wahnsinn in jedermann und gab ihm Nahrung. Er fütterte das Monster, das von Anbeginn aller Dinge in jedem Menschen existierte. In Millionen Jahren war es unterdrückt worden, aber es war immer noch da und würde es sein bis in alle Ewigkeit. Es wartete nur darauf, losgelassen zu werden.

Dimitri schloss den Deckel der Schachtel. Er hoffte, die Männer von der Gerichtsmedizin würden bald da sein.

Kenton wurde um 13.20 Uhr von einem Freund bei der *Daily News* angerufen und erfuhr von ihm von Chess-Mans neuester Postsendung.

Um 13.50 Uhr bekam Kenton die letzten vier Fotos der Männer, die Miet-Briefkästen nutzten. Vier junge weiße Männer, einer von ihnen mit Bart, die anderen glatt rasiert. Typische, amerikanische Jugendliche.

Unglücklicherweise sah keiner von ihnen Thomas Bishop auch nur im entferntesten ähnlich.

Kenton saß wie benommen auf seinem Stuhl. Irgendetwas war schiefgegangen. Wie hatte er sich nur so irren können? Bishop brauchte doch eine Postanschrift. Seine Wohnung konnte er unmöglich angeben, das war viel zu gefährlich. Also kam nur ein Miet-Briefkasten infrage.

Aber Bishop befand sich nicht unter den siebenundzwanzig Männern. Und wahrscheinlich war er auch nicht Curtis Manning aus Florida. Also blieb niemand übrig.

In dieser dunklen und beängstigenden Nacht blieb Thomas Bishop zu Hause. Der Sturm peitschte den Regen an die Fenster und zerrte an seinen Nerven. Bishop schaltete den Fernseher ein und wollte sich bis zum Schlafengehen ablenken. Stattdessen aber bekam er den größten Schock seines Lebens. Im Fernsehen lief ein Kriminalfilm aus San Francisco. Ein jugendlicher Killer wurde schließlich über einen Anrufbeantworter-Service geschnappt.

Bishop sprang entsetzt von seiner Matratze auf. Er hatte einen großen Fehler begangen, der ihm zum Verhängnis werden konnte. Vielleicht war es sogar schon zu spät. Man wusste schon alles über ihn. Die Polizei stand bereits draußen vor der Tür und wartete nur noch darauf, über ihn herfallen zu können. Er sah zur Tür, bildete sich ein, den Feind auf der anderen Seite zu sehen. Grässliche Dämonen, die direkt der Hölle entsprungen waren.

Seine Angst verwandelte sich jäh in Wut. Sein Gesicht verzerrte sich. Sein Körper wurde von heftigen Zuckungen befallen. Bald heulte er wie ein verwundetes Tier, das durch Schmerzen zum Wahnsinn getrieben wurde. Er wälzte sich auf dem Fußboden und merkte gar nicht, wie er sich am harten Beton die Stirn aufschlug.

Schließlich verebbte der Furor. Er lag in friedlicher Benommenheit auf dem Boden. Seine Kleidung war in Unordnung geraten, sein Körper zerschrammt und blutig. Bishop heulte nicht länger, sondern schloss in gnädigem Schlaf die feuchten Augen.

Bishop schlief bis in den Vormittag hinein auf dem kalten Betonboden. Als er erwachte, hatte er Heißhunger. Er wusch seinen geschundenen Körper und verschaffte ihm mit Salbe etwas Linderung. Dann frühstückte er. Jetzt spürte er keine Angst mehr. Sein Verstand war darauf konzentriert, ein Problem zu lösen.

Mit dem Anrufbeantworter-Service hatte er einen fatalen Fehler begangen. Er hatte sogar mehrere Fehler begangen. Die Idee, sich als Fotograf auszugeben, war eigentlich gut gewesen, aber nicht die Ausführung.

Die Frauen hatten ihren Namen bei der Anrufbeantworter-Firma hinterlassen müssen. Also gab es irgendwo eine Liste. Früher oder später würde man bei der Firma misstrauisch werden. Man würde diese Liste mit der Liste vermisster Frauen vergleichen. Alle hatten kurz vor ihrem Verschwinden Jay Cooper angerufen. Wie merkwürdig. Und die Polizei würde es noch viel merkwürdiger finden.

Außerdem würde früher oder später ein Modell den Namen Jay Cooper gegenüber Freunden oder Verwandten erwähnen. Oder eine der Frauen könnte schon vorher misstrauisch werden und sich an die Polizei wenden. Gewiss, niemand wusste, wo er wohnte. Deshalb hatte er sich ja mit den Modellen stets an einem öffentlichen Ort getroffen und sie erst mit nach Hause genommen, wenn er absolut sicher gewesen war, dass die Frau allein gekommen war. Aber früher oder später würde es schiefgehen. Vielleicht kannte man bereits seinen Namen und auch die Briefkasten-Adresse.

Das war sein dritter Fehler. Der Anrufbeantworter-Service kannte die Adresse in der Lafayette Street als seine Adresse. Vielleicht hatte man sie bereits an die Polizei weitergegeben. Also durfte Bishop unter gar keinen Umständen mehr dorthin gehen. Aber dort hatte er wenigstens noch die Chicagoer Adresse genannt. Das würde der Polizei kaum weiterhelfen. Aber man könnte über den Hausbesitzer auf Bishops Wohnung stoßen, denn er hatte sie ja als Jay Cooper gemietet. Sollte der Mann diesen Namen in der Zeitung lesen, würde er bestimmt sofort zur Polizei gehen. Also war auch die Wohnung nicht mehr sicher.

Bishop runzelte missmutig die Stirn. Er hatte alles mit einem einzigen schlechten Zug verpatzt. All seine Arbeit, seine Pläne, seine New Yorker Identität. Alles vergebens. Er war sich jetzt sicher, dass man ihn innerhalb der nächsten Woche ausfindig machen würde. Vielleicht handelte es sich nur noch um Tage ... falls weitere Frauen verschwanden. Und er hatte für heute Abend eine Verabredung!

Bishop zählte alles zusammen: Wohnung, Briefkasten, Telefon, Fotograf. Alles verloren. New York bot ihm nichts mehr. Er machte sich an die Arbeit. Er vernichtete seine Identität als Jay Cooper. Er füllte die Brieftasche mit den Papieren auf den Namen Thomas Wayne Brewster: Fahrerlaubnis, Geburtsurkunde, der neue Pass.

Bei der Bank löste er sein Sparkonto auf und wies ausdrücklich darauf hin, dass er nach Chicago zurückkehren werde.

Zu Hause holte er das Geld aus dem Versteck hinter den Ziegeln.

Eine Stunde später hatte er 21 000 Dollar auf der Bank in New Jersey. Nur vorübergehend, wie er sich auf dem Heimweg versicherte. Die Hälfte davon würde er wieder auf das New Yorker Konto überweisen, sowie er eine neue Wohnung gefunden hatte, um dort unter seiner neuen Identität zu leben. Bis dahin aber war das Geld sicher. Niemand wusste etwas von Thomas Wayne Brewster.

Und ab jetzt würde er bestimmt keine Fehler mehr machen.

Als Kenton schließlich ins Büro kam, hatte Fred Grimes schlechte Nachrichten für ihn. Curtis Manning schied mit absoluter Sicherheit aus. Er stammte definitiv aus Florida. Seine Familie lebte noch dort.

Kenton hatte auch nichts anderes erwartet. Aber er hatte damit gerechnet, dass die Miet-Briefkästen zum Erfolg führen würden. Als er dieses Netz zusammengezogen hatte, hätte Bishop eigentlich darin zappeln müssen.

Aber es war nicht der Fall. Und Kenton wusste nicht, warum.

Bishop ließ das Licht im Studio brennen. Er würde ja nicht lange fortbleiben. Es machte ihn traurig, dass er heute zum letzten Mal die Rolle des Fotografen spielen würde, denn es hatte ihm Spaß gemacht.

Sie war wie üblich wieder einmal viel zu spät dran. Bevor sie aus dem Zimmer rannte, hinterließ sie rasch noch eine kurze Notiz für ihre Zimmergefährtin und teilte ihr mit, dass sie zu einer Verabredung mit einem Fotografen namens Jay Cooper ging.

Irgendwo in Downtown. Sie wusste nicht genau, wo. In ein paar Stunden zurück.

Dory ging zu ihrem Wagen. Diesmal hatte sie keine Angst vor den beiden Männern, oder nur ein wenig. Die Gedanken des jungen Mädchens waren vor allem mit dem Geld beschäftigt, das sie bald besitzen würde. Sie hatte zwar nicht den Brief, aber die entscheidende Information. Sie sagte ihnen, dass der Brief in einem Stahlsafe zu Hause aufbewahrt wurde. Messick hatte ein Zimmer, das er als Büro benutzte, eigentlich war es ein zweites Schlafzimmer. Als Messick heute außer Haus gewesen war, hatte sie sich den Schreibtisch näher angesehen. An der rechten Seite gab es eine kleine Tür, wie bei einem Safe. Er ließ sich mit einem

Schlüssel öffnen, aber der Safe sah nicht aus, als wäre er schwer zu knacken.

War sie sich wegen des Briefes absolut sicher?

Sie nickte heftig. Don Solis. Auf dem Umschlag. Sie war sich absolut sicher.

Man glaubte ihr.

Wann würde sie das Geld bekommen?

Wenn man den Brief hatte.

Sie konnte den Safe aber nicht selbst öffnen.

Darum würde man sich schon kümmern. Sie brauchte weiter nichts zu tun, als ihnen die Haustür zu öffnen. Freitagmorgen.

Kenton hoffte, dass Mel Brown vielleicht etwas entdecken würde, was er, Kenton, übersehen hatte. Die Detektive hatten jeden überprüft, auf den die Beschreibung hätte passen können. Machte siebenundzwanzig. Über diese siebenundzwanzig hatte man Berichte und Bilder beschafft.

Brown stutzte. Wie war die Auswahl eigentlich zustande gekommen?

Indem man auf jeden einen raschen Blick geworfen hatte.

Aber waren denn alle erreichbar gewesen? Hatte man sich jeden so ohne Weiteres anschauen können? War niemand auf Reisen? Für ein paar Wochen unterwegs?

Oder bei einem Job außerhalb der Stadt? Hatte niemand eine falsche Adresse angegeben?

Kenton kniff nachdenklich die Augen zusammen, dann rief er Fred Grimes an. Würde er einmal bei der Detektei nachfragen, ob man dort auch noch Namen von Personen hatte, die im Moment nicht erreichbar waren? Namen ohne hiesige Adresse?

Er bekam schon wenige Minuten später Antwort. Es gab acht Namen, bei denen keine hiesige Adresse angegeben war. Alle außerhalb des Staates. Viele Einzelpersonen oder Firmen aus anderen Gebieten des Landes hatten auch eine New Yorker Adresse, von wo aus die Post routinemäßig weitergeleitet wurde. Die Detektei hatte diese Leute unberücksichtigt gelassen, weil offenbar nur nach einer Einzelperson gesucht wurde, die tatsächlich in New York lebte.

Und was war mit Manning in Florida? Der war doch auch aus einem anderen Staat?

Aber er hatte auch eine hiesige Adresse angegeben.

Kenton wünschte, dass die acht anderen Namen unverzüglich überprüft wurden. Und er wollte diese Information, falls irgend möglich, bis siebzehn Uhr haben.

In Sacramento erzählte Roger Tompkins Senator Stoner etwas von einigen Originalbriefen und Kopien, die sich in seinem Besitz befanden. Sie könnten sich für den Senator als höchst peinlich herausstellen. Aber sie würden in Tompkins' Besitz bleiben, da er nicht die Absicht habe, aus dem Stab des Senators auszuscheiden. Jedenfalls im Moment noch nicht.

Stoner sagte nichts dazu. Als Politiker wusste er alles über Machtspiele.

Um 16.30 Uhr hatte Kenton Informationen für fünf der acht Namen außerhalb des Staates New York. Drei waren kleine Industriefirmen in Ohio, West Virginia und Wisconsin. Der vierte war ein Mann aus einem Kaff in Kentucky, der sich aus Prestigegründen eine New Yorker Adresse zugelegt hatte. Bei der fünften Person handelte es sich um eine Frau aus New Mexico. Sie benutzte die New Yorker Adresse für einen Esoterik-Versandhandel.

Bei den restlichen drei Namen handelte es sich um Einzelpersonen aus Denver, Los Angeles und Chicago. Man stellte bereits entsprechende Nachforschungen an.

Los Angeles. Kenton dachte an Bishops Aufenthalt in Los Angeles nach der Flucht aus dem Willows State Hospital. Dass seine Mutter dort vergewaltigt worden war. Dass man seinen Vater dort getötet hatte. Caryl Chessman hatte dort gelebt. Kenton dachte auch an seinen eigenen Artikel über Chessman. Das musste für Bishop ein Fanal und für Stoner ein Gottesgeschenk gewesen sein.

Die Falle konnte zuschnappen.

Kenton hatte das Gefühl, dass es Los Angeles war.

Die Zimmergefährtin machte sich Sorgen. Pam war die ganze Nacht nicht nach Hause gekommen und hatte sich auch bei Tage noch nicht blicken lassen. Jetzt war es Abend, und Pam war immer noch nicht zu Hause. Das sah ihr so gar nicht ähnlich. Sie hatte keinen festen Freund. Sie war Kunststudentin und blieb meistens zu Hause, um zu arbeiten.

Die Zimmergefährtin betrachtete noch einmal die kurze Notiz. Modell für Magazin. Jay Cooper. Irgendwo in Downtown.

Nun, sie würde noch bis morgen früh warten.

Bishop überlegte es sich anders. Eigentlich hatte er beabsichtigt, an diesem Morgen fortzugehen, nachdem er sein letztes Modell beseitigt hatte. Jetzt war es bereits nach einundzwanzig Uhr, und er war immer noch zu Hause. Er hatte beschlossen, nichts weiter mitzunehmen, weder die Kamera noch die Bücher oder sein Radio und die Extra-Garderobe. Er würde noch einmal ganz von vorn anfangen … als Thomas Wayne Brewster. Er musste alles ändern. Aber er wollte wenigstens noch eine letzte Nacht als Jay Cooper in seinem einzigen wahren Zuhause verbringen, das er jemals gehabt hatte.

Er würde noch einmal ausgehen, eine Bar aufsuchen, Kontakt mit einer Frau aufnehmen, mit ihr in seine Wohnung gehen und dort eine letzte Feier veranstalten. Die Frau sollte Teil dieser Feier sein – ein sehr wichtiger Teil.

Am Morgen würde er dann fortgehen, wie es schon immer gewesen war und auch für immer bleiben würde. Von Ewigkeit zu Ewigkeit.

Um 8.20 Uhr rief Pam Boyers Zimmergefährtin bei der Polizei an und meldete die Freundin als vermisst. Sie schilderte Einzelheiten und las den Zettel vor, nannte den Namen Jay Cooper. Diese Information wurde routinemäßig an die Vermisstenabteilung weitergeleitet. Aber in letzter Zeit waren bereits mehrere Frauen auf ähnlich mysteriöse Weise verschwunden. Also wurde diese Meldung mit dem Vermerk versehen, die Sonderkommission der Kriminalpolizei zu verständigen.

Um 9.10 Uhr verließ Jay Cooper zum letzten Mal seine Wohnung. Er nahm nur seinen tragbaren Fernseher mit und ging zur U-Bahn, mit der er in sein neues Leben aufbrechen würde.

Um 9.25 Uhr bekam Kenton Bescheid, dass nicht Los Angeles hinter der New Yorker Postanschrift von Chess-Man steckte. Die Miete wurde von einem übellaunigen Patron bezahlt, der diese Anschrift offenbar für nicht ganz legale Zwecke benutzte. Aber er war auf gar keinen Fall Thomas Bishop. Auch Denver schied aus. Der dortige Kunde war ein Geschäftsmann, der allmonatlich eine Woche in New York verbrachte.

Es war Chicago.

Jay Cooper war ein Bewohner von Chicago, aber er wusste absolut nichts von einer Postanschrift in New York. Wie käme er denn dazu? Er konnte New York nicht ausstehen und war seit Jahren nicht mehr dort gewesen.

Es war Bishop.

Irgendwie hatte er es geschafft, sich Jay Coopers Identität zuzulegen. Der Rest war einfach. Nein, nicht einfach. Sondern ein Haufen Arbeit und strategische Planung.

Kenton hatte das Gesicht, und er hatte den Namen. Jetzt brauchte er nur noch die Adresse.

Und dann sollte er eigentlich zur Polizei gehen.

Von nun an würde man ihm zu Recht Vorwürfe machen: Er hielt Informationen zurück. Er griff in Ermittlungen ein. Und wahrscheinlich noch vieles mehr. Aber nachdem er so weit gekommen war, konnte er jetzt unmöglich die Früchte seiner Arbeit anderen überlassen. Das entsprach nicht seinem Naturell.

Mackenzie hatte ihm noch ein paar Tage Zeit gegeben.

Kenton würde diese Frist nutzen. Und er würde notfalls die Konsequenzen tragen.

Gegen zehn Uhr sprach er mit dem Chef der Detektei in Midtown und erteilte ihm einen letzten Auftrag. Ein einzelner Mann musste ausfindig gemacht werden. Unter Einsatz aller verfügbaren Kräfte und Mittel. Die Postanschrift war in Downtown. Wahrscheinlich lebte dieser Mann also irgendwo dort – East Village, Bowery, Soho. Kopien des Phantombilds des Mannes würden bis zum Nachmittag allen Detektiven zur Verfügung stehen. Man sollte diese Zeichnung überall herumzeigen. Vor allem in Geschäften und Restaurants.

Andere Mitarbeiter sollten dem Namen Jay Cooper nachgehen. Irgendjemand musste diesen Namen irgendwann und irgendwo einmal gehört haben. Der Mann bezahlte unter diesem Namen die Miete. Vielleicht arbeitete er. Oder er hatte Telefon. Vielleicht hatte er einen Wagen gemietet. Oder irgendetwas beantragt. Kosten spielten keine Rolle. Die Leute sollten rund um die Uhr arbeiten. Kenton brauchte Resultate, und er hatte nicht mehr viel Zeit.

Irgendwo in Midtown dachte die Telefonistin einer Anrufbeantworter-Firma, es sei vielleicht Unsinn, aber ihr wollte es scheinen, als hätten alle diese Mädchen, die verschwunden waren, einen bestimmten Kunden angerufen. Sie erinnerte sich, ihre Namen am Telefon gehört zu haben. Johnson. Daley. Ubis. Boyer.

Sie starrte die Namen auf dem Papier an. Viele Leute trugen die gleichen Namen. Eben. Was hatte das schon zu bedeuten. Es war wirklich Unsinn.

Der 15. November war ein Tag, an den sich Adam Kenton sein Lebtag erinnern würde. Stunde um Stunde saß er in seinem Büro und war nicht imstande, zu arbeiten oder sich auch nur einigermaßen zu konzentrieren. Jedes Mal, wenn das Telefon läutete, riss er förmlich den Hörer von der Gabel. Mehrmals hielt er Rückfrage bei der Detektei. Aber er bekam stets die gleiche Antwort. Knapp fünfzig Leute waren eingesetzt. Am Abend würden alle abgelöst und durch andere ersetzt werden. Man würde die ganze Nacht hindurch arbeiten, wenn er dies wünschte.

Um achtzehn Uhr verließ Kenton schließlich das Büro. Im Hotel aß er eine Kleinigkeit und verbrachte den Abend vor dem Fernseher. Den Ton hatte er abgeschaltet. Er glaubte nicht, dass er heute würde schlafen können. Aber schließlich schlief er doch ein, das Telefon dicht neben sich.

Die Telefonistin beschloss, ihren Verdacht doch lieber dem Chef zu melden. Selbst wenn es Unsinn war ... na, und? Man erwartete doch von ihnen, dass sie wachsam und gewissenhaft waren, nicht wahr?

Also würde sie morgen früh mit dem Chef sprechen.

Der Telefonanruf kam um 7.43 Uhr.

Kenton sprang so plötzlich auf, dass er den Aschenbecher, der randvoll mit Zigarettenstummeln gefüllt war, umriss und alles auf den Boden warf. Er riss den Hörer ans Ohr.

Man hatte Jay Cooper gefunden. Wo er wohnte. Ein dreistöckiges Gebäude in der Green Street in Soho. Er hatte ein Loft dort. Im Moment wohnte niemand sonst in diesem Haus.

Man hatte ihn gefunden, weil der Hausbesitzer einen Antrag auf Ermäßigung der Grundsteuer gestellt hatte. Da in dieser Gegend keine Privatwohnungen erlaubt waren, war der Mieter als Firma eingetragen worden: »Jay Cooper Novelties«.

Ein Mann war bereits in der Nähe des Hauses postiert.

Während Kenton mit dem Taxi nach Downtown fuhr, hatte er das Gefühl, dass irgendetwas schiefgehen, irgendetwas Unvorhergesehenes passieren könnte. Kenton rechnete fast damit.

Aber man wartete auf ihn – drei stämmige, bewaffnete Privatdetektive. Gemeinsam fuhren sie weiter. Kenton saß auf dem vorderen Sitz, hielt die Hände im Schoß verschränkt und hoffte, dass ihm das Glück noch ein kleines Weilchen länger treu bleiben würde.

In Fresno, Kalifornien, lauschte Don Solis ein paar Sekunden der Melodie von Sinatras »It Was a Very Good Year«, die aus dem Autoradio drang, und summte leise mit. Er fühlte sich an diesem sonnigen Freitagmorgen sehr wohl, und seine Zukunft sah sogar noch sonniger aus. Doch als er die Hand ausstreckte und den Zündschlüssel herumdrehte, zerbarst die Zukunft in einer grellen Explosion.

Etwas weiter im Süden, in San Diego, gingen zwei Männer zu einem Haus in einer stillen Straße. Eine junge Frau öffnete ihnen die Tür und ließ sie herein.

Kaum waren die Männer im Haus, erschossen sie die Frau aus Revolvern mit Schalldämpfer. Dann gingen sie ins Schlafzimmer und töteten Johnny Messick im Schlaf.

Im zweiten Schlafzimmer holte einer der Männer ein kurzes Brecheisen unter der Jacke hervor. Sekunden später hatten sie den kleinen Safe im Schreibtisch aufgebrochen. Sie nahmen einen Umschlag mit der Aufschrift *Don Solis* heraus.

Drei Minuten später hatten sie das Haus bereits wieder verlassen und saßen erneut in ihrem Wagen.

Die Limousine hielt an. Vier Männer stiegen aus und gingen auf das ehemalige Fabrikgebäude zu. Einer von ihnen benutzte ein kleines Werkzeug und öffnete damit die Haustür. Vorsichtig betraten die Männer das Haus. Rasch stiegen sie ins zweite Stockwerk hinauf und hielten ihre Revolver schussbereit.

Vor ihnen stand eine Tür offen. Sie spähten in einen großen Raum. Eine Wand war mit weißem Papier verkleidet. Davor stand ein Stativ mit aufgeschraubter Kamera.

Niemand war zu Hause.

Zwei der vier Männer zwängten sich durch den Bretterverschlag am Fuße der Treppe und stiegen langsam die Stufen hinauf …

Inspector Dimitri hatte den Namen, den die Telefonistin genannt hatte, mit dem Namen in der Meldung über die gestern als vermisst gemeldete junge Frau verglichen. Die beiden Namen stimmten überein.

Jay Cooper.

Dimitri bekam ein flaues Gefühl in der Magengegend.

Ein Fotograf, der junge Modelle anheuerte …

Der Inspector hatte gerade die Fahndung nach einem gewissen Jay Cooper eingeleitet, als er ans Telefon gerufen wurde.

»Adam Kenton von *Newstime.*«

Dimitri schüttelte abwehrend den Kopf. Er war beschäftigt.

»Er sagt, dass es sehr dringend ist. Es geht um Jay Cooper!«

Und so begann die größte Menschenjagd in der Geschichte von New York City, ein kurzer, blutiger Pulsschlag im Leben der größten Stadt der Nation. Sie veränderte das Leben vieler Menschen. Karrieren wurden vernichtet oder nahmen ihren Anfang. Für manche bedeutete es nicht nur das Ende ihrer Karriere, sondern ihres Lebens.

Zwei Männer, beide Jäger, denen doch auch die Angst des gehetzten Fuchses bekannt war, würden sich schließlich von Angesicht zu Angesicht gegenüberstehen. Was hier geschah, war ein Mysterium, für immer unlösbar, und es verfolgt die interessierte Öffentlichkeit bis auf den heutigen Tag wie ein gespenstischer Spuk. Bis auf den heutigen Tag sind mehrere Polizeiakten zum Fall Thomas William Bishop niemals geschlossen worden. Desgleichen wurde der FBI-Bericht über diese Untersuchung und Nachforschung niemals freigegeben.

Im Lauf der Jahre wiesen Journalisten ebenso wie Buchautoren mehrfach darauf hin, dass Jack the Ripper niemals gefasst wurde und dass sehr ähnliche oder sogar identische Frauenmorde in verschiedenen Ländern stattgefunden haben, und zwar im Abstand von – grob gerechnet – etwa achtzig Jahren, also der durchschnittlichen Lebensspanne einer Frau. Und noch immer gibt es Menschen, die fest daran glauben, dass in irgendeiner dunklen, schrecklichen Nacht der Dämon erneut zuschlagen und sein blitzendes Messer erbarmungslos in weibliche Geschlechtsorgane stoßen werde. Sie warten … genauso wie während der letzten furchtbaren Wochen im November 1973 eine vor Grauen gelähmte Stadt gewartet hatte, und mit ihr die ganze Nation.

Die Menschen warteten und warteten …

BUCH DREI

THOMAS BISHOP
UND
ADAM KENTON

21

Während an jenem frostig kühlen Morgen des 16. November sieben zerstückelte Leichen aus dem obersten Stockwerk des Fabrikgebäudes in der Green Street fortgeschafft wurden, stand Alex Dimitri mit Adam Kenton im zweiten Stockwerk, während seine Leute mit der Spurensicherung beschäftigt waren.

Beweismaterial gab es mehr als genug. Die Fotoausrüstung, Briefe mit der Adresse des gemieteten Briefkastens, Unterlagen über den Anrufbeantworter-Service. Alles in allem ergab sich recht bald ein deutliches Bild des Bewohners: Er war erst kürzlich in New York eingetroffen. Er war jung und von durchschnittlicher Größe. Er stammte aus einem wärmeren Klima, hatte offensichtlich blondes Haar, trug einen Bart. Er hatte Geld auf der Bank gehabt. Es gab Hinweise auf ein früheres Leben in einer Anstalt. Er hatte eine Vorliebe für Wurstsandwiches und Schach – und offensichtlich für das Verstümmeln von Frauenleichen.

Aber eins wusste Inspector Dimitri in diesem Moment noch nicht: Bishop hatte jeden Hinweis auf New Jersey oder auf seine neue Identität vernichtet. Er hatte sich geschworen, nie wieder einen solchen Fehler zu begehen. Als er seine Wohnung verlassen hatte, steckten in seiner Brieftasche die Papiere von Thomas Wayne Brewster. Ansonsten hatte die Brieftasche nur noch ein Zeugnis seiner Vergangenheit enthalten – das Bild einer unscheinbaren, mittelalten Frau in streng geschnittenem Kleid. Bishop hielt diese Frau für seine Mutter, aber sie sah sehr wie Margot Rule aus Las Vegas aus.

»Sie hätten mich schon gestern anrufen sollen«, grollte Dimitri. Er gab sich Mühe, seinen Zorn zu beherrschen. »Seit vierundzwanzig Stunden hatten Sie den Namen. Vielleicht hätten wir ihn dann erwischen können.«

Adam Kenton war nicht dieser Meinung, und das sagte er dem Inspector auch. Es war offensichtlich, dass Chess-Man schon mindestens einen Tag früher von hier fortgegangen war. Das Bett war kalt. Es gab keine frischen Essensreste. Auch im Kühlschrank war nichts Essbares. Die Abfälle waren ein paar Tage alt. Die neueste Zeitung, die hier zu finden war, trug das Datum vom Dienstag.

»Heute ist Freitag. Wenn er am Dienstag oder Mittwoch von hier fortgegangen ist, hat er schon einen großen Vorsprung. Selbst gestern früh hätte er noch Zeit genug gehabt.« Kenton schüttelte den Kopf. »Irgendetwas muss ihn gewarnt und in die Flucht geschlagen haben. Aber was?«

»Wer wusste bei Ihnen in der Zeitung davon?«

»Niemand.«

Das stimmte nicht ganz. George Homer hatte es gewusst. Wahrscheinlich auch Fred Grimes und Mel Brown. Und ein paar Leute in Kalifornien. Und Kenton hatte Mackenzie, Klemp, Dunlop und Perrone gesagt, er wisse, wer der Killer war, auch wenn er den Namen nicht genannt hatte. Einer von ihnen hätte Bishop gewarnt haben können, falls … *Unsinn!,* sagte sich Kenton. Niemand war mit dem Psychopathen im Bunde. »Niemand«, wiederholte er leise. Aber er nahm sich vor, Otto Klemp noch schärfer zu beobachten. Und die anderen auch.

»Sie haben einen Fehler gemacht«, sagte Dimitri mürrisch und tippte mit einem Finger auf Kentons Brust. »Machen Sie von jetzt an lieber keine mehr!« Er ging davon und war immer noch wütend, aber er hielt es für angebracht, sich nicht mit der Presse anzulegen. Im Moment brauchte er sie.

Die *Post,* New Yorks Abendblatt, kam zuerst mit der Story heraus. Auch Rundfunk und Fernsehen meldeten es: Chess-Man war als Thomas Bishop identifiziert worden. Er war nicht Vincent Mungo, der wahrscheinlich vor vier Monaten ermordet worden war. Bishop war als Jay Cooper aus Chicago nach New York gekommen. Kalifornien hatte er als Daniel Long via Los Angeles verlassen. Ob er inzwischen noch andere Namen angenommen hatte, war im Moment nicht bekannt. Der hiesigen Polizei war es durch intensive Nachforschungen und durch den Hinweis einer aufmerksamen Telefonistin gelungen, Bishops letzte Tarnung zu entlarven.

Die Zeitungen, aber nicht Rundfunk und Fernsehen, erwähnten auch die Tatsache, dass ein *Newstime*-Reporter, der unabhängig von der Polizei, aber mit deren Wissen und Zustimmung gearbeitet hatte, etwa zur gleichen Zeit die Identität von Chess-Man und dessen Aufenthalt in einem Haus in der Green Street in Soho in Lower Manhattan entdeckt hatte.

Später am Abend wurden von allen Medien ausfürliche Berichte gebracht. Im Fernsehen wurde das Phantombild von Thomas Bishop gezeigt, das der *Newstime*-Journalist Adam Kenton aus Kalifornien beschafft hatte, noch bevor der Schauplatz der grausigen Morde entdeckt worden war. Die Öffentlichkeit wurde aufgefordert, nach einem solchen Mann Ausschau zu halten. Ein eigens eingerichtetes Hinweistelefon der Polizei würde rund um die Uhr besetzt sein.

In der Spätausgabe der *Daily News,* die an diesem Freitagabend ab zwanzig Uhr auf den Straßen verkauft wurde, gab es nicht nur das Phantombild aus Kalifornien, sondern daneben noch eine Zeichnung, die das gleiche Gesicht mit Bart zeigte. Diese Zeichnung war von der Polizei nach den Angaben des Hausbesitzers angefertigt worden. Auch ein Bankangestellter und ein Geschäftsinhaber hatten dabei geholfen.

Die beiden Zeichnungen wurden auf der Titelseite veröffentlicht. Die Story war auf Seite drei zu lesen. Darin wurden auch Adam Kentons Ermittlungen erwähnt, ohne dass nähere Einzelheiten genannt wurden. Es wurde jedoch festgestellt, dass der *Newstime*-Reporter den Aufenthaltsort von Chess-Man bereits ausfindig gemacht hatte, als die Polizei noch immer im Dunkeln tappte. Entweder hatten die Privatdetektive geplaudert – oder die Publicity-Maschinerie des Magazins war bereits in Gang gesetzt worden. Oder beides.

Auf der anderen Flussseite lag Thomas Bishop auf einem Bett und starrte blicklos vor sich hin. Hinter seiner Stirn herrschte Leere. An der kahlen Wand ihm gegenüber hing vereinsamt der vergilbte Druck eines Blumengemäldes. Auf dem kleinen Tisch neben dem Bett brannte eine Lampe mit Plastikschirm. Zwei Stühle mit Holzlehne standen in der hinteren Ecke. In der Nähe des Fensters gab es eine Frisierkommode mit Spiegel.

Bishop nahm nichts von alledem wahr. Bishop befand sich in einer Art halb hypnotischem Zustand, ausgelöst durch die Nachrichten der letzten vierundzwanzig Stunden. Als er am Freitagnachmittag zuerst davon gehört hatte, hatte er es nicht glauben wollen. Man konnte seine wahre Identität unmöglich entdeckt haben. Unmöglich! Er war doch viel zu gerissen für sie alle. Aber es war nicht zu leugnen. Er sah es, hörte es ... im Fernsehen, in den Zeitungen. Sein eigener Name wurde genannt. Mit einer Zeichnung, die ihm verdammt ähnlich war. Am Abend sah man sogar das Foto seines Führerscheins aus Kalifornien.

Er hatte einen Fehler gemacht, und er hatte damit gerechnet, dass man auf »Jay Cooper« und dann auch auf das Loft stoßen würde. Sicher würde man dann auch vom Vermieter eine Beschreibung seines neuen Mieters bekommen. Aber Bishop hatte angenommen, dass man ihn auch weiterhin für Vincent Mungo halten würde.

Um ganz sicher zu sein, hatte sich Bishop am Donnerstagabend in seinem Zimmer im YMCA-Haus das Haar dunkel gefärbt und den Bart zum größten Teil abrasiert, bis nur noch ein kleiner Spitzbart übrig war. Mit der dicken Hornbrille sah er verändert genug aus, um keinen Verdacht zu wecken. Jetzt, wo es überall ein sehr ähnliches Bild von seinem Gesicht gab, war es doppelt wichtig, dass er sein Äußeres veränderte.

Was ihn verwirrte, erschreckte und wütend machte, war die Tatsache, dass man entdeckt hatte, dass er nicht Vincent Mungo war. Das hätte nie geschehen sollen. Er hatte alles so sorgfältig geplant. Vincent Mungo war frei, Thomas Bishop war tot. Und doch hatte man ihn durchschaut. Er war nicht länger unsichtbar. Er war Thomas Bishop, Sohn von Caryl Chessman. Jedermann wusste jetzt Bescheid über ihn. Die einzige Sicherheit, die er noch hatte, war seine neue Identität als Thomas Wayne Brewster.

Aus den Spätnachrichten am Freitagabend hatte er erfahren, wie man ihn entdeckt hatte. Er hätte sich eigentlich eine Abendzeitung kaufen sollen, aber er konnte sich nicht überwinden, nach draußen zu gehen. Den kurzen Bericht in der *Post* hatte er inzwischen ein Dutzend Mal gelesen. Jetzt verließ er sich lieber auf das Fernsehen, um zu erfahren, was er unbedingt wissen musste. Er schaltete das Gerät ein, hockte zusammengekauert im Bett und beobachtete auf dem Bildschirm, wie ein Reporter namens Adam Kenton von der monatelangen Suche und von der Kette von Ereignissen berichtete, die schließlich zur Green Street geführt hatten. Schon vorher hatte Bishop einen Police Inspector sagen hören, dass eine Ergreifung des Täters unmittelbar bevorstehe, da man bereits verschiedene heiße Spuren verfolge.

Der folgende Samstagmorgen war sonnig und klar, und Bishops Körper und Geist hatten sich von den stürmischen Emotionen der letzten Tage wieder einigermaßen erholt. Seine Nerven waren ruhiger. Er überdachte seine Lage und begann, die nächsten Schritte zu planen – nicht als der Fuchs, auf den Jagd gemacht wurde, sondern als Jäger, der alles unter Kontrolle hat.

In seiner neuen Unterkunft war er für den Moment relativ sicher. Der Angestellte, der im Schichtdienst arbeitete, hatte ihm kaum Beachtung geschenkt, und ansonsten hatte Bishop ja mit niemandem etwas zu tun. Auch sein Geld war zunächst in Sicherheit. Aber natürlich würde er seine Wohnung sehr bald wieder wechseln müssen.

Als Bishop in einer Nachrichtensendung um elf Uhr hörte, wie ein Polizeikommissar zuversichtlich verkündete, dass es für den fieberhaft gesuchten Killer keinen Ort mehr gäbe, an dem er sich verstecken könnte, fasste Bishop einen Entschluss. Er würde für eine Woche nach Miami gehen und dann nach New York zurückkehren. Bis dahin würde die Polizei alle Hotels und Pensionen überprüft haben, sodass Bishop es in entsprechender Verkleidung und mit seinen neuen Papieren, auf den Namen Thomas Wayne Brewster ausgestattet, riskieren könnte, in einem kleinen Hotel abzusteigen.

Eine Stunde später war er unterwegs zum Newark Airport. Er trug die einzige Kleidung, die er noch besaß. Das Fernsehgerät hatte er zurückgelassen. In der Tasche hatte er 1000 Dollar, die er nicht auf sein Bankkonto eingezahlt hatte. Bei dem Gedanken, wieder einmal unterwegs zu sein, empfand er plötzlich einen Anflug von Erregung. Er überlegte, ob sein erster und größter Fehler nicht darin bestanden haben könnte, dass er sich für längere Zeit an einem Ort niedergelassen hatte. Vielleicht war er dazu verdammt, auf seiner ewigen Suche endlos in der Welt herumzuziehen. Vielleicht war ihm nach all den Jahren nur noch diese Art von Dasein gegönnt. Diese Vorstellung deprimierte ihn beinahe unerträglich.

Auf dem Flugplatz kaufte er ein einfaches Flugticket nach Miami und gab dabei einen falschen Namen an. Irgendwann am Nachmittag wurde er von einem Silbervogel in den strahlend blauen Himmel getragen. Bishop fühlte sich rasch entspannt und genoss lächelnd seine Jungfernreise mit einem Flugzeug.

22

Als Adam Kenton am Dienstagmorgen erwachte, erfuhr er aus den Nachrichten, dass der berüchtigte Killer von zwei Dutzend Frauen ein Geständnis abgelegt hatte. In den frühen Morgenstunden des 20. November war er in Manhattan Upper West Side im 24. Polizeirevier aufgetaucht und hatte seelenruhig die Morde gestanden. Er hatte alle Frauen getötet. Los Angeles, Phoenix, El Paso, San Antonio, Houston, New Orleans, Memphis, St. Louis, Chicago, New York. Und auch noch an anderen Orten. Es waren so viele, dass er sich nicht mehr an alle erinnern konnte. Er war ein Killer. Er tötete Frauen. Er konnte nicht anders. Er war sechsundzwanzig Jahre alt und konnte nicht mit dem Töten aufhören. Sein Name war Carl Pandel jr.

Um 8.30 Uhr sprach Kenton mit Inspector Dimitri. Pandel war nicht ihr Mann. Die Ehefrau des Mannes hatte Selbstmord begangen, und er hatte ein halbes Jahr in einer Irrenanstalt verbracht. Dort hatte er Vincent Mungo kennengelernt und sich mit ihm angefreundet. Er hatte sein Zuhause im Juli verlassen, um nach New York zu gehen – etwa um die Zeit, als Bishop aus dem Willows State Hospital ausgebrochen war und sich ebenfalls New York als Bestimmungsort ausgesucht hatte. Aber Carl Pandel war nicht ihr Mann. Er hatte niemanden getötet, auf jeden Fall nicht diese Frauen.

Kenton nahm sich rasch noch einmal die Aufzeichnungen seiner Ermittlungen gegen Carl Pandel vor. Für mindestens einen der New Yorker Morde kam Pandel nicht in Betracht. Und wenn er nicht alle Frauen getötet hatte, hatte er überhaupt keine getötet.

Dimitri stimmte widerstrebend zu. Der junge Mann war in sehr erregtem Zustand gewesen, als er sein Geständnis abgelegt hatte. Er hatte geäußert, dass er bestraft werden müsse. Das bedeutete üblicherweise, dass er psychiatrische Behandlung brauchte, aber keine Bestrafung. Aber er wusste so allerhand über Chess-Man, sodass man ihn zunächst hatte ernst nehmen müssen. Im Moment durfte keine Aussage außer Acht gelassen werden, mochte sie auch noch so abstrus klingen.

Dimitri seufzte. Pandels Geständnis war nur der Anfang. Weitere würden bestimmt bald folgen. Da war er sicher.

Und wo war Pandel jetzt?

»Zur Beobachtung im Bellevue. Bis zum Abend wird man dort Klarheit über seinen Zustand haben.«

Was für ein Typ?

»Ein netter, junger Mann. Sehr ruhig. Sehr höflich. Vielleicht zu höflich, wenn Sie mich fragen. Das ist immer ein schlechtes Zeichen.«

Kenton lachte. Die Polizei witterte überall Verstellung und Lüge. Echte Paranoia war nichts dagegen. Kenton gab dem Inspector den Tipp, nett zu dem jungen Mann zu sein. Sein Vater war an der Westküste eine große Nummer und würde vielleicht weniger höflich sein.

Alle Zeitungen in Kalifornien brachten den Mord an Don Solis groß heraus. Man erinnerte sich noch sehr gut an die Rolle, die die Aussage von Don Solis bei der öffentlichen Kontroverse um die Todesstrafe gespielt hatte. Ding hatte am Montag Kenton in New York angerufen, um ihm zu sagen, dass Don Solis tot war. Kenton hatte es noch nicht gehört.

»Wie ist es passiert?«

»Dynamit. Man hat sein Auto in die Luft gejagt.«

»Hört sich nach Gangstermilieu an.«

Ding stimmte zu.

»Also werden wir niemals erfahren, was genau mit Chessman war.«

»Von Solis sicher nicht.«

Die Morde an John Messick und Dory Schuman in San Diego wurden nur in der Lokalpresse erwähnt. Offensichtlich ein Auftragskiller. Messick war in viele kleine illegale Geschäfte verwickelt gewesen. Vielleicht hatte er jemandem im Wege gestanden. Oder er war ein wenig zu gierig geworden und hatte deshalb aus dem Verkehr gezogen werden müssen. Die Polizei regte sich nicht sonderlich über diesen Fall auf und sah keinen Grund, die Ermittlungen über den eigenen Zuständigkeitsbereich auszudehnen. Mord durch einen unbekannten Dritten, so lautete der abschließende Befund. In den Polizeiakten blieb es ein ungeklärter Fall.

Am Dienstagmorgen bekam Kenton in seinem Büro mehrere Kartons mit Büchern und Haushaltsgegenständen. Die Kontaktleute hatten sie aus Red Bluff geschickt. Sie hatten alles aufgekauft, was vom letzten Wohnort von Sara Bishop und ihrem Jungen in Justin übrig geblieben war. Saras Papiere und schriftliche Notizen waren natürlich schon früher hergeschickt worden. Dies hier waren also nun die letzten Habseligkeiten von Mutter und Sohn – alles in zwei verbeulten, mit Paketschnur zusammengebundenen Kartons.

Kenton zerschnitt die Schnur und nahm den Inhalt langsam Stück für Stück heraus. Er untersuchte jeden Gegenstand und blätterte alle Bücher durch. Nichts als wertloser Plunder, der dennoch sehr viel wert sein würde – da die Besitzerin ein tragisches Ende genommen hatte und ihr Sohn sich in den Wahnsinn verabschiedet hatte. Der hartgesottene Kriminalreporter empfand plötzlich ein heftiges Unwohlsein, dass so etwas überhaupt hatte geschehen können. Sein ansonsten so wenig sentimentales Herz wurde von Verzweiflung erfasst, als er einen abgewetzten Lederriemen in Händen hielt. Er war vom vielen Gebrauch ganz zerfranst. Der eingestanzte Name war kaum noch zu erkennen: *Strongboy*.

Am selben Vormittag telefonierte *Newstime*-Redakteur John Perrone – nachdem er sich mehrere Tage nicht dazu durchringen konnte – mit seinem engen Freund und Mentor Samuel Rintelcane, der in der Nähe von Spokane, Washington, lebte. Obwohl die beiden Männer fast eine Generation trennte, teilten sie gleiche Ansichten und Überzeugungen. Sam Rintelcane hatte dem jungen Perrone geholfen, die ersten Stufen der Karriereleiter zu erklimmen, und hatte sogar gehofft, er, Perrone, würde einmal seine Tochter ehelichen. Aber es war anders gekommen.

Jetzt überbrachte Perrone seinem guten Freund schlechte Nachrichten. Senator Stoner, Rintelcanes Schwiegersohn, würde Gegenstand eines kritischen Artikels in *Newstime* sein, der wahrscheinlich alle Hoffnungen auf eine nationale Karriere zunichtemachen würde. Die Folgen für ihn wären unabsehbar. Offenbar war Stoner in illegale Geschäfte verwickelt. Es gab eine Tonbandaufzeichnung, in der er aus dem Nähkästchen plauderte. Sie war von seiner Geliebten gemacht worden. Dieses Band dürfte ausreichen, um Regierungsstellen zu weiteren Ermittlungen gegen ihn zu veranlassen …

Rintelcane verstand. Sein Schwiegersohn hatte dumm gehandelt und hatte sich dabei auch noch erwischen lassen. Sollte *Newstime* die Fakten nicht publizieren, würde es eben jemand anderer tun.

Es war ein trauriger Moment, und beide Männer überlegten,

inwieweit diese Enthüllungen auch die Ehefrau des Senators betreffen würden. Sie hatte sich immer im Hintergrund gehalten, hatte ganz im Schatten ihres Mannes gelebt. Sie war keine starke Frau. Zumindest glaubten das die beiden Männer.

Keiner der beiden wusste, wie sehr sich Helena Stoner in ihrer sechzehnjährigen Ehe ihrem ebenso liederlichen wie ehrgeizigen Mann widersetzt hatte. Und wie stark sie wirklich hinter ihrem nach außen hin so sanften Verhalten war.

Gegen Abend hielt Inspector Dimitri den vorläufigen Bericht über Carl Pandel jr. in Händen. Der junge Mann war offenbar nicht gefährlich, nicht einmal verrückt, jedenfalls nicht nach New Yorker Maßstäben. Die Ärzte vom Bellevue Hospital deuteten an, dass er sich immer noch die Schuld am Selbstmord seiner Frau vor zwei Jahren gab. Man rechnete aber damit, dass er früher oder später darüber hinwegkommen werde. Bis dahin gab er sich der relativ harmlosen Täuschung hin, andere zu verletzen oder gar zu ermorden. Soweit man bisher hatte feststellen können, war er nicht imstande, auch nur einer Fliege etwas zuleide zu tun. Er mochte Kinder und Tiere, und wenn er auch ein wenig scheu und schüchtern war, so unterhielt er doch vollkommen normale Beziehungen zu seinen Freunden.

Man hatte die Absicht, ihn noch etwa eine Woche dazubehalten, um mit der Diagnose ganz sichergehen zu können. Aber sein Geständnis, der fieberhaft gesuchte Frauenmassenmörder zu sein, basierte ganz offensichtlich auf reiner Einbildungskraft.

Für Kenton hörte sich das alles sehr vernünftig an.

»Hoffentlich hat Sie das nicht von der Verfolgung des eigentlichen Täters abgehalten«, sagte Kenton lakonisch zu Dimitri.

Dimitri antwortete darauf mit einem gereizten Knurren. Seit der grauenvollen Entdeckung in der Green Street waren fünf Tage vergangen, und es gab noch immer keine Spur von Chess-Man.

Nichts. Er war wieder einmal verschwunden. So drückte es der Inspector aus.

»Nicht verschwunden«, korrigierte Kenton. »Untergetaucht. Hat sein Äußeres verändert, wie ein Chamäleon.«

»Haben Sie irgendwelche Vorschläge?«, fragte Dimitri grollend.

Keine Vorschläge. Keine neue Idee. Kenton hatte den Artikel über Chess-Man geschrieben. Jetzt arbeitete er an der Stoner-Sache. Die war im Moment wichtiger.

Robert Arthur Gardner kehrte am Mittwoch von einer Parteiversammlung in Kalifornien nach Washington ins Weiße Haus zurück. Viel Arbeit wartete auf ihn. Auf seinem Schreibtisch lag der *Newstime*-Leitartikel, in dem der Rücktritt des Präsidenten gefordert wurde. Diese Forderung wurde nicht zum ersten Mal erhoben, und es dürfte auch noch nicht das letzte Mal sein.

Was Gardner jedoch erbitterte, war die Tatsache, dass sein kleines Kräftemessen via Ned Robbins zu nichts geführt hatte. Er war solche Fehlschläge nicht gewohnt. Auf dem politischen Parkett von Washington konnte man sich solche Fehlschläge nicht erlauben. Hier zählten nur Erfolge. Er würde rasch ein paar Dutzend Zeitungen und Magazine veranlassen, positive Artikel zu bringen, um den angerichteten Schaden wenigstens zu begrenzen. Und er würde *Newstime* diese Niedertracht heimzahlen. Bei Gott, das würde er! Er würde jeden einzelnen der Macher des Magazins unter die Lupe nehmen, und jeden, der an der Story über den Psychopathen beteiligt war – denn damit hatte alles angefangen. Er würde schon die wunden Punkte dieser Leute aufspüren!

Carl Hansun hörte aufmerksam zu, als sein Kontaktmann in New York ihm Bericht über den Sohn erstattete. Der junge Mann befand sich in psychiatrischer Behandlung im Bellevue Hospital, würde aber in ein, zwei Tagen wieder entlassen werden, falls er bereit war, sich von einem Psychologen weiter behandeln zu lassen. Es wurde bereits alles in die Wege geleitet. Er wollte in New York bleiben und hatte im Moment nicht die Absicht, nach Idaho zurückzukehren.

Carl Hansun machte sich Sorgen um seinen Sohn. Er verstand nicht, wie jemand gestehen konnte, Frauen getötet zu haben.

Er dachte an seinen jüngeren Sohn, der aus ganz anderem Holz geschnitzt war. Kein Sensibelchen. Eine Kämpfernatur, genau wie sein Vater. Eher geschäftstüchtig.

Nun, die Leute in New York würden sich zunächst einmal um alles Weitere kümmern. Er hatte Einfluss im Nordwesten, aber in New York …

Irgendwann an diesem Spätnachmittag kehrte ein Mann zu seiner Umkleidekabine am Strand von Miami zurück und stellte fest, dass seine Brieftasche weg war. Sonst war nichts gestohlen worden, nicht sein teurer Ring und auch nicht die teure Quarzuhr. Es war nur sehr wenig Geld in der Brieftasche. Dafür hatte der Mann natürlich klugerweise gesorgt. Aber alle seine Papiere waren in der Brieftasche gewesen. Er fluchte laut vor sich hin, während er die Tür heftig zuschlug.

In Miami las ein junger Mann mit dunklem Haar und Spitzbart etwas über sich in einem überregionalen Magazin. Es war kein angenehmes Gefühl, denn es weckte schreckliche Erinnerungen, die ihn auch in seinen Albträumen heimsuchten. Anschließend saß er sehr lange nachdenklich im Schutz des Sonnenschirms da.

Er dachte über den Reporter nach. Dieser Mann war kein Dummkopf, im Gegensatz zu all den anderen. Er war klug, ein guter Jäger. Aber war er auch gut genug für einen gerissenen Fuchs? Ein Jäger sollte auch wissen, wie es war, wenn man auf der anderen Seite stand. Bishop wusste es. Er wurde gejagt und war selbst ein Jäger. Das verschaffte ihm einen Vorteil. Er war der Beste. Der andere konnte immer nur Zweitbester sein. Damit war er allerdings immer noch eine Gefahr.

Während Bishop darüber nachdachte, begann er fast ein Gefühl der Zuneigung zu diesem Reporter zu entwickeln. Vielleicht, so sagte er sich, hatten beide einiges gemeinsam.

Bishop überlegte, ob Adam Kenton wohl Schach spielte.

Am Sonntagabend sagte Helena Rintelcane-Stoner ihrem Mann, dass er in der kommenden Woche Gegenstand eines skandalträchtigen Artikels in der *Newstime* sein würde. Sie hatte es von ihrem Vater erfahren. Ein investigativer Reporter hatte offenbar illegale geschäftliche Abmachungen aufgedeckt. Die Story werde der Karriere des Senators ernsthaften Schaden zufügen.

Stoner kochte vor Zorn. Alles Lügen! Von seinen politischen Gegnern erfunden! Lügen und Verzerrungen und falsche Anschuldigungen ohne den geringsten Beweis! Er hatte nichts Unrechtes getan. Gewiss nicht mehr als irgendein anderer Politiker, der die Interessen des Volkes vertrat. Seine Integrität war über jeden Verdacht erhaben. Mächtige Firmenbosse und skrupellose Spekulanten waren hinter ihm her. Da man ihn nicht kaufen konnte, versuchte man jetzt, ihn zu brechen. Auch seine Feinde zu Hause. Alle steckten unter einer Decke.

Nachdem sich der Senator wieder beruhigt hatte, begann er ernsthaft zu überlegen. Offenbar war jemand darauf aus, ihn fertigzumachen. Aber wer? Er war der Finanzwelt mehr als freundlich gesonnen, hatte sich immer aufgeschlossen gezeigt. Er unterstützte die richtigen Anliegen. Er mischte sich nicht in die Geschäfte irgendwelcher Gangster ein. Er war beliebt bei den Mächtigen im Mittelwesten und inzwischen auch an der Ostküste. Die Leute hielten ihn für einen Siegertypen. Er war niemandem auf die Zehen getreten, und er war auch nicht in irgendwelche größeren Skandale verwickelt.

Es ergab keinen Sinn. Er wollte den Himmel erstürmen, und jemand versuchte, ihn abzuschießen. Die ganze Sache war einfach verrückt. Wer versorgte einen Reporter mit Informationen über ihn? Und ausgerechnet *Newstime,* um Himmels willen! Erlaubte sich hier jemand einen schlechten Scherz? *Newstime* gehörte doch genauso zum Verein dazu wie er selbst!

Bevor Helena Rintelcane-Stoner an diesem Abend zu Bett ging, sagte sie zu ihrem Mann, dass sie natürlich zu ihm halten werde. Sie machte sich gar nicht erst die Mühe zu erwähnen, dass sie aus guter Familie stammte. Oder dass sie schon seit Jahren von den vielen Weibergeschichten ihres Mannes wusste, dass sie seinen Ruf als Schürzenjäger und Sexprotz kannte. Sie war keine Frau von übermäßiger Energie, aber sie wollte ihr Ehegelöbnis halten, weil Loyalität und Geduld die Tugenden guter Herkunft waren.

Für Stoner seinerseits war Helena ein wahrer Engel, eine Frau voller Freundlichkeit und Güte, wie es sich ein Mann in seiner Position nur wünschen konnte. Sie war viel zu gut für ihn. Wenn er wütend war, beschimpfte er sie für gewöhnlich als »dämliche jüdische Schlampe«.

Er wusste nicht, wieso er es vorher übersehen hatte. Wahrscheinlich hatte er die Story gar nicht bis zu Ende gelesen. Aber dort stand es, in einem eigenen Abschnitt, auf hellgrünem Untergrund mit schwarzer Umrandung.

Bishop saß jetzt an dem kleinen, wackeligen Tisch in seinem freudlosen Zimmer und begann den unter Tränen von einer Frau geschriebenen Lebenslauf zu lesen – von seiner Mutter vor sechzehn Jahren geschrieben, auf lose Blätter gekritzelt und dann in ein Buch gelegt, das von seinem Vater geschrieben worden war.

Im selben Jahr, als der Junge neun Jahre alt gewesen war und noch mit seiner Mutter zusammengelebt hatte, die er von Herzen liebte.

Während er von den jugendlichen Träumen und dann von all den anderen Dingen las, die seine Mutter erlebt hatte, sah er sie im Geist vor sich … wie sie sich über den stillen Jungen beugte, wie sie ihn streichelte, wie sie ihn anlächelte, wie ihre Augen vor Liebe strahlten, wie ihr Mund beruhigende Worte sprach, wie ihre weichen Hände liebevoll über sein Gesicht strichen. Sie hatte ihn so sehr geliebt und sich stets so gut um ihn gekümmert. Er war der glücklichste Junge der Welt gewesen, weil er eine Mutter wie sie gehabt hatte.

In dieser Nacht las Bishop diese Seiten viele Male. Nach einer Weile nahm er seine kleine Brieftasche heraus und betrachtete das Bild seiner Mutter in ihrem streng geschnittenen Kleid, dieser so großen und stattlichen und resoluten Frau.

Er legte das Bild neben die Seite, während er weiter und immer weiter las.

Nachdem die Story über Chess-Man erschienen war, wandte sich Adam Kenton wieder seinem Artikel über Senator Stoner zu.

Perrone fand den Text überzeugend und stichhaltig. Er strich lediglich ein paar Anspielungen auf sexuelle Praktiken des Senators. Bald war der Bericht für die nächste *Newstime*-Ausgabe druckreif.

Danach beschäftigte sich Kenton erneut mit Bishop. Während der letzten Woche hatte er eigentlich nur eine große Sorge gehabt – dass Bishop von der Polizei gestellt und getötet werden könnte. Eigentlich glaubte er nicht, dass dies geschehen würde, aber er wusste, dass einem die Götter manchmal merkwürdige Streiche spielen konnten. Aber jetzt gaben sie ihm offenbar noch eine Chance. Eine letzte.

Wo sollte er beginnen?

Mit der Identität. Bishop nahm ständig eine neue Identität an. Was, wenn er nicht nur als Jay Cooper, sondern auch unter anderen Identitäten nach New York gekommen war? Was, wenn er sich in jeder Stadt, in der er sich vorübergehend aufgehalten, eine neue Identität verschafft hatte?

Kenton rutschte bei diesem Gedanken unruhig auf seinem Stuhl herum. Sollte dies der Fall sein, dann hatte man nicht den Hauch einer Chance. Jedenfalls nicht, solange Bishop keinen Fehler begehen würde.

Am selben Tag entwendete in Miami ein junger Mann, der sich als Kellner ausgab, an einem Privatstrand eine Brieftasche, die einem gleichfalls jungen Mann gehörte. Niemand sah den Dieb oder erinnerte sich später an den Kellner.

Kenton fiel es in dieser Nacht im unpassendsten Moment ein. Er sprang aus dem Bett und war aus einem ganz anderen Grund stark erregt. Doris wurde so wütend, dass sie sich sofort ankleidete, obwohl Kenton sie beschwor, bei ihm im Hotel zu bleiben.

Sie hörte kaum hin, was er da redete. Kenton wiederholte ständig irgendetwas von einem Krankenhaus. Es war ihr gleichgültig.

Bis Mittwoch hatte Stoner Himmel und Hölle in Bewegung gesetzt. Er hatte sogar mit John Perrone gesprochen. Es nutzte alles nichts mehr. Der Artikel war so gut wie im Druck. In ein paar Tagen würde die Ausgabe an allen Zeitungsständen verkauft werden.

Stoner war wütend. Natürlich würde er alles abstreiten, zumindest alle illegalen Aktivitäten. Was den Rest betraf … nun, heutzutage waren die Leute aufgeschlossener und toleranter. Vielleicht konnte er den Angreifern den Wind aus den Segeln nehmen, indem er sich offen und ehrlich gab. Vielleicht konnte er den Angriff sogar zu seinem Vorteil wenden. Natürlich würde er nur bei den Dingen offen und ehrlich sein, die man sowieso herausfinden konnte.

Es war wirklich sehr einfach. Man brauchte nur alle Krankenhäuser der Stadt anzurufen und zu fragen, ob sich jemand nach dem Geburtsdatum einer männlichen Person erkundigt hatte, die dort geboren worden war. Keine Behörde oder Institution, sondern eine Privatperson. Jemand von außerhalb. Erkundigungen nach einer männlichen Person, die vor zwanzig bis dreißig Jahren geboren wurde.

Mel Brown würde das erledigen und einige seiner Leute dafür einsetzen. Sollte eigentlich nicht lange dauern.

Nur New York City?

Vielleicht noch Long Island und Westchester sowie das nördliche New Jersey, um ganz sicher zu sein.

Das würde dann allerdings ein bisschen länger dauern.

Mittwochs hatte Mrs. Majurski ihren freien Tag.

Am Donnerstagmorgen berichtete ihr die Kollegin im Krankenhausarchiv von dem Telefonanruf aus New York. Die Frau war furchtbar aufgeregt. Man stelle sich vor – das *Newstime*-Magazin hatte bei ihnen angerufen!

Mrs. Majurski erinnerte sich sofort an Father Foley. Aber einen Priester meinte man doch nicht, oder? Er wollte das Datum wissen von einem Jungen, der 1946 geboren wurde. Das war vor zwanzig bis dreißig Jahren, nicht wahr? Aber ein Priester? Sie beschloss, Father Foley anzurufen und ihm von dem Magazin zu berichten. Vielleicht könnte er dort erfahren, was man wollte. Hm … was hat er doch gleich gesagt? Die St.-John-Kirche am

Boulevard. Sie rief im Pfarrhaus an und wollte mit Father Foley sprechen.

Mrs. Majurski war stolz auf ihr ausgezeichnetes Gedächtnis, auf das sie sich verlassen konnte. Er hatte St. John gesagt. Sie war sich ihrer Sache absolut sicher. Wie merkwürdig …

Die Angestellte im Margaret Hague Maternity Hospital hatte am vorangegangenen Tag wahrheitsgemäß geantwortet, als sie nach Anrufern gefragt worden war, die unautorisiert Erkundigungen eingezogen hatten. Sie hatte wirklich nicht an den Priester gedacht, der vor einigen Wochen angerufen hatte. Sie war eine streng katholische Frau. Für sie waren alle Priester »autorisiert«. Wie Polizisten oder Feuerwehrmänner. Sie hätte schließlich nie Informationen an einen privaten Anrufer weitergegeben.

Am Nachmittag wurde Mel Brown von einer Mrs. Majurski vom Christ Hospital in New Jersey angerufen. Er lauschte einen Moment, dann leitete er das Gespräch schleunigst zu Adam Kenton weiter und bat die Frau, noch einmal zu wiederholen, was sie ihm erzählt hatte.

Sie hatte einem hiesigen Priester Auskunft über eine Geburt im Krankenhaus gegeben, aber jetzt hatte sie entdeckt, dass es einen solchen Priester gar nicht gab. Sie hatte heute bereits die Pfarrei von St. John angerufen, weil sie gedacht hatte, dass Father Foley sich vielleicht mit dem Magazin in Verbindung setzen wolle. Aber er existierte gar nicht und …

Wann hatte sie denn mit diesem Foley telefoniert?

Vor etwa einem Monat.

Und der Name des Babys, an dem der Mann so interessiert gewesen war?

Brewster. Thomas Wayne Brewster. Sie hatte eben noch einmal genau nachgesehen.

Geburtsdatum?

3. Mai 1946.

Kenton zog scharf die Luft ein. Bishop war 1948 geboren. Nur zwei Jahre Abstand. Da passte.

Da war noch etwas, sagte sie. Bei Thomas Wayne Brewster hatte es sich um ein schwarzes Baby gehandelt.

Ein … schwarzes Kind?

Es war ihr aufgefallen, weil es damals nicht allzu viele katholische schwarze Familien gegeben hatte.

Mel Brown versuchte anschließend, Kenton zu trösten.

»War immerhin ein guter Versuch.«

»Aber eben doch nicht gut genug.«

»Er wird wieder einen Fehler machen. Sie werden ihn schon noch erwischen.«

»Dann wird ihn die Polizei schnappen.«

»Dann stellen Sie sich eben gut mit der Polizei.«

»Das ist schwierig«, sagte Kenton. »Und es wird immer schwieriger.«

Brown stimmte zu. »Sie glauben, dass dieser Foley unser Mann war?«

»Passt alles gut zusammen. Bis auf den Umstand, dass das Baby schwarz war.«

»Vielleicht hat er das nicht gewusst.«

Kenton horchte auf.

»Vielleicht hat er es vor dem Anruf im Krankenhaus nicht gewusst, sonst hätte er sich bestimmt nicht erst die Mühe gemacht.«

»Und dann hat es ihm diese Frau mitgeteilt.«

»Hat sie Ihnen das vorhin gesagt?«

Eine Minute später sprach Kenton erneut mit Mrs. Majurski.

Er entschuldigte sich, weil er sie noch einmal belästigen musste, aber hatte sie Father Foley damals am Telefon gesagt, dass es sich um ein schwarzes Kind gehandelt hatte? Es war sehr wichtig.

Nein, das hatte sie nicht getan.

Wusste sie das ganz genau?

Absolut. Er hatte ja nicht danach gefragt, und außerdem war es ihr ja auch erst hinterher aufgefallen.

Kenton telefonierte mit einem Kontaktmann in Newark. Er brauchte zwei Auskünfte vom Einwohnermeldeamt in Jersey City. Schnell.

Nach zwanzig Minuten bekam er die beiden Auskünfte.

Thomas Wayne Brewster war im Alter von drei Jahren am 1. September 1949 gestorben. Merkwürdigerweise war eine Kopie der Geburtsurkunde am 26. Oktober 1973 an Thomas Wayne Brewster ausgehändigt worden! Das Zertifikat war an diesen Namen unter der angegebenen Adresse per Post geschickt worden: Bergen Avenue Nr. 654 in Jersey City.

Mel Brown bekam sehr schnell heraus, dass es sich bei dieser Anschrift um das YMCA-Haus in der Nähe vom Journal Square handelte.

Mit zitternder Hand wählte Kenton die Nummer vom YMCA und erkundigte sich nach Thomas Wayne Brewsters Zimmer. Sekunden später wurde ihm mitgeteilt, dass ein Mr. Brewster nicht eingetragen sei.

Aber er *war* dort eingetragen gewesen?

Oh, ja.

Wann war er ausgezogen?

Er hatte bis zum fünfundzwanzigsten bezahlt.

Heute war der neunundzwanzigste.

Es handelte sich um Bishop, davon war Kenton überzeugt. Er hatte seinen Mann wiedergefunden. Aber er hatte ihn wiederum verpasst – diesmal um vier Tage. Aber es hätten genauso gut auch vier Jahre sein können.

Kenton steckte sich eine Zigarette an, rauchte langsam.

Zweimal läutete das Telefon, aber er hob nicht ab. Zum ersten

Mal empfand er ein Gefühl der Niederlage. Er würde Bishop verlieren, das wusste er jetzt. Es würde keine weiteren Chancen mehr geben.

Als er die Zigarette aufgeraucht hatte, wählte er eine Nummer in Downtown.

»Inspector Dimitri, bitte.«

An diesem Abend gegen achtzehn Uhr wurde Thomas Brewsters ehemaliges Zimmer im YMCA von Jersey City gründlich durchsucht. Der befragte Angestellte konnte sich nicht an den Mann erinnern. Angeblich hatte er ihn in all den Wochen kaum gesehen. Sonst würde er sich bestimmt an ihn erinnern. Brewster hatte die Miete für einen Monat im Voraus bezahlt. Als der Monat um war, hatte Brewster den Zimmerschlüssel nicht zurückgegeben. Das Reinigungspersonal hatte gesagt, dass während all der Zeit das Bett nur selten benutzt worden war – abgesehen von mehreren Nächten vor ein paar Wochen …

Nachdem der Angestellte noch einmal angestrengt nachgedacht hatte, erinnerte er sich daran, dass Brewster ganz zu Beginn seines Aufenthalts einmal einen Brief bekommen hatte. Er hatte jedoch nicht auf Namen und Adresse des Absenders geachtet. Seit jenem Tag hatte er den Mieter nicht mehr gesehen. Er konnte sich nur vage an einen Mann mit Bart erinnern, das war alles. Das Führerscheinfoto von Daniel Long konnte er nicht mit Sicherheit als Thomas Brewster identifizieren.

Bei dem Brief musste es sich um die Geburtsurkunde gehandelt haben. Brewster hatte beim YMCA keine weitere Post erhalten. Fingerabdrücke im Zimmer passten zu denjenigen, die vom Frauenmörder bekannt waren.

Chess-Mans letzte Identität war entdeckt worden.

Aber was nützte es ihnen? Ob er nun Bishop oder Brewster oder der Teufel in Person war – die Spur war kalt.

Die Polizei wollte die neuen Erkenntnisse nicht an die Öffentlichkeit geben. Man hoffte, dass Chess-Man den Namen Brewster vielleicht noch einmal benutzen würde. Doch die Information war nicht geheim zu halten. Jemand im Einwohnermeldeamt hatte dem *Jersey Journal* schon den kuriosen Fall mitgeteilt, »dass ein Toter eine Geburtsurkunde erhalten hatte«. Auch Adam Kenton war nicht bereit, die Früchte seiner mühevollen Arbeit ungenutzt zu lassen. Er hatte unmittelbar nach seinem Gespräch mit Alex Dimitri seinen Kontaktmann bei den *Daily News* angerufen.

Am späten Abend wurde die Nachricht im ganzen Land verbreitet. Artikel in den Morgenzeitungen erwähnten, dass *Newstime*-Reporter Adam Kenton den Killer erneut entlarvt hatte. Kenton wurde zum Liebling der New Yorker Medien.

Inspector Dimitri war wütend. Wenn es nach ihm gegangen wäre, hätte die Öffentlichkeit überhaupt nichts von all diesen Dingen wissen dürfen. Damit die Behörden ungehindert ihrem Job nachgehen konnten. Da es aber nun mal nicht nach ihm ging, machte er gute Miene zum bösen Spiel. Auf keinen Fall wollte er es sich mit der Presse verscherzen. Man konnte nie wissen, wann man einmal ihre Unterstützung brauchen würde. Aber er traute diesen Zeitungsleuten nicht, keinem einzigen von ihnen. Er zerbrach sich wegen Chess-Man den Kopf und hatte schlaflose Nächte. Er trug die ganze Verantwortung. Und dann kam irgend so ein verdammter Reporter daher und heimste die Lorbeeren ein!

Aber Inspector Alex Dimitri musste zugeben, dass Adam Kenton gute Arbeit geleistet hatte – ein Reporter mit den Fähigkeiten eines echten Detectives. Dimitri wäre es aber dennoch lieber gewesen, wenn die echten Detectives, mit denen er arbeiten musste, die Fähigkeiten echter Detectives gehabt hätten.

Am Freitag berichteten die Zeitungen erneut über Chess-Man. An diesem Nachmittag kaufte sich Bishop in Miami eine Zeitung. Wie immer las er entzückt, was über ihn geschrieben wurde, aber diesmal wurde sein Entzücken von Sorge getrübt. Er hatte sehr hart daran gearbeitet, Thomas Wayne Brewster zu werden, und jetzt war alles umsonst gewesen. Seine Identität hatte sich in Luft aufgelöst. Man kam ihm immer näher. So wollte es jedenfalls scheinen.

Er saß am Tresen eines kleinen Schnellrestaurants beim Busbahnhof – ein junger Mann in Baumwollhose, mit offenem Hemd. Seine Wintersachen waren in seinem Hotelzimmer. In seiner legeren Aufmachung erregte er hier keinerlei Aufmerksamkeit. Er lächelte die Frau hinter der Theke an und sagte höflich: »Noch etwas Kaffee, bitte.«

Er trank seinen Kaffee, las die Zeitung und verbarg perfekt den Wahnsinn, der in ihm loderte. Nur seine Augen verrieten eine fast schon übernatürliche Konzentration.

Die Entdeckung von »Brewster« war ein schwerer Schlag. Darauf war er nicht vorbereitet gewesen. Er hatte all sein Geld und auch die Identität verloren, die er sich so mühevoll zugelegt hatte. Jetzt blieben ihm vorerst nur die beiden Brieftaschen, die er sich vorsorglich beschafft hatte. Sie verhalfen ihm zumindest vorübergehend zu einer Identität.

Dennoch bestand Gefahr. Er hatte keine Hintergrundinformationen zu den neuen Namen. Sie gehörten fremden Männern. Einer Überprüfung würde er nicht standhalten können. Und ohne Geld würde er auch kaum in der Lage sein, groß herumzukommen.

Miami gefiel Bishop. Deshalb war er jetzt schon zwei Wochen geblieben, statt – wie anfangs beabsichtigt – nur eine. Jetzt war er froh, dass er es getan hatte. In New York hätte man ihn inzwischen vielleicht schon als Thomas Brewster geschnappt.

Er überlegte, ob er noch eine dritte Woche in Miami bleiben sollte, entschied sich aber dagegen. Es war zu unpraktisch. Die Stadt war zu klein, wenn es auch haufenweise Frauen gab. Es fehlte die Anonymität von New York.

Bishop war zwar wegen seines Missgeschicks niedergeschlagen, fühlte sich aber doch frisch und ausgeruht genug, um das Werk seines Vaters fortzusetzen. Er würde mit dem neuen Namen nach New York zurückkehren und sich dort irgendeine billige Unterkunft suchen, um mit dem Geld, das er jetzt noch besaß, eine Weile auszukommen, bis er sich mehr beschafft haben würde.

Als er später im Bus saß, träumte er von Dingen, die außerhalb seiner Kontrolle lagen. Er kämpfte tapfer. Wie immer.

Irgendwo in Georgia pfiff um Mitternacht eine Lok. Der November ging in den Dezember über.

23

Adam Kenton träumte. Es war Samstagmorgen, und in seinem Traum läutete das Telefon neben seinem Bett. Kenton ging ran.

»George Homer hier. Entschuldigen Sie die Störung, aber ich glaube, ich habe da eine Idee, was unsern Mann angeht. Haben Sie eine Minute Zeit?«

Der Traum war Realität.

»Klar«, brummte Kenton und rieb sich die Augen. »Schießen Sie los.«

»Ich glaube, ich habe jetzt so ziemlich alles beisammen, was es über Caryl Chessman zu wissen gibt. Vom Charakter her war er ein Aufschneider und Angeber, wie es für Leute üblich ist, die sich in Gegenwart anderer unsicher fühlen. In diesem Fall besonders bei Frauen. Ja, sehen Sie, und da dachte ich eben, dass dies von einer sexuellen Unzulänglichkeit herrühren könnte. Sie haben ja vor einiger Zeit in Ihrem Artikel auch etwas in dieser Art erwähnt.«

Kenton erinnerte sich an Dings Kommentar, dass Caryl Chessman impotent gewesen sein könnte.

»Und deswegen dachte ich, wie wäre es, wenn wir eine Story lancieren, dass Caryl Chessman gar nicht Thomas Bishops Vater gewesen sein kann? Weil er zeugungsunfähig war?«

»Und was soll das bringen?«

»Wir können auf diese Weise Bishop aus seinem Versteck locken. Er sonnt sich doch in dem vermeintlichen Wissen, Chessmans Sohn zu sein. Angenommen, wir sorgen dafür, dass eine dicke schwarze Wolke vor diese Sonne zieht ...«

Kenton sah, was Homer meinte. Bishop vergötterte Chessman offenbar. Die Tatsache, sein Sohn zu sein, gab ihm den psychischen Rückhalt, den er brauchte. Wenn man ihm diesen Rückhalt nahm, würde er vielleicht zusammenbrechen.

»Aber wenn es Chessman nicht war, wer war dann sein Vater?«

»Harry Owens, ein Niemand. Bei einem Raubüberfall von seinem eigenen Komplizen getötet. Das sollte Bishops hochtrabende Meinung von sich etwas zurechtstutzen. Er richtet sich doch immer wieder an Chessman auf. Er will seinen Vater rächen. Daraus resultiert seine ganze wahnwitzige Weltanschauung. Aber wenn sein Vater nur ein kleiner Ganove war, der in seinem Leben nie etwas Besonderes geleistet hat, dann würde dies auch Bishop zu einem Niemand machen.«

Es könnte funktionieren. Zumindest würde es bei Bishop starke Selbstzweifel auslösen. Als Sohn von Sara und Harry Owens war auch er wieder ein Niemand. Und was noch schlimmer war – all sein bisheriges Töten wäre sinnlos und vergeblich gewesen.

»Eins steht fest«, sagte Kenton, »wenn er das liest, wird er in die Luft gehen.«

Homer stimmte zu. »Er wird sich vermutlich mit Ihnen in Verbindung setzen, ganz gleich, welche Gefahr damit für ihn verbunden ist. Wie alle Massenmörder möchte er, dass seine Taten irgendwie gerechtfertigt sind. Dazu braucht er Sie.«

»Glauben Sie, dass er gefasst werden möchte?«

»Das wollen sie im Grunde alle. Sie sind vollkommen von der Welt isoliert. Die Morde sind Ausdruck dieser Entfremdung. Niemand möchte derartig isoliert und entfremdet sein. Deshalb hoffen sie unbewusst, eines Tages geschnappt zu werden, weil dies für sie der einzige Weg ist, ihre unerträgliche Isolation zu beenden.« Homer schwieg einen Moment. »Er wird sich mit Ihnen in Verbindung setzen«, wiederholte er schließlich. »Auf die eine oder andere Weise.«

Das war also der Plan. Wenn sie es nicht schafften, an Bishop heranzukommen, dann würden sie eben warten, bis Bishop zu ihnen kam.

Die Nachricht aus Florida traf in New York an diesem Abend um achtzehn Uhr ein. Nur knapp eine Stunde früher war eine achtundzwanzigjährige Frau in ihrer Wohnung im nordwestlichen Bezirk von Miami ermordet aufgefunden worden. Ermordet und verstümmelt. Ein Nachbar und der Hausverwalter hatten die Leiche – oder was davon übrig war – gefunden. Wegen des Zustandes der Leiche vermutete die Polizei von Miami, dass der Mord das Werk des berüchtigten New Yorker Frauenkillers sein könnte. Außerdem war mit Blut *Chess-Man* an die Kühlschranktür geschmiert worden.

Kenton sprach mit seinem Kontaktmann bei den *Daily News* und steckte ihm die Information, dass Bishop nicht Caryl Chessmans Sohn war. Ja, weil es Hinweise darauf gab, dass Chessman impotent gewesen sei. Aber die Story musste als Interview gebracht werden. Das war sehr wichtig. Als Informationsquelle musste unbedingt er, Adam Kenton, genannt werden. Auch sein Aufenthalt im St. Moritz musste angegeben werden.

Fünfzehn Minuten später war die Story druckreif und würde in den Sonntagmorgenausgaben erscheinen. *Chess-Man nicht Sohn von Chessman!* Wer das behauptet hat? Der *Newstime*-Experte Adam Kenton, der dem Killer seit Monaten auf der Spur war und mehr über ihn wusste als sonst jemand. Nur er wusste alles. Ausgenommen, wo der Mann jetzt war und was er als Nächstes tun würde.

Der große Überlandbus traf pünktlich um 21.30 Uhr am Busbahnhof »Port Authority« ein. Bishop saß ganz hinten und starrte aus dem Fenster, bis die meisten Fahrgäste ausgestiegen waren. Ob es klug war zurückzukehren? Er war sich nicht sicher. In gewisser Hinsicht war New York für ihn ideal, aber jetzt drohte für ihn hier auch Gefahr. Adam Kenton hatte Vincent Mungo und Jay Cooper und Thomas Brewster enttarnt. Der Mann war ein verdammter Bluthund und ließ nicht locker.

Es gab nur einen Weg, um sich gegen einen Bluthund zur Wehr zu setzen, das wusste jeder Fuchs. Und genau diesen Weg beschritt jetzt Bishop.

Der Anruf von Fred Grimes kam um 22.45 Uhr. Er hatte soeben von einem der Jungs gehört, dass ein Mann, auf den Bishops Beschreibung passen könnte, früh am Abend im New Yorker Busbahnhof »Port Authority« gesehen worden war. Grimes' Informanten war nur die allgemeine Ähnlichkeit aufgefallen, und er hatte sich zunächst nichts weiter dabei gedacht, zumal das Haar des Mannes eher dunkel als hell war, außerdem trug er einen Spitzbart. Aber aus einer Laune heraus hatte der Mann den Bus überprüft, aus dem der junge Mann kurz vorher ausgestiegen war.

»Und jetzt raten Sie mal, woher der Bus gekommen ist«, flüsterte Grimes.

»Aus Miami«, sagte Kenton prompt.

Bevor Grimes' Informant dazu gekommen war, dem Verdächtigen nachzulaufen, war dieser bereits in der Menge untergetaucht.

Bishop hatte sich dafür entschieden, dass die Upper West Side für ihn am sichersten sein würde. Dort war er in seiner ersten Nacht in New York gewesen. In dieser Gegend gab es unzählige kleine Hotels. Viele von ihnen heruntergekommen, und die Zimmer wurden auch stundenweise vermietet, ohne dass den Gästen sonderliche Beachtung geschenkt wurde. Bishop fuhr mit der U-Bahn Richtung Uptown und stieg an der 96th Street Ecke Broadway aus. An einem Samstagabend wimmelte es hier in den Straßen nur so von vergnügungssüchtigen Menschen.

In einem Drugstore kaufte er eine Flasche Haarfärbemittel, außerdem einen Rasierapparat, Rasierseife und Wattebäuschchen sowie eine rosa getönte Sonnenbrille mit dünnem Rahmen. Außerdem erstand er für 10 Dollar eine schlichte Reisetasche, in der er seine Einkäufe verstaute. In einem Discountladen in der Nähe erwarb er ein kleines Kofferradio und ein paar Ersatzbatterien. Auch diese Sachen kamen in die schwarze Tasche. Bald darauf hatte er sich in einem kleinen, schäbigen Hotel unter erfundenem Namen ein kleines Zimmer gemietet.

Bishop machte sich sofort daran, sein Äußeres gründlich zu verändern. Anschließend hörte er sich im Radio Musik an. Gegen Mitternacht legte er sich schlafen. Er konnte nicht ausgehen, und er hatte auch keinen Fernseher. Was hätte er also sonst tun können!

Am selben Abend war Inspector Dimitri noch spät in der Einsatzzentrale mit den Männern von der Sonderkommission. Er war von einem anonymen Anrufer informiert worden, dass ein Mann, auf den die Beschreibung von Thomas Bishop passte, am Busbahnhof gesehen worden war. Dimitri wusste natürlich, dass kriminelle Organisationen bei der Suche behilflich waren. Es war ihm auch bekannt, dass eine dieser Organisationen auf Chess-Man angesetzt worden war. Offensichtlich hatte diese Organisation den Mann diesmal knapp verpasst, und um sich bei der Polizei lieb Kind zu machen, hatte man die Information weitergegeben.

Ihm war es recht. Nur die Information zählte. War sie zuverlässig? Dimitri glaubte es, weil alle Angaben passten. Und Kenton hatte doch behauptet, dass Chess-Man nach New York zurückkehren werde, oder nicht? Und wenn der Killer von Miami wirklich ihr Mann war, dann hörte es sich durchaus vernünftig an, dass er sich schleunigst von dort verdrückt hatte. Miami war nicht New York. Dort gab es nicht so viele Schlupflöcher, in die er sich hätte verkriechen können – und aus denen er herauskriechen konnte, wenn ihm wieder nach Töten zumute war.

»Sieht ganz so aus, als ob er zurück ist«, sagte Dimitri zu seinen Leuten. »Und diesmal wird er uns nicht durch die Lappen gehen! Es kümmert mich nicht, wie viele Namen er benutzt. Dem Informanten zufolge hat er jetzt dunkles Haar und einen Spitzbart. Das sollte uns helfen, da er nicht wissen kann, dass er gesehen wurde. Vergesst also blondes Haar. Vergesst Vollbärte. Sagt allen Kontaktleuten Bescheid, wonach wir jetzt suchen. Das ist alles.«

Er wandte sich an Captain Olson, seinen Stellvertreter.

»Wir werden über sein neues Aussehen Stillschweigen bewahren, so lange wir können. Schon ein paar Tage könnten ausreichen, um ihn aufzustöbern.«

Am Sonntagmorgen um zehn Uhr ging Bishop zum Frühstück aus. Sein Haar war jetzt weißblond, was gut zu seinem hellen Teint passte. Zwei Wochen Aufenthalt in Florida hatten sein Gesicht kaum gebräunt, da er es ständig gut geschützt hatte. Bevor er sein Hotelzimmer verlassen hatte, hatte er sich sehr kritisch im Spiegel gemustert. Er war mit seinem veränderten Aussehen zufrieden. Wenn er diese zierliche Sonnenbrille trug, wies er kaum noch Ähnlichkeit mit dem dunkelhaarigen Mann mit Spitzbart auf.

Um seinem veränderten Aussehen den letzten Schliff zu geben, kaufte er auf dem Heimweg einen Kajalstift, um sich damit eine Narbe auf die Wange zu malen. Niemand suchte nach einem Mann mit Narbe.

Und schließlich kaufte er noch eine Ausgabe der *Sunday News.*

Normalerweise spielte John Perrone am Sonntagmorgen bei sich zu Hause in Rye gern Tennis. Es sei denn, er hatte am Samstagabend zuvor ein paar Gläser zu viel getrunken. So wie gestern. Dann blieb Perrone lieber im Bett und las stattdessen die Zeitungen. Zuerst die *Times,* wie es sich für einen leitenden Redakteur gehörte. Gegen 11.30 Uhr nahm er sich die *News* vor. Aber er kam nicht über Seite drei hinaus …

Bishops Gesicht erstarrte, als er die Seite drei aufschlug. Eine Schlagzeile, die behauptete, dass er nicht Caryl Chessmans Sohn war! Er war es nie gewesen und konnte es auch niemals sein, denn Caryl Chessman war impotent.

Impotent!

Bishop schäumte vor Wut. Er war außer sich. Man versuchte, ihn zu verleumden! Man machte sich über seinen Vater lustig und nannte seine Mutter eine Lügnerin! Man wollte den Leuten einreden, dass sein Vater nur ein gewöhnlicher Räuber gewesen war, ein *Niemand!* Ein Mann, der nichts im Leben geleistet hatte. Ein Mann, um den sich niemand kümmerte, aus dem sich niemand etwas machte, den niemand vermisste. Und man behauptete weiter, dass auch er, Thomas William Bishop, ein Nichts war, weil sein Vater ein Nichts gewesen war.

Man?

Wer war *man?*

Adam Kenton.

Bishop las das Interview noch einmal. Caryl Chessman war

impotent gewesen und hatte deshalb Sara Bishop gar nicht vergewaltigen können. Sie hatte diese Geschichte aus irgendwelchen Gründen erfunden. Vielleicht war sie selbst drauf und dran gewesen, wahnsinnig zu werden. Anzeichen dafür hatte es gegeben. Sie hatte ihren Jungen von Harry Owens gehabt, und nachdem er in Los Angeles getötet worden war, war sie nach Norden gezogen. Schließlich war auch der Junge wahnsinnig geworden. Aber Caryl Chessman hatte mit alldem nichts zu tun gehabt. Weder mit der Mutter noch mit dem Jungen. Er hatte niemals gewusst, dass die beiden überhaupt existierten. Und auch sie hatten nichts von ihm gewusst, bis Sara Bishop es sich in den Kopf gesetzt hatte, von Chessman vergewaltigt worden zu sein. Das hatte sie dann offenbar auch ihrem Jungen erzählt. Aber er war in Wirklichkeit der Sohn von Harry Owens. All seine Morde waren umsonst gewesen. Und was das Entscheidende war – er wusste es auch!

Lügen! Lügen!

Bishop warf die Zeitung beiseite. Er war von den Anschuldigungen gegen seine Mutter schockiert. Sie hatte ihn innig geliebt! Sie hätte ihn niemals belogen! Er war Caryl Chessmans Sohn, und er würde es immer sein.

Aber das Schlimmste war die Behauptung, dass sein Handeln falsch sei. Bishop war entrüstet. Während der letzten Wochen hatte er einen gewissen Respekt vor dem *Newstime*-Reporter entwickelt. Jetzt sah er ein, dass es ein Fehler gewesen war, weil er sich eingebildet hatte, dass irgendein Zeitungsmann ihn fair behandeln könnte. Sie waren eifersüchtig auf ihn, alle zusammen! Eifersüchtig, weil er das Unmögliche vollbrachte. Adam Kenton war genauso niederträchtig wie alle anderen. Noch niederträchtiger! Er wusste nämlich mehr als die anderen, sollte es also besser wissen.

Bishop lag in seinem Hotelzimmer auf dem Bett und hielt die Augen geschlossen. Für einen Moment war in ihm eine einzige

Leere. Dann überschlugen sich die Gedanken hinter seiner Stirn. Er fasste einen Entschluss. Er würde es Kenton zeigen! Er würde es ihnen allen beweisen! Was wussten sie schon? Er war der Sohn seines Vaters. Er war der Dämonenjäger. Er würde ihnen ein Zeichen geben. Ein Zeichen, das sie niemals vergessen würden, das sie immer an ihn erinnern sollte.

John Perrone erreichte Adam Kenton schließlich um 13.15 Uhr im Hotel. Er hatte es seit Stunden versucht. Wo war Kenton denn gewesen? Einen Spaziergang im Central Park gemacht. An einem Sonntagmorgen? Ist doch die beste Zeit. Der Park ist leer, die Luft ist rein. Außerdem ist es jetzt ja auch schon Nachmittag. Perrone sollte es auch einmal versuchen. Raus in die Natur, die Seele baumeln lassen … Wie auch immer, worum ging es denn?

Um ein gewisses Interview auf Seite drei. »Was, bitte schön, soll das?«

»Was meinen Sie?«

»Was soll die Behauptung, dass Chessman impotent war? Sie haben doch als Erster die Meldung gebracht, dass der Killer sein Sohn ist!«

»Ich hatte geschrieben, dass der Killer *denkt*, dass er Chessmans Sohn ist. Das ist ein Unterschied.«

»Die Polizei scheint es aber ebenfalls geglaubt zu haben.«

»Ich selbst nicht.«

»Warum nicht?«

»Wir haben nur Sara Bishops kurze autobiografische Auslassung. Es gibt keine gesicherten Fakten, keine Details. Vielleicht hat sie sich die ganze Sache eingebildet oder aus irgendeinem Grund erfunden. Es gibt keinerlei Beweise dafür, dass sie damals tatsächlich vergewaltigt worden war.«

John Perrone war perplex. »Aber wie können Sie jetzt schreiben, dass der Mann impotent war? Woher wissen Sie das?«

»Ich weiß es ja gar nicht.«

»Warum behaupten Sie es dann?«

»Weil ich etwas brauche, um Bishop wütend zu machen. Er soll zu einer Reaktion gezwungen werden, auch wenn es für ihn mit einem großen Risiko verbunden ist.« Kenton holte tief Luft. »Ich habe sonst keinen Trumpf mehr im Ärmel. Verstehen Sie das nicht?«

Doch, das verstand Perrone durchaus. Mit ruhigerer Stimme fuhr er fort: »Aber Sie wissen doch, auf wen Bishop es dann abgesehen haben wird?«

»Natürlich«, sagte Kenton. »Und genau darauf warte ich.«

An diesem Abend um 19.30 Uhr stand Bishop an einem Imbisskiosk am Broadway. Er aß einen Hamburger und trank dazu eine Limonade. Das Gesicht, von einer hässlichen Narbe verunstaltet, war von hellblondem Haar umrahmt. Plötzlich begriff Bishop, was er tun musste. Natürlich, das war es! Er betrachtete die drei Frauen am anderen Ende des kleinen Tresens. Sie hatten ihn auf die Idee gebracht. Als abergläubischer Mensch betrachtete Bishop dies als ein Zeichen.

Eine Stunde später wurden die Spätausgaben der Zeitungen verkauft. Sie brachten Kentons neueste Enthüllung über Chess-Man.

Bishop, je eine Ausgabe von *News* und *New York Times* unter dem Arm, checkte in einem anderen kleinen Hotel ein. Er hatte die Absicht, in seinem Zimmer die Zeitungsartikel über Chess-Man zu lesen und dann die Vorbereitungen für seinen Plan zu treffen. In einer Fernsprechzelle hatte er sich bereits die erforderlichen Seiten aus einem Telefonbuch herausgerissen. Außerdem hatte er sich einige Notizblöcke und Bleistifte besorgt. Den Rest würde er morgen früh erledigen.

Bald würde er Adam Kenton und ganz New York zeigen, dass

er tatsächlich derjenige war, der er zu sein vorgab – der Sohn seines allmächtigen Vaters, der vom Himmel herabgestiegen war, um den Feind vom Angesicht der Erde zu tilgen.

Vor seinem inneren Auge tanzten Bilder von Tod und Zerstörung, und er sah sie und entschied mit großer Seelenruhe, dass sie richtig waren und gut.

Kenton zog sich die Bettdecke über die Ohren, als das Telefon zu läuten begann. Er knurrte etwas vor sich hin und wollte nicht an den Apparat gehen. Beim vierten Läuten stieß er einen Fluch aus und nahm doch ab.

»Wer ist da?«, knurrte er.

Niemand antwortete.

Verärgert wiederholte er die Frage, diesmal lauter.

Eine Stimme fragte sehr höflich: »Sind Sie Adam Kenton?«

»Ja, zum Teufel!«

»Mr. Kenton? Ich habe schon den ganzen Abend versucht, Sie telefonisch zu erreichen. Mein Name ist Thomas Bishop. Ich habe die Dinge gelesen, die Sie über meinen Vater und mich geschrieben haben ...«

Trotz seiner langjährigen Erfahrung als Reporter konnte sich Kenton nach dieser kurzen Unterhaltung am Telefon – die eigentlich nur ein Monolog war – hinterher kaum noch an Details erinnern. Er wusste nur eins: Er würde bald wieder etwas von Chess-Man hören. Nicht nur er, sondern die ganze Welt.

Sechs Minuten später brüllte ein einsamer Löwe im Central Park Zoo eine mitternächtliche Herausforderung.

Und dann war der 3. Dezember da.

24

Thomas Bishop verließ sein Hotelzimmer vor acht Uhr morgens. Er hatte in den nächsten Stunden viel zu tun, deshalb war es wichtig, rechtzeitig anzufangen. Nach einem raschen Frühstück bestieg er in der 86th Street einen Bus, der ihn durch den Central Park zur East Side brachte. In der Lexington Avenue stieg er in einen Bus Richtung Downtown um und verließ ihn in der 64th Street. Sein erstes Ziel war das Barbizon-Hotel für Frauen. Er setzte sein freundlichstes Gesicht auf, betrat die Halle und wandte sich nach links zum Empfangstresen.

Seine Cousine wollte aus Kalifornien für ein paar Monate nach New York kommen. Er wollte für sie eine sichere Unterkunft wie das Barbizon. Heutzutage geschahen ja die grässlichsten Dinge in der Stadt. Seine Cousine wollte aber unbedingt in einem oberen Stockwerk wohnen, wegen der Aussicht …

Der Mann an der Rezeption war sehr hilfsbereit und wies darauf hin, dass das Gebäude zwanzig Stockwerke habe. Zimmer gab es allerdings nur in den ersten achtzehn Stockwerken. Ja, natürlich gab es einen Swimmingpool. Auch einen Fitnessbereich und Sonnenterrassen. Um maximale Sicherheit zu gewährleisten, wurden alle Fahrstühle rund um die Uhr bedient. Seine Cousine würde sich hier bestimmt sehr sicher und wohlfühlen.

Bishop stellte noch verschiedene Fragen, bis er wusste, was er wissen musste. Er bedankte sich bei dem Mann und ging durch die Halle, in der lebhafter Betrieb herrschte, wieder auf die Straße hinaus, wo er sich unter die vielen Leute mischte, die zur Arbeit gingen.

Am vergangenen Abend hatte er die aus einem Telefonbuch herausgerissenen Seiten studiert und dabei drei Hotels gefunden, die ausschließlich für Frauen bestimmt waren. Zweifellos gab es noch andere in der Stadt, aber er wollte ein Hotel haben, das zentral gelegen war. Das war wichtig. Er wollte eine Sensation auslösen, und jedermann sollte davon erfahren. Er würde ihnen eine Vision der Hölle zeigen, damit sie ein für alle Mal seine wahre Identität erkannten. Er war – wie sein Vater – ein Gott unter Menschen. Seine göttliche Mission würde niemals enden. Genauso wenig wie er selbst.

Danach stattete Bishop dem Allerton House in der 57th Ecke Lexington einen Besuch ab. Siebzehn Stockwerke. Eine kleine, hell erleuchtete Halle, recht belebt. Bishop blieb nicht lange.

Anschließend besorgte er sich in einer Western-Union-Filiale ein paar Telegrammformulare.

Gegen zehn Uhr war er zurück auf der West Side. In einem Bekleidungsgeschäft einer Discount-Kette kaufte er einen Tuchmantel und ein geblümtes Kleid, eine leichte Strickjacke, zwei bunte Tücher und je ein Paar Frauenschuhe, Strümpfe und Handschuhe. Die Sachen waren für seine Schwester bestimmt, die zu krank war, um ausgehen zu können. Im Laden nebenan kaufte er Make-up: Lippenstift, Lidschatten, Kajal, Rouge und Puder. Außerdem eine Haarbürste und billige goldene Ohrringe. Die Angestellte sah die Narbe auf seiner Wange und schaute rasch weg.

Als Letztes kaufte Bishop auf dem Heimweg eine dichte blonde Perücke.

Als Bishop wieder in seinem Zimmer war, begann seine Verwandlung in eine Frau. Er rasierte sich die Beine und zog die Damenstrümpfe an, dann lief er ein Weilchen in den hochhackigen Schuhen herum, um sich daran zu gewöhnen. Er streifte das

Kleid über und schaffte es irgendwie, den Reißverschluss auf dem Rücken zuzuziehen. Über das Kleid zog er die dünne Strickjacke. Dann probierte er den Mantel an und überzeugte sich davon, dass er länger war als das Kleid.

Schließlich wusch er die Narbe vom Gesicht, rasierte sich besonders sorgfältig, setzte sich vor den fleckigen Spiegel und trug Make-up auf. Nachdem er die blonde Perücke aufgesetzt und die Ohrringe befestigt hatte, betrachtete er sich kritisch im Spiegel. Er war mit dem Ergebnis recht zufrieden. Er nahm letzte Verbesserungen vor, dann machte er sich ans Packen. In die Schultertasche wanderten Transistorradio und Ersatzbatterien, Haarbürste und zweites Halstuch, Telegrammformulare und Bleistifte, Make-up und Rasierzeug. Schließlich auch noch das Messer. Schon war die Tasche randvoll, aber mehr wollte Bishop auch nicht mitnehmen. Seine eigene Kleidung würde er zurücklassen. Er brauchte sie nicht mehr.

Um zwölf Uhr mittags verließ Bishop das Hotelzimmer, ohne noch einen Blick zurückzuwerfen.

Draußen auf dem Broadway bekam Bishop sehr schnell ein Taxi. Der Fahrer bremste vor der schlanken, schmucken Blonden. Mit zaghafter Schulmädchenstimme nannte Bishop sein Ziel, und der Taxifahrer bog nach links auf die 86th Street ab. Immer wieder warf er seinem Fahrgast einen verstohlenen Blick im Rückspiegel zu. Bishop sah auch wirklich sehr attraktiv aus. Er fand seine neueste Verkleidung ungemein aufregend. Noch besser aber gefiel ihm der Zweck dieser Maskerade. Jetzt würde er den Feind mit dessen eigenen Waffen schlagen!

Bald darauf betrat er das international berühmte Ashley-Hotel für Frauen.

An diesem Vormittag hatte sich Inspector Alex Dimitri bestimmt ein Dutzend Mal angehört, wie Chess-Man am Telefon seine Drohung aussprach. Er hatte zweifellos etwas vor, aber aus dem, was er zu Kenton gesagt hatte, ließ sich nichts Bestimmtes schließen. Er schien gewusst oder vermutet zu haben, dass der Anschluss abgehört wurde.

Dimitri hatte sofort Kentons Telefon im St. Moritz anzapfen lassen, als er von seinem Plan erfahren hatte, Kontakt zu Chess-Man herzustellen. Kentons Hotel war im Zeitungsinterview ausdrücklich erwähnt worden. Es war ein Wink mit dem Zaunpfahl gewesen. Aber der Anruf hatte nicht lange genug gedauert, um feststellen zu können, von wo aus Bishop angerufen hatte.

Vielleicht beim nächsten Mal, sagte ein Mitarbeiter der Sonderkommission. Sollte es Kenton gelingen, den Anrufer in ein längeres Gespräch zu verwickeln, hatte man eine gute Chance.

Doch Dimitri war skeptisch. Die Stimme hatte sich so ... so endgültig angehört. Oder war das nur Einbildung gewesen?

Bishop stieg im zehnten Stockwerk aus. Der Fahrstuhlführer sollte nicht wissen, in welcher Etage er wohnte. Als sich die Fahrstuhltüren hinter ihr geschlossen hatten, ging die junge Frau mit der Schultertasche über den mit Teppich ausgelegten Korridor zur Ausgangstür und überzeugte sich davon, dass sie nicht abgeschlossen war. Im nächsten Moment eilte sie die Feuertreppe hinauf.

Im vierzehnten Stockwerk öffnete Bishop langsam die Tür. Niemand war auf dem Korridor zu sehen. Ruhig ging er bis zum Ende des Korridors und folgte dem Gang um die Ecke. Er hatte die Absicht, sich Zimmer um Zimmer bis zum anderen Ende des Korridors durchzuarbeiten, dann Stockwerk um Stockwerk, bis nur noch der Tod in diesem Gemäuer wohnen würde wie in einem verfluchten Schloss.

Sie sollten ihr Zeichen haben!

Er klopfte an die Tür.

Die Frau war überrascht, als eine ihr Unbekannte davorstand. Zum Personal schien sie nicht zu gehören. Und warum Mantel und Schultertasche, nur um ein Telegramm zu bringen? Stirnrunzelnd langte sie nach Block und Bleistift, um zu unterschreiben. Auf diese Weise abgelenkt, sah sie nicht, wie die andere Frau blitzschnell zwei behandschuhte Hände vorstieß, die sich um ihre Kehle schlossen …

Einen Moment später machte Bishop die Tür von innen zu und schob den Riegel vor. Er legte die Schultertasche auf einen Stuhl und nahm das Kofferradio und das Messer heraus. Dann zog er den Mantel aus und streifte die Handschuhe ab.

Während das Radio im Hintergrund leise spielte und über den Bildschirm des Fernsehgerätes ein Film flimmerte, zog sich Thomas Bishop langsam aus und machte sich über den leblosen Körper her.

Eine ganze Weile später streckte er sich nackt auf dem Bett aus und wartete auf den Abend der Zerstörung.

Bei der Sonderkommission der Kriminalpolizei in der East 21st Street gingen weitere Informationen über Chess-Man ein. Fingerabdrücke, die man in der Wohnung der toten Frau in Miami gefunden hatte, passten zu denen, die – nach allem, was man wusste – Thomas Bishop gehörten. Er war also tatsächlich in Florida gewesen. Damit erhöhte sich die Wahrscheinlichkeit, dass er der Mann gewesen war, der beim Verlassen des Busses aus Miami gesehen worden war. Auch die Beschreibung passte: dunkles Haar und Spitzbart.

Außerdem wurden 21 000 Dollar gefunden, die Thomas Wayne Brewster gehörten. Ein Filialleiter einer Bank in Jersey City hatte sich an den Namen erinnert, und nachdem er am Wochenende etwas über Brewster gelesen hatte, hatte er am Montagmorgen das Konto überprüft, bevor er die Ortspolizei gerufen hatte, die ihrerseits New York verständigte.

Das Problem bestand darin, nun festzustellen, wie Bishop an dieses Geld herangekommen war. Keines seiner Opfer hatte im Überfluss gelebt. In der Hauptsache hatte es sich um käufliche oder einsame Frauen gehandelt, denen 21 000 Dollar bestimmt wie eine Million vorgekommen wären.

Deutete eine so große Summe noch auf ein anderes Opfer hin? Ein Opfer, das der Polizei bisher unbekannt geblieben war? Unentdeckt? Ungemeldet? Oder mehrere Opfer? Wie viele Leichen mochten zum Vorschein kommen?

Es war eine schaurige Frage, die wohl nur Chess-Man beantworten konnte. Aber niemand von der Sonderkommission rechnete damit, dass Bishop lange genug am Leben bleiben würde, um irgendwelche Fragen beantworten zu können.

Am frühen Abend breitete Bishop seine Kleidung ordentlich auf der Couch aus: das Kleid mit dem Blumenmuster, ein bisschen zu groß für ihn, aber nicht unangenehm zu tragen; die graue Strickjacke; die bunten Tücher; die Strümpfe und die braunen Schuhe. Den grünen Mantel und die schwarzen Handschuhe legte er gesondert auf einen Stuhl. Er würde diese Sachen erst wieder brauchen, wenn er sein Werk vollendet hatte. Auf einem kleinen Tisch neben der Couch lag die blonde Perücke neben den Telegrammformularen, Blöcken und Bleistiften.

Make-up, Haarbürste und Ohrringe hatte er bereits ins Badezimmer gebracht. Zu gegebener Zeit wollte er sich noch raffinierter zurechtmachen. Der große Spiegel und das helle Licht in seiner neuesten Wohnung würden ihm die Arbeit sehr erleichtern.

Anschließend sah er sich im Fernsehen eine Komödie über ein Gefangenenlager an. Er verstand nicht, wie jemand darüber lachen konnte, eingesperrt zu sein. Er war sein ganzes Leben lang eingesperrt gewesen. Das war nicht zum Lachen, und er würde sich nie wieder einsperren lassen. Niemals! Er war nicht verrückt. Ganz gleich, was geschehen sollte, einsperren würde er sich nie wieder lassen!

Bishop schlief mitten in der Sendung ein. In seinem Traum wurde er erbarmungslos von einer Frau verfolgt. Er konnte ihr nicht entkommen, sich nirgendwo vor ihr verstecken. Sie verfolgte ihn und blieb ihm ständig auf den Fersen. Wohin er auch ging, sie war ebenfalls da. In Händen hielt sie einen Karton. Sie wollte ihn in einen Karton stecken. Das konnte er nicht zulassen. Er rannte weiter und immer weiter. Die Frau setzte unerbittlich die Verfolgung fort und kam immer näher und näher …

Er erwachte in kalten Schweiß gebadet und hielt die Augen fest geschlossen. Noch immer sah er die Frau. Sie war jetzt bei dem verängstigten Jungen. In ihrer Hand hielt sie eine große Peitsche und schlug damit unaufhörlich auf den wehrlosen Kerl ein. Kein Laut war zu hören. Nicht einmal die klatschenden Schläge der Peitschenschnur, die tief in die nackte Haut des Jungen einschnitten. Und die Hand mit der Peitsche hob und senkte sich …

Mit verbissener Anstrengung riss Bishop die Augen auf.

Er richtete sich auf, warf einen Blick auf die Uhr. Es war bereits nach Mitternacht. Bald würde ein neuer Tag heraufdämmern.

Sein Tag. Er hatte bereits begonnen.

Genau um diese Zeit vor fünf Monaten hatte er das Gefangenenlager verlassen. War einfach davongegangen und hatte ein neues Leben begonnen. Jetzt würde er es noch einmal tun.

Er streckte die Hand nach dem Telefonhörer aus …

Im St. Moritz hob Adam Kenton den Hörer nach dem ersten Klingeln ab. Er hatte den ganzen Tag auf einen Anruf gewartet. Ihn gefürchtet. Er meldete sich. Adrenalin schoss durch seinen Körper.

Die Stimme am anderen Ende hörte sich sehr entfernt und metallisch an … wie aus einem Grab.

»Es hat bereits begonnen.«

Adam Kenton hörte das leise Klicken, dann war die Leitung wieder tot.

Vom 13. Revier wurde die Nachricht rasch zu einem Haus in Queens weitergeleitet. In einem oberen Schlafzimmer flammte Licht auf. Alex Dimitri war augenblicklich hellwach, hörte konzentriert zu und gab dann Anweisung, unverzüglich die Einsatzzentrale zu verständigen. Ohne weitere Information konnte nicht viel mehr getan werden. Dimitri fluchte vor sich hin – leise, um seine schlafende Frau nicht zu wecken.

Adam Kenton hatte wieder einmal recht behalten. Bishop hatte erneut etwas vor, er plante ein »Fest«, um seine fünf Monate auf freiem Fuß zu feiern. Die Sache hatte offenbar begonnen. Aber was für eine Sache? *Was* hatte bereits begonnen?

Kenton wusste es auch nicht, als Dimitri ihn eine Stunde später vom Revier aus anrief.

Der Mann, der Frauen liebte, war über alle Maßen erregt. Er zog das Kleid und all die anderen Sachen an und war fest entschlossen, seine Eroberungen auf der Stelle fortzusetzen. Er würde während der frühen Morgenstunden durch die Hotelkorridore schleichen. Bei Tag würde er wieder die Telegrammformulare benutzen, bis seine Arbeit getan war.

Nachdem Bishop sein Gesicht sorgfältig zurechtgemacht und die Perücke aufgesetzt hatte, öffnete er vorsichtig die Tür und trat auf den leeren Gang hinaus. Das Messer war in der Schultertasche – genau wie der Zimmerschlüssel der toten Frau. Am Morgen würde er zurückkehren, und eine neue Runde würde beginnen.

Die Tür schloss sich sehr leise hinter ihm.

Alice Troop hatte vielleicht ein Glas zu viel getrunken, aber das kümmerte sie im Moment nicht. Es war eine gute Party gewesen, und sie hatte sich prächtig amüsiert. Gute Leute, gute Unterhaltung und sogar ein paar eindeutige Angebote, die sie höflich abgelehnt hatte. Alles in allem war es kein schlechter Abend gewesen für eine neununddreißigjährige geschiedene Frau, die erst vor drei Monaten aus einer Kleinstadt im Mittelwesten nach New York gekommen war. Jetzt allerdings sehnte sie sich nur noch nach einem erholsamen Schlaf. Der Wecker würde früh genug klingen.

Doch Alice Troop sollte ihren Wecker nie wieder hören.

Sie stieg im zwölften Stockwerk aus, den Zimmerschlüssel in der Hand, und ging über den Korridor. Weiter hinten sah sie eine Frau aus einer Tür kommen. War das nicht der Notausgang? Alice Troop schüttelte den Kopf. Das konnte doch nicht sein. Vor ihrer eigenen Tür blieb sie stehen und lächelte die Frau im Vorübergehen an. Dann steckte der Schlüssel im Schloss. Sie begann ihn herumzudrehen. Sie hörte nichts, als sich die Hände nach ihr ausstreckten. In der letzten Sekunde ihres Lebens blitzte etwas vor ihren Augen auf.

Die Tür wurde aufgestoßen und die Tote hineingeschleudert. Blut spritzte nach allen Seiten. Bishop schnappte sich rasch einen Pullover, der auf einem Stuhl lag, und wischte das Blut von Tür und Schwelle. Im nächsten Moment schloss er sich mit der Leiche im Zimmer ein.

Um 2.55 Uhr kam Beth Danston nach Hause und wurde vor der Tür ihres Zimmers im neunten Stockwerk von einer anderen Bewohnerin in eine Unterhaltung verwickelt. Um 2.57 Uhr war Beth Danston tot.

Um 4.10 Uhr kam Cappy McDowell von einem Mitternachts-Essen mit ihrem Freund zurück, der als Pilot um sieben Uhr einen Flug vom Kennedy Airport hatte. Deshalb musste er bereits um fünf Uhr den Dienst antreten. Bis dahin war Miss Dowell tot.

Um 6.40 Uhr stand Emma de Vore auf und ging in ein nahe gelegenes Feinkostgeschäft, das bereits um 6.30 Uhr öffnete. Das tat sie jeden Morgen, um das Frühstück mit einem kleinen Spaziergang zu verbinden. War gut für die Verdauung. Sie kehrte um 7.15 Uhr in die zehnte Etage zurück und wurde nie wieder lebend gesehen.

Bishop hatte während der Nacht ein paar kleine Nickerchen gemacht. Als er jetzt wieder in seinem Eckzimmer im vierzehnten Stockwerk war, hatte er das Gefühl, nie wieder schlafen zu müssen. Die Erregung hielt ihn wach und peitschte ihn an, wie es schon während der letzten Monate der Fall gewesen war, seit er das Gefangenenlager für immer verlassen hatte.

Es war kurz nach acht Uhr, und er würde bald wieder seine Runde antreten. Er ging ins Badezimmer und frischte sein Make-up auf.

Heute war sein großer Tag.

Henry Field begann die Schicht in seinem Kellerbüro. Er war für die Sicherheit im Hotel verantwortlich. Langsam drehte er den Knopf für die Monitore. Um diese Zeit herrschte auf den meisten Korridoren bereits Betrieb. Als er zum vierzehnten Stockwerk kam, bemerkte er eine Frau, die vor einer Tür stand und etwas in der Hand hielt. Offenbar wartete sie darauf, eingelassen zu werden. Im Moment war niemand sonst auf dem Korridor.

Field dachte sich nichts dabei und schaltete um in das nächste Stockwerk.

Die Videoüberwachung war eine unschätzbare Hilfe. Gäbe es die Kameras nicht, wäre er gezwungen, ständig auf Patrouille zu gehen.

Field sah jetzt erneut die Frau im vierzehnten Stockwerk. Diesmal stand sie vor einer anderen Tür. Sie schien zu lauschen. Henry Field war ein guter und erfahrener Sicherheitsbeamter. Er erkannte, wenn sich jemand verdächtig benahm. Seine Hand langte automatisch nach dem Telefonhörer.

Die erste Meldung von einer möglichen Einbruchsserie traf im 19. Revier in der East 67th Street am 4. Dezember um 9.12 Uhr ein.

25

Es hatte kurz vor Anbruch der Morgendämmerung zu regnen begonnen, und es sah ganz so aus, als würde es nicht so schnell wieder aufhören. New York stand offenbar wieder einmal einer dieser grässlichen Dezembertage bevor.

Ein Polizeifahrzeug raste mit heulender Sirene in die 61st Street zwischen Park und Lexington Avenue. Es hielt mit kreischenden Reifen vor dem Ashley an. Der Sicherheitsbeauftragte des Hotels erwartete die Beamten in der Halle. Zusammen bestiegen sie einen Fahrstuhl. Falls hier wirklich ein Einbruch stattfand, hoffte man, die Verdächtige auf frischer Tat zu ertappen. Die Polizei hatte da allerdings ihre Zweifel, die auf Erfahrungen mit Sicherheitspersonal beruhten. Aber immerhin, ein Frauen-Hotel wie das Ashley war ein gutes Operationsgebiet für eine Diebin. Sie würde sich hier ungehindert bewegen können.

Und genau das tat Thomas Bishop denn auch.

Bill Torolla traute *niemandem.* Deshalb gefiel ihm wahrscheinlich der Job beim Sicherheitsdienst so gut. Er hatte mit fünfundzwanzig die Marines verlassen und sich in mehreren Jobs versucht, aber für einen Mann, der für die militärische Aufklärung gearbeitet hatte, war alles zu zahm und langweilig gewesen. Im Alter von neunundzwanzig Jahren hatte er für eine kleine New Yorker Firma gearbeitet, die sich auf Gebäudeschutz spezialisiert hatte. Diese Arbeit hatte ihm gefallen, und so war er bald zu einer größeren Firma übergewechselt, wo die Herausforderung größer war. Nach mehreren Jahren hatte er sich in dieser Branche schließlich selbstständig gemacht. Aber sein Kapital hatte nicht gereicht. Er hatte alles verloren, was er investiert hatte. So hatte er sich wieder einen Job suchen müssen, und er hatte sich für das Ashley entschieden.

Jetzt, nach vier Jahren als rechte Hand des Sicherheitschefs, war sich Torolla nicht mehr so sicher, ob es damals ein guter Schritt gewesen war. Er war inzwischen siebenunddreißig Jahre alt und hatte kaum Aussicht auf Beförderung. Henry Field hatte hier die Verantwortung, und einen anderen anspruchsvollen Posten gab es nicht. In letzter Zeit hatte er mit dem Gedanken gespielt, sich einen neuen Job zu suchen. Im Januar, also nach den Feiertagen, würde er das in Angriff nehmen. Aber jetzt war erst Anfang Dezember. Also versah Bill Torolla wie üblich seinen Dienst.

Während Field mit den Polizisten oben war, beschäftigte sich Torolla mit einem Kreditscheck.

Bishop war wieder in seinem Zimmer. Die Frauen, die beim Fahrstuhl warteten, hatten ihn dazu gezwungen. Jetzt sah er ein, dass er mit seiner Runde zu früh begonnen hatte. Oder zu spät. Doch am Ende würde er ja doch alle von ihnen erwischen. Er würde eben bis nach zehn Uhr warten müssen, bevor er sich wieder hinauswagen konnte. Dann würde er den ganzen restlichen Tag zur Verfügung haben. Aller Wahrscheinlichkeit nach würde er es bis zum Abend nicht schaffen können. Also würde er wohl auch die Nacht hindurch arbeiten müssen. Aber er hatte einen guten Anfang hingelegt. Der Blutdurst in ihm war geweckt. Er würde jetzt nicht mehr aufhören, bis seine Rache vollendet war. Zumindest für den Moment.

Und er hatte ja viel Zeit.

Er sah auf die Uhr neben dem Bett: 9.25 Uhr.

Die Polizei fand niemanden im vierzehnten Stockwerk – nicht auf dem Korridor, nicht im Treppenhaus des Notausgangs, nicht einmal in den Zimmern, die Field mit seinem Universalschlüssel öffnete. Man klopfte an Türen. Bei Frauen, die zu Hause waren, entschuldigte man sich. Wo niemand antwortete, trat man ein. Nichts schien zu fehlen.

Das letzte Zimmer, das man untersuchte, lag am Ende des Korridors, gleich hinter der Biegung. Eine Frau öffnete die Tür. Sie hatte sich ein Badetuch um den Leib geschlungen, die Haare waren ebenfalls von einem Handtuch umwickelt. Das Gesicht war mit einer weißen Creme beschmiert, und die Füße steckten in weißen Pantoffeln. Sie hatte soeben geduscht und wollte sich zurechtmachen.

Field entschuldigte sich für die Störung. Man suche nach einer möglichen Hoteldiebin. Die Frau verdrehte erschrocken die Augen.

Die Männer gingen rasch weiter. Ein Polizist meinte, dass er nichts dagegen hätte, es auf einen Versuch bei dieser Puppe ankommen zu lassen. Hatte klasse Beine und einen verdammt guten Körper. Ja, sagte der andere, aber keine Titten.

Man überprüfte auch noch das dreizehnte Stockwerk. Als man auch hier nichts Verdächtiges fand, meinten die Polizisten, dass Field wahrscheinlich nur einen Gast beobachtet hatte, der sich bei einem anderen etwas hatte borgen wollen. Oder die verdächtige Person hatte keinen Erfolg gehabt und deshalb das Hotel schon wieder verlassen. Field nickte mit mürrischer Miene.

In dem Eckzimmer wischte sich Bishop die weiße Creme aus dem Gesicht. Glücklicherweise hatte er gehört, wie die Polizisten an die Tür nebenan geklopft hatten. Auf diese Weise war er rechtzeitig gewarnt worden. Aber woher wusste man etwas von einer Hoteldiebin? Gab es wirklich eine? Nein, an einen solchen

Zufall konnte er nicht glauben. Wahrscheinlich hatte eine der Frauen, die beim Fahrstuhl gewartet hatten, etwas von einer fremden Frau gemeldet, die hier oben offenbar nichts zu suchen hatte.

Bishop wünschte, dass die Leute sich gefälligst um ihre eigenen Angelegenheiten kümmern würden.

Nachdem er die Creme entfernt hatte, legte er Make-up auf. Er hatte reichlich Zeit und wollte möglichst gut aussehen für sein Publikum …

In seinem Kellerbüro starrte Field auf den Monitor, aber er sah nichts Außergewöhnliches. Der hektische Betrieb von 8.30 Uhr bis 9.30 Uhr war vorbei. Field musste zugeben, dass er sich möglicherweise geirrt hatte. Aber der Gedanke bereitete ihm Unbehagen. Im Geist ging er noch einmal alle Zimmer durch. Alles war in Ordnung gewesen. Bis zu diesem Eckzimmer.

Irgendwas war dort sonderbar gewesen.

Vor seinem geistigen Auge sah er die Frau vor sich, die gerade geduscht hatte. Und plötzlich wusste er, was sonderbar gewesen war.

Die Frau hatte Ohrringe getragen. Unter der Dusche? Nun, manche Frauen taten es. Wenn sie durchstochene Ohrläppchen hatten, behielten sie die Ohrringe auch im Bad an. Aber dann waren es auch entsprechende Ohrringe. So aber hatten sie bei dieser Frau nicht ausgesehen. Es waren große goldene Reifen.

Aber wer kannte sich schon bei Frauen aus?

Field dachte daran, unter irgendeinem Vorwand noch einmal nach oben zu gehen und sich zu überzeugen. Im Moment gab es für ihn sowieso nichts zu tun, und er würde ja gleich wieder zurückkommen.

Torolla saß nicht an seinem Schreibtisch, als Field die Bürotür zumachte und zu den Fahrstühlen ging.

Bishop hörte das Klopfen, als er gerade die blonde Perücke auf dem Kopf zurechtrückte. Er war noch immer nicht angekleidet. Deshalb schlüpfte er rasch in ein langes Baumwollnachthemd, das an einem Haken an der Tür des Badezimmers hing. Auf dem Weg nach draußen warf er einen prüfenden Blick in den Spiegel. Als Bishop den Namen des Sicherheitsbeauftragten hörte, nahm sein Gesicht für einen Moment einen eiskalten, steinharten Ausdruck an, der jedoch sofort wieder der üblichen freundlichen Maske Platz machte.

Field sah, wie die Frau ihn anlächelte. Er murmelte etwas von Sicherheitsvorkehrungen und Routine und wie die Frau ihm dabei helfen könnte. Nur ein paar Fragen. Er nannte sie Miss Dunbar. Zum Eintreten aufgefordert, setzte er sich auf die Couch und machte eine Bemerkung über die reizenden Ohrringe. Sie habe durchstochene Ohrläppchen, nicht wahr? Er lachte leise. Seine Frau wolle sich auch Ohrlöcher stechen lassen, habe aber Angst davor.

Bishop hörte ihm vom Badezimmer aus zu. Er tat sehr beschäftigt. Offensichtlich argwöhnte der Mann irgendetwas. Durch den schmalen Türspalt beobachtete Bishop, wie Field sich im Raum umsah, bis sein Blick auf das Bett fiel. Er ging ruhig hinüber. Bishop langte mit einer Hand in die Schultertasche, die er ins Badezimmer mitgenommen hatte. Dann drehte er den Wasserhahn weit auf. Lautlos öffnete er die Tür.

Field hörte nichts. Er hatte Bishop den Rücken zugekehrt, kniete auf dem Boden und langte mit einer Hand unter das Bett. Aus den Augenwinkeln heraus nahm er eine Bewegung wahr. Instinktiv fuhr er herum. In diesem Moment zuckte das blitzende Messer schon nach unten und traf genau die kahle Stelle auf dem Kopf. Bishop hielt das Messer mit beiden Händen gepackt und trieb es mit ungeheurer Wucht fast bis zum Heft durch Knochen und Knorpel. Henry Field war bereits tot, als sein Körper zu Boden ging.

Bishop kehrte ins Badezimmer zurück, um sein Make-up zu vollenden. Seine Hände zitterten. Er war wütend auf den Mann, der versucht hatte, ihm eine Falle zu stellen, um ihn an der Vollendung seiner Arbeit zu hindern. Warum waren die Leute so? *Er* war doch nicht der Feind. Auf lange Sicht hin half er ihnen doch nur. Ihnen allen. Man sollte ihm danken. Stattdessen versuchten sie, ihn wieder einzusperren. Oder ihn sogar zu vernichten.

Dieser Gedanke machte ihn wütend, maßlos wütend. Er stürmte schließlich zurück ins Zimmer, nahm das Messer und trieb es wieder und immer wieder in den leblosen Körper. Als Bishops Zorn endlich verraucht war, schob er die Leiche unter das Bett, wo schon die ermordete Frau lag.

Nachdem er sich das Blut abgewaschen hatte, kleidete er sich in aller Seelenruhe an. Dann war es Zeit für ihn zu gehen. Der Korridor würde leer sein. Sicher waren noch ein paar Frauen zu Hause. Es gab ja noch dreizehn tiefer gelegene Stockwerke!

Gegen elf Uhr begann sich Torolla zu wundern, wo sein Chef nur sein mochte. Er war schon über eine Stunde fort, was dem Mann sonst gar nicht ähnlich sah. Die Sicherheitsvorschriften besagten ausdrücklich, sich gegenseitig zu informieren, falls einer von ihnen länger als eine halbe Stunde fortgehen wollte. Nun, vielleicht war Field oben beim Manager.

Wäre der Monitor der internen Videoüberwachung auf das vierzehnte Stockwerk geschaltet worden, hätte ein Betrachter sehen können, wie etwa in der Mitte des Korridors eine junge Frau an eine Tür klopfte, die bald darauf geöffnet wurde. Die junge Frau schlüpfte ziemlich schnell hinein.

Gegen Mittag war Bill Torolla wirklich besorgt. Er erfuhr, dass Field nach dem Gast in Zimmer 1438 gefragt hatte, einer Miss Dunbar. Einer der Fahrstuhlführer hatte ihn in dieses Stockwerk hinaufgefahren. Seither war er zumindest mit dem Fahrstuhl nicht wieder heruntergefahren. Torolla rief oben an, aber niemand meldete sich. Er vermutete, dass sein Partner vielleicht ein paar amouröse Stunden mit der Frau in 1438 verbrachte. Das verstieß gegen die Hotelvorschriften, aber beide Männer hatten es gelegentlich schon getan.

Torolla nahm verdrossen seine Arbeit wieder auf, ging um 12.30 Uhr mit einem Freund zum Essen und vergaß prompt Field und sein merkwürdiges Verhalten.

Etwa um die gleiche Zeit wurden bei Amos Finch in Berkeley, Kalifornien, zwei Pakete abgeliefert. Adam Kenton hatte sie aus New York geschickt. Sie enthielten die letzten Habseligkeiten von Sara Bishop und ihrem Jungen. Nicht alle. Ein paar Dinge hatte Kenton für sich behalten. Sie sollten ihm bei seiner Suche helfen. Dinge, die ihm das Gefühl verliehen, Bishop nahe zu sein – zum Beispiel ein paar Kinderzeichnungen von Monstern. Außerdem die Exemplare von Caryl Chessmans Büchern. Und der abgewetzte Lederriemen. Auch ihn hatte Kenton behalten.

In Sacramento hatte Roger Tompkins soeben Senator Stoners Büro betreten und diesen von seiner Kündigung in Kenntnis gesetzt. Es gab natürlich andere Angebote. Es war eine großartige Zeit gewesen, aber so war eben der Lauf der Dinge. Tompkins gab mehrere Briefe und Kopien zurück, die er früher an sich genommen hatte, um damit möglicherweise verhindern zu können, das Opfer eines Rauswurfs zu werden. Er brauchte die Unterlagen jetzt nicht mehr. Er hoffe, er, Stoner, trage ihm nichts nach.

Politik sei nun mal ein hartes Geschäft. Tompkins lächelte bei diesen Worten sehr offenherzig.

Stoner saß hinter seinem Schreibtisch und starrte den jungen Mann an, der ihm gegenüberstand. Der Senator zweifelte nicht daran, dass Tompkins es in der Politik noch weit bringen werde. Er hatte die Rücksichtslosigkeit und den Machthunger, die dafür erforderlich waren. Er war auch zynisch und verlogen genug. Er würde durchaus seinen Weg machen. Wenn er auch hier und jetzt einen großen Fehler machte. Nun, er war jung und hatte daher noch viel in der Politik zu lernen, und obwohl er es nicht begriff, lernte er schon in diesem Moment etwas. In der Politik war nichts so, wie es zu sein schien. Und Totgesagte lebten bekanntlich länger.

Über das Wochenende hatte sich Stoner mit den Parteiführern des Staates Kalifornien getroffen. Wegen seiner neuen Prominenz galt er als wichtiger Aktivposten für die Hoffnungen der Republikaner. Deshalb hatte man sich mit seinen derzeitigen Sorgen und Problemen auf ganz spezielle Art befasst. Mit anderen Worten, man hatte sich arrangiert. Seine fragwürdigen geschäftlichen Transaktionen wurden für Missgeschicke gehalten, basierend auf Fehleinschätzung, vor denen niemand gefeit war. Sie waren keineswegs in krimineller Absicht getätigt worden. Er hatte sie auch sofort abgebrochen und korrigiert, als man ihn darauf aufmerksam gemacht hatte. Die kalifornischen Demokraten hatten einen ihrer eigenen Leute bei einem ähnlichen Schlamassel erwischt, also würde keine der beiden Parteien diese Sache weiterverfolgen und in der Öffentlichkeit breittreten. Wenn es keine große Berichterstattung in der Presse gab, würde die Öffentlichkeit diese Angelegenheit gar nicht weiter zur Kenntnis nehmen. Kalifornier waren sowieso dafür bekannt, sehr nachsichtig mit ihren Politikern zu sein.

Von noch größerer Bedeutung für Stoner aber waren die

Reaktionen der Machtzentren im Mittelwesten und an der Ostküste. Dort war man anfangs geneigt gewesen, ihn abzuschreiben. Er hatte die in politischer Hinsicht unverzeihliche Sünde begangen, sich erwischen zu lassen. Doch seine größer werdende Popularität, sein wachsendes Ansehen auf Bundesebene hatten dafür gesorgt, von einer vorschnellen Reaktion abzusehen. Man brauchte ein paar neue Gesichter, um die Öffentlichkeit von einigen alten abzulenken. Mit seiner innovativen Kampagne für die Wiedereinführung der Todesstrafe hatte Stoner die Gemüter bewegt. Das Thema war brisant, und es würde noch brisanter werden, je mehr allgemeine Kriminalität und politisch motivierter Terror im Land zunahmen.

Stoner konnte also der vollen Unterstützung seiner Parteifreunde sicher sein. Man würde lediglich eine kurze Zeitspanne verstreichen lassen, bis die Öffentlichkeit die *Newstime*-Enthüllungen wieder vergessen hatte.

Aber von alldem erwähnte Stoner Tompkins gegenüber nichts. Stattdessen akzeptierte er die Kündigung des jungen Mannes »mit großem Bedauern« und wünschte ihm auch weiterhin alles Gute.

Zum Teufel mit ihm! Sollte der kleine Bastard doch sehen, wo er blieb. Er, Jonathan Stoner, war noch lange nicht am Ende. Ganz im Gegenteil, jetzt ging es erst richtig los.

Adam Kenton hingegen saß in seinem New Yorker Hotelzimmer und überlegte, ob dies womöglich das Ende war – zumindest das Ende seiner Jagd auf Bishop. Seit nahezu vier Monaten hatte er über den Mann geschrieben. Seit fast zwei Monaten war er ihm auf der Spur. Aber bisher hatte er ihn noch nicht einmal gesehen oder war ihm auch nur nahe gekommen. Er hatte wenigstens schon einmal seine Stimme gehört. Zweimal. Doch das war einfach nicht genug.

Adam Kenton fühlte sich entmutigt. Er hatte den ganzen Vormittag in seinem Hotel verbracht, weil er gedacht hatte, dass Bishop vielleicht wieder anrufen könnte. Jetzt war es 13.30 Uhr, und er hatte noch immer nichts Neues gehört. Das würde er auch nicht mehr, davon war er jetzt fest überzeugt. Und noch etwas anderes wusste er sehr genau. Bishop war in diesem Moment sehr beschäftigt – mit der Umsetzung eines grauenvollen, größenwahnsinnigen Plans, den nur er allein kannte. Der Mann war zu allem fähig. Nur nicht zu Mitleid und Erbarmen. Kenton fluchte leise vor sich hin. Er schauderte bei dem bloßen Gedanken.

Er hatte ein paar Anrufe bekommen, von Fred Grimes, der gemeldet hatte, dass seine Kontaktleute in der Unterwelt nach wie vor keine heiße Spur hatten; von John Perrone, der einmal mehr seiner Besorgnis Ausdruck verlieh; von Inspector Dimitri, der die ganze Nacht auf Neuigkeiten gewartet hatte; von George Homer, der überlegte, ob Bishop nicht versuchen könnte, städtische Frauenzentren anzugreifen: Frauenhäuser, Sportklubs nur für Frauen, Schwimmbäder … irgendetwas in der Art. Kenton hatte diese Information an Dimitri weitergegeben, der sofort eine stärkere Überwachung solcher Orte angeordnet hatte.

Zur Mittagszeit rief Doris an, um sich zu entschuldigen. Gewiss, sie hatten ausgemacht, dass es nur etwas Körperliches sein sollte, nichts Seelisches. Aber genau das war nicht so leicht für sie. Vielleicht war sie nicht so erwachsen, wie sie bisher geglaubt hatte. Vielleicht würde sie auch niemals erwachsen werden. Aber es war wirklich nicht ihre Absicht gewesen, ihn zu beschimpfen und ihm Vorwürfe zu machen.

Kenton verstand. Es war ja ebenso auch sein Fehler. Sie solle sich keine Sorgen machen. Er mache ihr keine Vorwürfe. Was er ihr nicht sagte, dass er all das schon so häufig erlebt hatte. Viel zu häufig.

Eine Stunde später rief Amos Finch an. Er bestätigte Kenton einmal mehr die deprimierende Tatsache, dass Thomas Bishop kein teuflisches Monstrum aus einer anderen Welt war, sondern ein Kind, das so grausam gefoltert worden war, dass sein Geist schließlich in hoffnungslosem Wahnsinn Zuflucht gesucht hatte. In Nervenheilanstalten gab es Tausende von Opfern dieser Art, die für immer im Abgrund des Wahnsinns verloren waren, in der bodenlosen Tiefe einer Hölle.

Bei diesem Gedanken brach es Kenton beinahe das Herz. Er wollte nach Rache schreien, aber es gab niemanden, an dem er sich hätte rächen können. Niemand war da. Nur ein Heer von Polizei mit einem Haufen Waffen, die alle auf ein Ziel gerichtet waren – wie ein Bestrahlungsgerät, das gegen ein bösartiges Geschwür eingesetzt wurde. Wenn der Moment gekommen war, würde jemand auf einen Knopf drücken, und dann …

Und Kenton wusste, dass es so kommen musste.

Und er wusste, dass er um den Toten trauern würde.

Als Bill Torolla um 14.10 Uhr vom Essen zurückkam, erwartete er, Henry Field anzutreffen. Doch das Büro war leer. Torolla rief noch einmal in Zimmer 1438 an, doch wiederum ohne Erfolg.

Gegen 14.30 Uhr war Torolla immer noch allein im Büro. Nun ging er mit seinem Universalschlüssel ins vierzehnte Stockwerk und betrat das Eckzimmer. Niemand war zu Hause. Ihm fielen dunkle Flecken auf dem Bettvorleger auf. Er bückte sich, um genauer nachzusehen …

Gegen fünfzehn Uhr befand sich das Hotel in der East 61st Street im Belagerungszustand. Überall standen Polizeifahrzeuge herum. Rundfunk- und Fernsehteams trafen ein und bauten ihre Kameras auf dem Bürgersteig auf, da niemand das Hotel betreten durfte. Noch nicht. Die Straße selbst war für den Verkehr gesperrt.

Fußgänger wurden auf der gegenüberliegenden Straßenseite zurückgehalten.

Im Hotel selbst herrschte großes Gedränge. In der Halle wimmelte es von Polizisten. Gerüchte schwirrten durch die Luft, und ein Name wurde immer wieder genannt: Chess-Man. Noch wusste man nichts Genaues, aber es hieß, man sei durch Zufall auf das letzte scheußliche Verbrechen des Killers gestoßen. Noch war nicht klar, ob man Chess-Man auf frischer Tat ertappt habe oder ob man erst eingetroffen sei, nachdem der Schlussvorhang gefallen war.

Im vierzehnten Stockwerk wurden in diesem Moment alle Zimmer durchsucht. Bill Torolla war noch immer erschüttert, aber er beteiligte sich an der Aktion. Allein in diesem Stockwerk zählte man fünf Leichen, darunter Henry Field. Weitere Polizisten hatten mit der Durchsuchung des dreizehnten Stockwerks begonnen. Weitere Einheiten bereiteten sich auf eine Durchsuchung der unteren Etagen vor. Im Erdgeschoss war das Gebäude hermetisch abgeriegelt. An allen Zugängen, Gassen und Gängen waren Polizisten postiert. Sollte Chess-Man sich noch im Hotel aufhalten, würde es diesmal für ihn kein Entkommen geben.

Um fünfzehn Uhr wurden erste Einzelheiten in den Nachrichten bekannt gegeben. Sondersendungen unterbrachen das reguläre Programm.

Adam Kenton wurde um 14.50 Uhr von Senior-Redakteur Fred Grimes angerufen. Die Polizei sei Bishop auf den Fersen. Vielleicht sei er sogar bereits gefasst. Mit Bestimmtheit wusste das allerdings niemand. Bekannt war nur, dass man einen Haufen Leichen entdeckt hatte. Im Ashley-Hotel für Frauen. Zwischen Park Avenue und Lexington Avenue an der 61st Street. Etwa fünf Blocks vom St. Moritz entfernt.

Der Killer hatte offenbar versucht, alle Frauen in dem Hotel zu massakrieren!

Kenton war bereits unterwegs.

Mit einem Taxi fuhr er zur Park Avenue. Die Fahrt dauerte nur wenige Minuten. Sein Presseausweis verhalf ihm durch die Polizeiabsperrungen. Captain Olson, der ihn auf der Hoteltreppe entdeckte, winkte ihn hinein. In der Halle rannten Polizisten hin und her und wurden Kommandos gerufen.

»Ist er noch im Haus?«, rief Kenton Olson in dem allgemeinen Lärm zu.

»Wir wissen es nicht«, rief dieser zurück. »Die Männer arbeiten sich vom obersten Stockwerk nach unten. Bislang haben wir fünf Tote!«

Kenton wurde bleich. »Mein Gott«, hauchte er.

»Der Inspector ist auch hier irgendwo«, rief Olson. »Wir haben eine Einsatzzentrale im Büro des Managers eingerichtet. Da entlang.« Er wies in die Richtung.

In dem kleinen Büro herrschte das gleiche hektische Durcheinander wie in der Halle. Alex Dimitri gab laut Befehle und rief Anweisungen ins Telefon …

Gegen 15.30 Uhr war das dreizehnte Stockwerk von Spezialeinheiten durchsucht worden. Man hatte weitere sieben Leichen entdeckt. Erst jetzt kam allen die entsetzliche Katastrophe voll zu Bewusstsein. Hartgesottene Polizeibeamte waren den Tränen nahe. Andere standen wie zu Stein erstarrt da. Ein Dutzend Leichen. Und alle aufs Entsetzlichste verstümmelt. Und noch wusste niemand, was in den unteren Stockwerken zu erwarten war.

So schnell wie möglich wurden Frauen aus ihren Zimmern evakuiert. Polizeigruppen rannten bereits durch die verschiedenen Korridore, hämmerten an alle Türen und drängten Frauen in die Fahrstühle. An Zimmern, deren Türen verschlossen waren, ging man zunächst vorbei. In jedem von ihnen konnte sich Chess-Man aufhalten. Oder ein weiteres Opfer. Die Hauptsorge galt zunächst jedoch den noch lebenden Frauen. Mit Chess-Man würde man sich zuletzt beschäftigen.

Im zwölften Stockwerk wurden bald drei weitere Leichen entdeckt, zwei in angrenzenden Zimmern an einem Ende des Korridors, die dritte mehrere Türen weiter. Aber ein halbes Dutzend Frauen war noch am Leben und hatte nichts von diesem blutigen Gemetzel bemerkt.

Für Dimitris Leute sah es aus, als wäre Chess-Man durch das Eintreffen der Polizei gezwungen gewesen, sein grausiges Werk einzustellen. Als im zwölften Stockwerk keine weiteren Toten gefunden wurden, verstärkte sich die Überzeugung, dass der Killer im zwölften Stockwerk vorzeitig sein Vorhaben aufgegeben hatte. Das aber würde bedeuten, dass er sich immer noch irgendwo im Gebäude aufhielt.

Bishop hatte die Polizeisirenen natürlich gehört und hatte getan, was alle in seiner Umgebung taten. Wie immer passte er sich perfekt an. Er schnappte sich Mantel und Handtasche, lief über den Notausgang zu Emma de Vores Zimmer im zehnten Stockwerk. Mit dem Schlüssel, den er der Toten am frühen Morgen abgenommen hatte, öffnete er die Tür und verschwand im Innern. Er wartete, bis die Polizei alle Frauen in die Fahrstühle verfrachtete. Von der Halle aus verließ er inmitten einer Frauengruppe das Hotel durch den Vordereingang. Journalisten warteten bereits auf die Frauen, aber Bishop schaffte es irgendwie, seinen Weg fortzusetzen. Da er nichts sagte, verlor man rasch das Interesse an ihm. Er ging zügigen Schritts zur Park Avenue und bog um die Ecke. Dann ging er langsamer. Er versuchte, seine Atmung zu beruhigen.

Er hatte es wieder einmal geschafft. Er hatte alle zum Narren gehalten!

Im Ashley ging die Suche weiter, Zimmer für Zimmer. Während der nächsten Stunde überprüfte die Polizei noch einmal das ganze Gebäude. Man entdeckte drei weitere Leichen – je eine im siebten, neunten und zehnten Stockwerk.

Aber keine Spur von Chess-Man. Weder in den Zimmern noch auf den Korridoren oder in den Treppenhäusern – auch nicht auf dem Dach oder im Keller. Nirgendwo. Er war fort. Hatte sich in Luft aufgelöst.

Zu sehen war nur, was er zurückgelassen hatte.

Achtzehn Tote.

In all dem Grauen und Durcheinander hatte Bill Torolla nicht ein einziges Mal daran gedacht, dass es möglicherweise eine Verbindung zwischen dem Killer und der angeblichen Hoteldiebin geben könnte, die Henry Field am frühen Morgen zu sehen geglaubt hatte. Als Inspector Dimitri schließlich von diesem Zwischenfall hörte, war es bereits zu spät.

Gegen 19.30 Uhr hielt Dimitri den Zeitpunkt für gekommen, den Rückzug anzutreten. Das Hotel war von oben bis unten mehrfach durchsucht worden. Nirgendwo hielt sich jemand versteckt. Die Leichen waren abtransportiert worden. Die Polizei hatte ihre Ermittlungen im Hotel so gut wie abgeschlossen. Fernsehteams und Zeitungsreporter waren ebenfalls abgezogen, nachdem so gut wie feststand, dass Chess-Man sich nicht mehr im Gebäude aufhielt. Sogar der Regen hatte inzwischen aufgehört.

Der Inspector gab Anweisung, für die Nacht ein paar Polizisten in der Halle zu postieren. Zur Sicherheit der Hotelgäste, und um Schaulustige fernhalten. Er sagte dem Manager, dass die Gäste in ihre Zimmer zurückkehren könnten … wenn sie es wünschten. Der Manager nickte stumm. Er machte sich keine Illusionen. Dieser Vorfall war das Ende des Hotels. Er konnte sich nach einem neuen Job umsehen.

Kenton hatte das Hotel bereits früher verlassen, weil er damit gerechnet hatte, dass Bishop ihn vielleicht im St. Moritz anrufen würde, um sich mit seinem neuerlichen Erfolg zu brüsten. Doch bis einundzwanzig Uhr war kein Anruf gekommen. Jetzt saß Kenton in seinem Zimmer und rauchte eine Zigarette nach der anderen. Der *Newstime*-Reporter ließ die Ereignisse des heutigen Tages noch einmal Revue passieren und versuchte – auch wenn es schwerfiel – zu einer nüchternen Einschätzung zu gelangen. Vielleicht waren die Morde in dem Hotel gar kein so großer Triumph für Bishop. Er wollte ein ganzes Hotel in ein einziges Schlachthaus verwandeln, aber man war ihm auf die Schliche gekommen und hatte ihn in die Flucht geschlagen. Bishop würde sich also eingestehen müssen, diesmal versagt zu haben.

Aber er war ein gerissener Fuchs.

Der sich immer seiner jeweiligen Umgebung perfekt anpasste ...

Die Erkenntnis traf ihn wie ein Schlag. Und der Gedanke war so bizarr, so hoffnungslos entsetzlich, dass der Reporter am ganzen Leib zu zittern begann. Schockiert riss er die Augen auf. Schweiß trat ihm auf die Stirn. Wie betäubt saß er minutenlang da, bevor seine Hand nach dem Telefonhörer tastete.

Zwei Minuten später eilte er aus dem Hotel.

Bishops Euphorie war verflogen. Er saß in dem dunklen Kino und sah sich ein und denselben Film schon zum dritten Mal an. Seine Gedanken waren bei anderen Dingen. Obwohl er allen wieder einmal seine Überlegenheit demonstriert hatte, war sein brillanter Plan dennoch fehlgeschlagen.

Er hasste Fehlschläge, er hasste es zu versagen. Seine Füße schmerzten von den Stöckelschuhen. Die Hände umschlossen verkrampft die Schultertasche in seinem Schoß. Die Tasche enthielt alles, was er jetzt noch besaß – sein Messer und das Geld, das ihm noch geblieben war.

»Ist das Ihr Ernst?«

»Lassen Sie alle gehen. Das ist unsere einzige Chance.«

Der Inspector zögerte.

»Er wird kommen, garantiert«, drängte Kenton.

Dimitri sah ihn sehr lange an, bevor er durch die Halle zu den Polizisten ging, die hier noch Dienst taten.

Kurz darauf fuhren Dimitri und Kenton im Fahrstuhl nach oben.

»Warum das zwölfte Stockwerk?«, fragte der Inspector.

»Weil Bishop methodisch arbeitet. Er musste im zwölften Stockwerk aufhören, und deshalb wird er im zwölften Stockwerk wieder anfangen.«

»Wissen Sie vielleicht zufällig auch noch die Zimmernummer?«, fragte Dimitri und sah Kenton skeptisch an.

»Vielleicht«, antwortete der Reporter. »Es gibt nur zwei Möglichkeiten.« Er zog die Skizze heraus, die im Laufe des Tages von der Polizei angefertigt worden war. »Er hat beide Frauen an diesem Ende hier getötet. Dann die andere ... hier ... zwei Türen weiter. Also hat er diese hier ausgelassen.« Er tippte mit der Fingerspitze auf das Papier. »Also wird er es entweder zuerst bei dieser Tür hier versuchen ... oder auf der anderen Seite vom Zimmer des dritten Opfers.«

Ein Mitglied der Sonderkommission würde über die Videoüberwachungsanlage im Keller abwechselnd alle Stockwerke beobachten. Sollte jemand im zwölften Stock aussteigen, würde er sofort verdächtig sein. Männer der Sonderkommission würden im Büro des Managers warten. Der Fahrstuhlführer war ebenfalls ein Polizeibeamter.

»Sind Sie ganz sicher, dass er sich als Frau verkleidet hat?«, fragte Dimitri, als man oben angekommen war.

»Es ist die einzige Möglichkeit«, antwortete Kenton.

Es war 21.30 Uhr, als die beiden Männer ihre separaten

Zimmer betraten. Dazwischen befand sich die leere Suite der ermordeten Alice Troop, die nach New York gekommen war, um hier ein neues Leben zu beginnen.

Um 23.30 Uhr stieg eine schlanke Blondine in grünem Mantel die Eingangsstufen hinauf und betrat das Ashley. Sie durchquerte die gedämpft beleuchtete Halle und ging zu den Fahrstühlen. Offenbar kannte sie sich hier gut aus.

Auf Zehenspitzen schlich sie über den Korridor, bis sie die richtige Tür erreicht hatte.

Der Kriminalbeamte im Keller hatte die blonde Frau bereits auf dem Monitor entdeckt.

Die Frau hielt den Universalschlüssel in der Hand, den sie Henry Field abgenommen hatte.

Bishop lächelte glücklich vor sich hin, als er den Schlüssel ins Schloss steckte.

Adam Kenton hörte, wie die Tür geöffnet wurde. Er wusste, wer jetzt hereinkam, bevor er sich nach der Tür umdrehte. Vom Fenster aus starrte er den anderen an, den er so lange gesucht hatte. Das Blut gefror ihm in den Adern. Sein Herz schien stillzustehen.

Die Blicke der beiden Männer begegneten sich.

Kein Wort wurde gesprochen.

Bishop nahm die Schultertasche ab und öffnete sie. Er griff hinein. Im nächsten Moment kam ein großes Messer zum Vorschein. Im selben Moment hatte Kenton in die Tasche seines Jacketts gegriffen und einen abgewetzten Lederriemen hervorgeholt. Bishop kam langsam näher. Kenton hob den Lederriemen über den Kopf. Als Bishop fast bei ihm war, zuckte Kentons Arm nach unten. Der Lederriemen sauste zischend durch die Luft und traf Bishop im Gesicht. Bishop bewegte sich nicht mehr, sondern stand wie erstarrt da.

Erneut zischte der Riemen durch die Luft. Ein peitschendes Geräusch erfüllte den Raum.

Die Erinnerung ergriff jäh von Bishop Besitz. In maßlosem Entsetzen schrie er auf. Er ließ das Messer fallen. Voller Panik stürzte er zum Fenster. Draußen hämmerte Dimitri an die Tür. Bishop brüllte, als würde er körperliche Schmerzen erleiden. Im nächsten Moment stieß er die Faust durchs Fenster und kletterte zwischen den Scherben hindurch auf das schmale Sims.

Kenton stieß das zertrümmerte Fenster nach oben und packte Bishop am Arm. Doch Bishops Beine gaben nach. Er glitt von dem Fenstersims.

Kenton bekam gerade noch Bishops Hand zu fassen und umklammerte sie wie mit eisernen Schraubzwingen. Mit aller Kraft versuchte er, den schlaffen Körper zurück auf das Sims zu ziehen.

Jetzt blickte Kenton in Bishops Augen, die ihn flehend und bettelnd ansahen. Der Reporter erkannte die grenzenlose Angst, den Schmerz, das Entsetzen und den Wahnsinn in diesen Augen. Kenton hielt Bishops blutige Hand noch einen Moment fest, dann lockerte er langsam seinen Griff. Er öffnete einen Finger nach dem anderen und gab schließlich den sterbenden Jungen frei.

Er wusste, es würde keine Schmerzen und keine Qual mehr geben.

Der Irrsinn hatte ein Ende.

Am späten Nachmittag las Kenton den gerichtsmedizinischen Bericht. Bishop war nach dem Sturz aus dem zwölften Stockwerk auf der Stelle tot gewesen. Kenton überflog die allgemeinen Angaben zur Person: weiß, männlich … Alter etwa fünfundzwanzig … Größe … Verletzungen … Merkmale … Besondere Kennzeichen …

Kenton hielt inne und runzelte die Stirn.

Der Tote war nicht beschnitten.

Nicht beschnitten?

Adam Kenton griff nach dem Telefonhörer. Kurz darauf hatte er die Verbindung nach Kalifornien. John Spanner wollte es nicht glauben.

»Unmöglich!«, sagte der Lieutenant. »Thomas Bishop wurde im Los Angeles County General Hospital beschnitten.«

Man überprüfte die Angelegenheit sofort in Los Angeles. Bishops Akte wurde noch einmal aufgeschlagen. Kein Irrtum. Der Junge war bei der Geburt beschnitten worden. Das stand definitiv fest.

Aber Bishops Leiche war nicht beschnitten. Das stand auch definitiv fest.

Sofortige Ermittlungen ergaben, dass in dem Krankenhaus am 30. April 1948 vierzig Babys geboren worden waren – zwanzig Mädchen und zwanzig Jungen. Damals waren alle Neugeborenen für die ersten paar Tage in einem Raum untergebracht gewesen. Die Körbchen waren mit Namensschildern gekennzeichnet. Jedes Baby hatte eine Papiermanschette um den Arm gehabt. Damals war die Methode der Fußabdrücke auf Geburtsurkunden noch nicht üblich gewesen.

Adam Kenton hatte noch immer Bishops letzten Blick vor Augen, er sah das Lodern des Wahnsinns in ihnen. Und Kenton wusste, dass er diesen Blick nie wieder loswerden würde. Er würde ihn verfolgen, in seinen Erinnerungen und in seinen Träumen – bis in die verborgensten Winkel seines Geistes.

Adam Kenton war zu lange hinter dem Fuchs hergerannt.

»Wenn er nicht Thomas Bishop war«, flüsterte Kenton heiser, »wer war er dann?«

EPILOG

Nirgendwo in den Polizeiakten von Los Angeles wird erwähnt, dass eine Frau namens Sara Bishop am 3. September 1947 von einem Gewaltverbrecher überfallen wurde. Sara Bishop hatte die Vergewaltigung nie angezeigt, obwohl die Frau schon bald davon überzeugt war, dass es sich bei dem Täter um Caryl Chessman gehandelt habe. Am Ende hatte sie diesen Glauben auch auf ihren Sohn übertragen.

Laut den Akten der kalifornischen Strafvollzugsbehörde war Caryl Chessman am 8. Dezember 1947 auf Bewährung aus dem Gefängnis in Folsom entlassen worden.

Am 23. Januar 1948 war er in Los Angeles wieder verhaftet worden. Am 2. Mai 1960 wurde er in San Quentin hingerichtet.

Zum Zeitpunkt der Vergewaltigung von Sara Bishop saß Caryl Chessman im Gefängnis.

Das wusste Sara Bishop nicht.

Und auch nicht ihr Sohn – wer immer er auch war.